U0534498

本书得到"文化和旅游部非物质文化遗产统筹保护项目"

中国社会科学院登峰战略优势学科建设"中国史诗学"专项经费支持

格萨尔史诗通识读本
——朝向地方知识的现代性阐释

诺布旺丹 主编

中国社会科学出版社

图书在版编目（CIP）数据

格萨尔史诗通识读本：朝向地方知识的现代性阐释／诺布旺丹主编.
—北京：中国社会科学出版社，2020.10
ISBN 978 – 7 – 5203 – 7004 – 2

Ⅰ.①格… Ⅱ.①诺… Ⅲ.①《格萨尔》—诗歌研究 Ⅳ.①I207.914

中国版本图书馆 CIP 数据核字（2020）第 151279 号

出 版 人	赵剑英
责任编辑	张　潜
责任校对	来小伟
责任印制	王　超

出　　版	中国社会科学出版社
社　　址	北京鼓楼西大街甲 158 号
邮　　编	100720
网　　址	http://www.csspw.cn
发 行 部	010 – 84083685
门 市 部	010 – 84029450
经　　销	新华书店及其他书店

印刷装订	北京君升印刷有限公司
版　　次	2020 年 10 月第 1 版
印　　次	2020 年 10 月第 1 次印刷

开　　本	787×1092　1/16
印　　张	29
字　　数	431 千字
定　　价	198.00 元

凡购买中国社会科学出版社图书，如有质量问题请与本社营销中心联系调换
电话：010 – 84083683
版权所有　侵权必究

目　　录

序一　朝向未来　面向大众
　　——古老常新的格萨尔史诗传统……………………（1）
序二　走向世界的《格萨尔》…………………………………（1）
序三　让通识读物助力史诗促进人类文明对话、互鉴………（1）

回味经典

如何理解格萨尔史诗？
　　——几个基本命题及其现代性阐释…………………（3）
格萨尔史诗故事谱系：王者风范………………………………（43）
格萨尔史诗人文符号……………………………………………（65）
格萨尔史诗的家国情怀：中华民族共同体意识………………（87）

流动的艺术

格萨尔史诗当代传承：艺术形式的
　　多向性……………………………………………………（127）
格萨尔史诗造型艺术：视觉的神圣叙事………………………（199）
不止是诗歌与语言：格萨尔口头史诗的音乐
　　世界………………………………………………………（230）
格萨尔史诗美学的几个范畴及其断想：从时空、原型、
　　结构到境界………………………………………………（263）
战神之裔：格萨尔史诗传承人…………………………………（293）

目 录

英雄史诗《格萨尔》的情采之美：一位作家眼中的
　《格萨尔》 …………………………………………………（324）

他山之石

《格萨尔》与口头诗学 ……………………………………（349）
文化互鉴：《格萨尔》与荷马史诗 ………………………（372）
格萨尔史诗的跨文化语境传播 ……………………………（406）

后　记 ………………………………………………………（441）

序一　朝向未来　面向大众
——古老常新的格萨尔史诗传统

"格萨（斯）尔"史诗位居中国少数民族三大史诗之首。它在多个民族地区流传，但以藏蒙地区为主。藏族民众称之为"格萨尔"，蒙古族民众称之为"格斯尔"，近年经常将这两个主要传统合称为《格萨（斯）尔》。我国的《格萨（斯）尔》的大规模保护工作迄今已经开展了四旬有余，这期间每年都有多种资料辑录类和研究类出版物面世。不过，今天看到《格萨尔史诗通识读本》即将与读者见面，还是十分开心。这本书的特别之处在于，它凝结了老、中、青三代学者的心血，其中一半的内容都出自青年学者之手，目标读者也主要是高校的青年学生。这一指导思想是朝向未来的，值得充分肯定。

我国党和政府长期关心和多方面支持"格萨（斯）尔"工作。早在1957年，中共中央宣传部曾就格萨尔工作专门签发文件；1959年，毛主席接见著名蒙古族《格斯尔》艺人琶杰；1980年民族文学研究所成立之初，由国家民族事务委员会和中国社会科学院在四川峨眉山联合召开了被业内称为"峨眉会议"的第一次《格萨尔》工作会议。在这次会议上，为促进和推动全国《格萨尔》工作，成立了以贾芝同志为组长的协调全国《格萨尔》工作的领导机构。1984年，中共中央宣传部签发七号文件，批转《中国社会科学院关于进一步加强〈格萨尔〉工作的报告》，批准成立"全国《格萨尔》工作领导小组"，专门负责组织、指导和协调全国《格萨（斯）尔》工作。这个"领导小组"由国家民族事务委员会、文化部、中国文学艺术界联合会、中国社会科学院四个部委的领导和《格萨尔》流传的七个省区的有关领导共同组成，办公室设在中国社科院民族文学研究所。与此同时，在西藏自治区、青海、四川、甘肃、云南、内蒙古自治区、新疆维吾尔自治区七个省区分别成立了《格萨（斯）尔》工作领导小组

序一　朝向未来　面向大众

和办事机构。多年以来，党和国家领导人乌兰夫、习仲勋、阿沛·阿旺晋美、班禅额尔德尼·确吉坚赞、布赫等同志都曾作过重要指示和批示，有力地推动了"格萨（斯）尔"工作。2014年以来，习近平总书记也数次提及"三大史诗"《格萨（斯）尔》《玛纳斯》和《江格尔》，称其为"震撼人心的伟大史诗"，视其为中华民族文化遗产中的经典。2019年在内蒙古赤峰博物馆，习近平总书记同《格萨（斯）尔》非物质文化遗产传承人代表亲切交谈，并表示党中央是支持扶持少数民族非物质文化遗产保护和传承的，这为少数民族文学文化事业的未来发展进一步提供了强大动力。

德国哲学家黑格尔曾说中国没有史诗，一度让很多中国学者感到很"恼人"。后来随着少数民族史诗传统的发现，我们可以很骄傲地说，我们是有史诗的；随着搜集工作的大规模展开，今天我们还可以更骄傲地说，我们是有丰赡蕴藏的史诗大国。

我们知道，世界上许多国家的民众都非常重视他们的史诗传统。自从联合国教科文组织设立人类非物质文化遗产代表作名录以来，许多国家都把他们的史诗当作代表性的文化遗产，申报进入人类非物质文化遗产代表作名录。这也从一个侧面说明，史诗传统往往是一个民族文化的丰碑和文学的高峰，是民族自豪感的源泉、创造力的见证和认同感的根源。

为什么说史诗很重要呢？在我看来，可以大致从这样几个方面来看：首先是它的内容丰富，篇幅宏长，历史文化的含量是很重的。其次，它的题材重大，往往涉及全民族的命运。再者，史诗主人公往往是一个民族审美理想的生动化身。关于善良、正义、忠诚、勇敢、爱国等品性，都集中生动地体现在史诗主人公的身上。还有，史诗的艺术风格崇高庄严，有很强的艺术感染力。综合以上几点，史诗往往被称作一个民族文化的百科全书，史诗的语言艺术往往就代表一个民族语言艺术的高峰。

《格萨尔》就是这样一个长久传承的、内涵异常丰富的、文学和文化价值巨大的叙事传统。

过去几十年的《格萨（斯）尔》研究工作的重心是随着时代的变化而发生着变化的。在国家层面的重视下，目前的《格萨

序一　朝向未来　面向大众

（斯）尔》研究工作取得了较大成绩，做好相关史诗研究工作，既是贯彻落实党中央关于少数民族文化的抢救、保护、传承、复兴、发展的基本工作方略，也是增强民族自信心、自豪感，继承好千百年传承下来的优秀文化的重要举措。

当前，国际社会对史诗的重视程度不断提升，今后的史诗研究将持续发展，前景广阔。但也要承认，史诗演述是文学活动，更是生活事件；史诗固然是生动的故事，但掌握和传承它并不容易，因为史诗往往体量巨大，包罗万象。想要全方位地了解和阐释史诗，可不是一件能轻易做到的事情。在生活节奏加快、阅读趋向于细碎的当下，阅读卷帙浩繁的史诗作品更是很大的挑战。

在2009年，由中国申报的"格萨尔史诗传统"和"玛纳斯"成功进入联合国教科文组织人类非物质文化遗产代表作名录。我们的史诗工作又增加了保护非物质文化遗产的维度。这几年在政府主导、民众广泛参与、学界持续介入的形势下，格萨尔工作上了新台阶。民众的参与热情、民众的惊人创造力和他们对本民族文化的真挚情感和奉献精神，都令人感动，让我们看到了格萨（斯）尔的伟大存续力和生命力。

在这本通识读物中，诸多学者从各自的角度对以往研究成果进行了出色的梳理和呈现，其中体现跨学科多方法思想的篇什，是由中青年学者贡献的。我们看到了学问的代际传承，看到了新锐的开拓创新。于是，一个既有资深学者铢积寸累的经验，又有青年学者革故鼎新的见地交错叠加的成果，就奏响了一曲多声部的交响诗。

在我看来，精深专业的研究和惠及大众的普及工作是同样重要的。《格萨（斯）尔》的普及工作至少有如下意义：

第一，《格萨（斯）尔》具有多重文化艺术价值。一是认识价值，格萨尔是在长期的历史发展中形成和传承的，它承载了大量的历史文化信息。二是教育功能，史诗歌颂什么、肯定什么、摒弃什么、反对什么，就以潜移默化的方式，长期模塑了相关社区民众的人伦规范、好恶情操、精神境界等。三是美育作用，民众的审美理念在这里有集中的体现。

第二，史诗本身是民间文化艺术生命力的一个生动见证，是民

序一 朝向未来 面向大众

间口传文化的高峰。虽然历史上形成过一些抄本和刻本，但《格萨尔》主要是口头传承的。可能有人会说，《格萨（斯）尔》不就是个大型故事吗？有那么高的文化价值吗？我可以告诉大家，这个叙事传统可不简单，它不光是一个故事，还是一部民族文化的百科全书，从天文到地理、从动物到植物、从历史到文化、从个人到社会、从肉体到灵魂都蕴含其中，堪称文化的宝库。

第三，习近平总书记在十九大报告中提出，要"推动中华优秀传统文化创造性转化、创新性发展"，这句话为今后我国文化建设事业的发展指明了方向。推动中华优秀传统文化的创造性转化和创新性发展，就需要我们立足当下，深入研究优秀传统文化，发掘其当代价值，从而推动新时代的新发展。科学技术的飞速进步带来了无数新的契机和新的可能，例如知识生产、传播和应用的景观已经发生巨大的变化。大数据、海量存储、便捷搜索等，带来新的学术维度和新的学术生长点。各领域之间亘古未见的广泛合作和交互影响的时代已然来临。以笔者比较熟悉的非物质文化遗产工作而论，其历史轨辙、现实遭际、地方知识、美学品格、传承规律、实践方式、社会功能、文化意义等，都在通过迥异于传统的方式和平台，以难以想象的速度和广度传播和接受。声音、文字、影像、超文本链接、云技术等，即便没有取代传统非遗的存在方式和传播方式，也已经成为非遗传承和传播的新业态、新走向。能够大为便捷地接触到非遗，就为人们的学习和欣赏、继承和发展、改编和创新提供了极大的便利。

这本读物的编写，就是为推动《格萨（斯）尔》的"创造性转化、创新性发展"做出的有益尝试。希望青年朋友们能够通过这本书来了解史诗、关注史诗、热爱史诗，希望有更多的人加入我们的阵营，共同推动史诗等民众诗性智慧的"创造性转化、创新性发展"。

朝戈金

中国社会科学院学部委员、文哲学部主任，
中国社会科学院民族文学研究所所长、
研究员、国际哲学与人文科学理事会主席

序二　　走向世界的《格萨尔》

就从我写《格萨尔王》这部长篇说起吧。

我写小说从来不做任何规划。我不为写作而写作。我写小说通常是为解答自己的内心困惑。

这个世界很大，在这个大世界上，总有些情形特别的地方。我出生成长并生活了很长时间的青藏高原就是这样的地方之一。都说在这个世界上，遇到什么不明白的地方，看书就可以解决。因为人类已经建立起来一个几乎无所不包的知识系统。关于历史，关于文化都是如此。可是我出生成长的青藏高原是如此特别，遇到的好多问题在已有的书上找不到答案。如果不想放弃思考，就只好去自己寻求：搜集资料，跑路。到真实的地理和生活里去，倾听、观察、感受、思考。人的一生说起来复杂曲折，看起来很多选择，其实是条单行线，遇到十条路也只能往一条路上去。每次遇到岔路口，挑一条走，全然不知等在前面的是什么。不知道，就不能规划。所以，一般也不接受出版机构的命题作文。

可例外还是出现了。那就是长篇小说《格萨尔王》。这是我的第三部长篇小说。

之前的《尘埃落定》写近代史，《空山》写了进行中的当代。

两本书写了连续的一百年，试图回答一个问题，藏族的历史文化何以如此？但两本书写完，内心的问题并没有解决。一个地方一个民族之所以如此应该还有更深远的原因。历史？历史中生长起来的文化？文化又反过来规定了历史？回答这个问题，需要回到更远的古代，从历史的发端处开始。于是找到了一个浩大庞杂的文体《格萨尔王传》。大家都知道，这是世界上最长的史诗，而且是仍然在民间以口传方式传唱的活形态史诗。专家们还说，这

序二　走向世界的《格萨尔》

是关于藏文化的百科全书。我也就一头扎入这部史诗文本单中，试图找到可以解决我内心困惑的一些答案。但没有想过要因此写一本现代版的、有些解构意味的同题的长篇小说。后来写了，那是因为机缘巧合。

　　那时，瑞士一家出版社要用德文出版我的一部中篇小说《遥远的温泉》。出版社知道我正在巴黎配合法国的出版社为另一本法文版的书做活动，便邀我去法兰克福书展做些宣传。在书展上看到一套特别的书。英国一家出版社出的，叫"重述神话"。用现代小说写古代神话。参加这个计划的有我喜欢的作家。比如加拿大的阿特伍德。她重写的是一个希腊神话。还有葡萄牙的萨拉马戈和我熟悉的中国作家苏童。这给我一个触动。藏族历史文化，经过藏传佛教的强力改写与覆盖，很难从书面材料中找到久远时代的真实面貌。如果有，口传的《格萨尔王传》算是一份相当有意思的材料。这也跟正在困惑我的问题有很深的关联，那就是吐蕃强盛后引入的佛教，在一个强大的民族陷于衰落时，为何却日益强大。回国后，我真的开始在草原上漫游，访问那些神奇的说唱艺人，并尽量把那些文学化的材料用来印证古代的历史事实。

　　就是在这个时候接到了英国那家出版社的邀约。邀请我加入他们的"重述神话"系列的创作。这就算是不谋而合了。签约时却遇到一个问题，关于这本小说的长度。出版社希望这套书的长度基本一致。每本书在二十万字以内。但我要写的这个题材本身就是一个庞然大物，已经整理成文的部分就达120多卷，散文部分不算，仅韵文部分就100多万诗行，2000多万字。如此庞大的一个故事，如果只用十多万字来书写，我对出版社说：那你们得到的不是一本血肉丰满的小说，而是博物馆中那种恐龙骨架。更何况，《格萨尔王》被称为世界上为数不多的"活形态史诗"之一，也就是说，这部史诗由为数众多的说唱艺人在民间以多种形式传唱，这个故事还在艺人们演唱过程中不断开枝展叶，这棵巨大的故事树还在生长。我在写出故事的同时，还想写出故事传唱与生长的状态。也许，故事在草原人群中的传唱与生长状态才是更有意思的文化现象，我当然想将其与故事同时呈现出来。所以，我得超

序二　走向世界的《格萨尔》

出出版社规定的字数十万字以上。一个作家与出版社签约，翻来覆去谈的不是版税的高低，而是一本书的字数，至少在我，是一个很新鲜的经验。有一两次，几乎都谈不下去了。其实，那时我已经按我自己的思路开始这本书的写作。谈得成，这本书会写，谈不成，这本书也要写。中国文学有外文版当然是好的。但不能为了外文版而改变写作的初衷。当然，后来他们接受了我写成的那本书。这时，已经是三年以后了。应该说，预付版税也是丰厚的。但等到书写成，付印，人民币和英镑的汇率已发生很大的变化，一英镑兑换人民币从十几元降到了十元以下。因此少挣了不少。

但我并没有特别在意。

我高兴的是书按我的意思写出来，然后以不同语种开始出版发行。又过了差不多两年，在伦敦，才第一次和这本书的编辑见面。编辑女士对我说，"谢谢你写了一部杰出的小说"。我请她重复了一遍那句评价。这回听清楚了。外国的编辑跟我国的编辑有些不同。书未出版前，他们坚持很多东西，但一旦成书，他们从不吝惜那些可以增加作家自信心的溢美之词。

2019年年底，几位罗马尼亚作家来访，给我带来了《格萨尔王》罗马尼亚文版作见面礼。此时，还有几个外语文本的《格萨尔王》也正在翻译之中。

这也只是持续百年以上的格萨尔故事走向世界的故事中的一例。

其实，格萨尔走出封闭的藏族社会，走向世界的故事早已开始。

20世纪二三十年代，中国学者任乃强先生深入康巴地区，发现了藏族民间社会中格萨尔故事广为流布的情况，向汉语世界做了初步介绍。他最初把格萨尔故事称为"藏三国"，以显示这个故事在藏区流布广泛，和格萨尔的英雄形象如此深入人心的状况。

几乎在同一时期，两个法国人，大卫·妮尔女士在藏区腹地、石泰安先生在藏区与汉区以及藏区与印度文化接壤地带，对格萨尔故事进行持续不断的搜集研究，并将其介绍到西方世界。直到

序二 走向世界的《格萨尔》

今天，石泰安先生的《一份有关西藏历史史诗的古代史料》和《格萨尔王评注》还是这个领域奠基性的扛鼎之作。中华人民共和国成立以后，特别是改革开放以来，《格萨尔王传》搜集整理和研究得到高度重视。国家和有藏民族生活的省（自治区）都成立了专门机构，对史诗进行长期的搜集整理与研究。更有意思的是，今天，在格萨尔史诗流行面广、影响度深的许多地区，这个英雄史诗正被深度开发，成为文旅融合发展中一个重要对象，在延续民族文化的同时，也为当地经济发展提供了很大的驱动力。

可以说，格萨尔史诗正越来越成为了解藏区文化的一个独特窗口，一个越开越大的窗口。正因为如此，《格萨尔通识读物》的出版，我以为至少有两重意义。首先，格萨尔是藏民族史诗，中国是一个多民族国家，所以这也是一部中国史诗；其次，这样的普及性读物的出版，正是中国多民族文学史构建的一个基础性的工作，过去的中国文学史以汉语言文学史为全部，而一个多元的多语种的中国文学史正需要这样的补充。

阿来

序三　让通识读物助力史诗促进人类文明对话、互鉴

意大利社会文化学家维科在他的《新科学》一书中提到的所谓人类文化史上的"英雄时代"已经离我们远去,但英雄依旧是每个人心中不朽的坐标,英雄时代留下的文化遗产依然是我们这个时代的宝贵财富。"英雄史诗"所折射出的智慧的光芒尚烛照着今天人类文明的天空。尤其是它留给我们诸多的精神产品,包括坚强意志、高远理想、利他思想、超凡的智慧、无我的精神和正义的意识,均在"现代主义"思潮影响下滋生的个人主义价值体系和过分推崇物质生产及技术理性的痼疾面前显示出一种别样的优越性。有趣的是,历史总是在一往无前的进程中不断回眸自己的过去,每每在一段不平凡的发展历程之后,重新反思并加以调整自己,修身养性,乔装打扮,再次启程远航。

历史不但可以作为"一面镜子"反观人类的足迹,而且也往往留给人类一大笔丰厚的物质和精神遗产。在海量的人类早期文化和精神遗产中,史诗便是少数几个荟萃诸多古老文明元素和人类原始文明基因的熔炉之一。正如维科所认为的那样:起源于互不相识的各民族间的一致的观念,必有一个共同的真理基础。这就是在"口头传统"语境下远古人类所共同秉持的诸多智慧和理念(心头词典,Mental Dictionary),如格言、谚语、神话和史诗等,这种公用的"心头语言"通用于古代的一切族群。史诗让我们看到了人类在口传社会不同族群间本已存在的贯穿不同历史时期的文化神迹:跨越时空的同质性思维模式、普世性人伦观念、人与自然和谐相处的法则,以及人类的创造性和创新性发展的智慧和勇气;也让我们看到了在遥远的年代,世界各民族早已在神

序三 让通识读物助力史诗促进人类文明对话、互鉴

话与史诗的文化样态中相遇。居住在地球不同空间中的人类凭借这些同质性文化，不仅找到了人与人之间彼此交流和和谐相处之技，而且还觅得人与自然界之间和谐相处之道，因此也确立了人类命运共同体的原初思想基础。尽管如此，由于种族、语言、文化和意识形态的差异，这些闪光的智慧和思想日后未能被不同族群和种族所分享，正如荷兰学者任博德在《人文学的历史》中所感慨的那样："我们不止一次地发现，世界不同地区——从中国到印度再到希腊——的人文学科之间存在令人吃惊的相似，但似乎没有或者几乎没有知识的分享。"纵观人类文明史，人文学是一种几乎与人类历史同步兴起的主要学科，对推动人类文明进步发挥了不可替代的作用。但是，一直到19世纪，人文学在西方世界被视为自然或社会科学的婢女，史诗作为人文学领域的马前卒，也同样遭到冷遇，在人类文明对话、交流和互鉴方面也未能发挥其应有的作用。同时，又因"英雄时代"的终结和"人的时代"的开始以及受到理性思想的启蒙，人类将自己置于自然界对立面，并不断追逐物质利益，放弃对其精神家园的应有的呵护，也逐渐忽略了同是一个生命共同体的事实。历史走到今天，在冷战思维下形成的"文明冲突论"等妨碍人类发展进步的声音更是甚嚣尘上。面对人文学科江河日下的局面，面对当下支离破碎的精神家园，人类又开始在古老的文明中寻找新的精神养分，以便治疗和拯救业已千疮百孔的人类的道德体系、价值构架和自然生态系统。所幸的是，在人类历史留下的斑驳文化样态中包含着丰富的琼浆玉液，足以让遍体鳞伤的人类文明躯体得到滋养。随着21世纪初由联合国教科文组织倡导的"非物质文化遗产"在世界范围内得到越来越广泛的关注，尤其是习近平总书记倡导的"人类命运共同体"的理念，以及其关于《格萨尔》等三大英雄史诗在内的中华民族传统文化对人类文明所具有的积极意义的一系列论述的深入人心，使国人对绵延数千年的中华优秀传统文明有了新的反思和认知，获得了空前的自信。因此，包括史诗在内的人文学科这一古老的文化样态也在万众瞩目中再一次尽显其积极向上的本色，为人类复归其"命运共同体"本位保驾护航，亦为构筑人类文明

序三 让通识读物助力史诗促进人类文明对话、互鉴

对话互鉴发挥堡垒作用注入了无尽的动力。

《格萨尔》是关于格萨尔这位英雄人物的神圣叙事。自公元11至12世纪开始在三江源为核心的青藏高原腹地形成后，不断向外辐射，逐渐拓展到青藏高原以外的地区和民族中，在区域和地缘层面形成了格萨尔史诗流传的"核心区域"和"辐射区域"两部分，呈现出横跨青藏高原、蒙古高原和帕米尔高原的一个巨大的史诗流传带。格萨尔史诗不仅在我国境内的藏族、蒙古族、土族、裕固族、撒拉族、纳西族、羌族、门巴族、珞巴族、普米族、白族、独龙族、傈僳族中流传，在境外的巴基斯坦巴尔蒂斯坦、印度的拉达克、尼泊尔、不丹、锡金、蒙古、俄罗斯的卡尔梅克、布里亚特、图瓦共和国等国家和地区也有流传，成为"一带一路"不同族群间文明对话、互鉴和人类文化创造力的重要例证。《格萨尔》滥觞于青藏高原这片广袤的土地，逐渐孕育出了以史诗演述人（艺人）、故事文本和史诗语境（史诗形成和延续的社会和文化语境）为构架的活态史诗文化生态系统。其中青藏高原空灵的自然语境和质朴的人文语境为艺人的创作和演述提供了灵感、生命价值和道德空间，也为艺人的代际传承提供了鲜活的文化和物质基础。后来历史、神话和艺术文类在不同时期的介入，使史诗故事文本经历了从历史神话化到神话艺术化的过程。正如杨义先生所说："在漫长时代中，由于获得多种文化因素的哺育以及艺人的心魂系之的天才创造，由原来有限的几部，滋芽引蔓，生机蓬勃，拓章为部，部外生部，仅降伏妖魔部分就衍生出十八大宗、十八小宗、尽情地吸收整个民族的丰富智慧，终在篇幅上长达百部以上。"史诗的演述者——即通俗意义上的"说唱艺人"便是实现这一过程的直接推手。他们是以个体形态存在的史诗文本记忆的承载者和传承者，其类型有神授、圆光、掘藏、顿悟、智态化和吟诵等。但在格萨尔的早期阶段，不曾有个体演述人，史诗的演述尚处在集体性记忆阶段，进入个体记忆时代还是较为晚近之事。史诗演述者身份的变迁是后来随着一系列藏区社会文化语境的变迁而产生的。尤其是佛教在三江源地区的传入，不仅使处在神话化阶段的史诗文本化蛹为蝶，成就了宏大的叙事，而且使处在集体

序三 让通识读物助力史诗促进人类文明对话、互鉴

记忆阶段的格萨尔的演述形态跨越到个体记忆阶段，才有了与世界其他史诗迥然不同的多类型演述形态。由此可见，在活态格萨尔史诗的发展过程中，语境、艺人和文本构成了彼此互动、相互关联的完整生态系统，并且这种局面一直持续到今天。但是，语言的壁垒使格萨尔史诗这样一种蕴含人类文明普世意义的文类，长久以来仅仅流传于生活在青藏高原及其周围的族群中，也使更多其他民族只能置身其外难窥堂奥。回望200多年前，俄国人帕拉斯、法国人亚历山大达卫尼尔·石泰安（R. A. Stein）、美国人罗宾·廓尔曼（Robin Kornman）等西方学人先后将《格萨尔》这一被流传地的民族冠以"仲"（sgrung）的古老的本土性文类逐渐从"史诗"的视角加以观照，向世界其他民族译介并予以通俗化表达，使这一尘封已久的古老文化样态开始向外界展露出其无穷魅力。在国内，任乃强先生早在1944年发表在《边政公论》第4卷上的《藏三国的初步介绍》一文成为国人了解格萨尔的开山之作。其中道："余于民国十七年入康考察时，即沃闻'藏三国'为蕃人家弦户诵之书。渴欲知其内容，是否即三国演义之译本，抑是摹拟三国故事之作？当时通译人才缺乏，莫能告其究竟。在炉霍格聪活佛私寺中，见此故事壁画一巨幅：楼窗内有男妇相逼，一红脸武士导人援梯而上，似欲争之。通事依格聪活佛指，孰为藏曹操，孰为藏关公，谓关公之妻为曹操所夺，关公往夺回也。此其事与古今本《三国演义》皆不合，故知其书非译三国故事。最近入康考察，由多种因缘，获悉此书内容，乃知其与《三国》故事，毫无关系。顾人必呼之为'藏三国'者，亦自有故。"可见，用三国演义这一家喻户晓的通俗故事导读《格萨尔》，使当时的主流社会和民众在对《格萨尔》的理解和认识方面起到了望文生义、融会贯通的效果和作用。这应该是格萨尔史诗冲破民族和语言疆域向外界传播的最初的方式，也是非母语通俗性读物的初始形态。

光阴如梭，时间瞬间又过了近一个世纪，我们再次汇集众多学者的智慧，博采众长，编写这部《格萨尔》通识读物，这是时代赋予学界的新使命，也是《格萨尔》学科发展的必然要求。作为本书的开篇序言，在以上已完成对本书写作意义、《格萨尔》文脉

序三　让通识读物助力史诗促进人类文明对话、互鉴

和肌理的概述以及相关历史的回顾之后，拟对本书写作理念和初衷、本书的角色和任务、缘起以及写作的基本遵循和规则等几个方面逐项分述如下：

自20世纪80年代以来，经济全球化、意识形态多极化浪潮风靡全球，新轴心论者提出文化多样性，意在促进文明对话。一个学科或一种文化与外界的对话接轨，首先离不开术语的接轨。后来西方世界通过借助epic（史诗）这一特定的术语，进一步摸索到了《格萨尔》的文脉本体，发挥了"柳暗花明"的效应。对于《格萨尔》这一重要的"文类"及其属性有了全新的认知。在这种语境下，于2001年10月17日在巴黎召开的联合国教科文组织第31届大会上，与会的140多个国家和地区的代表，一致通过决议，将我国的《格萨尔》等全世界47个项目列为2002—2003年联合国教科文组织参与的周年纪念名单。《格萨尔》是我国列入该名单的唯一项目，这一文化也再一次脱离了本土语境，开始了与世界的对话和接轨，有了本土之外与他文化直面的历史机遇。这次《格萨尔》与世界的对话与接轨，不是异质文化间的简单对话，更不是原来意义上的重复性流布，而是不同文化间质的格义和交流，是一种古老东方文明代表作与他文明之间在新世纪对话与互鉴历程的肇始。2006年和2009年《格萨尔》先后被列入国家级和联合国教科文组织人类非物质文化遗产代表作名录，这使格萨尔史诗从一种民间流布的文化单元向政府间认可的具有全人类意义的文化范例华丽转身。

任何一部传世之作，都有它之所以顶天立地、经久不衰的理由。总体而言，一部传世之作一定是一部既体现了人类文明和智慧闪光的经典之作，又是一部对人类社会和日常人伦具有现实价值和指导意义的"通俗文本"。宗白华先生所言极是，他说：人间第一流的文艺作品多半属"雅俗共赏"的。像荷马、莎士比亚及歌德的文艺，拉斐尔的绘画，莫扎特的音乐，李白、杜甫的诗歌，施耐庵、曹雪芹的小说，不但是在文艺价值方面属于第一流，就在读者及鉴赏者的数量方面也是数一数二、非其他文艺作品所能及的。《格萨尔》就是这样一部史诗，它的民间性构成了其最广泛

序三　让通识读物助力史诗促进人类文明对话、互鉴

意义上的普遍性和通俗性，但它同时蕴含着丰富的历史文化的信息和青藏高原、蒙古高原以及帕米尔高原及其相关族群的文化符号。我国政府在给联合国教科文组织申报人类非遗名录的材料中的阐述代表了当下学界对《格萨尔》文化价值的新的评判和认知。其中认为：《格萨尔》是关于藏族古代英雄格萨尔神圣业绩的宏大叙事，它是人类口头艺术的杰出代表和藏族族群记忆、母语表达、地方知识、民间习俗、宗教信仰和文化认同的重要载体，也是藏族传统文化原创活力的灵感源泉。这也是对格萨尔史诗所做出的符合当代意义的新的定义。尽管《格萨尔》不是一部精深论及某一专门学问的经典，但其中不乏含有诸多经典中所论及的要义。同时，它虽也未必具备其研究必然导致的跨学科交融的要素，但它愿意收留那些叩响多学科、新型学科交叉交融之门的过客。可见，在其显现层面沾满了乡土气息和泥土味的同时，在其隐形层面却包涵着"琼楼玉宇高处不胜寒"的历史文化意蕴和精英文化的诸多元素和特点。因此，近几年我们在不同场合一直在强调如何才能读懂《格萨尔》的问题。对格萨尔史诗的理解不能仅仅停留在对史诗故事文本的字面意义上，那样只读懂了这部史诗的一半，要彻底读懂这部史诗，还要下功夫去理解故事文本的另一半，即其背后的隐喻世界、象征世界和意义世界。我们不仅要读懂作为内容的格萨尔史诗故事本体，更要读懂其中作为形式的神话、历史、艺术等诸要素的来龙去脉和史诗之为史诗的特殊性，这样，才可以说读懂了这部史诗的全部。从史诗鉴赏的角度讲，史诗受众或读者分为普通和专业两种，普通读者在理解史诗文本时只关注自己生活体验范围内的东西和与他自己接触到的现实世界和艺术世界范围内的东西，包括史诗文本所表现的内容、故事情节、生命事迹等，而却较少涉猎或考虑史诗之为史诗的特殊性，不甚理解史诗的表现形式，即其艺术价值、生命意义和象征系统等，正如歌德所说：内容人人看得见，涵义只有有心人得之，形式对于大多数人是一秘密。至于史诗的表现形式需通过分析、批评、反省等才能获知，它超出了普通读者的视域，对于普通读者来说是所不能及的，是属于职业者的专利。作为一本通识读物，既要

序三 让通识读物助力史诗促进人类文明对话、互鉴

关注到普通读者的需求，又不能丢弃专业的高度，放下学术的身段。遵循中国传统哲学中"道器相济"的理念是本读物编纂的初衷。

《格萨尔》作为一种文化传统和学术传统，或多或少受到传统包袱的影响。传统《格萨尔》学术不仅受到我国传统人文学术的影响，还自然受到青藏高原特殊环境下形成的藏文化传统学术的桎梏。这种传统直到近现代，一直被囿于前现代学术的藩篱中。在一种主张主客观浑然不分的非理性、诗性思维方式的框架下运行，与理性、批判性和分析性的现代学术形成了鲜明对比。这种学术传统下的运行机制极大地阻碍了在新时代语境下建立具有中国特色社会主义的《格萨尔》学学术体系、学科体系和话语体系的历史进程。要突破这一瓶颈，学术和研究范式的现代性转换乃必由之路。自《格萨尔》被列入人类非遗名录以降，这部在青藏高原流传千年的史诗逐渐受到国内外学人的关注。从概念到研究范式、再到学术实践都与国际学界开始了全面的对话和接轨。由中国社会科学院文史哲学部主办，中国社会科学院民族文学研究所承办的每年一届的"国际史诗讲习班"，从世界各地招贤纳士，一批国际一流的学者为讲习班授课，为中国的史诗界带来了新鲜的学术空气，促进了中国史诗学与国际学界的对话。同时，20 世纪 80 年代以来，结构主义思潮下的语言学、民俗学、神话学、新历史主义、阐释学、艺术人类学、民族志学以及口头诗学等新型学科的理论和方法，不断被介绍到中国，在史诗研究及其学术实践中发挥了越来越重要的作用。2017 年，《格萨（斯）尔》《江格尔》和《玛纳斯》，凭借自身的学术资源优势和学术影响力，被列为中国社会科学院重点优势学科"登峰战略"计划。在我国相关的大学和研究机构均开设了格萨尔学科专业，为格萨尔研究积累人才储备。在这种语境下，新的学术理念与学术成果不断涌现，从政府、学界到民间形成了多重、多结构和多样化的《格萨尔》文化的传承和保护局面。《格萨尔》在理论建设、人才储备和成果的推出等诸多方面呈现了新的起色，尤其在学科转向和学术范式转换方面呈现出勃勃生机的局面。学术范式的转换集中体现在如

序三 让通识读物助力史诗促进人类文明对话、互鉴

下几个方面：对于格萨尔史诗的认知从"作品"逐步跨越到"文本"；对其研究方式从"叙事"转向"话语"；研究对象从"史诗本体"渐次转向"史诗语境"方面；研究视角从"书面传统"转向"口头传统"；学术范式从"本质主义"转向"建构主义"。本读物很重要的一个角色是旨在充当体现本学科发展动向的当代晴雨表。

学术及其理论研究的前行基于对研究对象和资料的深入了解和把握。同样，让史诗担当人类文明对话互鉴之媒介，也离不开对史诗本体的认识。然而，当下除母语读者外，对格萨尔史诗的理解和认知依然停留在为数不多的浅尝辄止的译介作品上面。无论是口头的还是书面的，多数文本仍然用民族语言文字传承、传播。显然，语言的壁垒仍然成为外界进一步理解这一古老而伟大史诗不可逾越的一道鸿沟。随着人类文明间互动对话需求的日益增多，外界对于深入全面了解格萨尔史诗的期盼和热情也在不断高涨，对格萨尔史诗的译介推广工作提出了新的要求，通识读物的出版无疑是普及格萨尔知识最直接而又重要的方式之一。当然，这也是编写本读物的缘起。

本书的筹划经历了较长时间的酝酿和反复论证。近年来，随着非遗进校园活动的逐步推进，《格萨尔》的学术讲座和相关活动也在全国各高等院校逐渐活跃起来。自2018年年底以来，我们重点选择昆明和天津两个城市的高校作为试点，分别在云南大学、云南师范大学和云南财经大学进行了格萨尔史诗的多场学术讲座和提问互动，在天津大学和南开大学进行了《格萨尔》相关文化的问卷调查，参与本活动的本科生、硕士生和博士生逾千人。本书涉及的内容主要是在这些大学所获得的问卷资料和反馈意见基础上，结合格萨尔史诗的基本命题进行设计的。应该说既照顾到了非母语读者群体的基本需求，也关注到了格萨尔史诗传统的基本学术命题。根据本书写作的实际需要，我们再采用看似笨拙、实为有效的"削足适履"式的办法成立了写作小组。在海量的相关学者和专家名单中，挑选出一批学有专长、受过当代前沿学科系统训练并在特定领域具有丰富学术实践经验、成果丰硕的人士加

序三 让通识读物助力史诗促进人类文明对话、互鉴

入本课题组。他们是分别来自北京、天津、广东、山东、青海、四川等全国各地大专院校、科研和文化机构，长期从事《格萨尔》研究、教学的专家学者以及著名作家。2019年7月在山东烟台鲁东大学召开了"《格萨尔》通识读物的当代书写与传播理论实践"专题研讨会，参会人员除了本课题组的成员外，还有《江格尔》和《玛纳斯》史诗方面的权威专家学者，对通识读物的写作通则、规范及体例进行了讨论，达成了共识，并对本读物的写作提出了具体的要求。首先，本读物旨在推介和传播《格萨尔》文化，因此其撰写的内容必须是当代大众关注的话题，且力求讲透史诗的基本问题；其次，力求做到通俗易懂、文笔流畅、引人入胜，以鲜活的案例支撑文本，避免庸俗，避免简单的资料堆积；第三，本读物的撰写要以当代前沿理论为指导，做到视野开阔、见解独特，避免思想僵化、固步自封。换言之，通过对格萨尔史诗基本命题的现代性阐释，从历时和共时两个维度全面展示《格萨尔》文脉的演进过程和肌理的构合机制，向读者和年轻一代推介本学科领域新的学术思想，介绍现代性学术理念下的格萨尔史诗新的学术思潮、学科体系和话语方式。这是本书写作的基本遵循和规则。

本书是当代学人共同智慧的结晶，是一部集知识性、学术性、前沿性和通俗性为一体的中华优秀传统文化的科普读物。我们认为，一部理想的通识读物既有学术的深邃，又有对话式的洒脱和通俗；读者在阅读过程中既有思想的收获，又能达到阅读之后快意的驰骋；在了解文本严肃思想的同时，又可领略这部史诗在日常生活中的活态元素及文明的古今对话、沟通和可持续发展的积极意义。通过本读物让史诗极尽担当人类文明对话、互鉴之能事，着力推动民族优秀文化的普及和弘扬，这就是我们所希望的。

诺布旺丹
2020年4月30日于中国社会科学院

回味经典

如何理解格萨尔史诗？
——几个基本命题及其现代性阐释

诺布旺丹[*]

诺布旺丹

虽然人类历史上的"英雄时代"已经离我们远去，但英雄依旧是每个人心中不朽的坐标，英雄时代留下的文化遗产依然是我们这个时代的宝贵精神财富，"英雄史诗"所折射出的智慧的光芒尚烛照着今天人类文明的天空。

---

[*] 诺布旺丹，中国社会科学院格萨尔研究中心研究员、博士生导师。

> 回味经典

一 引 言

《格萨尔》是由一系列人类远古口传文化的特有概念、叙事理念、思维方式、叙事逻辑等构成的鸿篇巨制。在不同的社会、历史和文化语境下有着不同的理解和解读方式。在不同学术范式下也有不同的认知和诠释。本文试图将其置于现代性学术视野下,对其内容到形式进行符合当代相关学术思想的定义和阐释。

在谈到《格萨尔》时,人们往往用这样的方式描述它:格萨尔史诗是一部至今以活形态传承的关于英雄格萨尔神圣业绩的宏大叙事。此处有几个概念首先需要澄清和把握,即什么是"史诗"、什么是"格萨尔史诗"以及什么是"活形态格萨尔史诗"。那么,什么是史诗呢?"史诗",顾名思义,指的是"历史的诗化",即可作"诗化的历史"或"诗性的历史"讲。总体上史诗有两个特点:一是题材的重大性;二是叙事的宏大性。题材的重大性包括人物、事件在整个族群历史上的重要位置。史诗文本中所描述的主人公往往都是半人半神的英雄(表明既有历史真实的成分又有神话虚构的成分)。他是一个民族远古时代在该族群共同体性质下建构起来的一种完美的理想化人物形象。他一生所完成的神圣业绩折射的是一个族群和民族的集体记忆,反映的是关于远古口传时代该族群沧海变迁的历史及其命运。叙事的宏大性即是从深度和广度两个方面讲的。在广度上,由于史诗是一个民族数千年口头传统的集大成者,它所涉及的内容包罗万象,不论在时间跨度上,还是在空间维度上都远远超过了一般叙事作品所涵盖的范围。其中所叙述的事件和故事情节跌宕起伏,且往往涉及历史上发生的一些重要事件。人物形象众多而复杂,叙事结构完整,极富想象力,叙事语言方面表现出极其高超的艺术性。在深度上,其中所反映和叙述的事物、理念和思想等都关系整个族群或民族普遍认可、或权威化的、合法化的本质。公元1世纪朗基努斯援引荷马、萨福和埃斯库罗斯等人的作品作为范例所提出的"崇高"概念更为适合作为史诗概念的定义。他提出"崇高"的五种源头,伟大的思想、强烈的感情、优美的修辞、高雅的措辞及高贵的用法。与其说这是他为文学推荐一种严肃的文学写作风格而提出的，不如说是对"史诗"所下的专门定义。

图1-1 叙事型《格萨尔》唐卡局部（四川博物院藏）

我们回过头来再谈格萨尔史诗。如上所提到的，格萨尔史诗是一部至今以活形态传承的关于英雄格萨尔神圣业绩的宏大叙事，以韵散兼行的方式讲述了格萨尔王从天界下凡投身岭国，成为黑发藏民之主，为救赎岭国芸芸众生戎马一生，降伏四方妖魔、抑强扶弱、完成人间使命后返回天国的英雄故事。格萨尔说唱演述人在演唱时，经常用这样三句话来概括史诗的全部内容："上方天界遣使下凡，中间世上各种纷争，下面地狱完成业果。"可见，格萨尔史诗的完整体系是由英雄下凡、降服妖魔、安定三界三部分组成。关于其篇幅和规模，当下学界普遍都以有100多万诗行、2000多万字、170多部文本来描述，实际上这只是一个概数，因为格萨尔是一部活态史诗，其篇幅规模、内涵均随着新的说唱演述

回味经典

人的出现在不断突破。过去学界往往把史诗作为一部文学作品去描述和看待，但这一叙事所呈现的内容和所包涵的形式都已经远远超过了过去对它的一系列定义所承载的范畴，也远非能用简单的"文学作品"或"民间文学"等术语概念来衡量和概而括之。它是藏族牧业文明的代表作，是数千年藏族口头传统的集大成，更是藏族及相关民族本土知识、族群记忆、民间智慧、母语表达的主要载体，它包含着诸多人类原始文明的基因。因此，于2006年被列为国家级非遗名录、2009年被列为人类非遗名录。

什么是活形态史诗呢？"活"字是指鲜活的，在现实生中仍然用鲜活方式流传的。那么"活态史诗"顾名思义就是在现实生中仍然以鲜活形式流传着的史诗故事，对民众的日常生活产生着这样那样的影响的史诗传统。"活"字包括三个方面：一是文化传承空间的鲜活性；二是文化传承载体（演述人或史诗演述人）的鲜活性；三是文化传承媒介（文本的口传性）的鲜活性。一部活态史诗是由史诗演述人、文本和语境三个要素共同构成的完整的生态系统，并且三者时常处在关联和互动中。任何一方的缺失都会造成活态史诗的终结。总而言之，格萨尔作为一种活态史诗，"活"字不仅指涉演述人的现场演述和史诗文本创作的口传性动态现象，而且也指史诗赖以生存的社会文化语境仍然是鲜活的。史诗格萨尔之所以是活态的，是因为格萨尔史诗赖以生存的这三大要素仍然保存完好并正在被有效互动，发生着联系。"活态史诗"是相对于"死"的史诗而言的。"死"的史诗简单讲是已经脱离口头传唱、已经被书面化和文本化的史诗，是指它所赖以生存的语境和赖以传承的载体以及其赖以传播的口头文本均已消失，只存在于书面当中，譬如历史上世界三大史诗，古希腊荷马史诗、古印度史诗罗摩衍那、摩诃婆罗多、古巴比伦史诗均如此。而中国少数民族的三大史诗，如藏族的《格萨尔》、蒙古族的《江格尔》和柯尔克孜族《玛纳斯》不同程度以活形态传承。在史诗三要素中，文本是承载史诗文化的本体和核心，是孕育一系列格萨尔文化的滥觞和母体，用过去的话来讲，是"作品"本身。它是相对稳定的一个体系，一经形成，在一定的时期内便会超越历史和意识形态而存在。语境是演述人及其话语文本赖以产生和发展的特定社会的关联域，它是其中易变和活跃的一个层面，为演述人代际传承提供了一种鲜活的空间，也为演述人的创作和演述提供了灵感、生命价值和道德空间，它包括了自然和人文两个方面。演述人是横亘在文本和语境之间的另一要素，它既是语境的接受者，也是文本的创编者，应该是史诗文化的创造者和传播者，是史诗文化的主体。史诗演述人的产生和其文本的演述均与语境有着直接的联系。语境的变迁首先会反映在演述人身上，而后即会体现在文本上。活态史诗的兴盛衰败，与三者内在的结构性互动有着极大的关联。从以上可见，文本、演述人和语境是格萨尔史诗存续过程中三个相互作用、互为因果的共时性要素。

二、史诗演述人——《格萨尔》的记忆载体

格萨尔史诗是关于藏族牧业文明的集体记忆。史诗演述人是这一记忆的主要载体。今天所谓的"格萨尔演述人"是一个职业化或半职业化特性较为明显的群体，其类型很丰富，有神授型、掘藏型、圆光型、顿悟型、智态化型、闻知型和吟诵型等，在同一种史诗传统中具有如此丰富的演述人类型在世界其他史诗传统中绝无仅有。那么，这样一个特殊的演述人类型及其群体是否是伴随着早期格萨尔史诗的产生而产生的呢？笔者经过多年的田野调研，并根据相关藏文文献所提供的有限的信息，同时参照文化记忆学的有关理论以及西方古典学的研究成果，得出的结论是：在格萨尔的早期阶段，不曾有特定的演述人专门演述或传承这一史诗，更不曾有职业化的演述人专司史诗的演述活动。职业化和半职业化的格萨尔演述人是后来藏族地区社会文化生态变迁的产物。作为格萨尔文化的载体，格萨尔的演述人的身份在历史上经历了从集体记忆到个体记忆的演进。

集体记忆是在无文字时代人类较为普遍的文化传承手段。在格萨尔产生的早期阶段，人们还是将口头表达作为主要的交际方式，讲述故事、传唱部落历史、崇尚英雄成为他们的日常生活内容。

回味经典

这种传统在遥远的三江源地区仍然保存完好。这为史诗在该地区的形成和传承，高扬史诗大旗提供了一种氛围。这一现象笔者在青海果洛州甘德县德尔文部落的长期田野作业中得到了证实。该部落现有400多户，900多人，均从事牧业劳动。这里的人们将自己的祖先追溯到岭国大王格萨尔那里，还常常自称是"岭国某某人的化身或转世"。格萨尔是该部落的保护神，敬拜格萨尔是他们世代不变的信仰。《格萨尔》史诗是他们族群记忆的重要载体，传承《格萨尔》是部落成员们的天赋使命，唱颂《格萨尔》也成为该社区生活世界中的神圣传统。格萨尔的吟诵和传唱活动是全体部落成员共同的一种行为。格萨尔故事所描述的是他们自己部落的历史，这种历史在一代代牧人和部落成员的集体记忆中经过反复洗濯、融通，并用口头方式吟诵传唱，拓篇展部，日臻完善，逐渐形成了今天这一宏大的叙事。那时演述人身份表现为部落全体成员，而集体记忆作为其传承空间和载体而存在。他们的思维方式、生活方式和待人接物方式均尚保留着一千多年前的史诗时代的遗风，口头方式是他们之间相互交往、交流的主要媒介。部落内部的制度和契约完全以口头形式厘定。他们极为看重口头盟誓，因此，盟誓制度也成为古时藏人维持事物秩序的重要途径。笔者访问过的家庭中，从70多岁的老人到十来岁的孩子或多或少都能说唱《格萨尔》的片段。所谓"领国部落每一个成员嘴里都有一部格萨尔"这个谚语即是此状况的写照。他们在相互谈话时往往使用史诗时代的人物的口吻相互戏虐。置身这里，人们不由会感到时空穿越到了人类那个人神互动的诗性智慧时代。他们对传承史诗的文化自觉意识极强，在他们日常生活中也常常举行许多与《格萨尔》有关的节日活动和宗教仪式。譬如举办"煨桑节（祭山会）"和"赛马会"，并伴以史诗说唱、艺人竞赛及马背格萨尔藏戏表演等内容。笔者曾在该部落调研时都亲自目睹到，该部落的男女老少均可说唱格萨尔，并常常以在大众场合吟诵说唱《格萨尔》为荣。这种相应的社会语境和文化氛围为格萨尔史诗的建构、演述和传承提供了鲜活的空间。这一时期就叫作格萨尔史诗演述的"集体记忆时代"。

文化记忆学理论认为，一个社会或个人记住的仅仅是那些在当下仍然处在活跃状态和发挥着作用的东西，那些被遗忘或"死亡"的东西不再拥有参照框架的功能。因此，群体在选取回忆内容或选择以何种内容对这些内容进行回忆时，其根据是与当下活跃着的传统是否相符，是否构成连续性具有密切关系。如果一个群体意识到自身正在经历着具有决定性意义的变迁，那么它会终止作为一个群体的存在，让位给新的记忆体①。格萨尔的群体性集体记忆在公元12世纪以后就出现了类似的情况，当时一种新的思潮对传统的社会形成了挑战，成为文化史上具有历史性意义的转折点。公元12世纪，尽管佛教在其他藏族地区早已成为主流化的意识形态，藏区的思想文化的变革几乎都是在佛教思想的影响下发生的，唯独格萨尔史诗例外。格萨尔史诗诞生在远离西藏腹地且佛教影响比较薄弱的三江源的地区，诗性思维和口头传统自古在此地分别表现为主要的认知事物方式和社会交际传播媒介，也形成了史诗孕育产生的滥觞。佛教在这一地区的传播比其他地区至少晚两个多世纪。但这种局面并未能维持很长时间，不久就在位于今天的玉树囊谦县达纳寺周围成为三江源地区为数不多的佛教的中心之一。根据藏族传统文献记载，格萨尔大王也在他的晚年皈依了佛门，将达纳寺佛教大成就者阿尼降秋哲阔邀请至岭部落地区②，奉为上师。也许与格萨尔大王的极力推行有关，公元14世纪左右，佛教就像一幅所向披靡的巨轮从西藏腹地迅速向四周和边缘地区的纵深处进发，已经大规模传播到三江源这最后一块净地。地处边缘并仍然生活在部落时代的三江源各部落臣民也未能幸免于佛教的侵蚀。在强大的"泛佛教化"的潮流面前，面对来势凶猛的强势佛教话语，这些地区的各部落先后成为佛教的子民。就在这样的语境下，生活在这些（三江源）地区人们的注意力和兴趣也从原来的崇尚英雄、祈求格萨尔、吟诵格萨尔业绩的风尚逐渐变

---

① [德]扬·阿斯曼:《文化记忆：早期高级文化中的文字、回忆和政治身份》，金寿福、黄晓晨译，北京大学出版社2015年版，第33页。
② 大司徒降秋坚赞:《朗氏家族史》，西藏人民出版社1985年版，第49页。其中详细记述了格萨尔大王当时皈依佛门、供奉西藏噶举派密咒师阿尼降求哲阔的过程。

回味经典

为向佛教三宝顶礼膜拜，佛教开始扮演历史的主角，大众说唱传统由此在人们的生活中逐渐退位，史诗的全民性接力活动由此受到挫伤。这种史诗传统挫败的现实，在族群成员中逐渐被接受，并从被动转化为主动。所幸的是，尽管大部分部落内部成员虚怀若谷，佛教化趋势已成为一种必然，但由于几千年的传统所致，仍然还有那么一些人怀古幽思，抚今追昔，对自己祖先的传统和历史恋恋不舍，感念万千。这些人首先是那些才学兼备的部落成员，姑且称之为"知识精英层"。他们早已成为佛教的追随者，但又肩负着复兴自己部落古老文化传统、薪火相传的历史使命，因此，在艰难中扛起了传扬史诗传统的大旗。面对泛佛教化的浪潮，面对他们所认同的信仰，这些知识精英层在传承史诗的道路上不得不采取格义，做出折中、让步和融通。他们再也无法用一种纯世俗的眼光去演绎、传承作为祖先历史的格萨尔史诗，更无法用世俗的视域创作史诗故事、传颂格萨尔大王的世俗生平业绩，而是被迫以出世的佛教思想来反观以往的格萨尔演述传统，以佛教的价值标准演绎和诠释古老的史诗故事。这样，史诗发展的潮流便开始向另一维度，即佛教化方向转变，作为部落大众集体记忆的史诗也逐步缩小到某个个人的演述活动中，从此其演述形态从群体性集体记忆走向个体性集体记忆。关于早期格萨尔演述歌手的情况在格萨尔史诗文本中也有这样的描述：曾经格萨尔大王在岭国的山洞中修行时，爱妃梅萨被北方妖魔掳掠，格萨尔为了抢回梅萨，便着手开始了对魔国的战役，不久跨上其坐骑枣红马，一路向北疾驶而去。一天在途中经过一沼泽地时，其战马不慎将一只活蹦乱跳的青蛙踩死在马蹄下，格萨尔大王顿时心生悲悯，用手托起青蛙的尸体，祈祷并发愿，让青蛙来世也能投生人间，愿它转世成为讲述格萨尔英雄业绩的艺人。上天果然使格萨尔实现了这个心愿，它后来成为一名著名的"仲肯"（意为格萨尔史诗演述人），人们深信，著名的格萨尔神授艺人扎巴老人就是这只青蛙的转世。据传说，按照扎巴老人的遗嘱，在他去世后，人们揭开其头盖骨，果然发现上面有曾被格萨尔战马踩过的马蹄印。这个传说故事至少说明，作为个体记忆的载体，格萨尔演述人在他的产生之初就深深打上了佛教思想的烙印。今天我们所目睹的已经是一个格萨尔史诗的个体性演述形态大行其道的时代，它在民众的集体记忆中正在逐渐褪去，其影响江河日下。更有甚者，纵观整个格萨尔流传区域，除了青海果洛州德尔文部落为代表的少数区域外，不论在作为格萨尔文化流传的核心区域的三江源还是在三江源以外的其他辐射区域，其吟诵和说唱活动成为少数几个职业化或半职业化演述人的专利，也改变了以往那种以集体性记忆方式传承的路径，演述人的集体性身份开始得到分化，陆续出现了掘藏、圆光、神授、智态化、顿悟、吟诵等类型的个体性演述人，格萨尔史诗的传承方式因此进入到了个体记忆阶段。

作为个体记忆形态主体的圆光型、掘藏型、顿悟型、智态化型、吟诵性、闻知型等演述人类型中，除了闻知和吟诵两种类型以外，其他几种类型为格萨尔史诗所独有。他们分别植根于藏族文化中不同的思想文化土壤，但却枝繁叶茂伸向了叙事文学的创作领域。"神授"在藏语中谓"巴仲"（bab sgrung），意为"神灵启示的故事"，似乎与民间宗教中的"神灵启示"有关。"圆光镜"，藏语称"扎仲"（pra sgrung），类乎宗教占卜者在预测未知事物时所应用的预言术。而"掘藏"在藏语中称为"代仲"（gter-sgrung），与藏传佛教（主要流行于宁玛派）中的掘藏传统或伏藏传统有根脉关系。"顿悟"，在藏语中谓"朵巴酿夏"（rtogs pa nyams shar），即是"觉悟体验的豁然性或同时性"。"智态化"，藏语称"塔囊"（dag snanng），类乎象征主义手法在史诗编创中的应用，在二元思维结构下，通过现象世界解读出其背后与格萨尔大王的功业相关的意义世界。据不完全统计，目前在藏区，格萨尔史诗演述人仍然由160多位不同类型的庞大的群体组成，主要生活在三江源地区，包括西藏那曲全域、昌都部分地区、阿里市，四川德格、石渠、色达、红原，青海果洛藏族自治州全域、玉树藏族自治州全域以及海南藏族自治州部分地区、甘肃玛曲县、云南香格里拉藏族自治州等地。

20世纪80年代以后，我国对民族民间文化的抢救搜集和整理工作给予了极大投入。在北京及全国主要的格萨尔流传地区建立

> 回味经典

了格萨尔的抢救、搜集、整理和研究的专门机构。自古以来一直在偏远的山区云游四方、吟诵格萨尔的众多半职业化演述人从此走到历史的前台，一批优秀的史诗演述人被吸收到相关文化机构，成为职业格萨尔演述人。随着全球化和后现代主义浪潮的兴起，工业化、都市化和后现代消费文化观念已经渐入人心。在文学艺术领域，一批高举大众文化旗帜的人士（其中既有民间传承人也有知识精英层），开始以精英文化模式改造大众文化，并使其进入传统社会机制下的主流话语系统，从而出现了"草根知识"经典化的倾向。这种精英文化与大众文化日益趋同，不仅影响着人们的知识体系，而且也影响了人们的审美趣味和消费取向。藏族地区的格萨尔史诗演述人面对全新的社会语境及后现代文化思潮，在适应都市生活的同时，他们的思维方式和精神生活也日趋"都市化"，他们对于史诗的演述活动也开始从"朝圣者型"转向了"观光者型"，[1] 其中格日尖参和丹增扎巴的准书面化文本现象、玉梅的"失忆"现象、才让旺堆的"叛逆"现象均说明了这一点。[2]

三 文本——从历史、神话到艺术

如今我们所看到的格萨尔史诗是一个文本内容浩瀚、话语结构复杂、文类形态多样、传承方式众多，并以跨境、跨民族、跨文化圈流传的宏大叙事传统。但回溯数百年前、甚至一千年前左右在它形成之初，它与众多的民间叙事故事一样，似乎是一个脱胎于历史故事（以历史为题材），并以"传奇"形式流传在民间的故事，它具有片段性、零散性、口传性、变异性等民间口头叙事文类的特点。[3] 那么，一个传奇性的、只鳞片爪的民间故事是何以发

---

[1] 诺布旺丹：《艺人、文本和语境——格萨尔的话语形态分析》，《民族文学研究》2013年第3期。
[2] 诺布旺丹：《后现代社会语境下的格萨尔及其故事歌手》，《呵护传承人 关注守望者：非遗后时代民间文化传承的实践与思考》，中国文史出版社2013年版，第190页。
[3] 这一情形在被证实为保持着格萨尔文本早期面貌的《下拉达克本》和《贵德分章本》中提供了足够的证据。

展成为一部宏大的叙事作品，乃至成为一个蔚为壮观的叙事传统的呢？

我们会观察到格萨尔史诗文本是由不同的文类部件组成，并非一种文类贯穿史诗文本的始终。概括起来可以分为三类：历史性文类、神话性文类和艺术性文类。其中"历史"只是史诗诸文类中的一个组成部分，它在后来的口传语境下，不断经历"去历史化"的过程，神话化和艺术化的意象逐步融入到"历史"中，进一步构筑了"史诗大厦"。回望世界其他史诗，发现诸多的史诗均起源于真实的历史，或以历史作为底色发展起来的。因此，历史即是众多史诗萌发的原点。因此，在格萨尔史诗所包含的三种文类中，"历史性文本"则扮演着"基因"的角色，是史诗叙事本体和史诗故事文本的原型，同时也是史诗形成过程中的两个重要的步骤，即神话化和艺术化的奠基性前提因素。这三种文类的组合与共构是按照史诗发生学的规律来运作的。我们对不同时代的史诗文本加以比照时就会发现，较早期的文本尽管富有故事和传奇色彩，但确实比较接近客观现实，稍后产生的文本具有较为浓郁的神话色彩，而晚近产生的文本具有浓郁的佛教色彩。因此，可以认为，格萨尔史诗的文本在整体上大致经历了从历史经验（原初历史叙事）到历史神话化，再到神话艺术化三个阶段。

世界上大多数文明都是建立在神话传说之上。神话则是人们向自己和他人解释自己源何而来、何去何从的一些故事。用被称为"欧洲最后一名知识分子"的德国天才级学者本雅明的话来说，每一份有关文明的记载都是一则讲述蛮荒时代的故事。藏族文明也一样，开始于神话。神话和历史具有很多共通性。在历史上，很多民族早期的历史往往与神话交织在一起，甚至神话历史化或历史神话化的情形屡见不鲜。但不论是哪一种，所呈现的结果是截然不同的。这可从藏族历史上两个主要人物说起：一位是第一位藏王聂赤赞普（公元前360—329年），另一位是世界雄狮大王格萨尔（公元1038—1119年）。前者生活在两多年千的西藏腹地——雅砻琼结，这一地区后来形成了藏族农业文明的中心，他在自己所在的部落——悉布野基础上创立的王朝——吐蕃后来又成为

> 回味经典

图 1-2 拉孟画师和慈城罗珠堪布研究《格萨尔》唐卡人物造型（诺布旺丹供图）

西藏政治经济文化的中心和西藏文明的策源地。因此，他是一位具有官方身份的历史人物。他生活的年代正处于藏族历史上部族向民族过渡的时代，牧业文明向农业文明形态过渡的时期。而后者诞生于聂赤赞普时代之后的 1300 年左右，他生活在遥远的三江源地区，这里是藏族牧业文明的中心区域，他与聂赤赞普不同，是一位具有民间身份的历史人物。尽管二者生活年代不同，但都具有相似的神话性族源和来历，均被认为受命于天神而下凡作黑发藏民之主，开始了在藏区人间的大业。但二者的业绩在后世的藏族社会形成了两种不同性质的文本。前者成为历史化的文本，后者却被建构成为神话性或文学性文本，即史诗文本。为什么同样作为历史人物，其叙事文本演变成为不同的文类呢？

大凡远古人类在阐释和建构自己的叙事文本时都往往采用两种不同法则，或用"历史神话化"法则，或用"神话历史化"法则。在中国各民族历史上，神话历史化的情形屡见不鲜。就藏族而言，

如何理解格萨尔史诗？

公元7世纪吐蕃第32代赞普松赞干布以前的历史均可视为口传神话性历史。但是神话历史化的情形并不多见。神话历史化和历史神话化是两种思维取向。前者指向"逻各斯"思维路径，后者指向"秘索斯"思维取向（关于此在本文第四节将予细述），因此，会导致截然不同的结果。前者会使玄思现实化，后者使现实玄思化。这种"秘索斯"思维和在这种思维形态下所孕育的神话历史化倾向正是导致汉族人不能产生"史诗"的主要原因[①]。汉族很早就对黄帝蚩尤的战争神话和大禹治水的洪水神话做了历史化的筛选和处理。神话一旦被历史化就说明把神话纳入理性和科学的范畴，很难产生史诗。相反，历史神话化，才有可能产生史诗，为史诗的产生留下一粒火种。

聂赤赞普作为历史人物，其历史先经口传的加工，演绎成为民间传说、继而被神话故事渲染，然后又从神话传说进入文人的视野，经书面化加工，铸造成为今天的"历史文本"。而格萨尔的历史起初也和聂赤赞普历史一样，被神话化，但之后没有步聂赤赞普历史文本的后尘，而是依然在民间口传领域被神话化，走上了艺术化的道路，从而形成了史诗。我们先看看聂赤赞普的历史是如何与史诗擦肩而过的，以便可以更进一步明确格萨尔史诗的形成原因。聂赤赞普是藏族历史上第一个王，是地地道道的历史人物，但他的历史在早期一直以口传方式传播的，先后出现了三种版本：一种是民间的集体记忆，其叙事原型基本符合历史真实，一种是苯教的说法，另一种是佛教的说法。这三种不同的版本共同构成了聂赤赞普神话故事的完整体系。据有关文献记载，它在后来又形成了篇幅宏大的叙事作品，被称为《广本镇魔记》，但在后世沧桑变迁中佚失。他的故事体系表现出"史诗性"特点，它

[①] 朱光潜：《长篇诗在中国何以不发达》，载1934年2月《申报月刊》第3卷第2号。朱光潜认为，西方史诗都发源于神话。神话是原始民族思想和信仰的具体化，史诗则又为神话的艺术化。从《左传》《列子》《楚辞》《史记》诸书看，中国原来也有一个神话时代，不过到商周时代已成过去。中国是一个早慧的民族，老早就把婴儿时代的思想信仰丢开，脚踏实地地过成人的生活，孔子"不语怪力乱神"，可以说是代表当时一般人的心理。西方史诗所写的恰不外"怪力乱神"四个字，在儒教化的"不语怪力乱神"的中国，史诗不发达自然不是一件可奇怪的事。

回味经典

不仅具有传承方式上的口承性，文学体裁上的庄严性，人物事件的重要性，故事结构上的完整性和复杂性，而且具有叙事规模上的宏大性。然而它后来并没有成为史诗的篇章，而是随着书面传统的诞生，在公元8世纪左右经过文人的书面化记录和再造，重新从神话故事中脱颖而出，建构成为"历史"文本，使这一原本神话化历史故事再次成为信史。这样，聂赤赞普的历史又从神话回到历史。历史学家认为"历史学是某种有组织的或推理的知识"①，历史的这种逻辑推理性特质，从此使聂赤赞普神话性历史在理性的轨道运行，成为理性思维的附庸，没有再向神话化的纵深处发展，与诗性表达开始分道扬镳，从而也断送了它向着"史诗化文本"发展的前景。从理论上讲，神话化文本仅仅是历史故事向史诗迈出的第一步，只有历史神话化并不能成就史诗，神话化的历史再次被艺术化，才会迎来史诗的曙光。这一情况到了公元11世纪，在遥远的三江源地区由于"格萨尔"这样一位英雄人物的出现才得到了改变。尽管这个时期，西藏的其他地区均先后不同程度进入了理性文明时代，但这里的人们依然沉睡在神话性（诗性智慧）思维的摇篮中。

根据文献记载，格萨尔是一个历史人物，他生活在青藏高原三江源地区的一个叫"岭国"的古代部落。在上海复旦大学谭其骧（1911—1992）教授主编的《中国历史地图集》的唐代吐蕃地图（820）中明显标记"了灵"地的具体地理位置，这个部落早在唐朝时期就已经赫赫有名了。格萨尔就出生在岭国境内一个万户府的家中。岭国有上中下三个万户府。相传上部万户府位于上部康区金沙江畔，统治境内雅查和岗查雅，恭思和芒竹等地的万户长叫林·萨冬僧伦，僧伦生有二子，长子叫贾查协噶，次子叫格萨尔，乳名叫"觉如"。格萨尔生于公元1038，卒于1119年。该家族的府邸现今位于四川甘孜藏族自治州德格县的俄支。岭家族在《明史》中常常与西藏腹地的帕木竹巴、萨迦巴，止贡巴等名门望

---

① 参见柯林伍德《历史的观念》一书。转引自陈新《历史认识：从现代到后现代》，北京大学出版社2010年版，第28页。

族相提并论，并数次得到中央王朝的册封。明洪武年间被封为"赞善王"，"永乐四年（1406）封灵藏僧著思巴监赞八（扎巴监赞）为灌顶国师。五年（1407）加封赞善王，国师如故"①。又明弘治七年二月癸亥条："灵藏赞善王喃葛坚参巴藏人、赞善王下都指挥公哈坚参巴藏卜各遣番僧远丹等……来朝谢恩，进贡方物。"②2019年7月笔者也前往俄支寺周围进行过学术考察，发现现在的俄支寺由俄支寺和岭仓官寨两部分组成。其中俄支寺，全称为俄支然登泽（'gu zi rab bertan rtse），建于公元11世纪，坐南朝北，依坡而建，该寺的东南西北各有900米的古城墙基遗址，至今依稀可见。清代著名的藏族学者智观巴·贡却乎丹巴饶吉在他的《安多政教史》中所说的格萨尔邀请朗·绛曲哲果和米底嘉纳讲经建寺指的就是这座。当时格萨尔王宫狮龙宫殿与寺相邻而居，现在只保存着寺院，宫殿早已荡然无存。周边还有"茶叶条状"的三个古城堡，据说分别是格萨尔史诗中所称的三个茶城，即甲卡仁莫、甲卡目波和甲卡须莫。其中甲卡仁莫（格萨尔王妃的宫殿）后来被改建为岭仓官寨，并几易其主，现为绒戈寺的所在地，是一组碉堡式建筑群。它坐落于离寺不足一公里的对面的小山包顶上，地理位置非常特殊，周围有一条小河围绕，形成天然的军事堡垒，易守难攻，至今保存完好。俄支寺大金殿内至今保存着大量的壁画，据文物专家鉴定，已有一千年的历史。寺内还保存着格萨尔时代的部分文物，包括娘萨夏玫玛七件陪嫁品当中的一尊生铁黑护法像、阿尼绛曲哲果赠予格萨尔王的本尊莲师像、岭国的般若经，以及岭仓家族为超度岭国勇士用金汁银汁等珍贵材料所写的

---

① 顾祖成编：《明实录藏族史料》（卷二），第1321页。另，在藏文史料《贤者喜宴》中对这一事件也做了记述："如是，法王之恩德不仅使藏地于危难中得以解救，而且尚使帕木竹巴（phag mo gru pa）被（皇帝）赐封为"阐化王"，藏语意为幻化之王子；赐封止贡巴（'brigung pa）为"阐教王"，（藏语意为）兴佛之王子；赐封藏达仓巴（gtsan stag pa）王"，（藏语意为）护教之王子；赐封灵仓巴（gling tshang）为"赞善王"，（藏语意为）依善之王子；赐封贡觉（go'Jo）为"护教王"，（藏语意为）护教之王子等，赐予诸多名号，并使藏地得到了安宁。引自巴卧祖拉陈瓦：《贤者喜宴》（下），周闰年译注，青海人民出版社2017年版，第210页。

② 顾祖成编：《明实录藏族史料》（卷二），第832页。

回味经典

部分大藏经。格萨尔生前的真实生活情景在成书于公元14世纪的《朗氏家族史》①做了较为详实的描述。其中记载了生活在多康地区的格萨尔先后两次邀请密宗瑜伽师降曲折桂（968—1076）前往岭地的历史。其中记载说，格萨尔由于归宗于降曲折桂门下，请瑜伽师先后两次到岭国，降伏鬼怪厉神的历史。因此，格萨尔并不是一个纯粹虚构的人物，其原型应该是一个生活在公元11—12世纪的有血有肉的历史人物。这是格萨尔史诗文本产生的基础。

格萨尔这样一个历史人物，后来如何演绎成为史诗的主人公的呢？其英雄业绩又是如何发展成为史诗文本的呢？社会记忆学理论认为，人的真实记忆可以保存80—100年。即使在使用文字的社会中，活生生的回忆至多也只能回溯到80年之前，之后事实历史或历史经验就进入回忆历史的时期，从而变成了神话。神话是具有奠基意义的历史，这段历史被讲述，是因为可以以起源时期为依据对当下进行阐释。根据这一理论，我们可以去追溯和推断格萨尔从原初历史叙事到神话性叙事的演进过程。如果格萨尔这一人物生活在1038—1119年，那么，格萨尔去世后的一百多年即公元13世纪前半叶左右，人们对格萨尔这一人物的记忆尚处在历史真实的描述阶段，所表现的是一种以格萨尔个体生平为框架所经历的历史叙事方式。其传说化和神话化就在这之后，也就是大约公元13世纪后半叶以后。由于随着存在于人们记忆中的关于格萨尔的鲜活历史记忆的逐渐退却和人们亲身经历和据他人转述的内容的不断被建构，进行传奇化处理，开始出现了区别于历史真实的传说性（或神话性）文本。这就是范西纳所述的"基于实事的历史被转化为回忆的历史"，它为"神话化"的文本的形成奠定了基础。它是格萨尔这个主人公从历史到神话人物演进的重要的分水

---

① 该著作由第一任帕竹第司大司徒降曲坚赞（1302—1372）著。他在元顺帝年间任帕竹万户长。据史料记载，《朗氏家族史》是一部在不同年代分别形成的文集。它由上中下三部分组成，上部分是关于公元八世纪吐蕃赤松德赞时期桑耶寺建成后庆贺典礼期间国王（赤松德赞）、上师（莲花生大师）和静命大师三者的有关谈话辑录。中间的部分是关于瑜伽师阿尼降曲折桂（byang chub'dre bkol）的训言。下部分是关于大司徒降曲坚赞（1302—1364）的遗教。

岭，也是历史神话化的开始。

历史神话化为格萨尔史诗的诞生奠定了话语基础。它使格萨尔这一历史人物由人转变为神，从而为使《格萨尔》从历史文本向史诗文本的演变打下了思维基础。另外，聂赤赞普历史在被神话化之后进入到文人的视野中，纳入逻辑思维的范畴，开始了历史化的再造，成为后世遵循的信史。而与聂赤赞普历史不同，格萨尔的历史在被神话化之后未再重返文人的视野，而是依然驻足于公众的视野，留存在民众的口头中，继续向着神话化道路前行。游历于大众视野的格萨尔的文本便经过一代又一代部落成员们的口头传播，进行故事化的加工，从此进入到了神化期。这种神话性文本是史诗不断从原初叙事向宏大叙事演进的重要环节。史诗形成至今已逾千年之久，今天我们很难追述当初的史诗面目，但所幸的是在现实留存的众多的手抄本和木刻本等书面文本中，《贵德分章本》和《下拉达克本》是为数不多的用于观照和了解格萨尔原初形态以及历史神话化的基本面貌重要的文本。总体而言，从篇制上来说，这两部故事文本均尚未形成宏大的叙事规模，关于格萨尔的英雄业绩只是由一些片段的传说故事组成。据说在东部嘉荣藏区至今仍然还保留着这种用民间故事形式叙述的格萨尔内容①。这些传说故事以一定的历史或事实为原型，夹杂了群众或集体创作的成分。但具体讲，二者在格萨尔史诗文本的形成层面呈现出不同的形态，从而表现了不同的文本发展阶段。

历史神话化是历史与神话相结合的产物。但在历史神话化的过程中，藏族历史上大量的重要事件与格萨尔史诗形成了互文关系，成为模塑史诗文本的重要素材。从宏观上看，整个史诗的时空观指涉了藏族从分散的部落社会走向统一的吐蕃社会的历史事件、社会事象、民俗传统、军事成就等。在互文化的过程中，史诗还借鉴了藏族历史上诸多指涉社会文化事象的概念和术语。"宗"是格萨尔史诗基本的叙事单元，格萨尔史诗往往用十八大宗、十八

---

① 据作家阿来说，他的老家嘉荣地区流传的格萨尔仍然还以民间故事形式流传，没有形成宏大的叙事规模。

回味经典

中宗、十八小宗或六十四小宗等来描述和切分史诗故事的单元。根据文献记载,"宗"的概念最早出现在公元13世纪,"宗"源于藏语的"城堡",当时在偏远的藏族地区它往往是建立一个政权的重要基地。几乎所有的地方政权均以"宗"为据点而扩张其势力。[①] 因此,征服一个"宗"就意味着获得了对一个地方的统治权。除此之外,格萨尔史诗也借鉴和吸收了当时诸多藏族历史文化的元素,包括佛本斗争、历史上吐蕃王朝时期和后弘期时代藏族地方势力间的相互征战等。但这种互文性运用了神话化和艺术化的手法。历史神话化的文本尽管在篇制规模上尚未达到鸿篇巨制的程度,但该史诗的故事范型和基本架构已经形成,先后出现了《诞生篇》《赛马称王篇》以及《霍岭大战》《姜岭大战》《门岭》《魔岭》等篇章。在后来几个世纪的岁月中,格萨尔史诗在历史神话化的基础上,又得到了进一步的发展,本文称之为神话的艺术化。艺术化文本是在佛教思想对史诗文本的影响下逐步产生的。公元13—14世纪,佛教从西藏腹地开始向四周和边缘地区的纵深处蔓延。最终地处边缘并仍然生活在部落时代的黄河源头的各部落也未能幸免于佛教的侵蚀。正如在前一节中所讲到的,在强大的"泛佛教化"的潮流面前,这些地区的各部落先后成为佛教的子民。面对佛教的强势话语,史诗格萨尔则不得不采取折中和格义的措施。导致了史诗文本从神话化向艺术化的过度。在从神话化的文本向艺术化文本演进的过程中,概念术语的更新升级是至关重要的,要对原叙事文本固有的概念予以解构,融入新的术语概念,重新加以建构并融会贯通,达到原有思维范式的转换。神话性文本的艺术化涉及史诗深层话语表达的艺术化问题,即表现在"隐喻化"或"象征化"手法的应用方面,这是对原本语言学的基本表述中介入了修辞学的方法,使原本平面化的语言叙述有了立体的或纵深的表达和意义的深化。钱钟书先生把修辞

[①] 《史书明鉴》(deb ther dangs gsal 'phrul gyi me long)拉萨印刷版,第108—109页。此书在恰白次旦平措的《格萨尔刍论》(ge sar sgrung gi spyi khog skor rags tsam gleng wa)一书中做了引用,但具体书本笔者尚未奉读。

学看成是一种揭示作品意义的基本手段，而且认为唯有通过修辞学的研究，阐明诗篇话语的修辞关系，其意义才会如其本然地不被歪曲地展现出来。与作为语言之实的语音、词汇和语法不同，修辞是语言之华，表达的是语言的意义，属于语言学意义上"所指"层面。史诗话语表达的"隐喻化"和"象征化"肇始于"史诗文本的佛教化"。佛教化是史诗艺术化的手段。

在史诗的演进过程中，艺术化成为神话发展的更高层次和形态，也是神话发展的必然结果。但神话艺术化需要由一定的媒介来完成，佛教即担当了这一角色，成为神话艺术化的主要推手。佛教的介入才使史诗格萨尔化蛹为蝶，才有了从神话故事到宏大性叙事的华丽转身。

艺术化的转向表现在三个方面：一是从把握表象或赋予表象或现象以意义，这种停留在纯精神领域的心理现象由于佛教的参与通过仪式的、文字的、图像的、节日的、庙宇的形式，对自然的神性的召唤等，变得明白可见、可触可及。二是"直觉的知"与"名理的知"的融合，成为"至高的善"。三是它从感性层面向理性层面、从经验层面向观念层面（象征层面）转变。随着理性文明的引入，神话开始朝向更为有意识的方向（教谕化）发展，从直观层面向观念层面—象征层面转变。

史诗的艺术化具体表现在隐喻化和象征化两个方面。隐喻化或象征化是其内部话语的艺术化，是史诗文本意义系统的升级改造，具有深层次和结构性艺术化倾向的特点。其中，数千年深厚的历史文化传统及重大的历史事件和经典故事不断成为史诗格萨尔产生的思维参照系，成为格萨尔史诗文本化历程中的灵感源泉。格萨尔史诗从"史"发展到史诗的篇制之后，出现了大量的隐喻。譬如，格萨尔作为莲花生大士的化身就是一种隐喻，意指格萨尔无边的法力，恩威并施的谋略，抑恶扬善、降伏妖魔的本领，使众生实现和平的宏愿。格萨尔受观世音菩萨的旨意下凡做黑发藏民之王就隐喻了将慈悲、怜悯和智慧撒向青藏高原。隐喻和类概念在格萨尔史诗中的应用使史诗超越了时空和物种的类别等限制，以有限丈量无限，呈现出想象力有多大事物发展的空间、时间和

> 回味经典

维度就有多大的特点，格萨史诗由最初的"章"到后来的"部"，再到十八大宗、十八中宗、十八小宗，以致成为一部宏大的叙事。这主要是由史诗文本"隐喻化"所带来的结果。"隐喻化"并不是史诗格萨尔文本化的终结。随着佛教思想在三江源地区的扎根和普及，史诗文本在进入隐喻阶段之后又继续向着更高的方向发展，此时"象征性"变成为史诗追求的更高的目标。

佛教对格萨尔史诗的影响实际上体现在《格萨尔》从隐喻性史诗向象征性史诗转化方面。通过象征性史诗文本的铸造，将主人公不断从英雄向神、再到菩萨的语义转换，继而建立起佛教的一系列核心理论命题概念。它表现在两个方面：一是史诗发挥着佛教说教思想的辅助工具作用。通过发挥"隐喻"的象征功能，将格萨尔故事作为"喻体"，佛教作为"本体"来解释和普及佛教深奥的义理思想和境界，即空性见、出离心和菩提心，譬如，《霍岭》《姜岭》《门岭》和《魔岭》是格萨尔史诗中最主要的四部，叙述了格萨尔率领岭部落降服其周围的四大劲敌故事。但后来经过隐喻性手法的处理，成为一种象征佛教"出离心"思想的叙事，把霍、姜、门和魔四大敌对部落象征为佛教的"四魔"。"四魔"是指恼害众生而夺其身命或慧命的四种魔类，即烦恼魔、蕴魔、死魔、天子魔，关于破斥此等四魔之法，《大方等大集经》卷九云："若能观法如幻相者，是人则能破坏阴魔。若见诸法悉是空相，是人则能坏烦恼魔。若见诸法不生不灭，是人则能破坏死魔。若除憍慢则坏天魔。复次，善男子，若知'苦'者能坏阴魔，若远离'集'破烦恼魔，若证'灭'者则坏死魔，若修'道'者则坏天魔。"因此史诗格萨尔中的这些战事均象征破除佛教的魔障，体现了史诗格萨尔故事的神圣性。这种方法在其他民族的文化传统中也屡见不鲜，正如孔夫子所谓的"能近取譬"，发挥了用"常识"来把握"未知"的作用。二是表现佛教内容的主体性思想。在这种文本中，作为史诗主人公的格萨尔不再仅仅是一位英雄，而是以一位传教布道的大德的面目出现，往往称其为"莲花生大师"的事业的化身或佛教的护法神，而岭国三十员也变为八十员大将，象征印度佛教中的八十位大成就者，整个史诗文本成为阐发佛教思想的"人物传记",这样将史诗的故事提升到佛教的认识论和世界观高度。以上可见,格萨尔从一个地方的部落酋长变成神通广大的盖世英雄形象,一直到演绎成为大慈大悲的"菩萨相",这种变异与其说是处于佛教化的目的,还不如说是处于艺术化的需要。这与世界其他史诗中的情况极为相似,梅列金斯基说"民间诗歌创作中的文明使者演进为史诗中的英雄,也就是说,文明使者这一形象是在艺术中,而不是在宗教中完成了他的进化"[①]。自佛教观念介入到格萨尔史诗中以后,艺术和佛教二者始终并驾齐驱,但就格萨尔史诗本体而言,艺术化元素远胜于宗教元素,而在格萨尔的颂词和仪轨等佛教性文本中则相反,宗教元素反胜于艺术化元素。其表现在,在格萨尔史诗本体中,尽管格萨尔主人公身上披上了菩萨和护法等佛教的外衣,但其具体内容的描述仍然表现为口传性和变异性特点,也更多地表现了演述人的这一次演述的即席性、创作性、诗性和联想性的特点,处处渗透着艺术创作的特性,而没有受到佛教义理的严格规约。在格萨尔人物的塑造方面,表现出不断从人向神的完美化发展的特点。

值得一提的是,我们在此强调文本的艺术化而非强调文本的佛教化,其原因还在于,我们抛开形形色色、林林总总的关于格萨尔的佛教义理和仪规、颂词、祷告文等文本,就格萨尔史诗本体而言,佛教化既非目的也非其终点。格萨尔史诗中尽管包含了许多佛教内容,但目的并非把它佛教化,因为史诗的文本中在塑造格萨尔这个英雄形象时既有非佛教的因素也有佛教因素。但在贵德分章本和拉达克中格萨尔塑造为天神大白梵天王的第三个儿子。并且他具有拉(lha \ 天神)、鲁(klu \ 龙)、年(gnyan \ 年神)三种民间信仰中的神灵特点。这种天神下凡而为人主的故事不禁让我们想起关于早期吐蕃诸赞普从十三天下凡的历史神话故事。这应该是这一历史典故的隐喻和互文化结果。这必定经过了艺术化的处理和诗性的想象,没有受到佛教思想的影响,也非根据佛

---

① [俄]梅列金斯基:《英雄史诗的起源》,王亚民、张淑明、刘玉琴译,商务印书馆2007年版,第25页。

> 回味经典

教的理念塑造，成为菩萨或护法是后来的事情。因此，不论在历史神话化阶段还是在神话艺术化阶段，格萨尔文本的演进均以艺术的想象作为出发点，诗性思维作为史诗演述的逻辑本源，而不是佛教化作为出发点。尽管在后期的文本中佛教思想逐渐增多，但其艺术化的本质从未改变。尽管在史诗中确实已经出现或正在出现大量与佛教义理思想有关的文本，但这仅仅处于艺术化的需要，不能构成真正意义上的佛教化故事文本，而真正意义上的佛教化的文本应该特指那些关于格萨尔的佛教义理和仪规、颂词、祷告文等文本。这种参杂了佛教内容的文本，与其被当作佛教化的文本，不如视为具有佛教色彩的文本，它们仅仅是因艺术化的需要将佛教中关于完美人格的思想、超越人格的宏大性理念引入到史诗文本叙事中，用来建构和塑造格萨尔尽善尽美的人物形象的理论和思想依据，并且其所作所为均具有崇高神圣的特点。譬如，作为菩萨使者（莲花生大师的事业化身）的"格萨尔并非简单地杀死魔鬼以彻底歼灭之，而是要以解脱'灵魂'或'心'的同时救度它们，把它送到极乐世界"①。因此，佛教内容在此仅仅作为塑造格萨尔完美英雄形象的一种必要的手段。佛教作为一种艺术化的手段，造就了史诗从感性到理性、从经验层面到观念层面更替演进的过程。为史诗从神话向艺术化的跨越起到了重要作用，也为史诗从隐喻到象征层面的过渡提供了哲学基础。

随着艺术化文本的形成，也助推了史诗文本的书面化进程。史诗《格萨尔》书面文本的基本框架开始形成，并出现了最早的手抄本。手抄本的编纂者、收藏者和传播者，主要是宁玛派（俗称红教）的僧侣，一部分是"掘藏大师"所编纂、传抄的《格萨尔王传》，被称为"伏藏"的抄本。尚有部分本子是当初有人记录整理成书，并辗转传抄，甚至被刻成木版印刷。也有部分版本由学者参与进行修撰，成为传世名篇，流传后世。但也有些刊本出自多人之手，形成不同的异文，再经演述人在传唱时不时加工，内

---

① ［法］石泰安：《西藏史诗和说唱艺人》，耿昇译，中国藏学出版社2012年版，第183页。

容愈加丰富，情节也更加生动。在长期的口耳相传中还产生了抄本和刻本。目前所见最早的抄本为14世纪的《姜岭大战》，最早的刻本是1716年北京出版的《十方圣主格斯尔可汗传》。现在流传于世并经常演唱的书面文本大约有30部。

总而言之，艺术化或神话艺术化就是指神圣叙事（神话叙事、虚构性叙事）和世俗叙事（历史叙事、经验性叙事）在史诗文本及其语法规则中的融合，即是在关于历史真实的叙事文本话语表述中加入了隐喻和象征的手法。史诗从叙述外在的客观事实转入对内心精神世界的阐释。从讲述格萨尔这个人物的英雄业绩转变为阐发由格萨尔业绩引发的内心的生命感受。在此过程中，佛教是格萨尔神话叙事向宏大叙事跨越的推手，使处于民间传说和神话阶段的格萨尔叙事化蛹为蝶。如果说隐喻使史诗形成了故事现象背后的意义世界的雏形的话，由于佛教的介入，象征化使这一雏形和基本观念成为明显可见、可触摸的东西，即通过外在的媒介和它联系起来（如仪式、节日、庙宇、颂词、雕塑、绘画艺术等）。象征化经历了以佛教化为主导的艺术化的洗礼，使故事体系化、人物完美化、事件有序化，逐渐成为道德教化的文本。从而完成了格萨尔宏大性叙事结构的生成过程。

格萨尔史诗的宏大性体现在以下几个方面：
- 主人公人神同体的非凡身世
- 多元共构的家国情怀
- 抑强扶弱、济贫救困的人文精神
- 智慧与方便双运的济世之道
- 平等、自由、正义的历史构想

鉴于此，格萨尔的演进轨迹从逻辑脉络上讲也可以概括为三句话：发端于"史"，演进于"喻"，完成于"境"。

四 语境——"理"与"势"的法则

就一种文化传统而言，它在社会和民众中之所以能够得到自觉的传承，有赖于这样两种因素：一谓"理"，是指社会、民众和传

> 回味经典

统的价值标准、社会思潮和人文理念,也就是价值理性;二谓"势",是指社会历史发展的趋势和潮流。传统文化的价值如何,以何种形式呈现,是"理"的问题。而其能否有后续发展则由势的因素来决定。这是千年不变的法则。

语境即涵盖了史诗演进过程中"理"和"势"的全部内容,它关涉史诗赖以孕育和产生的诸主客观条件和法则,包括人文和自然两个方面。世界上共有2000多个民族,有史诗的民族其中只占很少的一部分,能被称为史诗的也只有五六十部。世界上大多数民族都没有史诗。就四大文明古国而言,古巴比伦和印度有史诗,直到近代在我国的三大民族英雄史诗被发现之前,中国和埃及都没有史诗。那么,是什么导致了这一结果,既是同样的文明古国,有些有史诗,而有些却没有呢?从广义上讲,无论是曾经的荷马史诗、印度史诗和古巴比伦史诗,还是我国境内的《格萨(斯)尔》《江格尔》和《玛纳斯》等三大英雄史诗,一切活形态史诗的孕育、形成和发展有两个不可或缺的条件:一是诗性思维;二是口头传统。在此将用较大的篇幅阐述这个问题。

图1-3 拉孟创作的《格萨尔》唐卡(高莉供图)

史诗是人类的一种崇高而神圣的精神产品,它是以客观的事迹所生的意象为主导的,其赖以产生的诸生态关系就建立在这一基础上,因此,其中思维必定起着主要作用。使什么样的思维作为起点,促成了史诗的发生以及其生态关系的构建呢?如果以人类文明浪潮的勃兴作为参照系,把人类的历史划分为原始结构和文明结构的话,那么人类的精神也可以相应地划分为所谓的诗性智慧和理性智慧两大部分。正如从古希腊时期就把人类的思维分成了两种:Mythos(秘索思)和 Logos(逻各斯)。Mythos 代表神话或诗性智慧,Logos 则代表广义的理性智慧。世界上任何一种精神性的原创均与这两种思维有关。古希腊时代,在柏拉图以前,不论在公众聚会和政治、法庭辩论中,还是在荷马史诗这样的神圣文本中,多用神话和故事搭配陈述内容,而且不断从所谓"历史"和"传说"中引用类似的情节加以辩解,且这种陈述往往站在秘索思(不可证实的话语——柏拉图语)的角度进行,相反,逻各斯(可以证实的话语——柏拉图语)的叙述往往被视为异常,且会招致官方的惩罚[①],秘索思较逻各斯是更高级的话语范畴。这种观念到了柏拉图时代发生了逆转。科学和艺术是人类社会两大重要的领域,其中科学以理性或逻各斯为主要法则,艺术以诗性非理性或秘索思为主要法则。法国哲学家丹纳在其《艺术哲学》中认为,在西方,日耳曼人和拉丁人是分别代表理性和诗性精神的两个民族。拉丁民族是极富发散性思维和诗性精神的民族,涌现出了一大批包括达·芬奇、拉斐尔、米开朗基罗、但丁等杰出作家和艺术家。而日耳曼人是典型的以逻辑思维主导的民族,因此他们在世界顶尖科技领域成果颇丰。可见,在一定意义上讲,秘索思促成了文学艺术的成就,而逻各斯则促成了科学理性的发展。"秘索思"是人类最早的思维形态,卡西尔认为,人类的全部知识和全部文化从根本上说并不是建立在逻辑概念和逻辑思维的基础上,而是建立在与诗性智慧相关联的隐喻思维这种"先于逻辑概念和表达方式之上"。诗性思维或神话性思维方式并非按逻辑思维

---

① [美]理查德·巴克斯顿:《想象中的希腊——神话的多重建构》,欧阳旭东译,华东师范大学出版社 2014 年版,第 14 页。

> 回味经典

方式来看待事物的,而是有其独特"神话思维"的方式,这就是"隐喻思维"(metaphorical thinking)。它同样具有形成概念的功能,只不过它形成概念的方式不像逻辑思维那样靠抽象的方法形成抽象的概念,而是遵循所谓的"以己度物""取譬不远","以部分代替全体的原则",从而形成一个具体的概念。所谓的诗性智慧,简单地说就是一种原始思维。维柯关于诗性智慧的经典论述至少告诉我们生活在理性智慧下的人类的两点注意事项:一是先于理性智慧的形态是诗性智慧,并且诗性智慧是人类文化的第一个形态;二是人类在早期都共同拥有过诗性智慧,诗性或神话性思维作为一种共通性因素曾普遍存在于远古人类不同民族、国度、地域的人中间。但每个民族在诗性思维的沃土中,所取得的文明成果有所不同,其中荷马史诗是这方面所取得的最伟大成果之一。换言之,我们不难发现,诗性思维作为古希腊主要的世界观和方法论,在造就荷马史诗的过程中发挥了何等主要的作用。在某种程度上可以说,它是人类诗性智慧的集大成者。因此,史诗作为人类杰出的文学艺术成就,其产生首先离不开"诗性思维"势能的发挥。根据朱光潜先生的观点,汉民族是一个早慧的民族,由于6000多年前就发明了文字,书面化传统极为悠久,逻辑思维也相应很发达。所以,它老早就把婴儿时代的思想信仰丢开,脚踏实地地过成人的生活,孔子"不语怪力乱神",可以说是代表当时一般人的心理。西方史诗所写的恰不外"怪力乱神"四个字,在儒教化的"不语怪力乱神"的中国,史诗不发达自然不是一件可奇怪的事。徐旭生先生的一席话更是一针见血,他说:"古希腊人的幻想力特别发达,所以在他们的传说中所保存的富有诗意的、稀奇古怪的、颇具人情的故事很多,至于我们中国人的祖先却是比较喜欢平淡的、富有实在兴趣的幻想力不是很发达,所以我们所保存下来的古代的故事,比之于希腊的,就神奇方面说,就可差的远。"[①] 朱先生在谈到汉民族没有产生史诗的原因时讲了五个

---

① 徐旭生:《中国古史的传说时代》,载王尔敏《史学方法》,广西师范大学出版社2005年版,第7页。

原因，但主要原因归咎于它具有高度的理性文明和文字传统。另外，他引用克罗齐在《美学》中的一句话说："艺术把一个情趣寄托在一个意象里，情趣离意象，或是意象离情趣，都不能独立。史诗和抒情诗的分别，戏剧和抒情诗的分别，都是繁琐派学者强为之说，分其所不可分，凡是艺术都是抒情的，都是情感的史诗或剧诗，抒情诗、史诗和戏剧都是情趣和意象相融合的产物。因此，史诗的产生不能离开情感和诗性意象的催化。"①

如果说中世纪欧洲的文化生态从"艺术"开始，中原汉族文化生态从"礼乐"开始，那么远古藏人的文化生态和生态智慧是从"神话"或"神性思维"开始的。神话或神性思维是远古藏人的文化生态的运行之道，其特点是非理性的和诗性的，那时的神话就是他们的历史，信仰就是它们的逻辑（信仰取代了逻辑验证），行为具有浓重的情感色彩。我们不管理性智慧（Logos）在现代世界范围内取得了多么大的胜利，都应看到诗性智慧（Mythos）在现代藏族人的生活的社会系统中的特殊地位。藏族对世界的认识方式和思维方式，直到近现代，甚至到今天，在广大的农村牧区仍然是观照世界的主要方式。在此思维形态下，主客观浑然不分的非理性、诗性的思维方式主导着人们的世界观。在格萨尔史诗文本中，把这两种智慧形态很好地结合在了一起。但是，我们应该看到，诗性智慧是格萨尔史诗产生的思维和创作基石。因为"诗性智慧"是人类原初的智慧，它适应了尚处在远古集体记忆时代的藏族牧区那种质朴性思维方式。古代藏族人认为，万物皆有神性，提出了宇宙三界观念，万物均处在神圣的交际和相互制约之中，那时神权与王权相结合，形成了人神合一、时空无限的诗性宇宙观。

诗性智慧又是一种情感性智慧，因为诗性智慧不同于实用的理性智慧，它可以引起个体情感上的积极反应。维柯认为诗性智慧有两个特点：一是想象的类概念，二是拟人化或以己度物的隐喻。想象力可以把人们带入特定的生命情景中去，也可以造化出"贯

---

① 朱光潜：《诗论》，江苏文艺出版社2008年版，第51页。

回味经典

古今与须臾，抚四海于一瞬"的奇迹。以格萨尔智态化文本演述人丹增扎巴为例，在其文本中，大量的内容涉及上至远古神话时代，下至当下粉尘世界，都是一脉相承、相互沟通的，同时在人与人、人与事物、人与自然、虚幻的神仙和现实人间世界、人与动物之间皆有一种亲缘性的关系。譬如，他在《年宝玉则神话》中，用mythos（秘索思）的视角，寥寥数千字，从共时性和历时性两个层面叙述了年宝玉则这座世代被牧民尊为神山的神话传说。从历时性上，叙述了雪山如何从一座远古时代被妖魔鬼怪统治的山成为文殊菩萨的道场，后来成为莲花生教化众生的殊胜之地，再后成为格萨尔嫡系敬拜的神山，以至到近代历史上被尊为果洛三大部落之一的直拉杰家族如何与该山缔结姻缘的幻化历史过程。通过想象把他和他的祖辈世代生活的年宝神山从远古时代瞬间拉近到你的眼前，并且在他眼里，年宝就是一座保存着神话与历史、人与神、现实与虚幻、人与自然演绎生命本真的记忆宝库，它不但给人以无畏的信念，同时也赐以他复颂英雄之歌的心灵感受和体现利乐有情的无上旨归，实现生命的崇高价值。从共时性上，他生动的笔触和隐喻的手法，通过对这座神山周围可感知的雪景、草地、天空、湖泊、溪流和千奇百怪的山石、万紫千红的野花、茂密的灌丛、香味扑鼻的野花、悠闲自得的飞鸟走兽的描述，透析了它们所隐喻的理想化世界。在他的文本中，自始至终充满了维柯所认为的人类儿童时期的"想象的类概念"。在他看来，年宝神山是一个谱系化的、组织极为严密的神祇世界，藏族地区的各大山脉和湖泊在这里组成了一个有序的图谱，并且形成了具有血统关系的大家族。位于阿里地区的冈底斯山和玛旁湖分别被奉为万山之父和万水之母，果洛境内的玛沁雪山为万山之舅，南迦巴瓦雪山被称为万山之子。这里所生活的飞禽走兽和山水草木均系这个理想世界的一员，各司其职，履行布道的事业。更为有趣的是，在丹增扎巴笔下，年宝神山不仅是自然神灵的集聚地，也是佛教密宗所标榜的"无上净地"，其中神山的八个方向分别代表佛教密宗的八大修行方法，[1] 以履行教化终生的事业。"当'诗性语言'以形象化功能把握世界时，世界恢复了它的气韵生动的原貌；当'诗性语言'以暗示、含蓄、象征来表达对世界的理解时，它就具有了象征性，具有了思想启示性。"[2] 这种神话与宗教、叙事与隐理的结合，实际上就是诗性与理性的一种结合。因此，二者并非一贯地存在一种分离关系，在丹增扎巴的笔下有机地结合，并构成了强有力的互补。可以想见，当诗试图深刻地表现、深刻地把握世界时，就不得不借助理性语言。从丹增扎巴的《年宝玉则神话》中还可以看到，充满理性精神的佛教和具有诗性思维的神话的结合，是由诗性智慧无与伦比的特质所决定的。原始集体记忆作为文明传承的主要方式，丹增扎巴生活的这个社会系统内，以布道为目的的佛教，其文学化或诗化的功能大大超过宗教本身的说教方式。因为它极大地扩展了社会影响力，它以文学的方式教谕人，以诗性语言鼓舞人，以诗性语言"言说"神。这也是一种对自然自由奔放、不受约束的心灵歌唱，表现了自然与人、人与动植物间和谐的人文关系和豪迈的理想化情怀。这种描述也只有通过诗性智慧去完成，达到物中有我、我中有物，使人类世界的一切都具有了生命性。自古以来，诗性智慧的mythos（秘索思）和理性智慧的logos（逻各斯）一直是一对对立的概念。诗性智慧可以保持原初的思，包括生命之思、创造之思，它不追求论证而追求感悟、顿悟。诗性智慧的命名和叙述带有强烈的神秘性，是一种歌与诗相融合的对生命本质的思维。通过诗性智慧进行的哲思发端于生命，归依于生命。理性智慧则不同，它通过经典原则、经验知识和逻辑推演来把握世界。诗性智慧在高度发展之后才导致了理性智慧的出现。在历史上，它们两者对立不仅表现在概念上，还引发过一些社会问题。但在丹增扎巴的文本中，这两对互不相容的概念结合得那么完美，顺理成章。那么，何以在丹增扎巴文

---

[1] 八大法行，在《藏汉大词典》中道：宁玛派次生所修出世五法行何世间三法行。前五者为妙吉祥身、莲花语、真实意、甘路功德、橛事业，后三者为召谴非人、猛咒诅詈、供赞世神。

[2] 李永吟：《诗学解释学》，上海人民出版社2013年版，第85页。

> 回味经典

本中把两个似乎对立的概念转化成为相辅相成的一对活元素呢？从理论上讲，这种现象可能是与泰勒在《人类学——人及其文化研究》中所谓的人类思维从神话气质向历史气质过渡这一现象有关。[①] 就丹增扎巴的具体文本而言，不论代表诗性智慧的《格萨尔》和代表理性智慧的佛教的特质多么不同，但它们都有一个共同的特质，那就是隐喻、象征和神秘主义。这是二者之所以能够同归一辙的原因。因此，隐喻、象征和世界符号化的理解方式是丹增扎巴创作天才的本源。

除了诗性思维以外，另一个模塑史诗的重要的语境和史诗赖以生成的因素则是口头传统。口头传统和诗性思维有一个共性，就是它们都是人类社会无文字时代的产物，彼此间相辅相成，相得益彰。

口头传统对于史诗的模塑和生成从两个方面去理解：一方面，口头语言对于史诗形成的决定性因素来自语言的特殊本质，与语言是思想和情感进行时这一关键性要素相关联。只有口头语言，而不是文字，寄托着活生生的情感，它正是理解演述人心灵、史诗主人公以及英雄群像和诸历史事件的线索。与文字相对应的口头语言，是由情感和思想给予意义和生命的文字组织。离开情感和思想，它就失其意义和生命。口头语言是随情感生命而起伏生灭的。口头语言是在特定的现场动态语境和立体场域中，因情、因时、因人进行表达的，具有鲜明的时效性特点。不仅有声音的抑扬顿挫、起伏强弱，还辅以手势、眼神、姿态等多变的身体语言，它们往往随当时语境和交流者的情感而变化，受情感和思想的控制。只有在口头语言中世界才是一个泾渭分明、秩序井然、意蕴生动的生活空间，是一个情景相生、虚实相映的"意境"。只有这样的表达才能模塑出史诗的气韵来。而文字只是口语的一个标本，按照朱光潜先生的话讲，是"从活语言中宰割下来的破碎

---

① [英]爱德华·泰勒：《人类学——人及其文化研究》，连树声译，广西师范大学出版社2004年版，第355页。

残缺的肢体"①。正如"通常散在字典中的单词都已失去它们在具体情境中所伴着的情感思想,所以没有生命"②,犹如陈列动植物标本的博物馆一样。下面我将举几个例子来进一步作说明。人们通常认为,书面文化比口头文化更具优势和重要性。但纵观人类历史,现实却恰恰相反,口头文化是一个比书面文化历史悠久得多的一种文化。人类开口会说话的历史,至少有 10 至 12 万年的历史,人类有文字的历史只有 5200 多年。因此,人类在自身繁衍生存的 94000 多年时间都是在无文字历史当中度过的,在此期间,人类的历史和文明是用口头交际来传承的,也就是说,在书面传统产生以前,口头传统是人类传播自己文明的唯一媒介。在美国学者沃尔特·翁的《口语文化与书面文化》中提到:历史上共出现过 10000 种语言,其中有文字的语言有 106 种。目前全世界共有 3000 种语言,而有文字者 78 种。文明传承的最重要媒介应当是语言而非文字,文字是语言的附属品而非取代品。语言是因人类表达其思想的需要而产生的,因此,语言与人类历史相始终。人类的思想又是与其情感相联系。因此,自然也与人类原初的思维相关联。就在这样的语境下,世界各民族都拥有了自己童年时期不同的历史记忆——神话,它为各自的文明史奠定了基础。在一个口头传统的社会里,文字的功能反而会被漠视,古希腊哲学家苏格拉底讲了一个故事,说埃及有个叫图提的神发明了书写文字,为了与人们分享自己的发明,他便来到统治整个埃及的塔姆斯国王跟前,向他展示自己的文字,声称它们不仅会提高埃及人的记忆力,同时也会增强其智慧。此时塔姆斯说:你这个发明会导致文字使用者因忽视记忆而丧失头脑中的学问,因为他们可以依赖那些疏离于头脑的外在文字,进而丧失回忆事情的能力,你非但没有发明一剂良药去增强记忆,反倒炮制出一种低级的替代品。在那个时候文字在希腊人的文学和教育中没有扮演任何角色,相反荷马史诗产生时 B 类线形文字已经产生,没有对这样一部具有重

---

① 朱光潜:《诗论》,江苏文艺出版社 2008 年版,第 84 页。
② 同上。

回味经典

要影响的文本产生任何影响，它们只是一些被社会上层人士鄙视的宫廷仆人和簿记员的专利。甚至与书面传统息息相关的 logos（可以证实的话语）也在社区中所不齿。也正是由于将口头语言奉为神圣，给予它至高的地位，才使希腊社会拥有了口传文化的繁荣，一直到柏拉图时代，都把"神话"当作强者富于权威性和真理性的话语权利。相反，把逻各斯当作弱者的充满欺骗和诱惑的花言巧语。也正是这样，希腊民族中才创造了被称为"西方文明源头"的《荷马史诗》。同样，就印度而言，其历史一直以神话形式出现在人们的视线，一部叫做《往世书》（*puranas*，又译《古世书》）提供了宇宙从创造到毁灭的过程，其中把宇宙数百万年的漫长岁月囊括殆尽。但它都是在神话的维度下进行演绎的。印度人对编年史意义上的历史不感兴趣，因为它关系到"逻各斯"范畴。直到12世纪，印度的所有历史知识，全是来自外来史料，已知最早的印度史著作是12世纪才出现的卡尔诃那（kalhanna）的《诸王流派》（*Rajatarangini*），又译《王统谱》《王河》等。相反，印度人的口头文化传统极为发达，因此，不仅有吠陀神话，而且创造了《摩诃婆罗多》和《罗摩衍那》两部伟大的史诗，成为展示古印度文化遗产的"宝库"，它们都是歌手在祭祀仪式上用来口头吟诵的。文字的出现使人类带入到了一个抽象思维的世界，带入到了一个符号化的世界，理性文明由此喷薄而出。它极大地限制了诗性智慧的宠儿——史诗的孕育和发展。就我国的汉族而言，由于文字的早产，促成了史学的发达，到春秋战国时代已经形成了较为完整的史学思想，在司马迁时代曾大书标明，百家言，不雅驯，他撰《史记》所参考的资料是一概加以删除，换言之，上古之史诗神话，经春秋到司马迁，已经过六七百年时间的反复淘汰删除，除大量抛弃之外，所余者全心理性阐释，加以改造。这样，使"上古神话大量佚亡，残存的也只是作为旁门左道，散见于野史、笔记、诗歌和小说中"[①]，未给"神话"留下席位，从而也断送了产生史诗的前程。

---

① 黄宝生：《梵学论集》，中国社会科学出版社2013年版，第55页。

如何理解格萨尔史诗？

另一方面，口头范式是史诗产生的基本理论范式，活态史诗必定遵循口头范式而生成。离开了口头范式，史诗的活态存续就会成为无本之木，无源之水。帕里洛德创立的口头诗学理论进一步证明，通过对斯拉夫语史诗的建构阐释了在口头传统下荷马史诗是如何创作完成的及其一系列方法。同时也说明口头传统和史诗之间与生俱来的密不可分的关系。按照"帕里—洛德理论"（Parry-Lord Theory）：荷马史诗与近代南斯拉夫的乡村口传史诗很类似，其语言单元不是单个的词，而是现成的合乎韵律的格式化套语。这些格式化套语是口传诗人们在漫长的诗歌传承过程中逐代创作和累积的，最后形成庞大的格式化套语的语库，可以方便快捷地取用，随时拼凑成符合韵律的诗句，非常适合口传诗人的即兴创作，也便于长期记忆。口头诗人是经过职业训练的歌手，他们从前辈诗人那里继承了很多神话传说的基本情节和主题，以及大量现成的格式化套语，并掌握了即兴创作和表演的技能，但不必把冗长的诗歌全部背诵下来。当他们在民间、宫廷和宗教庆典上弹起竖琴为听众表演时，在把握故事基本脉络的同时，即兴创作故事的细节，熟练地取用语库中现成的格式化套语，根据需要灵活快捷地即兴组诗句并吟唱出来。因而，每次表演都是一次即兴创作，也是一次创新，逐字逐句的准确记忆（verbatim accuracy）几乎是不可能的。因而，口传英雄史诗的内容很不稳定，每次表演都有所改动，但诗人往往并不觉得他在随意改动诗歌，而认为自己的每次表演都在忠实地复述旧内容。与书面文学的流传方式明显不同，前者是通过诗人歌手的表演来实现，听众从诗人那里听到故事的内容，而不是去阅读诗人的书面作品，因而是活的流动的故事，是恒常变动的。变化是特征，是难以避免的。这种变动源自记忆的不精确，表演时的即兴发挥，或诗人出于艺术审美需要所进行的修饰和调整，或是为迎合、取悦和吸引听众，因为听众的兴趣随社会环境和观念的变化而转移，歌手必须随之做出调整，加入听众理解、喜爱和感兴趣的情节，删去听众厌倦、过时的情节和生僻的套语。诗人通过表演与听众交流，维持双方的一种互动关系。听众不是被动地去听，而是积极地影响诗人的创作

> 回味经典

表演。因而在某种意义上，听众也参与了的创作。这体现了的社会性，即随着社会的发展而不断做出调整，"与变化的世间经验相呼应"，因而是与时俱进的。

早期学者只强调史诗的古传性，"帕里—罗尔德理论"则强调史诗的口传性的同时也未忽略其古传性，因为格式化套语的语库不是短期内所能形成的，需要长期的创作和积累；因而史诗既是古传的，又是恒常变动的。然而，过分夸张口传的不稳定性，贬低记忆的作用，也会导致谬误。古代的史诗毕竟不是无法驾驭的脱缰野马听凭诗人随意改动，无任何稳定性可言。应该考虑很多制约诗歌随意变动的因素，特别是听众的监督作用，使诗人在每次表演时不能肆意改动故事的基本情节，否则难以被听众接受。因而强调，在承认口头诗歌的口传性所导致的内容不稳定的同时，也要强调故事基本情节的相对稳定性，这种相对稳定性确保了某些古代历史记忆能世代延续下来。有关口头诗学与格萨尔史诗的关系问题在本书中专辟章节讨论。

总而言之，对于口头范式而言，基本术语与概念都与书面文学大相径庭，对一个词、一句诗、一篇作品，对创作、模仿、理解一部作品，对文本和语境，等等，都会有与书面文学迥然不同的界定。[①] 活态史诗正是倚重口头诗学的基本理路，结构成形、意义生发、文本流传、接受理解等独特规律，以及由声音的重复、旋律、抑扬、节奏等勾连的时间结构和重复、复沓、双声、叠韵、合声、帮腔、押韵、音步、平仄等结构化、程式化的语音结构，这一系列"口头程式"来建构和运作的，离开了口头程式史诗则无法自足独立地存在。

就格萨尔史诗而言，其产生也自然离不开诗性思维与口头传统这样两个重要的因素。那么藏族的口头传统之于格萨尔史诗又具有什么样的意义呢？这还得从藏族远古文明传统开始说起。公元7世纪以前，即吐蕃王朝的第三十二代赞普松赞干布之前的藏族历史和文化，都是用口头方式传承下来的。7世纪，由大臣吞米桑布

---

① 刘宗迪：《古典的草根》，生活·读书·新知三联书店 2010 年版，第 97 页。

如何理解格萨尔史诗？

扎根据梵文创制了现在的藏文，从此，开启藏族文化的新纪元。但当时藏文的适用范围有限，且主要用于翻译印度佛经，或用于政府公文，许多藏族历史文化的传承仍然采用传统的口头方式。公元8世纪藏王赤松德赞时期，吐蕃王室加强了对书面文献的建设，在刚刚建立的藏族历史上的第一座寺院——桑耶寺开辟了译场和佛经典藏场所，进行大规模的佛经翻译活动，并且根据大臣郭·赤桑雅拉谏言，将流传在民间的王室历史加以收集，书面化记录、整理①。第一次将流传在口头的先王的历史纪录成为文字，藏族才有了书面化的历史。作为远古口传时代主要文明成果由三部分组成，即仲（sgrung）、第乌（ldeu）和苯（bon）教。它们即是远古文明的三大家底。"仲"是一种古代藏人用通俗易懂的寓言故事讲述祖先世系、宇宙和世间各种道理的民间传统。第乌既是暗涉事物，并在象征与概念、诗性与理性之间互相沟通、联系和理解的一种隐语，也是古代藏人开发智力、启迪智慧的知识体系。苯教是藏族的本土宗教，总括了古代藏族人对人生、社会、自然界及其相互关系和发展规律的认识、阐释和相应的仪式仪轨活动。三者相互关联，互为前提，不仅成为西藏远古文明的主要载体，它们分别代表当时藏人的人文知识体系、自然知识体系和思想信仰体系。三者相辅相成，共同构成了辅佐王权治理社会的文化生态系统，它们也是远古藏族文明的三大家底，同时也形成了西藏文明的底层结构和藏族文化生态的基质。其中"仲"在藏语中意为"长篇叙事故事"。在口传时代，"仲"是历史的一种特殊记忆，这种记忆往往具有神话或传说的性质，是古代藏人认识和阐发自身和自然界的一种具有普遍意义的思维成果。"仲"也无疑是了解藏族书面文献出现以前的藏族历史和王室谱系的重要材料。那时，

---

① 山口瑞凤在他的《西藏》上卷中谈到藏族的说唱故事时说：仲若说"钟"是什么时，以后代语言的用法，"格萨尔"也被算在钟之内；原来是指提起古代的事件或教训的先例来说的。这些钟是在赤松德赞王翻译佛教的典籍时，由于郭·赤桑雅拉（mGos khri bzang yab lhag/lag）大臣的进言，记录截至当时所传的祖先以来的传承，包含于叫做《人法》（michos）之内的。在某种意义上来说，不成文法的体系性说明是《人法》，而称呼传述那些的人们为"锤"。以现在的说法是"钟巴"（sGrungs pa，说唱神话故事者）。请参见山口瑞凤著，许明银译《西藏》（上），（台北）全佛文化2003年版，第350页。

· 37 ·

回味经典

仲（是指民间长篇叙事）主要是以口传神话为载体叙述王族历史的叙事。除此而外，"仲"还包括三个方面：一是以诗歌形式阐述的各种创世神话、宇宙起源神话；二是族群谱系的长篇叙事故事；三是寓蕴深意的动物神话故事。因此，我们可以认为"仲"是格萨尔史诗的前文类形态，它对于后来格萨尔史诗的产生起到了模塑作用。

对人们的生活实践产生直接影响的，除了"仲"，还有第乌和苯教。"第乌"是藏人运用符号、谜语和神秘语言传递知识、交流信息的一种符号表达。藏族文学作品对此有很多纪实性描述。"第乌"往往被人们解释为"谜语"。这类谜语在藏区随处可以听到，种类繁多，谜语要用含义晦涩的隐语来描述被猜之物。显然谜语是培养心智才能的一种方法，无论其社会阶层、年龄或文化水平有何差异，任何人都能以这种方式培养自己的认知力，增强记忆力和智力。谜语的这一特质是不容置疑的，但"谜语"却不能涵盖"第乌"的全部含义。在古代，赞普和大臣们以"第乌"治理吐蕃，绝对不能理解为这些人仅靠猜谜培养才智和能力来治政，或认为他们在大议事厅聚议并用猜谜的方式互相提问来商议各种政务。"第乌"一词还有更宽泛、更深刻的含义，从出现在众多吐蕃赞普名字中的这个词及其变体"德"（lDe）即可确认这一点。第乌还广泛用于密义的传授、情报的传送等。自古以来，佛教和苯教《大圆满》经文在藏区广为人知，并被视为一切宗派义理的精髓。在经文中，"第乌"以简短、令人费解的寓言形式，通过象征符号阐释了真如实相。毋庸置疑，这反映了"第乌"含义深刻并被提升了的一面。

"第乌"的另一个独特功能是通过象征性物品或实际密码传递情报信息。下面这个例子引自敦煌写卷，记述了赞普松赞干布姐姐赛玛嘎尔（Sad-mar-kar）被送给象雄王李迷夏为妃后，派人给松赞干布送去的回答。

当大臣芒琼（Mang-chung）拜见后妃时，她说："我没有什么书面答复给赞普，我的兄弟。我很高兴他告诉我他身体康健。把我的这份礼物直接交到他的手中吧！"她交给大臣一个包裹。大臣芒琼返回面见赞普时，说："后妃没有书面答复，她吟唱了这些诗句，并交给我这个包好的包裹。"赞普打开小包裹，看到里面有30块上乘的绿松石。在长时间思索后，赞普说："它的意思似乎是，如果你有勇气迎击李迷夏，就像男人那样把绿松石绕在脖间；如果你表现得像个女人，那就像女子那样把它们作为饰物插在发际间吧！"

随后，赞普和大臣们再次商议，最终，他们推翻了李迷夏政权。"第乌"是以象征性、具有符号含义的解释技巧为依据，无须使用语言就能传递秘密信息的密码语言。还有口头语言或解谜形式，被用来交换秘密信息的。① 吐蕃时期对"第乌"的推崇极大地促进了这种文学样式的发展。

苯教是藏族远古本土智慧的又一重要载体，它使藏族人在其远古时期对人生、自然的思考，从混沌蒙昧状态迈向抽象化、概念化、理论化、仪式化和秩序化。苯教与神话有着密不可分的关系，不论是阐释世界和人生起源的神话故事，还是启迪智慧的"第乌"，都因为与苯教的关系而得到很大发展。苯教与神话的关系主要体现在苯教的教义精神建立在由神话所构成的信仰观念上。苯教的教义多表现为神话材料的引述。苯教的神话是随着对周围民族宗教成分的吸收逐步积累产生的，因此，苯教神话中既有藏族传统的神话元素，也有中亚地区宗教神话的引入。苯教将外来宗教里的各种神话，诸如宇宙起源神话、人类起源神话等条理化后作为自己的宗教教义，从而形成经文神话的多元构成。② 苯教的神话与其萨满教式的宇宙结构观念是密切相关的。在苯教中，宇宙分为天界（nam mkhav）、中空界（bar snang）及地下界（sa/sa vog），称为"三界宇宙结构"。天为神界（lha），中空为赞界（btsan），地下为龙界（klu）。宇宙层次的分割与原始人观念中的灵魂居留移动特征有关。灵魂在人类意识领域中出现善恶之分，善魂

---

① ［意］曲杰·南喀诺布：《苯教与西藏神话的起源》，向红笳、才让太译，中国藏学出版社2014年版，第46—49页。

② 谢继胜：《藏族苯教神话探源》，载《苯教研究论文选集》（第一辑），中国藏学出版社2011年版，第626页。

上升，成为天神，同时又成为祖先神。尽管"仲"产生于民间，但在苯教中藏族的这种原生神话被纳入其宇宙三界观的信仰体系中。在苯教中有一种"芒"的仪式，就与神话故事及其相关仪式有关。这种仪式很多时候是专门为某些神灵举行的，在这类仪式上，祭司与神灵用故事宣讲的方式公开沟通。其具体功能是用故事来宣讲与某人谱系相关的神话，这种宣讲以独特的起源神话为据。有些神话是藏族本土神话苯教化，有些则吸收邻近民族的宗教神话，并进行苯教化的改造。因此，神话的宗教化变异是藏族宗教的一大特点。神话的宗教化是指神话演变成带有宗教仪礼形式的神话；神话中包含的文学想象或情节成分降低，文学性减少，神话的口传范围缩小，并纳入宗教典籍或宗教仪轨之中。

格萨尔史诗是藏族数千年口头文化的精华和口头传统的集大成。尤其是"仲""第吾"和"苯教"这三种藏族无文字时代特有的文化传统，为格萨尔史诗在后世的横空出世奠定了基础。

《格萨尔》诞生于公元11—12世纪以后，但它并非产生在西藏腹地，而是产生在远离拉萨、山南、日喀则等西藏中心地带的三江源区域。其原因则与诗性思维和口头传统这两个因素有着直接的关系。

我们通常认为：格萨尔史诗是藏族牧业文明的代表作，是藏族数千年口头传统的集大成。如何理解这两句所表达的意思呢？在前面提到，西藏第一代王——聂赤赞普大约出生在公元前300年。他的出现使西藏社会产生了两个重大的转变：一是在雅砻河谷（今天的山南琼结县）建立了第一个宫殿，叫做"雍布拉康"，并以宫殿为中心，出现了第一座村落。使藏族人一直以来所从事的"逐水草而居"的游牧生活开始过渡到定居性生活。二是在宫殿下面的"索唐"出现了第一块农田，使在西藏腹地延续了上千年的牧业文明开始转变为"日出而作，日落而息"的农耕生活，第一次出现了农业文明的曙光。到了第九代王布代贡杰时，他手下有一位名叫茹勒杰的大臣，发明了灌溉、耕作技术、冶炼技术和建筑技术。这一文化的变迁和技术的进步对于藏族农业社会的发展起到了决定性的作用。它导致了西藏腹地牧业文明向农业文明的彻底转型。从此,牧业生活方式在藏区腹地被边缘化,牧业文明的中心逐步转移到三江源等边远地区。尤其到了公元7世纪的松赞干布时期,迁都拉萨,藏文字的发明和佛教的引入,使与原有的苯教文化产生了矛盾,也就是原有的文化生态遭到冲击,这种本土文化与外来文化间的对抗和矛盾,最终使延续了1200多年的吐蕃王朝彻底崩溃。这两种文化生态冲突所导致的社会乱局在后来一直延续了200年。在这200年的时间里,整个藏族地区处在分裂割据状态,各地方势力各自为阵,纷纷建立了地方政权,并从印度输入了不同流派不同门类的佛教思想和文化成果。各种思潮风起云涌,大有"百家争鸣"的态势。这场文化复古运动先从安多藏区(现今的青海西宁附近)向西藏腹地侵蚀,然后又从卫藏等藏区腹地向外扩张。形成了整个藏族地区内外联动,边缘与腹地合流的佛教文化复兴运动的态势。在这种语境下,宁玛、噶举、萨迦、格鲁和觉囊等宗派如雨后春笋应运而生。面对强势和主流化意识形态及书面文化视为至上的佛教传统,民间文化被排挤在边缘,受到歧视。在历史上,长江、黄河和澜沧江地区不仅在地理上属边缘地带,在文化上也处于边缘地带。但边缘化并不一味地表现为一种消极的形态,这里却是民间文化最纯正的沃土,口头方式依然是传统文化的主要载体。在以口头表达为主要交际方式的社会,口头方式是他们之间相互交往、交流的主要媒介。部落内部的制度和契约完全以口头形式厘定,正如有民间谚语曰"汉族以立文为尊、藏族以立言为循",他们极为看重口头立誓,因此,立誓或盟誓制度也成为古时藏人维持事物秩序的重要途径。他们在谈话时往往使用史诗时代的人物的口吻相互戏虐。讲述故事、传唱部落历史、崇尚英雄成为他们的日常生活内容。这种传统在遥远的三江源地区仍然保存完好。这为史诗在该地区的形成和传承,高扬史诗大旗提供了一种氛围。他们的思维方式、生活方式和待人接物方式均尚保留着一千多年前的史诗时代的遗风。尽管佛教的潮流几乎席卷了整个藏区,佛教化的理性思想被定于一尊,书面化越来越受到人们的重视,这一边缘地带佛教势力依然相对薄弱,尚不曾遭际佛教意识形态的独霸,人们的神话思维亦未被理性和

回味经典

经验知识所肢解，成为史诗赖以产生的思维基础。这里的民众在一种超验的想象和神话性思维形态中延续着人类古老的诗性智慧。这种隐喻性、想象化的诗性思维使这里的人们摆脱了有限的桎梏，享受着无限与自由。有学者提出了文化的"边缘活力"概念，认为边缘化可能给精神文化创造带来艰难，无法进宫加爵，但它可能在成规相对稀薄、禁忌相对宽松之处，获得精神的原创性或精神创造的自由度。对于千年史诗发生学来说，这似乎是一条不应忽视的通则。凭借这种精神和思想上的自由度，边缘化为史诗带来了精神的原创活力，并使《格萨尔》在民间生了根，未被拔离土壤而保持着活的多种文化因素的哺育以及演述人心魂系之的天才创造，由原来有限的几部，龇牙蔓延，生机蓬勃，拓章为部，部外生部，仅降妖伏魔部分就衍生出十八大宗、十八中宗、十八小宗，尽情地吸收整个民族的丰富智慧，最终在篇幅上长达百部以上。这是理性和书面化所不能做到的。格萨尔这样一个独特的民族史诗也由此得以孕育和诞生。三江源这一以牧业文明为主的地区由此成为《格萨尔》史诗的活水源头。

除此之外，格萨尔史诗的产生也离不开青藏高原这样一个独特的地理环境和自然语境，尤其是以黄河、长江和澜沧江源头为轴心的自然环境。没有青藏高原，没有三江源，格萨尔史诗的命运必将会是另一番样子。难怪有学者把我国的三大民族英雄史诗分为江源史诗、草原史诗和山地史诗。江源史诗指的就是格萨尔史诗。

格萨尔史诗故事谱系：王者风范

益 邛[*]

益邛

神马飞踏白蛙之灵光，照亮歌者梦坛。无尽诗海源头从雪山中喷涌。神性与理性的双重变奏，是藏民族精神世界高维智慧的阐释。

古老史诗的现代性表达，概念、术语、范畴的清理、激活、重构、创造是《格萨尔》本体继承与理论建构、发展的重要途径。

---

[*] 益邛，四川省色达县格萨尔学者。

成就利世蕴妙音　　燃烧智焰光串环
征伏恶魔耀威风　　雄狮大士祈赐智
泥沼开莲第一相　　红镜中现雷电鬘
霹雳英雄胯雄风　　祈祷势怀天下王
空行自在枣骝骏　　神索飞套四肢脚
三有空藏逢顺缘　　祈祷高贵集身者
一群虎狮鹏龙獒　　好似风狂的醉汉
突现激烈竞争势　　祈祷隐身出众者
犹如明净水晶身　　众人坐前悦耳歌
点亮人皆心中喜　　祈祷妙音灵动者
诸天集前呈美颜　　众星捧月崇高美
势如风暴卷乱云　　祈祷风展持蠹王
喜乐日月光洒地　　胜利宝幢高悬处
名声如雷震大地　　祈祷获胜登基王
彩云呈现螺旋状　　泥淖出莲初露容
众人所敬清净身　　祈祷意境现真身
一切逞强得势者　　发髻触地连叩首
摧毁魔众呼衰号　　祈祷善方尊胜王
世间一切善美事　　悉获自在如意身
不老永恒为自性　　祈祷利益众生尊
如是祈祷之缘生　　三主莲花化战神
祈住意间青莲蕊　　祈赐所求任运成

——节译一代宗师居·米旁大师《格萨尔颂》一书

在浩瀚的藏族典籍中，传记是数量较大的一个文类。传记又分"内、外、密"三种，视内容而定不同的名称。关于高僧大德最神圣的事迹一般冠以"密传"。以上诗文与《格萨尔王传》中的"密传"相关，它用隐喻性修辞和符号化话语表达其神圣的生平事迹。如果未获用于诠释的相关技艺术（授记）或秘法，理解有一定的难度。然而从字面理解，此乃为一首"格萨尔祈祷词"。与此同时，文中充盈着对格萨尔王的崇敬之意。特别是这首诗的意境呈示了岭部落赛马和各种欢庆仪式的宏大场景，独特的诗性隐喻，给人以崇高美、朦胧美之感。这首诗还有一个更重要的意义在于其隐喻解读，成为人们关注的重点。一百多年前，本文作者的传承弟子根据上师密意阐释，撰写了《英雄诞生》《赛马登位》《占领玛域》三部传世经典。乍一看，隐喻诗头四行诗文就是一段书首礼赞，其实包涵了格萨尔为何诞生、如何诞生、何处投胎，以及占领玛域故事信号密码。紧接着就是赛马称王故事密码，为这首诗赋予了历久不衰的生命力。它属于《格萨尔》史诗的开篇之作。人们认为这三部"史诗"象征欢乐、吉祥、美好。从这一意义上讲，于此则择这段内涵深邃的诗文，作为开启诗海大门的金钥匙，并按藏族传统文本格式将其作为文首礼赞。

一　虹坛莲歌

塑成一个雕像，把生命赋予给这个雕像，这是美丽的，创造一个智慧的人，把真理灌输给他，这就是美丽的。

——雨果

格萨尔——
　　　　　一位叱咤风云的英雄
　　　　　一个感天动地的故事
　　　　　一部震撼人心的史诗

一位法威无边、名声显赫的天赐神将，为人间驱邪逐魔、消除灾祸、除暴安良、压强扶弱、护正祛邪的英雄。至善至美的心灵外化，充盈着主体生命及人格精神的张力，垒堆出一个族群雄伟的精神高地。

悠悠岁月，沧桑史话，人世间演绎着一幕幕纷繁复杂、难以记述的历史悲、喜剧。其中人们刻骨铭心的历史记忆，就是从古至今，人类的战争烽烟从来没有息静过，理性与反理性的较量从末停止过。人民群众蒙受战火荼毒，沉浸在苦难中的天下苍生迫切

> **回味经典**

希望出现一位宇宙秩序的最终安排者,希望出现一位威震世界的英雄,他具有撬动世界的能量。与他争衡为徒劳,同他和善对话,他就是你走向幸福和终极幸福的引路者。他是铲除世间暴力、杀戮、邪恶、贪婪、嗔恨、顽痴之祸根的力量。他此生的终极目的,是让世界和平、让众生幸福。

图2-1 西藏昌都县江达县瓦拉寺《格萨尔》古壁画(高莉供图)

天界，没有痛苦，是远离烦恼的净土。然而居住在那里的诸善逝和神明并非体味绝美极至的天界安乐，圣者们的慧眼洞彻人间风云变幻、灾难叠加的众生命运。他们用温暖的心灵救拔深陷泥淖的无数有情。在岁月的流逝中，天目滴落的眼泪汇成利益万物的甘露，又化作一缕永恒的光亮，观照世间，这是连接天地间的彩虹之道。天意与民意的契合，徐徐拉开了一幕幕被诗意照亮的"英雄史诗"的序幕。

丰富多彩、文明向上的人类历史伴随着邪恶和黑暗、人性与魔性的博弈。一个时期，在雪域高地，一时成为恶魔横行的人间地狱。恶念在他们的血液中形成毒素，释放出滚滚黑烟毒气，弥漫雪山、草原的上空。他们是文明和理性的叛逆者。人间灾祸连绵、生灵涂炭、黎民百姓连遭厄运。世界充斥暴力和血腥。人类的灾难就是神明的疼痛，众生幸福就是他们极致的安乐。此时天界诸神对众生的疾苦感同身受，让悲悯之光射向那一方黑暗地带。十方善逝身加持之力汇成"翁"字，又化作八辐白轮，出现于即将投生人间的天子头顶上空。刹那间，空中发出一种自然的悦耳声："富有功德的男子汉，起名图巴嘎瓦，具加持力的世尊，闻名皆生喜，恶业日益蠲除。具势力的首领为一方带去安康、和善的春天。他是草地的杜鹃，雪原的绿洲。愿如期降伏四方恶魔，愿与你结缘者远离恶趣，愿亲睹圣容者往生净土。"

图巴嘎瓦这一名号勾勒出一篇无尽长诗的轮廓。洞悉一切的十方诸神不约而同的圣意所指，派遣净天王之子图巴嘎瓦下凡拯救世间有情。天子双手合十置胸前禀道，天令不可违，利生吾乐，然而平息人间苦海恶浪，丧生害命不可避免，善性人生，于心不安，祈请免罪加持。诸神下旨示，你是负重下凡的不二天子，赐福众生的机缘已至，荣耀使命是前世修来的福德。为爱所苦的博大情怀，如同风雨之后的彩虹，美丽而快乐。你行走的路上，无数凶险的拦路虎，是你事业的极大违缘。当你陷入困境之际，有形影不离的神灵助佑。伤生害命，是你四大使命中必不可少的诛事业，是诸神对你的特殊开许。因为，剑殛厚积恶业者之时，就是他们走向安乐之道之日。诸神赋予天子，智剑荡涤恶魔的神变法力，度化众生的慈悲愿力。世界是一片辽阔的戏场，人生到处安营扎寨，莫学那听人驱策的哑畜，做一个威武善战的英雄。在那彩虹帐室里，天子接受了神明的下凡之令，聆听了各路神明的教言。

一个非凡人物离世或降生，往往伴随着奇妙的征兆。天子投胎母体，龙女噶萨拉母梦境中聆听了诸神总体莲王大师的预言，"不久将来，你身怀一位伟大人物，届时众神护佑他的降生与成长"。与此同时，莲王把黄金金刚杵置龙女头顶，为其加持。此时一道闪烁的金光融入噶萨体内。从此她的身心格外舒畅。一个吉日良辰，旭日东升之际，寒冬雷鸣，冻土开花，一道彩虹射向噶萨帐房，空中妙音悦耳。噶萨无任何疼痛感，诞生一个如同三岁男童。美丽可爱、眼睛清澈，未被任何轮回的烟尘所染的非凡男婴，他在祥瑞的光环中，缓缓扫视世间烟尘后唱道："天子变人身，我身当佩三饰品，美丽的宝珠串，光芒闪烁圆明镜，水晶质地金刚杵。象征智悲力怙主。祈福世界平安，事业圆满成功。排遣妖魔九术，十三战神护佑吾，全获争战之胜利，九大兵器齐吾身。"同父异母的兄长贾查闻此喜讯，立即前去看望这位光临人世间的新弟弟。男婴一见贾查，倏地坐起来，面带微笑，端详那位挺拔俊朗的白颜将士。贾查高兴地抚摸男婴稚嫩白净的双手，为其取名"觉如"。不久，觉如在暗地里开始崭露他非同寻常的头角，初呈天子风采，启动宏业之轮。慧眼洞察到周围有形、无形的各种妖魔鬼怪正在兴风作浪、伤害无数生命。就在这时，所有妖众之魂铁鹞三兄弟居于大山深处，他变大，地动山摇，变小，如虫子一般，天天守护妖众魔命根，伤害众生。降伏机缘已至，觉如立即接过天降弓矢，一箭射出，只见三铁鹞尸如同飘落雪花，落地而死。此乃为天子降生的第一天，首次铲除了伤害众生的毒根；三天之后制伏修法术者贡已热杂；第五天，制伏邪性长角黄羊；第六天，制伏邪恶色日玛布；第七天，制伏邪恶三黄鼠狼；第八天，制伏叔父家鬼驹豁嘴；第十天，制伏九头牦牛鬼；第十一天后，制伏多种鼠兔鬼和阴山鬼魂树。从诞生后的十二天到十二岁，一个孩童的历史使命并不轻松。期间有经历磨难的困惑，有成就事业的快乐。一方有情，依稀窥见到平安的曙光。

格萨尔的童年，隐去真实本我的存在。这是天意的安排，圆满事业的需要。但不能排除命运的捉弄、现实残酷因素的可能性。童年时代，他在苦难中残喘、夹缝中求生，受人欺压、被人歧视。他生活赤贫，衣着褴褛，示显一副生路难寻的乞丐之相。吃得苦中苦，方为人上人。这对于洞悉生命真旨的人来说，更会品尝苦涩中的香甜之味，吃苦是一个人步入成功之路的另一种良师益友，特别是那些一心为利他的高尚人，更是这样。格萨尔的童年经历，正是讲诉这样既简单又意味深长的道理。

二　速度与隐情

无论如何隐蔽，一个德行具足人，心灵的光亮，有时不经本人允许，悄然射穿被遮掩的外表，直刺无情者的眼球。与此同时，二元背反构成的阴影，就是与他同行的博弈者。

觉如诞生之后，一直保持着丑陋、赤贫的表征。然而，他非凡的本领，在降伏各类妖魔鬼怪的过程中，不可避免地显露出来，成为人们热议的话题。俗话说"传闻经人口，越传越多，财物经人手，越传越少"。此消息不胫而走，很快传到达绒部落首领、觉如伯父超通耳边。他是一位有争议的岭国重要人物，有时内外勾结，行祸国殃民之事，有时关键时刻立下无法替代的战功。人们说，有超通不行、没有超通也不行。此时此刻，超通捋了捋编有吉祥结的花白胡须，紧皱眉头，思考片刻后认为，觉如这不神不鬼、行为诡异的人，肯定是一个邪恶化身，对岭国极为不利，同时，他的思绪牵出了另一个更为重要的问题，觉如有可能成为他往后篡夺岭国王位时，难以排除的一大障碍。那还得了，于是他心生歹念，火苗趁小时即扑灭，星火燎原之后难控制。趁早除掉这害群之马为上策。妄图把觉如扼杀于襁褓之中。他亲自前去，以看望侄子、送礼之名，把放有毒药的蜂蜜液喂男婴。觉如高兴地喝下所有蜂蜜液，片刻后，从指尖排出黑色毒素。超通失望而归。

回味经典

第二计，超通请当地著名恶咒师，诅咒觉如，正好该咒师就是天子制伏对象之一，只有就地送终、度化就搞定。二次暗害行动以失败告终。

第三计，超通到处造谣惑众，蛊惑人心，说觉如的存在是岭国的一大毒瘤，因为他是恶魔的使者。如不尽快驱逐他，岭国将面临一场大灾难。不少岭国重要人物信以为真。不久由超通主持，岭国举行了大规模驱逐觉如母子仪式，这是一种驱逐邪恶的极至仪式。百僧诅咒，百男持箭，百卒持矛，百女撒灶灰，百咒师挥黑旗。觉如反骑马背，被强行驱逐出境。

羽翼未丰的觉如同噶萨被逐至黄河流域玛麦玉隆松多。那里是人迹罕至、妖鬼出没、盗跖横行的一片凄凉之地。然而，该地方既是觉如理想的领地，更是事业的化机地。困境中方显高贵者本色，母子俩在与世隔绝的无援孤境中，住破烂帐篷，挖野菜、打鼠兔，最简单的生活维持最宝贵的生命。

由于觉如的存在，玛麦的自然环境逐渐好转。首先他消灭了所有妖鼠，使风沙弥漫的黄河上游变成了水草丰美、鸟语花香之地。接着他制伏了各种妖鬼，把所有盗跖赶出玛域。从此，那里一时成为四方商队的安全通道。再一次彰显了穷小子觉如非凡的本事。

觉如独特的神计，变成超通朝思暮想的追求。一个吉日良辰，超通亲自操办丰盛筵席，邀请岭国诸位首领和将士，传达梦中神示：岭三大部落目前空缺总首领，处于群龙无首的分散状态。部落要强盛起来，全靠领头人。对此，我的梦中神降示，岭国尽快举办赛马会，获胜者作岭王，世界美女极致珠牡作王妃。岭国七大宝物属于岭王。其实，超通梦境中的本人护法神就是觉如幻化示显。然而，心怀觊觎的超通却心花怒放，数夜难以入眠，思绪万千。谁敢挑战我达绒家族的高驹良马，那只有把输家之名送给他们。岭国赛马，谁获胜没有悬念。七宝、王位、美女拥有者就是本达绒部落首领。这般如此，超通沉醉于甜蜜美好的畅想之中。

岭国将士们一致同意以赛马方式定王位，但在赛马时间、地点选择等方面发生了激烈争执。最后由领国长老绒察查根根据大家意见，做出了可行的决定。此刻，岭国白颜大将、觉如之哥贾查突然站起来，左手插腰、右手握刀柄，怒目扫视各位大将，片刻后说："我弟觉如远在异域他乡，他是贵族穆布董氏后代。别有用心的人把他拒之门外，岂有此理。如果不把他请回来参赛，那我们岭幼系部落全体人员以拒绝参赛的方式来表示抗议。"贾查发怒的威风熄灭了超通自命不凡的气焰。立即走到贾查跟前，胆战心惊地说："我可爱的侄子觉如竟然给忘了，请大将谅解，这完全是我的过错，我一定设法把他请回来。"贾查思考片刻后说："好吧，就派珠牡去接觉如。"大家表示赞同。筵席结束后，超通带着几分担忧返回行宫。

一个绝代佳丽只身步入遥远路途，跋山涉水，一路上恐惧和艰难时刻没有离开过她。但这并非无情者的故意为难，而是一种缘份、天意、命定乐章的序曲。往返路上，作为富豪之家的爱女，珠牡面对艰难的生存环境和情感上邂逅困惑的双重夹击，使身心受到空前的伤害，其实这一切都是觉如以神变幻化，对她的一种试探和考验。与此同时，过程中，他们之间悄然萌动着爱情的春苗。他们返回的路上，珠牡同噶萨套回了野马群中的枣骝驹，此乃是将来与觉如同行的圣马。

在一个吉祥的日子里，岭国三大部落，上至高官达人，下至乞丐穷人，还有被邀请的外界人士和来自四面八方的观赏者齐聚阿玉迪大草原，一睹岭国赛马，速度比拼的壮观情景，山顶上站立的岭国七大美女是赛马的评论者和解说员，群马起跑之际，就是观众激情喷涌的时刻。三大部落骑手们犹如离弦之箭，他们像天边飞鹰的剪影、似原野腾跃的仙鹤、如雪山俯冲的金雕，奔驰在广阔的地平线上。人们期待的目光扫视这支浩荡的队伍，猜测分析、议论声不绝于耳，大多议论者认为，超通之子董赞大将肯定是获胜者，因为，他把整个岭国骑手远远甩在后面。

年仅十二岁的觉如衣着依然褴褛如故，只是多了一匹半途逮回的小马儿。人们开始发现了一个奇异现象，那穷小子穿行于岭国骑队当中，时而跑得飞快，时而掉得老远。其中发生了许多妙趣横生的故事。他又一次考验、试探岭国数位人士，摸清那些人的品质、技能等方面的情况。大哥贾查前行过程中，看见觉如弟在

> 回味经典

路边草地上，把破烂不堪的皮袍脱下来，趴在上面找虱子。贾查勃然大怒道："全岭国人为赛马而激奋的时刻，你却丢尽哥的脸，不赶快参与赛马，我会揍你的。"觉如立即坐起来，漫不经心地说："穷小子觉如我挑战岭国诸多强手，俗话说：任运成就是缘，无缘贪大伤自心，获胜者的荣耀感，是落伍者赠送的礼物，而落伍者分享他们的快乐，让他们高兴去吧，我会为他们欢呼雀跃。不过，大哥赐予的忠言，我坚决遵命。"说着站起来，穿好衣服，骑上圣驹，消失在人们的视野。

当董赞大将接近赛马最终目的地，人们准备为他祝贺之际，突然间，不知从何而来的一种无形的能量把董赞连马推向泥沼中，越陷越深，无法挣脱。此时此刻，如旋风、似飞箭的天子觉如早已站在登基高台上，向众人挥手致意。人们不相信自己的眼睛，这是乞丐小子觉如吗？不可能，不可能。

片刻后，觉如撩开了真身隐的神秘面纱，呈示本我面目。神采奕奕，相貌堂堂，风姿英伟，一身戎装、内穿王服、容颜显文武两相。正式登上岭国王位。超通面带一抹阴冷的微笑，捧上洁白哈达，祝贺侄子觉如在比拼骏马速度中获胜，登上岭国王位宝座。叔父为觉如取名格萨尔，他愉快接受了叔父的祝贺，紧接着岭各界人士向格萨尔王敬献哈达。之后，格萨尔为新的官宦们封号。他的唱词云：天遣吾到人世间，不求任何私人利，只为众生具安乐。此时，体态窈窕、举止雅娴、花貌雪肤、美丽的富豪家族爱女珠牡把甘甜的情缘酿入美酒之中，纯洁的敬畏之心浸透洁白哈达，用美妙的歌声礼赞格萨尔大王，表白爱意，祝福大王圆满成就事业，至此珠牡成为大王的终生嫘祖。数天来，岭人沉浸在欢庆的海洋之中。

三 爱情与刀锋

在《格萨尔》史诗叙事中，把暴力、恐怖、野蛮、屠戮、残忍、掠夺、抢劫、欺压、霸道、蛮横、吃人、刮民、邪恶、粗暴等词语与魔性联系起来。具备这种魔性的部落首领被视为魔王，其当道的区域称魔国。俗话说，善有善报、恶有恶报。从古至今，积严重恶业罪人或罪恶群体，都没有好下场。

人类社会从来不缺邪恶的陪伴，它同历史起步、与人类同行。"丛林法则"圈之外的人类社会中的一些个体或群体的恶性冲动，在魔性的笑声中，穿越血腥的寒流。人性究竟善还是恶，东西方各有不同的版本。然而，"史诗"对人性的解读，并没有用一种模具加以诠释，认为人性既有善的一面，又有恶的一面，这是因为人的根器的差异性所决定的。它既有前世之因，也有后天之缘。善与恶的业力会产生不同的果报，从而会奏响现实千差万别的"命运交响曲"。"史诗"中描述的那些恶魔，就是他们前世恶业的延续，这是无法改变的本性。只有采取诛业的方式，结束他们的性命，才能结束他们的罪恶，保护更多有情的生命。因为"史诗"叙事率先面对的是正义话语的顽强探索、理性精神的执着求索。

格萨尔降伏妖魔的故事，就从这里开始。降服四方妖魔是"史诗"中不可或缺的、最重要的文本。语言朴实而不乏精美、故事感人、情节丰富多彩、给人以回肠荡气之感，颇具感染力。

格萨尔登上岭国王位之后，依照天母授记，离开王宫，避嚣闭关修行，那是为了他今后的事业积淀顺缘。在岭国的北方，有一个人间地狱般的世界，人称北妖国，其妖王称鲁赞杰布，一身九头、头上生有十八犄角、腰系毒蛇带、食人肉、饮人血，见生皆杀。骷髅垒成的魔宫在寒风中发出阵阵哀号，在雪花纷飞里滴落冤魂的热泪。人皮旗在魔宫顶缓缓摆动。一个鲜活的心脏在魔王的手中跳动，血流成河，是他聒耳的狂笑声。他是汇集世间所有恶业的容器。在那恐怖的世界里，非属同类，休想生存。他的手下拥有诸多魔臣和数以万计的魔众。周而复始，伤害众多生命是他们所追求的幸福和快乐，吞噬整个世界是他们的终极目的。一天，鲁赞王得知格萨尔王正在闭关修行，一时不理国事。他想时机已至，机不可失，趁热打铁，成功在手。于是魔王立即起身，奔赴岭域。这次他行动的第一目的就是掳掠他朝思暮想的岭国美女梅莎崩吉。她是格萨尔王的次妃，具有眼力的鲁赞王早已窥见那位芳华绽放的岭国美少女。何时占有她，成为魔王美丽的心病。

回味经典

突然岭王宫上空飘来一团怪异的乌云，其中央有一个凶神恶煞、面目狰狞的怪物，时隐时显。一股气旋风卷起大地尘埃，如同黑色巨蛇，在王宫周围徘徊。一个更大的黑旋风再次袭来，刹时间，岭国美女梅莎不翼而飞，无影无踪。

此事惊动了格萨尔王，义愤填膺的他解除闭关，立即步入北征之路。这是格萨尔登上王位之后的第一战，它意味着大王的戎马生涯从这里开始。进入魔域之后，格萨尔的爱情三部曲故事在这里发生。他邂逅魔国女将阿达拉母，度过了数天未经约定的欢爱之夜，这是成就事业的需要。阿达女将向大王如实告诉魔国的一切秘密，为除掉恶魔、提供了顺缘。大王进入魔宫后，同魔王力量与智慧的几番较量，与梅莎联手，很快消灭了鲁赞王。征伐北妖，不见大规模的战争和杀戮，不见浩荡骑队的身影，大王很快完成了除掉魔王、魔国归附岭的历史任务。然而，格萨尔在那里遇到了始料未及的尴尬困惑，导致岭国遭受重创。这是因为，爱妃梅莎不愿让大王返岭，要他留在她身边，自由自在地生活。为此她把健忘药投入大王的茶碗中，立即见效，格萨尔忘了岭国、忘了父母、忘了爱妃珠牡、忘了一切。整天浑浑噩噩，年复一年地度过无所事事人生，王者荣耀一时黯然失色，凯旋之日遥遥无期。在没有格萨尔王的日子里，命运未卜的岭国走向何处，亲痛仇快者各有所盼。

在岭国的东部，有一个势力强大、魔性十足、野心勃勃的霍尔白帐王。他的麾下三大部落，拥有数十名英勇善战的将士和十万骑士。俗话说："绵羊长膘，青狼嘴抖""雄鹿发茸，猎人心动"。对于岭国的崛起，霍尔王耿耿于怀，曾多次袭扰岭部落。他膨胀的脑袋思考着收归岭国的计谋。

格萨尔赴北方魔域不久，霍尔白帐王的爱妃患沉疴撒手人寰。一时，霍尔人沉浸在悲痛之中。为了安慰霍尔王悲恸之心，大臣们商议，为霍尔王寻找世界上最美的女人作王妃。组成多个寻亲团队，分别赴藏地、汉地、理域、大食、天竺等地，采用明、暗两种手段，采集信息。各路人马返回之后，向霍尔王和大臣们禀报寻亲情况，大多无功而返，很是失望。唯独去岭国的使者们居然发现了世界最美的王妃珠牡,一一描述了她的美貌、她的才华、为人处世。霍尔王听得神魂颠倒,奸诈的脸上露出了笑容。他将了将长长的胡须说:"这是我的护神送来的绝代佳丽。格萨尔小子不在岭国,只有本大王才能碰上这样好的机遇。"说毕,他突然站起来,下达快速掳回珠牡的命令。经大臣们商议决定,先派霍尔王专属的一只乌鸦,侦查珠牡的居住地和岭军的守护情况。不久,大规模的霍尔军进犯岭国,经过数次浴血之战,一次混战中,王妃被霍军挟持。首次大规模的部落战争《霍岭大战》的战火,是从这里开始点燃的,长达九年的鏖战,岭国兵将折损严重,格萨尔大哥、岭国勇士贾查大将等将士战死疆场。珠牡在华丽的霍尔王宫里,度过痛苦的每一天。用辛酸的泪水书写一幕幕沁人肺腑的爱情悲剧。她数次产生了自尽念头,然而爱情的力量支撑着她生命的力度。望穿秋水,不见格萨尔归来。她相信继续等待,将会拥抱美好的明天。珠牡数次派遣信鹤去大王处,格萨尔对此无动于衷。最后一次,仙鹤飞落魔宫阳台上鸣叫,时而飞起来盘旋于格萨尔的上空。倾刻间,一团鸟粪落在他的头上,一阵恶心引发井喷似的呕吐。长期存腹内的那害人不浅的东西也吐了出来,格萨尔的记忆很快得到恢复。"啊!我的岭国人、我的王妃!我的战马。"从珠牡寄来的信中了解到了岭国的现状,心如刀割、后悔不已。格萨尔火速前往岭域,眼前的岭国一片凄凉,他的父母遭受超通迫害,惨不忍睹。岭国处于濒临亡国边缘。他又马不停蹄潜入霍尔国,消灭了霍尔王寄魂物。之后,岭军重振旗鼓,进军霍尔域。再度点燃战争烽火。霍尔军偃旗息鼓,以失败而告终。格萨尔亲手砍死霍尔白帐王,在其背上放一马鞍,象征永世不翻身。霍尔民众归附岭部下。大王带着珠牡凯旋回岭。

霍岭大战是史诗中的经典故事,很少穿插神话叙事,可谓是一部贴近现实的大规模游牧部落战争史。

自古以来,各大国为争夺盐资源而引发的战争屡见不鲜。他们的盐之争,实际上是掌握国家命运之争。并将其视为对外扩张的战略高地。古罗马帝国在很大程度上是靠盐崛起的。他们把盐视为白色黄金,向四方发动战争,掠夺盐资源。在我国历史上,盐

> 回味经典

对于强化汉大帝军事实力，起到了不可替代的重要作用。据《盐铁论》记载，汉大帝之后的历代王朝对盐资源的生产、商贸活动严加管控，数次改进盐政管理模式。公元7世纪，在青藏高原上，也发生过类似战争，为掠夺盐资源，吐蕃进军南诏，引发了战争。格萨尔史诗的《姜岭大战》以文学话语讲述了姜与岭之间的争夺盐湖之战。

姜国王姜萨丹杰布根据地方神托梦，调集一百八十万兵马，准备入侵岭国阿龙巩珠盐湖，抢夺那里的食盐资源。格萨尔认为，降服萨丹魔王时机已至，率领麾下骑士，赴姜国，拉开了姜岭大战序幕。经数十天激战，岭军攻下了萨丹的城堡。格萨尔王亲手套死魔王，姜国良民归附岭国。萨丹之子玉拉托杰册封为姜国首领。

史诗中说，世界雄狮大王岁至十五时，首次赴北方魔国，射死鲁赞魔王。第二降伏的大敌霍尔国。二十四岁时，大王赴霍尔国，为白帐魔王上镇压鞍。第三降伏的大敌为姜域。

年至三十四岁时，他赴姜域降伏了姜萨丹魔王。四方大敌中的最后降伏对象就是南方门域国。征伐降伏门域辛赤王时机已至，若失机，将难以调教，会伤害更多众生。大王遵天命，率领百万骑士开赴门域，途中镇制了门王的食肉妖虎，与此同时，门域魔王获独脚鬼师授记说，岭国大军已至门域边界，如不赶快行动，只有死路一条。门王火速下达与岭开战军令。双方势均力敌，数次交战，难分难解。双方兵将均有折损。岭军加强兵力，调整战术。四位将领从门域堡四方进行突围。门军难以抵挡。洪流般的岭军从四面冲进门城堡，辛赤王搭天梯开始逃亡，格萨尔一箭射去，要了魔王性命。岭大队人马凯旋而归。

四 青藏骑士乾坤

征伏四方大敌的胜利并非故事的终点，它只是过程中不可逾越的重要一步。这一节点，就是岭国陷入大规模、长时间部落战争的起点。英雄格萨尔对事业的忠诚，意味着牺牲，对有情的奉献，意味着付出。超常的艰辛、负重者的自信、奉献者的韧劲、利众者的乐观使格萨尔在厌战情绪中站起来，继续前行。紧接着吹响了征伐十八大宗的号角。

在历史的递嬗过程中，被称为草原帝国的游牧部落，在华夏大地北方崛起，史称北方游牧民族。就是这个族群胸怀重构世界的勃勃野心，以暴风骤雨之势，不可一世地席卷欧亚大陆。在一个时期，没有对手能撼动他们超强军事实力的地位。他们节节胜利的主要因素，一是这一族群人性倔强、勇猛，野外生存能力强，住行机动性强，二是借助于战马的力量，游牧人具有一定的养马、驯马和骑行技术，三是他们在实践中，积累了丰富的骑战技术，其所掌握的兵器主要是弓矢。

速战速决、乘马箭战是他们进攻战的一大优势。进攻的对象主要是农耕文明地区。他们每到一地，抢夺财物是作战过程中的重要一环。从历史的经验来看，世上不少势力超强的帝国，最后以失败而告终。

无独有偶，一千多年前，在青藏高原崛起的吐蕃政权，同样不缺向外扩张的野心和势力。居住在青藏高原的吐蕃人，绝大多数为游牧部落。其生产资料单一，物资匮乏。对一个族群的文化来说，最强大的动因就是经济活动的方式和经济发展的水平。要发展，必须寻求外向性经济的发展道路。然而，商业原始积累的过程是一个血腥的过程。吐蕃人在扩张过程中，以掠夺他地财产补充本地经济，与此同时，加强对外联系促进商贸往来，为增强吐蕃军事实力打好经济基础。据相关文献记载，强盛的吐蕃势力西渐过程中，战火蔓延至塔里木、突厥和中亚、大食以及今天的乌兹别克斯坦等地区。在东拓过程中，吐蕃军还攻进了西安等中原地区。在青藏，吐蕃首先以武力或和亲的方式，收复了羊同、苏毗和西羌大部。吐蕃人的作战特点，同北方游牧民族大同小异，其战略战术在史书中评价较高。在"新旧唐书""通典"等文献中，对吐蕃人兵器赞赏有加。吐蕃人崇拜英雄人物，诟病怯懦者，立战功是升官、发财的唯一渠道。逐渐形成了当年势力强大的青藏游牧民族。

回味经典

《格萨尔》史诗用民间文学话语，演绎着青藏人祖先们波澜壮阔的、战火烽烟的传奇故事和青藏骑士的顽强精神，是一部解读青藏骑士精神的遗篇的重开卷。史诗十八大宗、二十五中宗、若干个小宗所叙述的故事主题紧紧围绕着扩大疆域、聚敛财富、价值转向而展开。十八大宗在不同的史诗版本中所列顺序和宗名说法不尽一致。不少学者基本认同的十八大宗是：（1）大食牦牛宗。（2）米努丝绸宗。（3）卡契绿松石宗。（4）象雄珍珠宗。（5）阿扎天珠宗。（6）雪山水晶宗。（7）写日珊瑚宗。（8）索波马宗。（9）木古骡宗。（10）阿色铠甲宗。（11）汉地茶宗。（12）朱古兵器宗。（13）阿里黄金宗。（14）特仁山羊宗。（15）柏日绵羊宗。（16）玛拉雅药宗。（17）松巴牛扁牛宗。（18）印度法宗。与十八大宗相似的一些中小宗中还有：嘎德弩宗、阿达肉宗、嘉莫绒稻谷宗、加莫母牦牛宗、列赤马宗、吉绒羊宗、泊布羊宗、南岭羊宗、阿吉羊宗、白拉山羊宗、序麦马宗、索波狗宗、日格银宗、红崖鹏宗、东嘎海螺宗、玉绒色宗等。上述十八大宗和少数中小宗，从名称来看，前面字义为地域邦国之名，后两字为该地区的某种独有的财富资源。首先是牲畜类，史诗中把牛、羊、马、山羊称为福园四门。这是因为游牧人赖以生存的生产资料、生活资料，乃是牲畜。俗话说，"黑头人靠黑毛（牦牛）黑毛靠地毛（草）"，十八大宗中的第一宗就是"大食牦牛宗"。还有谷物类、丝绸类、茶类、珠宝类、金属类、药物类、食物类、兵器类等。以上又可概括为财富和战争的故事。它所表达的就是古代游牧部落的一种独特的经济行为。丰富的财富资源，都是岭国人通过战争手段获取的。然而，史诗并没有描述岭军掠夺被征服国的财富。史诗中说，格萨尔到了该国后，亲自开启了那里所拥有的宝藏之门，取出该物种富有的福运圣物，作为整个雪域人财运增生的良好缘起。与此同时，岭军有时也会收缴某邦国魔王的财产作为战利品，分发给岭国将士和百姓以及归附国的平民。分配方式除了按身份等级来分发外，平分给百姓。史诗中说："遇敌锋尖齐对准，有财大家共享受。"

商贸往来，互通有无，是游牧部落与农耕地区之间寻求和睦相处的有效方式。在《格萨尔》史诗中，有关岭与外界的商贸活动的叙述不在少数。这些地区主要有，印度、波斯、汉地、吐谷浑、和田等地。从中依然可以触摸到茶马互市、盐粮互市、粮畜互市、珠宝交易、丝绸之路、酒类交易等商贸活动的历史轨迹。岭国人开辟了悠长的商贸之道，对于发展本地经济起到了重要作用。史诗中说，"汉地商品输藏区，藏区货物运汉地"。又如"汉地商品藏地销，并非藏地缺财宝，只为藏汉心相印"。有关丝绸方面的描述，在史诗里随处可见。

气壮山河的岭百万骑士喋血青藏，席卷四方，其势力犹如星火燎原之势，向四方拓展。先后征服了上百个大小部落和邦国。人们厌恶战争，才有战争的光顾。人们期待和平，但和平却姗姗来迟，战争是和平的前夜。然而，这种战争必须是正义的、理性的。"史诗"战争叙事的结束，意味着和平、文明善行的曙光等待着众生去拥抱它。

五 诗海浪花

虽然没有一个人能讲完《格萨尔》史诗所有故事，但有人能演述上百部分部本，有人能写出数十部史诗文本。一些演述艺人和智态化艺人被誉为"说不完的某某"或"写不完的某某某"。长时间的战争被英雄格萨尔平息之后，悲壮的故事本应就此结束。其实不然，史诗故事主体发生的过程中，引发了许多插曲性故事。逐渐形成了一部部故事完整、主题多样化、叙事丰富多彩的文本。这是"史诗"长度的连接点和叙事丰富性的另一大特质所在。战争的另一面就是和平，和平的升华就是博爱与共生。为此，格萨尔王为构建人间最美的理想世界，把众生引向精神首部的殿堂，不畏艰辛，负重前行。每次，他同错综复杂的困惑相遇，正是利益无数有情的良好机缘。

利他者的乐观精神，往往在面对痛苦、面对灾难中焕发出更加夺目的荣光，传统格萨尔唐卡画主要分两大类，即忿像和静像（武像、文像）。后一种形象呈示了格萨尔大王别一种宏业叙事结

回味经典

构的艺术符号，种类繁多的故事体系，远非拙文所及。此略述两三部在藏地家喻户晓的著名史诗故事梗概。

（一）岭国两大将内讧

这部史诗文本称"辛巴和丹玛"。故事中没有神话渲染，该文本重述了古代青藏游牧部落社会时常易发性事件。话说霍岭大战结束不久，霍尔国辛巴大将被岭军俘虏后，押回岭国。依照天意辛巴将为霍尔国首领。然而，为清净忏悔其前非，镣铐锁身、铁链拴住，令其认罪悔过。此刻爱出风头的叔父超通一个箭步，站在辛巴跟前，揪住他的头发毒打，骑在身上嘲笑、恶语中伤、讽刺、挖苦。辛巴忍无可忍的情况下，力断铁链，一把抓住超通痛打一顿，把他吓得战战兢兢，此时岭国无敌英雄丹玛胸中怒火燃起，与辛巴争吵起来，愈演愈烈。后果不堪设想的一场好汉决斗即将发生的时候，岭各位将士纷纷前来劝阻，未能奏效。最后格萨尔王和总官查根亲临现场劝说双方息怒，今后和睦相处。辛巴表示愿意改过自新，但是对于超通对他的残酷虐待、百般污辱，提出了不愿接受的真实想法。丹玛胸中被浇灭的怒火再度复燃。一场闹剧再次重演，大王脸上露出了不高兴的表情。因为这是违犯誓戒。丹玛大将准备带领十二万属下牧户与岭国分道扬镳。三十大将各持己见。岭国将面临分裂的风险。不日，丹玛真的带其部下所有牧户，步入他乡之路。行进数日，需翻一座大山，可是那山被大雪封死，无法继续前行。当天晚上，他在梦境中与贾查大将相遇。贾查说："你不能离开岭国，不能违背格萨尔王的誓戒。"丹玛对此认真思考，大雪封山，贾查天降，这是天意，是我的过错。之后，天降贾查，调解辛巴和丹玛内讧，他们和好如故，亲如兄弟。

（二）世界烟供

"烟供"，有几种译法，如"烟祭""煨桑"等。具有悠久历史的"烟供"，是藏族民间普遍传承的一种祭祀仪式。原于古代军事行为，又称燧烟。"史诗"中，有一部专述烟供仪式的文本，称

《世界公桑》。格萨尔登上岭国王位以后，他考虑到在往后的日子里，将降伏众多的、本事各异的妖魔，诸多意外违缘也会困绕本人事业，需要神明的护佑。于是他决定岭国举行大规模的烟供仪式。派遣信使，迅速集结岭国各路骑队，前往玛钦圣山。但见，上岭色尔坝八部落，头戴金盔的九百骑士，犹如日照金山；中翁吾六部落的骑队像麦浪滚滚；下岭牟强四部落骑队，如同流动的凌冰。右方的嘎部落、左方的直部落、达吾米措部落、达绒十八大部落、俄支阿甲六部、丹玛六大部落，富豪贾洛部落、嘎如十八万牧户，如同日照雪山，那如十三万牧户，如同青山飘浓雾，上玛域六十万牧户，如同羊群盖山，下玛域二万九千牧户，如同草原花草等部落骑士宛如大海涨潮般集中于玛钦圣山右方，举行大规模宏大而壮观的烟供仪式。

（三）生死恋歌

阿达拉姆是格萨尔宠爱的王妃之一，又是岭国唯一屡建战功的女将。史诗中说，脱下华丽服饰，身着将士戎装，放弃成家作主妇，战马背上度人生。珍贵发饰不属于我，头戴铁盔是命定。从小弓上搭矢，射猎动物无数。

格萨尔王奉天之令，赴中原，众善奉行。临行之前，王妃阿达拉姆沉病缠身，死神之索套向她颈。然而阿达拉姆却一再请求大王带她去中原地区。大王说此行路途遥远，你带病前去，易发不测，在家养病，勤修正法，清净业障。一切众生，有生必有死，未知死期，无定死因，观修无常，乃为要事。

于是唱了一段无常义理之歌："诸佛菩萨和空行，祈将她的心思引向法，我心爱的阿达拉姆，请听我讲诸法无常的义理。就从眼前事物变化说起，夏三月草原花争艳，快乐蜜蜂丛中舞。秋三月草地飘雪花，秋风寒意染草色，蜜蜂不知何处去。如是静思当修行。陡山的石山被冰封，凶猛的野牛居那里，无情的猎人偷袭它，枪声回荡于谷间，鲜血好似喷涌火焰，如是静思当修行。父亲母亲年迈时，风烛残年体能衰，寿终警钟已敲响。如是静思无常规律。权贵人士财富与权势，都与他无关，赤条独自离人世。

如是静思修无常。苦苦聚敛的财富，价值昂贵的珍宝，其所有权并非拥有者。春夏秋冬的无常、社会起伏的无常、人生坎坷的无常、生老病死的无常、时间流逝的无常等，静思修佛的时间已至。"唱毕格萨尔大王踏上了赴汉地之路。

　　时过三个月之后，拉姆的病情恶化，剧烈的疼痛折磨着这强硬的女子，每一次的呻吟，就是感悟人生无常的警钟。她想起了大王的谆谆教导，一天，她叫来魔国大臣戛达强安和相关人士，请他记下她的遗嘱，唱道："当我年轻的时候，不知病痛是什么，更不懂死亡的概念。如今才知大王所讲无常的义理。我的病情每况愈下，难忍的剧痛，心如刀绞，身如坐针毡，坐立不安，无可奈何。然而，对于死亡我不怕，如有地狱死神，我会避开，如遇众多狱卒，我会与他们较劲。望苍穹空悠悠，看大地一片苍茫。哪有什么天堂、地狱。不过大王说，行恶者会堕恶趣界。如果真是这样，那么，我的所有金、银、珠宝、丝绸全献给上师格萨尔，作我忏悔恶业的善根。"唱毕，阿达拉姆缓缓离开了人世间。死后第四十九天，她的亡灵意身抵达了生死沙丘之地。中阴恐怖旅程的尽头就是地狱界。地狱的王卒们经一系列复杂的程序之后，认定阿达生前的恶业严重，确定把她扔进铁水沸腾的大锅里。同千千万万堕入地狱的众生惨遭无法形容的痛苦，刺穿心肺的哀号声回荡在恐怖笼罩的阴府。格萨尔返岭后，阿达已离世，为清净她的业障，塑了三千尊金佛像，书写三千卷经文、建造三千尊佛塔。与此同时，他以闪电般的速度走进了地狱，与阎王理论。但阿达罪过太重，实在无理争辩。格萨尔以上师的身份入定，开始念诵迁识法。阿达同无数众生在六字真言的天籁之音中，缓缓步入走向净土的归程。

（四）自在的回归者

　　凡是血肉之躯，不论是贤圣还是凡夫，无论精英还是庶民，都固有一死。天子格萨尔同样经历了这样的过程。面对死亡，坦然、淡定、从容、乐观是佛法修行者所达到的一种境界，但它不是修法的全部，是修行思想体系的构成要素。《岭国大圆满》可以说是格萨尔史诗的终结篇，其中叙述了岭国大多重要人物寿终正寝的故事。

　　进入花甲之年的格萨尔全身心投入弘扬正法、精进善业、普度众生的宏大事业。首先，格萨尔赴乌仗那刹土，在莲生大士的莲足下，听授"深道大圆满"奥旨。自生妄境，反本还原，妄尽存明、自见本性、内外通澈，身心具泯，无迹可录，不寻思、任自然，不取舍任自然。超越一种感觉之后，心如虚空明净。格萨尔回岭之后，赴天竺，在深山闭关，深度观修期间，得知他母亲噶莎因生前业力所致，堕入地狱。格萨尔亲临阴府，以噶莎为首的无数众生引向解脱之路。以后格萨尔成为身着高僧服上师，为岭国内外的百万善男信女，宣说正法义理，教导人们诸恶莫作、众善奉行，向僧众传授"大圆满"深道，教诫弟子们常思无常和无我，远离执著，万法皆空。诸法因缘生，缘谢法幻灭，悟道为上。随着岁月的流逝，岭国诸位大将、首领、王妃等没遭受任何病痛的折磨，以轻松、自在、乐观心态步入法界，融入各自本尊的意间。这是一次美丽而快乐的死亡过程，这是他们在长期心灵净化的过程中所获得的。成熟意味着死亡，不断衍生和蜕变才是充满活力的象征。岭国将士们的死亡意味着重生。史诗中说，他们将往生另一个世界，那里是远离三毒烦恼的净土。然而他们依然承担救度众生的使命。

　　格萨尔上师具有生死自在、轮涅正智自性。人世间的几大宏业圆满之后的一天，他为岭人留下遗嘱，同时不少人祈请上师住世，但他说，诸法无常的规律，谁也无法改变。数天后，王宫中弥漫着白光，上空彩虹交织，其身躯摄于法界，示现圆寂之相。缓缓步入莲光净土，在无生无死净土里，观照和温暖另一个世界的无数有情。

　　《岭国大圆满》，包蕴了丰富的精神内涵，"圆满"泛指一种事物的完美终结。然而，一些事物的终结，意味着新事物的诞生。"史诗"中的"大圆满"诠释了多重化的终结意义，其中包涵了岭人的精神指向和岭三大部落演进的历史轨迹。一是，格萨尔戎马生涯的结束，依止莲生大师修习密宗最高境界"大圆满"法。身

回味经典

份转换，使他成为名符其实的宗教意义上的上师。上师弘法以众多弟子为支撑。格萨尔主要弟子就是岭三十员大将、王妃等，他们彻悟了"大圆满"深邃义理。这是"岭国大圆满"主题所指。二是，格萨尔在弘法过程中，以超人的加持之力，引度以母亲噶莎为主的堕入地狱的无数有缘众生，往生极乐世界。完美的结局，告诉世人"诸恶莫作，众善奉行"义理。据此，《格萨尔王传》又称"地狱大圆满"。三是格萨尔在人世间的所有事业完美告终，这是一次圆满的结局。他和岭国将士和王妃们乐观潇洒、自在地步入另一个刹土。圆满是一种达到的目标，一种实现的成就，一种美好的结局。"岭国大圆满"故事背后，传递出古代青藏高原的诸族群的美好希冀和独具特色的人文精神。

格萨尔史诗人文符号

益 邛[*]

益邛

　　神马飞踏白蛙之灵光,照亮歌者梦坛。无尽诗海源头从雪山中喷涌。神性与理性的双重变奏,是藏民族精神世界高维智慧的阐释。

　　古老史诗的现代性表达,概念、术语、范畴的清理、激活、重构、创造是《格萨尔》本体继承与理论建构、发展的重要途径。

---

[*] 益邛,四川省色达县格萨尔学者。

回味经典

《格萨尔》是关于藏族格萨尔大王神圣业绩的宏大叙事。它厚植于青藏高原这块沃土，在独特的自然环境和人文氛围中，逐渐孕育出了以史诗艺人、故事文本和史诗得以形成和延续的社会文化语境为构架的活态史诗文化生态系统，成为世界史诗丛林中的一棵参天大树，巍巍壮观，并在日后蓬勃发展，在藏族及其他相关族群集体无意识潜流汇成的诗性文化中显示出旺盛的生命力。它既是数千年口头传统的集大成，也是其内在文脉的继承和延续。进入21世纪，格萨尔史诗并没有停留在历史的港湾，它以独特的艺术魅力和永恒的精神指向，依然活在广大群众心中。今天，人类社会在始料未及的大发展、大变革过程中，从媒介、表现方式到语言，人们采用多种有效途径重构史诗文化，为史诗赋予时代精神、注入新的活力，使其成为文学艺术创作取之不尽、丰富多彩的资源。在国际性跨文化交流中，《格萨尔》将承载着震撼人心的中华文化的博大与厚重、承载着悠长的高原丝绸之路的古风遗韵，走向世界。成为人有我羡、我有我炫的一道亮丽文化风景。因此，格萨尔史诗具有认知、传播、研究、文化互鉴、二度创作等方面的多重价值。作为一部宏大的叙事，除了对故事本体的理解和掌握外，对史诗之于史诗的特殊性和文化内涵的理解是进入这座史诗大厦的另一道重要的门槛。

一 "格萨尔史诗"词义

"格萨尔"词义有多种解释。在《藏汉大词典》中，格萨尔解释为"莲蕊"等之意。著名学者毛尔盖·桑木旦《论格萨尔史诗》一文中指出，格萨尔是勇猛、好汉的意思。位于安多地区的民间也把格萨尔理解为英雄或威猛之意。

在藏族的历史文献中，关于"格萨尔"一词及其描述有两种情况：一种在"格萨尔"这一名号添加了不同的前缀。《五部遗教》中的《国王遗教》《莲生大师全传》《西藏王统记》《嘛呢丛书》《智者喜筵》等文献中提到了"北方格萨尔""霍尔格萨尔""军王格萨尔""突厥格萨尔"等。相关学者的研究结论表明，上述格萨尔是指历史上曾经存在过的一些邦国或部落联盟的英雄国王或首领,并非指史诗中的格萨尔。另一种是"岭格萨尔"或"格萨尔",在《灵犀宝卷》《安多政教史》《果洛白莲宗谱》等多种文献中均有记载,这正是史诗中的主人公岭·格萨尔。"岭"字为地域疆界之意。史诗中的岭就是邦国或部落联盟的总称,古代类似族号,相当于国名。其国王或首领名字前加族号,意味着代表某一区域的政权。"格萨尔史诗"中的岭既是国名,又是格萨尔名号中的姓,其实格萨尔本人真姓为古代藏族四大种姓之一的穆波董氏。《格萨尔王传》在藏语中称"岭格萨尔仲",简称"岭仲"。"岭"为岭国,格萨尔为国王名字。"仲"是藏族文学中的一种文体,其属性为叙事、故事、小说等文体。

图3-1 青海果洛多杰旦民族职业学校《格萨尔》堆绣作品(高莉供图)

> 回味经典

　　新中国成立以后，研究格萨尔的前辈学者把"岭格萨尔仲"这一概念重新界定为"格萨尔史诗"。"史诗"是舶来品，源于希腊文"epic"。"格萨尔史诗"与古希腊的"荷马史诗"具有一定的共通性特征。史诗是一个民族的传奇故事，一部民族史诗往往就是该民族形象化的历史。史诗以传说、重大事件为题材，以民间长篇叙事诗为表达方式，言述一位半人半神英雄的悲壮故事，叙述了旷日持久的部族间的纷争。导致部落战争的原因，其一，是在于部落之间的利益纷争，势力扩张、抢夺财富、掳掠美女等方面所发生的冲突。其二，史诗承载着一个民族的记忆，是一个民族集体思维、集体创造的产物，是集体无意识中流淌的长诗。其三，史诗鼓舞和弘扬民族时代精神。其四，史诗用流畅悦耳的音调、质朴无华的语言，给人以精神上和艺术上的启迪和熏陶。语言表达、事件组合、情节安排、题料处理上都显示出高超的技巧。因此史诗富有永久性艺术魅力。《格萨尔》还具有活态史诗特质，直到今天，藏民族心中的格萨尔王形象犹如冈仁波齐，依然那样雄伟、令人敬畏。在青藏高原深处，三江源地区，你会看到人们以各种方式继承、弘扬、传播格萨尔史诗文化，为古老的史诗赋予新的、具有时代价值和意义生命力。格萨尔史诗无可争议地成为世界上最长的英雄史诗，这是它无二的亮点之一。

二　格萨尔史诗源流

　　格萨尔史诗滥觞于被世人称为地球第三极的青藏高原三江源一带。它在三江源的怀抱里成长，同三江一起流淌。史诗的母体就是江河文化、游牧文化。巍峨的雪山、纵横交错的江河、广袤的草原、宛若天剑劈开的雄奇峡谷、灿烂的星空以及聚居在这里的桀骜、刚强、骁勇的族群筚路蓝缕的开拓精神，是格萨尔史诗生成、衍化的因缘所在。这地气为这一族群所感应，这人为赖青藏地气而化育。

　　格萨尔史诗的形成，经历了漫长的历史过程，主要分三个阶段：第一阶段为史诗孕育期、第二阶段为特质形成期、第三阶段为衍化期。格萨尔史诗诞生距今有近千年的历史。自古以来，藏族民间流传着丰富多彩的民间故事、传说、神话、歌谣、谚语等民间文学，诸如大多藏区民间流传的国王故事、尸语故事、动物故事、童话故事、鬼神故事、系列悲剧歌、系列笑话、民歌、山歌、对歌、创世歌、情歌、谜歌、即兴诗歌、单口相声以及说不完道不尽的谚语、谜语，还有种类繁多的赞歌等。格萨尔史诗出现之前，已有许多故事和带有史诗色彩的民间神话、传说在藏区广泛流传。早在两千年前就出现了与口头传统相关的仲、苯、第乌等民间文学。其大部分是用散文、诗相结合的艺术形式来表现的说唱结合、边唱边讲，长期流传。这就是格萨尔史诗雏型。随藏族历史的演变，赞普政权被瓦解，宗教矛盾日益激化，部族间的战争此起彼伏，老百姓渴望和平，希望有一位横空出世的盖世英雄，平定烽火四起的乱世。特定的历史语境，为史诗特质形成注入了催化剂，民间分散流传的史诗段子逐渐汇集成一个比较完整的故事。艺人们使用这一蜕变的说唱版本和主体能指的智慧，传播格萨尔史诗。从口头文学演进为书面文学，呈示了格萨尔史诗进入了前所未有的发展时期。一方面一些掌握民间文化资本的文人把说唱记录整理成文本，另一方面一些人采用文本说唱史诗方式传播"格萨尔"叙述故事，从而进一步扩大史诗传播面。

自公元17世纪以后，格萨尔史诗进入了快速发展时期，这是因为，一是当时在藏区各地涌现出很多杰出的说唱艺人，他们成为史诗的创作者、传播者和传承者；二是信仰与艺术的二重接受力，是史诗久盛不衰的重要原因；三是随着时间的推移，史诗传播形式出现了多元化现象，逐渐形成了系统化的格萨尔文化体系，使史诗继承弘扬的空间越来越广阔。这是世界上绝无仅有的活态史诗永恒的生命力所在。一种文化现象的源流，首先应有传承价值和艺术魅力，人格精神上的巨大感召力，具有社会普遍意义的主体要求，也就是说应蕴含着美和爱的根叶，否则会被时间吞噬，走向消亡。格萨尔史诗横跨洲际，纵横古今，从发祥地一路走来，流传到世界各地。流是源的发展，源是流的源泉，没有流，源将成为一滩死水；没有源，流也就无从谈起，流并非源的简单重

> 回味经典

复，流的创新为源注入无尽的生命力流量。格萨尔史诗，实际上就是不断创新、发展的过程中，逐渐形成的一部卷帙浩繁的英雄史诗。

史诗文化流的模式，经历了从口头到书面、从藏区到其他民族地区、从国内到国外、从藏文到其他文种翻译、从单一的史诗本体到多样化的传播形式的历史过程。国内流传地区主要有西藏自治区、青海、四川、甘肃、云南、内蒙古自治区和新疆维吾尔自治区，所覆盖的民族包括蒙古族、土族、裕固族、撒拉族、纳西族、羌族、门巴族、珞巴族、普米族、白族、独龙族、傈僳族。国外流传地有俄罗斯、蒙古国、巴基斯坦、不丹、尼泊尔、印度等国家和地区。其文种除藏文以外，还有蒙古文、俄文、法文、英文、德文、印度文。此外亚欧多国的博物馆、大学图书馆、一些学者书房藏有藏文"格萨尔史诗"或格萨尔唐卡画。

三 格萨尔史诗文本及其话语体系

格萨尔史诗文本，在此特指以书面形式呈现的各种史诗版本。从19世纪到20世纪50年代，在多康①地区涌现出诸多杰出的格萨尔说唱艺人，由于格萨尔史诗说唱的民间性和口头性，使大多说唱失去了记录、整理的机缘。格萨尔史诗分主体文本和非主体文本。主体文本指史诗故事本体，非主体文本指与史诗相关的"亚文本"，包括颂、祝词文本和仪式、仪轨性神圣文本等。二者构成了史诗文本的整体话语体系。

格萨尔史诗文本来源大致有四种形式。一是记录、整理艺人说唱版本，百分之七十的文本源于说唱艺人。二是圆光艺人，这种文化现象表现方式，艺人专注于铜镜，主体意念融入铜镜面所呈示的显像，形成一种独特的说唱流，同时也可作笔记，以此形成的史诗文本。三是伏藏本，伏藏为藏传佛教传承中掘得的秘藏圣教的弘法形式。开启伏藏分理趣伏藏、物质伏藏两种，也称意藏

---

① 多康，多指四川境内的甘孜和阿坝州部分地区、青海的玉树州。

和物藏。前者通过主体无意识的净相世界中所显现的格萨尔文化密码符号，转换成文字记录下来的史诗文本，还有学者将此划分出第三种类型，"智态化"文本，认为这类文本是将伏藏文本中所应用的某些方法作为手段，依托梦境、意象和意念中显现的符号，创编文本。四是创作本，此属一些文人创作的史诗文本。过去史诗文本只有两大类，手抄本和木刻本，绝大多为手抄本。20世纪60年代，出现了史诗铅印本，一直到当今的录音版、电子文本版。

格萨尔史诗主体文本分两类，分章本和分部本。分章本指格萨尔一生事迹分成若干章浓缩在一本中呈现。分部本是指关于格萨尔的一个重要历史事件或故事情节形成首尾完整的独立的故事文本，它甚至表现为分章本故事的进一步细化或扩充。在众多的史诗文本中，大多属于分部本。格萨尔史诗语言是以韵为主、韵散相结合的说唱体，通体弥散着浓浓诗意和歌的韵味。其韵文充分彰显了藏族本土化诗歌的艺术风格。诗性语言生成是个历史过程。原始仪式是孕育原始诗歌的母体。藏族本土诗起源于古老的民间文化，如各种祭祀仪式、民歌、民谣等。在漫长的历史发展过程中，藏族诗歌同样经历了从口传向书面转换的过程。受外来文化的影响，藏族诗歌进化成两大流派，一是具有系统诗学理论作支撑的文言书面作家诗；二是民间相传的口头本土诗歌。格萨尔史诗就是藏族民间诗歌的集大成者，精炼而生动、丰富多彩的诗性语言是史诗另一大亮点所在。诗与歌流淌的史诗语言中，游动着丰富的谚语、比喻、象征语、诙谐语、幽默语、嘲弄语、夸张语、排比语，如同一串串流动的音符，点缀史诗的语言之美。史诗的语言之美还在于韵律独特、明白如画、朴实流畅，美妙的诗性话语让人们更加感受到藏族民间语言的艺术性、丰富性、趣味性、哲理性。

根据20世纪80年代《格萨尔》专家学者推算认为，格萨尔史诗文本体量巨大，现收集到的有近200部、一百多万诗行、两千多万字。但从目前所掌握的数字来看，远大于此。因为，2018年四川出版集团和喜玛拉雅古籍办联手出版了300部，四川藏文古籍搜

> 回味经典

集保护编务院和德格县文化旅游局收录了300多部版本汇编为118卷，由四川民族出版社出版发行。青海玉树州在本州范围内已搜集到艺人说唱记录本、民间收藏本共100多部，青海果洛州、甘肃甘南等地区和西藏自治区搜集、整理、出版的本子至少也应有一百多部，加之民间格萨尔文本资源还有潜力可挖，此外旧时失散的文本、未能记录的说唱本、国外收藏本的总和有600部左右，按平均每部10万字、50诗行计算，应有六千多万字、三百多万诗行。其中包括异本，《格萨尔》异本是指同一书名、同一故事出现的各种不同版本。其叙事内容大同小异，但其中有些异本中的故事情节、语言风格、故事顺序等方面出现了较大的差异。

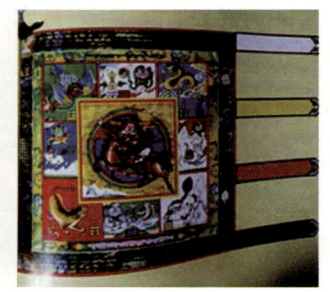

图3-2 青海果洛阿吾嘎洛的《格萨尔》水墨彩画（高莉供图）

以上所列为格萨尔史诗主体文本。除此而外，还有不少与史诗相关联的多样化、传世性文本，其中部分来源于宗教界。据记载一些宁玛巴、噶举巴大师号称通过意念从心间发掘出一系列文本，撰著了"格萨尔王传""岭三十大将颂""格萨尔修供仪轨""格萨尔烟祭辞""格萨尔祈福偈""格萨尔长寿偈""格萨尔招福偈""格萨尔马鞭颂""七大勇士颂""格萨尔护轮修法"等，均为书面传承的文言文。在藏区各地收藏这类文本的人不在少数。有的还定期举行规模不同的格萨尔祭祀仪式，以此纪念祈祷他们心目中永远的英雄及其诸多神明。宗教仪式和民间活动的互动过程中，此类文本成为格萨尔史诗的另一种有效的传承形式。综上所述，足以证明《格萨尔》是世界上最长的英雄史诗，也是最具活力的民间文学鸿篇巨制。

四 格萨尔史诗叙事结构的时空哲思

天、地、龙三界宇宙观是史诗艺术哲学的基础，是史诗精神体系的出发点和归宿。"精骛八极、心游万仞"的超时空诗性联想，使无限的宇宙及其诸生命体构合成为一体，统摄入史诗叙事视野，从而深化了史诗意境的哲理性领悟。生命与宇宙的通达，诠释了生命中无常与永恒互为因果的辩证哲理。

（一）三元同构合体的宇宙人

史诗中将英雄、智慧、爱心、理性、神性以及所有崇高的生命意义均赋予格萨尔大王，将其塑造成为"世界雄狮大王"的形象。首先，格萨尔一生有多个名号，从格萨尔的各种名号中，人们可以解读格萨尔成长的历程和这部长篇英雄史诗故事不同的"事件"和"主题"。

众所周知，格萨尔有多种名号，其背后是一部流动的"神曲"。格萨尔名号是随着他在人生的不同阶段所履行的天赐使命而变化的，也是随着史诗叙事故事的不断延展而发生变化的。这些名号成为表达格萨尔大王人生历程中的阶段性宏业的一种文化符号。格萨尔在天界期间，名为"图巴嘎瓦"，意为闻者生喜，众神为天子降临人间祈福之际，一种加持聚光射入天子之身，刹时间，虚空中传来"图巴嘎瓦"声，因而得其名；格萨尔降生于人世间之后，其兄贾查大将为他起名"觉如"；征服四方大敌时，称"格萨尔诺布占堆"（意为"英雄格萨尔宝贝制敌王"）；开启各种宝藏之门时，称"岭杰罗布邓珠"；祈求战神盛誉时，称大狮战神之王；修持三根之时，密号"金刚长寿王"；登上岭国国王的宝座时被称为"世界雄狮大王格萨尔"。诸如此类，格萨尔大约有二十多种称呼。上述所列名号体现了格萨尔的成长经历，它对建构史诗故事的叙事顺序和故事主题具有指向性意义。

> **回味经典**

从格萨尔身世来看，其前世是天界白梵王之子，天子下凡人间时，投胎于雪域藏地穆布董氏家族一牧户之家。父亲为董森伦、母亲为龙王之女噶姆。使他成为天、地、龙三位一体的生命体。从此人性和神性在他身上合二为一。天、地、龙三界源于藏民族古老的宇宙观。藏族人以人类居住的地球为基准，将宇宙分为上方天界、下方龙界、中间大地界。而龙界并非单指传说中的海底龙宫。三界称上、中、下界，指宇宙空间。一些经典中说，在太阳西坠的方向、无数世界的彼岸，有一方净土，虽然肉眼无法目睹，但在心中明晰可见。人们把宇宙天体视为无数世界，其中存在无数有形、无形的生灵，而史诗中所说的天界为神明存在的世界，格萨尔作为个体的人，其背后折射天、地、人、神的通达与一体，建构永恒的精神性本体，触摸物质实在与性空的脉动。格萨尔史诗中用一个人的世界与人世间，乃至与宇宙空间相联的这一独特的艺术表达形式，表现了现实中的蕴涵永恒，而永恒又赋予现实以意义和理想的象征性思想。兼具神人殊相的格萨尔带着圣洁之爱和神圣使命，带着永恒的生命意义重返大地、重返现实生活，去感悟人间的世态炎凉，摩挲神的光亮，去诠释天地之爱，去寻求灵魂的栖息地。"史诗"极为丰富的想象力，塑造的主人公就是一位历史人物的"小我"，胸怀大爱的"大我"万物本质的"无我"的广阔世界。

（二）三身化现一体的圣人

从民间信仰层面看，史诗蕴涵了丰富的佛教法则及其精神，说格萨尔王是密宗事部三怙主之化现。三怙主分别为文殊、观音、金刚手，各代表智慧、慈悲、力量。史诗为艺术话语中的主体赋予很高的佛性精神境界，佛教所说的智慧，其内涵十分深邃，有一整套理论体系支撑这一概念。简言之，智慧就是人生的觉悟，慈悲就是人生的奉献。从广义上讲，智慧是佛学最高真理的领会和把握。揭示了宇宙间的物质世界的实存在和虚存在，缘起性空的义理，这是一种高深佛学理论。要想获得这种智慧，必须持之以恒地苦学、深思、精进。在超越自生妄境的基础之上，达到一种殊胜的思想境界和认识世界的独特方法。其过程中要做到"正如智者得黄金，烧炼割截复磋磨，汝于吾言当思择，勿以敬重而受持"。

然而，慈悲情怀是人们可触摸到的一股暖流，润泽有情。佛法所讲的"慈悲"超越了有情世间和外器世界。它包括了欲界、色界、无色界及六道中的所有众生离苦得乐。这就是主体内在观念世界所产生的力量，是慈悲精神的内核。

金刚手大势至，为诸佛意总体，大势为性，象征巨大势力，无坚不摧的力量。史诗把格萨尔塑造成智、悲、力的化身，为其赋予了至高的佛性。其智、悲是温暖世间的光亮，力量是息寂恶性之根的霹雳。

（三）三时人生的命运变奏

《格萨尔》是由神话和历史共同建构起来的一个文本体系，神话视野下的格萨尔游历于宇宙三界的整个过程。从天界降生至人间，人间诸事圆满之后，自在地往生另一个刹土，在那里，他以另一种善巧方便，向无数有情普洒大爱之光。人们相信这是格萨尔的终极归宿乐园。然而格萨尔的前世、今生和来世还有一种解读法，据米旁大师的"格萨尔颂偈《金刚长寿王》"记载，"本性殊胜文殊金刚，示现有寂战神之相，前世乃系持明莲生，今世制敌雄狮英豪，未来香巴拉刹武轮"。"香巴拉"为佛教观念中一净土名称。该世界表象呈圆形，雪山环饶，状如八瓣之莲，瓣之间以河流相隔。为贵族王朝之领地。传说，当人世间物质世界从发展至进入颓废时期之时，便是香巴拉武轮王弘法时代，到那时，他们以独特的战斗平息那风雷激荡的乱世风云。格萨尔将又一次转换身世，变成香巴拉的一位战将，再度点燃文明火炬，度脱灾难苦海中的无数众生。

现实意义上的格萨尔的人生经历，大致分三个阶段，即童年时代、中人时代和老年时代，每个时代他完成了不同的历史使命。也有前半生、后半生二分法之说。格萨尔人生轨迹，就是从乞丐到国王、军队首领到上师。第一阶段称大赛马时期，包括天界、降生、赛马、占领玛域、再赛奇妙之歌等。其叙事故事讲格萨尔从诞生到登上王位宝座的过程。第二阶段为转动战争之轮时期，此乃是历时最长、故事最多，可谓史诗的主旋律。第三阶段称圆满岭国，岭将士们进入年迈时代，个个闭关修行，架起往生净土的彩虹之桥。

（四）三大氏族部落史影素描

佛性、神性、人性，是史诗艺术话语表达的三部曲。世界上各个国家、各民族大多拥有丰富多彩的神话故事。其中一些经典神话故事，对整个人类影响颇深。其实各个民族形成的初始阶段的历史，也是从神话开始的。神话在人类传统文化中占有重要的地位，世界上的许多经典文学作品，因神话而绽放美丽，因神话而历久不衰。其实神话的背后往往是一些真实历史的存在。格萨尔史诗故事的叙事功能结构中，处处彰显了神灵的先见之明和无形的助佑之力，在神和人的对话中，淬炼好汉的刚强、韧劲、坚守信誉、勇往直前、永不言败的精神。宗教精神和神话故事是格萨尔史诗所释放出来的一种魅力、引力、张力和活力的重要组成部分。

撩开史诗神话故事神奇的绸幕之后，人们还能欣赏到哪些贴近历史、贴近现实的悲壮故事呢？总的来看，格萨尔史诗对现实涵义内倾化的叙事形式，占据了史诗本体的半壁江山，是不争的事实。格萨尔学界大多专家、学者认为，史诗中的格萨尔，是一位真实的历史人物。其身世、家族、诞生地、居住区域、所属部族等有较为明确记载。格萨尔出生于穆布董氏家族，穆布董为藏族古老的四大父系种姓之一。汉文典籍中称"西羌"。羌是藏语"狼"的音译，又称"董羌"。格萨尔之父名为董森伦，其祖辈为董拉查干布，拉查为"花山羊"之义，是家族崇拜的图腾。董拉查干布之孙董曲潘纳布娶三妻，分别为色莎、翁莎、牟莎。她们的后代繁衍成岭三大部落。三女之种姓成为三大部落部族名称，这是因为岭部落社会结构中依然残留着母系社会的胎记。然而岭三大部落首领均为父系世袭首领。他们在历史的进程中，以和亲、征战等方式，加快了部落扩张步伐。使岭部落成为强大的部落联盟体，称岭国。格萨尔登基后称岭杰格萨尔大王，岭杰为岭国首领或国王之意。穆布董氏、岭葱、岭日、岭纳等都是岭人后代的种姓。时至今日，这些家族散居藏区各地，见证着他们祖先族群的历史演进。关于这部分内容在本书中另有章讨论。

（五）三世"弘期"与历史"终结"

岭三大部落是岭国部落联盟中的核心族群，辖有百余部落。岭国部落史话，就是从三大部落说起。岭国历史分前弘期、中弘期、后弘期。三代首领群、三个重要历史时期。"前后弘期"的概念源于历史上藏传佛教西藏传播的两个阶段。第一代岭部落三大首领是格萨尔之父董森伦、格萨尔叔伯超通和岭国耆老总官阿尼查根。他们的时代为岭部落前弘期。新的氏族部落的初级阶段，首领们的历史使命，就是完善部落体制架构，建立部落规范、弘扬佛法。与此同时，他们为部落势力扩张打下了坚实基础。

岭部落中弘期，第二代宦名称王，他们分别为格萨尔、格萨尔大哥贾查大将和英雄丹玛大将。他们的时代，岭国进入了最辉煌的鼎盛时期，格萨尔成为岭国的时代符号。其实岭三大部落首领并非这三位王、臣。三大部落各自都有新一代的世袭首领。这一时期，岭国势力扩张如同洪水一般，吞噬着青藏大部分和其他民族地区。格萨尔王在世间的重大宏业获得非凡成就。

岭国后弘期第三代首领为贾查之子扎拉则杰、大臣丹玛之子玉威奔美和姜王子玉拉托杰。格萨尔王无后代，其大哥贾查之子作为格萨尔继位人，也是岭军的统帅。他们麾下还有岭国第二代将士们的后人作为岭国要员。这一时期，暴风骤雨般的战争已经结束，光明战胜黑暗，和平的光芒照耀雪山。岭人逐渐步入了平安时期。广大属民在政的稳定、教的兴盛、生活富足的和谐社会中度过快乐每一天。然而，史诗中未见岭国第四代首领的叙述。人们认为，岭国后弘期社会发展到一定阶段后，逐渐步入部落终结期。因为岭人所统辖的区域，已不见大部落的存在。那么，如果在史诗的精神中寻找答案的话，岭部落的终结意味着新事业的开始。岭部落百姓散居藏区各地繁衍生息。格萨尔和三十员大将们以另一种善巧方便温暖众生。从宁玛巴教派一些大师的净境视野可窥见到，格萨尔和大将们依然在人世间延续着他们的事业，因为他们有各自的再生人。他们是史诗的掘藏者，也是传播经历记忆的史诗演述人。这是活形态史诗的另一类文化特质。

岭三代首领及其所辖部落发展演变史，就是史诗叙事结构中的实史的重要组成部分。

（六）三界安定与终极目的

格萨尔史诗随着与佛教元素的结合，逐步过渡到了其象征性阶段。在此阶段，反映格萨尔的英雄业绩的诸多概念与佛教的元素结合起来，形成了其象征体系。

安定三界是关于格萨尔一生业绩中的最后部分。这部分以佛教的基本理念阐释格萨尔前往地狱度化遭受煎熬的以阿达拉姆为首的有情众生的故事。因此，其中的故事情节和理念均充满了佛教的象征意义。以便向人们展示格萨尔一生奋斗、精进、发心、度化三世有情的理想化终极目的。这里所谓的三界安定有狭义、广义之分。首先说"安定"可理解为"安乐"。安定并非指一种稳定、无纷争的人类社会的状态，也不是指满足人类的物质欲望或文化、精神方面的所求。如果人达到了这些所求的目的话，可带来一时的幸福感、快乐感，但与此同时伴随着痛苦和不幸。格萨尔从天界降诞于人世间，人间安定是格萨尔的重要历史使命。他以智慧宝剑息寂人间战乱，使野蛮社会引入人心向善、佛法兴盛、财富日增、幸福、文明的正道。人类理想社会的实现，是安定三界中重要一环，然而这只是冰山一角。史诗精神指向，三界六道的一切有形、无形众生具安乐及安乐之因、离苦及苦因，一切众生永具无苦之乐，从而使一切有情获得永恒安乐，这是主观世界连接通达无限世界的大爱。其过程中包涵主体的发心力、发愿力、行动融入大千世界所有大爱，汇成一种具有穿透力、散发力的不可思议的暖流，从中使无数有情与痛苦绝缘，这就是格萨尔史诗所阐释的终极目的。在今人看来，这目的，虽然空灵、渺茫，但他们愿意相信大爱的力量最终会战胜一切的。爱源于无情，但它又是无情的对抗者。在此所说的大爱，诠释了格萨尔史诗的精神内核和生命的终极观照。

（七）四大事业及其符号隐喻

从佛教化的象征意义上说，格萨尔的全部事业分四大类，这是因为他在圆满整个历史使命过程中，根据不同的调服对象、不同的化机地、不同的时间节点，随机施策、随机调服，所选择的一种行为方式。

"四业"源于藏传佛教，分别为息业、增业、怀业、诛业。用现代话讲，就是和平、福寿、权势、武力之意，每一业均有明确的方向定位，即：息东、增南、怀西、诛北。每一业具有象征意义的、不同颜色和形状符号：息业，白，正方形；增业，黄，圆形；怀业，红，月牙形；诛业，绿，三角形。这符号是一种分类的界定、一种神性、人性相结合的能量、一种二利的善巧方便。四种符号，圆融之光照耀人类大同世界的人文精神。一是格萨尔史诗的动力因、形式因、目的因。"格萨尔礼赞"：驱散邪恶乌云，让白净的平安之光普照世间（息）。金光洒满大地，财宝普降人间，福寿正法长存（增）。威镇强霸横行，调服人间不平，蓝红之光摄四方（怀）。如同死神怒视，以万均雷庭之力，斩断妖魔命脉（诛）。格萨尔史诗叙事结构中阐释了四业的力量、四业的智慧、四业的伟绩。格萨尔的一生建构了辉煌的四业殿堂。完整版的故事主体蕴含着四业演绎叙事，特定阶段故事蕴含着四业进行曲。主体形象塑造、祭祀文化中呈现了具有象征意义的四业事象。然而格萨尔史诗叙事并没有明确四业标签，只能从原典的考辩，通过形式规约中解读。那么格萨尔故事主体，从诞生人间到往生净土过程中的四业又如何区分呢？天降王子、大赛马、登上王位、岭人举行的各种仪式和佛事活动、个体闭关修行、度化有情等系息业范畴；降服四妖、部落战争系诛业范畴；福寿运盛、民众安居乐业、社会平安、增加财富、善业广大系增业范畴；部落疆土扩张、势力增强、摄收权力系怀业范畴。在特定的历史阶段，格

> 回味经典

萨尔依照天神、护法预言，率兵征战某一邦国的始末，贯穿着四业精神。向对方开战，剑殛十恶不赦的魔王、妖臣等为诛业。邦国疆界归属岭国，其首领封为岭大臣为怀业。清除战争祸根、魔王及众妖臣亡灵引向净土，民众的价值观转向善业为息业。被征服的邦国独特的财富资源的福运为岭所有，那是福寿双增至宝，是大众之福运为增业。

格萨尔雕塑、唐卡通过造型、面部表情、手持法器或坐姿呈现格萨尔静像（息业像）、忿怒像（诛业像）。虎垫宝座上的格萨尔戴藏式毡帽、着白绸袍，示显国王像，手持不同宝物来区分怀业像和增业像。四业是有形人的势力和无形护神的加持力，建构一个完美世界的一种力量和方法，它与长诗的理性精神血脉相连。

五 格萨尔史诗故事主体结构形态

格萨尔史诗故事谱系如同江河主流与支流，由两大系列构成，形成了一种主体故事环式结构及其散发出来的链环式外延形故事结构。主体故事是指，在整个史诗中占据重要位置，其故事完整，叙事具有一定的连贯性的原形态故事结构，故事脉络乃是"史诗"主人公为主线，描述格萨尔从天界下凡到人间，各项宏业圆满之后，又回归天界的主体性、原形态、环式故事结构。这是建构格萨尔史诗命脉所在。纵观故事主体的叙事流程，其中故事最长、情节最复杂的是格萨尔降伏四方魔王部分，随后又智取十八大宗和无数小宗。在此过程中岭国与周边众多邦国之间发生了旷日持久的战争。战争成为当时解决一切问题的最高手段。和平来自战争，文明来自野蛮。和平是对战争的否定和改造，文明是对野蛮的否定和改造。从古至今，战争从来没有退出历史舞台，何时退出，不得而知。格萨尔史诗叙事中，大规模、无休止的战争的终极目的，就是以战争消弭战争，以战争方式平息人类社会的罪恶、野蛮、无知所带来的毒流浊浪，让和平、安乐、善业的阳光普洒世间。要取得战争的胜利，要靠神明的加持，更要靠部落联盟的实力。增强部落实力，必须向外扩张势力。这是发动战争的动力因。

格萨尔史诗故事主体结构中，出现频率最高的字"宗"，是藏语音译，它也是格萨尔史诗文本的最基本的叙事单元。藏文中"宗"字有几种含义，主要指"雕楼""城堡"、堡垒之义。然而"史诗"中的"宗"字，则代表一个国或部落联盟政权，与此同时也象征着一个地区的军事实力。据此，"史诗"中的"宗"字就是一种文化符号，其内涵为军事实力的较量。近百部《格萨尔》史诗战争话语，岭国军队战略战术、军队规模、进攻、防御、军队将士出征人员等，因作战对象的变化而变化。在纷繁复杂、此起彼伏的岭与周边邦国的战争中，人们用观想眼睛能窥见到古代青藏高原上，烽火四起的部落战争的历史显影。史诗中的战争叙事结构，大多带有共性叙事模式，呈示出过程中的程式化情节。形成史诗战争故事叙事结构固化模式。多种大规模的战争始末都表达出相似的叙事模式。十四个方面构成了一场战争的总体结构。

天降旨，又称天神预言授记，指一种事物发展过程、变化，结果的事前预判。对天神而言，就是准确无误的未来先知。"史诗"中的战争叙事，首先天神授记。每次授记，是在格萨尔王进入一种似梦非梦的清净意识的状态中，专为他降天旨的仙姑贡门杰母驾一片祥云，在绚丽的彩虹帐室中，下达天令。征服某邦国的时机已至，机不可失。明示出征时间，征战中将会遇到的诸多难题和违缘。纾除违缘依赖于神明的护佑，更依赖于主体的智慧和勇敢、军事谋略和军事实力。神力和魔力较量只是战争胜负因素之一。天旨一降，意味着将发生一场大规模的战争。

召集麾下首领将士，传达梦境天旨，商议军事行动方案，分析敌方战将要员、军事实力。军事民主助力军事谋略，方案一经决定，各首领必须遵岭国军纪，各司其职。

派遣信使。向各路人马传递王旨，是岭军丝毫不容懈怠的军纪。信使们选最佳坐骑，采用驿站之间接力方式，迅速抵达目的地，把命令转交各部落首领。各首领再派信使到各家各户，传达兵卒集结命令。

集结各部大队人马。来自各部落的骑队，准时集中于岭虎纹集

回味经典

结场，依照士兵名单，一一清点到场人员及其装备之后，岭军首领下达出征命令，同时宣布军纪。任命新的各路指挥官，明确行军路线图。

烟祭神灵。烟祭源于古代藏族军事烽燧，它既是一种信号，也是一种下达军令的方式，逐渐演化成民间普遍的祭祀仪式。岭军每次出征前，必须举行规模宏大而壮观的烟祭仪式，寄托神灵的期许，坚定军心的所依、战胜强敌的信心。岭军祭祀的对象，是一个繁杂的神灵系统，主要有天界神灵、凡界神灵、龙界神灵、智慧神灵、世间神灵、格萨尔护佑神、岭军护佑神、文神、武神、战神、十三动物战神等。他们相信，神明会呵护消灭邪恶势力的战争。因为他们首先相信因果无欺之真谛。

岭军出征前，还有一个必不可少的仪式，那就是美如仙女、服饰华丽的岭国王妃和贵妇们捧觞，向格萨尔和将士们敬上出征美酒，献上祈福辞。祝愿将士们心想事成，消除一切违缘，凯旋而归。

岭国大队人马浩浩荡荡踏上征途。岭军出征遵循首领命令，分尖兵、主纵队、左路队、右路队、压后队、后勤队等。纵队包括军队最高指挥的卫队。行军有严明的纪律，包括地形选择、行军速度、间隔距离、前后观察。

下达征途扎营命令。相关指挥官宣布扎营令。营盘核心地，是格萨尔王及其岭三大氏族部落军队住扎地。四方是守卫军的住扎地，还有内卫住扎地、外围住扎地。岗哨采点和扎营地貌选址。

接近敌占区之后，双方摆下阵势，准备开战。其战法兵对兵、将对将，出阵之后，首先介绍自己，紧接着质问对方姓甚名谁，在轮番回合中决定胜败。

敌方节节败退之际，往往出现一位心向善业的忠臣或魔王之女，劝魔王投诚岭格萨尔王，无法挽回的败局尽早收场为宜。但顽固不化的魔王说，"决一死战是我唯一的选择，与其别人面前跪着活，不如在战刀下站着死"。他们是顽强的战斗员、善战的指挥员，在他们的字典里找不到"投降"二字。然而留给他们的不只是战争的残局，还有生命的终结。

浩荡岭军如同风卷残云，冲破敌阵，攻进魔王城堡，活捉魔王，格萨尔大王发心超度的气力、定力、禅力中，享受死亡的快乐。

开启战败国的财富之门，作为各部落共同分享的物质财富。民众平等富有，就是开启财宝之门的主要目的。

敌方部众收归岭国部下，格萨尔王任命新的部落首领。百姓行为转向善业之道。大王教诫民众，诸恶莫作、德行天下、信守因果。寻求人类幸福之根基，从而使一方民众品尝到了真正幸福的滋味。

凯旋而归的岭军，带着满满收获之际，岭所有部众举行隆重的欢庆典礼，大摆盛宴，献歌献舞，王妃捧上洁白哈达，献上敬酒歌，祝贺胜利，祈福岭人幸福美满。

格萨尔史诗中的战争故事部分情节的共性叙事结构，是古代部落战争过程中军事行动方案的必然性所决定的。战术上的灵活、机动之外，部落战争还有较为固定的作战模式。史诗虽然相信神力的护佑，但更多意义上，人们能从"史诗"中感受到波澜壮阔的真实战争，表达了史诗神话背后的真实故事，同时用夸张和神话的表现手法去装饰实史，凸显史诗文学话语的表达特质。

如果说，战争是史诗故事主体的话，那么，还有众多与史诗主体故事相联系、独立成章、各具特色的文本群，是史诗叙事总结构中不可或缺的重要组成部分。史诗故事主体本身也不完全是叙述战争故事。叙事主体环式结构由三段故事构成，分别为天降神子、赛马登王位和征战各宗、安定三界、圆满岭国。三段故事的精神内涵是，点亮希望之光、照亮安定祥和，到达彼岸终极目的地。圆满岭国意味着岭格萨尔和将士们离开人世间，往生另一个世界。他们以另一种方便利益被烦恼拘萦的无数有情。史诗非故事主体，为紧扣环式结构周围的连环式叙事结构，大致分以下几种类型。

战宗类：指小规模战争。叙述了格萨尔王麾下某战将带领部分兵卒征战某一小宗的故事。格萨尔手下几大名将大多指挥过类似战争。

> 回味经典

传记类：指岭国三代相关名将的传奇故事文本。如岭国唯一女将《阿达拉母传》，岭国后弘期首领、格萨尔大哥贾查大将之子《扎拉则杰传》，大臣丹玛之子《丹子玉威奔美传》，门域部落首领《门东君达拉赤格传》，姜域王子《姜子玉拉托居传》，还有格萨尔童年的时代的传奇故事《觉如传》等文本。

仪式类：岭国大规模祭祀仪式《世界公桑》，岭国赛马结束后举行了一次别开生面、意蕴深邃的宗教性仪式《再赛寄妙之歌》，《分配大食财宝》仪式，《分配世界八宝》仪式，《掘得玛域兵器宝藏》，《格萨尔婚礼》仪式，《五吉祥颂》等文本。

历史类：《世界形成》《岭国起源》《董氏预言》《世界莲花地图》《岭域莲花地图》《嘎嘉洛宗谱》等文本。

宗教类：《地狱救母》《印度法宗》《安定三界》《格萨尔修行》《格萨尔讲经》《格萨尔坛城修法》《岭三十大将讲经》《格萨尔颂》《格萨尔供仪轨》《重游天堂》《格萨尔寺庙》。

其他类：《辛巴和丹玛》《超通的故事》《超通的舌战艺术》《格萨尔与拉达克》《开启北地五种宝藏》《都巴七兄弟》《格萨尔童年的传奇故事》等众多文本为"史诗"叙事结构的另一大亮点。有人认为格萨尔史诗叙事结构可分内、外、密三大内容。这一概念的背景源于藏传佛教中的相关理论。就"史诗"而言，所谓的内、外史诗，就是人们可知可感"格萨尔"的文本系统和演述系统；而"密"的部分，虽然不会超越这两大系统，但其中隐含密和深的意蕴。因为没有作注解的"密传"常人难以解读，其内外传也往往包含着密意，例如智态化文本大多为密意阐释文本，又如一代宗师居米旁大师所著的《可靠萨尔金刚长寿颂》中的十六行诗破解之后，形成了《天界遣使》《英雄降诞》《赛马称王》《占领玛域》四部长篇史诗文本。还有一些密意的公开，缘起未至不得宣说。有的密意只能部分具备根器的人知晓。这是针对宗教传承而言，但人们从浩繁的《格萨尔王传》中，能隐约感受到密的含义。这并非为史诗增添几分神秘色彩。两千多年前，藏族社会已形成了整套密与解密文化形态，在古籍中称"德吾"，人们用谜语的方式来传递需保密的信息。它适用于政治、军事、宗教等领域。"德吾"意为谜语，但它还有一种解释为"钥匙"，这就是解密之意。表达方式有"密书""密诗""密谚语"和对话中的密意语、物质象征意义的密意。不少藏王的名字中出现了"德"字，带有一定的密意，揭示出密在政治中的重要性。"史诗"视野下的密意是一种历史、宗教、神话等多重性糅合，具有文学艺术性、呈现形式的神秘性、生发叙事的多样性。人们相信，这也是"史诗"版本众多的因素之一。

六　格萨尔史诗故事中的人物体系结构

有学者说，已发现的所有《格萨尔》文本中，先后出现了两千多个人物。其中有的人物一笔带过，有的简约介绍，而有的则详细描述其性格、形象、气质、衣着、兵器、个人擅长、谈吐等出现于多种版本之中。总体上看，《格萨尔》故事中的人物分两大系统。一是岭氏族部落人物，岭国所辖的众多部落人物。二是岭国疆界以外的各部落联盟邦国人物。从人物结构来看，史诗中出现过的人物有：国王、首领、军帅、大臣、上师、咒师、参谋、裁决人、英雄、美女，还有游牧人、农耕人、强盗、铁骑、木匠、药师、乞丐等。其中包括正、邪两方面的人物。

岭三大氏族部落，是岭国的核心部落和政权中心。这一族群的起源和衍化、种姓传承、世袭首领及岭国重要人物等在"史诗"中均有详细描述。岭国人物体系构形，在整个"史诗"叙事过程中，起着承上启下的重要作用。与此同时，其中凸现了史诗人物描写的独特文学艺术风格。

岭国人物体系构成要素：1. 岭国王和妃子；2. 岭大臣；3. 岭三大部落首领；4. 岭三十员大将；5. 岭七位勇士；6. 岭三大枭将；7. 岭三位大人；8. 岭三位长春；9. 岭四位善知识；10. 岭守护四方的大将；11. 岭具福德的三人；12. 岭三位天臣；13. 岭三位士大夫；14. 岭五坚赞（名字中有坚赞的大将，以下同类）；15. 岭三灵智；16. 岭三仁青；17. 岭十位公务人；18. 岭六位首领之子；19. 岭七位稳重新勇将；20. 岭六位美男；21. 岭三位席次排位人；22. 岭席末二人；23. 岭二虎豹将士；24. 岭善言手巧三小伙；25. 岭三俄陆（美男）；26. 岭具威望的二人；27. 岭十三爱子；28. 岭具胆识的二人；29. 岭著名七美女；30. 岭十三少女；31. 岭三长寿人；32. 岭三核心贵妇；33. 岭三诅咒师；34. 岭白面大将；35. 岭三贤圣；36. 岭三大喇嘛；37. 格萨尔三仆人；38. 岭国三仆人。还有岭医师、岭占卦师等。

　　岭国人物身份的背后，就是岭国社会系统构架。其中，可窥见到军事化在游牧部落政治中的重要地位。部落联盟首先是军事联盟，而父系氏族就是组建和维系各部落的纽带。部落联盟以维护加盟部落的利益为基础，部落最高利益就是强化部落势力，防止外部袭扰和侵犯，部落属民安居乐业为目的。然而，历史往往不以人的意志为转移，弱势部落、战败部落只能投靠强势部落，才有继续存在的可能。"诗"与"史"的结合，正是从这样的叙事开始的。岭三大部落势力日益增强，被诗意照亮的英雄史诗牵引出更加广阔范围的数以千计的不同人物。其中包括岭国所辖的数十个部落人物系统，被岭国战败的数十个部落联盟或邦国的人物系统，诸多故事中的人物结构与岭三大部落基本相似。各部落都有义胆忠肝的英雄、将士和数以万计的骑士，正是那些人物的活动，展现了一个荡气回肠的历史进程和时代风云。"史诗"塑造了众多的人物形象，人人个性鲜明、性格迥异、惟妙惟肖。"史诗"中的主人公格萨尔，贯穿故事始终。此外，"史诗"还塑造了许多典型人物，比如岭三十员大将，又称岭三十兄弟或三十勇士，岭国八十大成就者中的部分将士出现于众多"格萨尔"文本之中，因此，凡是了解"史诗"的人们都知道他们的名字、性格、所擅长的武艺等，会给受众留下深刻印象。

格萨尔史诗的家国情怀：
中华民族共同体意识

徐美恒[*]

年轻的时候，有一年冬天，大早上站在家乡阴山的山梁上看日出，无意间望见西南方的云天之上耸立着一座山峰，辨识良久，觉得那是珠穆朗玛峰。这也许就是一个梦的幻影，它招引着我走上青藏高原，去寻找云海之上的中华文明。格萨尔史诗也许正是一座这样的山峰，以神秘的姿态矗立在云海之上的青藏高原深处。中华文明的诸多元素及其民族共同体意识，就以集体无意识的文化原型和盘存痕迹储存在这座巍峨的山峰中，释放着无穷无尽的能量。

---

[*] 徐美恒，西藏民族大学西藏当代文学研究中心客座研究员。

回味经典

格萨尔史诗作为优秀的中华传统文化，在坚持"道路自信、理论自信、制度自信、文化自信"伟大实践和实施"铸牢中华民族共同体意识"①伟大工程的新时代，其中蕴藏的家国情怀具有日益重要的现代性阐释意义。所谓"家国情怀"，是指人们热爱家园、家庭和家乡以及国家民族的一种情感态度。在中华民族的传统文化中，家国一体的观念和"天下为公"的思想很早就孕育形成，并转化为"修身、齐家、治国"的理想人格追求。所谓"中华民族共同体意识"，首先是当代中国的时代精神，其基本内涵，简单地说，就是自觉、明确地认识到中国的56个民族，千百年来就是一个共同体，是血肉相连、休戚与共的一家人，具有共同的文化基因和血脉关联，应该亲和友善，紧密团结，交流互鉴，协同奋斗，共同繁荣发展。其中，核心内容是民族平等、民族团结、认同祖国、互助发展。可见，在时代精神层面上，"中华民族共同体意识"基本上是一种政治觉悟或国家民族认同观念。其次，"中华民族共同体意识"也是一种历史文化积淀，是中华民族在历史演进长河中不断融合、自然形成的一种生存经验和社会传统。也就是说，时代精神植根于深厚的社会历史文化底蕴。这种历史文化底蕴表现为"大一统"的江山社稷传统、天下为公的政治理想、和衷共济的和谐社会礼仪之邦、共享太平的民本情怀等。第三，"中华民族共同体意识"也是具有深厚文化底蕴的家国情怀，是基于认同、相亲、共享的历史传统而生成的血脉情感和民族心理，它客观地镶嵌在各民族的历史文化中，标示着中华民族大家庭各民族同根同源的历史风貌。也就是说，在历史文化层面，"中华民族共同体意识"是一种客观存在的生存经验和社会心理，是中华大地上的各民族在共有的历史进程中发展积淀形成的多民族相容一致的心理世界，具体表现为认识世界的方式、情感倾向、兴趣和爱好习惯、人格理想等心理形态的基本一致，生活习俗和生存

---

① 《习近平在中国共产党第十九次全国代表大会上的报告》，第六部分"健全人民当家作主制度体系，发展社会主义民主政治"之六"巩固和发展爱国统一战线"。http://www.people.com.cn/n1/2017/1028/c64094-29613660-8.html。

信仰大同小异。

　　当然，全人类可能有共同的起源，在演进历程、智力和心理等方面存在"趋同"现象，这是不容否认的，但是，大同小异也是普遍事实。特别是由于地理环境和生存方式的长期影响，文化惯性的规约生成了文化圈现象，这也是有目共睹的。就文学研究而言，口传形态的神话一般被认定为最早的文学形态之一，根据神话的思维形态和叙事模式生成的原型，可以概括出不同民族或人群的早期文化形态差异。这种文化差异现象就人类范畴而言，由于文化的可持续惯性而一脉相承，形成了具有区别意义的文化圈状态。比较造人神话、创世神话等人们关于自身来源的想象，中国各民族的神话虽然也可以说千姿百态，但是，从根本上说，基本能够统一到"天人合一"或"人与自然合一"的观念上来，这与古希腊神话和希伯来神话膜拜超自然的力量（神）有所不同。也可以说，中国文化从神话的根源上就没有超现实的、超自然的神灵世界，基本上不存在宙斯及其神灵家族或上帝这样的与现实世界剥离的神。盘古化育万物和女娲的蛇身状态表明，中华文化是脚踏实地的、具有朴素物质观念的唯物主义文化，与一般泛称的西方神话（不包括北欧神话）的唯心主义世界观不同。比如，女娲和普罗米修斯都用黄土造人，这可能体现了人类智力水平的一致性，但女娲造人后，人就自然存在了；而古希腊神话中，普罗米修斯造人后，需要众神"吹口气"给这些泥人注入灵魂。这种对生命理解的差别可能导致人们生存信仰的差异，所以，西方文化中人的灵魂是先在的、神授的，因此人必然要皈依神。而在中国神话中，这个神授灵魂环节的缺乏恰恰说明，灵魂是后天经过实践得来的，人根本没有纯粹外来的先在性。这正是唯物主义和唯心主义的差别。这种文化源头上的差异就是所谓原型，它为寻找中华民族共同体意识提供了理论依据，当然也是比较文学在世界范围内开展文化原型、心理原型或文化圈研究的重要方法。

　　格萨尔是我国藏族、蒙古族、土族、裕固族、普米族、白族、傈僳族、纳西族等多民族共同传唱的史诗，经过千百年的流传和扩展，其部落史诗的原发性因素虽然受到不同民族、地方性和宗

> 回味经典

教性等因素的稀释和改造，但一些重要的族群生存信息仍然顽强地存留在故事中，也就是说，不论史诗如何演化，至少岭部落的一些身份标志因素会被基本一致地传承下来。比如，岭部落的生存空间或活动空间的大致稳定性；岭部落的生产力情况诸如骑马游牧射箭用刀等；还有一些具有民俗意义的文化，诸如动植物喜好、色彩偏爱、巫术信仰，等等，虽然民俗文化可能很容易受到地方性或宗教影响，但当其与具体说唱人群结合，恰恰提供了文化比较的路径。格萨尔史诗的多民族说唱性符合部落联盟的人群聚合特点，这种传唱现实与史诗的历史真实性形成了互证。因为岭部落本身就是一个既有氏族部落，也有非氏族部落的联盟体。联盟的结成需要共同文化，而文化一旦植入某个群体，不可能轻易消亡。这是多民族传唱格萨尔史诗的历史原因。而正是这样一个联盟体，其创造的史诗文化，具有中华文化基因，与中华民族在传说中的五帝时代至商周时期就孕育形成的传统文化高度契合。这种情况十分清晰地彰显着中华民族共同体意识的悠久传统，显示了格萨尔史诗对中华民族共同体意识的传承价值。

一 中华民族共同体意识的孕育及其在商周时期的形成

中华大地上的先民，不论是非洲来源说还是本土起源说，众多的氏族、部落和邦国，经过长期的融合发展，特别是经过商周时代1300多年的交流融合，基本上形成了统一或相类的文化基因。这主要是因为人类社会在发展进程中，一般都会受到先进生产力的牵引，进而发生相互借鉴，最终出现共享与趋同现象。这种情况可能是以贸易、联姻等交往方式和平融合实现的，也可能是以战争、征服然后融合等方式完成的。所谓炎黄子孙，就是北方的炎帝、黄帝、蚩尤三股力量经过战争，最后由黄帝统一而融合形成；后来又有华夏之说，是经过大禹（黄帝之玄孙）治水，北方与江南整合形成夏王朝的结果。从《史记·夏本纪》的记叙来看，

格萨尔史诗的家国情怀：中华民族共同体意识

夏朝时已有"中国"① 之名，其疆域辽阔，在政治上胸怀天下，且形成了以"中国"为中心的"甸服""侯服""绥服""要服""荒服"② 这样的"差序疆域"③。天子之国"东渐于海，西被于流沙，朔、南暨：声教讫于四海。于是帝赐禹玄圭，以告成功于天下。天下於是大平治"④。可见，至少在禹的时代，"中国"（即中原王朝）已经具有天下一统、中原为主的政治思想，并实现了有效的天下大治。这是中华民族共同体意识孕育的基础。从大禹治水的情况来看，对水患的治理过程恰恰是中华大地被统一管理的过程，也就是中华大一统形成的过程。其治理视野不只局限于陆地，也延伸到了海中草木茂盛的"岛夷"⑤ 之地。如果说夏的天下大治为中华文化的崛起开创了可能，那么，商周时期1300多年的融合和礼制的发展，中华大地上的先民基本上形成了统一的或相类的文化基因，特别是甲骨文的发明，表明中华民族已经站到了时代文明的制高点上，形成了强大的文化核心吸附能力。由于中国历史上很早就形成了"大一统"局面，产生了"天下秩序"和"王者无外"⑥ 的治理思想，所以，中华大地上的各民族至少在夏、商、周时代，就培育形成了中华民族共同体意识。

可见，以中国为核心的文化圈很早就已经出现，且影响范围极

---

① 《史记·夏本纪》云："於是九州攸同，四奥既居，九山栞旅，九川涤原，九泽既陂，四海會同。六府甚脩，衆土交正，致慎财赋，咸则三壤，成赋中国，赐土、姓：祇台德先，不距朕行"。其中的"成赋中国"，表明夏朝时已有"中国"称谓。参见司马迁撰；（宋）裴骃集解；（唐）司马贞索隐；（唐）张守节正义：《史记》（点校本二十四史修订本），中华书局2014年版，第93页。

② 《史记·夏本纪》记载："今天子之國以外五百里甸服：百里赋納總，二百里纳銍，三百里纳秸服，四百里粟，五百里米。甸服外五百里侯服：百里采，二百里任國，百里諸侯。侯服外五百里綏服：三百里揆文教，二百里奮武衞。綏服外五百里要服：三百里夷，二百里蔡。要服外五百里荒服：三百里蠻，二百里流。"参见司马迁撰；（宋）裴骃集解；（唐）司马贞索隐；（唐）张守节正义：《史记》（点校本二十四史修订本），中华书局2014年版，第94页。

③ 赵现海：《中国古代的"天下秩序"与"差序疆域"》，《江海学刊》2019年第3期。

④ 司马迁撰；（宋）裴骃集解；（唐）司马贞索隐；（唐）张守节正义：《史記》（点校本二十四史修订本），中华书局2014年版，第7页。

⑤ 同上书，第73页。

⑥ 赵现海：《中国古代的"天下秩序"与"差序疆域"》，《江海学刊》2019年第3期。

> 回味经典

广。黄帝会见过西王母的传说表明，早在氏族部落时代，黄土高原上的先民就通过贸易、联姻或部落邦交与昆仑山下的母系氏族社会建立了联系，中华文化圈的影响半径很早就奠定了雏形。由于马的驯服，周穆王可以在一季之内往返于中原与青藏高原，与昆仑山下女国的西王母①相会。这基本上是以农为主的中原君王外出行走的极限，时间再长，可以走得更远，但是，国中的情况就可能发生变故。所谓国不可一日无主，显然是夸张之词，但是，国一年无主肯定是不行的，因为一年中有一些祭祀礼仪是必须有国君出场的。可见，如果说商周时期人类利用马的能力进入了一个成熟的高级阶段，驾驭马是先进的生产力，那么，在特定的地理空间，一定的文化中心的辐射范围是有限的。一般来说，往返耗时在一年内，基本上就是一个以农为主的文化中心及远的边界。周穆王远行昆仑山，基本上就是特定历史时代地域文化中心波及周边的极限。由于甲骨文的创造和使用，无可争辩地说明中原文明是中华大地上很早就形成的先进文化中心，所以，商周时期基本奠定了中华文化圈的版图范围，这就是文化高地的吸附作用。这种历史遗产经过秦汉的整合，在汉代以汉文化的形式形成了绵亘至今的东亚汉文化圈。

如果说周穆王的故事是以马力测定的文化影响范围，它显然受了农耕文化的固定中心思维的影响。对于游牧民族来说，他们常常在草原上飘忽不定，这是引发世界冲突不断的原因之一，也是各种文明得以在更远距离碰撞的原因之一。周穆王的故事可能隐藏着游牧民族入主中原后荣归故里的情况，但是，周王室终究消融在中原的广袤田野中，它似乎提示了一种宿命，人类终究要安居于各自的家园。家园情怀的诞生既是人类选择生存方式后的一种情感皈依，也是人类对生存意义的一种文化创造；它也是民族

---

① 据《史记·赵世家》记载："造父幸于周缪王。造父取骥之乘匹，与桃林盗骊、骅骝、绿耳，献之缪王。缪王使造父御，西巡狩，见西王母，乐之忘归"（参见《史记》中华书局二十四史点校本，第2147页）。著者按：黄帝和周穆王（即周缪王）交往的西王母不可能是同一个人。所谓"西王母"，应该是青藏高原上女国的首领，是一个泛称。由于位置在中原西，历代女国之王均被称为"西王母"。学界有人依据相传黄帝和周穆王都见过西王母，言其活了一千多岁，并附会符合神话传说性质。这应是不实之判。

格萨尔史诗的家国情怀：中华民族共同体意识

情感、国家情感最初的形态。早期的人类应该没有家园情怀，他们以氏族、部落的形态游动在大地上，发生冲突后，打得过就占地为王，打不过就跑，四海为家。但是，稳定是强大的基础，强势文明的创造都是以稳定的地域为支撑的。因此，守护家园并创造与之相伴的家园情怀是人类发展的必然结果。所谓中华文明，也可以称为东亚文化圈，其实就是生活在太平洋西岸的人类的古老精神家园。

如果说黄帝至夏代，那些传说的历史故事尚不足以成为氏族和部落拥有家园和家园情怀的可信证据，那么，大禹治水后田园开发的成功，显然为中原文明的崛起奠定了丰厚的物质基础；商周时期，甲骨文的创造和使用，把中华大地上人们的生存经验和智慧进行了形态化和物态化提炼，人们依靠文字增加了抗拒不确定性和偶然性的能力，这使依托中原广袤原野的商周王朝成为文明高地。丰富的物质基础加上文字创造对精神世界的提升，使延续了1300多年的商周王朝完全可以创造出具有身份识别意义的独特的家园文化、邦国文化，并使四野来朝。从《史记》《礼记》的记载来看，商朝时期就形成了大一统的民俗文化，普天之下皆从之。比如，从颜色崇尚来看，《史记·殷本纪》载："汤乃改正朔，易服色，上白，朝会以书。"[1] 可见，殷人在衣着颜色上选择了白色，表明他们崇尚白色。这种颜色文化显然也影响到了周边的其他人群，形成了统一的民俗文化。这可以从《史记》的记载中得到印证。据《史记·周本纪》载："武王渡河，中流，白鱼跃入王舟中，武王俯取以祭。既渡，有火自上复于下，至于王屋，流为乌，其色赤，其声魄云。是时，诸侯不期而会盟津者八百诸侯。诸侯皆曰：'纣可伐矣。'武王曰：'女未知天命，未可也。'乃还师归。居二年，闻纣昏乱暴虐滋甚，……武王朝至于商郊牧野，乃誓。武王左杖黄钺，右秉白旄，以麾。"[2] 可见，周作为商的边缘诸侯国，在颜色崇尚文化上与商基本一致，至少，周武王懂得商的颜

---

[1] 司马迁撰；（宋）裴骃集解；（唐）司马贞索隐；（唐）张守节正义：《史记》（点校本二十四史修订本），中华书局2014年版，第96页。

[2] 同上书，第127页。

> 回味经典

色文化习俗。武王在渡河中途，白色的鱼跃入船上，他便捡起来祭奠，表明周人也崇尚白颜色。后来伐纣时武王"左杖黄钺，右秉白旄"，表明商周人尚白和黄。周代人尚白，从《诗经·周颂·振鹭》中的"振鹭于飞／于彼西雍／我客戾止／亦有斯容"这些诗句也可以得到印证。周王的客人（应该是与中原政权有亲缘关系的远方邦国代表，有说是夏或商王之后人，故被尊为客，而非称臣）[①]，从西方雍地方远道来参与祭祀，身穿白色衣服，就像白鹭一样。这首颂诗既表明了尚白习俗，也说明这种习俗传播到了远在西边雍地方的邦国。其实，"振鹭于飞／于彼西雍"这句诗也是叙事，传达了人口迁徙信息，表明雍地方的人是从中原迁徙过去的。

另外，《史记·殷本纪》记载的"朝会以书"，表明开始使用文字，这种文字应该就是甲骨文。殷商朝用甲骨文，周边的诸侯国不可能不懂甲骨文。可见，至少从颜色崇尚的一致性和文字使用这两点看，商周时期已经形成了一些中华民族共同体意识，它是中华文明的重要组成部分。《山海经》虽然可能在战国时期始成书，但其中的内容无疑十分古远，早已流传；不论是作为地理书、博物志、民俗志，还是巫卜之作或医典，它对世界的了解与探索、记录与共享，这个文化行为本身就说明中华文化圈萌发出了解与共享的共同体意识。《周易》卦爻辞对《诗经》风诗比兴思维的影响，由此形成的形象喻理思维对中国诗歌意象抒情的塑造，以及这种言说方式至今在藏族文学中的盛行，都清晰地显示了中华民族共同体意识的发生与传承。阴阳五行之说在东亚的普遍流行，八卦图甚至转化成了藏族民众的护身符……大量事实表明，中华文化圈波及所至，中华民族共同体意识就蕴藏其中。

二 格萨尔史诗为什么能够传承中华民族共同体意识

格萨尔是藏族史诗，也是中华史诗。这不仅是因为在民族学意义上，藏族是中华民族大家庭的成员，更是由于其他诸如蒙、土、

[①] 王秀梅译注：《诗经》，中华书局2015年版，第758—759页。

格萨尔史诗的家国情怀：中华民族共同体意识

裕固、普米、白、傈僳、纳西等各说唱格萨尔的民族与藏族、汉族自古原本就是同根生，是文化传统意义上的一家人。众多说唱格萨尔的民族虽然使格萨尔衍生出不少地方性和民族性特征，但是，百变不离其宗，其多样丰富性始终保持在中华文化这个统一性范围里。所以说，格萨尔是中华史诗，传承了中华民族共同体意识。

图 4-1　仁青尖措的《格萨尔》画作局部（高莉供图）

中华大地上的各民族之间有过长期的交流、融合，也有过分化发展，这是不争的事实。汉族是不断融合而发展成的一个民族，藏族也是，这都是常识。近年来，学界通过猕猴崇拜文化现象，揭秘了横断山一带在古代曾存在过一个有共同信仰的文化集团，这个集团的共同信仰就是猕猴崇拜。拨开藏族猕猴始祖传说的佛教改造面纱，昭然若揭地显示了藏族与横断山一带各民族的同根关系[①]。关于猕猴崇拜文化集团，从印度史诗《罗摩衍那》的"猴国篇"也可以得到印证。青藏高原上的藏族并不都是猕猴的子孙。郎氏家族流传着卵生族源神话；昆氏家族流传天神下凡族源神话；岭葱土司自称是格萨尔的后代，把格萨尔也传为天神下凡；雅隆部落的天墀七王相传也是天神；青海湖北面的刚察草原上有个阿

[①]　徐美恒：《原初的宿命：人类起源神话比较视域下藏族始祖神话的性别想象》，《西藏研究》2018 年第 1 期。

回味经典

桑部落（著者按：应属于阿柔部落），自称是青海湖女神的后代[①]。可见，藏族是由多个氏族或部落融合而成，并不是在单一的族群文化基础上发展起来的。如果说秦始皇统一六国后，经过对文字的规范极大促进了汉族的形成，为汉人的出现打下了基础；那么，吐蕃王朝经松赞干布时代创制和推广使用藏文后，为藏族的形成奠定了基础。藏族也好，汉族也罢，56个民族都属于中华民族，经历过长期反复的聚合与分化历史演变，但是，在共有家园和共同历史方面始终保持着你中有我、我中有你的相互关联，始终是血脉相连、文化相亲的共同体。

格萨尔史诗最初是岭部落的口传历史，尽管英雄的事迹已经十分古远，民间活形态的口传史诗会发生多种可能性的变化，但是，史诗的基本的历史真实性是不容怀疑的。因此，可以说，格萨尔史诗就是青藏高原上特定人群古代生活的历史记录。细究其中的内容，可以完全肯定地说，它不只是古代藏族的百科全书，也是中华民族大家庭古代众民族的百科全书。这样说的理由是，格萨尔史诗产生的部落时代，并不存在今天民族调查认定意义上的藏族、土族、蒙古族、纳西族等民族，但是，肯定存在晁通王统领的达绒部落、珠姆所在的嘉洛氏族、文布氏、色巴氏、霍尔国、大小女王统领的女国、多部落结成的岭国等。这些氏族、部落曾经长期游荡在中华大地上，有些氏族部落也可能从西亚方向游牧而来，它们相互通婚、贸易或征伐，在一个特定的时代，有些力量强大的部落定居下来发展成了邦国。由于英雄格萨尔的出现，岭部落曾经空前强大，在三江源和川西高原一带建立了比较稳固的氏族部落联盟和基本稳定的生存发展基地。从史诗的叙述来看，岭部落在极其广阔的空间建立了众多松散的部落联盟，到过青藏高原甚至周边更辽阔的地方，发展了宏伟的征服（降魔）

[①] 2017年7月，本人到青海湖周边进行田野调查，从青海湖南岸一直到西面的石乃亥镇。当问藏民关于藏族的起源传说时，问到的人都说出了"猴子"这个概念，表明他们知道猕猴神话。在海北藏族自治州祁连县穆勒镇的一个草场牧民定居点，同样的问题问一个藏族妇女，她通过读高中的女儿转述了一个完全不同的新传说：青海湖里住着一位女神，她造了一个男人和一个女人，藏族是由女神造的那对男女繁衍而来。

大业。这是史诗基本的事实。至于史诗所述的众多氏族或部落，后来如何迁徙发展，被认定为什么民族，这尚需深入研究。但是，就史诗中大量存在的中华文化品质这一点来看，格萨尔史诗属于中华民族，这是无可辩驳的。这里应该需要解决两个问题：一是青藏高原上的人是从哪里来的？或者说岭部落是从哪里来的？二是史诗所述的英雄人物格萨尔究竟生活在中国历史的什么时期？

首先看第一个问题，青藏高原上的人或岭部落从何而来？

青藏高原上的人是从周边上去的，主要是从黄土高原、云贵高原、蒙古高原这边的缓坡上去的。这一点已被语言学、民族学、考古学、心理学等学科的大量研究成果所证明。汉藏语系研究成果证明汉藏同根同源。松赞干布从政治的角度考量，可以创立一套独立的文字符号，但是，语言的发音是无法改变的；因此，今天人们轻易就可以从藏语词汇中找到大量与古汉语发音一致或相近的词汇。比如，"ང"（藏语"我"），与汉语"俺""俄"发音基本一致；"རེད"（藏语表示肯定的"是"）与古汉语表示肯定的"然也"之"然"发音一致。美国学者包拟古的《原始汉语与藏语》一书讨论了 485 个相互关联的藏汉语词，指出在先周朝时期已经存在同源词问题；中国学者俞敏教授的《俞敏语言学论文集》收录有关汉藏语同源论文 5 篇，第一篇《汉藏同源字谱稿》收录约 600 个同源字，发现藏语（吐蕃语）和春秋战国齐人（姜姓，神农氏后裔）语极像，而且不只限于词汇，因此他认为"汉藏本是一个母系氏族分出来的"。这个结论得到了民族学研究的佐证。藏族的一部分源自西羌，而羌与周王室有血脉关系。据最新考古发现，"2016 年由中国科学院古脊椎动物与古人类研究所和西藏自治区文物保护研究所合作在西藏自治区境内的藏北高原发掘了一处原地埋藏的旧石器地点。据报道，这处地点名为尼阿木底，遗址分布东西约 0.5 公里、南北 2 公里，地表有大量打制石器散落。……据光释光年代数据测定，尼阿木底遗址年代距今至少约 3 万年，是人类演化与旧石器文化研究的重要时期……随着今后考

> 回味经典

古工作的不断深入，这个发现也许不会仅仅是个孤例"①。尽管旧石器时代青藏高原上已有零星人类活动，但是，这不能推导出青藏高原上后来的人类都是原住民。目前青藏高原上所发掘到的大量新石器文化遗址表明，新石器文化都与中华古代文化存在联系，比如昌都的卡若文化，距今大致4300—5300年，"与其北部的甘肃、青海的马家窑、半山、马场文化系统存在着密切联系"②。另如拉萨北郊色拉寺西南的曲贡遗址，"其年代大致为距今3500—4000年，同类遗址还包括拉萨的达龙查、嘎仲，山南的昌果沟、邦嘎等遗址"③。"曲贡文化不仅有与农作物的耕种、收获等生产活动密切相关的斧、锛、刀、镰一类耡耕农具，并有大量加工谷物的石磨盘、磨棒等生产工具，如邦嘎遗址出土的石器种类就以磨盘与研磨器为大宗。"④ 而且，在昌果沟遗址还发现了大量碳化谷物种子，其中有粟。而粟在西安半坡遗址中也有发现，在内蒙古敖汉旗红山文化博物馆，陈列着8千年前的碳化粟。这些考古成果足以说明，青藏高原上的早期人类文明与中原古代文明保持着千丝万缕的联系。考虑到青藏高原上目前找到的旧石器文化遗址较少，表明旧石器时代高原上的人类活动比较罕见，基本可以肯定地说，青藏高原上的氏族、部落大都是从周边地区迁徙上去的。

　　回顾中国历史上王朝更迭、战争频繁的情况，可以肯定地说，青藏高原是人们躲避战乱或因各种情况逃亡、迁徙的避难所。有大量证据表明，深山大川中的人们是由于各种原因逃亡去的。比如，桂林龙脊梯田的创造者苗寨潘姓人，自称是从河南逃亡去的。建立了西夏王朝的党项人，原本在青藏高原上生活，由于吐蕃王朝崛起的挤压投奔唐王朝被安置在北疆护边，西夏王朝覆灭后，有些人又回到了青藏高原；中国靠近尼泊尔地区的夏尔巴人，自称是西夏大白高国的王族后裔；还有川西高原上的木雅人，据考

---

① 霍巍：《西藏史前考古若干重大问题的思考》，《中国藏学》2018年第2期。
② 袁行霈、陈进玉主编，尼玛次仁、格桑曲杰本卷主编：《中国地域文化通览·西藏卷》，中华书局2014年版，第39页。
③ 同上书，第42页。
④ 同上书，第43页。

格萨尔史诗的家国情怀：中华民族共同体意识

证也来源于西夏。云南藏族作家查拉独几在散文《故乡·父母》中写道："我们的祖先据说在四川藏区兵败于氏族间的仇杀，最后只身逃亡到现在我们的村子所在的山上，被傈僳族的女神'阿果玛'救下，并与之媾和生下四个儿子，才得以延续了这支人的……这四个儿子后来就各占地盘发展成了现在属于维西傈僳族自治县攀天阁乡所属的四个自然村，分别是我所出生的嘎嘎村，以及布鲁、勺洛、工农村。"[①] 氏族部落或民族往来迁徙于中华大地的事例举不胜举。所以，格萨尔史诗中的一些氏族或部落完全有可能是从黄河流域、长江流域或东北平原迁徙上青藏高原的。从史诗中保存了大量中华古代文化信息的情况看，岭部落在颜色崇尚、动物喜好心理和巫术方面与商周文化高度契合，表明他们是商周遗民。正是基于这一点，本文提出格萨尔不仅是藏族史诗，也是中华史诗。而史诗以文学的形态流传，必然保存大量古代社会人的生活细节，因此说，它是中华各民族的百科全书。本文从格萨尔史诗的一些叙事细节入手，通过对这些生活细节进行民俗提炼，在民俗文化比较中，找到其中的中华民族共同体意识，证明格萨尔传承了中华民族共同体意识，进而论证汉藏文化同根同源。

从岭国的核心区域来看，从甘孜、德格到玉树以及黄河源一带，较早的古部族有传说为藏族起源的六大氏族之一的董人集团，据石泰安考证，"董人集团是'矮人'中最重要的一个分支"，"'矮人'常常被认为是东藏的土著人"[②]；也有"高人集团"如甘孜北面的白利土司一族等，而"高人"也是董人的一部分。岭地董人的这种多成分性符合格萨尔史诗叙述的岭部落内部多氏族联盟情况。格萨尔赛马称王过程中遇见的驼背古如，很可能就是一个"矮人"的变形。董人的一支在吐蕃王朝崛起时投奔了唐王朝，后来演化出西夏王朝，西夏王朝曾出于复兴传统的动机自称"大

---

① 著者按：本人就这篇散文近日专门微信采访了作者查拉独几先生，他说该文最早发表于《迪庆日报》。他家乡的那几个村庄现在人更多了，而且村村通了柏油路。
② ［法］石泰安：《汉藏走廊古部族》，耿昇译，中国藏学出版社2013年版，第49页。

白高国"。所谓"大白高",服饰颜色尚白,"高"应是董氏"高人"之谓。可见,从岭地到西夏,再到后来的木雅人和夏尔巴人,董人中的一支人的流动变迁史十分典型地说明中华民族大家庭各民族的血脉相连历史,证明中华民族共同体意识具有漫长深远的历史血脉基础。

第二个问题,英雄人物格萨尔究竟生活在中国的什么时代?

这个问题学术界讨论较多,但尚无统一结论。归纳起来,主要有两种观点。一种观点认为史诗主人公格萨尔生活在公元11世纪左右,正值中原王朝的宋朝时期,格萨尔史诗则产生于此后的几个世纪;一种观点,从黑格尔关于史诗产生于一个民族原始时代,是反映一个民族"原始精神"的"传奇故事"作为遵循,认为产生在藏民族从原始氏族社会向部落联盟过度时期,这一时期应该是在中原的先秦时期或更晚时期的汉代。姑且不论两种观点孰是孰非,只需注意二者一致的方面,即都认为格萨尔不是西方有些学者所说的"凯撒"大帝,格萨尔是中华民族的英雄,是中华大地上土生土长的历史人物。有了这个共同点,不论说格萨尔生活在很早的先秦产生史诗的商周时代,还是晚至宋朝,他都无疑是中华文化圈哺育成长起来的英雄,关于这样的英雄的史诗自然具备中华文化基因,会传承中华民族共同体意识。

另外,从今天史诗传承的情况来看,存在神授和梦授等十分神秘的现象,这种看似有些荒诞的、神秘莫测的传承方式,随着神经科学、心理学、生物学、意识科学、脑科学等学科的发展,正在得到越来越科学合理的解释。正如美国神经学家R.达马西奥所说:"意识心理的下面确实有一个地下室,那个地下室有很多层。一层是由没有受到注意的表象组成的……另一层是由神经模式和神经模式之间的关系组成的……还有一层一定和神经装置有关,这个神经装置是保持记录在记忆中的神经模式所必需的,就是那些体现先天的和习得的内在痕迹的神经装置"。有学者理解达马西奥的"没有受到注意的表象",认为就是指"个体无意识";而"先天的和习得的内在痕迹的神经装置",即为"集体无意识"。"我们的全部知识都是由"所谓"痕迹"形式存在,"包括先天知识和由经验习得的知识"。"先天知识是指'从进化中遗传下来的和一出生就可以使用的记忆'。……不仅包括那些为生存所必需的生物调节指令，如控制新陈代谢、内驱力和本能，而且也包括刻入基因组的某些社会性情绪、宇宙模式（善、恶、自然的、超自然的等）。"人脑中的所谓"痕迹表征"可能包括了"文化原型"意义的"集体无意识"成分。也就是说，"在脑神经组织所盘存的痕迹中有远古社会的传统智慧——神话、禁忌、巫术等超自然的东西。我们可以想象，远古人类在与环境的相互作用中，为了更好地生存或者说生命的管理，不仅逐渐完善基本的生命调节装置，也通过情绪、意识体验和想象的方式在脑—心理系统中编码了某种宇宙秩序模型，比如喜欢、敬仰、肯定某些好的、善的环境、事件，恐惧、回避恶的环境、事件。久而久之，这种脑—心理活动的模式化——神经元联结以及稳固的神经回路的建立——演化为神经系统的物理规律，以一种内隐记录或'痕迹'的形式刻录在人类的基因组里，并随着生物进化与DNA传递在人类脑中刻下了先天的'痕迹'。达马西奥尤其强调，'痕迹'的内容总是意识不到的，总是以潜伏的形式存在的，但是，它可以通过当前的表象来帮助对当前所感知的表象进行加工，并等待着成为一种外现的表象或活动。这也就意味着，人类大脑形成的某些神经表象，不完全是输入刺激的反应，刻录于神经组织中的'痕迹'也可能参加表象加工。特别是当这些神经元共同体在适当的刺激下被激活，通过脑的映射建构起响应的表象，并成为脑—心理表征的主体意象时，它就会使人的意识表征显像为'超自然'的特质"[①]。这些深奥的理论论述应该可以证明，格萨尔艺人们所谓的"神授"或"梦授"，其实就是一种生活历史的"痕迹"存盘于人脑中，潜伏了下来，在独特的机缘下被激活了。而这种先天的与DNA相关的"痕迹"，一定是类似于"前世"的生命所经历过的生活才能够留下的。格萨尔史诗中所描述的事件几乎都是在中国神州大地上发生

[①] 高长虹：《圣神与疯狂：宗教精神病学经验、理性与建构》，中国社会科学出版社2017年版，第55—56页。

> 回味经典

的，从时间和地理空间等方面均没有超出中华文明的时空范畴，这些都是来自目不识丁的神授艺人等格萨尔演述人的大脑文本，这是一种"集体无意识"的表现。从这点上讲，格萨尔史诗在演述方式和记忆形态方面均与中华文明有着共同的基因，因此它是无可辩驳的中华史诗。

三 格萨尔史诗的中华民族共同体意识体现

格萨尔被誉为百科全书。它不仅是藏族的百科全书，也是中华民族大家庭古代众民族的百科全书。其中大量的民俗叙述，传承了商周以来就形成的中华民族共同体意识，表明岭部落与中原文化有千丝万缕的联系，岭部落是商周遗民。

（一）颜色崇尚的一致显示了格萨尔与中原文化审美心理同源

人类应该在很早的时候，就开始用颜色这个符号标识和识别身份。这是因为他们看见的世界是五彩缤纷的，世界首先是以颜色的区分形式存在的；加之人们栖息的环境也往往有色彩差异，比如红土地、黄土地、黑土地、白山、红山、黄河、清河等；颜色地理很自然会转化为人文因素，潜移默化生成颜色审美心理。比如，黄帝因"有土德之瑞，故號黄帝"[①]；而其土恰在黄土高原上。炎帝即神农氏，应有火德之瑞。夸父饵两黄蛇，把两黄蛇；鲧死化为黄龙。这些神话传说中的早期氏族部落首领或神异人物，被叙述时都用到了颜色因素。所谓炎黄子孙，在色彩上自然推崇红和黄。

世界各民族在长期的生产、生活和地理、政治、经济、文化等因素综合影响下，形成了不同的颜色崇尚民族心理，这一点在今天各国的国旗颜色选择上表现得十分清楚。比如，在德国的国旗上，黑色代表了严谨、肃穆、智慧，表明德国的民族心理崇尚黑色。格萨尔中有黑教术士，基本是神秘的反面人物。所谓"黑

[①] 司马迁撰；（宋）裴駰集解；（唐）司马贞索隐；（唐）张守節正義：《史記》（点校本二十四史修订本），中华书局2014年版，第140页。

格萨尔史诗的家国情怀：中华民族共同体意识

图 4-2　廖新松的《格萨尔》题材油画（丹珍草供图）

教"，与象征光明的白色形成对照，含有魔、黑暗之意。藏族有白、红、黄、蓝、绿吉祥五色之说，格萨尔的色彩喜好与此完全契合。可见，颜色审美心理在不同民族之间差异较大。当然，颜色文化一般都是特定历史时期特定人群的文化，既有传统性，也有时代创造性，因此，其表达的意义可以十分丰富。比如，红色曾经象征革命，而白色代表传统、守旧或反革命，这是 19 世纪和 20 世纪一些国家和地区流行的时代文化。而在商周时期，尚白应该与古老的太阳崇拜有关，衍生出的意义应该与光明、温暖、生机有关，而红色则代表了神秘、神圣、超凡，因为它与死亡和战争联系在一起。正是基于颜色文化的时代性和族群性双重因素的考

· 103 ·

> 回味经典

量，需要回到民俗的层面思考问题，才可以依据格萨尔史诗的颜色叙事追寻叙事主体岭部落的古代族群根源。

古代中国很早就在颜色与方位（东、南、中、西、北）及五行（木、火、土、金、水）之间形成了对应的认知关系，并上升为信仰意义的知识体系，发展出苍帝（东）、赤帝（南）、黄帝（中）、白帝（西）、黑帝（北）掌管一方的神，进而与春（青）、夏（赤）、年中（黄）、秋（白）、冬（黑）相对应，创造出时空一体、神与世界合一、天人合一的中华文化体系。中国古人认为，人必须顺应"天意"，遵从时空一体的"大道"，因此，历朝历代都根据统治者自己的处境选择一种或几种崇尚的颜色，以求"昌顺"。比如，商周时期尚白，秦朝尚黑，西汉尚黄，东汉尚赤；大明朝属火德，兴于南方；大清朝属水德，兴于北方；等等。在建筑上也有左（东）青龙、右（西）白虎、南朱雀、北玄武的风水讲究。中华文化博大精深，很早就形成了这些广泛流传的知识体系。

中华古代文化既然在商周时期就形成了内涵丰富的颜色文化，相应的观念自然随着一些氏族和部落的迁徙传播到了青藏高原上。从格萨尔史诗的颜色叙事来看，岭部落的颜色崇尚与商周人完全一致。据此判断，说唱格萨尔的岭部落是与商周人有共同文化基础的人群。

格萨尔史诗中关于颜色的具有风俗意义的讲述俯拾皆是。比如，在降边嘉措和吴伟编撰的《格萨尔王全传》第二回，叙述老总管的梦境写道："梦见金色太阳和金刚杵，太阳光照亮整个藏区；月亮在山上被众星围绕，光辉照射在周围的神山上。森伦王手中拿着一把白绸做顶，绿绸镶边，黄绸做流苏，金子做把的大伞，从天边走出来。他手里那把伞，覆盖着西方大食国邦合山以东，东方汉地的战亭山以西，南方印度的日曼以北，北方霍尔的运池湾以南的所有地方。西南方天空里的一片彩云上，一个戴着莲花冠的上师骑着一头白狮子，右手拿金刚杵，左手拿三叉戟，由一个身着红衣，头戴骨头饰品的女子引导着"。这个统摄全篇的预言般的梦境，其中的吉祥色彩是白色、绿色、黄色、金色。白、黄二色与商周人崇尚的颜色完全一致。梦境中还提到"一个身着红衣，头戴骨头饰品的女子"，她是莲花生大师的侍女，她的"红衣"和"骨头饰品"应是佛教和苯教文化符号，而红色与神性和超凡相联系，与《礼记》叙述的"周人尚赤"①的丧事习俗和戎事习俗相一致；因为人类一直把死亡作为神秘的事情和神圣的事情对待，战争因为与牺牲流血、氏族存亡以及神谕相联系，也被罩上神圣色彩。也就是说，红色不是吉祥颜色，而是与神性、祭祀相关。可见，格萨尔史诗中的颜色叙事不是随意的，而是有深远的文化基因。

在《格萨尔王全传》第五十三回，阿里魔臣铜头发恶魔多丹桑热一听说阿里国王的梦里有"白狮子"就跳了起来，打断达瓦顿珠国王不让往下讲了，因为"白狮子"喻示格萨尔大王。这一回千里来请兵的阿里少年玉杰托桂也是"头上系着白绫巾"。第七回珠牡与格萨尔幻化的印度大臣对话，珠牡的唱词里反复用到白色："在这玛麦七沙山顶/高耸着白石崖上的珍宝/被称为神采绰约的灵鹫/身上六翼丰满的就是我。/在这玛麦七沙山腰/竖立着白雪山上的珍宝/被称为神骏轶群的白狮/头上六鬃丰满的就是我"。第五十一回梅岭金子国的三王子达噶尼玛投奔格萨尔后，受到隆重礼遇，格萨尔专门在森珠达孜宫为他举办了一场"坐金座"和众氏族给他献礼物活动。史诗描写"王子达噶尼玛跨上银色宝马，白衣白甲，像煞神下界，白鞍白马，像天边的白云"。这些崇尚白色的细节说明，颜色与氏族或部落存在神秘对应关系。岭部落崇尚白色，这是毫无疑问的。其他的格萨尔版本也都可以印证这一点。比如，西北民族大学几代人薪火相传整理出版的三十卷本《格萨尔文库》，在第一卷藏族《格萨尔》第四章"天岭卜巫九藏"中，叙述莲花生大师为龙宫禳灾，用到的法物有"白狮子""白绵羊和山羊的乳汁""洁白无垢的供神台""白海螺""白色莲花瓣状的神馐""白色神箭"等。龙宫虽然不是岭部落，但龙女嫁到了岭部落并诞生了格萨尔，这种联姻关系表明它们结成了部落联盟。剔除掉佛教对史诗的神话因素，可以清楚地看到，龙族与岭部落是

---

① 《礼记·檀弓上第三》记载："夏后氏尚黑，大事敛用昏，戎事乘骊，牲用玄。殷人尚白，大事敛用日中，戎事乘翰，牲用白。周人尚赤，大事敛用日出，戎事乘騵，牲用骍。"参见吕友仁、吕咏梅译注《礼记全译·孝经全译》，贵州人民出版社2008年版，第12页。

> **回味经典**

联姻关系的文化共同体，在习俗方面有共同之处。

降边嘉措的《格萨尔王全传》第二回讲述总管绒察查根眼中的大修士汤东杰布的穿扮和容貌："第一耳饰是白海螺，第二手杖是白藤子，第三身穿白袈裟，三白好似从天降。第一头发是青色，第二胡须青如丝，第三修行胸链是纯青，三青好似从龙宫来。第一皮肤是棕褐色，第二坎肩是棕色染，第三头盖饮器是棕褐色，好像来自棕褐色的咚氏族。"这段唱词可以挖掘出较多民俗内涵。首先，崇尚白色，且白色与上天对应（"好似从天降"）；其次，青色与水德对应，故云"从龙宫来"，表明《格萨尔》蕴涵五行知识；第三，氏族都有自己的标志颜色，因此有"棕褐色的咚氏"之说。可见，大修士汤东杰布虽然云游四方，但不论他游走到哪里，他穿衣的颜色、款式以及佩戴的饰物，都会透露出氏族部落的风俗。正如第十回讲述的赛马会上的情形："那上岭色巴八氏以琪居的九个儿子为首的人，如同猛虎下山一般。众兄弟一律黄锦缎袍、黄鞍鞯，在阳光的照耀下，显得富丽堂皇、灿烂夺目。那中岭文布六氏以珍居的八大英雄为首的人，如同降在大地上的白雪一般，众兄弟一律白锦缎袍、白鞍鞯，在阳光下泛着银光。那下岭穆姜四氏以琼居的七勇士为首的人，如同布满云雨的太空一般。众弟兄一律宝蓝锦缎袍、蓝鞍鞯，在阳光下放射着琉璃般的光芒。"联系《史记·殷本纪》载"汤乃改正朔，易服色""孔子曰：殷路车为善，而色尚白"[1]，表明在古代，氏族部落曾经依靠统一的着装来进行身份区别。格萨尔史诗的衣饰细节描写为《史记》的叙述提供了细节依据。这一点也被傈僳族的黑、白、花[2]之

---

[1] 司马迁撰；（宋）裴骃集解；（唐）司马贞索隐；（唐）张守节正义：《史记》（点校本二十四史修订本），中华书局2014年版，第156—158页。

[2] 傈僳族根据各地的服饰颜色的差异，分为黑傈僳、白傈僳、花傈僳。关于三种傈僳的来历，有如下传说："从前，有个天女名Memi，生有三子，长子名Lejengoup'a，次子名Lashu-oup'a，三子名Dzop'a。长子喜穿白麻衣，种白米，吃白饭；次子喜穿黑麻衣，种黑粮，吃黑饭；三子喜穿花麻衣，种花荞，吃花荞饭。后来三子各分地居住，长子Lejengoup'a之子孙，其日用之衣与食，俱尚白色，故谓之白傈僳。次子Lashu-oup'a之孙，其日用之衣与食，俱尚黑色，故谓之黑傈僳。三子Dzop'a之子孙，其日用之衣与食，俱尚花色，故谓之花傈僳。"参见罗梅《怒江中游地区傈僳族民歌传承研究》，社会科学文献出版社2013年版，第67—68页。

分与服饰颜色的关系所佐证。当然，服装款式和颜色的民族化在世界各地各民族都很早就存在，这一点恰恰为找到各民族之间文化的关联性提供了一种路径。

关于色彩的文化含义，格萨尔史诗本身就有阐释。降边嘉措和吴伟编撰的《格萨尔王全传》第十二回，在万众欢庆觉如通过赛马称王的庆典上，总管王在众人的欢呼声中，捧着穆布咚姓的家谱和五部法旗，一起献给了雄狮大王。并唱诵道："……这一面白色旗，是象征太阳光辉的旗；这一面黄色旗，是赞颂权势的旗；这一面红色旗，是象征吉祥的旗；这一面绿色旗，是拜谒天母的见面旗；这一面青色旗，是龙王邹纳的见面旗；……"所谓"法旗"，按今天的理解，即做法术用的旗。可见，这些旗帜在古代氏族部落的人们看来，是有独特功能的、可以产生巫术效应的法器。白色旗象征"太阳光辉"，代表了光明、正义、世界主宰和巨大的能量，隐藏着远古人类的太阳崇拜文化，无怪乎周武王见白鱼跃上船，便祭拜。黄色是用来赞颂权势的，这与五行说黄色居于中有关，中控是关键，自古有黄帝，后来发展出黄袍加身、黄袍马褂等文化。红色代表超凡与神圣、庄严、喜庆，至今中国仍然沿用这一色彩风俗，红红火火过大年、戴红花、挂红灯笼、结婚穿红礼服、迎宾铺红地毯等。绿色旗用来拜谒天母，这其实是一种独特的身份文化，标明了格萨尔的神子身份。青色旗是与龙王的见面旗，也是标榜独特身份的符号，因为格萨尔既是天神的神子，也是地上龙王的外孙。可见，五面"法旗"就是五个身份宣传符号，昭告了格萨尔非凡的来历和身份，它们以巫术文化形态构建了格萨尔王的权威。五面旗帜中，白、红、黄三面旗在颜色文化或风俗上，与古代中华文化一脉相承；只有绿旗和青旗的文化意义具备氏族的独特性。

另外，王沂暖、华甲根据贵德分章本译的《格萨尔王传》第四章"降伏妖魔"里，格萨尔对珠牡的唱词里提到自己的各种兵器和装备，有"白额头盔""朱砂剑""水晶白把刀""红鸟七兄弟神箭""红绒方垫鞍鞯""金鞍子""马童白雪神""神智赤兔马"等。从这些色彩细节看，岭部落人较多喜欢白色、赤色和黄

> **回味经典**

色。这与周武王"左杖黄钺，右秉白旄"的色彩选择基本一致。

众所周知，色彩风俗是一个民族或氏族、部落在特定历史时期的共同的审美心理倾向，比较格萨尔色彩文化与商周时期的颜色崇尚心理，可以看出，岭部落人与商周人有着基本一致的颜色偏好。不论是服饰色彩，还是器物颜色，格萨尔史诗都提供了有力的证据，表明青藏高原上的岭部落与商周文明保持着千丝万缕的渊源关系。因此，可以推导出汉藏民族有共同的文化基因。中华文化圈的这种色彩风俗一旦经过商周时期上千年的礼制化发展，就会绵延不断得到传承。比如，《史记·匈奴列传》记叙匈奴的冒顿单于曾率精兵四十万大军在白登山围住了轻敌冒进的汉高帝，"匈奴骑，其西方尽白马，东方尽青駹马，北方尽乌骊马，南方尽骍马"①。冒顿单于盛兵列阵，在战马颜色与方位上却很符合中华传统文化中五行与颜色的契合规律。这显然不是巧合，而是匈奴人作为中华文化圈的边缘人，"夏后氏之苗裔"，深谙商周时期就形成的色彩与方位的信仰习俗。

（二）动物喜好背后情感基因的一致性

人类在早期应该都经历过狩猎、渔猎、采摘生活，在这个过程中学会了动物的驯养和植物耕种。后来由于环境变迁和氏族、部落的生活习性选择，分化出了游牧民族、农耕民族和渔猎民族，当然，根据生活环境情况，一直存在亦农亦牧甚至亦渔的从事多种生产方式的人群。这是最初的基本分化，后来随着生产力的发展才产生了工商业分化和其他各种职业分化。在早期最初分化这个漫长的历史进程中，不同的氏族、部落或民族对动物逐渐形成了不同的情感，进而形成民俗性质的动物禁忌或动物崇拜，发展出不同的对动物的情感文化，代代相传，延续至今。例如，"藏族远古四大氏族，即董、直（著者按：更多的著作称卓）、嘎、扎的

---

① 司马迁撰；（宋）裴骃集解；（唐）司马贞索隐；（唐）张守节正义：《史记》（点校本二十四史修订本），中华书局2014年版，第3499页。

格萨尔史诗的家国情怀：中华民族共同体意识

图腾分别为鹿、牦牛、羊、野驴"①。这些氏族对某一动物的崇拜心理应该与早期的狩猎或动物驯养有关，后来发展为人和动物比较稳定的情感关系，形成了特定民族的信仰风俗。今天汉族也喜欢鹿，因为它与"禄"谐音，寓意福禄。牦牛已经成为今天藏民族的象征。羊与羌族的关系尽人皆知，汉族也有三羊开泰之说。驴在汉文化中不受喜爱，但对于维吾尔族，驴是深得人们喜爱的动物。这些情况可能隐藏了早期氏族、部落的文化传承真相。格萨尔史诗叙述的岭部落在一些动物的喜好方面与中原文明基本契合，这可以证明，格萨尔史诗文化与中原传统文化具有相同的情感基因。

1. 鹤：岭国的寄魂鸟"鹤"与中原的鹤文化

鹤在今天的中国、日本等国家被视为吉祥物，绘画中有"松鹤齐年"意境。鹤象征长寿，另外也有飘逸、超然的道家风骨之寓意，因此称为仙鹤。然而，在法国，鹤却与淫妇和蠢汉联系在一起，可见，不同民族文化在动物喜好方面差别极大。鹤文化由来已久，在土耳其安纳托利亚东南部的尚勒乌尔法城附近的哥贝克力山丘考古现场，"坐落于 D 场地南墙中的 33 号支柱……这个阳具般的巨石柱是由狐狸和鹤共同操控的"②，哥贝克力山丘遗址距今大约 12000 年。哥贝克力山丘遗址的石柱上还发现了狮子、鹅或鸭子、乌鸦、蛇、鹰、蜘蛛等动物，它们基本被认定为氏族图腾，且具有性别或联姻寓意。据此判断，信仰鹤的人群在亚洲大陆上活动的范围很广，这符合人类早期氏族狩猎、采摘的生存特性。格萨尔史诗中，鹤是岭国的寄魂鸟（也说是珠姆的寄魂鸟），它在岭国危难时飞到魔地，给格萨尔带去珠牡的求救信，并用歌声帮助格萨尔恢复了对故乡的记忆。所谓寄魂物，也叫寄魂居，顾名思义，指人的灵魂或一个氏族、部落的命运神寄放、保存的地方。它源于万物有灵的生命观，由此派生出人的生命是有灵魂

---

① 冯骥才、诺布旺丹：《中国非物质文化遗产百科全书·史诗卷：格萨（斯）尔、江格尔、玛纳斯》，中国文联出版社 2015 年版，第 174 页。

② ［美］卡尔·W. 卢克特：《哥贝克力山丘石器时代的宗教：从狩猎到驯化，从战争到文明》，张佐堂等译，宁夏人民出版社 2017 年版，第 87—88 页。

> **回味经典**

的。灵魂尽管不灭，只是轮回转存于各种物象中，但对于具体的生命个体，当灵魂寄居于肉体时，这个掌管其命运的灵魂需要精心寄放、保存、甚至膜拜，于是产生了寄魂物。如果一个人的寄魂物一旦受到侵害，其生命也会受到危害。格萨尔史诗中大量的降妖除魔都是从消灭寄魂物开始的，这种行为的依据就是遵从了模拟巫术或接触巫术[①]。岭国选仙鹤做寄魂鸟，表明鹤可能是岭部落的图腾，至少是鹤已经在特定人群中被广泛神化，因此它不至于被轻易伤害，进而殃及岭人。

　　从岭国的寄魂物是仙鹤这一点来看，岭部落的人们喜爱鹤，甚至膜拜鹤。这种对鹤的正向情感与中原古代文化的"尚鹤""敬鹤"心态完全一致。《诗经·小雅·鹤鸣》中就有"鹤鸣于九皋，声闻于天"的诗句，诗中的鹤是一个居于高处与天沟通的形象。联系黄帝、炎帝时代的禅让制度，贤者、能者、德者举为王，而鹤恰恰居于高处，且"声闻于天"，这基本等同于集德能于一身的贤者，因而也堪为王。可见，鹤曾经是王者的化身。这一点可从春秋时郑国的青铜祭祀礼器莲鹤方壶得到佐证。莲鹤方壶1923年在河南新郑李家楼出土，据考证是春秋郑国国君大墓出土文物，一对器物，北京故宫博物院和河南博物院各藏一件。莲鹤方壶的顶盖是一只昂首挺胸、振翅耸立在盛开的莲花瓣之上的鹤；方壶的底座有两只瑞兽，羊角、牛耳、虎身；四面攀附的瑞兽似貔貅，如虎添翼，龙首。从鹤在这件礼器的位置来看，高高在上，居于顶端，显然也是受膜拜的对象。这件礼器有两个细节，一是展开的鹤翅由五根纹线连片雕成，二是双层莲花瓣每层各十瓣。众所周知，五和十是中国古代计数方法，其观念体现在礼器铸造上，顺

[①] 按照弗雷泽在《金枝》中对巫术的研究，巫术赖以建立的思想原则可归结为两个方面："第一是'同类相生'或果必同因；第二是'物体一经互相接触，在中断实体接触后还会继续远距离的互相作用'。前者可称之为'相似律'，后者可称作'接触律'或'触染律'。巫师根据第一原则即'相似律'引申出，他能够仅仅通过模仿就实现任何他想做的事情；从第二个原则出发，他断定，他能通过一个物体来对一个人施加影响，只要该物体曾被那个人接触过，不论该物体是否为该人身体之一部分"。基于相似律的法术被称为"顺势巫术"或"模拟巫术"；基于接触律或触染律的法术叫做"接触巫术"。参见［英］弗雷泽《金枝》，徐育新等译，大众文艺出版社1998年版，第12页。

理成章。可见，中华文化在春秋时代就用鹤比喻贤人、君子、王者；或以鹤寓意吉祥、幸福、长寿、高洁。岭国以鹤为寄魂鸟，表明岭部落和春秋时的郑国人一样，对鹤有完全相同的崇拜情感。可见，格萨尔史诗文化与中原传统文化心心相印，同根一体。

另外，鹤在巫术中也享有很高地位。笔者2018年10月5日在通辽博物馆看到一副铜制萨满法冠，头箍约寸宽的铜带，向上接有十几片竖立的铜制荷花瓣，荷花瓣中等距插有三根高耸的铜杆，每根铜杆顶上站立着一只展翅引颈、姿态高昂的鹤。可见，鹤在萨满文化中也是受到膜拜的动物。萨满文化在中国北方有广泛影响，且其是中国原发性的十分古老的宗教巫术。联系春秋时代郑国国君大墓出土的莲鹤方壶，以及清代文官一品服饰补子上刺绣的鹤[1]，说明鹤崇拜文化源远流长，影响范围极广。岭国以鹤为寄魂鸟，表明青藏高原上的岭地人与萨满文化、红山文化等古老的中华文化也有一定联系。

2. 乌鸦：乌鸦在中原文化中的丰富内涵及其在格萨尔中的两面性

据说乌鸦在宋以后的民俗中逐步演变成让人讨厌的对象，被赋予不吉利和恶兆的含义。文学中也能找到这种民俗观念的表现，比如，元代马致远《天净沙·秋思》中有"枯藤老树昏鸦"意境，其中"鸦"所传达的显然是一种负面情感，代表了孤苦、黑暗来

---

[1] 著者按：清代的文官和武官的补子是缀在衣服前胸和后背的一块方布，上面饰有代表不同等级身份的动物。具体区别如下表。

清代文武官补子一览

文官		武官	
官阶	动物标志	官阶	动物标志
文一品	鹤	武一品	麒麟
文二品	锦鸡	武二品	狮子
文三品	孔雀	武三品	豹
文四品	雪雁	武四品	虎
文五品	白鹇	武五品	熊
文六品	鹭鸶	武六品	犀牛
文七品	鸳鸯	武七品	黄彪
文八品	黄鹂	武八品	红彪
文九品	练雀	武九品	海马

回味经典

临与生气已逝的恐惧等。但也有反其意而用之的情况，比如胡适《尝试集》中有一首《老鸦》，其中的"乌鸦"自白道："……我不能呢呢喃喃讨人家的欢喜……我不能带着鞘儿，翁翁央央的替人家飞／也不能叫人家系在竹竿头，赚一把黄小米"。显然，这只乌鸦是一个野性十足、不入俗套、桀骜不驯、依天性而敢于发声的自由者形象，代表了五四时代个性解放、人格独立、抗拒传统的精神。单就民俗文化意义而言，乌鸦在中国古代文化中的情况比较复杂。复杂的原因在于不同时代的人们在其"名"与"实"的匹配上可能存在误解，今人没有辨明真相，各说各的理解，造成较大混乱。

从见于《山海经·大荒东经》的东夷文化"阳乌载日"传说和仰韶文化出土的"金乌负日图"来看，"乌"是神鸟，是受崇拜的图腾。但是，此"乌"是否指乌鸦还需考证。笔者认为，此"乌"非"乌鸦"。因为从字源上看，"乌"和"鸦"显然不是一种鸟。根据《说文解字》的解释，鸟是"长尾禽的总名"，是个象形字；"乌"也是象形字，与"鸟"极似，只差在眼睛不明显，概因身黑，至少是头和颈部黑，故黑眼睛不明显。根据象形字只差在眼睛这一点推断，"乌"也是"长尾禽"。但是，乌鸦尾巴较短，不能算"长尾禽"。可见，"阳乌载日"或"金乌负日图"之"乌"，不是乌鸦。那是什么？从其受崇拜或广为人们喜爱这一点，结合其形象，它很可能是喜鹊。因为"喜鹊"符合"长尾禽"、头和颈部黑、眼睛黑故不明显，并受人们喜爱这些特点。因此，民俗文化中人们喜爱喜鹊、视其为吉祥鸟这种心理，应该是源自古代东夷文化和仰韶文化的"乌"图腾崇拜。

乌鸦作为一个复合词，显然产生较晚。分析其构词方式，它是偏正结构，"鸦"是其本名，"乌"是修饰成分，言其状黑。最早的称谓"鸦"见于《庄子·齐物论》，有云"鸱鸦嗜鼠"。从古汉语词汇发展看，"鸦"与"雅""鵶"有关联，都属于形声字。《说文解字》也提到"雅"，言其"楚乌也。……秦谓之雅，从隹，牙声"。而"隹"是短尾巴鸟的总称，因此，"鸦"是一种短尾巴禽类。这是符合今天所见"乌鸦"的实际长相的。可见，古人造字十分重视名实相副。今之乌鸦在古代，在辽阔的中华大地上，有不同的称谓，秦地叫"雅"，楚地叫"乌"。这可以从屈原的《涉江》"鸾鸟凤凰，日以远兮；燕雀乌鹊，巢堂坛兮"得到证明。另外，从《涉江》也能看到，在屈原时代，楚国对"乌"和"鹊"是有明确区分的。但是，在更早的时代，在南蛮文化圈以外，至少在东夷文化圈，"乌"可能是指喜鹊。不过，即使是喜鹊这只东夷文化圈的神鸟（乌），到了楚国，也和乌鸦一样被屈原贬斥为不及"鸾鸟凤凰"的次等级的"劣种"。可见，楚地的"鸾鸟凤凰"崇拜民俗与东夷文化圈的"乌"崇拜大相径庭。联系郑国的鹤崇拜，这种鸟禽文化可能恰恰说明了中华古代文化的多元性和早期氏族、部落的各具特色的图腾身份文化。

无独有偶，格萨尔史诗中的鸟文化完全可以印证中华古代的鸟文化。比如，上面讨论过的岭部落对鹤的崇拜，也许隐藏着其与中原郑国甚至哥贝克力山丘鹤人的同宗同源关系。格萨尔也叙述到具有双重民俗意义的乌鸦。比如，降边嘉措、吴伟的《格萨尔王全传》第十五回，乌鸦是霍尔国王宫里饲养的会说话的鸟，为白帐王寻找天下美女的过程中死心塌地效力，当一直得到优厚饲养待遇的鸽子、孔雀和鹦鹉为了避免白帐王抢婚造成兵灾，背弃责任逃亡后，乌鸦感觉到自己将要受宠的机会来了，因此不辞辛苦去完成使命。从史诗的叙述来看，乌鸦在霍尔国的民俗中没有不吉利的含义，否则，不会被饲养在王宫中。但是在岭国，它被视为"灾鸟"，当它替白帐王向珠牡求婚时，珠牡骂它是"白天传播凶兆、夜晚带来噩梦的灾鸟"，用"撒灰"来驱逐它。可见，乌鸦在岭国和霍尔国的民俗中，寓意完全不同。这符合中华古代鸟文化的多元形态。

降边嘉措、吴伟的《格萨尔王全传》第六回也叙述到乌鸦。觉如得到天母的神谕，让他变化成马头明王，去给晁通降下举行赛马会的预言，借晁通举办赛马会，夺取王位。"到了初九日的后半夜，觉如化作只乌鸦，趁晁通半修法半昏睡的时候，给他唱了一支预言歌。""乌鸦"唱完歌隐没到晁通供奉的护法神像马头明王中去了，晁通因此对预言深信不疑。但是，晁通的王妃丹萨劝

> 回味经典

告他说:"不要相信深更半夜的乌鸦叫,那不是神灵是恶鬼,不是预言是欺骗。"但晁通已经鬼迷心窍,一心想当王,根本听不进任何忠告。仔细分析史诗的这部分叙述,其实隐藏了一个精巧的错位设计,就是"乌鸦"谎称自己是马头明王,为晁通唱了预言歌,真正的护法神马头明王并未开口。这种"错位"本身可能就是一种巫术行为,但晁通没有识破。联系珠牡对霍尔国乌鸦的责骂,并用"撒灰"驱逐,表明乌鸦在岭地民俗中不是吉祥鸟,而是传播凶兆的灾鸟。觉如借用乌鸦给晁通传预言,十分符合弗雷泽对巫术概括的"相似律"和"接触律"。乌鸦既然在岭地民俗中与凶灾联系在一起,按照"相似律",乌鸦承担了模仿功能,格萨尔化身灾鸟假扮护法神马头明王为晁通传预言,已经从巫术意义上使预言被"妖魔化",它为晁通带去的只能是灾难。乌鸦假借晁通的护法神马头明王之口传预言,并隐没到马头明王中,这就是巫术中巧妙的"接触",即用灾鸟"触染"晁通的护法神,最终实现给晁通带去厄运。由此可见,格萨尔史诗的叙事达到了很高的境界。从觉如假传预言这个小故事来看,在叙事中对乌鸦这个民俗因素的利用,使文本凝聚了巨大的能量,富有了广大的伸展空间,寓意深刻。

另外,格萨尔史诗由于传唱的空间十分广泛,不同的版本也会植入不同地方的民俗文化。比如,乌鸦在藏族的有些地方并无灾鸟之意,相反,它是神鸟或益鸟,能为人提供帮助。这种情况在格萨尔的有些版本中也有表现。比如,在王沂暖、华甲译的《格萨尔王传》中,第四章"降伏妖魔"叙述珠姆追寻去魔地救梅萨的格萨尔时,在日落天黑不知居住哪里时,"忽然有一只乌鸦飞到珠毛跟前,落到一个石岩下。珠毛打马走到石岩下,一看有够一个人吃的饭食,有够一匹马吃的草料,有够一个人和一匹马喝的水。格萨尔大王用的饭碗,也放在那里。珠毛心里想:这是大王给我留下的呀!这一晚上,人马都吃的好,喝得饱,就住宿在这岩石下"[①]。这段叙事表明,乌鸦是能够为人提供帮助的神鸟。这

---

① 王沂暖、华甲译:《格萨尔王传》,中国国际广播出版社2016年版,第84页。

里可能需要解释为什么同样是珠姆，在不同的格萨尔版本中对乌鸦却有不同的态度。这就是"活"史诗的特征，后世说唱艺人会不断把不同地方的文化融入史诗中。

3. 喜鹊：岭部落的氏族之间对喜鹊的不同态度与中原文化的可能关联性

"鹊"字从"鸟"，表明它与从"隹"的"雅"（鸦）长相上不同，鹊是长尾巴，鸦是短尾巴。秦地人对乌鸦的称谓，提供了一种区别喜鹊和乌鸦的严谨的思维线索。而从曹操《短歌行》中的"月明星稀，乌鹊南飞"诗句来看，"乌鹊"是同义组合词，表明古代中国的有些地方把"鹊"叫"乌"。联系该诗作于曹操率大军南征之际，言"乌鹊南飞"，应是表达吉兆之意。因为"鹊"在中国民间又被称为"喜鹊"，寓意喜庆、吉祥、好运；而"鸦"则有不吉利的含义；所以，《短歌行》所谓"乌鹊"，只能是"鹊"，不可能是"鸦"。既然三国时中原一带也把"鹊"叫"乌"，据此推断东夷文化的"载日之乌"应该是喜鹊，也算是溯流求源，是有依据的探索方法。结合喜鹊和乌鸦在民俗中的不同地位，反推东夷文化的"载日之乌"应该是喜鹊，这是完全成立的。

喜鹊曾经是一些氏族或部落的神鸟，是被崇拜的图腾。这是它在民俗中代表好运和福气，象征喜事临头的心理基础和文化根源。但是，从屈原的诗句"鸾鸟凤凰，日以远兮；燕雀乌鹊，巢堂坛兮"来看，"乌"即"鸦"，"鹊"乃喜鹊；而且，不论"鸦"或"鹊"，都被列为低等类的鸟，不及"鸾鸟凤凰"。可见，在古代南方的楚文化中，人们崇拜的神鸟是"鸾鸟凤凰"，喜鹊并不是崇拜对象。也就是说，喜鹊在东夷文化和楚文化中具有不同的内涵，中国古代的喜鹊文化在动物图腾信仰的根源上就是多元的。

喜鹊文化的这种多元性在格萨尔史诗中也有表现。比较喜鹊与珠姆的友善关系及其与格萨尔和梅萨的陌生关系，表明岭部落内部的氏族之间也存在文化差异，每个氏族都有自己的信仰文化。这是符合部落联盟的实际情况的。

在格萨尔史诗中，当岭国被霍尔人抢掠，珠姆被白帐王逼婚，她想尽各种办法拖延，苦盼格萨尔早归，然而，却从宝镜中看到

回味经典

格萨尔和梅萨以及阿达娜姆饮酒唱歌,过着无忧无虑的快乐时光,一时心急昏了过去。这时,一只花喜鹊叫醒了珠姆,她像抓住一根救命稻草一样,请求喜鹊快去给格萨尔送信,她的唱词里有"花喜鹊呀吉祥鸟,快快飞呀莫耽搁"[①]这样的句子,喜鹊便奋不顾身飞往魔地报信。这一叙事表明,珠姆所在的嘉洛氏族与喜鹊保持着亲善关系,视喜鹊为吉祥鸟。而且,在珠姆昏过去时喜鹊来救她,表明喜鹊是嘉洛氏族崇拜的神鸟。因为,神鸟之所以"神",就是在人遇到危难时它会提供帮助,人因此才膜拜它。据此可以进一步推论,嘉洛氏族与信奉"金乌载日"的东夷文化有关联,他们很可能与东夷人保持着某种族源关系。

当珠姆派出的喜鹊找到格萨尔,落在城门上,格萨尔正与两个王妃唱歌娱乐。梅萨一看见喜鹊就说:"这只鸟又来捣乱,快快射死它。"表明梅萨不能区分先前来的仙鹤和喜鹊的区别,而正玩在兴头上的格萨尔也似乎不熟悉喜鹊,一箭射死了珠姆的送信神鸟。从史诗的叙述来看,鹊可能是珠姆所在的嘉洛氏族的神鸟,但并不是岭部落所有氏族都尊奉的神鸟。岭国内部关于喜鹊认知的多元性,与中原鹊文化的多元性完全一致。正如鹊是东夷部落的神鸟,在楚地却是不及鸾鸟凤凰的劣等鸟。这种差异上的对应性表明,视鹊为神鸟的珠姆所在的嘉洛氏族与不懂得尊奉喜鹊的梅萨和格萨尔显然来自不同的氏族人群。岭部落内部的这种文化多元性,即珠姆所在的嘉洛氏族视鹊为神鸟与东夷文化有着某些相似之处,而梅萨和格萨尔不懂尊奉喜鹊与楚人的习俗相近;这一方面表明,他们同为中华文化圈的成员,反映出共同的文化表象;另一方面与中华民族文化的多元一体结构有着极大的模型一致关系。这印证了青藏高原在历史上的"避难所"地位和中华民族熔炉假设,表明格萨尔史诗传承了中华民族共同体意识。

4. 狮子:狮子崇拜与佛教文化对中华民族共同体意识的构建

狮子是中华文化中一个比较奇特的现象。尽管狮子的祖宗布氏豹源自中国的青藏高原,但是,中华大地上没有野生狮子,中国

---

① 降边嘉措、吴伟:《格萨尔王全传》,五洲传播出版社2006年版,第177—178页。

的狮子据《后汉书·西域传》记载，是西汉时从西域的安息国给皇帝刘恒送礼物送来的。按照动物图腾崇拜的一般原则，古人往往是选择自己能够接触到的对象作图腾。比如膜拜狩猎对象，可能是对该动物灵魂的安慰；或崇拜具有奇异能力的对象，如乌、鹤能够飞翔，猕猴善于攀援，将它们作为崇拜图腾，意在期望获取某种能力。这种带有巫术性质的文化逐渐演化为民俗信仰，慢慢转化为风俗。由此来看，狮子喜好风俗显然不属于这种古代氏族文化遗传。既然中华大地上没有野生狮子出没，那么，狮子作为尊贵的象征，寓意强大的力量，这种民俗文化是如何形成的？中国无分南北东西中，均有舞狮子、雕石狮子守大门风俗，至清代，狮子甚至成了中国的代称，故有"东方睡狮"之说。清朝时西藏地方政府发行的银元和印制的旗帜，以"雪山狮子"为图案，大概有两个含义，一是中国的雪域，二是佛光照耀下的雪域。"雪山狮子图"的第二个含义为破解中国的狮子喜好民俗提供了线索。

中国的狮子文化与佛教盛行有关。狮子是佛的象征，有用狮吼来比喻佛布道的强大这种说法。雕塑和绘画中也有文殊菩萨的坐骑是狮子的形象。众所周知，佛教自西汉传入中国后，大行其道千余载，佛教文化转化为普遍的民俗信仰再自然不过。可见，狮子喜好民俗不是中华古代自生的文化，是佛教文化民族化过程中衍生出来的风俗。格萨尔史诗也经受了藏传佛教的改造，这是有目共睹的事实。而不论藏传佛教还是汉传佛教，尊佛是一致的，因此，喜好狮子也就成了汉藏民族的共同风俗。格萨尔被称为雄狮大王，史诗中有大量用狮子作比喻的叙述，狮子基本是强大力量、尊贵身份和美好事物的象征。比如，降边嘉措、吴伟的《格萨尔王全传》第五十七回，格萨尔征服了穆古国，穆古国公主将被带回岭国，等待哪位英雄有福分娶她。晁通正打着小算盘，辛巴梅乳泽却抢先为自己的外甥提了亲。他唱道："雪山与狮子联袂/狮子有了雄踞处/雪山变得更雄伟；/草原与鲜花联袂/鲜花有了开放处/草原变得更艳美。"可见，狮子和鲜花一样，是一种受人喜爱的美好事物。史诗中也有魔狮形象，比如，降边嘉措、吴伟的《格萨尔王全传》第五十三回，格萨尔率大军远征阿里，在雪山上

> **回味经典**

遇见一头魔狮,"前爪一挥,顿时扫下一个山尖",风雪弥漫,阻挡了道路。"魔狮又怒吼起来,震得山摇地动",岭国战马纷纷后退。可见,狮子是强大无比的象征。格萨尔变化成"一头绿鬃白狮",才降伏了魔狮。史诗中出现魔狮形象,符合藏族社会政治和宗教斗争的实际情况。因为佛教有各种教派,即使同一教派,也可能服务于不同的王权。所以,魔狮本质上还是佛,具备强大力量;只因它是岭国的敌人,被叙述成魔。这符合佛教服务于各种政治力量的实际情况。狮子虽然被妖魔化,但是不改变其代表佛的本性。

狮子文化,本质上是佛教文化,自然难以称得上中华古文明的"源",只能算"流";不是"根本",只能算"枝干"。但是,汉藏文化在"流"和"枝干"上的契合、一致,通过狮子喜好这个文化细节表现得淋漓尽致。这种共同的民族文化心理再清楚不过地表明,青藏高原不仅有人类以来就同中原文化息息关联,在千万年的历史进程中,高原上的人们始终与中原文化一脉相承,同呼吸,共成长,从来没有间断血肉联系。中华民族共同体意识不仅孕育在遥远的古代神话中,在后来的文化创造中,也不断被强化和创造性发展。由佛教文化形成的狮子崇拜这种民俗信仰,实际上体现了佛教对中华民族共同体意识的塑造。

5. 狐狸:狐仙信仰与岭部落对狐狸的推崇

狐狸在地球上分布极广,在世界各民族中的寓意差不多,一方面代表聪明,一方面又指狡猾。在中国民间很早就有狐仙信仰,属于动物崇拜原始思维。陈胜、吴广起义时,曾经让人在营地边的树林里学狐狸叫"大楚兴,陈胜王",以引导舆论。可见,狐仙信仰在秦代时已十分普及。另外,唐传奇和《聊斋志异》中有不少狐狸精和狐媚故事,狐狸成了妖媚迷人的女子的代名词,这些女子甚至被鬼怪化。总之,正如那些狐媚故事叙述的那样,人们对狐狸的感情比较复杂,既有喜爱、甚至迷恋这类亲近情感,又有惧怕、敬畏、崇拜、诋毁等隔膜、拜服或者抗拒的心态。在格萨尔史诗中,人们对狐狸的情感也是多样化的,也存在正向和负向两种情况。

格萨尔史诗的家国情怀：中华民族共同体意识

在降边嘉措、吴伟的《格萨尔王全传》第十五回里，叙述了一只红狐狸为珠姆给格萨尔送信的情节。这只红狐狸是在珠姆用宝镜目睹了先前送信的花喜鹊被格萨尔射杀而气昏了过去后，主动出现并自愿担当送信使命。当"珠姆再次醒来时，见一只美丽的红狐狸正趴在自己身边，用舌头舔着她的手腕。珠姆抚摸着红狐狸的脖子，只觉心灰意冷"①。红狐狸表达了愿往送信的决心后，珠姆把自己的指环交给它，并称它为"狐狸姐姐"，让它快带着金指环信物去见格萨尔，说明岭国受侵掠和珠姆被抢婚的危险处境。红狐狸见到了格萨尔，成功完成了使命，格萨尔见到珠姆的金指环，清醒了过来，也称它为"狐狸姐姐"。从红狐狸在珠姆危难时现身提供帮助的情况看，它是珠姆的崇拜神，也可能是岭部落的崇拜神灵之一，因为珠姆和格萨尔都尊称它为"狐狸姐姐"。联系中国北方普遍存在的狐仙崇拜文化，表明岭部落与中原人存在一致的狐仙信仰。这种动物崇拜的高度一致习俗中隐藏了中华民族共同体意识。特别有趣的是，格萨尔中的鹤崇拜和狐狸崇拜统一于岭部落，竟然与哥贝克力山丘遗址"D场地南墙中的33号支柱"石雕可能显示的"鹤和狐狸原来是图腾中的兄弟姐妹"②这种统一性文化的研究结论不悖。这里也许隐藏着一种古老久远的族群文化传承，显示了族群的迁移变异密码。

（三）巫术中隐藏的汉藏文化同源密码及其中华民族共同体意识

格萨尔史诗叙述了大量巫术活动，而巫文化是中华古代文化的重要内容，《山海经》中就有巫咸国和巫山的记载。当然，巫术信仰可能是早期人类普遍的生活方式，每一个氏族或部落都有自己的巫师和巫术信仰。正是因为巫是与氏族或部落结合的一种信仰行为，它才能逐步转化为具有氏族或部落身份识别意义的民俗文化，进而沉淀为民族文化，这为在比较中解密不同民族文化的区

---

① 降边嘉措、吴伟：《格萨尔王全传》，五洲传播出版社2006年版，第177—178页。
② [美]卡尔·W. 卢克特：《哥贝克力山丘石器时代的宗教：从狩猎到驯化，从战争到文明》，张佐堂等译，宁夏人民出版社2017年版，第87—88页。

回味经典

别与联系提供了路径。

解剖格萨尔史诗叙述的巫术活动，轻易就可以找到汉藏文化同源的证据。比如，降边嘉措、吴伟的《格萨尔王全传》第四十七回，讲述了晁通为给儿子玛尼抢婚惹祸的故事。其中有一个巫术细节，就是晁通到了松巴国的神山上，"藏在一块岩石后面，从怀中掏出笛子，吹了一首招引公主梅朵措姆的咒曲，然后就在那里等候公主的到来"。当煨桑的时候，他打算抢的松巴国的二公主果然出现在神山脚下。"晁通掏出笛子，把那召唤女孩子的咒曲又吹了三遍。公主梅朵措姆一听，身不由主地冲到晁通面前，晁通立即抛出飞索，把梅朵措姆像捆羊羔一样捆了个结实"，带回岭地，为儿子玛尼完了婚。晁通是岭国英雄中巫术本领高强的人，会很多法术，屡立战功。这一回他的巫术工具是笛子和用笛子吹出的咒曲。正是笛子显示了晁通王的达绒部落与古代中华文化的亲缘关系。众所周知，笛子是中国古老的传统乐器之一。在浙江杭州湾发掘到的新石器河姆渡文化遗址中，就出土了骨哨；在赤峰的红山文化遗址中，出土了9000年前的骨笛。据考证，骨哨、骨笛原本是早期氏族、部落人们打猎时用来召唤动物的工具。可能一开始狩猎者大都会使用这种工具，逐渐地分化出一些巫师，他们对鸟兽语言更精通，在召唤动物时更灵验。在灵魂信仰十分盛行的时代，骨哨、骨笛最终成为由专人用来吹奏特定的模仿声音，能够召来想要的动物的一种巫术工具。由此可见，达绒王晁通用笛子实施巫术这个行为，其实是对古代狩猎文化中的一种技艺的继承，表明青藏高原上的达绒部落与河姆渡文化或红山文化有渊源关系，至少说明中原古代狩猎文化传播到了青藏高原上。

在狩猎巫术文化的基础上解释晁通用笛子吹出"咒曲"召来松巴国的二公主，其巫术就不再多么高深莫测和神秘了。因为他隐藏的地点在神山上，神山上传出某种让松巴国二公主梅朵措姆感兴趣的曲调，把她吸引过去，这是很容易的。试看李白的诗《春夜洛城闻笛》："谁家玉笛暗飞声／散入春风满洛城／此夜曲中闻折柳／谁人不起故园情。"晁通应该是用笛子吹奏了一曲带有强烈松巴国文化色彩的所谓"咒曲"，类似于能够激起"故园情"的折

格萨尔史诗的家国情怀：中华民族共同体意识

柳曲，因此引起了少年二公主梅朵措姆的好奇，把她吸引过去的。音乐的心理效应从"四面楚歌"这个成语也能得到印证。可见，中华大地上的人们从很早就开始，不仅用颜色区别氏族或部落的身份，也用音乐识别氏族或部落以及邦国的身份。这一点《诗经》的风诗可证；今日之各国的国歌也可证。格萨尔史诗关于晁通魔笛巫术的叙述，从笛子和音乐与"乡愁"两个角度显示了这部史诗与中原文化的紧密关联性。晁通能够用音乐表达松巴国的"乡愁"，这个叙事本身隐藏着文化的相知与互鉴，显示了古代中华大地上人们交往的广泛性，不同的文化身份的族群并不是隔绝的；至少像晁通这样的部落王或巫术大师，都是交往广泛、朋友众多、见多识广、通晓四周情况的人，往往经历了流浪汉模式的人生历练，具有非凡的本领。加上氏族部落和邦国之间的贸易、联姻、征伐和中原大一统文化的化育，为中华民族共同体意识的广泛存在提供了保障。

再比如，降边嘉措、吴伟的《格萨尔王全传》第四十九回讲述道："米努国的上师聂布带着五百弟子在一座红色城堡中修炼施食，准备向岭国抛出去。这天晚上，只听一声炸雷似的响声，随着一道红光，红色城堡就没有踪影。"巫术中的所谓"施食"，原本是供奉鬼神的祭品，由巫师调制和施了法术后可以产生意想的法力。格萨尔史诗的魔幻叙述中有大量巫术记述，透过其魔幻性，往往可以找到历史的真实本质。正如晁通的魔笛背后隐藏着音乐文化，米努国上师聂布的所谓"修炼施食"，其中也一定隐藏着中华古代文明的某种真相。众所周知，中国古代的四大发明之一是火药，而火药是从炼丹这个神秘道术中派生出来的副产品。从伏羲作八卦这个传说来看，道教是中华古代原发性的文化之一。联系炼丹道术与火药这个背景，看格萨尔史诗中记述的"一声炸雷似的响声，随着一道红光，红色城堡就没有踪影"这个"修炼施食"过程中发生意外的巫术现象，再联系米努国与岭国大战在即的背景，基本可以推断出所谓的"修炼施食"巫术，其实就是炼制战争物资火药。火药在春秋战国时已经被发明出来，一些巫道人士将其用在军事上十分可能。降边嘉措、吴伟的《格萨尔王全传》第四十八回讲述格萨尔征战松巴国，松巴国大将琼纳巴瓦武

> 回味经典

艺非凡，岭国大将丹玛也敌不过他。格萨尔向琼纳巴瓦射出一箭，"那箭带着一团火舌，发出一声轰响，自动飞向魔臣琼纳巴瓦，把他射成齑粉，又一丝不剩地飘向空中"。格萨尔射出的看似是神箭，很魔幻，其实就是带着炸药的箭。

从神秘的施食巫术和格萨尔的"火箭"可以看出，青藏高原上很早就有一些擅于所谓巫术的人，其实是掌握了很独特的技术，开始运用火药。火药这种威力无比的神器在青藏高原上很早被使用，这一点足以说明，高原上的氏族或部落中的个别能人或神人，很可能就是中原地区人们传说的擅于巫道炼丹之术的人。这些最早掌握了火药技术的巫术大师究竟是先从青藏高原下到中原邦国的，还是先从中原邦国上到青藏高原上去的，有待进一步研究。但是，由于地理上的紧密一体关系，一些先进技术和本领首先会在青藏高原和中原地区之间传播，这是毫无疑问的。从格萨尔史诗把火药技术叙述成一种巫术来看，剥掉其魔幻面纱，其中显然隐藏着中华古代科技文明。

另外，中国传统文化一直存在巫医不分的现象。格萨尔史诗中的一些所谓巫术也体现了这一特点。特别是其中的一些草药文化，具有鲜明的中华文明特征。比如，西北民族大学的《格萨尔文库》第一卷第四章里写道：莲花生大师为龙宫消除瘟疫时，"造起了圣者狮子吼的坛城"，"唱起净除污秽的道歌"。道歌中有唱词云："开白花的冬青子/长绿叶的香柏枝/有金丝的艾蒿草/有铜钉的红柳木/有辫穗的鸡爪柳/五种草木燃烟雾/五龙晦气愿熏除。"[①] 就这几句"道歌"来看，其中的中医草药自不待言，所谓"熏烟除晦气"，无疑也体现了中医思想。至今中医仍然用艾灸治寒湿淤堵一类的疾病，疗效十分神奇。民间在端午节仍然有采艾蒿悬于门户的习俗，意在用其阳草之神奇功效消灾辟邪。可见，格萨尔也传承了中医药传统文化，因此体现了中华民族共同体意识。

---

① 《格萨尔文库》编纂委员会：《格萨尔文库》，上海古籍出版社2018年版，第166页。

（四） 余论：格萨尔史诗的传承问题

格萨尔史诗是中华文化的瑰宝，已经作为世界非物质文化遗产引起全社会的重视，它将被不断传承和开发利用，这是无需担忧的事情。不过，在传承和开发利用中出现的以下几个问题，值得特别关注。第一，佛教文化的深度渗透使格萨尔史诗植入大量佛教因素，越来越多的版本中，佛教叙事因素不断扩张，史诗的"史"因素和"人气"被遮蔽，"神气"过度张扬。第二，掘藏艺人和具备各种神异功能的艺人在确保史诗具备"活状态"的同时，不断提供新的故事或新的故事情节，甚至爆出与已有史诗故事完全相反的内容，这种情况过多发展，必将给史诗的传承带来混乱前景。第三，由于格萨尔史诗在青藏高原上十分广阔的地域流传，各地从文化传承和旅游开发的角度争相利用格萨尔文化资源，在资源共享的同时，也存在地方性取舍甚至地方性改造史诗的问题，比如把发生在其他地方的事情移植到自己的地域，这种功利性传承也造成了史诗传播的混乱。

流动的艺术

格萨尔史诗当代传承：
艺术形式的多向性

丹珍草（杨霞）[*]

即使有那么一天，
飞奔的野马变成枯木，
洁白的羊群变成石头，
雪山消失得无影无踪，
大江大河不再流淌，
天上的星星不再闪烁，
灿烂的太阳失去，
雄狮大王格萨尔的故事，
也会世代相传。

——格萨尔艺人说唱

丹珍草（杨霞）

---

[*] 丹珍草（杨霞），中国社会科学院民族文学研究所格萨尔研究中心研究员、博士。

流动的艺术

在现当代语境下，格萨尔史诗的传承日益走向丰富与多样，就传承方式而言，几乎覆盖了各种艺术门类，诸如格萨尔石刻、格萨尔藏戏、格萨尔唐卡、格萨尔说唱音乐、格萨尔作家文本、格萨尔器物、格萨尔"朵日玛"[1]、格萨尔漫画[2]、格萨尔彩塑酥油花、格萨尔影视、格萨尔音乐剧、格萨尔动漫，等等。从口头传说到书面文本再到传承形式的多样化，格萨尔史诗的当代传承是对民族民间文化资源选择、判断和再创造的结果，是对史诗所蕴含的民间文化精神的绵延传续，也是对口头文学格萨尔史诗的创造性转化、重构和再创作实践，其传承与创新效应已呈现出开放的姿态和丰富的内涵，已成为藏文化艺术巨大的再生资源。在藏族民间社区，格萨尔史诗不仅传承着民族民间传统文化，参与民俗生活事象，并成为社会教化、艺术创新和民族文化心理的表征，还在于通过对多样化传承实践的文化表征意义的探究，挖掘藏文化系统和史诗文化系统建构中所浸润的民族文化元叙事和元语言思维。格萨尔史诗的多样化传承，虽然依托于各种不同的载体和媒介，却不仅仅停留在对某个人物形象的造型以及符号、色彩的展示和说明上，而是呈现出鲜明的民间性、宗教性、世俗性、神圣性相互交织的特征，而且蕴含了格萨尔史诗艺人说唱、格萨尔文本等其他形式所无法承载的民族文化心理信息。实现了传统与现代的熔铸，满足了审美接受者、民众信仰者对古老史诗与藏文化的崇敬与期待，折射出格萨尔文化的民间影响力，开拓了格萨尔史诗的审美视域。大传统中的小传统往往会以"润物细无声"

---

[1] "朵日玛"（梵文：bali；藏文：gTor-ma）：藏族朵日玛是一种用面团捏制的象征性礼仪供品，上面常饰有酥油花制成的彩色图形。朵日玛的概念源自古印度被称作"bali"的一种献祭仪式。"朵日玛"有多种用途，格萨尔"朵日玛"意为经过修持的"朵日玛"，是一种利器，具有很强的杀伤力，可作为降妖伏魔的重要武器。格萨尔修供仪轨包括格萨尔"朵日玛"的制作和念诵《格萨尔修证经文》。

[2] 格萨尔漫画：2011年，漫画版《格萨尔王》以中文、英文、韩文版向世界多个国家和地区发行。中文版由海豚出版社推出，全五册，共计1000多页漫画。作者是国内首位打入国外漫画排行榜的漫画家权迎升。漫画版《格萨尔王》先后获得第五届亚洲青年动漫大赛最佳连环漫画奖、大师杯国际插画艺术双年展最高奖——"至尊大师奖"。作为跨界艺术家，权迎升在创作该漫画的同时，也创作了50余幅格萨尔水墨画，多为3—6平方米的大尺幅作品，并于2012年陆续在多个国家和地区举办水墨艺术画展。

格萨尔史诗当代传承：艺术形式的多向性

的相对隐性的方式，顽强地保留在民众心理中，成为文化传统的内在属性。

格萨尔史诗的当代传承虽然形式多样，却依然以格萨尔史诗的母体为叙事框架，但毋庸置疑的是，这些传承实践更多地蕴含了对民间史诗格萨尔的现代性阐释和个性化书写。人们试图在史诗"元叙事"所提供的无尽的想象空间里，以新的思维方式和现代审美意象，使民间史诗的"活样态"以新的艺术形式与民族历史传统文化的内在精神紧相维系，从而开启人们对古老史诗新的阅读感受和新的接受视角，演绎史诗在当代语境中的诗性表达，赋予格萨尔史诗新的诗学意义。

作为"活态"史诗和民间经典，格萨尔史诗始终呈现出一种开放形态和未完成状态。随着语境的变化不断改变内涵和外延，在传承和流变中不断丰富和发展，这是活态"史诗"表现出的本质特性。在不同的传承语境中不断吸纳各种民间文化资源、思想资源和艺术形式，使格萨尔史诗成为各种民间艺术形式的混合体。古老的英雄故事不断地被增加新的内容，史诗外更多的"意义"被延伸。维柯曾经就"诗性思维"表达过与之相关的观念，概念的核心是指文化创造的根本方式是人的自我表达，艺术与诗就是这种表达的主要形式，那么，我们可以理解现存和过去时代文化形式的表达方式，其途径就是"重构想象的训练"。而且只有通过"重构想象的训练"，人们才能构成对这一史诗更丰富的表达。或许我们可以把格萨尔史诗的当代传承实践，视为具有独特文化功能的一种话语活动，一种未完成的、非确定性的话语实践，以阐释一个文化史的语境，而非局限于单纯的文学史或诗歌史的单一语境。从哲学、文化史、人类学、口头诗学、民俗"演述理论"、"听觉文化研究"的视域观照格萨尔史诗当代传承实践及其文化表征。

一 咏歌吟唱、记忆转换与说唱文学

在藏文化传承中，说唱从未停止。无论是"大传统"中的寺院教育，还是"小传统"中的民间说唱，草根与高僧，

◆ 流动的艺术

图 5-1 《格萨尔》动漫草图（丹珍草供图）

民间与寺院，口头与书面，两者一脉相承又相濡相融。从文化接受心理的角度看，藏民族一直以来就是崇尚诗歌和韵文文体、喜欢歌舞又喜欢说唱的民族。说唱的表达方式已经深植于藏民族古老的文化土壤中，与历史文化传统的传承紧密相连。对散韵文体的这种执着与偏爱，也是格萨尔史诗的说唱、记忆转换、传承发展能够不断延续和经久不衰的一个重要原因。

青藏高原独特的地理环境和社会生活孕育了丰富多样的藏族口传文学，也使这种文化传承体系比较完整地保存了下来，并延续到现在。藏族民间流传着大量的脍炙人口的故事、传说、民间歌谣和神话，如格萨尔的传说、阿古顿巴的故事，等等。这些具有丰厚土壤的民族民间文化资源，对藏族作家的影响是广泛而深远的。在漫长的藏族民间历史社会中，民众对过去、今天的事情进行思考，多采用口头文学进行传达。家庭的历史、村落的历史、部族的历史，每个人都在进行着想象、加工。经过口头传说的加工，真实的东西会很虚幻，很虚幻的东西又有很强的真实感。藏族的口头传统有自己独特的修辞构成方式、意义表达方式和传播及接受方式。善于用说唱和歌谣表达思想、抒发情感是藏族人的

格萨尔史诗当代传承：艺术形式的多向性

生活习惯。藏族是一个热爱歌舞的民族，无论是在牧区草原，还是在农业耕作区，歌与舞总是和人们的生活密切相伴——这是一片氤氲着芬芳诗性的土地。海德格尔说，"诗歌与哲学是近邻"。藏民族的这种诗性品质一方面来自佛教的理性，另一方面来自苯教的原始信仰。佛教关于人生和社会的理论是一种完备的哲学体系，佛学思维充满了对生命的终极关怀，这种思维特征在艺术审美中往往呈现为一种诗性哲理。苯教是建立在万物有灵观念和自然崇拜基础上的一种具有原始野性和神秘色彩的古老思维体系和行为方式，是一种超验的世界，充满了与天地万物息息相通的浪漫气息和抒情品质。

在藏族作家的文学创作中，苯教的意象方式和浪漫气质与佛教的思辨哲理往往有机地融合在一起。那些潜行在人们意识深处的灵魂观念和生命轮回意识，以及亦真亦幻的神魔世界，为作家提供了奇异的意象空间和广阔的思考空间，使他们可以自由穿行于"三界"之间，神游于万物之中。藏学家王尧先生认为，"从表面上看，似乎吐蕃人是笃信宗教而沉溺于崇拜仪轨的民族，实际上，他们又是热衷于咏歌吟唱而近于迷恋诗情的民族。令人感兴趣的正是吐蕃人在那古老的年代里把"诗"和"哲学"高度结合起来，将深邃的哲理写成完美的诗篇。头顶上悠悠奥秘的苍穹，四周浩渺广袤的宇宙，都能与自身心底下升起的玄理和道德追求共同融合在一起，从中可以看出古代藏民族的幽默、达观和乐天知命的性格。有些诗歌虽然文辞浅显，但富有诗意，虽然单纯，却意味隽永。诗歌成为哲理的舟楫，哲理成为诗歌的灵性"[①]。

出现于18世纪初叶的藏族古典长篇小说《勋努达美》（又名《无敌青年传奇》）是藏族文学史上产生深刻影响的小说，文辞优美，情节洗练，自成书以来，轰动了高原文坛，是藏族传统作家文学的一个高峰。虽然在西藏和平解放以前的二百余年间，《勋努达美》从未刻板印刷问世，但一直以手抄本流传，成为那个时代贵族阶层必读的文学范本，至今仍然有相当高的文学价值。从表

---

① 王尧：《藏族古歌与神话》，《青海社会科学》1986年第5期。

> 流动的艺术

图 5-2　明代《格萨尔》手抄本插图（丹珍草供图）

面上看，《勋努达美》是描写爱情的，本质上却是通过爱情故事阐发佛教义理的，是一部宗教文学著作。所谓"无敌青年"，是指作品的主人公勋努达美在文、武、财、色、权以及伦常等方面都是无敌的——他不做任何世俗欲念的俘虏，特别是英雄难过的美人关，他都能战而胜之。勋努达美最后觉悟到一切皆空而"终成正果"，成为一个"活菩萨"和普度众生的"救世主"。但我们在这里所关注的，是这种文学经典中的说唱传统。《勋努达美》是一部诗体小说，称其为诗体小说，是就其文学样式而言的。整部小说由散文和诗写成，以诗歌叙事、抒情、描写、阐理的部分，约占全书内容的三分之二，而且是按照诗歌理论《诗镜》所规定的严格整齐的节奏写成的，但又不是史诗或叙事诗，而是小说，具有藏族传统文学边说边唱的鲜明特点。也就是说，"说""唱"结合不仅是藏区民间文学的表达方式，也是藏族传统经典书面文学的样式。

20 世纪 80 年代以来，藏族作家出版了多部小说，这些作品的

格萨尔史诗当代传承：艺术形式的多向性

叙事无一例外地运用了许多民间歌谣和传说。这些歌谣和传说在小说中既承担着叙事功能，又充满了抒情色彩。这与藏族文学"说""唱"结合的传统叙事方式一脉相承，也就是说，用歌唱或吟咏进行叙事和传情是藏族的文化传统和文化传播方式之一，这种古老的说唱，散文和韵文的结合体，是藏族人久已习惯的叙事与抒情结合模式。茅盾文学奖获奖作品《尘埃落定》中就有意味深长的八首民间歌谣，这些民间歌谣在作品中发挥着塑造人物、抒发情感、表达故事主题、推动情节发展的多元叙事功能。如在第七章中，麦其土司家的傻儿子唱了一首歌谣："开始了，开始了／谋划好的事情不开始／没谋划的事情开始了／开始了！／开始了！"这首简洁的歌谣暗示了小说情节的发展：从这首歌谣开始，作品的重心移到了麦其土司家的"傻子"少爷身上，"傻子"从此开始了建功立业的聪明人生。当然，这也是一首有寓意的歌谣，预示了社会变革的开始。也正是从这首歌谣以后，由堡垒和土司所代表的土司社会的旧的生活方式开始被打破了。《尘埃落定》中两次出现："国王本德死了，美玉碎了，美玉彻底碎了。"[1] 这几句歌谣在小说中重复出现，就像预言一样预示着故事的悲剧结局，同时也传达出"傻子"对社会变革的无奈和感伤，以及对旧有的"美玉"般生活的无限留恋和对未来的迷茫。小说经常借"傻子"之口，说出的一些"傻话"，与富有哲理的民间歌谣相互照应，形成了一个整体、一个寓言、一个隐喻。

从审美接受的角度看，"说"与"唱"结合的文本提供的不只是阅读享受，还有音乐享受。歌谣在体现民族个性、展现民俗风情的同时，也创造出了新的审美空间，增加了小说的阅读趣味，把小说推进到了视觉阅读理解和听觉感受的多媒体境界。

格萨尔史诗说唱经历了从开始说唱，到逐渐形成一定规模的说唱，到以说唱为核心，直至史诗说唱已经日趋成熟并广泛传播的

---

[1] 这首歌谣也见于敦煌所藏藏文古卷中的一则动物神话："家马和野马是怎样分开的。"在公元8世纪前后记入文本。原文中的歌谣是这样的："银河被云隔断，主人忽然死去了。美玉碎了，主人死去了。美玉从头上掉下来碎了，主人忽然死去了。"

流动的艺术

过程。我们翻开史料，的确没有发现格萨尔史诗的故事传说有多少是以藏文书面文本的样式出现过。到了17—18世纪，格萨尔史诗的传承方式开始出现转折，发生了重大变化，即逐渐出现了书面文字记录本，比如拉达克版的《格萨尔传奇》，这个最早的口述文字记录本，重点是"口述"。较完整的手抄本和一些珍贵的木刻本、整理本的出现，已经是较长年代后的近代。而且书面文本的拥有者大多是高墙寺院里的宁玛派僧人或者粗通文墨的民间文人。在更广大的藏区的民间生活中，格萨尔史诗依然是以传统的口耳相传的说唱方式为主体。史诗的核心载体仍然是说唱艺人，并非书面文本。无论是记录本、手抄本、木刻本，还是今天的印刷本、电子版，在藏区民间，无论是什么年代、什么区域，或者什么样的说唱方式，在格萨尔史诗艺人一代又一代的说唱演述中，在口耳相传中，在共同的集体记忆中，史诗的记忆链已经被锻造凝练得更加牢固完整。史诗依然活跃在艺人们的演唱中，使得格萨尔说唱艺人的口，成为史诗记忆链的重要节点。不同类型、不同风格的说唱艺人大脑中的史诗记忆，通过艺人的说唱、通过口耳相传转换为流动不息的信息，传播到听众的耳中。格萨尔史诗从艺人的说唱到听众的接受，大致应该经历了三个阶段：史诗的集体创作阶段——史诗的个体传播阶段——史诗的听众接受阶段。通过这三个不同的阶段，我们从中可以感受到，格萨尔史诗的传播应该是一个循环往复的信息传递链周期。如果你是生活在史诗流布区域的人，又经常喜欢听史诗说唱，在特定的演述场域或情境中，你的注意力高度集中，你成为一个史诗信息记忆传播的接受者，如果长期反复地强化这种记忆，心理学称之为"有意识记"，接受者就可能成为史诗信息记忆的储存者。经过反复记忆、再认知和再重复，就会更有效地增强史诗记忆。过去，藏区民间文盲多，生活单一，加之散、韵结合的口传说唱传播方式由来已久，人们的大脑思维也早已普遍习惯了口传心授的这种传播方式。如果有人把自己大脑储存的大量史诗记忆，通过自己的口，让史诗听众感受到说得足够精彩、唱得出类拔萃，如果机缘和合，那么这个人就有可能成为潜在的下一个新的史诗说唱艺人。

格萨尔史诗当代传承：艺术形式的多向性

作为植根于藏族民间文化土壤的口头说唱文学，格萨尔史诗的情节框架、说唱程式、传承方式、传播路径、价值体系以及习惯性修辞和程式套语等，都有其源于藏文化传统的内在规定性。史诗虽然由一个个具体的民间艺人说唱的一部部诗章组成，但又绝不能将其还原为单个艺人说唱的简单相加。在史诗的基本情节框架下，一代又一代的民间说唱艺人通过口耳相传、记忆转换、口头程式对史诗进行不断的复述和细节演绎。他们更乐于借助比喻、象征、寓言等各种修辞手段重复那些累赘出现的程式段落或诗句辞章。还有那些在口耳相传的过程中表现在记忆思维区域的含糊性和隐秘性。格萨尔史诗口耳相传的传承方式与史诗传播的地理文化空间、历史文化语境、民众接受心理，以及民俗生活中的文化传统和叙事风格等密切相关。口传史诗只有在具体的历史文化生态语境中才能显示其本质上的民族史诗学特征。

2001年，笔者和杨恩洪老师在西藏社会科学院采访了神授艺人玉梅。玉梅从小受到格萨尔史诗说唱艺人父亲洛达的影响极大。她的父亲洛达原是藏北索县热不单寺的僧人，经活佛开启智门，开始了以说唱格萨尔史诗为生的日子。洛达说唱的格萨尔史诗引人入胜，"他嗓音洪亮、悦耳。他的说唱常常通宵达旦，听众赞不绝口"。女儿玉梅受父亲耳濡目染的影响，从小喜欢听格萨尔故事。16岁时，玉梅做过一个奇怪的梦后，父亲洛达预感到了些什么。一方面，洛达对女儿说唱格萨尔故事感到非常满意，另一方面，他意识到自己将不久于人世，洛达说："我的'都协'（灵感）已传给了女儿，看来我该归天了。"这位闻名藏北的格萨尔老艺人，把自己生前最珍爱的、视为宝贝的、预示他生命意义的艺人帽子——"仲夏"[①]留给了女儿玉梅。玉梅后来的说唱果然不负众望，人人称赞，说唱的名气也越来越大。平时十分腼腆羞涩、目不识丁的玉梅，只要开始说唱格萨尔史诗，就变得面无惧色、神态自若、非常自信、全神贯注，完全进入史诗的情境之中。西藏社会科学院整理的玉梅说唱的《格萨尔》有70余部，其中有18

[①] 杨恩洪：《民间诗神——格萨尔艺人研究》，中国藏学出版社1999年版，第160页。

流动的艺术

大宗和 48 小宗,以及史诗的首篇数部及结尾部。玉梅说唱的小宗篇章,有她自己独特的风格。她的说唱,韵脚整齐,吟诵流畅,不仅能够点到即可吟诵,而且她能把自己在一周前说唱的内容和一周后说唱的同一段落,说唱得几乎完全一样。经过认真对比测试,人们发现,她前后说唱的内容、词句甚至抑扬顿挫的韵律都丝毫不差。人们不得不承认和相信,年轻的玉梅是一个具有超凡记忆力的非常出色的史诗说唱神授艺人。可见,说唱艺人的日常生活空间、生产场域对艺人的成长、说唱记忆甚至说唱技艺都至关重要。艺人积极主动地不断识记、不断重复、不断回忆、不断强化记忆,是获得超凡记忆力的重要因素。玉梅的史诗听众或者史诗接受者也会在不断地听、闻、受和再说唱的循环过程中,成为新的史诗记忆贮存者、转换者。当他们再次将那些贮存的史诗记忆信息向别人进行再传播时,或许我们就看到了格萨尔史诗的新一代演述家和传承者。中国社会科学院学部委员朝戈金认为:"从传承人走向受众,强调的是把史诗演述作为一个整体,作为信息传递和接受的过程进行观察的取向。受众的作用,就绝不是带着耳朵的被动的'接受器'而是能动地参与到演述过程中,与歌手共同制造'意义'的生成和传递的不可分割的一个环节。"[1] 这些格萨尔故事"仲肯",即史诗说唱者,他们除了有超常的记忆力和模仿力,还有极强的语言表达力。说唱的时候,他们的面部表情会非常丰富,有时双目紧闭,有时面部肌肉会抖动或翻白眼。"神授艺人讲起故事来全身发抖,头上帽子上的羽毛像雪花一样飘下来,而他却光着上身沉浸在说唱之中……"[2] 说唱的语调会因情节、人物、场景而变化多样,抑扬顿挫,跌宕起伏,唱赞颂之词时声音高亢嘹亮,如果进入精彩激烈的征战或双方舌战的章节,艺人会滔滔不绝,无法自控,停不下来。说唱中,艺人有时会右手托帽,左手作旋转或高举的动作,也会用情感色彩不同的多种声调、唱

---

[1] 朝戈金:《朝向 21 世纪的中国史诗学》,原文刊于《国际博物馆》全球中文版,2010 年第 1 期。

[2] 杨恩洪:《民间诗神——格萨尔艺人研究》,中国藏学出版社 1999 年版,第 333 页。

格萨尔史诗当代传承：艺术形式的多向性

腔、表情，承担或者扮演故事中的众多人物。①

笔者多次在现场感受，在信息传递的过程中，在循环重复说唱那些精彩的核心内容时，艺人的史诗说唱记忆真是异于常人，气势磅礴，节奏流畅，滔滔不绝，令人赞叹。如果我们离开史诗说唱艺人谈论史诗传承，就是无源之水、无本之木，同样也不可能解释史诗研究中遇到的诸多问题。格萨尔史诗的传承正是通过格萨尔艺人的超强记忆和不断说唱、转换而最终完成的，而其中最重要的记忆信息的获得，首要条件就是口传和耳受。我们通过田野调查和艺人访谈资料可知，这种传承方式，在整个藏区民间，依然是格萨尔史诗传唱活动的最主要部分。经统计，格萨尔史诗的唱腔已有130多种，曲调有80多种，有经验的说唱艺人，几乎能唱史诗中的每一种曲调。史诗中的每一个人物都有规定的几种曲调，这些曲调，有雄浑高亢的"神咒伏魔调"如《攻无不克金刚古尔鲁曲》，有喜庆的"扎西调"如缠绵委婉的《吉祥八宝曲》，等等。这些曲调既要适应人物性格，又要与故事情境相吻合，既有严密的规范性，又有民间说唱的随意性或即兴创作。这对于能说善唱的藏人来说，都是习以为常、信手拈来的，张口即可吟诵。说唱艺人只要进入角色，就开始激情澎湃的说唱，唱的部分是动听的曲调、精彩的表演，说的部分则情节曲折、扣人心弦，滔滔如江河水流。这种诗与歌结合的表演形式，是藏族听众非常喜欢、最乐于接受的，完全是一种综合艺术的享受。

格萨尔史诗的产生、流传、接受，显然不同于早已成书的古希腊海洋城邦史诗《伊利亚特》《奥德赛》，以及古印度森林史诗《摩诃婆罗多》《罗摩衍那》或者芬兰的《卡拉瓦勒》，等等。正如杨义先生所言："《格萨尔》史诗是带有雪域旷野气息的高原形态史诗，不是宫廷温柔史诗，他的流传区域始终在广大的民间，传承方式中始终存在未消失的口口相传，至今仍然保持着勃勃生

---

① 丹珍草：《格萨尔史诗当代传承实践及其文化表征》，中国社会科学出版社2019年版。

流动的艺术

机。"①"天界篇""诞生篇""降魔篇""地狱篇"等精彩华章几乎家喻户晓。格萨尔史诗已经在民间生根,与植根于其间的社区民众和文化空间发生了血肉相连、精气相蒸的深刻联系,是世界史诗宝库中十分珍贵的活形态史诗,为世界文化交流提供了开阔的视野和大量的田野作业材料。尽管格萨尔史诗已经出现了记录本、手抄本、木刻本、印刷本、电子本、作家文本等多种书面文本样式,但格萨尔史诗在民间,在族群社区民众看来,仍然是以说唱为主的史诗。

中国佛教早就有"虚空藏菩萨心咒"②,是佛教徒经常持诵的真言。一般认为,常诵该咒,就能增长记忆力,增加智光,帮助大定,促进心通,获得超常记忆力。善无畏译的《虚空藏菩萨能满诸愿最胜心陀罗尼求闻持法》一书中说:"此法既成,即得闻持之力,一旦入耳目则文义俱解,铭记于心,永久难忘。"在现代教育模式下,藏区的寺院教育或藏区学校教育,依然非常重视并继续沿用藏文化传统的"口传心授"方式,要求学生们在记忆的最佳年龄段,完成大量的背诵记忆知识。这实际上表现出漫长的藏文化历史传统教学中,如何增长记忆力和对超强记忆力的培养,一直没有中断。口耳相传已经成为文化传播的重要方式。正是由于这种长期的锻炼与熏陶,无论是受寺院教育的僧人,还是民间的草根艺人,经过长期反复的复述,强化记忆,其讲说能力或听力、记忆力越来越强,甚至超强。记忆佛教经典或者说唱史诗故事的能力,可达几十部或者上百部,是完全可能而且可信的。深奥的佛学典籍如此,更何况故事情节光怪陆离、跌宕起伏、引人入胜的格萨尔史诗中的神话、战争、爱情、民俗等故事。

口耳相传的这种文化传承方式,使藏民族文化传承人的记忆力经受了漫长历史中传承有序的有效训练与特别培养。格萨尔史诗传承正是通过这种言说、听闻与说唱而转换储存为史诗记忆,再

---

① 杨义:《重绘中国文学地图通释》,当代中国出版社2007年版,第30页。
② 虚空藏(梵语 akasagarbha,音译啊迦舍嘎赫婆)菩萨摩诃萨,密号库藏金刚。汉译又作尊上虚空孕菩萨摩诃萨、虚空库菩萨摩诃萨、虚空光菩萨摩诃萨,是中国大乘佛教八大扑打摩诃萨之一。

格萨尔史诗当代传承：艺术形式的多向性

进行口耳相传。在藏地三区的很多格萨尔史诗流布区域，这种传播方式实际上相当普遍，他们中的一些优秀说唱家如西藏地区的扎巴老人、桑珠老人、玉梅、才让旺堆，青海省果洛藏族自治州的格日尖参、昂仁、才智，玉树藏族自治州的达哇扎巴、丹增智华，等等，都是通过反复听、闻的阶段，再经过反复说、唱的阶段，逐渐将史诗中的大部分内容或者多部史诗章节转换成为史诗记忆。有的格萨尔艺人也因一些传奇经历或机缘加持而成为史诗的说唱艺术家，成为真正的史诗说唱记忆转换的传承大师。

扎巴老人11岁左右开始讲格萨尔史诗故事，在这以前，他的格萨尔史诗记忆首先是经过了别人的口中说和耳听闻阶段。当他开口向喜欢听史诗故事的老百姓们说、唱、讲格萨尔王故事时，扎巴老人已经有了大量史诗故事记忆的大脑储存，在他反复地说唱和听众反复的接受过程中，听、说、唱已经开始了新的循环。这个循环往复的过程，实际上就是完成了一个完整的史诗信息传播周期。如果我们回到最初的问题，扎巴老人的史诗说唱记忆究竟是如何形成的？毋庸置疑的一点是，扎巴老人曾经也是一个爱听史诗说唱的人，是史诗传播周期中的"听众""接受者"，他的史诗记忆来源最初就是听、闻、接受前辈格萨尔史诗艺人的说唱。前辈史诗艺人的史诗信息通过听闻和大脑记忆的转换与储存，成为扎巴老人自己的史诗记忆。这些史诗记忆随着他的游吟乞讨、客居他乡和漫长岁月的说唱经历，以及见多识广的经验积累而不断得到强化。在藏区各地长期反复的说唱，使史诗故事早已根深蒂固地储存在了扎巴老人的记忆深处而无法抹去。当他一次次将自己的史诗记忆通过说唱向广大的民众和听众传递时，即开始了格萨尔史诗记忆的循环式传播。经过听、闻、说、唱，从一个"接受者"到新的听众、新的接受者，新的格萨尔史诗艺人已经在这些信息接受者中萌芽或产生了。"口头表演诗学"（poetice of oral performance）[①] 这一概念，针对口头说唱表演，就把说唱表演视为

---

① ［美］理查德·鲍曼：《作为表演的口头艺术》，杨利慧、安德明译，广西师范大学出版社2008年版，第158页。

> **流动的艺术**

一种交流的模式、一种言说的方式。也就是说，把表演理解成对诗学功能的一种展演，而这种展演正是言说艺术的本质。格萨尔艺人的这种说唱展演方式，的确构成了一个完整的口头艺术的符号系统，延续了这种口头叙事传统。

扎巴老人、桑珠老人、玉梅、才让旺堆、昂日、格日尖参、达哇扎巴的说唱都有自己鲜明的特色、风格、套路和程式。他们的说唱行为实际已经成为他们的生活方式，同时又是社会生活行为，这种社会行为作为艺术交流模式的说唱表演而建立，从而维持着整个史诗说唱体系和价值意义体系。口头程式理论为我们研究格萨尔史诗，研究格萨尔史诗艺人神秘的记忆转换、神奇的演唱套路规律，以及史诗艺人的不同类型划分（"神授说""托梦说""掘藏说""圆光说""智态说"等）提供了新的研究思路和更加开阔的视野，有待于格萨尔史诗学界做更深入、更缜密细致的研究和分析。关于史诗研究，钟敬文先生曾指出："所谓转型，我认为最重要的，是对已经搜集到的各种史诗文本，由基础的资料汇集而转向文学事实的科学清理，也就是由主观框架下的整体普查、占有资料而向客观历史中的史诗传统的还原与探究。"[①]

格萨尔史诗文体与藏族文学传统文体基本一致，都是散韵相间、说唱并体，而且并行不悖。翻开藏族文化史，从上古神话传说、民间故事到有文字记录的历史以来，韵散体，即韵文和散文组成的文体，存在于大量的佛学经典、高僧传记和民间故事中。产生于18世纪末19世纪初，一批以动物、植物等为喻体的寓言体短篇小说《猴鸟的故事》《牦牛、绵羊、山羊和猪的故事》《莲苑歌舞》，以及大家耳熟能详的《格丹格言》《水树格言》等，都是采用散文与诗歌相间的说唱体，诗文多用七音节句和八音节句，通俗易懂，活泼流畅，情节委婉曲折。藏族文学史上的第一部长篇小说《勋努达美》就是采用偈颂与散文相间的"伯玛"体裁（散韵体），既合乎藏族传统的阅读欣赏习惯，又吸收了佛经文学

---

① 转引自朝戈金《朝向21世纪的中国史诗学》，原文刊于《国际博物馆》（全球中文版）2010年第1期。

中伯玛体的特点，使其表达更加形象生动。藏族最早的话本小说，如八大藏戏剧目《文成公主》《曲杰洛桑》《朗萨雯波》《顿月顿珠》等长篇作品，都是以歌舞形式为主，藏族习惯上称作"拉姆"或"阿姐拉姆"（"仙女"或"仙女姐姐"）。唱、说、舞相映成辉，与格萨尔史诗说唱极为相似，是听众最乐意的接受方式。

二 格萨尔藏戏的现代创新与表演

格萨尔藏戏以舞蹈、面具、唱腔、服饰等"身体表述实践"为核心，展开动态的文化演述，传达民族历史、集体记忆和文化意象，强调在特定的地域、文化范畴和语境中理解"表演"。在行为动态实践中将文本与语境重新结合起来，表现出程式化、神圣性、世俗性相互交织的特征，内部却蕴藏着各种微妙繁复的文化信息和生命镜像，同时具有口语诗学的回归意义。

以舞蹈、身体表演为核心而展开的文化表述，被称为"身体表述实践"，同样在传达和维系有关民族的集体记忆中具有无可替代的重要意义。

格萨尔藏戏背后隐含着多重文化记忆。格萨尔藏戏也不是任何时候、任何场地都可以跳或唱的，而是在一定的仪式或空间中才能进行。如格萨尔藏戏中大量的"圆圈舞"设计，与藏族民间跳锅庄"果卓"有一定的联系。圆圈舞通常是按照顺时针方向旋转，与苯教关于永恒不变的卍字（雍仲）逆时针旋转的圆圈意识，与万物皆有轮回的观念等，都有微妙的关系。藏人绕行不绝的圆形意识及其行为实践，如转廓拉、转神山、跳锅庄等，使身体表述实践在文化空间中呈现出一种基本图式，帮助参与者建立起他们的精神宇宙世界，同时也营造了民族身份共同体的"凝聚力"氛围。比如藏族当代书面文本的许多创作灵感就来自于藏族传统文化中关于生死轮回观的理念。很多小说创作中都会出现大量的圆形事物，如圆形广场、太阳、环形水泥通道、圆舞曲等。从如此众多的圆中，我们可以清晰地看到作者以及藏族文化中的圆形意识。这种"圆形"在藏族传统民俗文化中绝不只是一个几何形状，而

流动的艺术

是一种精神描述，它较为集中地体现在轮回的观念中。按照藏族传统民俗的生死轮回观理念，所有的生命都在降生——死亡——再生（转世）、过去——现在——未来的圆圈中永恒流动。人的出生死亡是必然的生命轮回，人生活的具体形态也会不可避免地发生无数次回环往复，因为生命的本质就是在做某种圆周性的运动——轮回运动，是一种首尾对应的结构模式。我们在藏族文学书面文本创作阅读中，感受到的许多"人物"关系，总是在一个生命叙事时间和空间中，有一种"圆形怪圈"的流动，生就是死，现在就是未来，似乎显得格外"荒诞""魔幻"。不少读者感到关于藏族文学的书面文本、小说、电影、绘画等艺术形式表达的精神理念让人有些难懂，有时似乎欠缺生活逻辑。其实，只要了解了藏族文化传统中的哲学内涵，就能豁然开朗。爱默生说："圆，是世界密码中最高级的符号。"

符号被认为是携带意义的感知，意义必须用符号才能表达。人类高度符号化的行为和表现，应该是该共同体文化传统和社会实践中不可分割的一部分。藏戏表演的舞者、歌者，作为文化表达的承载者和实践者，其举手投足之间，或旁白，或高唱，都在传达格萨尔史诗文化特定的历史记忆和基本的文化信息。他们一方面在传承历史传统和文化知识，另一方面通过英姿飒爽、闪转腾挪、飞舞跳跃的身体语言维系和延续着一种特定的表演文化。

格萨尔史诗不同于一般的说唱文体，本身带有高度的戏剧性和强烈的歌唱性，其唱腔丰富多彩，自成系统。随着时代的推进，戏剧元素逐渐从说唱艺术中分离出来，得到独立的发展。以至到了20世纪70年代，从剧本、唱腔、表演、人物造型、舞美设计、演出队伍、本目积累等方面形成了自己的体系，成为一个比较成熟的独立剧种。以史诗文本、基础唱腔作为核心特征和根本标志，从剧目队伍戏路上形成了寺院"钦"戏、民间藏戏和专业舞台剧等三个系统。格萨尔藏戏以相当的成熟度、较高的发展层次、丰富的表现手法和多样的形式，保持着强劲的发展势头和良好的发展前景。

近几年，青海果洛、四川甘孜开始以电影胶片的形式记录现场格萨尔藏戏表演。同时出现了"老戏新唱"的现代格萨尔歌舞剧，以及实景拍摄的马背格萨尔电视剧。拍摄的纪录片已有《姜岭大战》《丹玛王子传》《多岭之战》《赛马称王》《降伏北妖》《霍岭大战》等。

　　随着藏民族对现代戏剧理解的不断深入，古老的艺术形式正以人们不易察觉的方式发展、变化、创新。"大约在二十世纪四十年代，以一种由主唱人、持乐器的伴奏者，持道具的扮演者组成的一配套班子的混合表演，将《格萨尔》戏剧艺术推向了高峰。使《格萨尔》说唱艺术达到了一个成熟期，形成了一套从男性的单口唱——男女性的多口唱——带动作、道具的唱——带伴奏的唱——带角色分配的唱——带配套演队的唱之比较完整的表演体系。20世纪80年代末和90年代初，现代《格萨尔》音乐的多元结构较完整地确立，《格萨尔》表演体系的新格局已经形成，即原型说唱——较完整成熟的说唱艺术表演系统——表现《格萨尔》的僧戏、康戏、藏剧、民间歌剧、民族歌舞剧、表演说唱、弹唱等——反映《格萨尔》内容的传统藏戏、话剧、京剧、民族舞剧、电视剧、民间歌舞、民歌独唱等——只将《格萨尔》作为创作题材的器乐曲、歌曲歌舞等。"① 传统与现代并存，史诗中的英雄主义篇章，民歌的谚语对唱，旁白的幽默哲思，格萨尔王恩怨纠结的爱情，以及渴望终得善果的理想主义气息，洋溢着一种浪漫、唯美和自由。格萨尔藏戏丰富的文化内涵、包容多元的表演，已经逐渐传播延伸到史诗流布的区域以外，走向更加广阔的世界舞台，被世界其他国家和民族了解、认同、喜爱，表现出传统与新生既守正又创新的实践形态。格萨尔藏戏传承与表演的这种新生性、复合性、融合性特征和带有实验性的探索，使格萨尔藏戏正在经历新的蜕变。布恩（James Boon）说，"符号是意义的学科"，符号的系统和意义的系统联系起来即可解释与理解社会、个人和文化。格萨尔藏戏的歌舞、声音、造型等符号同样能够溶解民族、个人、社会和文化之间的差异与界限。

---

① 扎西达杰：《格萨尔的音乐体系》，《西藏艺术研究》2018年第2期。

◆ 流动的艺术

近年来，四川省甘孜藏族自治州已经发展有50个"格萨尔藏戏团"。色达县格萨尔藏戏团尤为突出，他们表演的《英雄诞生》《赛马登位》《霍岭大战》剧目，已走出国门，蜚声海外。色达县格萨尔藏戏团的"格萨尔宫廷舞"是在塔洛活佛的倡导下，博采众家之所长，集思广益，同时结合藏区北派藏戏的表演风格创立的别具特色的格萨尔藏戏，成为格萨尔藏戏新的"范本"。这种对传统藏戏推陈出新的"范本"，首先保持了传统格萨尔藏戏叙事的诗性结构和唱腔多变的音乐结构，以及念白少、曲调多的演唱特色，形成了独特的表演风格。其次，写实布景、各色灯光、不同道具的大量运用，呈现出民间传统艺术与现代艺术的相得益彰，使格萨尔藏戏的表演观赏效果更具戏剧化特征。

1. 吉祥妙音舞：现代格萨尔歌舞剧

现代格萨尔舞蹈是从传统的"岭卓"发展而来。格萨尔舞蹈全称为"岭卓极乐金刚乐曲舞"，民间称"岭卓"，距今已有两百年的历史，是迄今发现的记载最完整、历史最长的格萨尔舞蹈，其创立者是宁玛派著名佛学泰斗居·米旁大师。格萨尔舞蹈是偈颂唱词与民间舞相结合、寺院和民间均可表演的大众化舞蹈。演员由十六男十六女或八男八女组成。舞蹈动作和唱腔均可改变，但舞蹈的结构程序和唱词遵循原创版排演。该舞蹈共有四个舞段。第一段为迎请舞，第二段为供赞舞；第三段为诸事业舞；第四段为吉祥妙音舞。每段均有一首较长的歌词和舞蹈队型动作说明，表演时边唱边跳，每一动作都有丰富的象征意义。每一段之间有紧密的内在联系。表演岭卓舞，首先讲究其完整性。在四个舞段中，人们可领略到该舞蹈的创作旨意、意境设计，其精神意义都紧紧围绕岭·格萨尔大王和三十员大将、诸战神护法以及众眷属而展开，整个舞蹈充满欢乐吉祥。外在、简易的肢体语言内化为美妙的意境，诠释了深藏在舞蹈背后深远的精神意义，使舞者和观众共处一种观赏、观想、愉悦、感悟、慰藉状态。

现代格萨尔藏剧是指目前一些专业文艺团体创编的具有一定现代戏剧表演艺术特质的格萨尔藏戏。有民族特色、时代精神，同时具有现代风格，顺应了现代人的审美情趣，试图让更多人了解世界上最长的英雄史诗《格萨尔》。这种戏剧仍然是以"格萨尔藏戏"为基础发展起来的舞台艺术，其戏剧构成要素比较完整，也有较规范的剧本，有专业导演和音乐创制人员，舞美、灯光、舞台调度、幕与场、舞台指示等都较为齐整，同时采用现代化科技手段，强化戏剧叙事的表现力。现代格萨尔藏戏，其实也是一种歌舞剧，其主要表现形式是歌和舞蹈，同时也穿插了不少对白。格萨尔史诗的本体为说唱体，戏剧中也有说唱。除伴奏音乐外，所唱的歌曲、音调绝大多数仍沿用了说唱艺人的唱腔，因此，听众、观众一听就知道这是格萨尔剧，舞蹈则是在现代藏族舞蹈艺术基础上创编而出的新式舞蹈。服饰、化妆、道具与传统藏戏比较，已经做了很大的改变。这种格萨尔现代藏剧最具代表性的就是果洛州歌舞团创演的《赛马称王》《辛巴和丹玛》[1]。青海省海南藏族自治州歌舞团、四川省甘孜藏族自治州歌舞团等专业文艺团体也曾排演过现代格萨尔歌舞藏剧。

成都军区战旗文工团编演了数百名演员参加的大型歌舞剧《英雄格萨尔》[2]，笔者观看了此剧在北京国家大剧院的演出。《英雄格萨尔》歌舞剧在结构上划分为序、"神子降生""赛马称王""山河之殇""岭国大战"和尾声"雪山英雄"三幕五部分。唱诗班的空灵神圣之音将观众带到远古的高原之地，传统藏族音乐的全新演绎表现了藏文化的古老与厚重。牛角琴舞、马头鼓舞、马鞭舞等融合现代元素的藏族舞蹈让观众如身临其境。格萨尔王与霍尔王交战的双人舞是在4米高、直径2米的半空舞台上进行的演出，表演中强化了声光电的包装，将舞蹈艺术、影像艺术、造型艺术、现代科技艺术融为一体。景观、装置、表演、民族服饰等精心打造，是集现代视听元素于一体的现代审美。本剧主要精选了格萨尔史诗原著中最为典型的故事和情节，并根据剧情发展和意境变幻，配以不同风格的原创音乐，欢快喜悦，恢宏壮美，细腻

---

[1] 《辛巴与丹玛》，又译为《辛丹内讧》，格萨尔史诗分部本之一。
[2] 2012年，成都军区战旗文工团以英雄史诗《格萨尔王传》为蓝本，以演绎英雄传奇、民族团结、弘扬藏族文化，连续在西藏、成都、云南等地演出了多场现代大型歌舞剧《英雄格萨尔》，引起藏区军民的强烈共鸣。

流动的艺术

柔情，澄澈圣洁，不同的音乐情绪营造出丰富的表达层次。

四川省色达县格萨尔藏戏团同样排演了格萨尔歌舞剧《天牧》。《天牧》由"历史的回声""诗海曙光""草地踏芳""牛背妙音""春到草原"五幕组成。基于色达县厚重的格萨尔文化底蕴和原生态游牧文化，本剧以国家级非物质文化遗产"格萨尔石刻"为引子，融合了格萨尔说唱、牧区弹唱、色达藏戏、川西北牧区山歌、提线木偶等多项非物质文化遗产元素，再现了格萨尔王从"英雄诞生"到"赛马称王"的史诗篇章，展现了新中国成立后生活在色达"金马草原"上的藏族牧民的文化生活、人文风情。

青海大剧院于2016年11月上演现代舞剧《格萨尔王》。该剧两个多小时的演出，气势恢宏，给人以强烈的视觉冲击和感官享受。整场演出的题材提炼、舞美设计、音乐演奏、演员表演、服装造型、灯光效果等都美轮美奂。在舞蹈设计方面，运用大量的藏民族舞蹈语汇，通过单人舞、双人舞、三人舞以及群舞的编排形式，用一种直观的动态性的形象展演了一台藏族风情和地域特点极浓的现代舞剧。《格萨尔王》全剧分为序"天子下凡"以及"英雄诞生""赛马称王""北地降魔""霍岭之战""普度众生"五幕。序幕中"老总管异梦得预言，天子下凡岭国吉祥"及第一幕"天子诞生花岭葛布"，直接或间接地运用了梦境来表现王子的思想情感以及舞剧中人物的情感发展和变化，充分利用舞蹈艺术展开戏剧冲突，环环紧扣，充分发挥出了舞蹈艺术抒情性和表现性的特点，同时又注入了新的元素——叙事性。极富藏域元素的歌舞以及现代化的视听手段使古老的故事充满了新鲜的活力。

在当代语境中，格萨尔藏戏"老戏新唱"，正在发生着变化。多样性的戏剧化实验、创新化实验倾向日趋明显。

2. 中国第一个女子格萨尔藏戏团

"森姜珠姆女子格萨尔藏戏团"是一个特殊的格萨尔藏戏团体。笔者曾采访过两次藏戏团团长查·卓保先生。格萨尔女子藏戏团，是果洛藏区一个别具特色的现代格萨尔藏戏团。2018年8月15日，笔者再次在青海西宁与西北民族大学格萨尔研究院宁梅院长一起采访了森姜珠姆女子学校校长、女子格萨尔藏戏团创办者查·卓保，并前往女子藏戏团所在住处调研。这应该是迄今中国第一个女子格萨尔藏戏团，成立于 2010 年 6 月，藏戏团成员 45 名，学员平均年龄 16 岁。同时，这是一个专门收留藏族女孩的孤儿院，还是一个教授藏族女孩生存技能的民办女子学校——一个位于海拔 4000 米以上的小小女儿国。

图 5-3 格萨尔女子藏戏表演（丹珍草摄）

2005 年，查·卓保与他的哥哥堪布索巴桑布一起建立了一所孤儿院。帮助的对象是孤儿、贫困家庭的女子以及受虐儿童，还有年龄偏大的文盲儿童。目前，这所女子学校有 152 个女孩，最小的 7 岁，最大的 18 岁。女孩们能在这里学习藏语、汉语、数学、英语、藏戏、裁缝、唐卡制作以及电器维修。在创办孤儿院之前，校长查·卓保在美国工作。2004 年，他决定回国，在藏区建一所专门收留女孩的孤儿院。为了创建和维持这所孤儿院，他几乎倾家荡产。他把自家的两层楼作为孤儿院，拿出几年前在美国做生意赚的钱作为资金，他的母亲和祖母为筹钱卖了首饰，附近寺庙的几个弟子资助了十几万元。开始的时候，查·卓保和朋友经常开着车在果洛州附近寻找孤儿，后来，一些父母离异或者家境贫寒无人抚养的女孩也被送到这里。到 2006 年孤儿院成立，这里已

流动的艺术

经有 50 个藏族女孩。学校于 2010 年成立了"森姜珠姆女子藏戏团",藏戏团由学校的 50 多名女孩组成,在练习藏戏的过程中,女孩们需要克服很多困难。由于藏戏中的人物以男性为主,她们要"女扮男装",更多地掌握男性的动作力度,不断练习。许多没有舞蹈基础的女孩,经常练习到深夜,天气寒冷,手脚生了冻疮,但她们仍然坚持,克服困难,她们勤学苦练藏戏基本功,以英雄格萨尔王的英雄主义精神鼓舞自己。为了更好地传承格萨尔文化,格萨尔女子藏戏团赴国内很多省区、地方表演格萨尔藏戏。在各大节庆期间为广大农牧民带来格萨尔藏戏表演,深受民众喜爱。藏戏团的演员扎西卓玛说:"每当我戴上头盔、穿上战袍,跳起格萨尔的经典藏戏《赛马称王》,我仿佛看到了格萨尔王骑着战马,降妖伏魔,征战草原的情景。"森姜珠姆女子格萨尔藏戏团,正在修建一栋"珠姆宫殿",宫殿建好后,将设置为"格萨尔文化展览馆"与"格萨尔文化研究中心",她们希望有更多的海内外人士了解格萨尔文化,了解格萨尔女子藏戏团。他们创编表演的《赛马称王》最为成功。如今,她们的舞台越来越大,已从果洛大草原延展到全国各地,她们也越来越自信,取得了非常好的成果,既为学校带来了收入,也传承和发扬了民族优秀文化。她们已经多次赴港澳台以及国外演出,成为真正的"巾帼女英雄"。

色达格萨尔藏戏团参加波兰"第 37 届国际山丘民俗节",获得大赛金奖、优秀奖等 5 项大奖。一届民俗节,一个国家同时获得 5 项奖,是 37 届以来的第一次。格萨尔藏戏团以"西藏传奇岭国王格萨尔"为主题,赴英国巡回演出,其中《赛马称王》《霍岭大战》最受欢迎,西方观众以这种特定的戏剧化形式近距离接触了解中华文化。格萨尔藏戏传承所呈现出的这种开放姿态和融汇众流的特质,是新时代文化发展的创新与实验。但创新必然会受到事物本质属性的制约。京剧大师梅兰芳曾就戏曲创新提出过一个原则:移步而不换形。"移步",是指要向前走,不要故步自封;"不换形",即不要粗暴地将原戏曲改得面目全非,导致京剧不像京剧。格萨尔藏戏的当代传承与创新,面临同样的问题。

3. 电影《格萨尔藏戏》

2017年，笔者从果洛藏族自治州达日县获悉，电影《格萨尔藏戏》即将开拍。由达日县藏族青年编剧东强创作的电影《格萨尔藏戏》剧本已完成，并已获得国家广电总局的拍摄许可证。2020年8月22日，《格萨尔藏戏》电影已全线上映。电影《格萨尔藏戏》主要讲述主人公扎德在上小学时就受父辈的影响，特别喜欢格萨尔藏戏，一直梦想到专业团队表演格萨尔，但由于年龄小，加上正在上小学，父母一直不同意他去演藏戏。一段时间，扎德由于沉迷于格萨尔藏戏，还跑到县文化局艺术团招聘现场要求入团，但未能如愿。但这丝毫没有影响扎德的梦想，最终，他得到县文化馆馆长的支持，答应在业余时间教他跳格萨尔藏戏。编剧东强因从小受到格萨尔史诗文化的熏陶，经常读《格萨尔王传》《王者诞生记》《赛马称王》《霍岭大战》等，此次创作的《格萨尔藏戏》依托格萨尔文化的丰富资源，阐述了众多编剧对格萨尔史诗的了解与热爱。

三 岁月失语，惟石能言：格萨尔石刻及传承人的故事

格萨尔石刻蕴涵了格萨尔史诗艺人说唱以及格萨尔文本、音乐、唐卡、歌舞、藏戏等其他形式所无法承载的民族文化信息。在藏区民间社区，"以石起坛"，格萨尔石刻已呈现出丰富的内涵，不但传承民族民间传统文化，参与民俗生活事象，并成为社会教化、艺术创新和民族文化心理的表征。在现当代语境下，格萨尔石刻的传承正面临如何梳理和反思传统与现代、创新与发展的问题，还在于通过石刻表征意义的探究，挖掘藏文化系统和史诗文化系统建构中所浸润的民族文化元叙事。

在中国文化史上，石刻艺术有着悠久灿烂的历史。石刻，顾名思义，就是用雕刻的方法在石质材料上塑造艺术形象。就造型艺

流动的艺术

术的载体和媒介而言，可以将造型艺术分为硬质性载体造型艺术和软质性载体造型艺术，前者以石刻、壁画为代表，后者以绢本、纸本绘画为代表。石刻所用的石质材料属硬质性载体，其艺术形象具有独特的魅力和审美价值。在汉文化传承中，石刻艺术大多是陵墓石刻（如汉代的画像石、画像砖等）和宗教石刻（如佛寺、道观、石窟的壁画等）。

藏族石刻艺术源远流长，可以说是藏文化的一个缩影，这种无处不在的民族文化符号，内涵丰富，形式多样，既是藏族本土文化无可替代的象征，也是多民族文化多元、互动、交流、融合的结果。早期的藏族石刻，与藏族古老的巨石崇拜一脉相承，经历了从原始的自然图腾崇拜到"岩画""石堆"的发展时期，体现了藏族先民稚朴的宗教情感。人们最初只是崇拜光滑的白色石头，后来逐渐将一些简单粗放的线条和一些具有象征意义的符号刻在石头上。苯教时期，那些带有巫术性质的经咒和一些图像也描述性和展示性地出现在石头上，石刻的内涵不断流变。据《旧唐书·吐蕃传》记载，原始苯教时期，即"以石起坛"，进行祭祀活动。公元7—9世纪，是藏族石刻的兴起和形成时期。藏族石刻艺术的发展时期，应是公元10—13世纪，鼎盛时期是公元14—16世纪。公元17世纪，藏族石刻艺术进入全面发展时期，格萨尔石刻开始出现。藏族石刻主要包括藏区岩刻、嘛呢石刻、经文石刻、佛教造像、摩崖造像、石窟造像、历代碑文、历史人物造像、格萨尔石刻等。格萨尔石刻是以藏族英雄史诗《格萨尔》故事为主要内容，融藏族古老的石刻艺术和绘画技艺于一体，以独特的雕刻造型艺术再现民间口头史诗的英雄群像。但格萨尔石刻长期沉寂于民间，格萨尔石刻的艺术传承也面临困境，作为一种民间文化传承方式，格萨尔石刻的文化价值及其文化表征[①]尚未得到更多的关注和深入研究，需要研究者做进一步的认知、梳理。

在藏人古老的传统观念中，石头是唯一不生锈、不腐烂、不被

---

① 表征的文化内涵可阐释为"一个符号、象征（symbol），或是一个意象、图像（image）或是呈现在眼前或者心理的一个过程"。

格萨尔史诗当代传承：艺术形式的多向性

侵蚀、摧不垮、捣不毁、任凭雨打风吹、象征顽强坚硬永存的物质。藏族人形容牢固不变之心为"如同石上刻的图纹"，认为在石头上留下的痕迹将会保存久远，如格萨尔留下的足印、栓马石印、马蹄印以及某些历史名人的脚印等。如果将六字真言、佛经、佛像刻在石头上，就意味着佛法永存，不仅不会泯灭，还能世代传承，永不消失。可见，石头、石刻是藏区高原最常见、最普及也是最平凡深远的存在。藏族石刻一般包括：（1）"藏区岩刻"，有动物、人物和祭祀场面等；（2）"嘛呢堆""石经墙"，历代碑文（如唐蕃会盟碑）；（3）经文石刻、佛像石刻、历史人物造像等。在藏族石刻中，经文石刻即文字石刻，比造像石刻产生的时间更早。常见的藏区文字石刻是指六字真言石刻和佛经石刻。六字真言石刻也被称为"嘛呢石刻"或"嘛呢石"①，是藏族供奉神灵的一种特有形式。苯教将嘛呢石作为一种崇拜物，一般习俗是将嘛呢石堆放在山口、山顶、路口、垭口和要道处。随着佛教的传入，这一习俗被巧妙利用和改造，人们开始在石头、石板、石崖上凿刻"六字大明咒"、佛教经文和佛像。嘛呢石刻已经成为藏区最为常见的宗教供品，被供奉于山顶、寺院周围，是祈福、避祸、信仰的表征。藏区的很多地方，都存有十分庞大的嘛呢石刻群。嘛呢石刻有：（1）山嘛呢石刻，即山体上的摩崖石刻，叫作"山嘛呢"。（2）水嘛呢石刻，即浸润在涓涓流水之中的石刻，叫作"水嘛呢"。水流经玛尼石，所有水族均得到救拔，龙族欢喜，凡是过往的众生都可以得受加持润泽。（3）草嘛呢石刻，是卧在草丛间的石刻，叫作"草嘛呢"。用佛教经文石刻垒起的"嘛呢墙""石经城"以及摩崖石刻、洞窟石刻造像等，几乎遍及藏地。

山嘛呢、水嘛呢、草嘛呢、石嘛呢、嘛呢墙……石刻沉默，造像静穆，但就历史、文化、艺术而言，石刻是丰富的民俗生活事象，是符号象征行为和民族文化心理的最沉静的形象表达。

---

① 嘛呢石：嘛呢石（Marnyi Stone）来自梵文佛经《六字真言经》"唵嘛呢叭咪吽"的简称，因在石头上刻有"嘛呢石"而称"嘛呢石"。在藏区各地的山间、路口、湖边、江畔，几乎都可以看到以石块和石板垒成的祭坛——嘛呢堆。这些石块和石板上，大都刻有六字真言等藏文或梵文图案。

流动的艺术

（一）沧桑岁月的历史见证者：格萨尔石刻

格萨尔史诗说唱艺人如同流浪的"行吟诗人"，他们走街串巷，走到哪里，就在哪里说唱格萨尔。有的艺人悬挂着格萨尔唐卡说唱，有的看着铜镜说唱，有的看着文本说唱，还有戴帽说唱、掘藏说唱……格萨尔的故事在草原牧区广为流传。许多传奇情节如"天界篇""英雄诞生""赛马称王""四部降魔史""地狱救母"和"安定三界"等，许多精彩篇章如"18 大宗""36 中宗""72 小宗"等，许多人物故事如格萨尔王、珠姆、晁同、阿达拉姆、30 员大将、18 位勇士等，人们都十分熟悉，而且家喻户晓，津津乐道。在这样的文化空间里，格萨尔史诗以"石刻"的形式出现，已属自然而然，水到渠成。格萨尔石刻，犹如一汪新鲜的活水，为藏族石刻艺术带来了新的创作题材、新的话语形式和新的艺术实践，成为藏族民间雕刻艺术的又一新的门类。由于石刻与藏地百姓的世俗生活以及民族文化心理紧密相连，格萨尔石刻因而呈现出鲜明的民间性、宗教性、世俗性、神圣性相互交织的特征。

在格萨尔石刻中，格萨尔的形象是长方面庞、阔额宽腮、下巴浑厚；他横刀立马，胯下马足踏祥云，扬鬃奋蹄，显得强悍雄健。岭国大将则披甲戴盔，手持长矛，挺拔劲健；王妃珠姆及众嫔妃雍容华贵，姿态优美。格萨尔既是英雄的武士形象，又是威尔玛战神；既是天神下凡、莲花生大师的化身，又是人间的国王、护法的战神。格萨尔的石刻形象，既非纯粹的佛像，又非普通凡人，其造像旨在体现神力、气魄和胆识，张力十足，庄严威武。格萨尔石刻艺人将神圣性与世俗性、神性和人性进行了巧妙完美的融合。而只有深谙格萨尔史诗，了解史诗人物的精神内涵，懂得民众心理的石刻艺人，才能将这些史诗人物的形象雕刻得庄严肃穆、威仪凛然，形象自然，并散发出亲和力和感染力。如在表现其神性时，格萨尔石刻艺人往往会把一些具有象征意义的宗教图案如珊瑚、宝瓶、妙莲、右旋白海螺等符号刻在莲花宝座前；而显示其世俗人性的一面时，石刻艺人在人物造型的四周会刻上草原、雪山、蓝天、祥云等自然景物，给石刻画面增添了鲜活的生命气息。

图 5-4　格萨尔石刻（丹珍草摄，2017 年）

格萨尔石刻在雕刻手法及造像风格等方面，还有汉藏石刻并存

流动的艺术

的现象，体现了汉藏文化的融合性和多样性。通过石刻艺术品，人们可以更为直观地感受格萨尔史诗中描绘的藏族文化特色、民俗事象、民族情怀、人文气息、历史内涵，为人们更深入地了解和研究格萨尔史诗文化，特别是格萨尔英雄人物形象等，提供了珍贵的素材和资料。格萨尔石刻对于格萨尔史诗的文化阐释功能不言而喻。

可以说，格萨尔石刻的出现，打破了藏族石刻艺术以往主要以宗教的经文石刻和佛像石刻为主流的宗教主题格局。格萨尔石刻使这一时期的藏族石刻艺术，表现出天、地、人、神多面一体的共相融合的艺术特征。但格萨尔石刻不像"嘛呢石刻"那样遍地都有、十分常见。由于格萨尔史诗与宁玛派的密切关系[①]，格萨尔石刻大多分布在宁玛派盛行的地区。格萨尔石刻与经文石刻、佛像石刻的交汇，是民间文化与宗教文化的一次碰撞，是藏文化神圣性与世俗性的相互抵牾与交融，填补了格萨尔文化在藏族石刻艺术中的空白，成为格萨尔史诗文化丰富类型中又一种新的表达方式和传承方式。

格萨尔石刻颂扬了格萨尔史诗中一系列具有英雄气概的勇敢机智、不畏强暴、敢爱敢恨的人物形象，其实质是以体现人性为基调，折射出古代藏民族的人格行为、文化心理、思维模式。格萨尔石刻的产生和发展与藏族民众生命意识的觉醒密切相关，体现了藏族人民对自然和生命的认知，以及对美好生活的向往和追求。

在近三个世纪的传承与发展过程中，格萨尔石刻大致经历了三个发展时期。公元17—20世纪初期的格萨尔石刻，可以称之为早期的格萨尔石刻发展时期，其传承主要在四川省丹巴、色达、石渠三县境内，以丹巴莫斯卡格萨尔拉康、金龙寺的格萨尔石刻遗存为主。第二个阶段为20世纪50年代以前，可称为中期格萨尔石刻发展时期，主要以色达县和丹巴县的格萨尔石刻为代表。第三

---

① 康区著名宁玛派高僧贡珠·云丹嘉措、青则·益西多杰、居·米旁嘉央郎杰嘉措等著有格萨尔祈愿文，如著名的德格版《米旁文集》木刻版记载：《米旁文集》中有关格萨尔的论著有格萨尔上师瑜伽部2卷、格萨尔祈愿部7卷、颂词3卷、招财颂经部6卷、酬补经8卷、幻术经2卷、杂经2卷等。

格萨尔史诗当代传承：艺术形式的多向性

个阶段为当代格萨尔石刻，指 20 世纪 70 年代末至今的格萨尔石刻。改革开放 40 年以来，藏族民间的格萨尔石刻逐渐复苏，特别是随着我国对民间文化、对"非物质文化遗产"的重视，使得格萨尔石刻文化进入前所未有的发展与创新时期。而此前，格萨尔石刻仅仅在当地民间为人们所知，并未被更多的人所认识。

1. 尘封已久的丹巴莫斯卡精美石刻

据资料显示，四川省丹巴莫斯卡格萨尔石刻是 2002 年才被发现并公之于世的。莫斯卡位于四川省甘孜州丹巴县西北部。西南民族大学杨嘉铭教授这样记录他第一次看到尘封已久的格萨尔石刻时的情景："当我们步入格萨尔石刻的经堂——格萨尔拉康——这座殿堂，正中安放的一人多高的大型岭·格萨尔王石刻首先映入眼帘，环顾四周，数以百计大小形状不等的石刻分三层有序地整齐摆放在紧靠墙体的木架上。我迫不及待拍下场景照后，立即在'拉康'外面的空地上架起脚架，安装好相机，做好拍摄和记录准备。牧民们争先恐后从木架上搬运石刻，大家都紧张而忙碌地工作着。大约花了 3 个多小时，'拉康'内的石刻全部拍摄完毕，根据记录，共为 109 幅。在拍摄过程中，格萨尔史诗中许多我所熟悉的岭国名将的名字都在其中。目睹一幅幅精美的石刻，我心里有一种难以言表的激动和欣慰，回到住处，已是晚霞满天。"[①]丹巴莫斯卡格萨尔石刻著文或资料都较为丰富，此处不再赘述。

2. 金龙寺的格萨尔石刻

金龙寺是格萨尔石刻在丹巴县的又一存放处，此处的格萨尔石刻已有 210 多年的历史，一共有 40 幅，主要包括岭·格萨尔王和王妃珠姆、母亲郭娃拉姆、岭国的 30 员大将等人物的石刻像，全部存放在大殿的顶层。大殿顶层安放的石刻共有两类，一类是金龙寺建寺初期由寺庙创建人青则益西多吉主持刻制的。当时，寺庙落成后，青则益西多吉将岭·格萨尔王、珠姆、郭萨拉姆等 10 幅石刻放在大殿顶层，其余 30 员大将的石刻分别放置于大殿的 30

---

① 参见罗布江村、赵心愚、杨嘉铭《琉璃刻卷——丹巴莫斯卡〈格萨尔王传〉·岭国人物石刻谱系》，四川民族出版社 2003 年版。

根柱子旁，以为保护神。如今，这40幅石刻只剩10幅是完整的。此外还有一些石刻残片存放于大殿顶层，这10幅格萨尔石刻全部系石刻本色，未作彩绘。这是莫斯卡最早的石刻，虽然从艺术效果上看与格萨尔拉康里的石刻有较大差距，但其历史和文物价值却很高，十分珍贵。另一类石刻是1997年补刻的着彩石刻，即格萨尔彩绘石刻，共37幅。

3. 牧场"格萨尔塔"

在丹巴边耳牧场定居点的卡斯甲都位于莫斯卡之南，顺莫斯卡沟而下，在卡斯甲都牧民定居点的河对面，是金龙寺的一处"日车"。据牧民们讲，藏族著名学者、全国人大代表土登尼玛活佛就属于该寺，他小时候就住在这里学习藏文和佛学经典。远远望去，离佛堂不远处耸立着一座高高的石塔，便是当地牧民所称的"格萨尔塔"。走近"格萨尔塔"，可见塔的四周墙面上均嵌满了格萨尔石刻，正面正中部位镶嵌着比其他石刻大一倍的岭·格萨尔王石刻像，整整占据了两幅石刻的位置，十分醒目。该墙面共嵌有石刻20幅。其余三面墙上均横排3、纵排7整齐地各镶嵌有21幅石刻。整座塔上共镶嵌石刻83幅，除有31幅为佛、菩萨、神、高僧大德石刻像外，其余均为格萨尔石刻。这种用塔存放格萨尔石刻的形式，独此一家，目前在藏区其他地方并未发现。丹巴县莫斯卡牧业行政村，除了上文提到的格萨尔拉康、金龙寺大殿顶层、卡斯甲都的"格萨尔塔"，还有吉尼沟青麦格真神山（这里是依塔建房，将格萨尔石刻分四层堆放，此处有47幅格萨尔石刻，属彩绘石板刻画）、曲登沟巴扎洛热神山（据西北民族大学格萨尔研究院调查资料显示，这里共有格萨尔石刻120幅，其中老石刻30多幅，新石刻80余幅。老石刻与格萨尔拉康的石刻应属同一时期）、加拉沟拉勒神山（此处格萨尔石刻有60余幅。应为1993年以后的新石刻），一共是这6处，分布有格萨尔石刻。

截至目前，格萨尔石刻的主要集中地区仍是四川省甘孜藏族自治州丹巴、色达、石渠三县境内。具体分布为：（1）丹巴县莫斯卡格萨尔石刻群；（2）色达县泥朵乡普吾格萨尔彩绘石刻群、色柯镇洞嘎格萨尔彩绘石刻群、年龙乡年龙寺格萨尔彩绘石刻群、翁达镇雅格格萨尔彩绘石刻群；（3）石渠县巴格嘛呢石经墙格萨尔彩绘石刻、松格嘛呢石经城格萨尔彩绘石刻群。其他县、乡、镇、村也有格萨尔石刻相继被发现。

4．"金马"草原上的格萨尔石刻

"色达"，藏语意为"金色的马"，地处四川省阿坝藏族羌族自治州、甘孜藏族自治州和青海省果洛藏族自治州的接合部，平均海拔4127米，是格萨尔史诗重要的流布区域之一，这里的格萨尔文化资源以及文化遗存底蕴丰厚，有格萨尔艺人说唱、歌舞、彩绘等，是格萨尔藏剧、格萨尔石刻的发祥地，有"格萨尔文化艺术中心""格萨尔博物馆"。色达县"格萨尔广场"上矗立着格萨尔王和著名的13位大将塑像。色达亦享有"格萨尔文化艺术之乡"之称，是格萨尔史诗文化的重要研究基地。笔者曾两次到色达县、石渠县进行格萨尔史诗田野调查，感受到英雄的生命在这里显示着一种尊严和高贵。调查得知，六十多年前，色达有一位闻名遐迩的瑜伽大师玉柯秋央让卓，是拉则寺第九代祖师。这位大师认定雅格山系格萨尔王神山，其岩石中藏有岭国十二部"般若经书"。当时，寺庙每年举行一次格萨尔说唱会。据说玉柯喇嘛是岭国大臣丹玛的化身，他还亲自创作了格萨尔及三十大将的数十种曲调，凡是嗓音好的僧人都要学唱《格萨尔王传》。他的弟子中出了著名的格萨尔掘藏师仲堆·尼玛让夏，他在色达的三年期间撰写了《格萨尔王传》伏藏本，为后人留下了宝贵的文化遗产：如《门岭大战》《大食财宝宗》《朱古兵器宗》《列尺马宗》《阿扎宝珠宗》《汝域银宗》《辛巴和丹玛》《红岩大鹏宗》等十多部分部本，其中两部由相关部门搜集后已由四川民族出版社出版，部分手抄本目前尚散存在民间。这位著名艺人在世三十多载，至今无法考证究竟他能写多少部《格萨尔王传》。但从已经发现的九部手抄本来看，完全有理由认为，他是一位了不起的格萨尔掘藏艺人。他的《格萨尔王传》中多处提到色达曾经是岭国居住的地方。伏藏大师仁曾尼玛在格萨尔《诞生篇》中说："经王臣商定，玛、孜、杜、翁、泥、扎等谷为岭国大将居住地"。雅格山上还发现了刀法细腻、构图严谨、姿态生动的格萨尔石刻画，据推算，这一

流动的艺术

石刻画有近百年的历史，默默地诉说着这方土地的人们对格萨尔王的崇敬之情。此地还有格萨尔大王征战朱古兵器国时，在石板上留下的足迹。翁达镇境内还有岭国将士的降妖塔、三十员大将的修行洞，当地人称其为岭葱朱普。资料显示："色达县7600余户，户均有3本以上格萨尔史诗文本保存，户均有一幅格萨尔幡旗，户均有5盒格萨尔说唱录音带，每座寺庙的护法殿内皆供有格萨尔塑像，各寺庙都有格萨尔祈祷仪式。色达县境内，每座神山圣湖悬挂格萨尔幡旗千幅。"①

在格萨尔石刻中，岭国人物的称谓十分丰富复杂，诸如鹞、雕、狼、三虎将、七君子、四叔伯兄弟、十三青年将领、福命二兄弟、毅勇二兄弟、持幢四兄弟、俊美三兄弟、调解纠纷二证人等。格萨尔王第二次出征魔国时的30员大将，发展到后期，有的英雄战死，又补充了新的英雄，人数有所增多，于是又有80员大将之说。在色达泥朵乡格萨尔石刻中，岭国人物的刻石数量达到了100幅以上（不含重复部分）。所以，泥朵乡格萨尔石刻岭国人物谱系，不仅自成体系，而且比较完整地还原和表现了格萨尔史诗岭国人物的基本面貌。

格萨尔石刻数量较大的还是莫斯卡乡，大约有530尊，已经引来不少格萨尔史诗专家和石刻专家的关注。但普吾村的格萨尔石刻群，目前面临部分石刻已产生不少裂纹，有的边缘已脆化、脱层，出现了空鼓、起甲、脱落等被毁坏的现象。无论是露天堆放、室内存放或者是以龛窟或镶嵌方式自然存放，石刻并非传统民俗观念、表象中所认知的那么坚固与结实，在大自然面前，一切都是脆弱的，仍然需要相应的挽救方法。格萨尔石刻保护迫在眉睫。

5."骑马征战"的石渠格萨尔石刻

四川省最西北端的石渠县，是四川省海拔最高、面积最大和位置最偏远的一个县，这里处于川、青、藏三省区交汇处和雅砻江源头地区，是青藏高原的腹心地带，属典型的高地草原。由于地理位置偏远、海拔较高又不属交通要道，石渠县的知名度甚低，

---

① 秋郎：《藏族史诗〈格萨尔〉与色达牧区文化》，《西藏艺术研究》2002年第3期。

但石渠县的"巴格嘛呢墙"和"松格嘛呢城"因格萨尔石刻而著名，前来朝觐者甚多。

松格嘛呢石经城位于四川甘孜州石渠县的阿日扎乡境内，据传是在公元11世纪格萨尔时代开始形成。石经城南北宽47米，东西长73米，城外墙高10米。"石渠县遗存的格萨尔石刻主要分布在著名的'巴格嘛呢墙'和'松格嘛呢城'中，数量较少，石刻大约30幅。"① 石经城石板上都刻有不同的经文和各种不同的佛像。刻板材料主要来源地是石经城周边山坡，没有固定的取石地。据石渠当地传说，这里曾是格萨尔王时代的古战场，"英雄格萨尔王的军队曾在这一带与敌方部落发生过一场大的战事，许多士兵在战斗中阵亡，为给战死疆场的士兵超度亡灵，将士们在此垒起了一个嘛呢堆。后来当地人民因为缅怀格萨尔王的功绩，纷纷来此朝觐，嘛呢堆越垒越大，最终形成了这座嘛呢石经城"②。据《松格嘛呢城文史》记载："在格萨尔时代，岭国和霍尔国交战时，岭国总管王之子囊沃玉达和弟弟戎查玛勒死于战场，火葬后出现神奇的舍利子。经岭国上下沟通商议，为了纪念战死的勇士，超度他们的亡灵和保佑在世将士，修建一座纪念塔存放舍利子。因为格萨尔王的叔叔晁同在霍岭大战中犯下不可饶恕之罪，为表忏悔罪孽之意，由他修建了嘛呢塔和白塔。而后，经漫长历史的岁月风霜，只留下了断壁残垣。到了17世纪初，经高僧白玛仁青的发掘，在原有的基础上进行了扩建。"③ 这座高约20米，完全由嘛呢石经堆砌而成的巨型建筑，如果曾是格萨尔王时期用以祭奠战场亡灵的祈福之地，那么也在不经意间成为青藏高原千年沧桑变迁的历史见证者。相传，这座由晁同所建、距离石渠县城80公里的石经城，从开始动工到完工，仅仅用了7天。

也有观点认为，松格嘛呢石经城开始堆砌于18世纪，经过漫长的时间发展至今天的规模，是当年佛教借助藏族英雄史诗格萨

---

① 谢祝清：《四川甘孜遗存格萨尔石刻现状考》，《四川民族学院学报》2014年第5期。
② 石硕：《雪域高原奇观：石渠松格嘛呢石经城》，《中国西藏》2005年第5期。
③ 《松格嘛呢城文史》，作者不详，石渠县内部资料，铜印本。

流动的艺术

尔的影响力寻求发展的产物，折射了经藏传佛教宁玛派改造后的格萨尔信仰。在当地的信仰中，格萨尔是以宁玛派主要护法神的身份出现的，但从民众的信仰心理来看，改造前后的格萨尔信仰并没有本质的区别。

石刻属于雕塑艺术，是运用雕刻技法在坚硬耐久的石质材料上创造具有实在体积的各类艺术品。石刻需要石刻艺人充分发挥其聪明才智，才能将石刻的实用性和艺术性巧妙地结合起来。格萨尔石刻艺人多运用圆雕、浮雕、透雕、减地平雕、线刻等技法进行雕刻。首要的是筛选石料，格萨尔石刻一般为就地取材，主要以本土的优质天然板石为材料，刻凿时尽可能保持石材原本的天然形状。虽然是石刻，但必须结合藏族传统的绘画艺术。首先以线描构图布局，根据石料板材的原形状进行线描、勾勒，为刻凿雕琢铺陈准备。初稿画成后，开始正式雕刻，无论是直刻、斜刻，还是凿刻、减地刻、减地加线刻，这个阶段是整个石刻最核心的部分，石刻匠人必须全神贯注、认真细致地在前一个步骤的基础上击凿、走线、刮刻、雕刻。人物形象是否刻凿得准确、自然，就在于这道工序的成功与否。刻凿完成后，在石刻作品上刷一道高原特有的白色矿石颜料为底色，在底色晾干后再着新彩。格萨尔彩绘石刻用色分明，大部分使用红、黄、蓝、白、黑、绿六色，一般不会使用模糊的过渡色、中间色。

藏区民俗认为，识别石材的"个性"是非常重要的，需要慧眼识石，这也是石刻十分重要的环节。早期的藏文文献就有记载，因为类型和地质年代的不同，自然界中的石头各有其"命"，各有自己的年轮，每块石头各有自己的幼年、青年、壮年和老年时期，亦有阳性、阴性和中性之别。在进行石刻造像，特别是雕刻神佛像时，必须严格筛选石材。首先，不能是劣质石材，或有污点或存在瑕疵的石头，必须寻到光滑、整洁、材质好、有灵性的上等石料。如果随便刻石或用石不当，则会给石刻人招来不幸或祸事。只有优质的青年石材和中年石材，才可以用于神佛像的雕刻。雕刻主像，必须选择阳性的石头才行。阴性石头一般用于雕刻基座，而中性石头就只能用在最下层的基础部分。藏区石刻常见的石料主要有玉石、卵石、青石，或选择几经考察的山体崖面等。由于自然地理、气候温差等诸多条件不同，藏区各地石料也不尽相同，各有特点。西藏阿里地区主要产卵石，而在前藏后藏、昌都地区和西藏的西北部地区多为青石和较次一级的玉石。玉石和优质的可移动板块体，才可以用来雕刻佛经，以及佛、菩萨、神、高僧、度母等。

藏学的象征学归属于传统的大五明之工巧明①中，即用某种具体的物象、色彩来表现某种特殊的意义，或者用来表达某种特别的象征意义。在藏族色彩象征学中，"表现为颜色者，为显色之性相，分为二种，谓根本显色及支分显色。根本显色复分为青（蓝）黄赤（红）白四种。支分显色复分为八种，谓云烟晨雾，影光明暗"②。借助色彩媒介，表达某种与之关联的象征、隐喻，所以色彩非常重要，每一种色彩都具有特定的象征意味和人物忠奸指向，如格萨尔史诗中的30员大将，他们各自都有相对应的颜色以表征其人物形象、性格特征。藏区百姓目视其形、其色及所持器物，便知其为何人，所做何事。最后一道工序是为了保持石刻色泽的鲜亮和持久性，在石刻画面上再涂一层清漆作为保护层。至此，一个完整的格萨尔石刻作品就完成了。

格萨尔石刻艺术在多种文化的滋养下延续、传承、发展，从未停止。通过独特的选石料、绘画、勾勒线条、雕刻、着色等工艺流程，格萨尔石刻已然具备了地域本土性和民族性。佛教的兴盛，格萨尔史诗的流传，加速了格萨尔石刻这一艺术门类的迅速发展与日趋成熟。

佛教教义认为，佛有"三十二大人相""八十种随形好"。格萨尔石刻中，刻凿最多的是人物造像。格萨尔王的母亲郭姆、王妃珠姆、岭国的30员大将以及与格萨尔相关的佛、菩萨、神等都是格萨尔石刻的主要内容。其中以格萨尔王"骑马征战"像为最

---

① 工巧明：藏族传统大五明之一，即工艺学。分为身工巧和语工巧。身工巧主指工艺美术、细工、建筑、刻镂、书画等；语工巧指文辞、吟唱、赞咏等。铸造雕刻，佛像圣物皆属工巧明。

② 普觉·强巴：《因明学启蒙》全名《辨析量论意义摄类解释幻钥论》（藏文），载杨化群译：《藏传因明学》，西藏人民出版社1990年版，第96页。

流动的艺术

多。但格萨尔王的石刻造像与佛教造像、历史人物石刻造像均不同。佛菩萨造像极其严谨、精准，点笔勾画，精摹细描，毫厘之间，法相庄严，蕴藏和象征着丰富而深邃的宗教思想，神性十足。格萨尔石刻造像，则形制独特，介于神性与人性之间，严肃、活泼、生动相结合，石刻画面更为自然灵动。格萨尔王集天子、战神、护法、国王、骑士、武士、财神于一身，丰富而多面。一尊格萨尔王造像石刻作品完成后，所摆放的位置必须既有高高在上的神圣感，也有世俗社会众星捧月的威武之势。人物石刻一般是依照格萨尔艺人的民间说唱形象，或者格萨尔史诗各种文本中所描述的形象。对具体人物的外表气质、面部表情、性格特征、服装佩饰、所骑战马、将领们各自使用的特殊武器等，需要进行认真细致的揣摩绘图后，才可进行石刻创作。比如石刻造像中，珠姆王妃的形象与佛像、度母、吉祥天母的形象有相同处更有区别。珠姆是天女、女神，但也是公主、王妃、母亲，她的神圣性似乎已经淡化，经过民间石刻匠人的重新刻画和"创新"后，王妃珠姆的石刻像已不再是遥不可及的空行母，而是更加生活化、世俗化和人性化的形象。

格萨尔石刻与经文石刻、佛像石刻不同。格萨尔石刻将神圣性与世俗性融为一体，表现了佛教观念、英雄崇拜、情绪物化的融合，是天神民间化、世俗化的艺术形象。石刻匠人通过丰富的想象，天马行空，自由驰骋，借助线刻、敲凿、磨制、涂绘等手法，将天子、战神、王妃、大将、神佛、各路妖魔、神奇动物以及千年古战场的情境，一一雕刻出来。最终，"物化"的石刻，蕴含生命的诗意，充分传达出植根于本土、植根于民族精神土壤的对民族历史和集体记忆的千年追寻。如扎雅上师所言："如果一个文化群体中的许多人同意将某个标志作为特定精神内容或能量形式的象征标志，那么对他们来讲，这个象征就是有效的，它的效果是建立在记忆、信任和不断重复以强化的力量之上。"[1]

---

[1] 扎雅·罗丹西绕活佛：《藏族文化中的佛教象征符号》，丁涛、拉巴次旦译，中国藏学出版社 2008 年版，第 12 页。

在藏区民众的心目中，格萨尔石刻因居于崇高精神的神圣地位而被顶礼膜拜。格萨尔王也已经成为民间护法神，神圣不可侵犯。人们看见格萨尔石刻像，或者经过其旁，都会止步，双手合十，低头祷告，这种虔诚行为的动态定格，不仅满足了民众的信仰心理，且在强化民族认同感、传递正能量的价值观、塑造民族精神性格等方面，折射出格萨尔石刻文化的民间影响力。大传统中的小传统文化往往会以"润物细无声"的相对隐性的方式，顽强地保留在民众心理中，成为文化传统的内在属性。

（二）石刻人的传说：扎西伦珠、次仁仲巴……

藏族石刻遍及西藏、青海、云南、四川、甘肃五省区藏区，只要进入藏区，就能看到数以亿计的嘛呢石刻、经文石刻、造像石刻、摩崖石刻、格萨尔石刻……庞大的石刻群，构建了一部厚重的文化史，是一座取之不尽的艺术宝库，既有千言大观，也有一字之惊，虽然我们不知道石刻的作者是谁。石刻工匠认为，圣洁的佛经、神像，沾不得半点俗世的尘埃，因此从不在石刻上具名题款。嘛呢石刻艺人在不同的藏区有不同的称谓，有的石刻匠人被人们称为"多卡"（rdo-rko）"朵多""郭卡"、扎西或朵多占堆。早期石刻匠人的传承方式只有两种：有的是父子相传，有的是师徒相传，且只限于男性。自然界一块普通的石头，一旦被石刻匠人、石刻传承人刻上神佛、格萨尔王或高僧大德的图像，便传递出现世人们真诚浓烈的祈愿——对理想、价值、情感、信仰和希望的寄托。

藏区传统的石刻匠人一般是寺院僧人或民间的佛教信徒，最早的还有一些所谓的有罪之人。在相对专业的石刻工匠中，民间石刻匠人的人数还是最多的。他们不但是藏族所有艺术门类中人数最多的，也是最辛苦的草根百姓。他们首先是虔诚的佛教徒，不但具备刻石造像的技能，还要有积德行善、一心敬佛的虔诚心和毅力。藏区最早的石刻匠人大部分是从印度、尼泊尔和克什米尔来的圣徒。有的石刻匠人甚至需要发下誓愿，因为在餐风宿露、烈日严寒中作业，在艰苦的自然环境中刻石，实在是一项十分艰苦的脑力与体力并重的劳作。如前文所述，藏族石刻人、石刻作者一般不在石刻作品上署名，也没有人称刻石匠为艺术家，他们自己也并不以为然。藏族石刻匠人把石刻或者石刻制作当成自己积善业、做功德、报恩惠的一种不计回报的"净业"和"善业"。我们在藏区的石刻艺术品上，几乎很难找到石刻艺术家的署名。诚所谓"千锤万凿出深山，烈火焚烧若等闲。粉身碎骨浑不怕，要留清白在人间"，用此诗形容藏族石刻传承人倒是最贴切不过。在阿里古格古城遗址，人们发现了一块赞颂早期刻石人扎西伦珠和次仁仲巴的石刻。

图 5-5　阿里古格记述石刻人的石刻（冯少华摄）

据说，这是迄今发现的唯一一块记述刻石人的石刻。石刻汉语译文如下：

向大悲观音菩萨祈祷。赞颂一千个佛和大王甘丹次旺、大臣乌金和县官堆巴，赞颂兄弟两人，四大洲中最神圣的南赡部洲是由冈底斯和玛旁雍措形成的，在向雪域传教的地方，恒河的右边，扎西伦珠和次仁仲巴，为了报答父母的恩情和消除前世、后世之罪孽，在坚固的石头上刻了两千嘛呢石，为了佛教的弘传，贡献了自己的一切。了不起！扎西（德勒）！[①]

这段译文是由西藏作家、西藏自治区文联《西藏文艺》（藏文）编辑部次仁多吉翻译的。这段文字的重要意义在于，石刻匠人对扎西伦珠和次仁仲巴这两位刻石人行为的感怀赞叹，虽然他们在石头上并没有留下自己的名字，但他们刻了两千嘛呢石的刻石行为，感动了后来的刻石人。他们以同样的刻石方式对刻石人扎西伦珠和次仁仲巴表达了由衷的尊敬和赞颂。古格古城遗址中现存的嘛呢石刻有五千余方，加上周边各县的石刻，数量非常庞大。据考古工作者推测，这里最早的石刻应为12世纪的作品，最晚的是17世纪，其中以13—14世纪的石刻造像最多。这块赞颂和记述刻石人的石刻，据推测至少也在16世纪之前，是我们今天研究藏族石刻传承人的珍贵资料。

石刻艺人们的刻石工具很简单，即一把榔头、几根錾子。刻的内容也很单纯，主要为：嘛呢石刻，六字真言；或将整部经书刻在薄薄的石板或石片上；或者刻画神佛或历史名人的造像。最多最普遍的，还是人人皆知的"六字真言"，擘窠大字，静气凝神。据佛经所言，雪域藏地，原来颇多妖孽为害，无量光佛为了利益众生，化身为美妙如意的观音降临，开示大明心咒，救度众生有情。六字真言在身、语、意三密之中为意密的一种，是佛、菩萨所说秘密语，真实而不虚妄，故谓之"真善"。它以咒语发声的力量与宇宙万物沟通，与众生自我的虔诚内心沟通，便拥有巨大的威力。而以六字真言为内容的石刻，就是把声音的象征转化为图形文字的象征，将其安放在循环的转经道上。当口诵真言缓缓行走的朝圣者与此石刻相遇，音、画、心在刹那间相互辉映，就会产生无以言表的心灵力量。每逢宗教节日转经或转山时，人们必定

[①] 冯少华：《西藏嘛呢石刻》，北京出版社2009年版，第88页。

流动的艺术

来到嘛呢堆前，在其上面或旁边点燃艾蒿或柏枝，并虔诚地向其撒糌粑、小麦粒和第一道青稞酒或浓酽的茶水，边撒边祈祷，进行煨桑祭祀，以求众生平安、吉祥圆满！石经书也是石刻艺人常刻的内容之一。据说有的石刻艺人少则一年刻五六部经文，多则能刻十来部，每部经文要刻30天左右，能用掉满满一拖拉机的石板（块）。

格萨尔石刻是以表现格萨尔史诗中的英雄、勇士形象为主要内容的，但其中却渗透着浓郁的藏式佛像刻画艺术特色，例如较为多见的格萨尔王骑马征战像——格萨尔石刻像的下方大多雕刻有藏传佛教的吉祥三宝、白海螺等图案。这在格萨尔史诗的传播和发展过程中，起到了不可忽视的作用。藏族石刻本身就是一种宗教供奉物，雕刻者都是极为虔诚的宗教信徒，制作石刻品是为积善修功德或赎罪，故在长久以来繁多的石刻艺术精品面前，我们不知道是谁创作了它们。

石刻传承人，他们敬畏自然、崇拜自然，他们相信万物有灵，相信山有山神、水有水神，相信各种自然物皆有灵魂。在格萨尔石刻传承人的眼中，坚硬恒久的石头同样具有灵性，他们通过自己的双手把信仰和精神之力灌注于一个个石头之中，赋予这些物质实体以朴素的情感和丰富的内涵，并对其膜拜、祈祷。他们希望感动神灵，得到护佑，不受伤害。他们通过自己手中的刻刀和巧思智慧，使格萨尔史诗的人物故事充满了人间气息和世俗生活的韵味，点燃了英雄们流动的生命和飞扬的情绪，并将自己对美好生活的向往和憧憬以及虔诚之心寄托在这些石刻中。

当代格萨尔石刻艺术有着较为明显且强烈的地域特征和个人风格。石刻作者有专业匠师、僧人，更有广大的民间工匠和佛教信徒。在当代中国大陆地区，格萨尔石刻传承人主要集中在四川省甘孜藏族自治州丹巴县、色达县和阿坝藏族羌族自治州等地。丹巴县莫斯卡牧民定居点周围，堆放有10处嘛呢石刻。据说这些嘛呢石刻，都是当地石刻艺人多年来日积月累刻成的。当地的一些石刻艺人，多为青年时期就学习石刻技艺，通常是一边放牧，一边学习石刻，牧闲时刻便刻制各种石刻造像。目前已经有一些本地的青年人专门跟随这些石刻艺人学习石刻技艺。

笔者通过甘孜州格萨尔工作领导小组办公室主任牛麦青云和色达县文化局夏加提供的"甘孜州各县各部门非物质文化遗产传承人名录"等资料得知,"格萨尔石刻传承人"在全国仅有17位,这个不完全统计,包括国家级传承人、省级传承人、州级传承人。截至目前,格萨尔石刻传承人主要有洛让、尼秋、觉热、克早、扎洛、切邛、青麦多吉等人。笔者曾采访到其中的几位格萨尔石刻传承人。

格萨尔石刻的国家级传承人洛让,男,1959年出生,初中文化程度,自幼喜画,但直到18岁后才开始正式学习藏族绘画。藏族传统绘画非常注重"业缘",如果不懂佛像度量经的比例尺寸和各种绘制图像的标准法则,以及颜料的配制、画布制作、画墨制作、着色、构图等各种绘画知识,随意增删或者臆造,不但不能获得功果,反而会积累罪孽。所以,只有具备了与绘画的缘分,足够虔诚,接受灌顶,才能开始学习传统绘画的各种技艺。洛让虽然启蒙较晚,但勤奋好学,精益求精。在刻苦学习藏族传统绘画的过程中,他认为自己与格萨尔有某种神秘渊源,格萨尔彩绘石刻更能表达他内心世界的喜悦,满足他的精神追求,并认为自己就是英雄格萨尔王选择的命定传承人。2008年12月,洛让被确定为国家级"格萨尔彩绘石刻传承人"。

尼秋,男,1964年出生于色达县年龙乡,小学文化程度。尼秋是"嘛呢石"石刻匠人,后来逐渐喜欢格萨尔石刻。尼秋天赋异禀,技艺超群,曾经刻过许多大型的石刻群,为人称道的优秀代表作是泥朵乡著名的格萨尔石刻群。2008年12月,尼秋被授予国家级"格萨尔彩绘石刻传承人"的称号。2008年12月,成为国家级"格萨尔彩绘石刻传承人"的还有石刻匠人克早。出生于牧区的克早,据说从小与石有缘,爱石玩石。克早早期也是以刻"嘛呢石"为主,由于天资聪颖,石刻技艺出类拔萃,机缘巧合之下,他与格萨尔石刻结缘,并师从色达县文化馆著名石刻师傅班玛交,向他学习格萨尔石刻技艺。克早的格萨尔石刻,无论是花纹图像、颜料选色,还是人物形象,无不神态逼真、清晰自然、立

流动的艺术

体可感、布局合理、重点突出。尤其是在石料选材方面独具慧眼，随手拈来，不仅刀法考究，技艺精湛，而且速度极快。①

格萨尔石刻传承人青麦多吉，男，1974年出生在四川省色达县年龙乡。青麦多吉是目前格萨尔石刻传承人中较为年轻的。青麦多吉任四川朗格萨尔王艺术馆馆长，曾获"四川手工艺大师"称号和中国甘孜州第九届康巴艺术节格萨尔彩绘石刻创意金奖。青麦多吉的出生地年龙乡，是民间传说中文殊观音金刚手之一的圣妙吉祥之化身地和圣洁法王如意宝晋美彭措的出生福泽地，也是传说中格萨尔王转世之仁增尼玛仁波切降生之地。青麦多吉从小就十分喜欢斑斓的色彩，极其喜爱在石头上刻画各种图案。学校课堂学习以外的时间，他不像其他孩童一样去嬉闹玩耍，而是经常喜欢独自在教室外的地上、操场上、石头上勾画不同的图案，虽然那时年龄小，勾线描画的图案十分稚嫩，但却生动形象，受人夸赞，因为喜欢、执着而乐此不疲，乐在其中。

少年青麦多吉已经不满足于这些简单的线描刻画，他开始用心观察琢磨每一个石刻上的线条和图像，并仔细探究凿刻的手法。22岁那年，年轻的青麦多吉有幸得到当地著名石刻人士登老喇嘛的系统传承。色达藏区的山野间、小河边的石头上，都留下了不少青麦多吉所凿的石刻图像，他成为一个格萨尔石刻文化的热爱者和守护者。随着年龄的增长，青麦多吉的绘图手法、石刻技艺与日增长，对格萨尔史诗文化的理解也更加深入，青麦多吉开始在北京、苏州、上海等地游历交流。经过数十年的探索和实践，青麦多吉已经将传统的石刻技艺和自己的凿刻手法相互融合。通过石刻技艺的进一步提升，以及对格萨尔史诗的调查研究思考，他提出了对传统格萨尔彩绘石刻可以进行文化创意修饰的大胆想法，这些创意主要体现在如何进行传统与现代的色彩搭配以及彩绘颜料的选用和刀工刻画等多个方面。

传统石刻一般取用比较单薄的石头，石块相对较大且不规整，

---

① 丹珍草：《文本·田野·文化：多重视阈下的藏族文学研究》，中国致公出版社2018年版，第226页。

取色比较古朴单一，不注重绚丽鲜艳的色彩。青麦多吉在继承传统石刻技艺的基础上大胆突破，将自己探究多年的凿刻手法以及对格萨尔史诗文化意义的理解融入他的石刻创作中。在选料取石上，兼采规整和不规整的石料，也根据所刻的造像随形取料，随物赋形；色彩运用更为大胆，视觉效果更为舒适，看后令人记忆深刻；青麦多吉并不单一地复刻前人的图像，而是在不改变主体图的情况下，自己设色、着边，让图像更为深刻突出。2014年，青麦多吉在成都市青羊区贝森北路1号开设了"格萨尔石刻展览馆"，2017年在宽窄巷子46号开设了"格萨尔艺术馆"。2018年，青麦多吉与成都绿地集团共建"藏族格萨尔博物馆"，该馆已于2019年落成。目前，青麦多吉正在凿刻一部格萨尔王心咒经文。

作为格萨尔石刻传承人，青麦多吉曾受邀参加第五届成都国际非物质文化遗产节并获荣誉奖。在第九届康巴艺术节上，青麦多吉设计创作的《金刚手菩萨》荣获金奖，被旅游卫视、深圳卫视、成都电视台等多家新闻媒体相继采访报道。甘孜州文化部门将青麦多吉的格萨尔石刻列为甘孜藏族自治州国家级非物质文化遗产代表性项目，给"格萨尔艺术馆"授牌"藏族格萨尔彩绘石刻生产性保护示范基地"，并展开了格萨尔彩绘石刻的国内外巡回展览。青麦多吉的格萨尔石刻，在北京、香港、澳门、海南、成都以及新加坡、马来西亚、泰国等地均得到很好的反响。2018年，青麦多吉的格萨尔石刻作品被邀请在四川省美术馆进行了为期15天的展示。

目前，青麦多吉已经开始免费授徒，参与学习者已近百人。为了让学习者无后顾之忧，青麦多吉用自己并不富裕的财力帮助他们，指导他们学习石刻技艺。他希望后继乏人的格萨尔石刻技艺能够继续传承下去，希望有更多精湛的格萨尔石刻作品面世。为此，青麦多吉相继在中国人民大学、中央民族大学、延安管理干部学院、成都社会主义学院、四川大学、上海理工大学等高校进修学习，以开阔自己的眼界，提升自己的文化修养和审美境界。青麦多吉的努力，推动了格萨尔彩绘石刻文化的传承与创新，用他自己的话说，"我已将格萨尔文化的传承作为自己的终身事业"。

流动的艺术

青麦多吉的彩绘石刻作品被四川博物院、海南文昌博物馆、色达格萨尔博物馆等国内多家博物馆收藏。

在石渠县松格嘛呢草原的一块空地上，有一位49岁的石刻艺人冲花正拿着雕刻工具在一块石板上雕刻"六字真言"。在许多老艺人的眼中，雕刻嘛呢石是个修行的过程，与念经、转经一样，并不全是为了赚钱。从古至今，这里的石刻工艺都是源于松格嘛呢石经城的朝拜需要。据了解，阿日扎乡目前从事石刻手工艺的应该有两百多人，年老的上至七八十岁，年轻的十一二岁。在这里，对传统的石刻文化的保护并没有断代。石刻艺人冲花身边的工具盒里有20多种大小不一的工具，旁边还摆着各种等待出售的嘛呢石。冲花从小便跟着老艺人学习雕刻，他说自己从不后悔选择干这行，雕刻嘛呢石最主要的还是为了信仰，不仅是为自己祈福，也为众生祈福。松格嘛呢石经城四周的牧民定居点，最初就是来石经城朝拜的信徒聚居而慢慢形成的，随后逐年增加的嘛呢石雕刻艺人也在此定居。因为有了石经城，才有了周围的人气，这应该源于藏民心中朴素而虔诚的精神信仰。

每年夏季的6—8月，是松格嘛呢草原最美的季节，也是外来游客最多的时候。冲花手中雕刻的嘛呢石便是两位前来朝拜的北京游客订制的。雕刻好石经后，需要再上色才算完成。刻制一块嘛呢石经大概需要三四个小时。大部分顾客会把买下的嘛呢石堆放在石经城，也有带回家珍藏的。前往松格嘛呢石经城朝拜的本地民众和外来游客越来越多，对嘛呢石的需求也越来越大，也带动了该地许多年轻人学习雕刻嘛呢石经的热情。冲花17岁的儿子更登已从事石刻三四年了，并打算"子承父业"。曾几何时，"嘛呢石"还是狩猎的工具、防御的工事、神灵及凡人的路标，如今已经演变成为驱秽辟邪、能给人畜带来平安吉祥的文化象征之物了。

格萨尔石刻传承人，虽然人数不多，经济收入微薄，但他们依然怀着对本民族母语文化的无限敬畏之心，自觉传承着格萨尔史诗文化。他们是护法神格萨尔王的信仰者，作为英雄后裔、草原之子，他们又是战神格萨尔王英雄主义的精神追随者。同时，他

格萨尔史诗当代传承：艺术形式的多向性

们也是传承民族优秀传统文化的石刻造型艺术家。石刻艺人大多生活在偏远的县、乡、村和底层民间。或许，正是因为没有城市的喧嚣与热闹，他们安静地执着于自己热爱的石刻艺术，用最自然原始的手工凿刻创作，追逐渐行渐远的古老文化，为格萨尔英雄史诗的传承留下了极为珍贵的文化艺术资源。

格萨尔石刻，从无到有，从粗放简单的线条刻画到精雕细磨的典雅之作，从单一到丰富，从碎片到整体，已然取得了从保护到传承的质的飞跃。这是通过一代又一代的石刻传承人的不懈努力实现的，他们用石头、用刻刀、用色彩、用真诚的信仰刻下对英雄不渝的追求和热爱。他们驰骋想象，赋予沉默的石头以灵性，将已回归天界的降妖伏魔的天神、战神格萨尔王又请回了繁华而荒芜的人间，请回到现世当代。他们用瑰丽多姿的格萨尔石刻告诉人们，无论时代如何发展，科技如何进步，也不要忘记，一个民族优秀的非物质文化遗产所蕴含的崇高精神是需要传承和发展的。

多少年来，勤劳善良的藏族石刻人雕刻嘛呢石、经文石、佛像、格萨尔英雄群像的心愿和行为从来就没有间断过。他们以虔诚之心和质朴诚挚的劳动，千锤万凿，不停地在石头上雕刻着。他们相信，只要持之以恒地把日夜默念的六字真言刻写在石头上，石头上的经文、佛语、佛像就会有一种超自然的灵性，就能消除他们一生的罪孽，给他们带来吉祥安乐。与物质生活的贫富相比，石刻艺人更注重追求自己精神世界的富足和安宁。在传统意义上，艺人对于造像的姿态、量度、手印、标识等方面几乎是十分严格地遵循着，千百年来，哪怕是细小的背景纹样和某些服饰上的些微变化，艺人们都小心翼翼，这一点尤其体现在唐卡、金铜造像、寺院壁画、塑像上。相对来说，属于民间艺术的石刻创作，其自由度、创造性要大得多，信徒们可以按照自己的想象来表现他们心中的神佛。有些目不识丁的"多卡"（rdo-rko）们，也许他们并没有按照严格精准的经典造像模式进行雕刻，实际上有时候，究竟刻的是什么教派的佛或哪一路神，他们或许并不特别清楚。山有山神，水有水神，石有灵性。他们在意的是，多刻一块嘛呢石，

> 流动的艺术

便多一份神圣、期许和吉祥。与其说嘛呢石上雕刻的是朝圣者敬仰的佛或神灵的图纹，毋宁说是石刻人祈求吉祥的美好心灵的刻画和表现。一块块平凡而坚硬的石头，在"多卡""朵郭"石刻艺人们的手下被赋予了真情、善意和美好，因而焕发出质朴的生命光彩。

四 长篇小说、现代新诗和艺人创作的《格萨尔》

（一）阿来的长篇小说《格萨尔王》

2009年8月，阿来的长篇小说《格萨尔王》出版，成书约30万字，历时三年完成。该书是重庆出版社出版的"重述神话"[①] 系列之一。已有英、德、法、意、日、韩6种语言的《格萨尔王》的翻译版本出版。阿来并不觉得自己重述《格萨尔王传》有什么意外，他说："我是藏族人，从小就听过格萨尔王的故事。虽然童年正值'文革'时期，当时这些传说被禁止讲述，可格萨尔王对藏族人来说太重要了，哪怕不是听说唱艺人讲，断断续续零星的故事仍旧听得到。比较系统地了解这部史诗，则要到20世纪80年代，那时格萨尔王的故事再度在藏区流传，政府也做了一些书面整理的工作。""我写《格萨尔王》，并没有想解构什么、颠覆什么，相反，我想借助这部书表达一种敬意——对于本民族历史的敬意，对于历史中那些英雄的敬意，对于创造这部史诗的那些一代又一代无名的民间说唱艺人的敬意，对于我们民族绵延千年的伟大的口传文学传统的敬意。"[②]

---

① "重述神话"是由英国坎农格特出版社发起，包括英、美、中、法、德、日、韩等四十多个国家和地区的知名出版社参与的首个跨国出版合作项目，已加盟的丛书作者包括诺贝尔奖、布克奖获得者及畅销书作家，如大江健三郎、玛格丽特·阿特伍德、齐诺瓦·阿切比、若泽·萨拉马戈、托尼·莫里森、翁贝托·艾科等。这个项目的中国部分已先后推出苏童的《碧奴》（重述孟姜女哭长城的传说）、叶兆言的《后羿》（重述后羿射日和嫦娥奔月的神话）、李锐（与蒋韵合写）的《人间》（重述白蛇传的传说）和阿来的《格萨尔王》。

② ［荷］米克·巴尔：《叙述学：叙事理论导论》，谭君强译，中国社会科学出版社2003年版，第61页。

1. 孤独的草原牧羊人

长篇小说《格萨尔王》设计了两条并进的复合性叙事线索：一是全知视角，以千百年来在藏族民间口耳相传的史诗《格萨尔》的主干部分《天界篇》《英雄诞生》《赛马称王》和"四部降魔史"以及"地狱救母"和"安定三界"为"主要文本"或"主要素材"，侧重讲述格萨尔王一生降妖除魔、开疆拓土的丰功伟业。没有这个全知视角，是难以全方位地展现重大事件复杂的因果关系和兴衰存亡的形态的。另一条线索是限知视角或副视角，是依赖于"主要文本"的"插入叙事"——围绕一个当代康巴藏区的格萨尔说唱艺人晋美的说唱经历展开的"插入文本"。阿来将他所接触到的众多的格萨尔说唱艺人的经历、性格和情感浓缩到了小说中"晋美"这个角色身上，形成主要文本与插入文本[①]的复合性视角。

眼神模糊、思维单纯的牧羊人晋美——一个孤独的草原旅人，在一次偶然的小憩中被天神选中，从此开始说唱格萨尔王的故事，成为一个真实与虚无、人与神之间的中介和灵性意识的体现者。晋美相信神的力量，带着神的意志，用全部的身心，在梦中回望远古，等待着每一个梦境的到来，期待着每一次神的召唤，又在现实中穿行于荒凉原野和现代都市之间，成为闻名遐迩的"仲肯"。这个"插入的叙述文本"以限知视角将各种社会层面以及人物行为心理的各个层面进行了展示。"插入文本"与"主要文本"之间相互解释，设置悬念，又化解悬念，构成从容不迫、整然有序的认知过程，使小说文本最终形成一个完整的整体。

晋美与格萨尔之间的对话发生在人与神、远古与现代之间。在晋美的说唱过程中，他们相遇、相识，莫逆于心。第三人称全知视角叙述与作品中人物的局部或限知视角叙述的结合，使两种叙述视角相互穿插，相得益彰。史诗《格萨尔》成为小说《格萨尔王》"故事中的故事"，其形而上意味在"戏中戏"中进一步强

---

① ［荷］米克·巴尔：《叙述学：叙事理论导论》，谭君强译，中国社会科学出版社2003年版，第61页。

流动的艺术

化，由全知到限知再到多重视角的相互交织，使感知世界的层面变得丰富而深邃，深化了作品的多层次立体结构意义。

从来也没有停下过脚步的说唱人晋美，心里有太多"没有人问过的问题"，而神说："你被选中就是因为你对世事懵懂不明，你是想把自己变成一个什么都知道的人吗？""那些故事和那些诗句张口就来，不需要你太动脑子！"但晋美并不情愿自己只是一个故事的传唱者，他还想成为故事的参与者、求证者甚至思想者。"一个'仲肯'应该到人群密集的地方去"，而"瘦削的，长得像阿古顿巴"的说唱人晋美，却总是在追问不该追问的问题，他总是在路上。在广阔的荒原上，晋美踏遍格萨尔王征战过的土地，传唱格萨尔王的英雄业绩，追寻传说中格萨尔王遗留的宝藏。显然，这是一个不一样的传唱者。他要寻觅故事背后的真相，追究故事的"意义"，他"还有些愤世嫉俗"。

阿来曾说："晋美就是我。"通过晋美的说唱，小说讲述了一个与口传史诗不一样的故事，塑造了一个不一样的格萨尔王形象。以往的说唱艺人张扬的是格萨尔王神性的一面，阿来的《格萨尔王》使格萨尔在神性的祭坛之外呈露出人性的复杂。当格萨尔进入"仲肯"晋美的梦中时，他和凡间的普通男子一样，有爱恨情仇，有七情六欲，他会因为饮了"健忘酒""忘泉水"而"遗忘"或"迷失"，会沉溺于魔国阿达拉姆美色的诱惑而不能自拔，对王妃珠姆的嫉妒、好胜感到无奈。作为一个贤明的王，他并非永远慈悲宽大，当自己的尊严受到侵犯，同样表现出帝王的残忍——毫不犹豫地杀死了珠姆与白帐王所生的婴儿——"没有丝毫的怜悯之心"。直到人间生母、妻子替他受过，下了地狱，格萨尔王才意识到自己杀戮太多。他征战一生，铲除了四大魔王。在无魔可杀之后，格萨尔在自己的国土上巡游，却发现自己的臣民总是俯首于地、不敢正视自己。为此，他迷惑不解："他们应该爱我，而不是怕我。"孤独之余，他终于明白：既要为众生尽除妖孽，又要在人们的心里撒播慈悲、怜悯的种子，他教导侄子扎拉以后要成为一个怜老惜贫的国王，但一个伟大的王总是有一个难解的谜团：为百姓散尽财宝还是锻造更多无敌的兵器？他对自己的存在价值和事业深感疑惑:"这就是做王吗?"本想为人间带来福祉,可提供给人们的却常常是锋利无敌的兵器和无休止的战争。他的英名虽然被人们不断传诵,而百姓却依然处于没有尽头的苦难之中。格萨尔最终放弃王位,回归天庭,或许是一种无可奈何的自我放逐。

实际上,晋美与格萨尔一直都在面对共同的困惑:永恒之魔的存在,亦即人性的悖论。人间王国里争端纷扰,刀兵四起,众生则变得像"逆来顺受的绵羊""听天由命"。外在的魔已经消失,而那些深植于人类内心的魔性,却永远也不可能灭绝。人们只知传诵那个骑在战马上披坚执锐、目光深远坚定的格萨尔,有谁探问过英雄内心的孤独和忧伤?

2."神佛菩萨皆有凶善两面":神魔世界与人性寓言

在格萨尔传说的故事框架下,作者以一种在现实世界与幻想世界之间自由穿越的方式,以异常繁复的精神意蕴,将自己对历史、现实、人性的思考融入了对《格萨尔》、对藏族民间文化,以及对人类自身发展困境的现代性思考。故事的外壳是"人、神、魔大战"的魔幻世界,深层意蕴则是关于人性与人类社会发展关系的寓言。阿来试图通过重述神话来阐释历史,透视人性。其实,无论是"神"的世界,还是"魔"的世界,本质上都是人的世界。所谓的"人、神、魔大战"的历史,就是人类社会发展史上人性、神性、魔性的争斗史。神性代表了良知、仁善、慈悲、怜悯、自由、尊严、正义和理性,是建设者和道义匡扶者;魔性代表了欲望、嫉妒、憎恨、怀疑、贪婪、禁锢、杀戮、邪恶和非理性,是"毁灭者和践踏者"。只不过在神话叙事中,这些神性和魔性被形象化、人格化了。在小说文本中,格萨尔降生岭国之前,那里被妖魔鬼怪所占据,大地上飘散着"哀怨悲苦的味道"。神已经住在天上去了,只有人和魔还住在下界。在人和魔的争斗中,人总是失败的一方。而且,魔是富于变化的,魔变成了人自己,魔与人变成一体,魔还找到了一个好去处——那就是人的内心那暖烘烘的地方。魔让人们自己跟自己斗。"那时,它们就在人的血液里奔窜,发出猖猖的笑声。"许多地方已经人魔不分了,不是国王堕入

·175·

流动的艺术

魔道，就是妖魔潜入宫中，成为权倾一时的王臣。妖魔的统治摧残着人们的意志，禁锢了人们的精神，而且毁坏了人们的心灵，在百姓的心头不断地播下绝望的种子。逆来顺受的百姓"怨从心起，大放悲声。哭声掠过人们心头，像一条黑色的悲伤河流。不论是什么样的人，但凡被这样的哭声淹没过一次，心头刚刚冒出的希望立即就消失了"。

在藏传佛教早期经文中，"魔"（梵文：Mara；藏文：bdud）是欲神，是最高欲界众神之主。当他呈现此化身时，被视为"他化自在天魔"或"魔子"。在金刚乘佛教中，魔代表着一切精神和情感上的"惑"。在藏族"佛陀十二业绩"的系列唐卡中，第九业绩描述了试图阻碍佛陀在菩提树下证果的邪"魔"，魔的大军被描述为四兵（马兵、象兵、车兵、步兵），佛陀被团团围住，恶魔大军用许多恐怖武器恫吓他……

小说中的重要人物晁同，身为王室的核心成员，身任幼系达绒部长官和格萨尔的叔叔。少年时代的晁同胆大气盛，好勇斗狠，只几拳头就让对方一命归西了。有人告诉他母亲一个秘方，暗中让晁同喝下了胆小怕事的狐狸的血。晁同中了命运的魔法，从此具有了狐狸的胆怯、阴暗与狡猾。他不仅长期沉迷于魔道的修炼，通晓多种神变之术，而且毕其一生与格萨尔争夺王权。他们之间，原本有着族群意义上的血缘关系，属于同一家族，然而，由于格萨尔从诞生之日起，就以神的意志出现在族群面前，而且成为王权的象征，这使魔性缠身的晁同无法平衡自己内心的欲望。于是，围绕着权力之争，他们开始了长达几十年的神魔之争。

在藏族传统观念中，"神佛菩萨皆有凶善两面"的说法。悲悯是保护，怖厉是更强的保护，一面是雷霆万钧，一面是雨露阳光。格萨尔与晁同之间特定的血缘关系，隐喻了神与魔共聚一体的潜在事实。他们都是以人的身份活动在世界上，又通过各自"非人"的禀赋左右这个世界。而这些"非人"的禀赋之间所以产生尖锐的对抗，正是因为心魔作祟。如果我们将这种血缘族群视为一个完整的生命个体，则可以看到，所谓的神与魔，实质上是对个体生命之中所隐藏的人性的不同侧面的暗示：一种是以理性的意志来行使权利，使权利带来公正与安宁；一种是受欲望的驱使而获取权利，让权利带来自我满足。在很多时候，人们往往总是徘徊在本能与道德的张力之间。格萨尔与晁同，正是关于人性不同侧面的隐喻和象征。

流浪艺人晋美穿越于现实世界和自己的说唱世界之间。"学者"对晋美说，"你是国家的宝贝"，但"领导脸上的表情很淡漠，说'前些年不准演唱时，他们都像地鼠一样藏起来，现在刚宽松一点，这些人一下就从地下冒出来了！'晋美就觉得自己不像一个人，身量真的就像一个地鼠一样矮下去了"。无论是过去，还是现在，在社会深层心理结构上，说唱艺人的社会地位并未发生多少改变。对史诗格萨尔的搜集整理以及对说唱艺人的重视似乎只是遵从了某种社会时尚或表面化的短暂的社会效应。因为说唱格萨尔的机缘，晋美认识并爱慕上了广播电台的节目主持人——"说话像王妃珠姆：魅惑而又庄严"的阿桑姑娘。"虽是康巴大地上一个非常有名的神授艺人了"，但晋美觉得，在阿桑姑娘眼里，自己"又脏又丑"，只不过是"一字不识的愚笨的牧羊人"，"身上的牧场气味"让胸藏万千诗行的神授说唱者自惭形秽。晋美短暂的"恋爱"并没有受到温暖神光的照耀，还没有开始就迅速地结束了。

在一个日益庸常的世间，英雄的故事需要传扬。因为受了英雄的嘱托，晋美全身心地演唱，但故事中所说的"百姓永享安康"的那个伟大的岭国，早已不复存在——"土地还在，但没有什么岭国了"。格萨尔王曾经征战过的地方，如今到处是石头的、泥土的、黑铁的、不锈钢的各种格萨尔像，还有画在画布上的、图书上的、CD里的……在欢庆的赛马会上，"得胜的马是要卖给出价最高的商人"，"最好的马买到城里去，每天比赛，更多的人押赛马的胜负赌钱"。在《格萨尔》故事发生过的地方，晋美看到：青草被猖狂的大风拔光了，肥沃的土地和美丽的草原在严重沙化，湖泊干涸，河流改道……当他发现格萨尔故事中的盐湖，并试图"追索故事背后的真相"时，忙于采盐贩盐的牧人，回答很干脆："快滚吧！"在镇政府组织的"樱桃节"上，晋美"只唱了小小的

流动的艺术

一段，连嗓子都没有打开，就被一阵掌声欢送下台了"。因为镇长、水果商只是需要"格萨尔打开祝古国中的藏宝库，得胜还朝的这个结果"而已。演唱《格萨尔》已悄然变味——人们已经可以通过收音机、广播喇叭倾听了，甚至可以通过录音机、录音笔复制了，一个"仲肯"的说唱和使命已经可以轻松实现了。草原上说唱英雄史诗的艺人也越来越少了……雪山依旧在，而又有多少人是为了怀念英雄而吟唱？又有多少人在真正理解《格萨尔》？

晋美这个副视角以喜剧性的口吻过滤了一种悲剧性的人生，给读者以浓郁的辛酸感受和冷峻的反讽情调。晋美在其说唱的流浪生涯中，饱尝了现实世界的困惑与落寞。格萨尔在晋美的梦中发出过的许多疑问，也正是晋美内心的疑惑："魔从来就没有离开过这个世界"，世道一直未变。神与魔的称谓已被人类用更有"文明"意味的辞藻替换了，正如懵懂的晋美所说："没有妖魔跟神仙了，就是人跟人打。黑颜色的人打，白颜色的人打，跟我们一样颜色的人打。"如果我们稍加审视，这些"打杀"和"交易"的背后，蕴含着怎样的关于"人""社会""现代性"的思考？又何曾脱离了神魔对垒的格局？最终，一个倦怠于英雄伟业，一个也厌倦了说唱，他们彼此心领神会，"神"与"人"同时意识到："故事应该结束了"。

结局打开，晋美主动结束了"仲肯"身份。

《格萨尔王》是阿来以一个小说家的方式"重述"藏族英雄史诗《格萨尔》的"故事新编"。现代视角的切入与作家个性化的叙事、阐释方式赋予了民间传说理性的高度和异常繁复的精神意蕴。《格萨尔王》让我们怀念那个敬仰神灵、崇尚英雄的浪漫时代，也引发了我们对神话的现代意义及其美学价值的深思。

（二）女性叙事：梅卓的长篇小说《神授·魔岭记》

梅卓的长篇小说《神授·魔岭记》，以格萨尔史诗"四大降魔篇"中"魔岭大战"的原叙事为背景，围绕主人公——"东查仓部落"13岁少年阿旺罗罗成长为格萨尔神授艺人的神奇生命轨迹，多角度展现了当代格萨尔史诗传播的生态空间和民俗基础。在叙事手法上打破了梦境、虚幻和现实之间的壁垒，将虚构的故事与实际的故事、梦幻与现实交织在一起，亦真亦幻，其想象力和表达方式蕴含了藏文化的精神气质和思维特质——而这一切都适应和植根于"东查仓部落"真实的生活和藏地的现实世界。小说融合了神话、民间传说、宗教故事，既有童话的天真又有寓言的犀利，在当代语境下表现为一种个人话语与民族集体记忆的审美错综，建构出女性叙事－个人话语－集体记忆和民族史诗宏大叙事的当代修辞策略，生成了小说体格萨尔史诗故事推进的脉络，呈现出神话元叙事的本原意义。小说看似女性叙事的单一性视角，实则精神指向在空间主导的多样性文化方向铺展开来，叙事格局呈现出细腻中的开阔与壮观。梅卓的《神授·魔岭记》用梦幻、断续、穿插等不同手法讲述了格萨尔史诗中人们耳熟能详的"魔岭大战"故事，但"故事"外的故事——小说中的"爷爷"、闸宝大师、兰顿大师、扎拉（精灵）、康珠玛大师、卓玛本宗、阿尼卓嘎等不断地渲染、传达、阐释的是"东查仓部落"的史诗说唱传统、神灵信仰、民俗事象、禁忌仪式、历史人物、文化掌故等有关民族（或部族）根性的"藏地故事"。

《神授·魔岭记》里的阿旺罗罗，来自安多草原牧场，温厚纯良，天资灵慧。七岁时在山上昏睡七天七夜。他经常"不由自主地移步到帐篷前，帐篷自动打开，他看到帐篷里宽敞透亮，许多将军围坐在一位大王两旁，大王看到他，微笑着问道：你又来了"。"他经常长睡不醒，醒来后常常胡言乱语，一会儿慷慨激昂似是战场厮杀之声，一会儿又嘤嘤作态似是女儿之身……""蹚过小河时，阿旺罗罗朝着河水笑，爷爷问他笑什么，他说河里的鱼在朝着自己微笑，他也要回礼，爷爷的目光在河水和男孩之间盘桓数次，不答话了……"生着一双鸟眼的阿旺罗罗开启了族群神奇的格萨尔史诗记忆链，这个不一样的13岁少年不是被神灵收回说唱能力的《神授》中的亚尔杰，也不是主动结束了"仲肯"身份的《格萨尔王》中的晋美。《神授·魔岭记》中13岁的阿旺罗罗不是"终结者"，而是又一个民族集体记忆的"传承者""开启者"。晋美的形象传达了对格萨尔史诗传承的理性反思，亚尔杰的

流动的艺术

形象意在表达现当代语境下格萨尔史诗传承的困境,阿旺罗罗则是一个少年与史诗英雄在幻想世界的结合体,表现为一种与格萨尔史诗记忆链身心合一的对接。坚韧而纯真的阿旺罗罗与魔岭大战中青春焕发的格萨尔王有心理同构,魔岭大战是13岁的格萨尔赛马称王后的第一场大战,征服魔王路赞,征服亚尔康魔国,是他降妖伏魔开疆拓土的肇始。每当格萨尔大王出征前,都要在阿尼玛卿山煨桑祭祀,祈祷山神保佑。阿旺罗罗同样相信阿尼玛卿山神的力量,带着神的意志,用他全部的身心,在每一次的说唱中回望远古,追寻能传颂格萨尔王故事的宝藏——"圆光镜",期待在格萨尔王征战过的无边草原上,在真实与虚无、人与神之间,颂扬英雄高贵的灵魂,伤怀人间民众的苦难。

"在路上"的阿旺罗罗如同《西游记》里唐僧的取经之路,"九九八十一难"的跋涉、体验,重在"过程"和领悟。在闸宝大师、兰顿大师、扎拉精灵、康珠玛大师、卓玛本宗、阿尼卓嘎等……高僧大德、山神地祇的点化神助下,圆光镜日月和合。阿旺罗罗最终开启智慧之门,获得了象征神授艺人身份的仲夏艺人帽和奇妙的圆光技艺。"唱词如泉涌般出现在脑海里,那些精美的谚语、绝妙的比喻、优雅的韵文、流畅的旋律,全都无一遗漏地排列在舌苔之后。"等待着他"嗓子里的百灵鸟"张嘴开唱。阿旺罗罗终于成长为新一代圆光艺人。

梅卓长篇小说《神授·魔岭记》将藏族民间文学的神话资源引入作家文本创作,是民族集体记忆的再想象与再创作,凸显了当下藏族文学场域对格萨尔史诗普遍的大众审美取向和情感结构转型。作品虽然以格萨尔史诗魔岭大战的故事母体为叙事框架,但梅卓的"故"事"新"编,无论是创造性转化、重构或者改写,都使"活样态"的格萨尔史诗的文学样式、审美意象增添了"主观抒情表达的客观陈述模式"。《神授·魔岭记》或许不及格萨尔史诗本身的宏大、磅礴,却展现了一个当代少年与史诗英雄在幻想世界的神奇生命轨迹,以及女性文学细腻敏锐的独特情感魅力和新时代女性叙事的别样气质和瑰丽丰赡。

（三）无奈与悲情：次仁罗布的小说《神授》

次仁罗布的中篇小说《神授》中，一个荒原上的牧羊人亚尔杰，因为神的眷顾而成了伟大史诗格萨尔王的讲述者。在牧羊人亚尔杰毫不知情的状态下，他的脑子里有一股雾霭升腾而起，等它们消散殆尽时，亚尔杰的脑海中清晰呈现出的是天界、人界，他能清晰地看到神们华丽的衣裳和佩戴的饰物，能听到征战中勇士们热血沸腾的声音，能嗅到琼浆清冽的芳香和鲜血的辛辣，能感受到格萨尔王皱眉时的苦痛……于是"一切不能由我自主，我只能不停地说唱"。

次仁罗布的小说《神授》已不再是简单地复述古老的格萨尔史诗，而是展现了现代语境下民族民间文化的传承困境和复杂内涵，表达了作者对史诗文化以及说唱艺人衰微命运的思考。《神授》中，次仁罗布将"萨格尔王"的叙事母体进行了陌生化的表述，将特定历史背景下形成的与格萨尔史诗密切相关的"民间说唱艺人"作为叙述的主人公，描述民间说唱艺人在历史与现实的双重挤压下不断走向衰微的过程。

《神授》更多地表达了格萨尔说唱艺人在当代语境中的无奈和悲情。亚尔杰接受了格萨尔研究所所长的邀请，以为自己找到了合适的说唱途径，他希望通过现代媒体的录制方式，能更好地保证格萨尔史诗的千古流传。然而事与愿违，亚尔杰被安排在研究所专门为他提供的城市楼房中。他盘腿坐在钢丝床上，手里拿着铜镜，灯光下它熠熠闪亮。这光亮莫名地让他感到了凄凉。在城里，听不到旷野的风掠过时的轻声低诉，没有潺潺的水流伴他入眠，没有狼的嗥叫让人心静，这里的寂静充满了某种不安的喧嚣，他的心一阵隐隐地痛。他"连着十多天坐在录音机前，恭敬地迎请格萨尔王。可是，头脑里再也唤不回那些影像，再也无法通神地说唱格萨尔王"，"神灵"把他"抛弃了"——"我揪住头发，坐在地上掉泪。神灵啊，你们为什么不再眷顾我呢，我一直都在

流动的艺术

努力传扬格萨尔王的业绩。可是神灵不再搭理我了,让我孤苦无援"。① 冰冷的录制机器逐渐熄灭了亚尔杰说唱的激情,都市林立的高楼大厦阻隔了神灵的降临,最终,神灵收回了赐予亚尔杰的说唱能力。亚尔杰的行为并没有得到神灵的认可,神已离他而去,无论说唱人如何召唤。

《神授》前半部分讲述的是民间传说,后半部分则取自现实生活。作者将传说与现实摆放在一起,对比之下,民间传说中的优美生活与民族性已消失不见,现实生活中的功利主义甚嚣尘上。现代文明的强势来袭,使史诗文化传承的生态语境、民俗基础、文化空间都不同程度地受到了挤压和破坏。在藏族民间,传统的游牧生活方式已经发生了颠覆性改变,而随着电视、收音机、录音、录像等现代媒体的发展与普及,草原已完全融入了现代化的洪流中,丰富的现代娱乐生活几乎替代了相对单调的说唱表演,网络更是吸引了庞大的青少年群体,这一切不仅改变了人们的生活方式,同时也覆盖了民众的审美空间和想象,加之说唱艺人经济贫乏、生活困顿、居无定所,使得年轻一代对传承人失去兴趣,随着老一辈说唱艺人逐渐老去,格萨尔史诗的说唱正面临着难以言说的尴尬局面。

有时候,寓言也许比"现实主义"更接近历史的含混与复杂。因此,历史叙述与历史重构说到底都是一种权力,显现的是历史的某一侧面和写作者的某种叙事伦理。或许,我们更应关注的是,哪一种历史叙事文本为中国文学、格萨尔史诗研究提供了新的经验。

(四) 格萨尔艺人的创作故事

格萨尔艺人创编文本格萨尔史诗传承人、宁玛派僧人格日尖参、丹增扎巴都是全国著名的格萨尔史诗说唱艺人。丹增扎巴则是一位格萨尔史诗掘藏艺人。他们既是传统的民间说唱文化的传承者,又是脱胎于民间说唱传统的进行书面文本创作的诗人和作

---

① 次仁罗布:《神授》,《民族文学》2011年第1期。

格萨尔史诗当代传承：艺术形式的多向性

家，他们扮演着承接口传与文本两个世界的角色。从文学生产与传播的角度看，民间歌手创作的"新文本"是介于口头说唱与书面文本之间的过渡形态，而格日尖参、丹增扎巴的创编文本更接近作家文本，是史诗文本多样性中又一特殊文本。

格日尖参，1967年11月生于青海省果洛州甘德县柯曲镇德尔文村。格日尖参未曾入校学习，依靠自学成才，曾做过村办教师，也曾出家为僧。由于特殊的格萨尔史诗书写才能，格日尖参于1987年7月被特招入果洛州格萨尔史诗抢救办公室，1992年被吸收为国家正式职工，进入果洛州群艺馆工作，2013年调入格萨尔博物馆工作。格日尖参被青海省授予"说唱专家"的称号，并荣获《格萨尔》研究成果奖。迄今为止，格日尖参创作的格萨尔史诗文本已经有38部之多。

丹增扎巴，1968年出生于青海省果洛藏族自治州久治县一个普通的牧民家中，这里信息闭塞，与现代文明形成强烈的反差。这里的人们还生活在古朴的原生态文化环境中。在这样的环境中，人们的生活方式和思维方式依然保持着古老的传统。在认识世界的过程中，他们不断创造着诗性的符号，用大量隐喻性的概念来理解现实的和超现实的事物。在他们的眼里，神话就是历史，叙述神话就是诉说历史。他们自身生命的存在和所处部落的兴盛，就是这一神化历史的延续。这是他看待事物的逻辑起点，也是他日后应用在创作过程中的一种思维模式。

丹增扎巴从七八岁开始识字，15岁出家为僧。其创作天赋和兴趣在儿时便显露出来了，特别是在寺院期间，他开始了最初的格萨尔创作，但由于寺规很严，他只是写些短篇赞颂诗文。世俗味十足的格萨尔故事在寺院内遭到排斥，因此他一直没有得到大量创作史诗文本的机会。丹增扎巴对自己早年的创作历程是这样回忆的："从小在和同伴们玩耍时，常常喜欢模仿岭国，搭建宫殿，用竹子制作躬箭，再用晒干的动物毛肚制作箭翼，以示岭国战将的风姿……尽管这看似是孩子的一种游戏，但现在想起来可能是前世习得的展露。另外，我非常喜欢写字。那时常常把电池的外壳剥下来用其中的碳素棒和火棍往灶面上写写画画，经常招

流动的艺术

来妈妈的痛斥。在冬季，一旦下雪，便往雪地上比画。小时候只零散回忆起自己的前世在岭国时期的一些所为，但零乱而不全面。"显然，在模仿和童年的嬉戏中，丹增扎巴建立了对格萨尔故事的兴趣，隐喻和想象培育了他对格萨尔的创作信念。

掘藏文本是一种神秘的文本群，据说，在公元9世纪，西藏的佛教大师莲花生将这些文本通过意念植入弟子们的心田，形成一种潜意识文本，或潜在的文本状态。当下的掘藏师（艺人）便是那些弟子的转世，他们的故事文本则是把伏藏在潜意识中的文本再次发掘出来。

对于丹增扎巴来说，放牧是最好的创作机会，山水、草原、牧场是他灵动的创作环境，出行、歇息是他最佳的思考间隙。是什么形成了他创作的最初动力？是什么激发了他无尽的灵感？是什么使他在创作道路上永不停歇？丹增扎巴的成长离不开他所生活的那一方土地，那是他创作的唯一环境，没有家乡土地的滋养，丹增扎巴的生活命运或许会是另一种样子。可以说，丹增扎巴所成长的生活环境是他创作史诗的灵感源泉。这是一个想象的世界，也是一个信仰的世界，更是一个英雄崇拜的世界。这里的每一株幼嫩的小草都诉说着一段感人而生动的英雄史，每一曲质朴的民歌都是一首英雄的命运交响曲。作为英雄史诗的传扬者，环境的力量对于丹增扎巴来说是无与伦比的。这里的自然与人文环境，激活了艺人的潜意识灵感，为艺人插上了想象的翅膀，使他们超越时空的锁链把远古的神话思维、时代语境，包括天空、月亮、黑夜、大地、草原、河流、湖泊、城堡、战争的硝烟与和平女神的颜容都带到了现实生活中。

在蓝天白云下静默许久，不知不觉中，一场倾盆大雨在雷鸣电闪中呼啸而来，他站在山涧，似乎感受到一种远古格萨尔时代寒光凛凛的战争场面，倾听着英雄的马蹄声和将士们的呼唤声、战马的嘶鸣声，聆听着冥冥中传来的神秘的符号，而后是一幕幕苍凉的英雄故事的情景浮现在眼前，他与那些将士们进行心灵的对话，一次次在为英雄的出征壮行，也一次次为英雄的凯旋而洗尘。在他看来，自己曾是这些将士们中的一员，他最能理解他们的悲

格萨尔史诗当代传承：艺术形式的多向性

欢离合，也最有资格叙述他们的故事，他之所以不停地在书写格萨尔故事，就是因为他在完成一项使命。周围牛羊的蠕动、气象的变化、风的呼唤、雨的窃窃私语、牧人的背影、山峦的起伏，都给他心灵以种种启迪，激发出潜藏在心灵深处的英雄时代的故事，使他"回忆"起当年与岭国英雄一起在疆场上与敌人你死我活的场景，他用笔向人们诉说他们的英雄业绩。总之，在丹增扎巴眼里，自然既是一种精神的存在，又是一种物质的存在，在丹增扎巴的心目中，自然是人性和神性的结合体，自然又是他生于斯、长于斯的实实在在的地方。丹增扎巴觉得，他周围的雪山、草原、河流，无一不是一种充满生命的符号体系，这些符号不仅表现为现实的各种事项，更是一个个富有生命的活生生的意指世界，与格萨尔有着千丝万缕的联系。丹增扎巴眼前所显示的，似乎是一个跳跃着的、神奇的世界，且每一个不同的物质现象都会与他发生特殊的心灵沟通，或者是天气征候，或者是梦境，或者是牧人舞动的身影，或者是鸟兽的行迹，等等，他的文本就是这种活生生的、具有灵性的生命世界的文字再现。[①]

一个民间艺人的创作才华，从来离不开他生长的本土文化氛围和自然环境。梦，在丹增扎巴的创作中成为间接启发或激活他潜意识故事原型的重要方式，并会对梦中的语言进行自我转喻。"神话思维""诗性智慧"一脉相承，"以己度物"的传统类比式隐喻思维，是神话思维以象表意的直觉领悟，不能用科学理性来分析衡量所具有的思维特质。这种"以己度物"的心理状态和思维方式，往往是创作者从自己的角度、个人化的心态去体验事物感悟生命和解释客观现象。如同人类学家弗雷泽研究提炼出的相似律，"以己度物"是"秘索思 Mythos"，而非"逻格斯 Logos"，更不是"赛因斯 Science"。丹增扎巴对自己无比痴迷的英雄故事加以个人想象进而丰富和完善，把情感寄托幻化于外物，以自身为标准来推想和类比外物，是"将心比心"的思维方式。这种"以己度物"的主体性体验，也是他对自己所生活部落的自然生态、地理环境

---

① 诺布旺丹：《诗性智慧与智态化叙事传统》，青海人民出版社2018年版。

> 流动的艺术

和宗教氛围的文化心理感受，是对民族英雄叙事信仰化、神圣化。

在一个日益庸常的世间，英雄的故事需要再传扬。

五 中国绘画的"另一种"图景：格萨尔图像

（一）从"指画说唱"到"国家宝藏"

作为一部英雄史诗，《格萨尔王传》是在藏族古代神话、传说、诗歌和谚语等民间文学丰厚的土壤上产生和发展起来的。史诗通过对主人公格萨尔一生征战四方、降妖伏魔、惩恶扬善、抑强扶弱、造福百姓等英雄业绩的描绘，阐述了正义战胜邪恶、光明战胜黑暗的宏大主题，这与藏族民众的情感形成强烈的共鸣，古老的史诗因而得以世代相传，历久不衰。"格萨尔唐卡"以绘画的形式形象地再现了这一故事主题。从内容上看，"仲唐"即"格萨尔唐卡"给人以积极向上的现实力量，其满腔热情的英雄主义情怀，与"德唐"的宗教精神相比，已有了很大的不同。

传统的"仲唐"可以分为格萨尔艺人"指画说唱"的叙事类唐卡和牧区民众用以供奉的画像类唐卡两种。画像类唐卡以史诗故事中的众多英雄战绩为主要表现对象，其中格萨尔的画像最多，基本为"格萨尔骑马征战图"。叙事类格萨尔唐卡目前所见有两组，一组为法国巴黎吉美博物馆收藏的10幅唐卡，一组为四川省博物馆珍藏的11幅唐卡，这两组格萨尔唐卡的大小、构图相同，均高83.5厘米、宽59厘米，所不同的是，法国吉美博物馆所藏的格萨尔唐卡，画面上无藏文注名，而四川博物馆所藏的格萨尔唐卡，画面上有详细的藏文注名。有专家据此推断，可能是某个画师同时同批制作的两套甚或几套格萨尔唐卡。但从唐卡的装裱来看，四川博物馆所藏的11幅格萨尔唐卡应该更为古老。这两套格萨尔唐卡，究竟孰先孰后，一时难以定论，但这两套唐卡无疑具有很高的文物价值和学术研究价值。国外的一些博物馆或私家藏者手中，也收藏有大量的格萨尔唐卡，富有代表性的当推法国藏学家石泰安先生所藏的《格萨尔王传的生平画卷》。乍看上去，格萨尔唐卡中的每一幅画，主尊像是最突出的，因为他几乎占去了

格萨尔史诗当代传承：艺术形式的多向性

画面一半以上的面积，并且都居于画面的中心位置。这是传统唐卡的传承，但如果把视线转入故事内容部分，观者就会被画面中气势宏伟的场景、生动逼真的人物形象、美丽的景色、流畅的线条，以及富丽和谐的色彩所吸引。虽然故事中的人物大小大多在四五厘米，显得矮小，然而观赏者却情不自禁地和他们站到一处，产生无限的联想和遐思，也给说唱艺人的演唱以无限的想象空间。

超时空的表现手法是"格萨尔唐卡"的另一特色。"格萨尔唐卡"多采用散点透视手法，不受时间、空间的限制。将同一主题而发生在不同时代、不同地点的事件组合在一起，形成连续性情节，如史诗的核心人物格萨尔的绘制，画像中以格萨尔为中心，周围以散点透视的画法画出格萨尔一生中的主要活动场景，在各个情节性活动之间用彩云、绿树、山川、宫殿、城堡相隔断，使之既有联系，又有区别。

国内目前保存最为完好的"仲唐"，要数四川省博物馆所藏11幅格萨尔唐卡。这11幅格萨尔唐卡，一部分由华西边疆研究院于20世纪40年代收集，一部分为刘鄂辉的私人捐献。20世纪50年代，中央代表团慰问甘孜地区，当地人士将它们捐献给代表团，代表团将其留在四川，随后被四川省博物馆珍藏。关于其创作年代，四川省博物馆研究员王家佑先生认为应属明代作品，王平贞先生认为是清代制作。格萨尔图像学研究学者从其用色、构图，特别是画面上云、树的醒目突出等方面推断为康区噶玛嘎孜画派的作品，创作年代当在清代，是一套完整的清代《格萨尔画传》。究竟是何人何时制作的这一稀世珍宝，尚待进一步研究。

该套格萨尔唐卡，画面考究，构图上都有中心主像，四周配以格萨尔史诗故事图。这11幅唐卡，分别为朗曼杰姆、念青唐古拉山神、森阿栋青噶波、赞·羊雄玛波、绿举脱岗、龙王邹纳仁钦、格萨尔王、战神威尔玛、苍巴护法神、森姜特列玛、多吉苏列列。按照格萨尔史诗原叙事，这套格萨尔唐卡如同格萨尔史诗连环画，描绘了格萨尔从天界到人间，从13岁赛马称王，到平息内忧外患和几次著名战役，再到地狱救妻、返回天界。如果将每一幅唐卡的故事连缀起来，基本可以概括出整部格萨尔史诗的主题内容。

· 187 ·

流动的艺术

四川博物馆藏的这11幅唐卡，分别展示了围绕格萨尔故事的11个人物，在人物四周都配以相关的故事，完整描绘了格萨尔从天界降生人间，到赛马称王、降妖伏魔、金戈铁马、南征北战、地狱寻母救妻、安定三界、重返天界的故事，数百个场景被巧妙地安排在一套唐卡中。单幅唐卡作品表现格萨尔史诗故事中的一个个情节，具有独立存在的价值和意义，而11幅唐卡汇总起来，又能体现格萨尔史诗的整体故事框架和主要情节，成为一部《格萨尔画传》。这套11幅格萨尔唐卡内容丰富，绘制精美，构图巧妙，色彩细腻。尤为珍贵的是，画面中的每个场景都有详细的藏文题记，对正确辨识画面起到了至关重要的作用，也为学界提供了丰富的研究材料，具有极为重要的艺术价值、美学价值和研究价值。2019年1月，中央电视台《国家宝藏》第2季第4期节目中，四川博物馆藏的11幅格萨尔唐卡作为国家宝藏，精彩演绎了东方版的"荷马史诗"。无论是绘画内容，还是绘画技法，这11幅格萨尔唐卡均属上乘之作，在国内、国际均属罕见，实为"国家宝藏"。

格萨尔唐卡不但在立意、构图、线条的处理等方面有自己的特点，运用的颜料更是与众不同，独具特色。油画主要用油料，国画用墨，而格萨尔唐卡则是用从青藏高原所特有的有色矿物中提取的颜料。采用这种颜料最大的好处是，画面的立体感强，各种颜色之间反差大，对比强烈，画面不易变质和褪色，能够长久保持色泽鲜艳。随着全球化时代的到来，以及人们对世界文化多样性的重视，中国文化日益引起世界瞩目。藏族人民与国内外各民族之间在文化方面的联系与交往日益增多。传统唐卡、格萨尔唐卡等也流传到世界各地，受到国内各民族同胞和世界各国人民的喜爱和积极评价。收藏各个时代、各种流派和风格的唐卡，已成为一种时尚。

（二）色浓艳沉的古朴之美与"变幻"之美

格萨尔壁画在藏族传统绘画艺术中同样具有十分重要的特殊地位，也是藏族古代历史文化重要的表现形式之一。由于壁画所占

格萨尔史诗当代传承：艺术形式的多向性

面积大，绘制成本高，一般百姓是不可奢求的。藏区的绝大部分壁画都在寺庙，也有少数贵族、土司以及活佛的私邸绘制有壁画。格萨尔壁画的产生，与藏传佛教文化的关系甚为密切。当格萨尔王降妖伏魔，大显神通，被人们一代又一代传说、歌颂时，格萨尔已经成为人们心目中仰望的神佛，成为莲花生大师①的化身，被藏传佛教文化所接纳，格萨尔便自然而然走进寺庙，被崇奉膜拜。对于格萨尔壁画究竟出现在什么时期，众说不一，还需依靠对格萨尔壁画本身进行认真的考古和艺术分析。著名的《格萨尔上师瑜伽颂》的作者居·米旁大师，是宗教界对格萨尔文化推崇者中极具代表性的人物。米旁大师出生于19世纪中叶。从一些专家学者们考察所介绍的已知格萨尔壁画，以及笔者所了解的资料和调研中所看到的一些格萨尔壁画，大都是明清时期绘制的。由此看来，虽然我们不能精确判断格萨尔壁画出现的最早时期，但格萨尔壁画兴盛于清代则应无可置疑。

格萨尔壁画的内容大致可分为三类，第一类为格萨尔王骑马征战像。以格萨尔王骑马征战为题材的格萨尔图像不仅限于壁画，唐卡、版画、雕塑、石刻中也被广泛采用，是格萨尔图像中使用频率最高的题材。云南省社会科学院徐国琼先生1960年在德格龚垭考察时，就曾在龚垭寺（文中称"吉基贡"）前照壁上看见当时所存的巨幅格萨尔骑马征战像。笔者在四川省甘孜藏族自治州的佐钦寺和岔岔寺也看到了格萨尔骑马征战的壁画（保存状况并不太好，标注神像身份的文字已难以辨认）。第二类为格萨尔王与岭国英雄群像。笔者曾三次去四川省甘孜藏族自治州色达县调研格萨尔文化，在金龙寺就能够看到那幅较为著名的格萨尔骑马征战壁画，也是格萨尔壁画的代表作之一。第三类在格萨尔壁画中颇

---

① 莲花生大师：公元八世纪中叶应藏王赤松德赞迎请入藏弘法，创立了西藏第一座佛、法、僧三宝齐全的佛教寺院——桑耶寺。他教导弟子学习译经，从印度迎请无垢友等大师入藏，将重要显密经论译成藏文，创建显密经院及密宗道场，开创了在家出家的两种圣者应供轨范。藏传佛教尊称他为咕汝仁波切（意为大宝上师）、邬金仁波切（乌仗那大宝上师），是宁玛派的祖师。据多罗那他于1610年所著《莲花生传》所载，约于摩揭陀国天护王时出生于邬金国王族。圣诞日：藏历六月初十。

· 189 ·

流动的艺术

具典型性，往往是组合性题材的壁画，一幅壁画由若干个不同场面组成，或表现部分章节或部本内容，或表现格萨尔王一生中的一些重大事件。西藏昌都地区江达县同普乡瓦拉寺（萨迦派）现存的大型壁画和云南省社会科学院徐国琼先生早年在昌都寺活佛希哇拉的别墅中所看到的格萨尔壁画，以及现存于西藏拉萨罗布林卡措吉颇章的格萨尔壁画，均属于此类格萨尔壁画。

格萨尔壁画与其他类型的格萨尔图像相比，数量其实非常有限，目前留存于世的更是微乎其微，故而显得弥足珍贵。当今时代，随着对藏区非物质文化遗产保护的加强，格萨尔壁画已经开始受到关注，并逐渐走进民众生活，在一些公共场合，诸如广场、演艺厅、宾馆饭店等，也可以见到格萨尔壁画。

格萨尔壁画这种独特的图形语言，在历史长河中洗尽铅华，如今仍在释放着它苍茫的原始气息和雄伟的神秘力量。人物线条粗犷，形象简洁，画笔流畅，色彩浓艳沉着，画面具有一种不经雕琢的原始风貌，呈现出一种原始、古朴的自然之美。是藏民族民俗风貌和历史变迁的艺术再现。不仅在民族文化传承还是画面表现力和形式感方面，格萨尔壁画无论从文化人类学、民族历史学，还是文艺创作、艺术技巧或是现实文化发展来看，格萨尔壁画都有着非同一般的学术价值。作为一种古老的艺术形式，随着时代的变迁，地域文化和社会环境等多种元素的整合，格萨尔壁画也正在呈现不断拓展创新的势态。

《岭·格萨尔王》巨幅油画作品，是深圳艺术家周小军所作。画幅为8米长卷，有500多个人物，于2011年问世。对于油画画卷而言，色彩成为其中最重要的表达语言。中国画侧重色彩的主观性，而源于西方的油画则强调绘画的形与色的真实性。油画《岭·格萨尔王》以罕见的"周派"多原色点彩，用"无情"的色彩表现"有情"的王者故事，使油画的画面更添厚重与庄严，加上高原雪域的冷暖对比，以及中国的"线"与黑色的大胆应用，造就出震撼心灵的艺术魅力。

《岭·格萨尔王》第一次以油画的形式再现了格萨尔史诗。据了解，这幅8米的格萨尔油画巨作，周小军准备了20年，其间考

格萨尔史诗当代传承：艺术形式的多向性

证了大量的藏族历史、文化，深入体察了藏民族的风情，历经3年创作。这幅油画绘制了500多个人物形象，这是世界画作史上从未有过的。但画作的每一个细节都是有历史出处的，包括人物的着装、勇士的武器、女人的饰品等，生动而又贴近史实。在表现手法上，以写实为主，把东方文明和西方语汇融为一体，拓展了色彩的表现力，塑造了以格萨尔王为代表的英雄群像，艺术地再现了史诗时代藏族人民丰富多彩的生活。

与众多艺术家不同的是周小军的多重文化身份和艺术底蕴，不仅是因为他哲学、艺术学的双博士学位，还在于其哲学与艺术叠合后的一种高度。更重要的是，周小军曾游历东西方，以及在美国与法国长期的艺术历练，成就了其无法复制的艺术造诣。1989年，周小军被聘为美国东方艺术基金会的职业画家，数十年间，周小军潜心创作了大量的油画和中国画作品，写出了大量的艺术论文和绘画论著。

中国第一部漫画版格萨尔史诗，《格萨尔王漫画》由东方巨圣（北京）文化有限公司投资制作。这部《格萨尔王漫画》于2012年在中国首发，共5册，每册200多页，共计1000多幅漫画。这是中国第一部漫画版格萨尔史诗，历经3年创作完成，并陆续向世界多个国家发行，作者是擅长创作重大史诗题材的著名水墨艺术家、漫画艺术家权迎升。

作为跨界艺术家，权迎升多年研习藏族文化。《格萨尔王漫画》是权迎升《漫画西藏》系列作品之一。作品以现代漫画艺术全新演绎史诗经典，画风写实，融幽默与魔幻剧情于一体。在创作"格萨尔漫画"的同时，权迎升还创作了50余幅格萨尔王水墨作品，多为3—6平方米的大尺幅当代水墨画，并于2012年6月开始，陆续在多个国家和地区举办画展。权迎升以中国水墨诠释格萨尔史诗，深得评委的认同和赏识，他擅长把握战争大场面的艺术功力，更是令人赞叹。权迎升的格萨尔王水墨画在与世界各地艺术家竞技的国际舞台上，拔得头筹，赢得喝彩，为《格萨尔王》漫画的成功奠定了基础。CCTV国际频道、韩国电视台、旅游卫视、东方卫视、腾讯等国内外上千家媒体对其做过专访及报道。

流动的艺术

权迎升作品《中国惊奇先生》曾被读者誉为"国漫神作"。《中国惊奇先生》由腾讯拍摄成20集动画片（第一季），刷新了中国所有网络点击的记录，被誉为"现实主义漫画"的开宗立派之作，因此获"2013腾讯互动娱乐青年创意大奖"，赢得近年艺术赛事最高奖金。权迎升曾多次担任国内外动漫大赛评委，先后获30余项艺术类及漫画类大奖。权迎升入选由国家动漫产业基地评选的中国最具代表性的25位漫画家。权迎升是国内同时在漫画、禅画、动画、水墨四大艺术领域均取得了非常优秀成绩的艺术家。他以史诗格萨尔王为依托，以立体化的形式，陆续创作出漫画版格萨尔王并将其改编为动画，将格萨尔王开创性地推向世界。他为弘扬藏文化不遗余力地创作，令笔者深受感动。

图5-6 《格萨尔王》水墨画（权迎升，2012年，丹珍草供图）

《格萨尔王》漫画未经正式出版，就参与并获得了"2011第五届亚洲青年动漫大赛评委会奖——暨最佳故事漫画奖（多格漫画奖）"。《格萨尔王》水墨作品更是获得了大师杯国际插画双年展最高奖——"至尊大师奖"。来自62个国家和地区的432位艺术家参加了这一盛会。大赛获奖者多为活跃在当今国际艺术界的大家，包括在大英博物馆开画展而震动西方艺术界的日本艺术家武田秀雄等。

亚太动漫协会主席评价说，此卷《格萨尔王》漫画展示出一种熟练的对故事叙述、技艺、高水平的艺术技能的掌握，以及极高的人文价值观。2012年8月，衍生漫画《格萨尔王传奇》又获首届民族原创动漫形象大赛叙事类漫画一等奖。

2014年，由福建中科亚创动漫制作团队制作成的适应手机阅读的手机漫画版《格萨尔王》在中国移动手机动漫基地（咪咕动漫）上线。《格萨尔王》高清电子书也在各大电子书市场同步上线。与纸质版《格萨尔王》不同的是，手机漫画版《格萨尔王》融合了闪烁、震动、移屏等手机特效和进场特效，带来了不同于传统纸质漫画的阅读体验。

2016年，由青海省民族语动漫中心筹备制作的《格萨尔王》系列动漫作品在青海省西宁市问世。格萨尔史诗的人物和场景都是藏族民众十分熟悉的，因此以动漫形式演绎史诗故事，其实十分艰难。而且，动漫作品大多要面向少年儿童，史诗人物形象如何定位就非常重要。为此，青海省民族语动漫中心的研发团队前前后后设定了10套方案，试图把神话形象人格化，把史诗语言创作成"适龄"剧本，既不能脱离古老史诗的本质特征，又要设计适合现代语境的对白。在格萨尔专家学者的指导下，经历了无数次由立到破、再立再破、数度易稿的艰难过程。从《格萨尔王》系列动漫作品的策划创意开始，到2014年年底，计划推出26集，推出的前三集分别为《赛马称王》《霍岭大战》（上、下集），总投资金额为180万元人民币。此次推出的《格萨尔王》动漫作品，分为藏汉双语两个版本，受众不仅限于藏区，每集时长20分钟。动画制作采用2D无纸化软件完成，其中人物造型达到50多个，而场景设定则逾400多幕，目前已达到电影级别动画质量。

在格萨尔王动漫中，从草原帐篷、民族服饰到生活器物，从阿尼玛卿雪山、百里花海到塘查茂会场，一切现实中的场景，皆"变幻"为藏式卡通样式，主题曲也借鉴了《格萨尔》史诗传统说

流动的艺术

唱中"塔啦啦姆塔啦啦"的衬词形式。在东京动漫展上,格萨尔动漫引起广泛关注。在2016年3月举行的东京国际动漫展上,《格萨尔》动画片再次引起了人们极大的兴趣。作品融合了藏汉等多民族文化元素的审美品格,将中国文化的多样性演绎得丰富多彩,让现场观众从格萨尔动画片中感受到中国民族文化的魅力。

《格萨尔》动画片的制作方是成都视听文化传播有限公司,内容取材于格萨尔史诗"四大战役"之霍岭大战,片中,格萨尔的王妃珠姆被霍尔国白帐王掳走,格萨尔王踏上了营救珠姆的征途,途中结识了善良女孩益西,在益西的帮助下,格萨尔最终战胜了白帐王,救回了王妃珠姆。这部时长90分钟的高清数字动画片,从2009年开始筹备制作。在两年的时间里,制作方主要在剧本和人物造型上下功夫,从众多的设计稿中筛选出了三个不同版本,最终选定了一版风格较硬朗的主人公造型。从最后的动画效果可以看出,充满阳光英武气息的主人公格萨尔是一位机智聪敏、心怀坦荡的青年英雄。

《格萨尔王》动漫,融合了藏族服饰、藏族民俗、藏族音乐等文化元素。动漫开篇,制作方就吸收、运用了藏族唐卡、壁画等传统绘画艺术的文化元素,巧妙地表现了格萨尔的诞生过程。据介绍,日本著名动漫专家佐佐木润二、川崎哲等人在观看《格萨尔王》动漫电影后表示,他们是第一次看见中国少数民族题材的动漫电影,精彩的剧情、丰富的人物表情与生动的动作等,展示出中国原创动漫厚重的民族文化气息。《格萨尔王》动漫作品是对格萨尔文化的创新与尝试,通过动漫形式,使更多人了解藏民族传统文化,认识格萨尔史诗所反映的藏民族文化精神的同时,感受世界非物质文化遗产的魅力。

动画在中国是个舶来品,国外动画的影响渗透到了国产动画的方方面面,促成了国产动画不同的创作模式以及形象与动作设计机制。动画片生动的故事、优美的造型和风趣幽默的叙事风格与格萨尔史诗故事的叙事风格十分契合。格萨尔史诗的学术研究工作虽然已经从多方面展开,已经成为我国藏族文学研究领域中活跃的一门学科。但遗憾的是,格萨尔史诗以各种现代艺术形式

格萨尔史诗当代传承：艺术形式的多向性

图 5-7 《格萨尔王》动画片（丹珍草供图，2016 年）

进入大众的视野，时间并不长。2006 年，原创动画片《宝莲灯》热映之后，我国随即把格萨尔史诗动画片的制作提上了日程。2006 年 7 月，90 分钟的高清数字动画电影《格萨尔王》开始制作。2008 年，华中师范大学武汉传媒学院又开展了三维史诗动画片《格萨尔王》项目。这是《格萨尔王》的第一部系列长片，制作了 100 集。该片依托华中师范大学在技术、师资上的优势，弥补了国内动画行业在这一文化内容上的空白。从动画的舞台视觉呈现来看，动画表演是"模仿"的"模仿"，动画师们按照导演的意图和自身对角色的理解，通过天马行空的想象和信马由缰的夸张，创造出全面立体化的生命幻象，从而开启纵横驰骋的时空之旅。

　　但是，这部剧本在文化底蕴上还是有所欠缺，对人物形象的把握还不够精准。面对这样一个巨大的文化项目，需要对史诗本身的理解，以及对藏族民间文化的了解，还需要把握格萨尔史诗原生态文化的特色。只有了解格萨尔史诗文化的丰富性、多样态与复杂性，才能在独特的动画时空中，将传统与现代融合创新。2010 年 1 月，动画电影《格萨尔》开拍。该版本的动画电影由格萨尔史诗研究专家担任总策划、总编剧，由西藏自治区党委宣传部、青海省委宣传部等部门负责实施，得到了中国西藏文化保护协会等有关方面的支持，目前已完成两集。

　　西藏影视动漫产业基地于 2016 年宣布启动大型动画片《格萨

流动的艺术

尔王》的制作。该项目入选2016年国家文化产业专项扶持资金项目,并面向全社会征集全系列格萨尔王原创动漫人物造型。西藏的动漫产业虽然仍处于发展初期,但由于西藏独特的民族地域文化,发展影视动漫具有无可比拟的资源优势。只要开阔视野,大胆借用世界各国动画制作优秀的文化创意与高科技制作技艺,认真分析格萨尔动画制作所独有的资源优势,对古老的史诗表达进行现代性创新,笔者以为,《格萨尔》动画片将赋予民族文化新的活力。

惊鸿一瞥的"格萨尔连环画":除了以上介绍的几种艺术形式,还有格萨尔连环画,比较著名的有20世纪80年代,由中国民间文艺出版社、中国戏剧出版社联合出版的格萨尔连环画《格萨尔王》。

图5-8 《格萨尔王》连环画封面(1980年,丹珍草供图)

连环画集绘画观赏和文学阅读于一体,具有特殊的艺术表现力和可观性。广义的连环画可以拓展到文人画的卷轴画、庙堂的壁画、民间的花纸年画、建筑中木雕和砖刻等。作为用连续的多幅

· 196 ·

格萨尔史诗当代传承：艺术形式的多向性

图 5-9 《格萨尔王》连环画（1980 年，丹珍草供图）

画面叙述一个故事的绘画形式，连环画发展的黄金时期是与特定的时代联系在一起的。在连环画繁荣的时期，人们的娱乐生活相对简单，寓教于乐的连环画曾成为广大青少年乃至成年人的重要读物。连环画对读者的文化层次要求并不高，可以直接面对普通民众，影响面因而非常广泛。《格萨尔王》连环画曾应运而生，深入人心。自20世纪90年代以来，由于格萨尔故事传播方式的多样化，以及各种新兴传播媒介的冲击，《格萨尔王》连环画风光不再，并逐渐"文物"化。据了解，如今还在连环画领域坚持的艺术家与三四十年前连环画鼎盛时期相比，比例为1∶100。"格萨尔连环画"也只是惊鸿一瞥。或许，连环画形式的《格萨尔王》会再次回到人们的视野。无论什么时代，绘画艺术一直是格萨尔史诗不可或缺的传播方式之一。

现代意义上的广义的格萨尔绘画包括格萨尔唐卡、格萨尔壁画、格萨尔油画、格萨尔漫画、格萨尔水墨画、格萨尔动漫、格萨尔动画、格萨尔连环画等。现代艺术以其不可阻挡的势头影响着我们生活的方方面面。面对现实，如果很好地运用这些创新性艺术的优势，将格萨尔史诗文化传播到千家万户，让更多的普罗大众了解中国史诗、了解藏族文化，一定会产生意想不到的效果。甚至有学者认为，可以在格萨尔学科中开创一门新的学科——"格萨尔影视学"（1989年青海电视台拍摄的16集《格萨尔王》

· 197 ·

> 流动的艺术

电视连续剧曾经风靡一时），使史诗在更大的范围内得到广泛传播。随着科技的发展、电子媒体的增加，以及各种影像方式的不断出新和仿真虚拟技术的飞跃发展，又一个"图像时代"正深刻地改变着当下的文化生态。用美丽的图画去阐释世界，通过非语言文字的视觉性符号传播文化、承载哲学观念和思想，已越来越为人们所喜闻乐见。倘若我们将民族文化灌注到这些创新性艺术形式和打破语言文字壁垒的跨文化传播中，或许是一次充满希望的征程。

当代语境下的史诗传承实践，同时也在伴生一种史诗文化焦虑，现代性往往导致对经典的疏离，如何在纷繁复杂的多样性形式与丰富的内容之间淘洗锤炼、重铸经典，已经成为史诗传承面临的新课题。

2019 年 12 月 20 日
于中国社会科学院

格萨尔史诗造型艺术：
视觉的神圣叙事

高 莉[*]

来到藏区！

一个充满魅惑的斑斓世界直冲冲地进入我的眼中。于是，便思忖到是什么样的人才能拥有这般浓烈与灼热的情感？我想，藏族艺术之所以闻名于世，大概就是这种高调的表达手法拨动了人们深藏已久的心弦。神圣的叙事与厚重的图画相濡以沫，更使我想起陶翁"此中有真意，欲辨已忘言"诗句，且感同身受！

高莉

---

[*] 高莉，青海民族大学艺术学院副教授、博士。

流动的艺术

引　言

　　藏族格萨尔史诗通常以传统的"口传"形式在传承。近些年来，随着信息化时代的到来，《格萨尔》的传承已由以往单一的"口耳相传"说唱形式演变为多种方式的传播与传承，在众多的传播媒介中《格萨尔》造型艺术逐渐成为史诗发展与传播的主力，这种兼具了直观性、审美性与形象性的《格萨尔》造型艺术以其独特的姿态和令人神往的魅力吸引着我们的视线，成为大众了解"格萨尔"的重要来源。

　　"造型艺术"是艺术形态的一种，是在一定的空间内创造出可视的静态的形象，它包括雕塑、绘画、工艺美术、设计等多个种类，亦称作美术，造型指的是创造形象与体积。最初，"造型艺术"一词源于德语，原意是摹写或者做模拟像的意思，曾仅指绘画和雕塑这种再现客观形象的艺术。到17世纪时，欧洲开始使用这一词语，那个时期泛指具有美学意义上的绘画、雕塑、文学和音乐等艺术样式，当时使用的这个词语，是为了与具有实际用途的工艺美术等实用艺术有所区别而提出的艺术概念。18世纪时，德国美学家莱辛通过对雕塑作品《拉奥孔》与诗歌（文学）的比较分析，将"造型艺术"概念放在视觉的空间艺术范畴里面，而文学等非空间性的非视觉性的艺术形式则被排除在造型艺术的概念之外。中国是从20世纪初以来才广泛使用"造型艺术"这一概念，也就是五四运动前后中国人才广泛使用和接受"造型艺术"这一概念。

　　"造型艺术"，又称为空间艺术、静态艺术和视觉艺术，现这一概念是将雕塑、绘画、工艺美术、设计等包容在内。造型艺术的产生的性质就是"加工"，指明其整个制作过程都具有生产性，即"创造性"，匈牙利社会学家阿诺德·豪泽尔指出："真正的艺术作品不仅是表达，而且是传播……艺术家在表达自己感受的时候就是在进行传播，每一次思想、感情和目标的抒发，都是正对着真实或者假象的受众。"从艺术社会学的视角来看，自人类在旧

格萨尔史诗造型艺术：视觉的神圣叙事

石器时代的造物的开始，那一刻既是造物又包涵了传播的实质，新石器时代以后随着人类抽象思维的发展，逐渐形成了观念造型，后又将其分为再现自然和再现观念两种，分别称物体造型和观念造型，而在造型艺术史上这两种类型并存，各自发展又相互融合。

造型艺术的突出特点为再现性，而格萨尔的造型艺术则源自于格萨尔史诗，《格萨尔》造型艺术再现史诗中的风土人情、山川河流、传奇场面等。自20世纪50年代以来，众多的学者对史诗中"觉如"（少年时期的格萨尔）身份进行多方的考证与研究，认为其雏形故事源自于距今千年有余的北宋时期。

鉴于年代的久远与历史生成等多种因素，目前最早的《格萨尔》的人物形象以插画的形式，出现在格萨尔的藏文手抄本书籍中，从插图的人物着装来推测，属于明清的作品。有学者研究认为，再早期的格萨尔造型出现在公元8世纪左右，证据为西藏拉萨的木如寺大经堂的围廊上的人物肖像画，此画作左下方有"辛巴梅茹孜"（格萨尔大将之一）的题记，但是，从人物的发式衣着装束、绘制技法初步判断，画作中人物与十四五世纪时期波斯的画作如出一辙，可能较藏文手抄本中人物要晚，具体人物的身份还有待进一步的考证。

自2008年至今，《格萨尔》的造型艺术作品呈现出井喷式的发展势态，大量格萨尔专题艺术创作和各种场面宏大的叙事性作品丰富而多样，令人目不暇接，成为当代格萨尔史诗形象的视觉符号。

人类创造的文明和各种知识，借助于各种符号超越时空代代累积相传，凭借着专门的知识、经验才能进行创造性的活动，当语言成为人们传播信息的障碍时，具有视觉性的艺术图像却能够破除语言的屏障，以图像符号的方式把信息直接传达到受众面前，正是这种无界限的传播，《格萨尔》才能翻越青藏高原远播国内外。

自20世纪50年代，我国政府发起了一场搜集与整理"格萨尔"的抢救行动，在众多的文化学者、当地政府和民间艺人的共同努力下，藏族英雄史诗《格萨尔》以文字文本的形式逐渐出现

流动的艺术

在大众的视域中，为世人了解和熟知，这期间经历了近七十年的岁月，终成为中华民族的瑰宝。

近年，随着"网络时代"与"看图时代"的来临，越来越多的充满想象力的格萨尔造型艺术作品通过众多手艺人智慧的心灵与灵巧的双手，一件一件被创造出来。那在遥远而又离奇的故事中，格萨尔王与那些个性张扬的将士、美丽迷人的爱妃，在迷幻与现实之中飞跃、交错，从神奇中呼啸而出，恍惚间让人分不清楚到底哪些是历史的真实人物，哪些是想象中的救世主！

当下，《格萨尔》的造型艺术以其再现性和形象性，理所当然地成为大众了解这部神话史诗最鲜活、最生动、最直接的视觉载体。而在种类繁多的造型艺术之中，格萨尔唐卡是历年来增长速度最快、传播最为广泛的艺术形式，格萨尔唐卡的大规模增长与近年火热的唐卡艺术创作密不可分。而作为题材创作的对象，格萨尔具有众多的优势。第一，从神格上来讲，格萨尔本人既是民间饱受崇尚的大英雄、救世主，他上可通达天界众神，下可惠及穷苦百姓，在人们心中他是可亲可近可触的神祇；第二，他既被认为是护佑一方水土、铲除奸佞与强暴的豪杰，又可被奉为消除灾祸、保财护家的守卫者。他兼具了人格与神格的双重属性的精神形貌，给予了艺术家更多的创作灵感与想象空间，也摆脱传统神祇的固有图像定式，从而在容貌的设计上更为自由奔放，既可成为故事性的一种叙事性图像，又可以以单个的英雄形象出现，较之有严格度量规范的佛、菩萨、金刚等，多了些洒脱与开放的尺度。

目前，格萨尔唐卡中既有以描绘单个人物的，如：格萨尔王（幼时，成年，征战）、爱妃珠姆、乃琼、母亲郭姆、三十大将等；也有以讲述"天界下凡""王子降生""驯服神马江葛佩布""赛马称王""地狱救母"故事性强的内容；除此之外四大降魔故事，"北方降魔""霍岭大战""保卫盐海""门岭大战"，十八大宗、十八中宗和十八小宗等叙事性故事，由于叙事性场景更利于表现史诗波澜壮阔的恢弘气势，使得这一类创作出现逐年递增的趋势。

面对大量格萨尔造型艺术类型，为了易于辨识，我们把当前的

《格萨尔》的造型艺术根据工具材料与视觉特征大致分为三种类型：第一类是绘画类；第二类是雕塑类；第三类是工艺美术类。

首先，我们先来了解格萨尔的绘画，这一类作品在史诗的整个造型艺术中在数量上几乎占据了多半。

一 《格萨尔》绘画

绘画作为人类的早期艺术之一，是表达和记录人们思想和事件最早的方式之一。绘画在技术层面上是指以一个表面作为支撑面，再其之上绘制图形与附着颜色，其本身的二维特性决定了它具有很大自由创造的维度，它既可以表现现实的空间世界，也可以表现超时空的想象世界，表达真实或者想象故事概念及意思。

绘画多为卷轴画（唐卡）、壁画、堆绣、水墨彩画、油画、插画的综合。

1. 《格萨尔》唐卡

唐卡是藏族特有的绘画艺术形式，具有鲜明的民族特点、浓郁的色彩和独特的艺术风格，通常意义上的唐卡是画师用鲜艳的色彩描绘出神圣的佛国世界，以此来教化与感悟民众。

《格萨尔》唐卡，以史诗中的故事或场景叙事为主要题材，用以传播和弘扬格萨尔的除暴安良、救助弱小的英雄事迹，对稳定社会结构，巩固民间正义起到潜移默化的作用。遥想千年之前，在那战争频发、狼烟四起、民不聊生的年代，神圣的格萨尔形象无疑给予了百姓莫大的安慰，重树了人们对生活的信心与期望。

据传，早期的《格萨尔》唐卡，是吟游艺人的法宝，在边说边唱时为了增加某种神圣感和气氛，专门请画师绘制所讲述故事的某一情节或某一人物。一幅《格萨尔》唐卡绘制的精彩与否，也直接关系到艺人说唱时受欢迎的程度。这种在说唱时悬挂《格萨尔》唐卡的惯习至今还在沿用，不同之处在于，现在艺人说唱时，悬挂的《格萨尔》唐卡只作为烘托说唱气氛的辅助图像，而不再是以往以唐卡为主导的叙事性说唱。

《格萨尔》唐卡中，最具代表性的是以描绘格萨尔大王本人作

流动的艺术

为战神模样的飞马扬鞭的形象,也是众多造型艺术中最为常见的核心题材,更是史诗中的视觉象征符号。其次,三十员大将的形象也是造型艺术中较为常见的。描绘格萨尔王众爱妃、母亲与众多岭国美女的形象也是艺术家经常表现的题材。描绘场景故事内容,比如,诞生天界、赛马称王、霍岭大战、门岭大战、姜岭大战、智斗超同等故事性和情节性较强的大型叙事的内容。

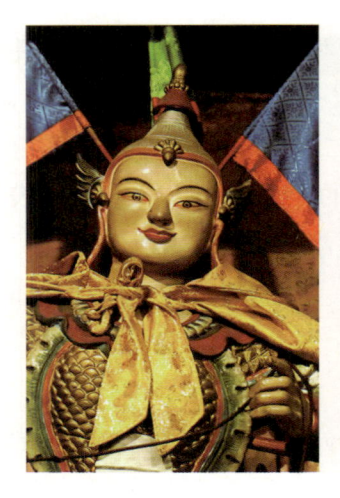

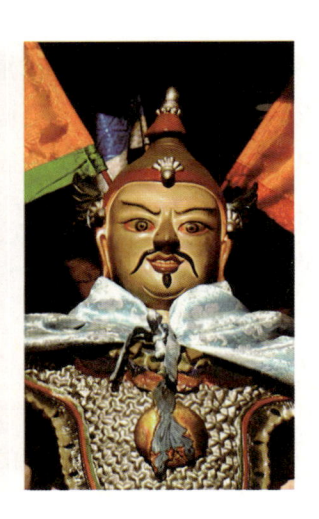

图6-1　格萨尔狮龙宫殿主殿内塑像(高莉供图)

目前,我们看到最多的是以描绘单幅人物的格萨尔叙事唐卡,这类唐卡人物形象较为清晰,具有史诗故事中人物的特点。例如,格萨尔王的征骑形象通常骑有枣红色的神马,头顶佩戴三色三面小旗帜,右手高举马鞭,左手紧握索绳,被十三只动物护法围绕着;总管查更,拥有长者与智者风范,数次为部落排忧解难;其叔父超同衣装富丽,狡诈多变多疑,总透露出不怀好意与狼狈之像;随格萨尔四处征战的哥哥贾查,一身正气威武而英俊;爱妃珠姆美貌无双,出现时总有三只仙鹤伴随左右;爱妃阿达拉毛,虽说是位女子但是英姿勃发,武艺高强,总在危难中挺身而出;母亲郭姆虽为贵族后裔,但身怀六甲之后遭到逼迫,生活一度困苦潦倒,自格萨尔12岁称王之后,其母才得恢复了以往的青春美貌。这一类以单个人物为描绘对象的唐卡,现以2000年以四川甘孜州牵头创作的"格萨尔千幅唐卡"为其代表作品。

以场景为主的叙事唐卡主要代表作品为四川博物院中馆藏清代创作的"格萨尔征战的十一幅唐卡",色调为暖色铺开,气势恢宏地渲染出大型的神话故事,其中天界、人间、地下的神、人、小鬼各色形象,是历代《格萨尔》唐卡中经典之作,构图为散点相连式,以雪山、草地、树木、祥云、湖泊等藏地的自然景观相隔,故事与故事之间叙事又相呼应,人物众多、情节连绵起伏、场景宏大,画师以高超的表现技巧和浪漫的表达手法描绘出一幅壮丽的史诗篇章,但是其所展现的内容并未涵盖史诗的全貌,观者需要了解史诗中的故事情节才能看懂内容梗概。

唐卡是平面中对三维空间的创造,更能表达作者对人物无限的想象,一直致力于《格萨尔》唐卡创作的四川著名画师拉孟,在几年之前计划创作出500副"格萨尔生平传记"唐卡。自小从事唐卡绘制的专业画师拉孟,对于格萨尔的表现,不同于传统的唐卡画师,他在绘制之前,做了大量的考证与调查工作,力求在人物形象上的塑造更加接近真实的战争场景和生活场景,突出古代藏地的人物风俗与生活习惯。拉孟所绘制的格萨尔人物,形象生动张扬、画面质感浓烈,在传统唐卡技法的基础上应用明暗透视法,从而强化了人物的个性并且塑造出了空间感,使当代的《格萨尔》唐卡有了一个质的飞跃,现果洛的格萨尔狮龙宫殿、大武镇的格萨尔文化艺术博物馆中陈列的唐卡均为拉孟的作品。

征骑姿态的格萨尔王形象在古唐卡中最为常见,也是近当代格萨尔题材美术作品中最常见的图式,其实质是将格萨尔王表现为勇武的武士或战神形象。这一形象比较符合格萨尔史诗中对格萨尔王的描述,具有典型性,但是在民间画师的笔下,这些唐卡中的格萨尔形象与藏族民间的山神唐卡并无明显区别,唯可以从画面器物及配饰、配景上确定其主题。

2.《格萨尔》壁画

从图像的绘制技法上来看,藏族绘画艺术中的唐卡和壁画同源同性。佛教寺院中的壁画一般为宏扬佛法、增加寺院的神圣气氛而绘制,壁画的内容根据殿堂具体的需要而定,这些壁画有时也

流动的艺术

会穿插表现一些历史事件与民间传说。

公元 10 世纪后半期，因西藏的佛教又一次得以振兴。在这一时期寺院的壁画进入了繁荣发展的阶段，在形式和内容上已经发生了很大的变化，在图像上主要体现为将本教的一些神祇吸纳到佛教体系中来，扩大了藏族的神灵体系，形成了独特的藏族图像系统，这一时期民间的很多神祇也被纳入其内。在这个时期《格萨尔》壁画未发现相关内容，但是，根据历史情况来推测，在这个时期，格萨尔作为人神一体受到人们热捧，如仅作为英雄人物来讲，也极有可能在这个特殊时期被吸纳到整个的藏传佛教的神灵体系之中。当然，我们找不到足够的图像证明来佐证，但是，未曾谋面并不能够代表它未曾存在过。

位于西藏昌都地区江达县同普乡境内的瓦拉寺是一座萨迦派名寺，该寺在历史上就有尊崇格萨尔王的传统，现存有多幅格萨尔壁画，绘制于寺庙大殿外的围廊上，由数位单个人物组成，呈横条状构图。整幅壁画高约 2.5 米，长约 57 米，是迄今为止在我国藏区保存最完整、规模最大的《格萨尔》壁画，属于典型的新勉唐风格作品。

在青海湟中著名寺院塔尔寺大金瓦殿外侧木墙上，绘制有一幅《格萨尔》壁画，不同于常见的格萨尔征战姿态，是一幅坐像，画高 117 厘米，宽 48 厘米。这幅壁画在修建大金瓦殿的时候绘制，而修建该殿的时间是公元 1560 年。寺院中的僧人讲述了一段神奇的传说，在修建大金瓦殿完工之后墙体发生数次莫名倒塌的事故，后负责修建的僧人被托梦，说格萨尔应该被供奉在金瓦殿的二层上，作为殿外的护法保佑金瓦大殿，众人商议认为这是佛的旨意便遵循了梦启，在二楼门楼外一侧木墙之上请画师绘制了格萨尔王像。格萨尔头顶戴白色的软帽，上端镶有孔雀羽，衣饰为红白两色、材料质地考究，格萨尔面色平和不喜不怒，与代表性的骑战状态完全不同，一扫往日的战神威武模样。在藏族的神佛系统中，格萨尔作为战神，一般来说不供奉在政教管理制度严格的格鲁派寺院之内，而这一幅壁画的情况实属罕见。

图6-2 青海塔尔寺大金瓦殿《格萨尔》壁画(高莉供图)

3.《格萨尔》堆绣

堆绣(布贴唐卡)以缎面或丝绢剪裁贴制而成,从广义上讲,堆绣属于唐卡的一种,其实是一种布贴画。堆绣是塔尔寺艺人们创造的造型艺术品之一,与手绘唐卡远观效果近似,它们的区别在使用的材质不同。堆绣唐卡的工艺手法主要是贴和绣,先按照草图(通常借鉴唐卡的样式)进行布料的选择和色彩搭配,用一些五颜六色的真丝缎面料或棉质布料按照人物形象裁剪成大小不

·207·

一的料块，背面垫放羊毛或棉花填充物使其鼓起，后用熟面浆糊收齐毛边进行熨烫，使之干燥服帖，待完全干燥时粘贴在所需部位，有时会根据视觉效果进行边缘缝制，手法上以堆贴为主，绣制为辅。堆绣分平剪堆绣和立体堆绣两种，这一类唐卡，根据填充物的多少区分，视觉上颜色饱和度高，对比强烈，宛如织物浮雕立体感十足。

青海省黄南州同仁县（热贡地区）年都乎村的多杰是位专门制作格萨尔堆绣唐卡的师傅，1967年生，多杰自小学毕业之后就开始跟随同村的叔叔学习制作堆绣唐卡。一幅60厘米大小的堆绣唐卡市场售价是4000—6000元，西北民族格萨尔研究院展厅的格萨尔堆绣唐卡均由多杰制作完成。

4. 阿吾·嘎日洛的《格萨尔》水墨彩画

青海省果洛藏族自治州甘德县画师阿吾·嘎日洛是一位藏传佛教宁玛派僧人，生于1945年，卒于2015年，是一位专门绘制格萨尔水墨彩画的画师。阿吾·嘎日洛从小热爱传统艺术，通过多年实践后，他绘制了百余幅格萨尔水墨彩画，其中《格萨尔呈祥风马旗》一画以藏族学者居·米旁的著作为依据，用藏族传统的唐卡技法再现了格萨尔王的英武神姿，四角绘制有象征金、木、水、火的狮虎龙凤作为点缀图案，寓意丰富，在当地获得赞誉。

传统意义上的水墨画师由水和墨经过调配不同的浓度，以清水的多少引为浓墨、淡墨、干墨、湿墨、焦墨等，画出不同浓淡（黑、白、灰）层次。通常水墨画被视为中国传统绘画，也就是国画的代表。阿吾·嘎日洛的格萨尔水墨彩画属于一种独创，人物的塑造按照自己的理解，以形写情、变形取神、着墨简淡、运笔奔放、表情夸张，表达出与众不同的丰富性与民俗感，风景、花草、树木等以水墨作为基调，通过渲染增加了生气和湿润感，别有一番"墨韵"，形成格萨尔水墨彩画的一种形式。

5.《格萨尔》油画

油画起源于欧洲中世纪的圣像绘画，15世纪时由于油画材料技术的改进逐渐普及为架上绘画。油画的空间造型表现力强、色彩丰富，保存时间长，有其他绘画材料不可比拟的优点，油画最早在明代由西方传教士传入我国，已有四百多年历史。

相对于在藏区传承已久的唐卡绘画，油画这种由西方传入的绘画形式对于藏族群众来说还比较陌生，过于真实的形象对习惯于平面视觉的藏族群众而言甚至会产生迷惑。直至今天，很多的藏族老年人仍然不喜欢给自己画写实肖像画，很多老年人甚至认为一旦自己的模样被如实的画出来就有可能使得自己的生命终结或鬼怪附身。

油画创作不同于唐卡画，作画时必须综合考虑三度空间、光影关系、透视关系、色调的相互联系等因素。现代的藏族画师在唐卡绘画中借鉴了明暗透视技法，例如，更登群培、安多强巴、尼玛次仁等著名唐卡画师甚至擅长运用写实技法来表现人物形象。总体来说，藏族的画师们能接受和应用油画写实仍然是少数，形成这种观念最主要的原因可能是藏族传统绘画源自佛国世界，将绘画作为神与佛的延伸以及观想的圣物，而非直接描摹客观的对象。早期的藏传绘画均由寺院传承，画师多为僧侣，普通百姓很少有绘制唐卡的习惯，虽然这些年画师的身份在不断变化，但是这种绘画观念一直在沿袭。

藏族民间谚语称，"每一个藏人口里都有一个格萨尔"，而在画师的画笔下，有一百个画师就有一百个格萨尔。在青海的黄南藏族自治州的尖扎县，有一位专门用油画颜料绘制格萨尔史诗的藏族老人——仁青尖措画师，现年76岁，自小学习唐卡技法，后巧遇来尖扎写生的著名画家朱乃正先生，对其不同的绘画形式产生了兴趣，后在先生的影响下学习了西方绘画技法，随即转向油画写实的创作道路。1980年他在青海黄南州创立了格萨尔绘画中心并担任主任，1985年成为青海省美术协会会员和常务理事。

仁青尖措以唐卡艺术为基础，利用西方绘画技法创作了格萨尔系列作品，有《霍岭大战》《赛马称王》《辛丹虎狮对峙》《格萨尔祈福颂》《降魔篇》《阴界霞光》《岭域诞辰》《世界公桑》《岭·格萨尔王》嘉察·夏嘎尔》《丹玛香查》《嘎德·确琼巴纳》《桑德阿东》《达尔潘》《纳查·阿旦》《阿努·色潘》。2011年至2013年其创作的代表性作品《格萨尔王与三十大将》画作长6米，

流动的艺术

高 1.2 米，颜料上色使用矿物与植物原料，画面人物有格萨尔王、贾嚓霞尕尔、丹玛向叉、尕德却江外乃亥等三十大将，并在北京举办了大型展览。

格萨尔史诗不但是藏族人的史诗，近几年，一些汉族艺术家对这部史诗也产生了浓厚的兴趣。汉族油画家廖新松热衷于创作格萨尔题材的油画，《西藏系列·格萨尔王传·格萨尔藏戏》是画家根据本人观看格萨尔藏戏后的感受创作的系列组画。廖新松1960年生于四川，是位职业油画家，现为四川省美协会员，兼做四川美术学院和成都大学的校外指导教师。

在这组作品中，画家应用非叙事性的表现手法，使真实的人物和想象中的观者并置，把看格萨尔藏戏时的生活世俗场景和藏族人对格萨尔的信仰与依赖描绘了出来。老年人对格萨尔的虔诚的祭拜，年轻人更关注的是场外，若有所思的老者，在场观看藏戏的观众和盛装的演员相互间交流的宽松自如气氛均表现得十分恰当；深蓝色与袈裟的枣红色为主要色彩，背景配以黑色，中间的主要区域使白色的亮光穿过，厚重的油画色调把藏人看藏戏的情景艺术的展现在观众面前。整幅画描述的并不是观众与演员台上与台下的关系，而是演出结束后的相互交流与攀谈，画中凝聚的光线渐渐扩散到周围，场外观众和场内演员的位置相互并置交织在一起，形成生动而真实的一幅藏族日常生活图景。

6. 《格萨尔》书籍插画

除唐卡、壁画和油画之外，丰富的史诗插图也是重要的格萨尔主题绘画作品。插图的作用是为了增加文字书籍的趣味性，还能使读者在阅读的同时萌发更多的视觉联想。随着各类格萨尔书籍印刷量的增多，插画又起到了装饰的作用。20世纪80年代后，不论是藏文版的还是汉文版的史诗读物中总会插入几幅彩色插图，尽管多为色彩简单的线描作品，也大大提升了格萨尔史诗读本的视觉美感。

早期的格萨尔书籍插画出现在格萨尔手抄本中，现藏于西藏博物馆的明代格萨尔抄本《姜岭大战》（1368—1644）《达岭之战》与玉树东仓博物馆藏《赛马称王》之中就有白梵天王与战神模样高约 6 厘米的小型彩色图像。

1981 年，甘肃民族出版社出版的藏文版《格萨尔诞生》一书中共有四幅插图，分别描绘受胎告知、降生、迁徙等场景，画面中所表现的人物具有八十年代初期插图的特征，画风单纯、朴质而写意，也没有过多的情节叙事性，其中"受胎告知"中，格萨尔的母亲郭姆被描绘成为一位美貌、善良、坚强、对生活充满希望的勤劳妇女的形象。作者唐一文（1940—　），别名唐传吉，浙江萧山人，擅长画油画。1965 年毕业于浙江美术学院版画系，曾任甘肃省电影公司美术干部，1989 年评为二级美术师，至今生活在兰州从事绘画工作。

另一位插图画家李坦克（1951—　），山东莱阳人，擅长油画、水粉画与壁画。1978 年毕业于上海戏剧学院舞美系，曾任职于兰州军区战斗歌舞团，后于 20 世纪 90 年代中期移居上海生活。

1988 年，甘肃人民出版社出版的《赛马七宝之部》中，他绘制的插图采用剪影的方法，拉长人物的比例，装饰效果极强，用色较为厚重，刻意凸显民族色彩。这册藏文版的书籍中共出现五幅插图，包括《格萨尔与珠牡相遇》《珠牡驯马》《格萨尔出征》等。

1984 年，四川民族出版社出版了由仁真朗加、尼玛泽仁、梅定开等艺术家创作的《仙界遣使》《赛马称王》《北国降魔》《英雄降生》《攻克玉城》《霍岭大战》《真假公主》等格萨尔史诗系列连环画。

总体来看，这些绘制于 20 世纪 80 年代的插图画和连环画作品用色单纯、造型简约，其中的格萨尔王形象也没有冷峻与雄强的姿态，表现出与近年格萨尔主题绘画不同的风格和情感色彩，画家们对于这种小画种精益求精的态度致使这些画作成为当代的插画精品。

21 世纪以来格萨尔书籍插图已被更具视觉冲击力的绘画形式所取代，这种以单线条和平涂色彩表达史诗人物的作品基本已消声灭迹，象征一个时代的格萨尔插画图像逐渐成为历史。

7. 《格萨尔》动漫画

2012年，漫画《格萨尔王》是以世界最长的史诗——《格萨尔王传》为蓝本，藏学专家降边嘉措、吴伟担当主编，中国当代画家、跨界艺术家权迎升结合水墨画的艺术形式创作编绘的叙事漫画作品。

2014年，《格萨尔王》漫画经由福建中科亚创动漫制作团队制作成适应手机阅读的漫画《格萨尔王》，在中国移动手机动漫基地（咪咕动漫）上线。与纸质版《格萨尔王》不同的是，手机漫画版《格萨尔王》融合了闪烁、震动、移屏等手机特效和进场特效，带来了不同于传统纸质漫画的阅读体验。

2016年，西藏影视动漫产业基地授牌仪式在拉萨举行，活动宣布将启动大型动画片《格萨尔王》制作。

2020年，青海文学艺术联合会联合北京著名动漫公司设计制作大型《格萨尔》动漫电影，此项目目前通过了首次论证。

二　《格萨尔》雕塑

1.《格萨尔》小型与等身塑像

在四川甘孜、青海果洛、玉树等格萨尔的流传地，除了寺院专门供奉的格萨尔泥塑以外，以"格萨尔"命名的宾馆、公司、展览馆以及商场是一种常见现象，相应的在这些场所中，也放置着格萨尔的塑像。

格萨尔狮龙宫殿位于果洛州达日县内距离达日县城18公里处，始建于1044年，宫殿的四周呈现八宝如意图山形，一千多条山沟如连心的叶纹，由各个方向汇集向狮龙宫殿。据宫殿内的僧人说，五明佛学院的久美彭措法王当时来此地，看到这样的地形感到非常惊奇，修建选址时就是因为观察到这个呈现出莲叶般的吉祥地形。十世班禅曾为狮龙宫殿撰写过格萨尔祈祷辞，历史上狮龙宫殿曾历经艰难，毁坏过数次，后在原址上经过陆续的修建，重建了格萨尔大王狮龙宫殿。

格萨尔史诗造型艺术：视觉的神圣叙事

图 6-3　西藏那曲《格萨尔王》铜制雕塑（高莉供图）

　　1991 年由查朗寺寺主丹贝尼玛活佛自筹资金在原址上进行重建，成为宣传、保护和传承格萨尔文化的重要寺院。2006 年 9 月，格萨尔大王狮龙宫殿主体工程已经完工，开始对外开放，一时成为本地的旅游资源。尤其是寺院中每年藏历三月十日的格萨尔藏戏演出，演员均有寺院中的僧人担任，吸引着四面八方的人们来此瞻观欢聚。在狮龙宫殿附近的草地上，每年夏季都会举行一次大规模格萨尔修供活动，人们集中在宫殿附近，僧人们在大帐房里念诵格萨尔祈请文，男人们排着长龙，手持祭祀物品。彩色的风马旗是祭格萨尔的主要物品，彩旗上均印有格萨尔大王画像和十三种战神以及雄狮大王祈祷词。每年的藏历五月十日，举行大

·213·

规模的煨桑、祈福活动，以纪念英雄格萨尔王。

2013年7月，在格萨尔狮龙宫殿举办的"玛域格萨尔文化—格萨尔文化研讨会达日论坛"的会议期间，全国《格萨尔》工作领导小组办公室、青海省格萨尔领导小组分别为狮龙宫殿进行了"格萨尔非物质文化遗产传习基地"的立碑和挂牌仪式，同时决定在原有的基础上进行新一轮的整修。领导小组邀请清华大学毕业的玉树籍青年设计师扎西做建筑设计，北京清华同衡规划设计院进行了前期的规划，并对此修建工作在一年之内召开了47场次论证会议。

新建的主殿为藏式传统结构的碉楼式建筑布局，修建方法完全按照藏式的传统建筑工艺。新建狮龙宫殿从2014年9月开始施工，当时投资8000万元，由于当地的海拔较高，气候多变，常年风雪交加，只能选择在春夏两季进行施工。经历6年，终于在2019年完成基础建筑与内部的装饰。现原有的旧主殿被包裹在新建筑群的中心位置，里面供奉着格萨尔、珠姆、乃琼、三十大将等身药泥彩绘塑像，是20世纪80年代热贡艺人制作完成的作品，作为狮龙宫殿的核心，供奉祭拜的人仍然络绎不绝。新建的主殿分为五层，一层大殿正面供奉高约9米的主尊格萨尔铜制贴金坐姿像，一到五层的建筑围廊上供奉有贴金铜塑三十大将。此外，聘请了专业塑像制作人员，以精良的设计、高超的技术制作了格萨尔与众位大将的等身塑胶仿真像，作品属于超级写实主义造型艺术，比一般雕塑更接近人物原形，所塑造的人物栩栩如生、惟妙惟肖，具有很强的观赏性。负责塑像制作工作的东强局长因循着本民族文化的意识、观念、喜好和需求，通过长期阅读史诗文献，访问本地说唱老艺人，还原了藏族格萨尔与众位大将的真实面容。

四川省甘孜藏族自治州在德格的阿须草原是传说中格萨尔王的诞生地，在格萨尔拉康原址上建有一座格萨尔纪念堂。格萨尔拉康始建于公元1790年，系由当时的岭苍土司翁青友加倡建，至20世纪60年代初期，正殿内所塑35尊格萨尔泥塑像、殿内四壁所绘壁画以及上千件文物尚保存完好，惜悉数毁于"文化大革命"期间。自1984年起，德格县人民政府正式批准并拨专款对该遗迹进

格萨尔史诗造型艺术：视觉的神圣叙事

图6-4　果洛狮龙宫殿格萨尔仿真等身像（高莉供图）

行重建。经过十多年的努力，于1999年8月8日举行了隆重的竣工典礼，并将其更名为格萨尔纪念堂。格萨尔纪念堂内共塑有大大小小泥塑像145尊，所有塑像大致可分为四个部分：第一部分以格萨尔王为主体的雕塑群为堂内塑像的主体；第二部分是岭国的文武官员和女士，其中文武官员四十位分列于格萨尔王两旁，其中三十八位为坐姿；第三部分是塑在正墙上的十二位佛、上师和神祇；第四部分是塑在左右两壁神龛上的印度八十大成就者小型塑像，均按真人比例塑制。

果洛的狮龙宫殿旧殿和德格的格萨尔纪念堂是现存最具有规模和历史渊源的专门供奉格萨尔王的场所，内部均供奉有小型的格萨尔王塑像，内部装有舍利塔、各种佛陀菩提佛像、密宗四部等各种经典、贤哲大师们的遗骨舍利、圣物、法衣及各种法物礼品。这些等身泥塑像出自民间手工艺人，塑造时伴随仪式和使用古老制作方法，经历数十年香火供养，塑像变得光洁透亮，泛出鲜活灵气。其中不乏神奇的传说，虽然依照今天的工艺水准来衡量，泥胎质地和外观造型亦不太符合现代人的审美观念，但是每年都有大量从各地慕名而来络绎不绝的朝拜者，塑像本身也成为远近闻名的地标性文化符号。

◆ 流动的艺术

图6-5　格萨尔纪念堂《格萨尔》塑像（高莉供图）

　　直到今天，这两所寺院的僧人每年在规定的时间，依照规定念诵着格萨尔祈祷经文和祝愿词，同时，举行赛马、藏戏、煨桑等各种纪念格萨尔的活动。在人们心中，这些塑像神圣庄严，但凡遇到俗事施以香火，则有求必应，灵验无比。尽管这些场所也被作为旅游景点开放参观，但是本地群众长久以来对格萨尔王的信仰却没有被湮灭在经济的潮流中。

　　位于玉树州府结古镇的格萨尔王府酒店内，酒店文化以格萨尔为中心，大厅与休闲区域常年展览有数量可观的格萨尔小型塑像，高度从20厘米到60厘米不等。也可以认为宾馆本身就是一所格萨尔塑像的展览馆，凡是来住宿的人，总会被这些做工精美、姿态各异、陈设与布局都很考究的小塑像所吸引，使人过目不忘，在短短的起居食宿过程中，完全被浸润在神奇的格萨尔故事之中，其实就是本地域优秀文化资源融入酒店文化的成功范例。

　　在本地人看来，格萨尔不但是具有神性的大英雄，而且还被当作地方和家族的保护神，故不论经商之人还是普通的百姓家中都会供奉制作精美的小型塑像。这些塑像和寺庙、广场等地供奉的塑像在用途与造型上有很大的区别，放置在宾馆或公司的雕像，雕刻精美，造型比例准确、多为汉族地区的职业雕塑家所设计雕刻而成，塑造的形象更接近汉族人崇尚的三国时期的英雄关羽，甚至有些经济相对发达一些的藏区会把这两种人物融在一起供奉，塑像前的供桌上进献的是烈性白酒，而不是供佛时用的净水。在百姓心目中，格萨尔既是英雄的象征也兼具守护供奉者财产的作用。

2. 《格萨尔》大型雕塑

雕塑的产生和发展与人类的生产活动紧密相关，同时又受到各个时代宗教、哲学等社会意识形态的直接影响。古代西方时期的雕塑在很长的一段时间里主要是为图腾、魔法和宗教服务。雕塑按其功能，可分为纪念性雕塑、主题性雕塑、装饰性雕塑、功能性雕塑以及陈列性雕塑。雕塑按照材料可分为铜雕、石雕、木雕、玻璃钢雕塑或者陶瓷雕塑等多种类型。

藏地的格萨尔雕塑从材料上来看，主要采用花岗岩与大理石为主；从功能上来看，有纪念性雕塑、主题性雕塑和陈列性雕塑三种。

2006年，格萨（斯）尔经中华人民共和国国务院批准列入第一批国家级非物质文化遗产名录。2009年，"格萨尔史诗传统"列入"世界人类非物质文化遗产代表作名录"。自此，各地相继开始以建造大型铜塑雕像作为本地区的标识建造物，供人观赏。大型雕塑从视觉上来看，具有高大挺拔、雄伟壮阔之感，这种特有的属性容易形成地标性的文化符号。在很多的广场寺院，都可以看到大型的格萨尔雕塑。

雕塑造型可按照制造人的思维进行创作，与周围的环境相融合，起到传播的作用。位于青海省玉树州结古镇文化广场的格萨尔王青铜雕像始建于2005年，2007年完工。铜像高22米，由黄铜材料制成，座基高2米。格萨尔王面部塑造丰满圆润，身穿盔甲，手持兵器，骑着骏马，整座塑像造型浑厚饱满。据说2010年4月

流动的艺术

14日玉树地震发生后，满城废墟中唯有这尊格萨尔王铜像仍然高高地矗立在广场中间，给人们带来无限的信心与希望，藏族群众们都说格萨尔王铜像不倒，玉树就不会倒。

　　青海省果洛藏族自治州玛多县也是格萨尔文化的发祥地之一，据传格萨尔12岁在境内赛马称王，并迎娶当地贵族嘉洛之女珠牡为妃，留下了诸多美妙的传说，故相关历史遗迹较多。位于县城东南角山上的《格萨尔赛马称王》雕塑于2011年8月修建而成，资金440余万元由当地政府自筹。此雕塑由青铜制成，高13米，宽8米，格萨尔呈坐姿，右手扬马鞭，左手举法轮，身着铠甲，面朝东方，13位威尔玛战神环绕四周，整个塑像威武中透露出一种慈祥。

　　青海省果洛达日县的珠牡广场上坐落着珠牡雕像，属于典型的藏族女性的形象，周围有县政府、小学。雕像座高3米、像高达12米，珠牡右手捧杯，左手向前伸展，穿藏式服装配有头饰、腰饰，一条哈达从双臂垂下，目视前方遥望远处山上的格萨尔王塑像。如今的珠牡广场是人们休闲娱乐的场所，以她的雕像为圆心，周围有16根盘龙立柱，每个小柱子上蹲着一只小狮子，广场管理处每天下午5点会放跳锅庄舞曲供本地群众跳舞。本地的藏族群众对广场的修建十分满意，认为珠牡的雕塑雕刻得十分传神，而对广场主席台两边新绘制的壁画不太赞同，认为没有表现出来格萨尔的英雄气概和宏大的史诗场景。当地群众深信格萨尔大王是真实存在过的传奇历史人物，遇到困难会去本地的格萨尔狮龙宫殿祈祷和占卜。

　　与珠牡广场遥望的是山对面的格萨尔林卡，坐落在山顶之上的格萨尔雕像由花岗岩制成，总体高21米，配有底座，座基长17米，宽11.6米，周围刻有浮雕。主尊格萨尔右手扬鞭，左手挽辔，身披甲胄，跨下宝马，面容庄重，高大伟岸，据说是国内目前最大的格萨尔雕塑。

　　3.《格萨尔》浮雕

　　浮雕是雕刻的一种，雕刻者在一块平板上将他要塑造的形象雕刻出来，使它脱离原来材料的平面。浮雕是雕塑与绘画结合的产

格萨尔史诗造型艺术：视觉的神圣叙事

图 6-6　果洛州达日县珠姆广场珠牡雕塑（高莉供图）

物，用压缩空间的技法来处理对象，靠透视等因素来表现三维空间，并只供一面或两面观看。浮雕一般是附属在另一平面上的，因此在建筑上使用更多，用具、器物上也经常可以看到。

格萨尔的浮雕作品有汉白玉、水泥、花岗岩、金属等材质，多在诸如博物馆、展览中心、影剧院等建筑外墙上作为主题装饰出

· 219 ·

> 流动的艺术

图 6-7 玉树州结古镇的格萨尔青铜雕塑（高莉供图）

现。随着各地区经济的发展以及对格萨尔文化重视程度的提升，亦出现了一些高质量的作品，浮雕作品渐渐从户外进入了室内，制作更为精细，注重细节的表达。

四川甘孜州色达县的"格萨尔文化艺术中心"于 2012 年 7 月 10 日开始修建，总投资约 7000 万元，2015 年 7 月竣工，包括室外的院落总建筑面积为 17818 平方米。主体建筑面积为 8658 平方米，室外的广场 9160 平方米。四方形的角楼象征着格萨尔大王战胜四方，四角城堡分别为铁园紫宫、牺牛山宫、东花虎宫、甲山富宫，代表着北魔、霍尔、姜域、门国等，整个建筑不论是颜色还是布局都有寓意。中心的主体建筑前大门照壁墙上是高 2.5 米、长 15 米的用黄铜铸造的格萨尔浮雕。整幅浮雕用金色和深褐两色阳雕线刻，制作精美，气势磅礴，色泽含蓄沉稳，工艺技巧和内容的表现都达到了较高的艺术水准。视觉中心是坐在龙头大椅上的格萨尔大王，他面容威严眉头轻锁，头戴插胜利旗的战盔，身穿鱼鳞铠甲，左腿盘坐，右腿自然下垂，足登战靴，右手持短鞭、左手自然放在盘坐的小腿上，身后左右两侧为珠牡和乃琼，众多将士分布在两侧。浮雕主要表现的是格萨尔的战争场景和故事片断，从神子降生到荣归神国，用多个重要的场景描述格萨尔一生的丰功伟绩。铜质浮雕制作精美，人物众多，制作精良，工艺制作水准是此类作品中迄今为止的上乘之作。每一位来参观的观众都被这幅浮雕所吸引，在这里留下了影像。

4.《格萨尔》彩绘石刻

《格萨尔》彩绘石刻属于格萨尔史诗造型艺术的一种创新形式，也是对格萨尔史诗口传形式的扩充与发展。它以格萨尔史诗文本为基本素材，融精湛的刻石技艺和藏族传统绘画造型为一体，以独具特色的艺术语言，再现了《格萨尔王传》中的典型形象和场景事件，具有与格萨尔口传文本同样重要的档案价值。同时，格萨尔彩绘石刻也是蕴含了丰富的藏族民俗传统的艺术作品，是藏族民间美术中的一门创新艺术。

格萨尔彩绘石刻广泛分布于四川和青海等省的藏族生活区，这种石刻用高原藏区丰富的天然页岩作为载体，通过复杂的制作工艺完成，其内容以格萨尔史诗中的人物形象和经典故事为主，具有较为统一和规范的艺术风格，不论独幅作品还系列作品，其中的人物形象、配饰、配景均忠实于格萨尔史诗传唱文本中的描述。石刻艺术在近年来得到了很大的发展和普及，为安多藏区和康藏区的广大藏族人民所偏爱，这一现象应该与藏区悠久的石文化历史有关。

至少从公元7世纪起，随着藏文的创制和佛教的传入，藏族就开始有了在石壁上雕刻佛教教义和咒语的习俗，为近代的藏族石刻文化奠定了基础。由于青藏高原的地质结构，页岩资源极为丰富，在一些藏区，以页岩为材料建造的碉楼十分常见，而以页岩为载体的石刻艺术品也相应较多。

在康巴藏区，格萨尔石刻通常都被放置在宁玛派寺院或玛尼堆处（也有的放置于家中重要位置）。宁玛派是藏传佛教中创建时间最为久远的教派，并且宁玛派允许僧人婚育生子，其宗教规范相对世俗化，因此，代表世俗英雄的格萨尔王被宁玛派广泛接受并加以推崇。通常，格萨尔石刻都与各种刻有祈祷经文和佛像的石

流动的艺术

刻混置在一起，这一现象充分说明了格萨尔王作为民间信仰在藏族民众心目中所占的重要地位。

小型的格萨尔石刻一般选取尺寸在 0.4 米到 1 米的页岩，根据石料的自然形状加工成三角形、长方形、椭圆形或不规则形等形状，其后经过构图、刻制、上色等工序完成。近年来，也出现了长度超过 2 米的大型页岩石刻。藏族传统的凿刻岩画的方法大致有敲琢法、线刻法、磨刻法、磨砺法等，均属于以"线造型"为基础的凹凸造型手法。格萨尔石刻与藏区这种原始石刻所采用的雕刻技法基本一致，以阳刻、阴刻兼浅浮雕为主，手法比较硬朗粗放。这些石刻作品经雕刻后还要经过多次打磨再上颜色才能完成，因而有其特殊的质地，颜色虽不及丝绢锦缎类上绘制的唐卡细腻和华丽，但是造型风格较为古拙，设色浓烈厚重，讲究色彩的单纯和视觉冲击力。为了便于保存和增加作品的亮丽感，作品在完成之后还会涂上一层清漆，使作品表面呈现光亮透明的效果。通过以上分析推断，格萨尔石刻应与藏区的其他石刻艺术具有相类似的功用，其产生和藏区的自然条件和宗教文化习俗具有直接的关系。

从一些格萨尔彩绘石刻图像中我们可以发现，格萨尔石刻的图像与格萨尔唐卡绘画有很多相似之处，均可以从史诗文本中找到其来源。从产生的时间上来看，以格萨尔王为题材的唐卡应早于现存的格萨尔彩绘石刻，故古代的格萨尔唐卡应为这些石刻造像的蓝本。

长期以来，藏族的艺术传统基本上是在宗教的母体中蕴育和发展的，而格萨尔彩绘石刻的形成，一方面体现了这部史诗本身具有的强大艺术生命力，另一方面也展示了藏族民间艺术超越宗教规范的世俗化倾向，藏族石刻艺术家们将这位英雄的形象按照藏族人民喜闻乐见的形式刻制出来，成为人们供奉、瞻观、朝拜的对象，也正是基于这个理由，具有浓厚民俗特色的格萨尔石刻才逐步冲破了宗教主题的界域而被与佛像并置。

三 《格萨尔》工艺美术

1. 《格萨尔》藏绣长卷

藏绣源于公元9世纪，与唐卡和堆绣并称为藏传佛教三大艺术。在漫长的历史进程中，藏绣不断吸收中原文化、中西亚文化及藏传佛教文化中的艺术手法，已成为青藏高原特有的文化现象。

青海地区的"藏绣"主要分布在青海海南藏族自治州贵南地区和共和县为主的农业区，2010年被列入青海省级非物质文化遗产，青海著名的藏绣生产基地主要集中在海南州贵南县。从前，藏绣这种技艺一般用在藏族民族服饰上，藏族女儿出嫁时均有穿戴一整套藏绣服饰的传统，绣制技艺的高低和华丽的程度直接影响着女方将来在婆家的家庭地位，所以，妇女们几乎人人都会藏绣这种得天独厚的技艺。

这种得天独厚的人文基础却一直深"藏"在农家大院，直到2006年，从沙沟乡走出来的仁青加，把"藏绣"推到了世人面前，获得了市场广泛的认可，也将藏绣产业推向了新的高度。

2006年，由仁青加先生把这项具有独特藏族风貌的技艺从沙沟乡迁移到贵南县城，并且创立了青海省海南州五彩藏绣艺术有限。

因《格萨尔》在青海地区流传较广，仁青加经过准备筹划，决定以藏绣长卷的形式绣制出一幅《格萨尔》长卷，所绣内容选用格萨尔早期版本《贵德分章本》为主，聘请嘎玛嘎孜画师作为绣制样图的绘画画师，嘎玛嘎孜画派的绘画结构以印度铜佛像和勉唐派风格为准，在绘填风景方面，吸收我国明代宫壁画中宫殿、岩石、流水、树木、花卉等的表现手法及优点，而染色方法继续保持藏地传统方法，其绘画风格具有突出的多元文化交流特征，集中体现在三个方面的巧妙融合，一是中国工笔重彩与传统西藏唐卡重彩画的技艺相融合，二是相对写实性的山水，花鸟与藏区装饰性的人物、图案的题材融合，三是传统工笔画与传统唐卡画淡雅、艳丽并置的审美趣味融合。

流动的艺术

考虑到藏绣长卷"卷轴"的特点，为了便于将来的展览与运输，内径高度定为1.2米（净尺寸，无装裱前），卷轴的总长度以内容的叙事经过为依据（可考虑20米为一卷，共为10卷，总长度约为200米）。预计作品完成后，装裱采用藏族传统的装裱方式，上下均为堆绣与布贴图形连接而成，在间隔处加以点缀绣片一幅，每幅绣片内容为格萨尔相应时期的生活物件。目前，项目需要的2818万资金中，有1000余万元已经到位，格萨尔藏绣长卷的绣制，既可以有效地增加当地藏绣产业人员的收入，也成为促进藏绣产业发展的重要推动力。

公司计划将之留在海南州公开展览展示，围绕该作品开发动漫周边等文化产品，还计划与中国社会科学院格萨尔研究所、青海民族大学联合出版相关研究以及宣传的书籍，并与省文化旅游厅对接申请星级旅游景点，促进当地文化旅游业的发展。

2. 《格萨尔》掐丝唐卡

掐丝唐卡借鉴景泰蓝的掐丝技艺，以藏传佛教中的佛像为主要题材，是产生于21世纪初、具有创新性的工艺美术类技艺。初期，掐丝唐卡以卷轴佛画为范本，内容为菩萨、护法、天王、金刚、佛传故事等为主。现代，随着人们对这种新型工艺美术技艺的喜爱，题材逐步延伸为藏族传统艺术中的人物、动物、植物、花卉、风景等多种题材。近年来，掐丝唐卡除了沿袭传统卷轴唐卡的度量与色彩、保持佛教人物的面部表情及手势等以外，在其周边修饰上大胆创新，融入了汉族文化特色。

青海地区制作格萨尔掐丝唐卡手艺人是果洛州的女性艺人索南卓玛，她出生于牧民家庭，以放牧为生，后参加了州上的掐丝唐卡培训学习，制作过多幅格萨尔王掐丝唐卡。她以藏区流行的格萨尔唐卡为原型，通过艳丽的色彩展现人物的特性，使人物个性鲜明生动，充分体现不同佛像的不同历史、宗教背景和寓意，使唐卡艺术得到了进一步的升华。她制作的格萨尔掐丝唐卡画面清晰、新颖、色彩丰富、艳丽，立体感强，便于长期保存与收藏。

3. 酥油花

酥油花是青藏高原用作供奉的、独有的、专门由僧人制作的造型艺术品，使用的原料为酥油，是从9月份之后的牧场中的奶牛产的牛奶中提取的，其粘性和劲度要优于牧民平日食用的黄色酥油。每年立冬之后，制作酥油花的僧人们将纯净的酥油切割成所需的薄片并浸泡到冰水中，根据所塑造的人物或者花卉的形象，捏揉成条状或点状，加上画唐卡使用的矿物或植物颜料即开始制作。

首先是"扎骨架"，根据所表现的内容，用加工的柔软草束、麻绳、竹竿、棍子等物扎成大大小小不同形态的"骨架"，即所塑造的基本模型。其次是"做胚胎"，塑造的第一道原料是用上年拆下来的陈旧酥油花掺和上草木灰反复捶打，制成韧性好弹性强的黑色塑造油泥，然后裹在骨架上完成粗糙但准确的一个个大造型，其塑法近似面塑或泥塑。再次是"敷塑"，塑造的第二道原料是在加工成膏状的乳白色酥油中揉进各色矿物质颜料，调和成五颜六色的油塑原料，仔细地涂塑在做好的形体上，有的还要用金、银粉勾勒，完成各色形象的塑造。

酥油花虽名曰"花"，但其题材多样，通常来说有佛祖神仙、菩萨金刚、飞禽走兽、花鸟鱼虫、山林树木等，组成各种故事情节，形成完整的立体画面。它的造型特点和手法类似国外盛行的腊像艺术。酥油花艺术具有精、繁、巧的特点，在一个有限的空间中容纳极多的内容。大至1—2米、小至10—20毫米的人物走兽，个个精到，力求写实，而其姿态神韵力求传神达意。

青海果洛甘德县的格萨尔酥油花展览馆修建于2014年，酥油花展览馆是一座藏式建筑，高约8米，馆内布局为长方形。格萨尔酥油花墙长约52米，高2.8米，用7万斤酥油塑造，根据史诗情节，格萨尔王居于中心位置，岭国将士40位、王妃4位、四大天王、动物65只、云彩花草树木若干，做工精良、细腻传神、小巧精致，是目前国内规模最大也是唯一的一组格萨尔酥油花雕塑作品。

所有的作品均由甘德县龙恩寺的20余位僧人历经一年多时间精心制作完成，为了完成这件作品，僧人们还远赴清华大学学习造型技艺和三维塑形技法。学成归来之后，创造性地设计绘制了几十副酥油风景画，表现的内容为果洛地区格萨尔王有传说与遗迹的地点，现安置在格萨尔酥油墙的入口与出口处的墙面之上，以传统酥油雕塑的艺术形式展现格萨尔王的丰功伟绩。这是我国首个格萨尔酥油花展示宫，也是青海省首个以酥油雕塑艺术展现格萨尔史诗文化的传承基地。

目前，已被扩建为格萨尔文化艺术中心，其他的造型艺术还在源源不断地扩充之中。

4. 《格萨尔》贴布脱胎面具与药泥面具

面具，藏语称"巴"，是一种历史悠久的藏族手工艺品，其制作材料多样，按材料质地可分为金属、皮、布、纸、泥、木等不同类型，按功能可大致分为原始祭祀面具、民间表演艺术面具、宗教面具几种类型。根据觉囊·多罗那他撰《莲花生传》、第司·桑结嘉措著《亚色》等古文献中的记载，公元8世纪的祭神宗教舞"羌姆"中已出现了面具。面具同时也是藏戏艺术重要的道具，在藏戏的形成和完善过程中发挥了重要作用，近代各大藏区演出格萨尔藏戏多佩戴面具，其色彩丰富多样，皆具有不同的象征意义。如白色面具象征纯洁、温和、善良、慈悲、长寿、智慧和富足等；黄色面具表示容光焕发、功德无量、种性优越、知识渊博、利益众生、威猛勇敢、神通广大、神圣而有智慧等；红色面具象征权力，表示文韬武略、智勇双全、内外事务操持自如；绿色面具表示功业彪炳、事业有成、有胆有识、克敌制胜；阴阳脸面具以不同的颜色来区分，表现不忠诚、不可靠，诡计多端的两面派人物性格特点；黑色面具表示愤怒相，给人以威严、怖畏之感；紫红色面具表示凶相，表现恶和残暴，令人生畏。

各类藏戏面具的图像主要有以下三个来源，一是宗教祭祀舞蹈中的面具，二是寺院壁画、唐卡画中所塑造的各种人物、动物、神、妖魔鬼怪的图像，三是佛经故事、历史传记以及民间传说中对各种人物、动物、神、妖魔鬼怪的描述。格萨尔藏戏面具是在西藏原始祭祀、民间表演和宗教跳神及供奉面具的基础上形成的新图像系统。

从工艺特点来看，格萨尔面具可分为平面布和三维贴布脱胎两种，其中贴布脱胎面具的制作工艺虽然较其他类型面具为复杂，但由于其质地轻、成型效果好,被广泛应用,四川省甘孜州的格萨尔贴布脱胎藏戏面具享有盛名。所登是四川省甘孜州德格县专门从事布贴脱胎面具制作的艺人,6岁起即开始学习格萨尔面具的制作,客户多为寺院跳藏舞的僧人。他平时在家中制作面具,制作一个面具需要一到三天的时间,先将白色棉布用胶水层层贴上泥塑好的人物模型,到一定厚度后脱模取下描绘细节。到目前为止,他所制作的面具都是父亲传给他的传统图像,他说,制作格萨尔的面具并不能随意地描绘,都得严格按照父辈的要求来做,不然会惹恼格萨尔大王。

四龙降泽是四川省甘孜州新龙县人,生于1955年。家族中自爷爷那辈起就开始从事藏医、藏传绘画和泥塑的工艺传承,叔叔波洛仁孜不仅医术精道,尤其擅常唐卡和泥塑,对四龙降泽的影响很大。四龙降泽从小就受到熏陶,在康定师范学校美术专业曾系统学习了美术专业知识和技能,为后来从事藏族面具的制作打下了坚实的基础。1976年从康定师范学校毕业后,四龙降泽回到新龙县工作,工作之余一直努力钻研藏族雕塑药泥的配方和药泥面具的制作。经过二十多年的摸索,四龙降泽不仅使藏族雕塑药泥的配方更臻完善,对药泥面具的制作技艺也更为熟练。2002年,四龙降泽开始创制格萨尔药泥面具,这一年制作的格萨尔王及其七员勇将的小型面具受到社会的广泛关注和好评。

2005年起,四龙降泽制作了格萨尔王及其王妃、三十员大将共38件(一套)格萨尔药泥面具。2012年获得四川省非物质文化遗产"藏族药泥面具制作技艺代表性传承人"称号,在民间有"格萨尔药泥面具第一人"的美誉。

结　语

时至今日,格萨尔的造型艺术品已经成为各藏区宣传和打造当地文化产业的标志,而格萨尔文化通过这些视觉艺术的宣传,其认知度已远远超出说唱艺人所带来的效果,更大范围的格萨尔

流动的艺术

文化传播已经为我们拉开了序幕。

没有传播也就没有传承关系，正如社会学家查尔斯·科利认为："传播是人类关系赖以存在和发展的机制，是一切智能的象征通过空间传达它们和通过时间保存它们的手段。"因此，选择更有效和合理的传播方式已经成为传承和延续格萨尔史诗文化十分重要的现实工作。

从视觉文化的角度来看，以生动、逼真、直观的造型艺术来表现史诗，卸载印刷媒体的重负和说唱传播的时空局限无疑是一种十分有效的传播手段。同时，观看者也不再受文化传统、语言的限制，为格萨尔史诗走出藏区，向更广阔的文化区域传播提供了先决条件。

有学者认为，新科技会导致文化的消亡；另一些专家则认为，新科技将会以一种积极的方式将文字和图像相结合，创造出一种更加立体的表述方式。

毫无疑问的是，传播与共享已经成为当代文化不可避免的存在方式，因此，更好地利用现代文明带来的文化传播方式，把现代文明的丰硕成果融入格萨尔史诗的保护与传承中，使之更能贴近我们的生活，成为全人类共同的文化财富，是这部史诗在当代文化语境中生存和持续发展的有效途径。

众多的格萨尔造型艺术以视觉化为主进行超时空的传播，成为格萨尔史诗跨民族、跨地域、跨文化传播的重要途径，视觉化与叙事性所具有的内涵，超越以往传媒所能承载的完全的文本信息，这一变革不仅深刻地影响着人们的习惯和接受，也改变了人们感知、判断事物的空间和逻辑思维方式。在《格萨尔》史诗受众急剧增长的情况下体现出巨大的潜力，成为无限延伸、扩展的超级文本和立体文本。

21世纪以来的藏区事实上是一个由摄影、绘画、塑像、唐卡、人造景观、旅游文学、文化体验甚至越野车和手机视频所构成的动态图像世界，这种图像的意义和结构是多层次的、流动的，这种具有自我活性的文化网络甚至改变了观察者或者被观察者对于自身所处的文化图景的认知和把握。语言与文化观念的壁垒固然会长期存在，在当代的文化语境下重新阐释一种民族文化，使之适应并契合于被普遍认同的思维方式、价值观念，较之单纯的弘扬和保护具有更重要的现实意义。

不止是诗歌与语言：格萨尔口头史诗的音乐世界

姚 慧[*]

姚慧

如果可以将格萨尔史诗的叙事比作一串精心编制的珍珠，那么音乐就是将一颗颗珍珠串联在一起的那条线。

---

[*] 姚慧，中国社会科学院民族文学研究所副研究员、博士。

不止是诗歌与语言：格萨尔口头史诗的音乐世界

20世纪末国际学术界开始了关注底层文化、边缘文化的学术转向，催生了"眼光向下的革命"，其中以由美国帕里、洛德创立的"口头程式理论"尤为耀眼。经朝戈金、尹虎彬、巴莫曲布嫫等中国学者多年来对口头程式理论的积极引介、翻译与在地化运用，促发了中国民间文学和民俗学界的学术范式转换，由此带来格萨尔研究领域对过往资料搜集、田野调查及学术研究的反思，逐渐认识到不能用书面文学作品的观念来审视流传在民间的、口头的《格萨尔》史诗，它的口头性和活态性受到了前所未有的重视。藏族《格萨尔》史诗是以口头说唱的形式流布于民间的，对于口头史诗《格萨尔》而言，史诗的文学语言与音乐表演犹如一个硬币的两面。无论是文学之于音乐，还是音乐之于文学，在口头史诗的演述中皆是唇齿相依、彼此作用的。它们共同构成了口头史诗之演述整体，而音乐的参与则是构建格萨尔史诗口头属性的关键一环，是区别于书面史诗的重要标志之一。

中国拥有其他国家所无法比拟的、口头活态传承的史诗资源，但作为口头演述不可或缺的史诗音乐及其研究却在中国史诗学界没有得到应有的重视。如果我们放眼世界史诗研究领域，史诗音乐研究的萤火之光在文学与文本研究的日月光辉之下也显得暗淡微弱。赖歇尔曾指出：当口头史诗的文本已经得到充分收集和研究时，口头史诗的音乐研究大体上依然是一个尚未被充分开垦的领域。在世界史诗音乐的研究中只有极少的比较研究，几乎没有基于此论题的专题论文或合著。在此研究现状下，赖歇尔认为："对史诗中音乐方面的忽视为我们提出了一个美学上的基本问题：仅将史诗解释为诗歌和语言合理吗？当音乐被忽视时，我们是否正在丢失口头史诗属性的一个重要的组成部分？"他一再呼吁忽视或丢失音乐的史诗研究是不完整的。因此，音乐是《格萨尔》史诗大家庭中不可缺少的一员。

一 西藏音乐历史传统中的《格萨尔》音乐

《格萨尔》史诗音乐与其他西藏传统说唱音乐可谓一脉相承。

流动的艺术

对于《格萨尔》史诗音乐与西藏民族民间音乐的关系，学界已有一定的学术积累。边多曾从三个角度进行了论述：其一，他认可西藏地区的《格萨尔》史诗音乐与当地的民间音乐有着极为相似的风格色彩，如康区的格萨尔史诗音乐在风格上类似于该方言区的果卓音乐；其二，在曲式结构上，边多认为，《格萨尔》音乐上下两句和四个乐句组成乐段的曲式结构与西藏其他民间歌曲的结构存在密切关系；其三，《格萨尔》音乐与古代民间的"古尔鲁"也有着千丝万缕的联系，如唱词基本皆是八字或七字一句，皆使用不对称的三句一段的曲式结构。①

扎西达杰也认为《格萨尔》说唱曲调在牧区多吸收山歌的因素，在农区又与歌舞音乐彼此相联；《格萨尔王传》体现了鲁体民歌和牧歌的许多特征，如散韵结合、以唱为主，回环多段体的诗歌格律，三句或四句体，每句一般六字、七字、八字或九字，且一字配一音。② 黄银善也曾提出，"从民间说唱艺术领域看，《格萨尔王传》又广泛地综合和吸收了藏族民间音乐中丰富多样的艺术形式。它把朴实无华的折嘎尔（说唱）、古朴悠扬的勒（酒歌）、高吭婉转的纳伊（山歌）、活泼诙谐的则肉（表演唱）、节奏明快的卓一（舞蹈）等融为一体，集各种民间歌舞音乐艺术形式于一炉"。③《格萨尔》说唱音乐可以说是在当地民间音乐的积淀与滋养下形成和发展起来的。

与蒙古族和土族不同，很多藏族《格萨尔》唱腔都有一个专门的曲名，而且在众多曲名中又有很大一部分是以人物角色为命名依据的。边多之所以认为《格萨尔》音乐来源于吐蕃时期的古

---

① 参见边多《论藏族英雄史诗〈格萨尔〉说唱音乐的历史演变及其艺术特色》，《西藏艺术研究》1991年第3期。

② 参见扎西达杰《玉树藏族〈格萨尔王传〉说唱音乐研究》，摘自角巴东主、扎哇主编《雪域格萨尔文化之乡——玉树》，青海民族出版社2013年版，第182—183页。

③ 黄银善：《〈格萨尔王传〉说唱音乐》，《音乐探索》（四川音乐学院学报）1988年第1期。

尔鲁，依据便是人物角色与曲调之间的对应关系①。《五部遗教·国王篇》中载：

> 国王下令大家把歌唱，
> 模仿三十三天神曲调，
> 王唱玉殿金座吉祥歌，
> 牟尼赞普大王子，
> 唱了雄狮显威曲；
> 牟日赞普小王子，
> 唱了十三欢喜曲；
> 王后唱了翠湖漩，
> 公主唱了绿枝颤。
> 诸位高僧把歌唱，
> 大德菩提萨埵师，
> 唱了洁白禅珠歌；
> ……②

除此之外，《西藏王统记》在对建成桑耶寺时所举行的庆典的描述中，也有不同人物演唱不同曲调的记载：

---

① 为了更进一步说明"古尔鲁"与《格萨尔》说唱艺术的紧密关系，我们以"古尔鲁"的曲名与《格萨尔》说唱的曲名进行比较，从而可以更加清楚地看出它们之间实际存在的历史渊源关系。本文在前面已例举了建成桑耶寺时藏王赤松德赞和莲花生大师等人唱"古尔鲁"的许多曲名，这些曲名与《格萨尔》中的许多曲名有着一定的关系。如说唱《格萨尔》的《威震四海曲》《雄虎怒吼曲》《金刚古尔鲁曲》《杜鹃六合声曲》《深明首法曲》，等等，与"古尔鲁"中的那些曲名从内容、形式、风格特点等方面几乎完全相似。如格萨尔王唱的《威震四海曲》与莲花生大师唱的《威震鬼神曲》，格萨尔王唱的《金刚古尔鲁曲》与《丹珠尔》中的《吉祥金刚空行母古尔鲁曲》，王子姆地赞普唱的《雄狮骄相曲》和《格萨尔》中大将们唱的《雄虎怒吼曲》，在《格萨尔》中王妃们唱的《杜鹃六合声曲》与赤松德赞的王妃们唱的《柔枝嫩叶曲》等等相似之处比比皆是，无法在此全部说完。从以上比较中，我们能够更加清楚地认识到它们之间的确存在着特别紧密的关系（摘自边多《论藏族英雄史诗〈格萨尔〉说唱音乐的历史演变及其艺术特色》，《西藏艺术研究》1991年第3期）。

② 《中国曲艺音乐集成·西藏卷》编辑委员会：《中国曲艺音乐集成·西藏卷》，中国ISBN中心2007年版，第11—12页。

◆ 流动的艺术

  松赞王、莲花生、大臣及王妃、译师们每人都唱一曲:
  藏王赤松德赞唱《国王欢喜曲》,
  王子牟尼赞普唱《人间光明曲》,
  王子牟迪赞普唱《雄狮骄相曲》,
  王妃们唱《蓝湖旋流曲》和《柔枝嫩叶曲》,
  亲教师菩提萨埵唱《洁白的智慧真言曲》,
  莲花生大师唱《威震神鬼曲》,
  智者毗卢遮那唱《元音婉转曲》,
  努鹏朗卡宁波唱《大鹏盘旋曲》。①

  如果我们翻阅边多的《西藏音乐史话》会发现,事实上《格萨尔》说唱中这种带有角色划分的戏剧性元素②在藏族音乐舞蹈发展的早期已有萌芽,而这种唱腔角色的戏剧性是经过了历史上诸种音乐舞蹈形式的积淀孕育才最终凝结在《格萨尔》史诗音乐中的。

  与野兽进行生死搏斗的狩猎生活是西藏原始社会藏族人的主要生活内容,而狩猎生活也在长期的发展过程中孕育了与之相适应的一系列音乐舞蹈形式。以狩猎生活为内容的音乐艺术形式中,猎人与野兽的角色划分可能是西藏音乐最早戏剧性角色的划分思维,而且这种思维影响到了后世发展的其他藏族音乐艺术。

  在西藏原始社会,击石兽舞可以说是藏族音乐舞蹈形式戏剧性元素最早的孵化器。人们在敲击石块的伴奏下,表演各种野兽舞蹈,再现了人与野兽进行搏斗的生活情景,此时戏剧性的人物角色只有猎人与形态各异的野兽形象。后来出现了一种古老的民间

---

  ① 《中国曲艺音乐集成·西藏卷》编辑委员会:《中国曲艺音乐集成·西藏卷》,中国ISBN 中心 2007 年版,第 12 页。

  ② 这里仅仅提到"戏剧元素",而没有笼统地把《格萨尔》当作戏剧音乐来研究,因为更准确地说,似乎《格萨尔》本质上是说唱音乐,同时具备一定的戏剧因素。但它与西方的、或者汉族的创作戏剧或者文人加工的戏剧不同,它的专曲专用以及通用调都不是固定的,都是灵活即兴组合而成的,在传统的固定模式和词汇下做最灵活的变化,而西方的创作戏剧的专曲专用是固定的,只为一个人物的只有这个人物,并没有即兴创编的成分在里面。因此,这里只能说《格萨尔》史诗音乐具备戏剧化元素,但这些元素已经在《格萨尔》中播下了戏剧的种子,这个种子也为与《格萨尔》史诗说唱密切相关的藏戏的发展奠定了基础。

不止是诗歌与语言：格萨尔口头史诗的音乐世界

图 7-1　甘孜州格萨尔艺术中心《格萨尔》浮雕局部（姚慧供图）

艺术"喜戎仲孜"，在西藏，每当举行盛大典礼或迎接贵宾之时，都能够见到一位面带猎人面具、手持五色彩箭的藏族老者，带领两位身披野牦牛皮的舞师狂舞的场面。① 可见，藏族先民征服野兽的正反方的人物角色在"喜戎仲孜"中是通过面具和身披野牦牛皮的形式表现出来的。

　　进入雅龙部落文化时期，西藏盛行万物有灵、灵魂不灭的原始苯教，它有以上祀天神、下镇鬼怪、中兴人宅为准则的一整套祭祀禳解仪式。此时的西藏各种艺术形式均受到了苯教的深刻影响。在新石器或石铁混合使用的时代，百兽起舞（工布卓巴舞）角色划分的标志已由批戴各种兽皮演变为模拟野兽的姿态动作。进入苯教的盛行时期，一种以舞蹈为主体，融文学、歌唱和说唱为一体的综合性艺术形式《打狼歌舞》应运而生。"《打狼歌舞》在漫长的艺术实践中，渐渐地分化出了二十个不同的节目，而且节目之间有着较为明确的称谓与排列次序：1. 狼之特性；2. 人间形成

---

① 参见边多《西藏音乐史话》，中国藏学出版社 2006 年版，第 25 页。

流动的艺术

之说；3. 五色蛋的演变；4. 十八个罗睺罗；5. 盘绕空域之声；6. 第一圣地；7. 迎送之歌；8. 名门贵胄的英雄；9. 念珠之说；10. 竹子出生之地；11. 彭波果拉山；12. 甲嘎尔山；13. 宝山；14. 东方的后山；15. 崇巴大姐；16. 在大山的后方；17. 空中的太阳；18. 年轻人的帽子；19. 在山的草地上；20. 圣水长寿瓶。"[①]与最初的狩猎情节相比，这种《打狼歌舞》中已经在猎人与野兽颇为简单的角色划分的基础上产生了较为完整和复杂的情节建构逻辑，在节目之间有顺序的联缀中，戏剧性元素已开始崭露头角。

  在综合性艺术的发展路径中，音乐的作用也日益凸显，如集杂技、音乐和舞蹈于一身的仪式性杂技歌舞"恰堪"，它通过模仿雄鹰等鸟类飞舞盘旋的姿态来塑造各种艺术造型，人物角色除了一名"恰堪"的主演、一名叫做"阿古"的喜剧角色之外，还有十多名伴唱人员。在整个表演过程中，"恰堪"的伴唱贯穿始终。"恰堪"的唱曲分祭祀曲、自我表演曲和悲歌三种，每一曲都由若干不同的曲调组成。另外，在杂技、说唱、舞蹈的综合性艺术"抛娃朵夏"中，音乐也始终发挥着举足轻重的作用。[②]

  经过一段时间的积淀与发展，在苯教思想的影响下，带有一系列完整节目程序的综合性艺术开始由最初的狩猎生活主题向驱魔主题转化，如《吉达吉母》，意为"父亲与母亲"。人们认为冰雹灾害是天神娘娘派来的冰雹魔鬼造成的，于是按照苯教"下镇鬼怪"之法，家庭成员在父亲和母亲的带领下通过表演来招魂驱魔、砍断魔爪，最后降服冰雹魔鬼，渐渐在民间就形成了傩歌舞"吉达"。表演时父亲戴白色面具，母亲戴绿色面具，还有四名不戴面具的阿叔和四名戴山羊皮面具的喜剧演员。[③]《吉达吉母》不仅通过不同颜色的面具来划分不同的人物角色，而且整套节目也有固定的情节程序："1. 平整净地；2. 出场之歌；3. 悲歌；4. 在东方贡堂之上；5. 人间的形成；6. 绿色的草坪；7. 祀神之歌；8. 人生

[①] 边多：《西藏音乐史话》，中国藏学出版社2006年版，第55页。
[②] 参见上书，第60—61页。
[③] 参见上书，第78—79页。

的需求多；9. 赞美装饰；10. 首领的宝地；11. 圣地孜日山；12. 东方巴拉山；13. 上部的山谷中；14. 阿久大哥；15. 母亲的女儿；16. 曲桑圣地；17. 大鹏的故乡；18. 老汉赞马；19. 射死魔鬼；20. 善良的空行母；21. 赞刀灭恶鬼；22. 砍断魔爪；23. 招财引福；24. 扎西吉祥。"① 与有着同样固定排列顺序的《打狼歌舞》不同，《吉达吉母》已深受苯教世界观的浸染，在系列戏剧化情节之外，开头与结尾分别是极具苯教色彩的"平整净地"和"祈求吉祥"。

经过西藏音乐历史的沉积发展，在经由狩猎故事发展而来的、一脉相承的各种音乐艺术中，蕴藉着戏剧化元素的、集大成的综合性艺术开始出现了独立分化的局面，而分化指向了两个不同的方向，一是承继原有的综合性艺术的发展轨迹，形成综合型艺术藏戏。二是脱离舞蹈和杂技形式，从综合性艺术中独立出来形成长篇的、大型的说唱叙事。

在大型说唱形成之前，由先人狩猎故事改编而成的口头说唱艺术仲鲁为格萨尔史诗音乐的发展奠定了深厚的基础。仲鲁继承了自"击石兽舞"以来的音乐艺术的戏剧性元素，借曲调来划分人物角色，使曲调在仲鲁的说唱中成为戏剧性表现的有效方式。在说唱形式上，仲鲁的"故事情节的叙述使用念白讲说，人物对话以歌谣的歌唱形式表现。表演时，在说讲故事中间，根据内容和感情表达的需要，而穿插歌唱。边说边唱，生动活泼，感情表达丰富而真挚"②。在唱腔上，仲鲁的说唱曲目较多，曲调有些是以人定曲，专曲专用，但大多数是通用乐曲。③ "仲鲁的曲调大多来自民间，不同的故事有不同的曲调，即使同一个故事，由于流传地区的不同，演唱的曲调有的稍有变化，有的则完全不同。篇幅比较短小的曲目，无论有多少唱词，通常只用一种曲调演唱故事中的不同唱词；篇幅比较长的曲目，则用多种曲调来分别演唱不同

---

① 边多：《西藏音乐史话》，中国藏学出版社2006年版，第80—81页。
② 《中国曲艺音乐集成·西藏卷》编辑委员会：《中国曲艺音乐集成·西藏卷》，中国ISBN中心2007年版，第32页。
③ 参见上书，第32页。

◈ 流动的艺术

的唱段。"①

  由此可见，格萨尔史诗音乐在说唱形式、音乐结构、以人定曲、专曲专用等方面均继承了仲鲁音乐的血脉，而同时又在其基础上得到了更大的发展，尤其体现在唱腔上。仲鲁的唱腔仍以最初狩猎故事中猎人与野兽、人物与动物、正方与反方的两大角色为基本的划分逻辑②，而格萨尔史诗音乐也承其路径，并使此划分逻辑得到了体系化的成熟发展。因此，格萨尔史诗以音乐唱腔为划分人物角色的手段并不是横空出世，而是在岁月的长河中与之前的综合性艺术环环相扣，一脉相承。格萨尔史诗音乐既是前期各类音乐艺术形式相互融合的集大成者，也是影响后世音乐艺术形式发展的一个重要路标，在西藏传统音乐历史中具有举足轻重的地位。

● 二 格萨尔史诗音乐以人定曲的身份意义

  在格萨尔史诗的征战篇章中，当两军对峙时，双方将领手持利刃先要以对歌的方式比试一番，不仅向对方表决心要先唱段曲子，而且还要由声音条件出色且英勇豪迈、言简意深、善于比喻的将领出马。这样的情节描述在格萨尔史诗中随处可见、俯拾即是。如岭方的尼奔开口说道：

    为了证明我们六个人（岭国六英雄）到了雅司城，让我们在城外一块儿发下一个三年内定要把霍尔彻底消灭的誓言吧！现在先让我们把那金顶、飞薹等各射它一箭，作为纪念好吗？"大家一致赞同。但由谁来向霍尔唱曲子表达决心呢？大

---

  ① 《中国曲艺音乐集成·西藏卷》编辑委员会：《中国曲艺音乐集成·西藏卷》，中国ISBN中心2007年版，第42页。
  ② 仲鲁的主要唱腔"由各种人物唱腔和众多动物唱腔两大系列组成。在人物唱腔系列中，狩猎故事的比例最大，其中猎人的唱腔最有典型性。……这种猎人的唱腔，演唱时在同类身份的人物中可以相互借用，但它不能用于各种动物及其他不同身份的人物。在仲鲁各种动物系列的唱腔中，为了区别不同动物，在每首歌曲的引子部分，唱者要模仿动物的呼叫"（摘自边多《西藏音乐史话》，中国藏学出版社2006年版，第168—169页）。

不止是诗歌与语言：格萨尔口头史诗的音乐世界

家都说："我唱！""我唱！"尕德建议："还是叫森达唱吧！他声音宏亮，且能唱得英勇豪迈，言简意深，又善于比喻。"森达并不推辞地说："好！就由我来唱这支正义的曲子吧！"于是走了出来，挥着大刀，唱起没头没尾也不做任何询问的曲子：我无敌的森达阿顿木，乃是光明神裔的英雄，雄狮王格萨尔的噶伦。雅司卡玛城城楼上，红袍子里的白帐王，听这具有重要意义的曲子吧！①

与蒙古族《格斯尔》极为详尽描写战场、战将的着装和武器相比，藏族《格萨尔》双方将领代言体、韵文式的对歌占绝对篇章。那么我们需要思考为什么除了两军阵前刀枪激战、厮杀搏斗的描述之外，更多的是大篇幅的对歌与对唱？为什么在两军阵前除了"比比箭法，亮亮长枪"，还要"唱唱豪歌"？

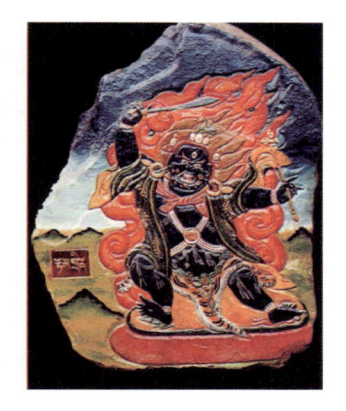

图7-2 四川省甘孜州丹巴县《格萨尔》石刻（姚慧供图）

据车得驷的研究，"专用曲牌都是刻划人物、塑造人物个性的一个特殊组成部分。一个曲牌在一个人物身上反复使用，有使人物形象与曲境，渐次相融化在一起的作用。曲牌反映人物，人物体现曲牌。曲牌的雕塑人物与唱词中对人物的描述及道白中对人

---

① 王歌行、左可国、刘宏亮整理：《岭·格萨尔王（霍岭战争）》（中），中国民间文艺出版社1986年版，第362页。

物的说明，完全水乳交融，不能分割"①。李晓玲也曾言，"《格萨尔》的曲调从曲名看，与人物的关系是密切的，它的曲名紧紧围绕着人物形象、演唱地点以及演唱内容等的不同而有所变化"②。据边多的统计，在藏族《赛马称王》全书中共有 56 个唱段，其中以人物特定标题性专曲专用的曲调达 36 首之多；《霍岭战争》全书共有 233 个唱段，其中以人物特定标题性专曲专用的曲调 46 首。③

　　与蒙古族、土族格斯（萨）尔史诗音乐不同，庞大的曲名体系和人物曲调的专曲专用现象是藏族格萨尔史诗音乐的突出特点，《格萨尔》故事中每个人物、每种动物都有各自演唱的曲调。格萨尔王是整部史诗贯穿始终的核心人物，他不能用史诗中魔敌及其他人物的专用曲调，他的特殊地位和使命决定了他的曲调及曲名与众不同，不能与其他人物的曲调相互替换。仅在《赛马称王》和《霍岭战争》中格萨尔王就使用几十个不同种类的说唱曲调，如显示他特殊地位的"大海盘绕古尔鲁曲""金刚古尔鲁曲"等；表现他谈情说爱的"婉转的情曲""终身无变曲""吉祥八宝曲"等；表现他祭祀行为的"呼天唤地曲""呼神箭歌曲"等；表现他在大庭广众叙述实力的"大河慢流曲""欢聚江河慢流曲""高亢婉转曲"等；表现他战斗激情的"攻无不克的金刚自声曲""威振大地曲"等。除此之外，曲名体系和专曲专用也因说唱艺人、流布区域的不同而有所差异。

　　有的艺人把不同的曲调分为岭国人物和其他国家人物两大类，也就是所谓的"人物专用调"；有的艺人说唱某一大部本时，每个重要人物都配以多首"专用曲调"，形成成套的"人物专用曲"；有的艺人则把相同的曲调用于不同的人物，或一般人物用同一种

---

　　① 车得驷：《〈格萨尔〉曲牌的创作艺术》，《西北民族学院学报》（哲学社会科学版）1994 年第 4 期。
　　② 李晓玲：《藏族史诗〈格萨尔〉音乐研究》，硕士学位论文，西北民族大学，2005 年，第 21 页。
　　③ 《中国曲艺音乐集成·西藏卷》编辑委员会：《中国曲艺音乐集成·西藏卷》，中国 ISBN 中心出版 2007 年版，第 400 页。

曲调，或多部格萨尔史诗的人物又只用同一种曲调，这就是所谓的"人物通用调"；有些自娱的业余说唱者和少数民间艺人，选用民歌或其他任何曲调来说唱《格萨尔》故事，或自由选用曲调。这就是"自由选用曲"。据扎西达杰的研究，《格萨尔》形成了军事类、国务类、仪俗类、心理类、说教类等内容的歌名系统，以及由格萨尔、岭方人物、他方人物、反派人物、神类人物、动物类曲名，以及其他曲名系组成的曲调名称体系。①

如果我们仔细观察，这个庞大的曲名体系其实包含着人物与动物、正方与反方、岭方与敌方或岭方与他方的划分逻辑，而且所有的曲名中以人定曲占有绝大多数。前文已述，西藏音乐艺术形式早期的猎人与野兽人物角色的戏剧化划分可能是后期发展的格萨尔史诗音乐角色划分逻辑的源头，格萨尔史诗音乐中系列对立关系的角色划分是早期猎人与野兽身份关系的延伸与发展，《格萨尔》实现了敌我、正反、人物与动物对立身份关系的曲调化，用曲调的人物专用、人物定曲来界定、区分人物间及人物与动物的身份。《格萨尔》歌唱的不仅仅是曲调本身，而且是《格萨尔》故事中人物角色身份认同与建构的重要组成部分，用不同的曲调来区分敌我双方或我方内部不同地位的身份关系。

因此，藏族格萨尔史诗的曲调根据人物角色的不同被赋予了人物类型化的特征。而对于动物的曲调，车得驷也曾言，"利用动物所创造的曲牌：这一类曲牌是用各种动物之名所创造，它有显示动物形象的特点。所有的动物也是经过慎重选择的，要能代表战争中正义与非正义双方人物的不同形象"②。可见，即使是动物也是藏族人或史诗歌手重构之后的动物角色，它们也需要有正义与非正义的身份归属。

---

① 参见《中国曲艺音乐集成·西藏卷》编辑委员会《中国曲艺音乐集成·西藏卷》，中国 ISBN 中心 2007 年版，第 400 页。
② 车得驷：《〈格萨尔〉曲牌的创作艺术》，《西北民族学院学报》（哲学社会科学版）1994 年第 4 期。

流动的艺术

专用曲调和曲名体系可以说承载着完整的身份关系与社会认同，不同人物或动物的正反角色规定着他在格萨尔史诗中如何使用与之身份角色相对应的曲调和曲调名称，而曲调及曲名本身也暗示着人物角色的身份归属，是岭方还是敌方，是正方还是反方一目了然。与此同时，岭方与他方也在通过对方来界定着自身，而曲调就正是这种身份界定不可或缺的重要方式，这也是熟悉格萨尔史诗的藏民通过曲调可以判断下一位出场人物的主要原因。事实上，那些标示着岭方身份认同的曲调和曲名重要，而那些标示着霍尔或其他敌方身份地位的曲调和曲名更加重要，因为这里的敌方是经过岭国人或藏族人或西藏人建构之后的敌方，敌方曲调或曲名的确立直接影响到对岭方内部社会身份关系和族群认同的解读，也就是说曲调本身也具有社会身份的属性，曲调或曲名也是族群与族群之间或族群内部不同人物之间区分社会身份、族属身份、心理身份与历史记忆的重要标识。如贾察在与霍尔的东旋奔图尔决战时用"勇武短调"唱道：

> 曲如河水滔滔奔流不歇，
> 歌如云空渺茫难以预测，
> 调如血液流动周身燥热。
> 我在打击敌人时，
> 定唱"勇武短调"曲；
> 我若刀割敌人头颅时，
> 必唱"流水慢调"曲。①

珠牡高举金杯走出来躬身说道："呀！请听呀，神圣的后裔君臣大众们！这杯美酒犹如久旱之甘露，我的曲子，犹如杜鹃之嘤鸣，词句则如丰年的穗头。请听我唱一曲！"

---

① 王歌行、左可国、刘宏亮整理：《岭·格萨尔王（霍岭战争）》（上），中国民间文艺出版社1985年版，第141—142页。

不止是诗歌与语言：格萨尔口头史诗的音乐世界

……
三夏我唱"鲜花清露曲"，
三冬我唱"旋风抒情曲"，
三春我唱"车前子婉转曲"，
一生常唱"九曼六变曲"，
六变取自苍龙的啸音，
九曼取自虚空的雨声。①

丹玛在与梅乳孜决战时想道：这是你们霍尔兴兵犯境，而我们是为了保卫自己的国家，从敌人手里夺来的马匹怎能不明不白地轻易归还。于是坚决地回答：

以往霍、岭两国，
犹如波涛和堤岸属于同一条河，
互相依傍紧密相连，
从来没有搅起仇恨的旋涡。
如今你霍尔自恃兵强马壮，
无端地侵犯我们岭国，
这种阴谋已如日月明朗，
大军压境燃起了战火。②
……
霍尔倘若撤兵离去，
各自尊重国家的权利，
不再图谋侵犯我国的土地，
那时我自然会照你的要求去做！
不但不需要你们的瘦马，

---

① 王歌行、左可国、刘宏亮整理：《岭·格萨尔王（霍岭战争）》（中），中国民间文艺出版社1986年版，第101—102页。
② 王歌行、左可国、刘宏亮整理：《岭·格萨尔王（霍岭战争）》（上），中国民间文艺出版社1985年版，第113—114页。

> 流动的艺术

甚至连一根鬃毛也不会拿去。①

……

从以上的引述中，我们会发现单从曲名上来看，除了曲调与曲名以人物角色为划分依据以外，事实上很多曲名是与歌词内容相对应的，或者说曲名也有提示歌词内容的作用。

因为格萨尔史诗几乎所有人物间的对话都是通过韵文的歌唱体来完成的，因此《格萨尔》中曲调的歌唱及曲名的描述在一定程度上定义了每个人物与他人的关系以及族属关系，定义了每个人物的年龄、性别、时间、空间、地位、情境或情绪，《格萨尔》中的曲调怎样唱、唱什么、何时唱、谁来唱的背后都几乎体现着藏族族群内部以及格萨尔史诗歌手个体的意义建构与情感表达。当时间、空间、情境和人物的身份属性等发生变化时，《格萨尔》的曲调也会随之变化。对于世世代代传唱格萨尔史诗的歌手和藏民而言，歌手每一次的着衣戴帽、起腔说唱相信都是对《格萨尔》故事中不同族群社会身份、年龄性别的再认知，是对过往霍岭两国之间恩怨仇恨与历史记忆的再度强化，是族群混居、文化碰撞交流区域"我"是格萨尔的后代或"他"是霍尔子孙身份认同的再度指认。

著名民族音乐学家安东尼·西格尔曾言："音乐与服饰和语言文体，可以是有用的建立群体身份的工具。即使生活类型变化了，村庄形式废除了，那些身上羽毛用作身体装饰的鸟类灭绝了，衣服破了，当地语言忘记了，一个群体的成员可能使用歌曲和舞蹈来显示他们喜欢自己应当是什么样子，在特定的场合，重新建立他们跟过去的联系。也许，这就是为什么如此众多的分裂的群体坚韧地紧附在他们的音乐传统上。"② 这也是为什么除了两军阵前刀枪激战、厮杀搏斗的简短描述之外，更多的是大篇幅的双方对

---

① 王歌行、左可国、刘宏亮整理：《岭·格萨尔王（霍岭战争）》（上），中国民间文艺出版社1985年版，第115页。
② [美] 安东尼·西格尔：《苏亚人为什么歌唱》，赵雪萍、陈铭道译，上海音乐学院出版社2012年版，第165页。

歌与对唱的原因。在大战之际、战场之上唱的并不仅仅是歌曲本身，而是将对歌也作为了一种宣战的方式，且对歌的成功在一定程度上丝毫不逊色于刀枪的胜利。对歌传统本身就是藏族人的一种生活方式，它与《格萨尔》故事中的人物唇齿相依，相互诠释，不论是喜悦、忧愁，还是悲愤、激励，不论是国事议政、对策商榷，还是求神问卜、战场对决都无法缺少歌唱的身影。如果说诗句与故事是《格萨尔》口头历史与记忆的承载者的话，那么与诗句、故事水乳交融的《格萨尔》音乐则更是其他形式所无法替代的组成部分。如西格尔所言，当有一天语言、故事、诗词格律在现代观念的影响下都发生松动或变异时，或许《格萨尔》诗词的重要依附形式——音乐却依然可以薪火相传。

三 《格萨尔》神授艺人音乐思维的特殊性

学界通常将藏族《格萨尔》的说唱艺人分为五大类，即神授艺人、闻知艺人、掘藏艺人、吟诵艺人和圆光艺人。[①] 在这五类艺人中，神授艺人的传承方式极为特殊，他们很多都经梦授而开始自己的说唱生涯，他们可以流利地说唱史诗一二十部，甚至几十部之多，如著名《格萨尔》说唱艺人扎巴、玉梅、桑珠、次旺俊美、才让旺堆等。当我们翻阅其他民族史诗说唱音乐的研究文献时，会发现通过师承关系完成史诗说唱与传承的艺人通常会经过相对明确的几个学习阶段，在曲调与歌词的配置和安排上也会有一定的设想与构思意识。如内蒙古东蒙地区的胡尔奇从选择学习到最后成为一名正式的说唱艺人需要经过"观摩""模仿""授受""交流""演练""实践"六个学习阶段。[②] 塞科也曾将史诗歌手学歌的过程分为三个阶段，即"聆听和吸收""运用"和"在更

[①] 参见杨恩洪《民间诗神——格萨尔艺人研究》，中国藏学出版社1995年版，第72页。
[②] 参见博特乐图《表演、文本、语境、传承——蒙古族音乐的口传性研究》，上海音乐学院出版社2012年版，第242—249页。

流动的艺术

为挑剔的观众面前演唱"。① 那么，藏族《格萨尔》神授艺人是如何完成口头创编与史诗音乐传承的，在他们的脑中是否有明确的旋律配置和词曲结合的创编意识？

在对神授艺人斯塔多吉的采访中，笔者试图从情感与曲调、唱词与曲调的关系；曲调的配置依据；曲目的联缀规则；曲调的分类、布局与构思等不同角度对其进行提问，但他的答案均是"不知道""不清楚"。

很多格萨尔史诗歌手喜欢闭目说唱。斯塔多吉告诉笔者，闭目可以使他看到一个动态的画面，如电视播放一般，画面中不仅有静态的《格萨尔》的环境和场景，而且还有动态的人物动作、喜怒哀乐的表情与情绪，甚至还有说话和歌唱的声音。史诗歌手只需将画面中自己看到的、听到的内容表演出来即可，当他闭上双眼开始说唱的一刹那，故事和曲调自然显现，表演前或说唱过程中并不需要对曲调等因素做任何设计与构思，完全不存在所谓"创作"或"口头创编"的方法、思维和技巧。对于神授艺人来讲，他们更多的是"传达"或"表达"。如笔者采访笔录：

姚（慧）：曲调和情绪你怎么处理？比如刚才唱的格萨尔要走了，珠牡很难受，那这时曲调如何与这种情绪相匹配？

斯（塔多吉）：比如刚才这个六变调，内容上珠牡很伤心，而且也哭了。情绪不一样，音调的高音和低音也会变化，我的脸部表情还有动作这些都会变化。

姚：就是说这种感情的表达和曲调之间是有关系的，是吗？

斯：有关系。

姚：但是怎么来安排这种感情与曲调的搭配呢？

斯：就是根据内容来的。

姚：如果要去征战，你会用什么样的曲调？

---

① 参见［美］阿尔伯特·贝茨·洛德《故事的歌手》，尹虎彬译，中华书局2004年版，第28页。

不止是诗歌与语言：格萨尔口头史诗的音乐世界

斯：声音是高一些，曲调和表情都会变化。

姚：比如表现慷慨激昂的曲调给征战，把一些缓慢的柔情的曲调给珠牡，你有这样的意识吗？

斯：没有，就是故事的内容是什么样的，我就用什么样的曲调。

姚：那这不算是根据内容来安排曲调吗？还是你也不需要有意识地去安排，唱的时候自然就出现了？

斯：一方面可能与内容有关系，另一方面，我根本就没有意识去安排它。其他艺人我不知道，从我自己来讲，唱的时候眼前就会出现像看电视一样的情景，包括珠牡姑娘的面部表情，我看到她的表情是什么样，我在唱的时候就是什么样。

姚：你看到的只是一个画面，还是也有声音和曲调？

斯：里面有曲调。

姚：你能听到里面的曲调吗？

斯：我能听到她的曲调，我能看到她在干什么，她的动作是什么样，包括他们的声音也可以听到。

姚：那就相当于你是一个传输工具，你做的就是把你听到的、看到的转述出来、唱出来？

斯：是的。故事的情节不一样，出现的人物不一样，故事里的状态和形象也就都不一样了，曲调也就不一样了，没有自主意识的。

杨（恩洪）：那我问你，比如说你唱贾察的曲调，都是贾察的曲调，你在这一部和另外一部里用的曲调都是一致的吗？

斯：也不一定。要看人物所处的环境、心情、出现的形式、在这个人物身上发生了什么事，这些都会改变这个曲调。没有固定性。如果我在唱之前都安排好了，就没法唱了。[1]

……

---

[1] 摘自笔者采访笔录，采访时间：2013年9月10日上午9：00—11：30，被采访人：斯塔多吉；采访人：杨恩洪、姚慧；采访地点：西藏拉萨市殿影酒店。为了节省篇幅，笔者对谈话的顺序略作调整，但笔录内容并未作任何改动。

流动的艺术

神授艺人通常靠梦授获得《格萨尔》的故事和曲调，并不存在所谓明确的学习阶段，也不通过师徒之间口耳相传的方式来学习、表演与传承。因此，斯塔多吉所说的"内容决定情绪和曲调变化"在神授艺人的思维中是可以成立的。在他的实际说唱中，曲调由故事决定，故事本身又取决于他闭上双眼眼前浮现出来的画面，因为画面事前是未知的，所以故事及曲调在说唱前也是未知的、不固定的。故此，在神授艺人的说唱中，故事和内容对史诗歌手和史诗音乐的重要意义不仅局限在文学与音乐的形式匹配本身之上。

在斯塔多吉的观念中，曲调与内容是紧紧地捆绑在一起的，如骨肉筋血，再精密的手术刀也无法将它们真正切割开来，当说唱内容倾泻而出时，曲调也必然随之唱出。他有时作为旁观者来转述他看到、听到的一切，有时又参与其中，仿佛自己就是格萨尔故事中的某个人物，在深入其境的同时可以做到物我两忘，而这所有的一切并没有斯塔多吉本人的主观创编意识，是在无意识的状态下完成的。因此，在说唱完毕、回到现实时，当眼前的画面消失时，斯塔多吉只能回忆起大概的情节，至于细节和曲调则无法再度想起。采访中，斯塔多吉曾言：

> 神授艺人不管场景怎么样，说唱时背后都要有护佑的神，如果没有神护佑，《格萨尔》说不了。开始说唱时，我脑海里现在的所有事情就都空白了，只有古代的《格萨尔》的事情。我唱完后，古代的事情又都消失了，又回到我们现在的生活。就像是一种状态，进去了就什么都能看到，出来了就什么都没有了。……有舞台和有很多听众的场面，我就能有一个好的状态，眼前就只有格萨尔的事情，我也不知道这些事情是哪里来的，我在每次演出的时候，我后面都会有很多的人，我都把他们当作岭国的这些将领，这样的话我们都在一起，特别高兴。我感觉自己已经不在这个舞台上了，已经真正到了岭国，身临

其境。①

　　《格萨尔》不同类型的说唱艺人有着各自不同的曲调思维。在《格萨尔》艺人中，除了神授艺人以外，照着本子说唱的丹仲艺人②的格萨尔曲调愈加丰富，而且他们将所有的格萨尔曲调凭借记忆存储在自己的脑海中，当不同人物出现时，他们会配以不同的曲调来标示人物的身份角色。与神授艺人不同，却与蒙古族《格斯尔》艺人类似的是，丹仲艺人也对曲调与故事情节、人物角色的搭配有着较为明显的构思意识。③ 有趣的是，丹仲艺人往往听完神授艺人演唱后，将曲调记录下来，然后再根据自己的理解，将风格各异的曲调配置在不同的人物身上，有时还会加入一些其他曲调，但丹仲艺人和其他类型《格萨尔》艺人的基础曲调却很多来自神授艺人，而神授艺人却要靠神授的画面和声音来完成说唱。

四　跨民族传播中的《格萨（斯）尔》音乐体系

　　通过对藏族扎巴老人、蒙古族琶杰和土族王永福的《格萨（斯）尔》音乐说唱样本的研究，我们可以看出，三个民族的格萨（斯）尔史诗音乐分属于不同的音乐体系，可以初步判断它们分别取自各自不同的民族民间音乐传统，呈现出了音乐体系的民族化和地方化特色。

---

①　摘自笔者采访笔录，采访时间：2013年9月10日上午9：00—11：30，被采访人：斯塔多吉；采访人：杨恩洪、姚慧；采访地点：西藏拉萨市殿影酒店。为了节省篇幅，笔者对谈话的顺序略作调整，但笔录内容并未作任何改动。
②　丹仲艺人，即吟诵艺人。
③　据杨恩洪讲："玉树州的丹仲艺人就与神授艺人有所不同了，他们一般拿着手抄本或者木刻本说唱，他们就必须要考虑曲调，他们就把所有的曲子学记在脑海里，珠牡唱什么调、有几个曲调，格萨尔有几个曲调，每个人都有不同的曲调，甚至有的人还有套曲，比如格萨尔有自己的套曲，然后他根据故事的发展来决定用什么曲调。他们知道什么曲子配什么内容，与神授艺人完全是两个概念。有人认为丹仲艺人不是《格萨尔》艺人。"（摘自笔者采访笔录中杨恩洪的讲述，采访时间：2013年9月10日上午9：00—11：30，采访地点：西藏拉萨市殿影酒店，被采访人：斯塔多吉；采访人：杨恩洪、姚慧。）

流动的艺术

1. 说唱形式

藏族和土族《格萨尔》皆是说说唱唱体，唱中有说、说中有唱，说唱兼用，而蒙古族《格斯尔》却是一韵到底的全唱体，并没有说的部分，而且土族《格萨尔》唱的部分用藏语，而说的部分用土族解释。另外，藏族和土族《格萨尔》不使用乐器，而蒙古族《格斯尔》使用四胡作为伴奏乐器。

2. 音乐本体

句式上，扎巴老人的说唱以三句为最多，两句其次，此外还有零星的一句式、四句式和五句式；而琶杰的说唱多为四句式，而且乐句之间基本上可以构成起承转合的句式关系，同时也有上下句形成对比的两句式结构；王永福的说唱以上下句为主，且下句都要搭配较为固定的衬词结构。

旋律进行上，扎巴老人的说唱主要以同音反复、二度、三度和四度为主要音程关系，同时兼有少量的五度、六度、七度；琶杰的说唱八度之内的各种音程都有，级进与跳进相辅相成，四度以上的音程频繁出现，八种音程关系同时出现在同一曲调的例子也不乏见；王永福的说唱以同音反复、二度、三度、四度和五度为主要的音程关系，五度以上的跳进并没有在样本中出现。[①]

装饰音的使用上，藏族扎巴老人说唱中装饰音的使用较为频繁，主要使用倚音和波音。琶杰主要使用滑音和倚音，但在使用频率上远少于扎巴老人。王永福对倚音的使用较为频繁，而且倚音类型多样，一般都出现在曲调开始部分。

旋律的走向上，扎巴老人的旋律多有迂回式的特点，往往开始音和结束音或者为同一个音，或者两音相邻二度或三度；琶杰的说唱旋律线走向基本上呈现出从开始的一个高点逐渐下降的趋势。王永福的两个范型曲调综合来看，在旋律线的走向上与扎巴老人的迂回式接近，所不同的是，扎巴老人迂回式之后基本回到原点，而王永福则是在迂回中上升。

---

① 由于笔者掌握的土族王永福的说唱资料有限，上述总结只是基于目前笔者所看到的约长10分钟的材料得出的结论，并不代表王永福的整部说唱音乐的旋律进行特点。

不止是诗歌与语言：格萨尔口头史诗的音乐世界

节奏节拍上，按照李吉提对中国传统音乐的节拍类型的总结，扎巴老人的说唱更接近韵律性节拍，蒙古族琶杰的说唱更接近等分数列节拍，而土族王永福的说唱则更接近变节拍、混合节拍类型。琶杰的《格斯尔》音乐的节奏较为规整，多数时候是以四个十六分音符、切分、附点、八分音符、前八后十六、前十六后八等常用节奏型来架构旋律，而扎巴老人和王永福的《格萨尔》音乐中的节奏型相对琐碎和复杂。

音阶、调式调性上，扎巴老人、琶杰和王永福的说唱均主要使用五声音阶，扎巴老人和琶杰也偶然使用六声音阶；在调式上，三位艺人共用羽调式，包括不同调性系统下羽调式的联缀使用，羽调式可能是游牧文化在音乐上共性特质的一种符号体现。除羽调式之外，扎巴老人善用徵、商、宫调式，偶而使用角调式，而琶杰则还使用徵调式，偶尔使用角调式；在调性上，三位艺人的调性使用有重叠现象，但各自的使用频次有所区别；在转调手法上，扎巴老人善用纵向结构中单曲体内的异调煞尾，而三位艺人在纵向结构中范型曲调与具体曲调之间、横向结构不同唱段中同一范型曲调的变化重复之时，调性均会发生改变。

土族王永福的说唱中，在用土语解释的部分之后，用藏语来完成"唱"的部分，在音乐风格上，如果与藏族扎巴老人和蒙古族琶杰的说唱相比，王永福的说唱似乎更接近藏族的说唱风格，尤其可能更接近藏族《格萨尔》的安多说唱风格。但也只是靠近，除此之外，它还有自身的特点。

3. 传承方式与创编思维

藏族的神授艺人在传承方式上依靠神的赐予，《格萨尔》的曲调和唱词只是借助艺人之口传达给听众，曲调与唱词皆来自神授；蒙古族与土族的《格斯（萨）尔》都是师徒传承，所不同的是，土族《格萨尔》艺人王永福的曲调很多来自师傅，内容可以自己创编，歌词是歌手根据曲调的词格编配而成的，曲调与歌词是相互分离、独立进行创编的，这与藏族的曲词整体神授的方式不同；蒙古族格斯尔史诗艺人金巴扎木苏和敖特根巴雅尔有一共同特点，那就是他们并没有一个固定的师傅，也没有跟随一个师傅学唱过

流动的艺术

一整部完整的格斯尔史诗,他们现在说唱的《格斯尔》是在内蒙东蒙一带不同师傅的格斯尔故事与曲调的基础上经过自己的组合、融合、创编而糅合在一起的,最终形成具有个人风格特色的《格斯尔》。在表演和创编之前,金巴扎木苏和敖特根巴雅尔实际上存在一个收集整理的过程,而且在创编上,词与曲也可以说是独立学习、收集和创编完成的,分别学来再重新组合,也就是说《格斯尔》的某一篇章的师徒传承并不是将曲调与故事作为一个整体来学习的,之后之所以可以将艺人听来的格斯尔故事与学来的适合格斯尔演唱的曲调结合在一起进行完整演绎,是因为艺人具有超凡的后期加工或在表演中即兴创编的娴熟能力,而这种能力的培养也得益于世代相传的蒙古族英雄史诗音乐传统。

4. 曲名、通用调与曲调的主题性指向

藏族《格萨尔》拥有丰富完整的曲名体系,而且每一个曲名都被冠以一个美丽的名字。与之相比,在蒙古族和土族的《格斯(萨)尔》艺人的观念中并没有曲名一说。

在《霍岭战争》的鸿篇巨制中,藏族扎巴老人的说唱中专曲专用现象较为普遍,更接近用民歌来唱故事的古老形式[①],虽然有通用调,但通用调的比例明显无法与专用调相比,而且一曲多用的分类意识较为模糊,不同场合、不同人物均可以使用;蒙古族琶杰的说唱正相反,在《锡莱河之战》整部的篇幅中,一曲多用的比例远远高于单独出现或新出现的曲调,而且对于一曲多用,蒙古族《格斯尔》艺人吸收了乌力格尔的创编模式而将曲调与主题、典型场景相对应,具有明确的曲调分类意识;土族王永福更多的是根据词格来安排曲调,虽然在婚礼的情景中也会使用相对

[①] 杨荫浏曾在《中国古代音乐史稿》中谈元杂剧时说:"从历史看来,我国民间,既有专曲专用的情形,也有一曲多用的情形。一个曲调,在它最初出现的时候,往往能专曲专用,保持一段期间;等到它得到人民喜爱,经过了一段期间,往往就有别人以之结合另一新的内容,对之作相应的加工,而进入一曲多用的阶段。唐开元中沧州歌者新作的《河满子》曲,原来是一个哀怨的曲调;它在最初流行的期间,可以设想其为专曲专用。但此曲在流传了几十年之后,到了贞元初,就被一位狂僧加进了不同内容,用来当面讽刺官吏的罪恶;这时候,它就成为一曲多用了。'多用'说明后来的用者能对旧有曲调不断加进新的创造;有成千上万的旧曲可供后人'多用',则说明其前有无数人曾对其时的新的创作,经过相当的努力,而且有过相当的成绩。在这里面,是创造性在起主要的作用。"(杨荫浏:《中国古代音乐史稿》(下册),人民音乐出版社1981年版,第628页。)

固定的婚礼歌，但曲调的主题性似乎并不明显。

5. 腔词关系

综合来看，藏族扎巴老人、蒙古族琶杰和土族王永福的《格萨（斯）尔》说唱在腔词关系上共同遵循着一个规律，那就是曲调的整体结构以"一字对一音"为基本原则，唱词的音节数或字数与音符数是直接对应的，音节数或字数对音符数有着直接的决定作用，当然除了一字对一音外，也有一字对两音或三音的现象存在，而为了配合歌词音节数或字数结构的变更，歌手对音乐的调整很大程度在节奏型的更替与灵活应用上。

扎巴老人的说唱虽然遵循着音乐范式的模式化，但在词曲配合方面不确定性、变异性极为突出，虽然词格对曲调具有决定作用，但扎巴老人始终在寻求着各种可以打破这种统一性的变异性。在字数和小节数上完全一致的情况下，有时具体曲调却在音域、旋律走向、节奏布局和调式调性等各方面与范型曲调相距甚远。虽然"阿拉塔拉"的衬词结构对之后出现的具体曲调具有范型作用，具有对同一段落的字数、小节数、词格，或节奏组合、曲调形态等模式化的规定作用，但扎巴老人却根据自己说唱的需要，在保持一定的统一性的同时，可以随时做出各种各样的调整与再造。这种调整与琶杰、王永福的说唱有所不同，琶杰和王永福的曲调对词格的依赖程度较高，程式性、模式化更为凸显，虽然蒙古族琶杰和土族王永福的说唱在音乐范式的约束下也有不同程度的变异，但同一曲调结构无论如何变，曲调的基本框架仍然能够清晰辨认，而扎巴老人的说唱有时曲调与曲调之间如果不通过记谱，仅靠听觉很难识别出两个或更多曲调来源于同一个曲调模型。

6. 曲调来源

藏族学者边多认为藏族《格萨尔》的曲调来自藏族的传统音乐形式古尔鲁[①]，而扎西达杰又认为《格萨尔》的曲调来自当地的

[①] 对于是否来自古尔鲁和当地民歌，藏族学者意见并不统一，也有学者认为，藏族的《格萨尔》曲调既不来自古尔鲁，也不源自当地民歌，如马成富。但这里需要注意，藏族《格萨尔》由于不同方言区语言的巨大差异，导致《格萨尔》曲调在不同地区也会呈现出完全不同的音乐特征。笔者由于客观条件所限，目前无法对此做出准确判断，有待以后对不同区域的《格萨尔》有较为全面的了解之后方可以下结论。

> 流动的艺术

民歌；蒙古族琶杰《格斯尔》的说唱中既有蟒古思故事的曲调，也有好来宝和乌力格尔的曲调，而且以乌力格尔的曲调为主。《格斯尔》音乐并没有形成自己独立的曲调体系，而是借自东蒙说唱音乐传统的各类曲调；土族王永福除了师父传授的《格萨尔》曲调外，会在说唱中加入当地的酒曲和婚礼歌的曲调。

　　通过以上六个方面的总结与评述，可以清晰地看到，藏、蒙《格萨（斯）尔》分属于两个完全不同、迥然相异的音乐体系，藏族扎巴老人的曲调琐碎繁复、不确定性清晰可见，而蒙古族琶杰却曲调简洁规整，程式性强。因此，《格斯尔》音乐完全是蒙古族自己的创造，与藏族的《格萨尔》音乐体系可以说并没有太大关联。虽然同是格萨（斯）尔史诗，它们不仅在唱词方面存在民族化、族群化的特质，而且其音乐也分别植根于各自民族和地方的音乐传统，具有较为明晰的族群属性。而土族的《格萨尔》可以说介于二者之间，在有些方面，土族《格萨尔》与藏族《格萨尔》有相似之处，同时又在某些方面与蒙古族《格斯尔》有着形似之处。但综合来看，从说唱形式、旋律进行、节奏节拍等方面来判断，与蒙古族琶杰相比，土族王永福的《格萨尔》反而更接近藏族扎巴老人的《格萨尔》音乐风格。

五　口头传统视域中的《格萨（斯）尔》音乐

　　在藏、蒙、土族《格萨（斯）尔》音乐的众多不同之外，唯有史诗音乐的建构思维与生成方式是基本相同的，且可以指向一个体裁。从三个民族格萨（斯）尔史诗音乐的整体与局部综合来看，在单曲体联缀的整部说唱大结构和单曲体重复的乐段小结构的构成上，分属于三个不同音乐体系的藏、蒙、土族的格萨（斯）尔史诗音乐却呈现出了"重复"与"变异"的核心创编思维，它们共享着一整套创编方法与建构范式。

　　史诗音乐范式是指在一定的韵律下，在口头创编过程中，用于表达特定观念，由纵向上单曲体的变化重复与横向上单曲体的联缀共同组成的宏大篇幅、叙述性为主、古老的口头音乐建构思维与创编模式。所谓范式的表达，指在一定的韵律条件下，以范式思维建构起来的、以重复与变异为核心的长篇说唱音乐结构，其中既包括纵向上以重复为主体，且每一次重复皆不同的单曲体小结构；也包括横向上以单曲体为单位联缀组成的整部或整篇说唱的大结构。在史诗文类特定韵律的维持、变化以及宏大叙事的影响下，单曲体的重复与联缀、宏大篇幅和叙述性成为史诗音乐突出的体裁特点。

当我们思考史诗音乐范式如何在宏大篇幅中得以实现，口头史诗音乐如何在史诗说唱中完成表演时，我们需要补充两个概念，即传统曲库和范型部件。如果说史诗音乐范式概念的核心在于"是什么"的话，那么这两个概念的架构重在"如何做"。

传统曲库，是指史诗艺人惯常使用的、基于传统的音乐材料储备库，包括史诗艺人个人通常使用的全部曲目，传统曲库为艺人提供的是现成的具有族群共性、区域共性的音乐材料，其中既包括完整的曲调，也包括基于完整曲调的可提取与重塑的部件材料。这里的"传统"是个广义的概念，它既包括某一民族、某一地区史诗艺人祖祖辈辈口头流传积淀下来的、与民族民间音乐相结合的史诗音乐传统，也包括史诗艺人个人基于传统惯常使用的、经过选择与应用的史诗音乐传统。史诗歌手口头的创造力不在于专业书面音乐创作中各种音乐技法的高超应用，不在于单一曲调有多么精彩、音乐技巧有多么繁复，而在于在整部史诗音乐的大篇章结构中，甚至是多部史诗音乐的进行中，史诗音乐在纵横双向的进行发展中所呈现出来的不固定性和变异性，以及如何在传统和文学格律的限制下、在庞大的结构中利用传统曲库来完成曲调的千变万化，这种不固定性造成史诗音乐的多型性以及曲调与曲调之间彼此相连、你中有我、我中有你的复杂关系，而这种彼此相连的来源和连接点就是史诗音乐的传统及作为音乐材料来源的传统曲库。

范型部件是指传统曲库中可以被提取并将其转化应用于史诗具体表演实践的音乐元素，包括范型曲调、范型音型与范型节奏型。因此范型部件可大可小，大到一个完整的曲调，小到一个节奏型

流动的艺术

或音型，它是构成史诗音乐的基本单位。歌手从传统曲库中提取传统部件进行既遵循传统、又赋新意的再加工，歌手在善用传统曲库的基础资源的同时，采用自己惯用的提取、变化及文学与音乐的结合方式进行再创编。所谓"范型"具有一定的规定性与模式化的意义，范型节奏型或音型会在艺人的说唱中作为一种相对固定的存在，但同时"固定"只是相对而言，在艺人的应用中，这些范型节奏型与音型常在原初形态的基础上、根据唱词的字数多少、韵律条件以及声调等因素被灵活性地替换与变形。同样，范型曲调在形式上同样具有一定的规定性。一个范型曲调类型就意味着一种词格组合类型，但"范型"只是一个可以被用来进行无数次再造的蓝本，并不是一个特定的或具体的曲调、音型或节奏型。只要是符合当时当下的说唱需要，艺人随时都有可能打破这种"预设"的规定性，但反过来，他的任何一次打破都不会偏离轨道。如同放风筝，风筝可以任意地在空中自由翱翔，但同时绳索又可以将飘向远方的风筝随时拉回到眼前。至于何时收、何时放，全凭艺人的即时把控与发挥。因此，我们没法绝对地认定哪一个曲调、音型或节奏型是原初形态或学界通常所称之"母体"。

在对传统曲库范型部件的提取上，不同族群、不同类型格萨（斯）尔史诗艺人有着自己惯用的提取方式。我们在对藏、蒙、土三个民族格萨（斯）尔艺人霍尔之篇的说唱进行综合整理与比较后发现，三位艺人，特别是扎巴老人与琶杰的说唱有类型化的提取方式。扎巴老人多根据人物角色来提取范型曲调，如以人物角色为依据的专曲专用，而蒙古族的琶杰对范型曲调的提取则多以主题为依据，如悲调、出征调等。这里所谓的"专曲专用"和"出征调"等并不一定对应的是某一个固定具体的人或主题，而更多地指向某一个人物类型或主题类型。但所谓的分类思维也是相对而言的，史诗艺人对音乐材料的应用是相当灵活的。如果在扎巴老人与琶杰之间比较，在遵循史诗音乐范式的限定下，琶杰的类型化思维更为突出，而扎巴老人变异性或打破常规的迹象更为凸显。因此，在不同族群艺人范型部件的不同提取方式背后是不

不止是诗歌与语言：格萨尔口头史诗的音乐世界

同族群不同的音乐传统与文化选择。

由于格萨（斯）尔史诗音乐的任何一个范型曲调并不等于具体的、特定的某个曲调。因此，在范型曲调之外，还有与之相对的"具体曲调"。具体曲调①，是指以范型曲调为模型衍生出来的、与范型曲调同中有异的、特定的某一个曲调，是史诗艺人为了配合韵律词格的变化、情感和曲调创新的需要，对范型曲调进行适度替换与调整而产生的新曲调。每一个具体曲调既无法与范型曲调相割裂，又不能完全等同于范型曲调。在范型曲调的模型下，范型曲调的每一次变形可以说都是独一无二的。当然有时乐段在开始几次的重复中，变化的幅度相对较小，可能只是更换了一个音符，但变体即使微小也不可小觑，它具有实用的结构性功能。即使是具体曲调与范型曲调在音乐上完全一致，具体曲调也是特定的歌，因为当歌词发生变化时，同一曲调与不同歌词的组合已经生成了新的意义。如果说史诗艺人对传统曲库中范型部件的提取、重组与再加工而生成范型曲调的话，那么具体曲调则是对范型曲调的突破、再造与创新，它既不脱离范型曲调，又赋予了范型曲调新的生命。

如果仅凭听觉来判断，从表面看来，似乎藏、蒙、土族格萨（斯）尔史诗音乐都是在无休无止的完全重复中完成的，事实上，当我们真正把它们记写在谱面上、进行如上的细致分析后，才发现所谓"单一曲调的完全重复"只是我们的想象而已，并不是《格萨（斯）尔》音乐真实的存在，我们走入了一个将复杂的东西简单化的误区，实际的口头歌手史诗音乐的变异性可以说远超乎我们的想象，尤其是藏族扎巴老人与土族王永福。当我们以西方分节歌的记谱观念将口头格萨（斯）尔史诗音乐转化为书面乐谱时，书写的分节歌式的谱面使我们正在丢失格萨（斯）尔史诗音乐口头属性的重要特质——无时无刻不在变异的不确定性。

如以史诗音乐范式概念体系观之，在藏族扎巴老人和蒙古族琶

---

① 后文中用范型曲调编号—数字的形式表示具体曲调，如范型曲调（一）—3。

流动的艺术

杰说唱的横向结构曲调的关系上，曲调之间既彼此相连又各自迥异，而在创作方法上，这样的曲调关系是通过艺人对范型部件的提取与再造而完成的，而这些作为桥梁的连接部分便是传统之所在。

谱例 1

图 7-3 范型曲调（六）

谱例 2

图 7-4 范型曲调（七）

我们仅以扎巴的范型曲调（六）和（七）为例，在谱例 1 和 2 中，范型曲调（六）和（七）有着极为相似的旋律骨干音，如果可以建立一个基本对应关系的话，范型曲调（六）的前三小节对应（七）的前两小节，（六）的第四、五小节对应（七）的第三、四小节，（六）的最后三小节对应（七）的第五、六、七小节。但在整个曲调呈现出来的音乐风格上，二者却迥然有异。

在这 14 对关系中，我们发现表面来看，这些曲调只是两两或三两之间有关联，但如果将目光移至这 14 对关系的整体，我们会发现，有些范型曲调可以作为另外两个范型曲调的中介而使它们之间建立连接关系。如下图所示：

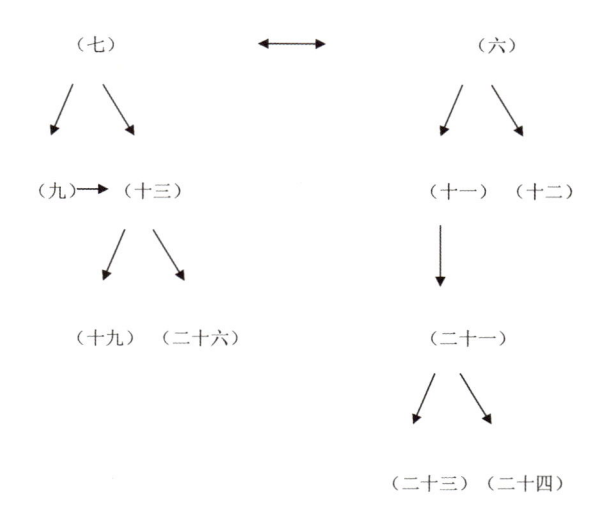

图 7-5　扎巴老人范型曲调关系之一

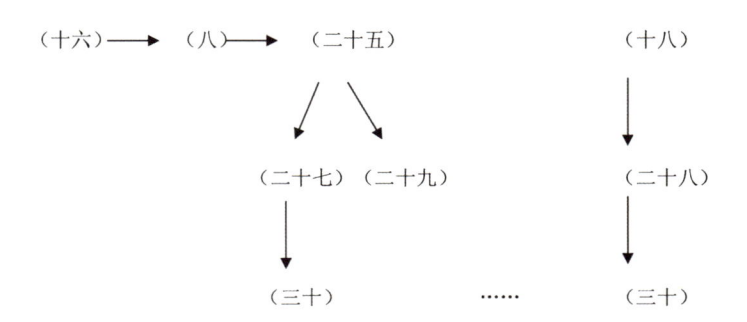

图 7-6　扎巴老人范型曲调关系之二

谱例 3

范型曲调（十一）

图 7-7 范型曲调

我们以上述范型曲调（六）—（十一）—（二十一）—（二

· 260 ·

十三）这一衍化线条来看，四个曲调之间也存在近似于范型曲调（六）与（七）的旋律关系，既有共用音乐材料的重复痕迹，又在曲调的整体风格上形成鲜明的对比关系，共同的音乐材料基础可以说是为什么我们仅通过听觉来判断时，似乎多是同一曲调的反复重复的原因，而曲调间的对比关系又为实际的史诗演述黑白色调中平添了几分绚丽的亮色，以致保证在严格的诗词格律中带给局内听者听觉的享受。

图7－5的11个互相关联的范型曲调中，（七）与（六）似乎有元曲调的意味，其他曲调都是在它们的基础上变化衍化而来的，而（七）与（六）之间本身又存在着类似关系，故可以推出各个曲调都与范型曲调（七）有着直接或间接的联系。也就是说，范型曲调（七）可能是扎巴老人在口头流传中继承下来的藏族《格萨尔》史诗音乐的传统曲调，是传统曲库的重要构成元素。但这里需要注意两点：其一，图7－5中列出的只是一次史诗演述的曲调关系，虽然其他曲调看似都由范型曲调（七）变化生成，但（七）也只能被认为是扎巴老人这一次说唱的元曲调，而不一定就可以作为他每次说唱的元曲调。其二，如果没有中介范型曲调的连接，单看曲调本身，存在间接曲调关系的范型曲调之间似乎并没有较为清晰的曲调关系。原因是扎巴老人在对共同的范型部件（音乐材料）提取后进行了再造处理，有时范型部件仅存在于开头或结尾的两小节，有时听觉上范型部件的一致性却在记写下来的书面乐谱上无法完全找到，它们可能已经被视作另一个新曲调了，但范型曲调（七）的部分基因却以一种隐性的方式注入其中。

可见，扎巴老人对传统曲库中范型曲调的处理，不仅仅是提取，而且更重要的是对范型曲调所做的大幅度的再加工，从而使我们仅从曲调上难于辨别出它们彼此之间的内在关系。我们说扎巴老人在《霍岭战争》上部中共演唱了新生成的曲调31个，但我们发现其实这31个曲调又是由其中的几个范型曲调衍化而来的，并不是完全独立的、与其他曲调毫无关联的全新曲调。也就是说，它们可以被理解为是传统的变型再现，扎巴老人在口头创编中，提取的范型部件可以是一个完整的曲调，也可以只是一个典型的

> 流动的艺术

节奏型，然后再以此为基础进行艺术化的整体布局与再创编。

从史诗口头创编的角度出发，这些范型曲调的每一次横向上的重复都代表着三位艺人对传统曲库中范型部件的提取过程，并且每一次的提取都不是原封不动的照搬。因此，我们无法说，传统曲库中的某一特定曲调对应的就是某个范型曲调。进一步讲，范型曲调具有类型化的指向性，它可以代表一类曲调，可以引申变化出一系列具体曲调，但却无法只指向某一个具体的、固定的曲调。但需要强调的是，在史诗音乐中这个"母体"本身也不是特定的某一个曲调，它可以在被提取时根据唱词的需要而做各种变异处理。因此这就是为什么在横向的整体结构中，虽是同一范型曲调的提取与重复，但两次重复却并不是完全相同，甚至有时还会有较大差异的原因所在。

综上所述，在诗歌和语言之外，格萨尔口头史诗的音乐世界亦丰富多彩，而本文所述也只是其冰山一角。如果说20世纪80—90年代音乐学者的使命是去发现和勾勒格萨尔音乐世界的样貌，那么我们这代人肩上的任务则应该是探索如何在史诗传统中去认知、理解与阐释这个世界。而在笔者的田野调查中，往往感到还有很多未知领域待解，比如不同类型的歌手有着怎样不同的音乐思维，不同方言区的格萨尔音乐是如何建构地方性知识的，史诗传统中叙事与音乐是什么关系，歌手脑中的文本类型是如何转化的，神授、掘藏和圆光艺术人脑中是否有史诗音乐的创编法则等问题正在等待我们去开掘。因此，只有在日后的研究中不断探索，才有可能找到打开格萨尔音乐神秘世界的那把钥匙。

格萨尔史诗美学的几个范畴及其断想：
从时空、原型、结构到境界

祁发慧[*]

格萨尔史诗与美学由某种共同本质或本性而归属在一起，它们聚集起来赋予自身联动的主题。我偏爱随笔和小论文，欲用尽可能少的文字和自由的修辞叙述尽可能多的内涵，让语言活动符合内心的生活。

祁发慧

---

[*] 祁发慧，青海民族大学文学与新闻传播学院副教授、文艺学博士。

流动的艺术

我去了高原的高处——嘉洛草原。

八月的草原,极目之处皆是层次的丰富,静默在嘉洛草原,远望雪线上下截然不同的景致,太阳在这里挤干了它所有的热能和焰质,懒懒地等待云来云去,那些山尖如同天边的雕刻,裸露的青褐色上盖着雪白,白螺湖的清澈接收了来自天空和远山的一切信息,静静的延长着它们组合而成的更大画面,蓝天、白云、绿草、清水葬在眼中不能动弹。倘佯在海拔四千三百米的高山草甸,视觉总会在瞬间与零散的空间中完成某种虚幻的组合,呼吸在有节律的抖动中封住意欲感叹的双唇,不远处珠姆的雕像像一处幽兰,而神圣的空间向着我们敞开,我的思绪朝着她的四面八方奔涌而去,意欲拾起关于它的每一个微尘。

是的,这里是格萨尔王王后森姜珠姆的洗发池,我们在这里等待盛大的"水祭祀"仪式;更重要的是,我们在这个被称之为十全福地的地方,等待《格萨尔》说唱艺人们吟唱这位英勇的王和他的故事。

有锋无芒的阳光被阴云封锁在了上一刻,天空飘起细雨,煨桑台上桑烟袅袅升起,镶嵌白银和珊瑚、绿松石坠饰的右旋白海螺被僧人吹响,身着史诗说唱服饰的艺人们依次走进人群围成的圆圈,突然降下的雨珠让整个草原激动,雨中闪烁着嘉洛草原浩荡的魔力。在高原特有的眩晕中,有意识的提醒自己打起精神,跏趺而坐,观看即将开始的肃穆和庄严,艺人们手捧哈达,用转着弯儿的元音开始了吟唱:

"哦~~~,扎西那达秀……"

"呀~~~,扎西达嘉嘉……"

"哦~~~,扎西萨角嘎拉拉……"

鱼贯而出的言说气势和喷涌而出的说唱语流,丝毫不给大脑感受和反应的机会。本就是藏语文盲的我其实早就做好了听不懂的准备,我不知道人在自然中到底能掌握什么,但是我清楚语言能把自然的声音、气息、色彩布满我们所有的器官。所以,在听不懂内容的时候,就听声音吧!听声音的能量在天空发散,听声音的明净在草原消隐。

格萨尔史诗美学的几个范畴及其断想：从时空、原型、结构到境界

索性来得更畅快些，闭上眼睛，听藏语中特有的软腭鼻音的共鸣与回音，调动所有的知觉，去捕捉声音走过的所有事物的纹路，以及在细线密纹里刻下的踪迹。想象藏语的音节携带色彩，把各种颜色撒在高原的万千事物之间；藏语复杂的音变，把绚丽染在山水草木的肢体上，它们便会散发各种各样的气味，点滴入怀地把那些香透了的味道传输、搬送，披肝沥胆地融入倾听者的毛孔。迎着雨珠，你看那纤纤细细的汗毛上有流动的三十个字母和四个元音，它们在自然的空隙里运行组合，经艺人之口吐出。我似乎憧憬到一种攒集的温暖，它真实而安全，淳善而可靠。

一个常识：任何声音状态都要归结到意义。格萨尔史诗演述诗人们用声音传递出来的，是藏地久远的历史，也是历史进程中的蹑踪收迹，更是自然万物中的密码。当蓝天白云、草原雪山、僧侣信众、艺人学者同时聚集在格萨尔史诗传唱之地时，一份开始于声音的质料复杂的神秘，成为我第一次亲临史诗演说现场时的直观感受。

后来的日子里，格萨尔史诗对我个人的震荡已远不止亲临艺人演述现场时听觉、视觉的感官冲击，我开始思考《格萨尔》史诗与时间、空间、神秘、想象、地缘等直觉所获得的词语之间的关系。这些词语既是格萨尔史诗表现出来的形式，也是格萨尔史诗存在形式的一种表述，这些词语与格萨尔史诗之间存在着一种先天的内在联系，它们连同格萨尔史诗本身一同构筑了人类历史上的奇迹。

这里，我试图从一个亲历者的角度，权且通过几种特定概念作为切入点，探讨格萨尔史诗蕴涵的诗学与美学要素。而我在上文中的描绘和叙述，也并非单纯的感官体验的松散集合，我尝试用这样一种表述让诗学、美学与格萨尔史诗发生自然的关联，当然，这种关联本身也是格萨尔史诗在现时代的追求所在。

一　时间，永恒的蛰伏和发声

在嘉洛草原亲历的格萨尔史诗吟诵，如一线划空而过的光在时

> 流动的艺术

间羽翼下匆匆而过，当我再次提笔准备写下它们时，已是两年之后。过去悄然来临，我必须保持时间的倒退与静止，蹲伏在时间的幻影中，疑问的巨手摩挲着额顶：时间对于格萨尔史诗而言是什么？是时间的怀抱孕育了几百年来传唱不休的格萨尔史诗？还是格萨尔史诗丰富着人类关于时间的讲述与记忆？

恍惚间，英雄的王骑着战马驰骋在草原上，旌旗在云层中飒飒作响，祥云在群山间穿行，胜利的号角在高山草甸此起彼伏，耳畔似乎还留下了丝丝缕缕的兴奋的呼喊……英雄成为传唱中的故事，英雄的故事和故事中的英雄，在别人的叙述中扑萤一般幻灭，而高原山川所有的物质都静静地站立在原地，那么是什么东西消逝了呢？消逝的并不是英雄的故事，英雄的故事继续在草原流散传播；消逝的也不是故事中的英雄，故事中的英雄在现实生活中被后来者摹写和崇拜；消逝的是时间，那有如雷霆炸响在山谷，而后消失得无影无踪的时间。

格萨尔史诗首先是关于时间的，或者说格萨尔史诗本身就是对时间的一种记录和叙述。自古而来因为科学技术不够发达，我们对空间和时间的认识都是自然而朴素的，孔子说逝者如斯夫是在时间对象下的感叹，《易经》中的十二天干地支也只是对时运推测的方法，《礼记》中的月令是说自然秩序。从生命成长的节律看待时间是一种真正的时间观，因此，个体的生命过程对于测量时间和指认时间是有所功用的。格萨尔史诗通过塑造格萨尔王这样一个人物，用他的成长经历和生命历程勾勒出了一段个人成长史，经由个人的成长史而铺展性地呈现出一段民族征战史和发展史。不管是个人的成长史还是族群的征战史，它都是一种时间思维的记载。我们可以看到格萨尔史诗不同部本之间的时间联系，这种联系不单单是故事情节之间的环环相扣，也是以人物为核心的事件在时间序列上的井然排列。

比如，《英雄诞生记》这个部本主要讲述了史诗开始的最初阶段，莲花生大师为了除暴安良造福众生，顺应天意将神子格萨尔降生到人间。由于格萨尔得到上界天神的护佑和加持、中界黑头藏人对上苍的祈祷、下界龙王的鼎力相助，所以当他降生在玛域

格萨尔史诗美学的几个范畴及其断想：从时空、原型、结构到境界

花花岭国一个叫吉索雅的地方时，他是结合人、神、龙三者的神子觉如。他在五岁的时候，凭借顽童之力，驯服黑暗境地的无形妖魔，让众人发誓归服；八岁的时候，凭借神力占领玛域，但因时机尚未成熟，加之被战神沃尔玛等人蛊惑岭地人的心智，使得神子觉如在岭地得不到众人像对待亲朋好友一样的爱护，也得不到像对待上师一样的信仰，更得不到像对待王室后裔一样的恭敬。不仅得不到应该得到的礼遇，而且在叔父晁同和贾萨的挑拨离间下，觉如母子被驱逐到了黄河之畔，妖魔巡回的玉龙森多之地。这个地方是煞神投掷骰子的地方，也是魔女乱舞的地方。可是觉如并没有被这里的逆境和厄运所吓倒，反而不屈不挠地勇敢面对，虽然与母亲隐居在荒野中的破旧帐篷之中艰辛度日，但他时常变幻为许多神奇的化身与妖魔相争相斗。在遭受多次陷害和艰难困苦之后，神子觉如占领玛域并且组织藏汉商贾修建龙狮宫殿。在岭国遭受大雪灾难之时，神子觉如带领岭国民众迁徙至玛域，把土地分割给三十员大将。

在这个部本的叙述中有三个清晰的时间节点，即神子觉如降生、五岁降妖除魔、八岁占领玛域，从这样的年龄分段中，我们可以看到时间具有的流动本性，生命节律体现的时间观念其实是一个明确的时间法则。神子觉如降生是已经发生过的事情，随着时间的流逝，五岁、八岁是肯定要抵达的时间，而这个抵达的过程恰恰是考验和证明觉如之所以是神子的缘由所在，经由时间的考察，分割出许多时间的片断，用这些时间的片断网罗作为神子的觉如，在岭国和玛域降妖除魔非同凡人的特殊性所在。同时，这些时间节点不是偶发性的，也不是实体性的，而是在运动中对时间本身发生的分段保存。由诺布旺丹主编，中国文联出版社在2015年出版的《中国非物质文化遗产百科全书·史诗卷》第55页中对格萨尔的生平有这样的介绍：

"格萨尔的一生，是在神灵与人性结合，智慧与力量的结合的闪光中，敢于拼搏，善于奉献的一生，为众生带来利乐的一生。格萨尔的一生可分三个阶段，童年时代，在苦难中度过，在夹缝中救生。这并非命运的捉弄，而是天意的安排，是圆满事业的需

流动的艺术

要；青年时代格萨尔率领千军万马，气吞山河的争战把格萨尔的事业推向了继日，闭关修行。最终示寂不弃身躯往生莲光净土。

格萨尔降生不久，射死三黑鸦，降伏了贡巴拉查妖。两岁时，降伏了鼠兔妖和九头罗刹鬼。五岁赴南方察瓦绒，夺取箭竹宗，降伏了察瓦百眼赞普魔王和七妖子。七岁赴斯喀色国夺取山羊宗，降伏喀色王黑鹏角。八岁时，叔父晁同把格萨尔母子两强行驱逐到荒无人烟的玛麦玉龙松多，从此他两过着艰难困苦的日子。九岁受岭国总官之命，同叔父晁同一道赴丹玛域夺取青稞宗。十岁时，岭国遭受了一场空前的雪灾。总官派丹玛前往玛域（黄河上游）向格萨尔借草地，格萨尔同意后岭国三部落迁往玛域。格萨尔分配岭国草场，这就是著名的'占领玛域'，十二岁岭国举行赛马，格萨尔夺冠登上岭国王位，取名格萨尔·诺布占堆。十三岁，在阿尼玛沁神东面开启水晶伏藏大门，掘出大量各种兵器法器等宝藏。被称为'玛协扎'。不久还举行了世界公桑、祭祀仪式，同时射死妖魔寄魂物，铜角吐焰野牦牛。十五岁降伏北妖鲁赞王。不久发生规模最大的霍岭大战，格萨尔王妃被霍尔国抢去。战争持续九年，格萨尔在北妖喝健忘水，未能回国。二十四岁格萨尔征服了霍尔国，消灭了霍尔白帐王。三十岁遵天女授记率军赴姜域，降伏了姜沙旦王。三十六岁率领霍尔、姜两地将士远征门域降伏了门辛尺赞普王，以上为史诗中的征服四方大敌。三十九岁为超度即将消灭的大食国王亡灵闭关修行。四十岁赴大食国，降伏了大食财宝王，开启了财宝之门。四十二岁率军赴南罗刹国征伏了米努玛夏王，取得米努丝绸宝库。四十四岁赴象雄国，降伏了象雄灵智扎巴王，取得珠宝宝藏。四十六岁赴阿扎国，降伏了阿扎·尼玛坚赞王，取得阿扎王天珠宝库。四十七岁赴祝古国，降伏了祝古拖果王，取得了祝古兵器宝库。四十九岁梅岭开战，降伏了梅国色尺王，开启了大量黄金宝藏。五十一岁赴穆古国，降伏尼玛灵智王，取得了蒙古马宗。五十三岁赴阿里国，降伏了阿里扎旺，取得了阿里金宗。五十四岁走岗日拉达国，降伏了旺钦多吉扎巴国王，取得了杂日药宗。五十六岁赴歇日国降伏了歇日达则王，取得了歇日珊瑚宗。六十一岁赴汉地，降伏达德王，取得了汉地茶宗。六十二岁时，格萨尔王征战四方，伤生害命不计其数。为度化这些亡灵，闭关修行一年。六十四岁走东嘎国，降伏了东嘎达投王，取得了东嘎海螺宗。六十七岁赴天竺国，征服了天竺却龙尼玛壤夏王，取得了印度法宗。六十八岁赴尼泊尔，征服了巴日穹天王，取得巴日羊宗。六十九岁至八十岁还征服了若干个大小宗。与此同时坚持闭关修行，讲经说法。八十一岁在圆满了各项事业后示寂，返回天堂。"

图 8-1 青海贵南县《格萨尔》藏绣（高莉供图）

就格萨尔一生的经历而言，这种分段不仅具有时间的意义效果，还具有象征和隐喻的双重隐射。除此，由时间节点表征的神子觉如的成长历程带有人类生活的普遍经验，这个经验带有藏文化的痕迹和历史的展示。史诗叙事的巧妙性就在于用一个看似任意的时间点，实现一种认知和了解，将已经后撤和完成的时间表现为现在正在进行的行为或事件，并且带有人的认知模式和体验痕迹，将讲述中构筑的想象世界在现在的状态下展现推进。此外，用神子觉如超脱凡人的生命能量，来设定格萨尔史诗中的时间编年，是将史诗中松散的时间结构系统化和统一化，建立了一种凭借人类自身经验完善的时间系统。当然，这并非实际的时间编年史，而是用觉如作为个体的生命时间来标识的人类认识事物的一

> 流动的艺术

种模式和样态。简单来说，觉如在不同年龄阶段的行为也是岭国在不同阶段的状态，将个体性的小范围的时间经验放置于岭国这一空间区域中，我们就能看出时间的差异，也能透视时间的可能性。

苍鹰盘旋在阳光的晕影中，高到极致的雪山构筑万年以前的岩石骸骨，在那灾难与战争并存的年代，一位英雄的王救助劳苦大众于水深火热之中，它的发生及流传并不是凝固的历史，而是菩提树下的一丛阴影，清凉点滴都浸润着后来者的皮肤，这一代代传唱的故事如马蹄的印迹般虚幻地记载着人生光阴，格萨尔王的形象及故事本身给世人虚构出了一个时间的重影。在艺人的吟诵和说唱中，在百姓的传唱和讲述中，格萨尔史诗把藏民族的过去、现在、将来统一在了"史诗"这一整体之中，史诗成为时间的通道，时间成为记忆羽翼下保护的内容，后人从格萨尔史诗中获得过去的现实记忆。那么，我们能否从过去的现实记忆中获得一个现在的现实呢？人类的科学研究似乎无法做到这般，但格萨尔掘藏大师可以做到，他们能在雪域山川寻找到格萨尔史诗在现在的现实。

一个疑问，格萨尔掘藏大师们寻找的遗迹遗物是什么？仅仅是那一个个实实在在的物和具体的地点吗？恐怕不单单如此，他们是在寻找时间，用物质的方式佐证已经流逝的时间。"掘藏"的方式从物质层面说明他们能够把握时间，这个时间是过去的已经完成的时间，却在他们的举措中得到形象的复原。如此一来，我们听说的和认识的可能是一个幻想，或者说，掘藏行为是在预期的想象之内论证着时间、论证着历史。他们是在寻找过去与现在与将来的联结点。当这个联结点从一种关联的想象被确定为一个实体之后，我们就在过去与将来之间找到了一个关于现在的质点，而这个质点恰好能定位我们的认识，通过这个认识来重新定位格萨尔史诗，通过定位格萨尔史诗来重新定位视界。当然，这里包括一个视角的问题，即现在的刻度是作为知觉主体的感觉体验和存在，而通过遗迹遗物展现的则是时间轨道中的事物、故事、人和意象等，把另一个世界送到正在进行的时间轨道中。对于掘藏师而言，就是要把过去时间变成现在时间或认知时间和审美时间，那么，有关格萨尔史诗的遗迹遗物经由掘藏师的"时间追踪"，便成为认知层面的理性知识和材料证据，成为审美层面的美感经验的艺术。

格萨尔史诗陪伴了绝大多数藏族人的儿童阶段，点滴入土化为虚空，确如安徒生童话、格林童话之于现代儿童，四书五经之于古代儿童。时间像格萨尔史诗的保姆，她照顾着雪域大地的万事万物，注释着古往今来的事物变化。时间是生生不息的泉水，永恒不绝地流走，一条梦想的河流，在格萨尔史诗联结的时间锁链里，延续而又重叠着藏民族幸福的生命根基。

二 原型，生命形式的凝缩与换位

很久很久以前，亦如很久很久以后，在光明之中，亦如在黑暗之中，我们看到天空，亦如踩在大地上……格萨尔史诗是藏族老人们嘴边的歌谣，是众多藏族孩童幼年时候耳熟能详的日课，人生始初喜欢与格萨尔史诗相关的故事，可能只是因为史诗有一对神奇古怪的翅膀，飞驰在孩童闲暇时刻想象的天空，扮演史诗中的人物角色戏耍于村头或草原，总希望自己成为那位英雄的王者，如果能如愿以偿，人生便会滋生出许多新的附丽。

原来，格萨尔史诗成为人生的理想和希望的蓝图，是一个源自童年时代的英雄之梦。

格萨尔史诗流传至今，它的功能已经不单单是老百姓茶余饭后文化娱乐消遣活动，而是作为一个民族的精神力量而存在。众神或其他超自然势力对英雄的壮举表现出兴趣或者积极介入的态度，是史诗中文学策略的组成部分。在历史和现实中承担着教化和规范群体言行的功能，在一定范围内上升为信仰，影响着藏区社会文化生活的方方面面。换言之，格萨尔史诗之所以能够在青藏高原传承千年，成为一种文化现象而历久弥新，最主要的原因是人们对格萨尔王的神化和圣化，格萨尔成了神——人想象的人格神，人神同体同形。从这一点我们不难发现，格萨尔史诗具有的神话

◆ **流动的艺术**

特性。这个特性所揭示的是古代藏族人对自身起源的找寻，或者说，这个特性是对古代藏族人生存状态的修辞性描述。古代藏族部落"岭"在其领袖格萨尔的统领下，历经艰难曲折的重重困境，征服一个又一个强盛的敌对部落，降妖伏魔、惩恶扬善，最终建立起一个强大的帝国——岭国，并为广大民众谋取了福祉，格萨尔自己在称王和成为王的过程中经历了争权夺利，经历了痛苦后的重生。在史诗中格萨尔的经历被体现为一种人类命运的实际状态，即人类是在艰难困苦中成长的，人类的斗争首先始于家族内部，表现为同根厮杀，权力争夺与生命同在，而战争揭示的人类本性是自我残杀。

对格萨尔王的神圣化，是藏族先民对自身想象的一个结果，同时也是将他作为自己族群中一个具体的部分或他自身的延伸来理解，这是藏民族继创世神话之后追踪自己秘密起源的方式之一，也是藏族人想象力的修辞性表现。因此，格萨尔史诗中出现且凝缩了一系列诸如万物有灵、仪式、梦境、预言之类的观念，这些观念在史诗中被细腻真实地表述出来。比如，青海省果洛藏族自治州境内的阿尼玛卿雪山具有创世神、年神、战神、财神等多重神性之外，还是格萨尔王的寄魂山；同样，果洛州境内的年宝玉则神山，在掘藏师的梦幻净相中是一座壮观的十四层宫殿，这样的例子在格萨尔史诗中不胜枚举。不仅格萨尔被神圣化了，而且与之相关的山山水水都被赋予了特殊的文化内涵，也在经久的历史长河中成为藏民族的文化表征及意指实践。

荣格说原型在本质上是一种神话，他认为每一个意象都有着人类精神和人类命运的一块碎片，都有着我们祖先的历史中重复了无数次的欢乐和悲哀的一点点残余。神话是对自然与人类命运最有效而准确的抽象，有了神话思维，文学便是这神话性思维习惯的继续。诺布旺丹在对格萨尔史诗的定位中，特征之一便是诗性思维，所谓诗性必是兼容浪漫的想象的。就体系性而言，从目前已经发现的史诗部本中我们可以看到，格萨尔史诗不是一个又一个独立的点状存在，它从诞生之日起就是一个系统（或者说它具有系统性，这也是神话的本质特征之一）。史诗中，所有的故事情

格萨尔史诗美学的几个范畴及其断想：从时空、原型、结构到境界

节均具有共时性的特征，但是在几百年的传唱过程中，它已在历时性层面凝结为无意识状态，成为藏族人共有的记忆痕迹。在此意义上，我们可以说，格萨尔史诗的神话特性是人类心灵中某些特质最根本的表现，是非理性主义和超自然主义的。尽管在对格萨尔史诗的阅读和研究中，我们曾一度陷入实证主义的认知图圈之中（即格萨尔史诗是否是对历史实在的描述？格萨尔是否确有其人？），但我们始终无法否认格萨尔史诗的神话特性。神话是揭示灵魂现象最突出的心理现象，因此构建神话是人类精神能量（譬如想象力）的一种表现模式，而这种表现就其本质而言是属于原型的，确如荣格所言，原型的方式是神话和童话。

在今天，神话指向一种乌托邦理想或社会希望，在日常生活中指一种被夸大的信仰或事实的描画，神话成为人们日常生活中的一种表述策略。但在古老的民间神话是被当作信仰结构或者社会关注点而被接受的。格萨尔王被奉为藏民族的人格神之后，他便成为一种信仰，也在民间形成了一种互为依存的人神关系，格萨尔在享受香火祭祀的同时，需要满足着人们诸多的功利性需求。元明时期以来，格萨尔被奉为莲花生大师的心子、化生和集上师、本尊和空行三位于一体的"三根本"，列入藏民族集体信奉的神灵系统。期间，以宁玛派为主的藏传佛教的历代高僧大德起到了主导性的关键作用，他们将佛祖释迦牟尼与莲花生大师所具有的一切殊胜功德，一律附会到格萨尔身上，使其成为今生后世的根本怙主、招福纳祥的福禄之源、点石成金的世间财神、降妖伏魔的持咒护法和无往不胜的雷霆战神。因此，格萨尔便成为民间生活中英雄形象的普遍原型。

当格萨尔成为一种信仰的时候，也在反映和揭示个体无意识中的英雄情结和集体无意识中对自然事物原始秘密的理解。始初社会生活与事物给人们留下的精神投影，会代代相传成为一种思维习惯或风俗习惯，这种习惯具有的流动性与动态性在日积月累的沉淀中构成了我们的原型经验。在此意义上，格萨尔信仰是藏民族的一种深层心理结构。

青海省果洛藏族自治州的格萨尔信仰颇有代表性，其特点之一

便是具有以灵魂外寄、万物有灵为主要内容的原初性。《霍尔战争》中写道：霍尔君臣认为，傲居在东方马卿蚌喇山的山神，神威显赫，如果在岭国长期驻扎下去，难免会引起神怒。因此，必须按照霍尔的规矩和礼仪，对这位山神煨桑祭祀，乞求宽容和保护，并派出人马带上柏树等物品前去煨桑。而这件事被岭国的总管王戎察查根知道后，想到阿尼玛卿神山是岭国的唯一圣地，是格萨尔大王的寄魂山，倘若他们亵渎了山神，那可不妙。便派出贾察、达让司盼和查香丹玛前去拒击。霍尔国和岭国的战争之所以围绕阿尼玛卿山展开，是因为阿尼玛卿山作为一个对象化的物性存在，它象征着自然世界和自然事物对应的精神世界，或者说它是一定区域内族群生活的内在积淀和原始经验，其象征意义在与事物育人的现实经历中的某种经验性事物相联系。

原型本身作为动力是不可描述的，它必须有原始意象，原始形式与象征，从形式与象征层面推断它，因而原型作为潜能是永恒的存在，我们是通过本能所提供的行为模式知道个人的无意识行为，它也作为意识中的一种想象模式而运作，把心理资料整理为象征的意象。不妨对原始经验中的个别人与事物做一下类型化的区分，以说明格萨尔史诗中包含的原型事物。

首先，格萨尔作为史诗中的主角自出生之时就被认定是神子，神有一种直接的超越性，意味着权力、神圣和不可超越，他在日常生活中的奇迹均是由天赋予。作为天神的格萨尔代表神权与信仰，天的极端代表精神信仰的极处。太阳为阳性，男性阳刚，诱向事物的正面形象，所以天神是不朽永恒的，具有永恒无限又绝对超越的意志，格萨尔作为神的形象是藏族人朴素感知中的崇拜，同样他作为神子的形象在类同于父亲形象的同时类同于天和太阳意象。

其次，史诗中以格萨尔的妻子珠姆和母亲郭萨为代表的女性形象，是大地的象征。大地是宇宙的基础，万物源于它又归于它，大地赋予万物以生命，这一点它与母亲的功能是相同的。女性属阴性与月亮对位，月亮的盈亏对应的是时间的变化，所以时间可以在月亮的阴晴圆缺中得到准确的测量，月亮代表的时间变化说

格萨尔史诗美学的几个范畴及其断想：从时空、原型、结构到境界

明它服从时间与命运的对称性循环：诞生、或缺、死亡、再生。或生或死，或残缺或圆满，弱与强总是对应着的，这种功能正对应了人的能力，人也会有这种悲剧性的结局——死亡，但是生命循环总是永恒的指向开端回归。此外，月亮还是命运女神，经历磨难或获得再生表明人类可以通过女性达到某种目的。在《赛马称王记》中有这样的描写：确定珠姆负使命，激励觉如来赛马，风雨兼程迎觉如，身边多端试珠姆。格萨尔在成为"王"之前，珠姆的出现便具有格萨尔征服命运的意指意味。

再次，藏地的名山大川、江河湖泊都有格萨尔史诗的痕迹和格萨尔文化的烙印。青海省果洛藏族自治州境内的年宝玉则和阿尼玛卿两座山分别被尊为岭国中系寄魂山和幼系寄魂山，甘德县尼尔温泉被奉为岭国众英雄修持的圣水和温泉，青海省玉树藏族自治州治多县境内有珠姆王妃的洗发池……如此种种数不胜数。这些迄今还存在的事风物遗迹，其实是构成世界最基本的物质——水和石头。水象征的是直接可感并且有可言说性，源泉与生命是水最基础的表意，所谓万物之源，一切事物存在的潜行规则，一切生物的种子都靠水来孕育，可以说水是生命的容器。在宇宙起源的神话中，在神话、仪式及其图象中，在我们所发现的各种文化类型中，水都是相同的文化类型，它先于一切形式，支持一切创造。没入水中象征回到原初形式、整体复活及新的诞生，嵌入水中便意味着形式的解体，重归于存在以前的无形，从水中诞生则是重复创造的行为，通过这种行为便首次出现了形式。每一种与水的联系都意味着再生。水还是浸礼的象征，水洗礼以后的事物不再保持原样，水打碎一切形式消灭过去的一切，水拥有洁净、再生、诞生新生命的权能。在水中化解死亡再在水中复活，水消除罪孽具有净化作用。石头是一个绝对存在模式，它显示不了人类信仰，粗硬与坚强，不可以弯曲，终生不悔。石头是意志与力量的象征，不仅是它的质料还有它的神迹存在提供给人们的信心和勇气。由此石头还为一种信息的存在，不灭与永恒。它是有功能的，提供人类坚硬的筑居，并转化为武器。因此石头的象征更明确权力、力量，由石头工具的演变还有男人式的自我信心。

·275·

流动的艺术

图 8-2 《格萨尔》掐丝唐卡（高莉提供）

当然，宇宙的原型是无穷之多的，倘若所有的事物都如其直观所显示的象征，所有的原型都是在直接表明它的象征含义，我们就不必再说原型与象征了。可就是因为这些事物的原型，经过千百年积淀，在不同地域和不同文化里藏了深邃的文化内涵，它的意义逐渐变得不那么容易获得。原型便深刻地影响人群的深层

格萨尔史诗美学的几个范畴及其断想：从时空、原型、结构到境界

心理结构，一个象征总是揭示了现实的若干区域的基本整体性。

今天理解史诗有某种悲壮的性质，它是一种过去的东西，一种不可挽回的失去的追寻始终萦绕在格萨尔史诗之中，它不能再现真实的现场却以其他形式呈现已经存在的东西或者能够继续存在的东西。或许我们始终相信史诗与现在的我们有千丝万缕的联系，它可以阐释社会、历史、人群并导向未来的命运与目标，甚至能够窥探到史诗之于今天的指向意义，可是我们最终相信史诗的意义毕竟归于史诗本身。

三 空间，耗散与容纳的套盒

电影《孔繁森》中有这样一个场景：孔繁森在前往阿里地区就职的途中，遇见一位红衣僧人，僧人光着臂膀行走在茫茫雪域，并没有理会这位即将赴任的地委书记，径直朝着远方走去。后来，孔繁森去古格王朝遗址的时候再次碰见这位僧人，他席地而坐嘴里念念有词，同行的司机告诉孔繁森这位僧人在说唱格萨尔史诗，而这位僧人也告诉司机和孔繁森，他要把格萨尔史诗说唱在整个雪域大地，说完便起身离开，留下一道茕茕孑立的身影在吟诵的余音中意味深长。

不禁会问，这位吟诵格萨尔史诗的僧人行走在苍天大地之间，究竟意义何在？行走自然是空间上的位移，我们目光所至之处均是物质的状态，我们身体所能抵达之处均是痕迹的空间，事物遮蔽了空间。僧人携带着他的史诗记忆游行遍野，把他自己和格萨尔史诗都放置在空间之中，成为空间中的一个部分，用物质的形式进行空间占位，僧人所到之处就是是格萨尔史诗所到之处。电影场景中有一个象征性的符号——僧人停止行走、盘腿而坐、闭目吟唱，用占位的形式表明时间维度下对空间的切割，行走与坐定是动与静之间的选择，这个选择的背后是从人和事物的角度来看待空间，不在于空间给出的具体的地理学意义。换句话说，僧人的吟诵在哪个地方开始哪个地方结束并不重要，僧人能否真正将格萨尔的故事传遍世间也不重要，重要的是，因为僧人和僧人吟

◆ **流动的艺术**

诵的史诗，让原本显示空白的空间变成了一个意义的空间。那么，僧人行走的意义也在此凸显：行走即是空间的占位，行走即是意义的构筑。所以，僧人预想在雪域大地传播格萨尔史诗也并非一句空话，他行走过的每一寸土地都将留下格萨尔史诗的印迹，他的行走是格萨尔史诗在空间维度的传播，他的行走也从空间的效果层面说明了格萨尔史诗的存在方式。当然，这个存在方式必然是复杂的，除开空间层面物质形式的存留，还包括精神层面不被惊扰的独立存留。

在雪域高原敞开幽兰光辉而神圣的空间，格萨尔史诗置身于宇宙静止的时间中，却迅跑在宇宙透明灿烂的空间里。说唱格萨尔史诗的僧人朝着远方走去，在路上，在山顶，游遍星空，他携带着他的史诗记忆，奔赴向天地间的一星光亮。

格萨尔史诗流传在青藏高原腹地及其周边，我们不免会有这样的疑问，为什么它会流传在高原、在三江源区域，而非平原或沿海地区呢？为什么史诗当中描述的场景要发生在岭国、霍尔国这些特定的地方呢？为什么史诗掘藏艺人能找到与格萨尔史诗相关的遗迹遗物呢……所有类似的疑问都指向一个具体的概念——空间。

空间一词原初的含义仅仅指人、事物所在的地方，是经过证实的实体居留后的空间，同时也是一种特定的分割。在格萨尔史诗中我们时常可以看到这样的表述："上岭有赛巴八大部落，中岭有翁布六大部落，下岭有穆江四大部落（《英雄诞生记》）"，庞大的自然物质空间被切割划分为上岭、中岭、下岭三部分时，表明自然的物质空间开始变为人类的活动空间；当这三个相对独立而具有整体性的空间又被划分为八个、六个、四个部落时，表明人类的活动空间在人类的意志作用下发生着改变和运动，人类的目的并不是让自然空间处于闲置的纯无状态，而是要让空间和人与事物联系起来，联系起来的结果便是人类抢占空间，对空间进行切分后的命名和使用。因此，史诗中大量存在的"岭""部落""域""界"这种名称，它的实质是对或大或小、相异或相同的空间进行分级分层的界定或划分。这些名称背后蕴含着藏族人朴素

格萨尔史诗美学的几个范畴及其断想：从时空、原型、结构到境界

的空间观和宇宙观，这些名称作为空间概念揭示的是藏族人的存在方式和认知方式。

空间提供的是一个参考系，所有的事物都在空间这个框架内运动，但是空间的框架不为一切物质所动，它是恒久不变的。比如格萨尔史诗《大食财宝宗》中对大食王国的空间定位是藏北草原上的王国，在格萨尔神授艺人的讲述中，这个藏北草原上的王国在青海省玉树藏族自治州杂多县扎青乡，在后来的史诗考古和地质考察中又被印证大食王国中描述的地理景观与扎青乡的地貌相吻合。史诗中的描述在现实中得到验证，似乎掺杂着梦幻般的神秘巧合，这表明格萨尔史诗是在敞开的空间中流传，空间为格萨尔史诗提供着不同的舞台和背景，无论史诗多么精彩纷呈，多么变化万端，它都是在空间这个独立的"容器"中发生。只是，在更多的时候，我们倾向于把格萨尔史诗当作故事来阅读、当作史料来验证，而不把它作为现实空间中的实在之物去找寻，因为我们在面对书本或语言的滔滔不绝时忘记了空间。然而，格萨尔史诗的一大特点便是，我们能在现实空间中找到史诗中讲述的山川河流，我们能够从史诗的文本空间找到史诗中描述的物理空间和实体空间。在流传范围上，横跨青藏高原、蒙古高原和帕米尔高原的我国境内的藏族、蒙古族、土族等多个民族，并流传至巴基斯坦巴尔蒂斯坦、印度的拉达克、尼泊尔、不丹、蒙古国、俄罗斯的卡尔梅克、布里亚特、图瓦共和国等国家和地区。

格萨尔史诗中处处体现着藏族及相关族群对自己空间经验的表述，在此意义上，史诗勾画出的是一个社会空间，这个空间中各种事物是分立的，有层次和等级的，但是他们之间又有着千丝万缕的联系。藏民族乃至人类就在这种交互关系中发展，各种矛盾、斗争均已出现过，它沉积了各种各样的历史关系、文献资料，包括物质和观念的遗传，过去已流逝的空间依然在影响着今天的空间。

我们每个人感知空间的时候，空间均为我的空间，均为我自己的现实境遇。空间是我的一切，我的一切均是空间形式的呈现，人似乎永远处在一个可塑性的空间中，从而设计出一个自己认可

流动的艺术

的空间，而个人的空间总是在自然空间和社会空间之中，但它兼有这两个空间的特征而又极具个人的特殊性质，格萨尔史诗就是最好的例证。

从故事结构而言，格萨尔史诗包括开篇、征战篇和尾篇三部分。其中，开篇部分是从开天辟地开始，敦氏预言格萨尔从天界下凡到人间，这一部分包括岭国形成史、贵德分章本、天界、天岭之部、年岭之部、龙岭之部、敦氏预言授记（新增部本）、年岭大战、郭岭大战、英雄诞生、擦瓦箭宗、丹玛青稞宗、玛燮札等格萨尔从天界下凡人间到童年时期的故事。征战篇是从象征格萨尔成年的《赛马称王》开始，格萨尔征服四方、降伏妖魔的曲折故事，这一部分在包括《北方降魔》《霍岭大战》《保卫盐海》《门岭大战》等四方四敌外，还包括十八大宗、十八中宗和十八小宗等，如赛马称王、世界公桑、岭国歌舞、吉祥五祝福、降魔、霍岭大战、辛丹内讧、姜岭大战、门岭大战、大食财宗、卡切玉宗、歇日珊瑚宗、阿扎玛瑙宗、米努绸缎宗、祝古兵器宗、木古驴宗、松巴犏牛宗、蒙古马宗、亭岭大战、雪山水晶宗、白岭大战、玛拉雅药宗、香雄珍珠宗、香香药宗、梅岭金宗、印度法宗、汉地茶宗、果惹擦宗、嘉荣粮食宗、扎拉盔甲宗、僧达海螺宗、楠铁宝藏宗、欧燕银宗、杂日药宗、托岭之战、梅日霹雳宗、阿里金宗、白岭大战、征服果扎王、犀岭之战、梅木水晶宗、达毛赛宗、浪日、噶德智慧宗、阿达夏宗、征服南魔王、阿赛盔甲宗、尼泊尔羊宗等。尾篇部分，讲述格萨尔大王完成在人间使命，摧毁地狱，超度了以母亲郭萨及爱妃阿达拉姆为主的十八层地狱的亡灵后返回天界，包括阿达拉姆、地狱篇和安定三界。

从史诗的主要脉络中不难发现，格萨尔的一生具有明晰的空间性质，他的所有行为都是在空间维度展开。从天界下凡到人间是地理位置上的变动，这种变动构成了他的社会生活空间，这个空间是流动的也是互换的；征战四方是在一个现实的物质空间内进行运动，他需要用物质的形式占有空间份额，《赛马称王》和《霍岭大战》用空间份额的抢占证明了格萨尔作为"王"的价值和意义。超度母亲和爱妃则是从外部空间的评估转向了内部空间，对于格萨尔王而言，这是他自己的精神空间，也是他本体的品质。

空间是格萨尔史诗讲述中的事实，空间是存在于格萨尔史诗中的事实。史诗具有广阔的空间背景，它的范围亦可以是整个世界甚或更大，格萨尔王的痕迹遍布整个藏地，故事发生在天堂、人间和地狱之间，宇宙空间是理解史诗的一个一个重要背景。格萨尔王诞生，即是一朵生命之花，花是全部空间世界微缩的细胞；格萨尔王行走，在格萨尔史诗中行走，在史诗的舞台上演私人的剧目，但谢幕之后，他的故事成为传唱不休的公众空间。

四 结构，感性直观的复杂基石

天上地下，牢笼百态，一切都浑然为整体，彼此聚集又彼此逃逸，彼此分裂又彼此组合，一个超越时空的永恒体系将人与自然统统包容，它在物的缝隙中打量着、思维着，把物背后的秘密托付给黑暗中唯一醒着的梦。看，崖壁上有鹰鹫的巢穴，它们飞越山川，巧嘴的歌声在远空中回响着亮丽，振动华丽的羽毛扑散所有生物的心理，日子全部碎成一瞬但是回味中却比一千年还长，全部精灵般地插入人的头颅，渗透内心的全部翻动……

低头沉思，忽然明白，一切物的形态均是结构性的存在，结构以其自身的方式存在于大地，结构是生命的根基。

结构最初的意涵是建筑物，第二意涵才是结构的式样，玛域草原上有一道雄伟的建筑景观——格萨尔大王狮龙宫殿，它表征着格萨尔史诗在果洛大地上的发生和传承。当然，作为一个地标性建筑，狮龙宫殿在当地乃至整个藏区都有一种特殊的性质：历史上，它连同自然神灵崇拜、藏传佛教信仰共同构成了果洛地区民众们的信仰途径，扎根于牧民心中，满足着牧民的精神需求和利益索求；在当下，它已经成为当地游牧文化生活的现实途径及文化人类学研究的热门对象。这里暂且不说狮龙宫殿作为格萨尔文化的表征时，它的建筑结构及特性，我们只讨论一下它作为《格萨尔王传》中的一个关键点，对格萨尔史诗系统及格萨尔文化的建构具有结构性意义。

流动的艺术

关于狮龙宫殿，索南多杰在《格萨尔信仰在果洛》一文中有这样的记录："自20世纪90年代初期，查朗寺其僧俗信众在旦贝尼玛大师的倡导下修复狮龙宫殿，期间，曾出现无数吉祥瑞兆，大部分奇异现象由查朗寺记录在案：1. 第17让迥之铁马年（1990年）3月24日考证狮龙宫殿意志而期间，当查朗寺所有活佛莅临此地时，不仅发现此地树有前所未有的标记，而且雷声隆隆，彩虹悬空，地上盛开了五彩鲜花。特别令人称奇的是还从地下挖出了三个藏宝箱。2. 同年5月4日，查朗寺百余位活佛、高僧至此进行煨桑祷告圈地、奠基时，从四面八方形成了五彩光芒宝帐，其中还映现出红色的珍宝。这是当时在场的所有僧俗群众亲自目睹的。3. 第17让迥之铁羊年（1991年）6月15日，正是开工建设并筑墙时，从地下挖掘出了世所罕见的五彩地精，至今供奉在狮龙宫殿。4. 第17让迥之水羊猴年5月10日，为狮龙宫殿楼顶安装金顶时来自四方的彩虹萦绕在金顶周围，持续了很长时间，天空出现了酷似点灯的一束光芒，此情此景被当时的所有建筑工人看得清清楚楚。9月8日，建筑工人又在当地听到了吹海螺、击鼓的声音。5. 同年9月15日，久美彭措大师将掘藏得来的莲花生大师像请进狮龙宫殿时，宫殿上下各层具有万丈光芒，里外通透。6. 15日即格萨尔诞辰之日，为格萨尔金刚寿王像装藏、开光时，又有彩虹现象，而且建设项目的所有干部群众听到万里晴空的三声巨响……14. 第17让迥之木狗年（1993年）5月26日，久美彭措大师莅临狮龙宫殿，27日为查朗寺300余位僧人授予格萨尔灌顶时戏言道：'旦贝尼玛活佛使尼本达雅动了起来，我今天让丹玛动起来'。说着，便口念咒语，手摇金刚，格萨尔与丹玛的塑像自动向前移动，而格萨尔手中的长矛弹起后落在了供桌上。15. 来自热贡的泥塑艺人夏吾在塑造第12为英雄阿巴日布叶畔达时其无名指未经塑造而自然生成，至今传为奇谈。"

在这篇历时性的记叙中，我们可能更偏向于用神奇、神秘、不可言说等词汇去定位或形容狮龙宫殿的修复历程，但是这背后深藏的关键词是结构。20世纪90年代被重新修复的狮龙宫殿是作为一个已经存在的客观实体，而它的存在根源则是在格萨尔史诗之

格萨尔史诗美学的几个范畴及其断想：从时空、原型、结构到境界

中，不管是在格萨尔史诗的记载中还是在格萨尔艺人的演述中，狮龙宫殿都是史诗中的一个客体，因此格萨尔史诗为建造和修复狮龙宫殿提供了一个模型，这个模型可以说是先验预设的，但它是已构成之物。即是说，狮龙宫殿不是一个单独孤立的存在，它关联着格萨尔王、格萨尔信仰、格萨尔史诗，它们相互联系产生因的结构形态。更进一步说，狮龙宫殿作为一个点勾连起了与格萨尔相关的一个场域或语境，比如果洛州打造的格萨尔文化中狮龙宫殿就是极其重要的文化景观。在此意义上，格萨尔史诗同自然、社会、人一样，它的结构是存在之物，但它同时也是秘密之物，确如我之前的引文，作为格萨尔文化场域中的一个点，狮龙宫殿在修复时出现的种种神奇迹象，它们是存在之谜也是结构之谜，但无论如何它们都与格萨尔相关，与格萨尔史诗相关。

格萨尔史诗，被巧妙的设计者精致的安排着，让格萨尔王的传说成为一个自我生长的实体，让那些能在高原触摸到的、听到的、看到的东西插上幻象和想象的翅膀，以一种存在、一种规律、一种事物自身的真实状况，建立了一套格萨尔王专有的"史诗"方式，结构的匠心在雪域大地传承上千年，如生命一般，成为一个让人无法怀疑的存在事实。而格萨尔史诗的存在方式和"活态"的生成方式，也因此决定了它的伟大和永恒。

史诗在严格意义上是指长篇叙事体诗歌，主题庄重，风格典雅，集中描写以自身行动决定整个部落、民族或人类命运的英雄或近似神明的人物。格萨尔史诗的特殊之处在于它既是传统史诗又是文学史诗，不仅包括民间口头传统的故事整理而成的书面形式的史诗，而且包括善于诗歌创作的诗人以《格萨尔王》史诗为蓝本创作而成的文本。所以，现在我们能看到的格萨尔史诗或是一本本装帧精美的书籍，或是格萨尔演述艺人滔滔不绝的演述，但这些仅仅是格萨尔史诗所具有的形式表象或形式性的结构表象。格萨尔史诗之所以被称之为"唱不完的史诗"、"活态"史诗，就是因为它是一个创生源，它的结构源点和结构之果都是藏民族的集体智慧和集体智慧的结晶。

从传唱不衰的史诗历史而言，格萨尔史诗的结构是共时的也是

> 流动的艺术

历时的。格萨尔史诗的历时性表现它是藏民族文化、历史形成的重要构成部分；其共时性表现在它是藏民族集体无意识的重要构成部分，格萨尔史诗的历时性创造了它的共时性，各个部本的格萨尔史诗并不是机械的并联或者聚集，而是一个有结构的整体，对某个具体部本的研究也是对史诗整体的研究。一位长期从事格萨尔史诗汉语翻译的老师告诉我，格萨尔史诗的规律很好把握，虽然是不同的部本、不同的内容，但是它的叙事模型大相径庭。不难理解，他所说叙事模型类似就是一个结构问题，结构是形式化的，结构形式综合着一个文本的全部因素。譬如，岭国与霍尔国及他国的关系的变化就是一种结构形式的变化，十八大宗、十八小宗相继被收复也是结构化的，史诗中描述的等等类类，均是复杂整体各要素之间的排列与相互关系的统一。

史诗在演述时使用了个性化的语言，在不同场合使用的不同唱调，都是史诗形成中的表意系统，而且特定的唱调是说明事件发生、发展乃至预言结果形成的表意系统。《赛马称王》中的唱调颇有意味："因大正人刚才已经进行了座位的安排，裁判者听了总官王的吩咐，知道这是对他说的，于是，裁判者达尔盼用喜庆萦绕的调门唱道……（第一章 横空出世降神子，智骗晁同传预言，晁同不听妻子劝，商议赛马定王位）孩子觉如说这匹马能听懂人言，那么向天神和三宝唱一个请求援助和陈述原由的歌，它能听懂吧！于是便用河水缓流曲调唱歌道……（第二章 确定珠牡负使命，激励觉如来赛马，风雨兼程迎觉如，神变多端试珠姆）于是，觉如便将这千里马的来源，以及它在这个地方的情形，用长寿不变曲调唱道……（第三章 少年英雄下指令，珠牡智擒千里马，神索捉马飞苍穹，宝驹献给主人公）我叔侄二人有好长时间没有见面了，人生在世一辈子，苦乐一定不少，其实嘛，就是那么一回事。说完，用哈拉胡尔短调子唱道……（第四章 邀请觉如到岭地，珠牡风险黄金鞍，八大心愿立誓言，讲述赛马主人公）。"这样的例子在史诗中数不胜数，不同的情景和情境中使用的不同的唱调表达不同的意义，在这一唱一和、一问一答中，故事完整了，叙述到位了，意义也就此产生。从结构语言学的角度而言，对唱的意义源自对另一方的回应，这种回应是从关系的角度描述的。因此，对史诗阅读和理解的关键之点在于，必须将它置于系统的框架内研究。诺布旺丹也在研究文章中专门提出，对格萨尔史诗的理解和研究一定不能忽略其语境，在对格萨尔史诗的保护中一定要保护其生态语境。这个观点的意义在于，是从结构这一宏观角度出发重视格萨尔史诗的整体性，以及整体性之内、部分之间的关联性。当然，这也是完善格萨尔史诗系统的过程之一。

格萨尔史诗的系统化过程和持续发生是一个意义表达的过程，也是这个过程的产物，它是藏族人视觉想象和心理感觉的联系，而它的意义则促成文化中的约定俗成和传承。这就要求史诗是简洁而生动的，当然还有准确。虽然我们是在各个不同层面的结构上理解史诗的，从各个分章本、各个不同的版本可以看到不同的部分构成整体，但是局部都大于其构成总体之和。把格萨尔史诗当作一个系统进行研究时，就会发现它是一个语言的社会行为，在解读和阐释的层面，每一个部本、甚至每一个情节都应该被赋予社会意义，而理解格萨尔史诗也必须将其放置于藏民族的发展历史和文化语境之中，加以深度理解和学术研究，格萨尔史诗的社会面独立于个人之外，个人无法创造或修改它，它是以社会事实乃至历史史诗的形式出现，说明它是集体智慧的结晶。

格萨尔史诗的出现到现在，不管其本体的生长还是对其研究的辐射，均是一种结构性的存在，正是由于经过代代相传式的聚拢和整理，才使格萨尔史诗在当代形成了一种有组织的稳定统一体。在此意义上，格萨尔史诗及其传承是一种文化现象，因此它里面自然包括普遍存在的系统和结构关系。除此之外，格萨尔史诗系统内部的整套关系结构又是藏族文化、藏族历史发展的表征，或者说，格萨尔史诗中包含着一整套藏民族集体承诺并共同遵守的价值体系。

五　境界，散落的洞彻与透视

"鲁阿拉拉姆阿拉林……"

流动的艺术

"鲁塔拉拉姆塔拉林……"

关于格萨尔史诗的直觉形象,在以听觉和视觉为主的知觉感觉中,高原的天地山河在这样的唱调中被描绘得精确与仔细,历史中的各色人物在这样的唱调中被临摹得形象与逼真,传奇的故事情节在这样的唱调中被讲述得生动与有趣……格萨尔史诗就这样在广阔的高原腹地传唱百年,在众多的传唱者中有一群人被称之为"格萨尔史诗说唱艺人",他们又被分为掘藏艺人、圆光艺人、神授艺人等不同的类型,格萨尔史诗在他们敞开的口中绽放神秘光辉。不难体会,格萨尔史诗在演述艺人的演述中,已不再是客观的物象,而是史诗文本与演述艺人交融而成的一个整体。在这个整体中,史诗自身是诸多事物的天然组合,它们的高低远近、形色声味在演述者的知觉感受中组合成了特殊的物象,和合成联系演述艺人主体状态和特定的知觉位置的客观之"景",从而构成专属格萨尔史诗的形象世界。

换种方式而言,演述中的格萨尔史诗其实是与格萨尔相关的客观物象和客观之景,在演述艺人的知觉的主动性中朝向主体呈现。演述艺人用知觉给客观之景划了一个界围,当演述艺人进入格萨尔史诗的演述状态时,他的知觉界围就进入了史诗之境,与此同时,史诗进入了演述者的知觉之境。身与事接而境生,境与身接而情生,格萨尔史诗演述者在天地自然之间构成浑然天成的大境界,这虽然不同于佛教中眼、耳、鼻、舌、身、意六根去感受色、声、嗅、味、触、法六识而产生的境界,但是,史诗演述者的演述行为本身已经融合了作为客观之物的格萨尔史诗和作为主体直觉形象的格萨尔史诗。因此,演述艺人与格萨尔史诗共同构成了情中景与景中情的境中之景和境中之情。也正是因为格萨尔史诗独特而复杂的知觉方式,以及情景合一的审美之境,它时常被我们理解为神秘的言说,神秘成为其境界的表征。

《格萨尔》说唱艺人作为名词是一种形象,作为形容词它本身便代表了神秘,为什么只有他们才能滔滔不绝地说唱?为什么他们的眼睛能看见超现实的世界?为什么他们能找到历史切实的痕迹?不可言说的性质,导向"我"之外的无限遥远;不可完全昭

格萨尔史诗美学的几个范畴及其断想：从时空、原型、结构到境界

示的根源，靠近事物幽冥的界限。研究者们说，每一位艺人说唱的每一部史诗，皆是他们对格萨尔这位英雄人物的神秘体验。

图8-3 果洛甘德县《格萨尔》酥油花作者之一 特旦闹吾
（龙恩寺僧人，高莉供图）

是的，艺人在天与地之间凸现于存在，他们的双眼凝视着岭国上下，标记岩穴山石间的冰雪，预言众人前生后世的浮动，在无限的高度呼吸着黑暗与光明，清点风云变幻中的词语，这些词语勾连有限的物质世界和无限的观念世界。在艺人那里，世界的感性表象被必然地导向一种超验的意识，这使得说唱行为成为可能，并通过说唱这种方式使史诗的讲述和记录成为可能，也就是说，现象世界的形式与规则在艺人诗性思维的连结中成为一种经验。学者诺布旺丹从学理层面将"格萨尔史诗说唱艺人"命名为"格萨尔史诗演述诗人"，他所强调的关键点在于理性之人看不到的神秘、说不出的神秘，会被感性能力超群的"演述诗人"表演叙述出来，他们能够在特定场合下，感受和体验到发自于个体内部的、

· 287 ·

流动的艺术

珍藏于内心的神秘体验，这种体验超越了理性在其自身之外理解的东西，包括独处和沉思中不可言说的神秘之思。

作为世俗之人，我们可以一次又一次的看到不同版本的《格萨尔王传》，阅读不同部本的《格萨尔王传》，看不同类型的诗人们演述格萨尔史诗，却没有办法体验格萨尔演述诗人们感知到的现实神秘。或者说，作为世俗之人，我们无缘全然浸融于格萨尔史诗的情境之中，亦无法抵达格萨尔史诗的自在之境。毕竟，史诗之"境"不同于现实之景，史诗之境中演述诗人与史诗的关机有其特殊的方式，史诗中的形象在演述诗人的知觉中会按知觉的方式变化，这也恰恰是史诗与演述诗人走向合一境界的基础。

演述诗人的存在说明颤栗与灵性无处不在，他们是自在的神秘！

每一位格萨尔史诗说唱艺人都有一段与史诗解不开的神秘渊源，或托梦或开悟或降神，从外部的物质世界融合为错乱复杂的幻象世界，超现实的幻象世界本身与他们的灵魂联盟成为谜一样的力量。我们理解到的神秘是说唱艺人们拟想的心理现实，我们感受到的神秘是说唱艺人们灵魂预言的知己。对艺人进行分类是从目的论上寻求破解艺人说唱的神秘性，而破解本身又给其带来神秘，解密是知识性的。可是，我们穷尽现有的知识去解释也无法回答这种神秘的本源所在，它超出了常人或世俗之人认识的极限。

比如青海省果洛藏族自治州班玛县多尕麻寺的久美多杰活佛，在一岁的时候被噶陀西合智·班玛陈列多杰等众多活佛认定为贡智·洛桑诺布的转世化身，七岁开始在噶陀西合智·班玛陈列多杰、牟智·久美雪列南杰、南智·久美彭措等诸多高僧大德和活佛座前学习藏文，显密佛法知识及伏藏传承，因为久美多杰大师聪慧过人、过目不忘，在当地传为神奇。作为典型的格萨尔信仰者，他发掘出的《格萨尔修供大法》《三十位英雄灌顶仪轨》等修供仪轨，以藏文长条手抄本的形式在当地广泛传播。

格萨尔史诗并不单单是艺人们心智结构中的思维存在体，也是现象世界的感性存在体。史诗中保留了人与自然同质同源性的隐

格萨尔史诗美学的几个范畴及其断想：从时空、原型、结构到境界

喻关系，它使人与自然的关系得到某种启示与保持，所有的神秘皆能得到比喻的描述，因此外部世界纷繁复杂的现象便成了艺人们体验中的心理综合，特有的神秘状态化提升了这种全部智能的感受。

不论艺人的感受和体验被表现为"说唱"还是"演述"，格萨尔史诗的呈现方式中蕴含了音乐和诗的艺术。音乐的背景在于寂静，诗的背景在于空白，寂静与空白均是超过视听常规的，非常规的事物以对象化的方式与艺人相遇并联结，在一个特别的高度，演述亦或说唱便开始了。

图 8-4　甘德县《格萨尔》酥油花墙（高莉供图）

艺人们从日常生活中超脱而出，达到意识状态的纯空和同一，让内在意识在幽冥中对话交流；艺人们用生动的描述和比喻的语言，演述自己感知到的自在的神秘现象。演述的内容具有某种初始的现实感和具体感，它们超越一切而构成神灵涉及存在的某种中心秩序，某种我们已遗忘的内在联系。艺人的演述经验告诉我们，格萨尔史诗的神秘之处在于神秘的揭示不可透明，神秘的展

流动的艺术

示仅仅是描述一个作为事实的现象。艺人们在非个体化的道路上需要表达的并不是现代意义上的个体和自我,而是生命与世界的联系,生命与世界的本质关系,把世界交给他的东西供奉给世界,就像阳光雨露交付给花草树木一样,他们要把自然的禀赋供奉向天空、大地和自己之外的别人。譬如,格萨尔王在史诗中并不是一种纯粹符号性质的存在,而是人与自然或人与世界之间关系的一个集中点。

图8-5 四川省甘孜州《格萨尔》药泥面具与贴布脱胎面具
手艺人 四龙降泽和所登（高莉供图）

艺人是神秘的体验者,当超自然的景象在史诗中成为象征时,史诗作为神秘状态,对于艺人之外的他者而言是不可传递的,而说唱或演述状态则是格萨尔史诗的自身显示。艺人用特殊的内视能力,预测过去和未来,说唱或演述表现为一种天生的能量,用灵魂智慧的方式从现在透视过去,它丢弃了我们这些世俗之人过去的经验和智性知识;丢弃了我们过去所知觉的一切事物和熟悉的一切事物;在超越时间和空间的层面感受和体验神秘,根据自己的理解用象征手法叙述世界的起源,当史诗被说出的时候,它便成了人类的共同契约。即使是行走在当下的藏区，也不难看到那些从小生长在浓郁格萨尔文化环境中的牧民群众，极其自然地摹仿英雄形象，习惯性地用史诗般的语言表达，出入格萨尔庙宇或看见格萨尔画像时，都要脱帽致敬顶礼膜拜。

图 8-6　佩戴《格萨尔》贴布脱胎面具表演的僧人（高莉供图）

艺人自身的神秘性让我们好奇。除此，说唱创造出的具有凝聚力和整体化的经验，以及各色唱调中和谐的恰如所感的力量，都是原始文化综合体的凝聚。于是，艺人自然成为我们认识藏族传统文化、知识谱系的一个点，这种认知方式既是感官的又是思维的，在群体共同的规则中，格萨尔史诗和演述诗人在神性上是一种相同的理念和共同体验，而史诗本身有成为人类信仰在神性层面的表征。

艺人构成史诗又融合于史诗，他们用个体充满玄想的独特的神秘体验，在冥冥之中保持着对格萨尔王君临的一种意会，用生命宗教感或宇宙宗教感式的狂喜复活人身上的自然，进而勾连诸神

流动的艺术

的话语、世界与本源。当下，艺人们被我们置于某种共相（universal）的实例来讨论，正如诺布旺丹所说：所有艺人都需要安静的环境。这说明史诗说唱与寂静、想象、感觉、自由、记忆等范畴保持同一性，所指不虚，别无它指，仅仅是这些概念带有每一个人体验的独特性。那么，不同类型的艺人享有的神秘体验是不同的，如果抽绎其中的共性，那便是群体的规律。艺人的神秘不在艺人，而在每一个信仰史诗的人。

战神之裔：格萨尔史诗传承人

央吉卓玛[*]

格萨尔史诗传承千年，离不开苦心孤诣的拓业先驱；离不开继往圣绝学的志士仁人。古往今来，生活在青藏高原的藏民族凝心聚力创造史诗，慧心巧思传承文明，史诗传统的涓涓细流才得以亘古常新，渊源流长。

央吉卓玛

---

[*] 央吉卓玛，中国社会科学院民族文学研究所助理研究员，博士。

流动的艺术

夜色渐褪，月辉隐隐，金光漫染山巅，万簇朝霞在晨曦中漫舞，伴着古寺宝刹中的铙钹铃锣声和乡间里巷的悠悠梵音，高原藏地迎来了又一个清晨。这是高原如常的一天，但又并不寻常。藏历大年初二，对于藏族人而言，除了日常的供灯礼佛仪式外，还是一年一度祭祀战神的日子。平日里静谧的神山上此时早已人头攒动，风鼓经幡，隆达高扬，桑烟缭绕，酒香四溢，"神，胜利了，胜利了"的呼喊声响彻寰宇。

在藏族的神灵系统中，战神占据高位，神通广大，上通天界、下探地府，伏魔人间，无所不能。在驱邪避祟、祈福求安、脱困离苦的各类仪式中，总不乏战神的身影。古刹寺院内的壁画、家中佛龛上的神像、经堂书阁间的写卷，都载录着战神的神迹异能，民众相信弘传战神事迹，既能消灾免祸，又能累积功德。

战神千面，在藏地最为人熟知的战神莫过于格萨尔。祭祀战神的日子，往往也是吟诵格萨尔史诗、张挂格萨尔唐卡、缮写格萨尔书卷、上演格萨尔戏剧的吉日。对于藏族人而言，格萨尔的事迹早已烂熟于心，英雄戎马一生，其生平三言以蔽之，曰：上方天界遣使下凡，中间世上各种纷争，下方地狱完成业果。寥寥数言，内藏乾坤。虽然英雄叙事的范型已定，但是基于不同地域、不同信仰、不同方言和不同立场，格萨尔史诗在情节方面呈现出异常丰富的叙事张力，从而使其为不同群体所接受和喜爱，并广为流传。

民有所好，则必有人博采众长，修而精专。在广大藏区，格萨尔史诗的表现形式呈现出多样化的态势，而各类表现形式的传承人也各有所长。

一　神性诗人：格萨尔史诗的口头传承

早在 20 世纪 80 年代，前辈学者就已经在田野调查的基础上对口头格萨尔史诗的传承人进行了细致的比较、分析和归类。基于文化传承方式的差异，学者将这一群体划分为以下几种类型：神授艺人、圆光艺人、闻知艺人、吟诵艺人、顿悟艺人、掘藏艺人和智态化艺人。

（一）神授艺人

神授艺人在藏语中被称为"巴仲"（vbab-sgrung）。"仲"，在藏族叙事传统中指广义的民间故事，其中包括神话、传说、幻想故事和生活故事等，且不受文体的限制。在本文中，"仲"专指格萨尔史诗。"巴"，在藏语中的语义为"降""落""下"。"巴仲"作为复合词，其意为"降下的格萨尔史诗"。神授艺人认为自己的史诗知识来自神授，而非习得，因此对"巴仲"这一名称颇为认同。"巴仲"都有一段颇为传奇的神授经历，且大部分是在其幼年时期，通过梦中授记获得。

在2010年"4·14"玉树地震中不幸罹难的土丁久耐，是一位非常优秀的神授艺人。由于年龄相仿，且在他搬到青海省玉树藏族自治州结古镇不久就与笔者成为邻居，因此我便获得了现场聆听他讲述神授经历的机会：

> 记得我十二岁那年，家乡（青海省玉树藏族自治州杂多县）下了好大的雪，天气异常的冷，由于害怕严寒危及人和牲畜的生命，我冒雪前往坐落于家乡神山上的寺庙祈福。记得当天天气寒冷，当我走进燃着上千盏酥油灯的佛殿，并跪地祈祷时，饥寒交迫的我不知不觉睡着了。梦中，我看见一个青面青衣、威势赫赫的神人在众多随从的陪伴下，从空中降到我的面前。我当时欣喜无比，心想这一定是佛祖对我虔诚祈祷的某种回应。这时只见那位青面青衣的人将一本装帧精美的书从空中交给我，当我正准备用手去接时，奇怪的事发生了，那本书竟慢慢地从胸口进入我的体内，伴随着一种奇异的感觉涌遍全身，我惊醒了。记得当时我的心情非常好，从来没有过的满足感让我有一种想与他人分享的冲动，在这种莫名的美妙感的陪伴下，我回到了家里。不久之后，我就发现自己能够演述格萨尔仲，且随着年龄的增长，会演述的篇目也越来越多。

流动的艺术

虽然不同的演述艺人获得神授的经历各有不同，但我们仍然可以从中找出一些共性：

首先，神授艺人一般出现在史诗传统底蕴深厚、史诗演述具备自然语境条件的地区。其次，神授艺人一般是在幼年时期、在睡梦中偶然获赐史诗知识。成年后他们的生活经历都较为坎坷，曾有通过演述史诗维持生计的经历。第三，神授艺人识字率低，但大多数腹藏几十乃至上百诗部。神授艺人可以根据现场观众和语境的差异，随意调取恰当的诗部进行演述。第四，神授艺人在演述时，一般需要举行特定的降神仪式。这类仪式在不同的演述语境下，有其相应的仪式过程。如果时空条件允许，那么神授艺人的仪式操演过程便复杂而严谨。身穿华贵神服、头戴说唱神帽、手持庄严法器，呈献圣洁贡品，高诵祈请祷祝，在一系列降神仪式后，史诗演述方庄严开场。如果条件有限，则仪式过程相应地被缩减，有时只有谙熟传统且熟悉艺人演述程序的人，才能识别其简而简之的降神仪式。

（二）圆光艺人

圆光艺人在藏语中被称为"扎仲"（pra-sgrung）。"扎"作为占卜法器历史悠久。早期苯教时期，"扎"所指的铜镜就以法器的形式出现在各类宗教仪式中。仪式操演者通过观察铜镜，预卜吉凶。在史诗传统中，圆光艺人称自己可以从铜镜中看到波澜壮阔的战争场面，听到个中英雄的所感所言，甚至可以准确地读出显现在铜镜上的诗行。当然，圆光艺人所凭依的演述媒介，并不单单是铜镜。在条件有限的情况下，一张白纸、一杯净水乃至指甲盖等平面都能成为圆光艺人获取史诗信息的媒介。

出身于青海省玉树藏族自治州结古镇巴塘乡的丹巴江才是一位"慧眼"独具的圆光艺人，每当有人请他演述史诗时，他总会从兜里翻出他的电话本或是一张白纸，然后照着本子演述起来。他说："我要演述的或是别人要求我演述的诗部就在上面写着，你们看不到，可是我确实看得一清二楚。"谈及他成为圆光艺人的经历，不可不谓之传奇。丹巴江才的父亲是一位普通的藏族牧民，他和其他许多牧民一样，酷爱格萨尔史诗。但凡有史诗演述艺人路过当地，他都会想方设法请到家中演述几部。丹巴江才的家中还珍藏着几部史诗抄本，都是他的父亲高价购得、爱惜珍藏之物。儿时，父亲教丹巴江才认字，家中的几部格萨尔抄本就是他的启蒙读物。

丹巴江才十三岁那年，有一天，他正在父亲面前捧读一部史诗抄本。突然，父亲满脸困惑地站起来走到丹巴江才身边，仔细地看着那本他已经读过无数遍的抄本说："小子，你在读什么呀？这里面根本没有你念的那些，你可不能胡诌呀。"丹巴江才争辩说："我没糊弄您，您看这不是写着吗？"可是，无论他怎样指给父亲看，父亲看到的内容始终和他看到不一样，有时当他指给父亲看那些整齐排列的诗行时，父亲却说那明明是抄本的页边，根本没有字。他不服气，大声地念给父亲听，父亲沉思良久，然后让他停了下来。后来，几经周折，父亲才明白丹巴江才已经成为圆光艺人，可以从铜镜、纸张、净水乃至自己的指甲盖上看到史诗诗行。

圆光艺人演述史诗时，常备的道具有铜镜、白纸等。有学者认为，上述演述道具是圆光艺人的标志。但是在田野实践中，笔者发现圆光艺人也可以不借助道具演述史诗。差别在于，有道具辅助的圆光艺人演述更为自然流畅。此外，圆光艺人大多识文断字，掌握书写技能，因此他们可以将自己从铜镜中看到的诗行记录下来，从而为扩大史诗的传播半径奠定了基础。

（三）闻知艺人

闻知艺人在藏语中被称为"托仲"（thos-sgrung）。"托"，在藏语中的语义为"闻""听"。"托仲"，顾名思义，是指闻而知之的格萨尔演述艺人。这类艺人识文断字，博闻强记，虽然未获神启，但是厚积薄发，他们在熟稔史诗传统的基础上，具备完整地记忆和复述多则三四部、少则一二部诗部的能力。在各种类型的艺人中，闻知艺人的数量最多，分布最广。在节日庆典或日常活动中，这类艺人也最为活跃。

藏历大年初二，家中的男丁绰松柏、执酒器、捧隆达，天蒙蒙亮就爬上神山，祭祀战神。而留在家中的长辈则请出陈摆在经堂中的格萨尔史诗抄本，焚香祝祷，开卷吟诵。此时，全家人也会围坐在他身旁，共同聆听格萨尔史诗。民众相信吟诵格萨尔史诗既可悦神，又能娱人，因此在藏历年、林卡节、赛马节等节日和重要的人生仪礼期间，延请艺人演述史诗就成为一项重要的节日活动。然而，腹藏上百诗部的神授艺人毕竟凤毛麟角，因此掌握史诗演述技能，且曲调库丰富的闻知艺人便恰好满足了民众的需求。闻知艺人虽然熟稔史诗叙事传统，但是也只能将其中最为人所喜爱和复述次数最多的诗部完整演述。如"天岭卜筮""英雄诞生""赛马称王"等与人生仪礼息息相关的诗部，"霍岭大战""姜岭大战""大食财宗""卡切玉宗"等情节跌宕起伏、充满叙事张力的诗篇往往是闻知艺人所精熟的内容。

（四）吟诵艺人

吟诵艺人在藏语中被称为"丹仲"（vdon-sgrung）。"丹"，在藏语中的语义为"诵读""念诵"。"丹仲"，是指精于吟诵格萨尔史诗的艺人。成为合格的吟诵艺人必须具备以下几个条件：1. 识文断字，且藏语文水平较高；2. 声音条件较好，曲调库丰富；3. 谙熟史诗传统，熟悉不同曲调与人物角色之间的内在关系。

在口头格萨尔史诗的传承人中，吟诵艺人与格萨尔抄/刻本之间的关系最为密切。吟诵艺人在演述过程中必须有本可依，其演述过程也需"据书而诵""照本宣科"。

吟诵艺人与闻知艺人的演述技艺和史诗知识均为后天自主习得，这是二者的共性。然而他们之间也有不容忽视的差异，这些差异主要表现在以下几个方面：

表9-1　　　　　　　吟诵艺人与闻知艺人差异

艺人类型	识字率	演述实践	演述曲库
吟诵艺人	识字率高	借助抄/刻本	基于抄/刻本的多寡
闻知艺人	识字率低	凭依大脑记忆	多则三四部，少则一二部

战神之裔：格萨尔史诗传承人

  吟诵艺人一般出现在人口密集、交通发达，且经济发展水平较高的藏区。在具备上述条件的地区，抄/刻本的数量较多，受众面更广，吟诵艺人学习和实践的空间也更大。也恰恰是在这些地区，历史上涌现了一大批优秀的吟诵艺人。

  打箭多"dar-rtse-mdo"（今四川省甘孜藏族自治州州府康定市）、结古多"sgye-rgu-mdo"（今青海省玉树藏族自治州州府结古镇）和昌都"chab-mdo"（今西藏自治区昌都市）三地自古以来就是康巴藏区政治、经济、文化、商贸、信息中心和交通枢纽。三个地名中的"mdo"（汉语音译为"多"或"都"），意指"汇合处""交叉地方"，直观地点出了当地乃四方辐辏之地的基本情况。上述三个地区中，打箭多是汉藏商贸的交汇点，茶马古道的重镇；结古多是青、藏、川三省（区）通衢的枢纽，唐蕃古道的必经之地；而昌都则是川、滇、青入藏的重要门户，是藏东政治、经济、文化和交通中心，素有"藏东明珠""入藏咽喉"之称。在前人的田野报告中，上述地区，坊巷桥道，院落纵横，城内外上万户口，莫如其数，各类能工巧匠齐聚，处处都有客栈、茶坊、酒肆、店面。故事篓子、歌者方家、讲唱能手常在客商云集之地卖艺为生。就史诗传统而言，历史上在上述地区涌现了一大批优秀的吟诵艺人，时至今日，在结古多还有很多以吟诵格萨尔史诗为爱好的文化守护者。他们通过各种渠道，借助各类社交平台，发布由自己吟诵和录制的格萨尔史诗片段，并形成了一定的影响力。

  实际上，由于人口稠密，经济交通较为发达，相对于其他地区，上述地区的民众识字率较高，因此凡识文断字者都有成为吟诵艺人的潜力，而其中藏语文程度较高，又擅于学习史诗传统、不断丰富自身曲调库的人则成为职业或半职业的吟诵艺人。吟诵艺人一般都有自己的抄/刻本收藏库，其文本的数量多则上百部，少则也有数十部。每每获邀，他们或携带自己珍藏的部本，或按照要求吟诵对方指定的部本，赴庆典现场据本诵读。虽然，吟诵艺人的演述离不开抄/刻本，但是史诗演述始终是朝向声音的艺术。在演述过程中，吟诵艺人会极力避免"一曲套百歌"的情况。

> 流动的艺术

根据具体人物和具体情境，调取适当的曲调，往往是艺人是否成功完成吟诵任务的关键。20世纪80年代在结古多有很多吟诵艺人，其中一位名叫布特尕的吟诵艺人，不仅收藏了数量庞大的抄/刻本，还到处寻访各类艺人学习他们的曲调。为了丰富自己的曲调库，他还积极吸收民歌民调，学习地方唱腔，最终，他操千曲而后晓声，成为远近闻名的吟诵艺人，并于1991年被国家四部委授予"《格萨尔》说唱家"的称号。布特尕不仅擅长吟诵，且长于缮写史诗抄本，其家族祖孙三代缮写的手抄本远近闻名，求购者众多，该家族的具体情况，笔者将在下文中详述，这里不再赘述。

（五）掘藏艺人

掘藏艺人在藏语中被称为"德仲"（gter-sgrung）。"德"，在藏语中的语义为"仓库""宝藏""储存所"。早在苯教时期，藏族先民就有将经典藏于深山、岩洞、水底等隐秘之所，以防其失传的传统。佛教传入藏地以后，这一传统被沿袭下来。据史书记载，"在公元9世纪初藏王朗达玛灭佛期间——此乃藏传佛教史上最大的劫难。大约有七十年，西藏成为没有佛教的地方，但是它仍然存在于已皈依的人心中——被四处逃散的僧人及时地隐藏才得以保存下来。但更为普遍的说法，认为是在公元8世纪，藏传佛教创始人、金刚乘之宗师、有'第二佛陀'之誉的莲花生大师在藏地弘法时，预见到无常和业力将使佛法在未来的岁月中不断地遭到劫难，为了使佛法的精髓保留在世间，拯救蒙昧的众生于无边的苦海，命弟子将许多佛教经典埋藏于神山岩洞之中，待将来被有佛缘之人挖出，以使圣法永传"[①]。在藏传佛教系统中，那些从隐蔽之地掘出、解除封尘的经典，被称为"伏藏"。而有缘挖掘出"伏藏"的人即被称为"掘藏师"。

在史诗传统中，借助"掘藏"这种文化传承形式弘扬格萨尔史诗的人被称为掘藏艺人，而掘藏艺人所获得史诗被称为"伏藏史诗"。

---

① 唯色：《伏藏与伏藏师》，《香格里拉》1998年第1期。

掘藏艺人相信自己与格萨尔王之间有一种神秘的联系，这种联系使他们能够获得与伏藏史诗相关的信息，其中包括伏藏的地点，伏藏的具体形式和开启伏藏的方法。根据掘藏艺人所述，伏藏史诗的传承路径主要有两条：一，在"神"的指引下，有缘人到达埋藏格萨尔史诗抄本的地点，然后通过一系列仪式挖掘出封尘的史诗部本；二，通过"神"的启示，将深层意识中的史诗信息引入意识浅层，然后将脑中所见或演述或书写出来。基于上述两种传承形式，学者又将伏藏史诗细分为物藏史诗和意藏史诗两类，相应的，掘藏艺人也因此被分为物藏类掘藏艺人和意藏类掘藏艺人两类。

一般而言，掘藏艺人身兼两职，他们既是掘藏者，同时也是史诗传承人。二者的区别在于，物藏类掘藏艺人所获得的是实物——史诗抄本，而意藏类掘藏艺人所挖掘的伏藏史诗并非实物。据意藏类掘藏艺人所述，他们需要通过"观想"，将意识深层里的史诗信息挖掘出来，再借助纸笔将脑际的信息誊写下来。意藏类掘藏艺人与神授艺人的区别在于，前者只能在誊写出史诗后，据书而诵，而不能像神授艺人出口成诵。

青海省果洛州甘德县人格日尖赞被誉为"写不完的格萨尔艺人"，据不完全统计，其能撰写的史诗诗部约120部，目前已撰写完毕，并出版30余部。经学者比较分析，格日尖参撰写的史诗部本，叙事结构完整、情节曲折、文辞优美、引人入胜。

格日尖参自称"德仲"，即掘藏艺人。自18岁那年获得神启后，在妻子的敦促下格日尖参开始撰写格萨尔史诗。他说第一次撰写史诗是在自己从青海各佛教圣地朝圣返回家乡甘德县以后。有一天，酷爱史诗的妻子央求他写一部诗部，供她诵读、供养，格日尖参认为此乃吉兆，于是落笔成书，一气呵成，完成了篇幅约30万字的《格萨尔王传·敦氏预言授记》。自此之后，格日尖参笔耕不辍，我手写我心，先后完成多部质量上乘的史诗部本。

（六）智态化艺人

智态化艺人在藏语中被称为"达囊仲"（dag-snang-gi-sgrung）。

流动的艺术

"达囊"是藏传佛教伏藏传统中的概念,在佛教文献中一般被译为"净相"。佛教认为,一切生物都有一种先在的原始智(ye-shes)。通过原始智观察世界,便能超越一切世俗的偏执、意念和知觉,透视出事物的自性或本体世界,即"净相"。诺布旺丹认为"净相"实际上"是一种超乎人类一般思维定势的观察事物的角度和能力。佛教认为,通过这种能力和角度所体悟到的现象世界便是一种超越世俗的理想意义的世界"。"智态化伏藏"(dag-snang-gi-sgrung)作为一种叙事类型虽然早已存在,但是作为一个学术概念,对其进行辨析,并将其创造性地运用于史诗研究的学者是诺布旺丹。他在《〈格萨尔〉伏藏文本中的"智态化"叙事模式——旦增扎巴文本解析》中,通过具体的案例首次对该叙事类型和传承方式进行了讨论。此后,他在《艺人、文本和语境——文化批评视野下的格萨尔史诗传统》一书中专辟一章深入探讨了"旦增扎巴与'智态化'叙事"。诺布旺丹认为智态化艺人和意藏类掘藏艺人之间的差别在于:实物和意念伏藏史诗文本的创作强调了文本产生之前有一个虚拟性或假设性的前文本的存在,这种文本是在他的前世时代就已经以心理性质潜藏在艺人的记忆中,因受某种神秘的"信息符号"的启示使这种潜意识得到激活,艺人所书写的故事是对这种虚拟性前文本的还原和转换或是对这种文本的一种记忆性复制;而智态化史诗却不同,创作智态化文本的艺人被认为是一些已证悟佛性、彻悟事物本质的大德,因此标榜他们的文本纯粹源自他自己对现象世界本质的认识和对故事精神和思想的超乎常人的理解,并不是依据虚拟性和假设性的前文本而获得,没有先在的文本范式作为创作的基础和条件。诺布旺丹总结到:智态化艺人"将自己的生命意志倾注于史诗撰写中,将佛教的智态化视角纳入史诗的创作中,将现实与理想、战争与和平、慈悲与无情融为一体,在创作过程中心灵的激情自由穿梭于虚实、空灵、古今、时空之间。对情节的提炼采用了类似于符号学和象征学的原理与方法;对叙事主题的创编采用了梦境、符号、对景观观察和连环式四种方法;叙事的创作流程却类似于胡塞尔的现象学中关于审美体验与话语生成的理论模式"。

智态化艺人作为区别于其他几类的史诗演述艺人,对其进行深入研究将有助于拓展有关史诗生成理论的研究。相信在不久的将来"智态化艺人"必将成为新的学术研究增长点,为格萨尔史诗研究的发展提供新的观察视角。

(七)顿悟艺人

顿悟艺人在藏语中被称为"多巴娘夏"(rtogs-pa-nyams-shar)。"多巴",在藏语中的语义为"认识""审悉""悟解""证悟";"娘夏",在藏语中的语义为"觉悟""觉得"。"多巴娘夏"可释解为顿悟或灵感乍现后开悟。顿悟艺人之所以自成一类,与其传承史诗的具体方式和演述实践息息相关。

表 9-2　　　　　　　　顿悟艺人与闻知艺人差异

艺人类型	传承方式	演述曲库	演述实践
顿悟艺人	灵感所赐	数量有限,一二部到几部不等	灵感消失后,便不会演述
闻知艺人	后天习得	数量有限,多则三四部,少则一二部	凭依大脑文本,一经习得,一般不会忘记

在拉萨市的一条繁华街巷里,有一个远近闻名的"艺人之家"。每当节假日,这里总是人声鼎沸,一间 100 平方米左右的大厅常常座无虚席。这是那曲艺人扎西多杰独立创办的"艺人之家"。身为艺人,扎西多杰深知演述环境的重要性。无论是对史诗演述的初学者而言,还是对技艺精湛的艺人而言,一个受众多元、现场热烈的场合总能激发他们的兴趣和灵感。

扎西多杰拥有逾三十年的史诗演述经历,其曲调库的丰富度和声音条件,在那曲地区早已远近闻名。如今已入不惑之年的他,谈起与史诗结缘的经历,脸上总浮现出孩童般的笑容。在扎西多杰十二岁那年,有一天晚上他突然做了一个奇怪的梦。梦中,他看到了披挂三械的戎装战将,听到了软甲战马的嘶鸣声,甚至闻到了硝烟刺鼻的气味,扎西多吉称自己见证了一场格萨尔时代波澜壮阔的战争场面……第二天梦醒之后,扎西多杰心心念念都是

流动的艺术

梦里的场景，有一种不吐不快的冲动。几日后，他便开始滔滔不绝地演述格萨尔史诗了。

与其他拥有神奇经历的艺人不同，扎西多杰的史诗知识并不是一经授赐，便终生受益。据扎西多杰亲述，每当有一个新的诗部进入脑际，如果他不能及时将其演述出来，几日或月余，新的诗部就会如虹似雾般消失得无影无踪。记忆的易释性迫使扎西多杰必须将诗部尽快演述出来。于是，一个具备演述条件，且可以随时登台献艺的场所——"艺人之家"便应运而生了。

拉萨地区茶馆文化历史悠久，底蕴深厚。平日里，早起转经的老者总会选择一个相熟的茶馆歇脚闲谈。而在节假日，茶馆里更是人声鼎沸。藏族茶馆虽然以酥油茶和甜茶为主要经营项目，但是对于饥肠辘辘的朝圣者而言，如果能在喝茶歇脚之余，吃一碗热气腾腾的藏面，也是一桩美事。因此拉萨的茶馆也经营藏餐，而藏餐馆也从不缺少各类藏茶。扎西多杰的"艺人之家"，虽然主要是为来往的演述艺人提供演述的平台，同时借史诗演述以飨大众，但同时它也是一家经营藏茶和藏面的藏餐馆。场所的多功能性在客观上吸引了更多的人前来捧场。扎西多杰时常以售卖饮食所得资助艺人，因此往来拉萨的艺人常常聚集在这里，他们或亲自登台献唱，或现场观摩艺人演述，久而久之，艺人们不仅丰富了自己演述曲库，同时也培养了一大批受众同好。这些以聆听史诗演述为乐、常常聚集在一起讨论史情节和人物的民众，都有成为艺人的潜力，只是个人的根器和机缘不同，导致他们承传史诗的具体方式各异。

顿悟艺人演述史诗不受时空限制，只要在其记忆时限内得遇演述契机，便可随时随地演述，且一般而言不需要举行降神仪式。

上述七类口头史诗的传承人，在藏地可谓家喻户晓。他们的神奇经历在民间传播，民众为他们披上了神圣的外衣。除了演述史诗，他们当中具有神奇赐授经历的演述艺人还帮助人们打卦问卜，祛病逐祟。艺人们相信他们与格萨尔王之间缘分匪浅，若非如此，他们便不会获得演述史诗的技艺。在格萨尔史诗演述史上，包括扎巴老人、桑珠、玉梅、达瓦扎巴、丹巴江才、格日尖参、斯塔多杰、扎西多杰、次仁加保、旦增扎巴等知名艺人，都相信自己曾亲历格萨尔时代，自己是岭国大将或大德的转世化身。作为英雄时代的见证者和战神格萨尔的后裔，他们累世转生的使命就是弘扬英雄业绩，世代传承格萨尔王史诗。"即使有那么一天，飞奔的野马变成枯木，洁白的羊群变成石头，雪山消失得无影无踪，大江大河不再流淌，天上的星星不再闪烁，灿烂的太阳失去光辉，雄狮格萨尔的故事，也会世代相传……"著名格萨尔说唱艺人桑珠如是说。

图 9-1　那曲籍演述艺人——扎西多杰（央吉卓玛供图）

🔷 流动的艺术

二 笔尖上的修行者：格萨尔史诗的书面传承

20世纪二三十年代的中国，内忧外患，战事频仍。中华民族正处于生死攸关之际。国家兴亡，匹夫有责，时任南充中学教师的任乃强深刻意识到巩固西南国防，加强康、藏、青边防防务，安定青康藏局势的重要性。于是，在执教期间，他利用课余时间，撰写并出版了近代史上第一部全面研究四川历史地理沿革的著作《四川史地》。该著作在彼时引起巨大轰动，"时任川康边防指挥部边务处长的胡子昂，正受川康边防总指挥刘文辉之命，邀请专家考察康区，以备开发。见到此书后，即致函请任乃强入康考察康区，定期一年，由边务处提供全部考察费用。任乃强教授早有意考察川边，值此机会遂欣然整装前往"。

在历时一年的实地考察中（1929年初夏到1930年孟春），他先后考察了泸定、康定、丹巴、道孚、炉霍、甘孜、新龙、理塘、义敦、巴塘、雅江等十一个县的地方。期间发现格萨尔王史诗的流传情况，指出其为"藏族民间十分流行的一种'有唱词'的文学艺术"，并撰写了推介文章《蛮三国》和译文《降伏妖魔》。

任乃强在此后发表的《"藏三国"的初步介绍》中写道："康、藏、蒙、印各地所流行之《格萨尔传》全属写本。有若干花教寺僧，藏有其全部底本，即以替人抄写此书为业……此书抄本甚多，有书写甚恭楷者，亦有夹书红字或金银字者，又有正楷与行书夹抄者。大抵神名用红字，散文用行书，诗歌作楷写。抄此书者，盖亦视之如经典，工作甚为庄严，非抄小说、剧本可比。"任乃强在文中对格萨尔史诗写本的介绍立足田野，从整体上为读者呈现了彼时格萨尔史诗书面传承的概况，其中包括抄本的形制、规格以及具体参与书面化实践的个体及其背景。

（一）寺僧：格萨尔史诗的缮写先驱

学者认为最初将口头史诗"书之为文"的先驱是藏传佛教寺僧。那么，寺僧何以成为将口头传统书面化的先驱？又何以甘愿为此耗尽心力呢？究其原因，这与格萨尔史诗的内容属性密不可分。谙熟格萨尔史诗传统的人，都不会对其兼具"加仲（rgyl-sgrung 君王传记）"和"曲仲"（chos-sgrung 以宗教叙事为主要内容的文学传统）两重属性的特点感到陌生。

在藏族人的观念里，格萨尔王确有其人，史诗中的相关记载也确有其事。据史诗记载，格萨尔是天界白梵王之子，临危受命，降生人间时，投胎于雪域藏地穆布董氏家族。父亲为董森伦、母亲为龙王之女噶姆。穆布董氏作为藏族重要姓氏之一，其后裔至今仍遍布藏族各地。穆布董氏的后裔中在地方占据物力、人力和财力优势且具备社会威望的家族，往往有发展成为一方之主的潜力。为了进一步巩固地位，这类家族不会放松其在物质和精神财物积累方面的努力。于是，在进一步拓展家族财力的同时，也通过修撰家谱追溯姓氏渊源、始祖源流、支派迁徙、世系繁衍、人口变迁等诸多内容，达到明辨世系、尊宗敬祖、进而彰显家族尊贵、凝聚人心的目的。

四川省甘孜藏族自治州历史上曾盛极一时的林葱土司即是一例。任乃强在西康作边疆史地调查期间，曾详细考查西康境内各土司的历史沿革和疆域，他发现林葱土司自称格萨尔后裔，其臣民相信此诸说尤笃。另据《德格世谱》记载，德格家族第三十六代博塔·扎西生根为林葱土司麾下勇将。后来，扎西生根计获林葱土司之龚垭色曲河中游约 35 公里的狭长河谷地区，并踞此为领地，以先祖索朗仁青的"四德十格之大夫"为号，自封为第一代"德格加布"（"德格国王"之意），即《世谱》所载第一代德格土司。明末清初，"德格"家族政治势力迅速扩张，"德格"一词逐渐演变为地方名称，即"德格"土司所辖区域。

上层贵族的姓氏渊源、始祖源流、世系繁衍和相关传说能被详细载录下来得益于掌握书写技艺的寺僧。"学在寺院"是藏族传统社会的现实情况，加之"政教合一"的基本制度，致使上层贵族与寺僧之间构成了一种互惠互利、相辅相成的关系。贵族有修家谱的需要，首先想到的就是知识渊博且掌握书写技艺的寺僧。而寺僧也愿意为长期资助寺院建设和保护寺院安危的贵族修史列传，

流动的艺术

以颂扬其功德。在这样的情况下,由寺僧撰写的家谱便应运而生了。

林葱土司和德格土司皆认同自己是岭·格萨尔王的后裔,其家谱中便会记载格萨尔王的事迹。作为藏族民间历史中的重要人物,上层贵族对格萨尔王的崇敬绝不止于将其载入家谱,而是进一步对其事迹进行搜集、整理、记录、缮写和刊刻,从而扩大其辐射面和影响力。

寺僧将史诗传统书面化的路径主要有两条:一是将口头文本誊写下来,然后经过增、删、改、乙的复杂过程,完成写本。

西藏档案馆藏《霍岭大战·上》藏文手抄本跋语:

> 关于"霍岭大战"的版本有很多异本,因为地方各异,说法也有矛盾和前后不一致的地方。但是,他们听取了多、康、岭三地的二十多名艺人的说唱后,特别是德格·次仁东珠、囊欠·拉旺仁增、昌都·香路平措、岭巴·拉乌扎西四名艺人不但人稳重,而且口径较一致。以众人皆知的传说为基础,需要补充的内容也做到了前后不矛盾。虽然《诗镜》的韵文看上去显得很有智慧,但是被文人尊为骄傲资质的这种风格,一是耽误自己的修法行善,会让别人误解、厌烦,因而不值得浪费纸墨,二是……遵从索南多杰王(颇罗鼐1689—1747)的诸种善行,尤其是达宗桑珠热旦城堡的负责人索南班丹和德卡·俄朱扎西两位尊者特别嘱托后,由僧人阿旺丹增平措于木虎年开始誊写,至木兔年完毕。

根据跋语记载,该版本是整理者听过20多个艺人的说唱,并在德格的次仁东珠、囊欠(青海)的拉旺仁增、昌都的香路平措和岭巴的拉乌扎西的口头文本的基础上,根据心中已了解的叙事内容,进行补充和整理后完成的。

第二种路径是对古旧抄本进行缮写修订,对残本拾漏补遗,从而使它们流畅通顺,富有华彩。

根据《花岭降生部》(林葱木刻本)的题跋记载,该诗部由居美图丹嘉央扎巴奉林葱土司之令而作，由喇嘛降央清则旺布（1820—1892年）在保存于林葱土司的古书的基础上写成，考虑了宁玛巴喇嘛的建议，并由布拉诺布尔的校正。

可见，无论哪一条路径，上层贵族的支持和资助始终是史诗书面化实践不可或缺的条件。在此基础上，寺僧参与记录、编辑、加工和修订，于是出现了比较成型的手抄本和木刻本。

据考证，《格萨尔王传》前三部，即《天岭卜筮》《花岭降生》《赛马称王》就是在林葱土司的劝请和资助下由高僧大德撰写完成的，史称"林葱木刻本"。此外，德格土司兴建的德格印经院刻印了《卡切玉宗》、德格土司的家庙八邦寺刻印了《大食财宗》，而德格土司的其他家庙如竹庆寺和噶托寺还藏有大量格萨尔史诗的抄本、刻本且有格萨尔藏戏表演，一些高僧大德还撰写了许多格萨尔王的祈文和赞词。

据杨恩洪调查，青海省果洛州久治县哇赛部落头人一家酷爱格萨尔史诗，逢年过节全家人都会聚集在一起吟诵史诗，有时他们在寺院中得到好的抄本，便请人抄写请回家中。在部落里有这样的传说：头人一家与格萨尔是有缘分的，头人家的几个儿子中，热布嘉是格萨尔王的转世，仁钦贡布是贾察的转世，东科是贾察儿子扎拉的转世，而昂亲多杰是大将丹玛的转世。笔者在玉树调研期间，也常听长老提及盛极一时的玉树囊谦千户家族酷爱格萨尔史诗，其家宅和家庙内都藏有很多史诗抄本。千户所辖境内的达那寺，"与四川德格林葱土司和玉树的囊谦土司都有密切的关系"。达那寺因供奉据说是格萨尔王麾下三十员大将及其英雄本人的灵塔、塑像、甲胄、盔甲、经书、法器等，又被誉为林国大寺。据记载，在达那寺的所有文物中，最为珍贵的是达巴莱米宝剑和亚色嘎成宝剑，两把剑被装在镇寺宝箱中，宝箱加锁后上贴封条，只有囊谦千户会同该寺寺主与噶玛噶举、竹巴噶举的代表等四人，并在四人同时当场的情况下，才能启封开箱。

总之，寺僧参与口头史诗书面化活动的原因首先在于格萨尔史诗作为君王传记（"加仲"）的内容属性和藏族传统社会"学在寺院"和"政教合一"的社会制度。据学者统计，20世纪的两次史

流动的艺术

诗搜集整理运动中，寺院和僧人捐献了很多珍藏的格萨尔史诗抄/刻本，而从民间收集而来的抄本中寺僧缮写的版本也占有相当大的比例。

藏文字的创制与吐蕃王朝的兴起和佛教传入西藏的历史息息相关。为了弘传佛教，历代吐蕃赞普组织了大量人力、物力和财力翻译和抄写佛教经典。以吐蕃第三十九代赞普墀祖德赞（815—838）为例，他在位期间下令对先前所译大量经典进行广泛传抄，他还传令在全国范围内展开大规模的抄经活动。据学者考证，他在位期间"曾携王妃贝吉昂楚和两位重臣一道，亲赴敦煌，一来巩固吐蕃对河西走廊的统治，二来颁赐佛经，下达抄经令"。诚如学者所言，"抄经业是千百年来作为佛教的大功德而传承于雪域高原的一门艺术奇葩，对藏传佛教与藏文字的发展意义重大。其抄写工作的时辰、开工仪式、书写人员的书法、书写用的纸张笔墨以及对夹板用料的处理都有特殊讲究"。

随着抄经活动的规模日益扩大，藏族抄写文化日渐成熟，抄写的内容也逐渐超越佛教经典，而向抄写译自印度的文学经典和抄写藏族高僧大德传记，以及传抄以宗教叙事为主要内容的藏族文学传统的方向发展，而抄写的目的也相应地从单纯的积累功德向兼具谋生手段的方向转变。

自佛教传入藏地以来，藏族民众生活的方方面面都受到佛教思想的影响。从行动坐卧到衣食住行，概莫能外。而在时代长河中浸淫的格萨尔史诗传统也逐渐被打上了佛教的烙印，从人间君王的传记向载录圣人神迹的宗教叙事发展。尤其是11世纪以后，格萨尔史诗在漫长的流布和演化过程中，经寺僧的不断努力被书面记录下来，此后，格萨尔史诗宗教化的进程便没有停下来。

从目前我们能够见到的最早的手抄本《姜岭大战》（明代，现珍藏于西藏博物馆）的内容来看，其中的格萨尔王已经是天、人、神三位一体的非凡个体。此后，在数百年的传抄史中，获贵族名门资助，且经高僧大德之手完成的格萨尔史诗文本，在其君王传记的内容属性之外，完全具备了"曲仲"（即以宗教叙事为主要内容的藏族文学传统）的属性。史诗中不仅充斥着大量圣僧尊者的名号和他们解民倒悬的事迹，当史诗情节推进到关键节点时，也常有佛祖、菩萨、护法、高僧出面排忧解难、度化劝善的内容。

格萨尔史诗的"曲仲"属性决定了其有被反复传抄，从而达到"以史事宣扬佛法"之目的的潜力。加之，参与史诗书面化和缮写的寺僧往往是在佛学领域造诣很高，且精通包括历史、语言、修辞等在内的佛教五明知识的高僧（如降央清则旺布、居·米旁、坚白协贝多杰、图丹嘉央等藏传佛教大德高僧），因此民众认为经他们之手整理缮写的史诗文本是神圣不可亵渎的经典，对其进行传抄的功德与抄写佛经无异，因此凡出自寺僧之手的格萨尔文本，常常出现"稿未杀青、传抄已遍"的情况。

作为"曲仲"，史诗传统的受众相信传诵、抄写和收藏格萨尔抄本能够积累功德、护佑平安、禳解灾害和驱除邪魔，且围绕史诗抄本还形成了一些仪式性的禳灾活动。民间有收藏史诗抄本的需求，而藏族传统社会"学在寺院"的现实情况决定了整理、缮写和传抄格萨尔史诗的人非寺僧莫属。因此寺院中就出现了"若干花教寺僧，藏有其全部底本，即以替人抄写此书为业"的情况。当然，寺僧传抄史诗以积累功德为首要目的，至于劳资的多少则根据求购抄本者的意愿支付，没有固定的价格。

概而言之，寺僧参与口头史诗书面化实践的第二个原因当归功于格萨尔史诗所具备的"曲仲"（以宗教叙事为主要内容的文学传统）属性。藏族俗信史诗充满神力，其物质载体——抄/刻本亦不容亵渎，对其进行抄刻不仅能消灾纳吉，还能积累功德。因此历史上在藏族地区，尤其是在掌握文字识读和书写技艺的寺院中整理、抄写和刊刻史诗文本蔚然成风。诚如学者所述"宗教人士在《格萨尔王传》书面化的转折中作出了不容忽视的贡献"，他们丰富了史诗的传承路径，作为口头史诗书面化的先驱，他们为该传统跨时空传播奠定了坚实的基础。

（二）民间文人：格萨尔史诗缮写的职业化群体

在藏地，抄写格萨尔史诗的功德虽然被认为等同于抄写《大藏经》。但是对于寺僧而言，抄写终非修行"正业"。一般而言，

> **流动的艺术**

寺僧不会占用精进修为的时间，而将全部精力用于抄写经卷，除非其有复制经典、以备研习的用途。因此，寺僧参与史诗抄写工作多数情况下只是修行之余偶尔为之的事情，他们抄写的史诗虽然颇受欢迎，但是专事抄写的寺僧毕竟占比比较小。因此，为了弥补抄本短缺、供不应求的状况，一些民间文人开始参与到史诗抄写的工作中，且随着藏族社会文字普及率的提高，参与抄写的民间文人也逐渐增多。尤其是在人口较为密集、社会分工较为精细且存在商品贸易的藏族地区，传抄、求购、出售、收藏抄本的人数也相对较多。

20世纪两次史诗搜集整理运动中，参与走访的学者发现，与牧区和农区多见口头格萨尔史诗传承人的情况不同，往往在人口较为密集、社会分工精细且存在商品贸易的藏区，史诗书面文本的传播和接受的范围更广，且抄本的版本类型也更为丰富。为什么史诗的两种传承路径与生产生活方式之间会出现传播和接受的偏好呢？这与两种生产方式所凭依的文化传承方式息息相关。在牧业地区，无论是文化的横向传播还是传统的纵向传承都高度依赖口语文化。耳听心记、口耳讲说既是牧民必备的生存技能，也是模塑其文化样态的准绳。在格萨尔史诗传承的漫长历史中，优秀的口头传承人均来自以牧业和农业为主要生计的地区，其中来自牧区的艺人占比更大。而反观史诗书面传承的情况，其在具有信息中心、商贸集散和交通枢纽等优势的城市中受众面更广。换言之，后者的文化传播和传承高度依赖书写，因此在接受传统和创造文化时也更倾向于采用书面文化的承传策略。

在藏区具备信息中心、商贸集散和交通枢纽地位的地区往往也是民间文人聚集的地方。因为相对于牧区和农区而言，人口密集、社会分工精细且存在商品贸易的地区对文字和书写的依赖度更高。由于这类地区的文化互动、信息共享，尤其是商贸交易都需要相对稳定和精确的记录方式，因此具备文字识读和书写能力的民间文人就获得了谋生和施展才能的机会。值得注意的是，如果说由寺僧整理和抄写的史诗文本注重其史事和宣教的功能，那么出自民间文人之手的史诗文本则在此基础上，将史诗传统的娱人功能放在了显著位置。当然，民间文人的选择并非全然基于个人喜好，而是为了顺应社会变迁的需要。随着地方经济的发展、多元文化的融合以及社会制度的不断完善，传统文化的观念和行为不可避免地受到冲击和挑战，从而推动了俗民生活的祛魅化，并加剧了民众追求文化传统艺术性和趣味性的倾向。我们可以将出自寺僧之手的史诗文本和出自民间文人之手的文本进行初步比较：

表9-3　　　　　　　　寺僧文本与文人文本的差异

缮写人	语言风格	体例	主题倾向	主要受众群体
寺僧	多用书面语注重佛教元素	前序后跋，书首偈语，文末赞词和愿文	宣传佛教义理、巩固属民意识	上层贵族、僧侣为主
民间文人	口语表达为主注重音律和传统知识的使用	直奔主题，开门见山	英雄主义、娱乐性	普通民众

从缮写人的角度来讲，民间文人与长期接受系统严格的寺院教育且在日常生活中高度依赖书写和文本的寺僧不同，民间文人只是曾有在寺院或私塾学习的经历；从文本生成的语境来看，如果说寺僧的书写实践总体上处于书面文化的影响之下，那么民间文人的相关实践更多地受到口语文化的支配；从文本内容的角度出发，寺僧的书写实践以历史化和佛教化为终极追求，而民间文人则更倾向于突出史诗的英雄主义和娱人价值；从受众群体来讲，由寺僧执笔的文本主要的受众来自上层贵族和僧侣，但出自民间文人之手的文本则面向大众，以民为本。

民间文人参与到史诗整理和抄写工作的原因主要有两种，基于不同的原因可以将他们的传承实践分为以下两类：

第一，基于记忆和复述的需要，对史诗的口头文本或抄本进行誊录和整理。格萨尔史诗卷帙浩繁，内容丰富，每逢演述即能口若悬河、滔滔不绝地完成整部乃至多个诗部演述任务的艺人可谓凤毛麟角。为了弥补天才艺人不足的情况，据书而诵的吟诵艺人

流动的艺术

便应运而生了。于吟诵艺人而言，史诗书面文本是其重要的演述凭依，因此他们既收藏史诗抄本，又常常誊录口头文本和古旧抄本。

吟诵艺人誊录的文本（尤其是对口头演述进行誊录的文本），"形式比较简陋，不拘抄写纸张和格式、语法等，且在重复和套语段落处多用省略形式表示"，这是学者对出自吟诵艺人之手的誊录本的基本印象。基于其实际用途，学者将这类文本称为"底本"（版本上指演述时所依据的文本）。由于"底本"仅供艺人学习或演述之用，即为私人阅读服务，并不进入书籍流通领域，因此大多数"底本"字迹潦草，纸张简陋，不拘语法，个别"底本"甚至只记录故事纲要，因此非谙熟史诗传统的艺人，不能依照"底本"进行演述。当然，对于文字水平较高的吟诵艺人而言，他们具备将"底本"进行补充、修订、校对，使其成为传抄"母本"（版本上指抄刻时所用的底本）的能力。

第二，基于用作公共读物和收藏的需要，对史诗的口头文本或古旧抄本进行誊录、整理和抄写。格萨尔史诗兼具"加仲"和"曲仲"双重属性，使得上至贵族高僧，下至老弱妇孺，都有延请艺人演述史诗，或收藏史诗部本的愿望。此外，随着史诗的娱乐功能日益凸显，将其视为公共读物以飨读者的情况也越来越普遍。

前人的田野报告里有一段吟诵史诗片段的场景描述，生动地再现了公共阅读的语境和公共读物的特点及其功能："余初见此书于民国十七年，在瞻化蕃戚家，曾倩人段读，令通事译告。环听者如山，喜笑悦乐，或愠或嚎，万态毕呈，恍如灵魂为书声所夺。"

作为公共读物和收藏之用的史诗书面文本在外在的纸张规格、书写字体和内在的措辞语法、音律节奏等方面都有一定特色。就外在特点而言，这类文本一般出自职业抄写史诗的民间文人之手，其书写用纸早期为藏式条形纸，后期兼用开本，文本的书写字体匀称美观，运笔流畅，极具观赏性；而就内在特色而言，格萨尔史诗散韵兼行的文体风格决定了其公共读物必须具备通俗易懂、引人入胜、朗朗上口、悦耳动听的要求。

民间文人参与缮写的史诗文本颇受民众欢迎，这一点可以从书写材料的消耗中管窥一斑。一般而言，民间文人的资源占有力和购买力远不及寺僧，于是在纸张消耗较大但纸源短缺的年代一些以缮写格萨尔史诗为业的民间文人不得不筹建造纸造墨的家庭式简易作坊。据调查，"玉树抄本世家"就曾在书写材料匮乏的年代自建简易作坊，在其家中至今仍能看到一些较为粗陋的造纸造墨工具。

20世纪80年代，我国史诗搜集整理运动正在如火如荼地进行。专家学者在基层走访调查时发现青海玉树地区一个世代从事格萨尔史诗整理和抄写工作的家族。后来，经专家鉴定，该家族被相关单位认定为"《格萨尔王传》玉树抄本世家"。"玉树抄本世家"的第一代传人嘎鲁（ga-lug），于19世纪80年代出生在今四川省甘孜藏族自治州德格县，该县及其辐射地区（包括玉树地区）因位于川藏咽喉地带，历来被视为"入藏捷径"和"川边咽喉"。

德格（乃至整个康巴藏区）——是格萨尔史诗流传的核心地区之一，当地民众对史诗中的核心情节和著名诗部如数家珍，了如指掌。嘎鲁幼年时期曾在八邦寺高僧降央清则旺布上师身边生活和学习。清则上师既是闻名藏区的高僧，同时也是格萨尔史诗的爱好者。上师在土司的劝请下还曾参与史诗的搜集、整理、抄写和刻印的工作。闲暇之余，高僧总以诵读格萨尔史诗、缮写格萨尔抄本为乐。

清则上师对嘎鲁颇为爱护，不仅提供其在寺院的吃食，也亲授其书法和修辞等知识。此外，他还让嘎鲁诵读格萨尔史诗以令其熟悉音律，抄写格萨尔史诗以促其练习书法。久而久之，嘎鲁不仅在书法和修辞等方面取得了进步，同时对格萨尔史诗传统有了更深的体悟。嘎鲁在上师身边生活学习长达八年之久。1892年上师圆寂后，嘎鲁离开寺院回到家中。不久后，他带着自己誊抄的部分格萨尔史诗抄本和一本史诗部本目录，随家人离开德格，漂泊游历。几年后，嘎鲁再次回到康区，并在与德格隔河相望的玉树州仲达乡定居。

"仲达"（mgron-vdar），意为客人休憩的山麓河谷地带。通天

流动的艺术

河流经仲达乡境内时，山势趋平，河水流经此地时形成了一个大转弯，河道骤然加宽十余米，水流随之变缓，于是形成了一个天然的渡河口岸（仲达乡渡口与玉树境内通天河流域的重要渡口——白塔渡口——隔河相望）。由于接近渡口和水源，通天河流域的渡口周围出现了很多为来往客商和使臣提供物资交换和休息调整等便利的驿站、脚店和客栈。这些供客商休整的场所在通天河流域的不同地区名称略有差异，在玉树地区它们被称为"内葱"（gnas-tshang）。"内葱"一般由当地富户经营，是南来北往的旅客休整、消闲的最佳场所。虽然"内葱"的主要功能是为过往旅客提供食宿之便，但它们兼具文化交流和传播的功能，可以说"内葱"是各地信息的中转站。笔者考察仲达乡期间发现该乡境内至今还能看到很多"内葱"（gnas-tshang）的遗迹。

嘎鲁初到仲达地区，因颇通文墨且见多识广，被当地百长家族收留，在"内葱"做一些书记工作。后来，百长看到嘎鲁为人诚实且识文断字，就将女儿许配给了他，自此嘎鲁成为百长家的一员。嘎鲁投靠的曾达百长家族在当地颇有名望且生活富足，当地民谚有言："在状如背篓的山丘前，有曾达与电达两家富户，其资财可填满整个河谷。"曾达百长家凭依其财富在当地经营着几家"内葱"。据说，经营"内葱"有一个不成文的规定，即客商首次住在哪家"内葱"，此后乃至其子孙辈经商途径此地都继续住在该"内葱"，而不会随意换到别家。

据学者统计，因气候和生活习惯所限，来往川藏两地的客商多为藏商，且其中以四川康北地区的商人居多。途径仲达的康北客商在曾达百长家的"内葱"留宿，"内葱"便成为一个公共文化空间，它为各地的商客分享见闻、交换信息和交流文化提供了平台。玉树是史诗文化的辐射区，在"内葱"休整的各地客商和当地人常常就共同感兴趣的话题交流经验。由于嘎鲁对该史诗颇为熟悉，且喜欢记录新的部本和有趣的情节，因此客商在请嘎鲁讲述或吟诵史诗之余，还会央求嘎鲁将他记录和整理的本子誊录一份给他们。

结婚生子后，嘎鲁在仲达度过了数年无忧无虑的日子。在此期间，他通过在"内葱"所见所闻整理、缮写了很多格萨尔史诗部本。后来，百长家突遭变故，嘎鲁只得携带家眷离开仲达来到结古多，他用所有积蓄在结古多购置了一处院宅以供百长夫妇和妻女居住，自此家族几代人再也没有离开此地。

结古多作为康区三大贸易集散地之一，人口密集、信息集中，贸易频密，这就为多元文化融合提供了现实的基础，同时该地区较高的文字普及率和商业化属性也为当地各类贸易提供了保障。父母老迈，孩子年幼，嘎鲁早期在结古多依靠从事木工、泥工、皮工和裁缝等工作养家糊口。闲暇之余，他常常取出珍藏的史诗抄本诵读或修订残本，聊以自慰。当地人知道嘎鲁会吟诵和抄写史诗，于是常常来到嘎鲁家中，三五成群地坐在院中廊下，或翻看嘎鲁抄写的文本，或你一言我一语地讨论其中的情节。如果嘎鲁忙完活计，他们便请嘎鲁讲述或吟诵史诗片段。一部分家境优渥的人家，还专程前来请嘎鲁抄写史诗部本。

嘎鲁在结古多的名气随着其抄写文本数量的增多越来越大，慕名前来求购抄本的人也越来越多。为了丰富自己的史诗抄本库，嘎鲁通过誊录演述艺人的口头文本、整理缮写古本、综合各类异文本等方法不断提升自我价值。随着抄本需求逐渐增多，嘎鲁花费在抄写史诗上的时间越来越多，其抄写的文本也越发精美。他还形成自己的抄写规范和风格，如"此吉"（tshig-bcad"韵文"）部分采用"亦且"（yig-che"草体"）书写，"此楼"（tshig-lhug 散文）部分用"亦琼"（yig-chung 楷体）书写。当遇到佛、菩萨、神、护法的名字或咒语时，用朱砂笔书写。嘎鲁抄写的文本在民间颇受欢迎，当地人将嘎鲁抄写的文本称为"嘎鲁本"，"就连西藏的百姓听到是嘎鲁家的本子也都争相购买"。

如今，"玉树抄本世家"已传承至第三代，在逾百年的承传史中，该家族几代人始终秉持前人抄写史诗的规约：坚持在语词上贴近普通民众生活，音律上符合"悦耳"（"snyan"）的审美标准，情节上力求跌宕起伏，内容上着意引人入胜。20 世纪 50 年代。适逢我国民间文学搜集整理工作的第一次高潮，"玉树抄本世家"第二代传人布特尕积极参与到此项工作中，不仅无偿贡献了许多由

◆ 流动的艺术

祖父搜集整理和抄写的史诗部本，还亲身参与到搜集、整理和缮写史诗的工作中。有学者曾做过统计，三代人共搜集、整理、缮写近百部史诗诗部。

图9-2　玉树抄本世家第一代传人抄写的史诗文本（央吉卓玛供图）

无论亲执笔筒、参与口头史诗书面化的个体是寺僧还是民间文人，其承传史诗的动力源泉始终离不开信仰，即对大智大勇的战神的信仰；对善恶有报的因果的信仰以及对解民倒悬的慈悲的信仰。与演述艺人强调其异能（或技能）来自神的恩赐，其演述行为的本质是记忆和复述，即是对梦中、镜中、脑际所现文本的"直观"呈现的情况迥然不同，史诗书面传承渗透着个体意识，彰显了个体在传统中的价值。他们或将散落在民间的英雄事迹化零为整、连缀成篇，或化腐朽为神奇，将史诗残本进行补充、修订和缮写，从而在践行信仰之余弘扬英雄业绩，传承祖辈"历史"。

三　匠心独具：格萨尔史诗的图像传承

格萨尔史诗传统的文化表现形式和传承路径呈现出多样化的样态。除了口头和书面传承，最为人所熟知的莫过于图像传承。所谓图像，又被称为语图，学者认为凡是人类创造或复制出来的原型的替代品，均可以称做图像。图像多姿多彩、品类繁多，像雕塑、绘画（除一般的平面画之外，还包括岩画、帛画、瓶画等）照片、皮影、剪贴画、编织图案、电影、电视等。无论是作为宗教世界中的神人还是作为人间的英雄，在藏族人心中格萨尔王都是值得且必须被载录的对象。然而，鉴于一时一地文化表现形式的差异、优势和倾向，格萨尔史诗或被口耳相传，或被文字记载，甚或被图像定格。

藏民族素来擅长通过图像来传递信息和传承文化。图像传承的历史古往今来从未间断。从古代的岩画、壁画到如今的版画、插图等，它们既是文化的载体，同时也是文化本身，且随着时间的推移，人类技术的进步，其叙事风格和叙事媒介都有了相当程度的发展。

根据藏族图像叙事传统的基本分类，我们可以将其图像造型分为两大类型：象征性图像和叙述性图像。所谓象征性图像是指图像中的人物造型和日常场景都不是叙述某个具体事件，只是代表了某种物体或现象；而叙述性图像虽然也有象征性，但它们主要是和某个故事、情节和事件相连。因此，在藏族图像叙事传统中，我们不仅能看到很多造型各异的人物、动物和植物形象，同时也能从一幅图中读到一段历史、一则故事，乃至一部史诗。

在藏族的图像叙事传统中，与佛教相关的内容数量最多且艺术造诣最高。其次，便是内容丰富且民众喜闻乐见的神话、传说和故事等叙事传统中的人物和情节。当然，不同叙事传统在图像表达的深度和广度上是不同的，从大的方面来讲，学者一般将图像叙事分为单幅图像叙事和系列图像叙事两类，而这两种类型又都有着各自的叙述模式。

所谓单幅图像叙事，就是要在一幅单独的图像中达到叙事的目的，而系列图像叙事的情况较为复杂，就图像数量而言，系列图像叙事一般由多幅图像组成；就内容而言，系列图像叙事需遵循不同图像艺术的表现方式和叙事策略。

就格萨尔史诗的图像叙事而言，其具体的艺术表现形式有石

流动的艺术

刻、唐卡、壁画、雕塑、漫画、插图等。值得注意的是，通过上述艺术表现形式呈现史诗传统，必须符合以下两个基本条件：首先，参与图像传承的个体须对图像艺术本身有相当的知识储备；其次，参与图像传承的艺术家需要对史诗传统的本身有比较深刻的体悟，上述两个条件缺一不可。

在藏族的图像艺术中，唐卡绘画传统不仅源远流长，知识体系完备，艺术造诣极深，且形成了诸多流派。随着唐卡绘画所呈现的内容越来越丰富，唐卡传承人的数量和类型也逐年递增。格萨尔史诗作为藏族叙事传统的典范之作，也是唐卡绘画的主要表现内容之一。在藏区，目前各大博物馆珍藏的以史诗为主要表现内容的古今唐卡数量已达到一定规模，在官方和民间的各类机构中，至今仍有一大批唐卡艺人参与史诗唐卡的绘制工作。

距青海省玉树藏族自治州州府95公里的玉树市小苏莽乡江西村（gyam-shis）是一个风景秀丽、民风淳朴的小乡村。全村人口约2000人，以农业和牧业为主要生计，春夏之交采挖和贩卖冬虫夏草是其主要的经济来源之一。由于进村道路崎岖难行，村民生活又能够依靠农牧收入达到自给自足，因此该村与外界接触较少，村中男女青年多数未接受学校教育，识字率低、信息闭塞、社会能力欠缺。

2015年，在玉树州委农村牧区及扶贫开发工作领导小组的统一领导下，从各成员单位抽调人员，由州委、州政府主要领导带队，组成6个州级扶贫调研督导组，分赴6市县开展扶贫调研工作的监督指导。小苏莽乡江西村在此次调研活动中，经调查核准被列入深度贫困村。为了进一步挖掘地方文化特色和优势资源，促进经济发展，在各级政府和该村有识之士的努力下，于2017年在该村成立了"玉树传统工艺工作站"，并与北京市对接，建立了"北京对口支援文化扶贫示范基地"，并开辟专门场地兴建了"玉树州非物质文化遗产体验中心"。

谈及该村"玉树传统工艺工作站"的筹建过程，与僧人益西的努力是分不开的。益西系江西村本地人，其家族世居于此，至今已繁衍18代。益西家族在当地是被称为"霍葱"（hor-tshang），历史上曾是本地头人（dpon-po）家族。据益西本人介绍，其家族中颇有几位善巧者。他们或擅长绘制唐卡、或长于打制铁器，或擅长缝制衣衫，在当地乃至附近村落为人所熟知。据益西回忆，其父亲还对格萨尔史诗颇为痴迷，家中不仅珍藏着几本格萨尔史诗手抄本，还有一部由居·米旁大师撰写的包括格萨尔祈文、祭文、赞、颂等内容手抄本（具体名称不祥）。益西子承父"好"，年幼时候就对格萨尔史诗情有独钟，通过聆听父亲讲述、吟诵和教授相关知识，益西不仅掌握了藏文的识读和书写能力，还对格萨尔史诗人物和情节等有了较为深入的认识。在放牧途中，在农闲时节，益西总是不忘拿出史诗抄本诵读。

益西后来在父亲安排下入寺学习修行，此后又进入四川省甘孜藏族自治州色达县五明佛学院深造。2013年，益西回到家乡，有感于当地民众生活艰难，青年一代除了沿袭祖辈放牧耕田的生计之外，别无其他生活技能，忧心之余，多方奔走，基于自身对唐卡和格萨尔史诗的了解，于2014年筹建了"玉树传统工艺工作站"的前身"玉树噶玛嘎孜画派唐卡技艺培训学校"。彼时，玉树尚未走出"4·14"地震（2010年4月14日，玉树发生7.1级地震）的影响，重建工作也还没有全面启动。在没有教室供学生上课的情况下，由一座座救灾帐篷搭建起来的培训学校在深山古村正式成立。学校成立以后，益西以格萨尔史诗为基础教材向学生教授藏文，由于当地史诗传统浓郁，因此借史诗学藏学的方法颇见成效，全村的识字率得到显著提升。益西在农忙或采挖虫草的季节，还远赴西藏各地延请唐卡画师赴学校为学生授课。后来，来自昌都的唐卡绘制专家嘎玛德莱和旦增嘉措与培训学校结下了不解之缘，他们不仅将自己绘制唐卡的技艺倾囊相授，自2014年至今，每年都定期赴江西村指导教学，其中嘎玛德莱画师每年在学校授课一个月，旦增嘉措画师每年在学校授课十个月。

"玉树传统工艺工作站"区别于其他唐卡画苑和相关培训学校的特点在于，该工作站所绘制的唐卡均围绕格萨尔史诗的人物和相关情节。当两项历史悠久、底蕴深厚、体系完备的传统文化在时空中碰撞时，会擦出怎样的火花呢？目前，该工作站的镇"站"

流动的艺术

之宝是由 120 幅史诗人物画组成的系列唐卡画。上述画作均由学生在老师的指导下，历经数年完成。期间，学生不仅要加强对史诗知识的认识和了解，还要不断打磨自己的画技，力求达到人物传神、构图合理、象征元素齐备。

"玉树噶玛嘎孜画派唐卡技艺培训学校"筚路蓝缕，苦心经营，在各方努力下，于 2017 年正式更名"玉树传统工艺工作站"。如今"工作站"共有学生 102 名，其中十余名学生先后赴内地参加了各类技艺比赛和唐卡作品展览活动，不仅取得了傲人的成绩，还推广了藏族的史诗传统。他们当中还有几位佼佼者，已能够带领初级学生绘制唐卡，进一步传承唐卡绘制技艺和史诗传统知识。

图 9-3 "玉树传统工艺工作站"所画《格萨尔》唐卡（央吉卓玛供图）

结　语

2004年，经全国人大常委会批准，我国正式加入《保护非物质文化遗产公约》。《公约》在定义"非物质文化遗产"时明确指出：非遗创造、传承和实践的主体是"社区、群体和个人"。从定义中可知，非物质文化遗产保护中的传承人和实践者是一个复数的概念，而非单数。

就格萨尔史诗传统而言，以往我们对其传承方式及其传承主体的讨论大多聚焦个人，即将关注点放在演述艺人身上，而忽略了社区和群体。随着社会经济的发展和多媒体技术的进步，专家学者意识到个人在史诗传承中的作用越来越需要受众乃至整个史诗文化生态圈的支撑。基于此，笔者在介绍和分析格萨尔史诗的传承人时，对传承主体的多样化和多元行动方进行了综合考量。

英雄史诗《格萨尔》的情采之美：
一位作家眼中的《格萨尔》

辛茜[*]

辛茜

多少年来，在明亮吉祥的大地上一直传唱着一部现实主义与浪漫主义交相辉映，让权贵低头，让英雄之光照亮四野的旷世绝唱，优秀的古代艺术神品。

---

[*] 辛茜，作家、副编审、中国作家协会会员。

英雄史诗《格萨尔》的情采之美:一位作家眼中的《格萨尔》

虎年腊月15日这天,龙女郭姆自觉与往日不同,身体变得像棉絮一样软,内外透明,无所障蔽。不多时,她毫无痛苦地生出一个约有三岁大小、灵性非凡、谁见谁喜欢的婴儿。上师马上给婴儿灌顶、抹颚酥,并命名为"世界英豪格萨尔降敌如意宝珠。在这同时,天空中雷声轰鸣,降下了花雨,郭姆的帐房被一团彩云所笼罩。(《格萨尔诞生》之部)

这生下来便六艺俱全的孩子格萨尔,像金赤鸟一样神采飞扬,自诞生之日起,就降伏了杂曲河、金沙江一带的无形体鬼神,为民除害,造福百姓。5岁时,格萨尔和母亲移居黄河之畔;8岁时,岭部落也迁移至此。12岁时,格萨尔在赛马大会中得胜,获得王位,娶了草原上最娇美的姑娘森姜珠牡为妃,踏上了东讨西伐、降伏妖魔的漫漫征途,先后战胜霍尔国白帐王、姜国桑丹王、门域辛赤王、大食国诺尔王等散落在藏地的几十个部落、小邦国家,直到八十一年后,功德圆满,携母亲、王妃返回天界。

这段动人的故事,发生在大约公元12世纪。三江源地区尚处在口头交际的时代。讲述这段故事、塑造格萨尔等众多英雄形象的史诗《格萨尔》,堪称中华民族文明史上一部内容丰厚、气势磅礴的伟大的英雄史诗,是我国藏族人民集体智慧的结晶,是中华古老的游牧民族流传已久、纷繁多姿的美妙神话、传说、民间故事、民歌、谚语,也是一部独具艺术魅力的英雄赞歌。可是,多年来,长诗中的格萨尔为什么如此勇敢?为什么而忧伤?为什么而快乐?为什么而百折不挠、坚强不屈?又为什么会如此长久地占据着藏族人民的心,对我来说一直是个谜。

春来夏暖,草原上的晶晶花开了一片又一片。当吐蕃王朝由盛至衰,当藏族人民扬鞭催马,纵横驰骋,积聚起前所未有的豪情,他们逐水草而进的生存意志,一浪高过一浪。他们寄希望于英雄,崇尚英雄,成为英雄的豪情壮志日益剧增。而他们自己,是有着山一样的胸怀、水一样的柔肠、日月一般热烈明快性格的牧人,

流动的艺术

本就是骑手、战士。他们无所畏惧，他们所向披靡，他们心中敬仰的英雄不仅是他们的统帅、领袖、守护神，更是他们心灵深处超越现实、无往而不胜的英雄情结，以及不甘于平庸的梦幻精神。

这是植根于一个民族追求幸福安宁、求得功德圆满的悲壮心理，和自然原始之力有着同样强大的力量。于是，雄狮大王格萨尔来到凡间，格萨尔史诗因此诞生，由此不断滋润蓄生，且经过民间艺人长年累月口耳相传、艺术加工，日趋完美、日渐成熟。其中，除格萨尔史诗庞大、复杂、多维、立体、广博的社会内容，有关古代藏族部落联盟社会生活、意识形态、经济生活、道德风尚、风俗习惯等各方面的认识价值、学术价值，充满民间韵味、藏地风情、说唱兼备，富有情采之美的艺术表现力，也是格萨尔史诗流传至今、绵延不绝的重要原因。

一 健康、洒脱、壮美的艺术品质

同世界上伟大的史诗作品荷马史诗、印度史诗和古巴比伦史诗一样，《格萨尔》的艺术品质与藏族人民喜爱的音乐、舞蹈、诗歌、传说、谚语同起同源，均来自人类与生俱来的超越生命意义的重要使命、表现情绪、心灵显现。

艺术是人类超脱物质羁绊的想象，是对于一个事物所做的美的形象的描绘。游牧民族审美情致的历史起始，使中华各民族审美情致的特性方式更具有其独特性。

从格萨尔诞生之日到他返回天界，史诗《格萨尔》均以浓墨重彩之势，在亦虚亦实、返自关照中描绘着草原人民心中至高无上的这位英雄。

当格萨尔率岭地人马在黄河川汇合："他头戴礼帽，身穿礼服，足蹬闪亮的马靴，站在岭六部人马面前，精神振奋，神采飞扬，令人崇敬而又有几分畏惧。"（《格萨尔诞生》之部）

当王妃森姜珠牡在留恋丈夫格萨尔大王的温情，迟迟不肯让他去北方降伏妖魔的忧愁无奈中，浮现在珠牡眼前的大王格萨尔："像十五的月亮白生生，双颊好像放光的红珊瑚，两眼好像破晓的启明星，

英雄史诗《格萨尔》的情采之美：一位作家眼中的《格萨尔》

牙齿好像珍珠串，身躯魁伟好像须弥峰，心地仁慈好像白绸子，语音美妙好像玉笛声。"(《格萨尔出征 珠牡眷恋大王》之部)

征战途中，格萨尔多次陷入绝境，但是，无论在亲人心里，还是在敌人眼中，他始终光彩夺目、始终巍然屹立。"白齿如玉，面色黑红，身材魁梧。虎腰像金刚般坚实，双足如大象踏地。白盔白甲，骑在火红色宝驹上，绫带纷纷飘起，身上放射着光芒，好似天神下凡而来。"(《格萨尔惩罚白帐王》之部)

当他单骑平妖、志在降伏一切妖魔、令达索波王归降备盛宴款待岭国军兵之时，豪情万丈的格萨尔大王高举起金杯，唱起了取宝歌。

"唱罢，他将杯中酒一饮而尽，取过宝弓，搭上神箭，一箭将藏宝的磐石劈成两半，一匹彩虹似的宝马柔巴俄宗，抖一抖美丽的鬃毛，四蹄轻踏，似要腾起一般，诸英雄将早就准备好的套绳抛了过去。天空中降下花雨，宝马归于岭地。"(《雄狮单骑平妖 宝马归岭》之部)

如此，英气勃勃、力大无边的格萨尔大王这超乎灵物、半神半人的辉煌形体，渐渐进入人们视野，既是集中了藏族民间富有艺术创造力的创作者们所有的诗情和梦境的艺术品，又是一切严肃的、悲哀的、苦闷的，怀有忧患、不安、期待、障碍，绝非镜花水月的生活中的现实人物。

在即将出征北方魔地之际，面对森姜珠牡对他的爱恋痴迷，格萨尔表现出了极大的耐心。但是为了降服妖魔、解救众生，他不得不狠心让她离开。眼见追随他而来的珠牡远去，格萨尔心中又大为不忍，忧心忡忡，而正是这深入骨髓、满怀人性思虑的怅惘和担忧，才使后来的创作者、歌吟者、传播者、欣赏者，有可能感同身受，倾注情感，回到那个古老而遥远的场景，与英雄一起悲哀、一起苦恼、一起奋战与欢歌。

在原始氏族走向奴隶制的阶段，人的生活、精神只能求助于一种感伤忧郁的情调和神秘主义的幻想，感性思维远远超出了理性的界限。无数创作者反复锤炼格萨尔这一人物形象，在实际的创作中，早已赋予了他典型的意义、理想的化身，而人性与神性在

流动的艺术

格萨尔身上的交融交错,是古老神话在藏民族心理上长期形成的影响,也是那个神秘悠远的时代,藏族人追求心灵救赎,满怀幸福渴望,祈求平静安详的不朽的传统。岭国人拥戴他、敬仰他、臣服于他,是因为他本是天神之子、龙王的外孙,带着天神对人间的关怀;众神为他庆贺,百姓为他欢腾,是因为他智慧过人、勇猛顽强、为民除害,具有与凡人不可同日而语的神力。

愿您镇压黑魔王,
愿您铲除辛赤王,
愿您打败霍尔王,
愿您降伏三丹王,
愿您征服四大魔,
愿您把四方黑暗齐扫光!

在历经万般艰辛、千般磨砺后,不负众望的格萨尔终于完成使命,功德圆满地站在了岭国的草地上。放眼望去,四方妖魔已经降伏,岭国骡马成群,牛羊满山,金英银珠宝不计其数,百姓生活幸福安乐。令人深思的是,格萨尔这位激情洋溢、富有高度民族感与使命感的英雄,不但在精神和形式上留下了时代的烙印、满足了时代的需要,而且在经过草原人民的世代相传、创作后,成为集合藏民族性格特点、生活气息,比自然原型更真实、更充沛,更具有丰富内心世界、鲜明性格特点的艺术典型。

即将离开人间的最后时刻,格萨尔恋恋不舍,其情愫完全还原为普通人的情感。一首离别的歌,成了他对人间众生最后的祝愿与眷恋。作为民间文学的经典之作,《格萨尔》诞生于藏民族审美意识的形成期,草原、雪山、神湖,深谙藏地文化精髓的民间艺人铸就的《格萨尔》,在经历了长时期的创作与传播后,逐渐形成了健康、洒脱、欢乐、壮美的艺术品质。这是由自然环境、社会背景、民族文化资源决定的,其共鸣只能产生在民族精神的制高点,反映的内涵也只能是整个民族思想的伟大、情感的深刻、行动的坚强,是和这个民族的伟大性、集体意志联系起来的杰作,而非孤立的个体作家的创作。如此，伟大的史诗，造就了民族的英雄；伟大的民族英雄和草原深处的民间创作者又同时造就了伟大的史诗。这就是民族文学经典史诗《格萨尔》能够融汇于"世界文学"，始终昂扬向上的缘由。

二 抒情与音乐的意义

文学之最高境界，是表达出真实情感，为情而造文也。

史诗《格萨尔》是有生命的艺术品，有属于自身发展的空间与过程，格萨尔这个典型的艺术形象之所以精美、之所以隽永、之所以强大，是因为他英雄精神的光彩，体现出的是藏族人民共同的思想意识、情感思维，对生活意义的理解和价值判断。

所谓人类的本相，便是人类激情的体现。众多英雄与神灵同甘共苦、共同作战的经历是对未来的憧憬、奋斗的酣畅、胜利的喜悦，其坦率豪放的性灵，在史诗《格萨尔》中以壮丽、浓稠、华丽的笔调信手拈来，成为吟唱者、传播者、创作者的欣然之姿、快意表达，后来研究者为之欣然、为之惊叹、为之收益的命意。

《格萨尔》中，文学的表达早已化作迷人之力，将人的心理曲折、事件冲突，将草原上旖旎的风光、战争场面、缠绵的爱情娓娓道来，使观者恍若身临其境，犹如漫溻于天空降下的花雨，可亲耳聆听美妙的道歌酒曲，亲眼目睹格萨尔大王神威、珠牡王妃芳容，在战马嘶鸣、箭弓飞驰的古战场，在声色、山川、珠宝、美玉、忧愁、凯旋，人神、天地的载歌载舞中，领略这部伟大的英雄史诗给予人们的奋斗之力、爱情之美、悲壮之感，从而共享人生欢乐、理想光芒。

这就是文学的魅力。

这就是从人类心灵深处发出的超乎自然的声音。

当它被民间创作者以精湛之艺术显露出来，达到浑然忘我之境，高度自觉自如的欢畅，史诗《格萨尔》不仅被赋予了经典之美誉，同时，也记载了游牧民族从古老迷恋至今的文化，让英雄格萨尔在人们心中占据了重要的分量，更重要的是，作为一部活形态的长诗，它非凡的作用，还在于不断地创作、不断地吸纳、

> 流动的艺术

不断地满足人们对英雄的渴望。

　　抒情是创作的基调，可望而不可及的艺术，音乐则是抒情依存的条件。我们看到，史诗《格萨尔》中，音乐纯净、悠扬、美好，无处不在。不论婚庆、悲哀、胜利、死亡，不论表达、叙述、战斗、留恋。歌唱与人物性格相辅相成，抒情的成分突破了想象的空间，加强了艺术的感染力，使得《格萨尔》在推进故事和塑造人物的过程中，富有动感十足、泉水般丰沛、意味深长的音韵之美、情感之重。

　　在格萨尔赛马称王的庆礼上，王妃森姜珠牡为格萨尔咏唱的祝愿歌，是王妃代表岭国人对格萨尔大王的祝愿、赞美、嘱托、期望，也是作为王妃、妻子身份的她，对夫君全身心的爱和永不分离的感情：

　　　　　……
　　　　在您金山似的身体上，
　　　　犹如彩霞绕相拥抱，
　　　　愿武器的光泽和宁的光辉，
　　　　永远灿烂辉煌！
　　　　在您雄伟的身体上，
　　　　放射着珍宝的彩光，
　　　　愿常享受福利的甘雨，
　　　　与众生永不分离，雄狮王！
　　　　在我娇嫩的身体上，
　　　　俏丽面庞邬波罗花上，
　　　　荡漾着灵活的眼睛，
　　　　仅献给您，雄狮王！
　　　　在曲折的道路上，
　　　　在办理众人的大事中，
　　　　我犹如影子随你身，
　　　　永不分离，雄狮王！
　　　（《圆满成就觉如欢喜 万念俱灰晁通忧愁》之部）

英雄史诗《格萨尔》的情采之美：一位作家眼中的《格萨尔》

当学者们注意到，抒情的天才诗人阿奇洛科斯把民歌传入文学，当希腊人普遍认为他能够得到与荷马并列的特殊地位，而民歌之所以广泛地流行于所有民族之间，足以证明人们脱口而出的即兴表达、与生俱来的艺术冲动有着多么强大的生命力，它在民间文学中留下的痕迹，正如一个民族持有的文化活动、文学作品赖其音乐而流传后世。

《格萨尔》中，阴阳顿挫的曲调乃自动产生。我猜想，在传唱过程中，也无固定曲调，相反却有着明显的地域特色，且不断流转、变化，直至斑斓多姿、直至悠扬悦耳。更何况《格萨尔》流传深广，遍及青海、新疆、内蒙，不同的民族，一定会赋予它不同的音韵，供欣赏者在享受来自民间音乐不同的曲调中，最大限度地宽容、理解、感悟《格萨尔》的抒情特色。

这样的例子在史诗《格萨尔》中比比皆是，《取宝歌》《送亲歌》《祝愿歌》、赞美王妃的歌，等等，无不以音乐咏唱直抒胸臆，突出史诗的音乐性。

离开家乡绒国50年的将军秦恩到了家门口，大王格萨尔担心秦恩见了家人面不愿随他回岭国，不容许他见家人。秦恩越想越伤心，不顾一切地扮成流浪艺人，在绒国王宫前唱起歌，倾诉自己对家乡亲人的思念：

    那向北方飞行的天鹅，
    一心想着青色湖中的仙鸟；
    那向山岗奔驰的山羊，
    一心想着绿色的草原的嫩草。
    茶和酥油好比父亲和母亲，
    父母双亲彼此离不了；
    肉和糌粑好比主人与坐骑，
    主人坐骑彼此离不了。
    赛马要到北方草原，
    射箭要瞄准红野牛；

> 流动的艺术

讨饭要到富人门口,
吃饱肚子还可往回捎。
(《岭国君臣焚毁妖尸 返岭途中秦恩省亲》之部)

见过了父母双亲和妻子,格萨尔大王要带着秦恩返回岭国。秦恩的妻子达萨心中,既有对大王让他与久别的丈夫重逢话衷情的感激与敬意,又包含了对丈夫的眷恋与不舍,坚贞不渝的爱情,一个妻子对丈夫的祝愿,对天下人的祝愿在歌唱中尽情体现,一个妻子隐忍而顾全大局的宽厚胸怀跃然纸上。

由于前世命运游缘分,
终身伴侣久别又重逢。
由于岭王开恩又情面,
夫妻久别重逢话衷情。
……
幸福哈达献给雄狮大王,
愿绒岭君臣常相聚;
如意哈达献给丈夫秦恩,
愿夫妻今生有缘再相见。
祝愿天上星宿皆吉利,
祝愿地下时辰都吉祥,
祝愿男儿不要遇灾难,
祝愿马儿不要受损伤。
祝在家的人事事如意,
祝出外的人时时安宁,
祝世道像花儿一样美,
祝君臣百姓永享太平。
(《迎大王勇扎拉纳妃 赴地狱格萨尔救妻》之部)

抒情与环境、心境有关,这是构成抒情的因素,也是一切抒情作品所要表现的情感,而发自内心的歌唱可以让人物形象变得丰

英雄史诗《格萨尔》的情采之美：一位作家眼中的《格萨尔》

满、凝重；让场景变得感人至深；让历史过程变得意味无穷。下界八十一年后，征战四野的格萨尔大王，终于实现宏愿，让三千世界过上了和平安宁的生活。临走时，格萨尔看望了他的臣民。王子扎拉手捧红光闪耀的绸哈达，请求大王永驻人间：

> 雄狮大王离岭地，
> 岭国幸福谁谋取？
> 岭国百姓把谁依？
> 女人向谁诉苦乐？
> 男人由谁来教训？
> 王妃让她依靠谁？
> 谁带兵马打敌人？
> 雄狮大王叔叔阿，
> 请您不要离岭地！
> 格萨尔大王接过王子手中的哈达，对众生唱到：
> 大鹏老鸟要高飞，
> 是鹏雏双翅膀已长成；
> 雪山老狮要远走，
> 是小狮玉鬃已长成；
> 我世界太阳要落山，
> 是十五明月已东升。
> （《托付后事扎拉继王位 携王妃雄狮返天界》之部）

藏族人民的确是富有语言创造力的民族。史诗《格萨尔》说唱并存，散韵兼用，叙事与抒情结合。说白时用散文，重要时刻，表达人物思想、感情、心理，甚至塑造人物性格时借助韵文、民歌加以烘托的艺术方法，不仅增强了艺术感染力，还可使传播者便于记忆，投入情感。

就在格萨尔大王向王子托付后事之时，宝马江噶佩布正在大滩上与群马嘻戏玩耍。突然，宝马长嘶三声，眼中流出

· 333 ·

泪水。它知道，格萨尔大王即将返回天界，自己也将随大王一同返回。

（《托付后事扎拉继王位 携王妃雄狮返天界》之部）

随后，不到紧要关头不说话的骏马江噶佩布、从不言语的火焰雕翎箭、红面斩魔宝剑在即将追随格萨尔大王返回天界之时，也情不自禁地以歌声向群马倾诉，对众箭诉说离别感伤、不舍之情。这其中，音乐显示出的抒情力量无可替代，虽寥寥数语，却感情丰富，魅力无边。欢乐的心情，不忍的忧伤，奇迹般在人神通感的情绪表达中，生发出完满的艺术效果。

三 修辞的独具魅力

在叙述与不断的吟诵中，史诗《格萨尔》的语言，表现出藏民族特有的智慧与诗心。想象力之丰富被激发到最高程度；比喻、排比、移情、夸张、对偶、比拟、渲染、衬托极尽风采，复活了人们对于自然之力、审美之力的无穷想象，同时，又与生活环境，人们的感情紧紧相连，无任何矫揉造作，如天界仙女的舞姿，虽变幻优美，却是人们熟悉的梦境；如山川风物的奇妙臆想，虽神奇瑰丽、叹为观止，却似游牧民族的日常生活，亲切自然。不论任何修辞手法，总是将艺术的价值发挥到最大限度，以战胜沉重、无往而不胜的心理，将生命的痛苦、生存的艰难审美化为超脱人生的欢乐。

《格萨尔》极善用比喻手法："平坦坦的大草原，像金盆内凝住了酥油那样的美，在它的中央，散布着牧民们的黑色牛毛帐房，密密麻麻像蓝天上的万点星星。草原无边无际，远远地望去，一层薄雾笼罩着，像一个仙女披上了碧绿的头纱。"（《英雄诞生》之部）

对龙女梅朵娜泽容貌的描述，让岭国兵士目瞪口呆，只见眼前这位美女："容光似湖上的莲花，莲花上闪耀着日光；黑白分明的眼睛好像蜜蜂，蜜蜂在湖上飞舞；身体丰腴似夏天的竹子，竹子被风吹动；柔软的肌肤如润滑的酥油，润滑的体肤用汉地的绸缎包裹；头发似梳过的丝绫，丝绫涂上了玻璃溶液。"(《英雄诞生》之部)

盛大的赛马会就要举行了，赛马会气势不凡，又不乏细腻生动的描绘。

> 美丽可爱的玛隆草原充满了欢乐的气氛，杜鹃在唱，阿兰雀在叫，天空蓝得像宝石，白云白得像锦缎。花儿红了，草儿绿了，草原似乎变得更广阔了。(《赛马称王》之部)
>
> 在阿玉底山下，众位勇士们不分先后，一字排开了，只听得一声法号长鸣，宣布赛马开始。一匹匹骏马像一团团滚动的云彩，在草地上向前飞驰着。(《赛马称王》之部)
>
> 各路好汉，各显神通，各显其狂飙神韵。
>
> 见多识广的四叔伯，犹如冈底斯神山的四大水，是灌溉田地的甘露汁。他们的马儿腾九霄，好似狂风卷狂尘。
>
> 岭噶布十三人，犹如十三支神箭，是降服妖魔的好武器。十三匹马好像浓云旋，长啸奔腾震大地。
>
> 俊美的三兄弟，犹如镂花镶玉的刀鞘与箭袋，是岭噶布俊秀丰盛的标志。他们骑着藏地雪山马，好似天空飞雪花。(《赛马称王》之部)

"狂风卷狂尘""浓云旋，长啸奔腾震大地""天空飞雪花"。一个"卷"、一个"旋"、一个"飞"，将大草原上的赛马盛会、赛马英雄、赛马英姿，描绘得出神入化、惊心动魄。

也许广阔草原、雪山俊峰、娇艳花朵给了创作者不尽的灵感；也许草原上淳朴善良的牧人对美好生活的追求让创作者思绪万千，《格萨尔》中的想象力超乎平常，写霍尔国的景致：

流动的艺术

  从山顶上往外看，
  中间的霍尔帐房像积雪，
  不是大风卷白雪，
  是白帐王在那儿扎营盘。
  从山腰中往外看，
  那一边霍尔帐房像乱石，
  不是黄石滚下山，
  是黄帐王在那儿扎营盘。
  从山脚下往外看，
  那一边霍尔帐房像泉涌，
  不是黑水汹涌来，
  是黑帐王在那儿扎营盘。
  （《霍岭大战》之部）

  比喻、铺陈的大量运用让史诗《格萨尔》让抒情中的叙事、描绘富有智慧、灵性，并以巧妙的想象力自然而然地把客观事物转化为了概念，又把概念转化成了一个个可以触摸、可以感知、可以自由想象、与藏族人民生活息息相关的具体形象，总是永无止境、总是千变万化地发挥着不可抑制的作用。

  "迎面来了一人，绿甲绿旗，像绿水一样绿；青鞍青马，像青天一样青。那仁威风凛凛，杀气腾腾；那马如箭脱弦，四蹄生风"是对年轻将领丹玛的描述。
  "闪光的额头，玫瑰色的腮，珍珠般的牙齿，星星般的眼睛；身着素白锦缎袍，胯下一匹藏地雪山马。好一个银装素裹的美少年。"（《赛马称王》之部）是对英俊少年仓巴俄鲁的描述。
  "她们的脸，像美丽的花朵，可花朵上还有晶莹的露珠；她们的歌，如动听的百灵，可欢乐的鸣叫中又流露出几分凄切。"（《受惩罚岭国降凶兆 消灾祸晁通施巫》之部）是众王妃簇拥着森姜珠牡，为雄狮大王送行时，王妃们动人的娇容。

英雄史诗《格萨尔》的情采之美：一位作家眼中的《格萨尔》

"犹如长虹舞太空，好似青龙过太虚，宛如碧空走流星"是对战马的描绘。

"旁边一座紫岩石山，好似雄鹰低飞在山岩。北方一座险峻的山，好似将军舞战旗。险上后面是缓山，犹如国王刚登基。孔雀开屏是尼泊尔的长寿五眼佛山，仙女戴黄帽是著名的珠穆朗玛山……"（《得预言进军门域国 闻报警出城探敌情》之部）是格萨尔大王麾下一名战将玉拉所唱的"山赞"，语言简练，舒放自如，形象地概括了远近一百多座或壮丽、或俊秀、或巍峨的山脉，令人过目难忘。

格萨尔听信了嘉帝的传话，率众将士日夜不停赶路，到达时不见嘉帝迎接。为驱赶魔鬼格萨尔焚毁妖尸，嘉帝命人堆起松柏枝，浇上胡麻油将格萨尔投入熊熊烈火中："七天七夜后，那大火烧过的地方竟变成了一个波光粼粼的湖泊，中央还长出了一株如意宝树，那树枝繁叶茂，开满鲜花。"

嘉帝又命人将格萨尔抛入大海："丹玛和米琼将从阿赛罗刹那里得来的似土非土的法物撒在海面上，大海顿时变成了一片绿茵茵的草地，长满树木鲜花，彩蝶飞舞，格萨尔君臣就将营帐扎在草地上住了下来。"（《岭国君臣焚毁妖尸 返岭途中秦恩省亲》之部）

火焰变湖泊、大海变草原。鲜花盛开、蝴蝶飞舞，是草原人美丽的幻想，与神人同享自然精华的灵气。由此看出，史诗中追求的和谐是人与自然的和谐，与造化冥合为一的中国人的基本精神。即使遭遇险境、陷入危机，创作者始终以自身体验和巧妙的艺术手段，助长艺术幻觉，让神子格萨尔转危为安，把神话、幻觉、象征、纷乱、想象、比兴引入史诗作品，以强化史诗的艺术品质和神性意识。

史诗中，比拟、夸张随处可见，活泼动人的语言让心灵颤动：

珠牡本是白度母的化身，聪明美丽，心地善良。光明的太阳比起她来还嫌黯淡，洁白的月亮比起她来还嫌无光，艳丽的

◆ 流动的艺术

莲花被她夺取了光彩，死神见了她也将唯命是从。

（《界觉如珠牡表心愿 试珠牡觉如多变幻》之部）

英雄相遇心中乐，骏马相遇心欢喜。狐狸逞能要丢性命，杜鹃逞能会失妙音。像你这懦夫来出阵，是把性命送别人。

（《晁通王逞强落敌手 下索波失陷丢珍宝》之部）

在此，心灵的感受所借以表现的具体的感性事物，比如太阳、月亮、莲花、骏马、杜鹃在本质上起到的是诉诸内心生活的作用，这种内容可为观照知觉对象的外在形状，不是凭空想象，不是无头无源，是根据具体对象的外在特征围绕感情和思想存在的。假如单纯地去写王妃的五官、英雄的欢喜、懦夫的胆小，不与事物的特征联系，又或者，只写杜鹃鸣叫、莲花盛开，与人的感受、相貌体征无关，那么，长满了草木和鲜花的树林，野花芬芳的味道，就不能产生通感的效果，与人的心灵无关，与史诗内容无关了。自此，用动物、植物和人的感受、外貌特征在描绘中发生通感，内容与艺术形象才能互相吻合，引人入胜。

格萨尔即将返回天界，"群马静静地看着江噶佩布，不知发生了什么事。只见宝马连声嘶叫，山上山下狂奔起来。昔日同时在疆场上驰骋的骏马……纷纷聚拢。宝马江噶佩布站住了……"

只见那宝马，四蹄已经腾起，背上的黄金鞍，有条玉龙盘绕在鞍上；前鞍像是金太阳，后鞍又像骤月亮；四四方方的银花垫，镶嵌着五种珍宝；一双银镫挂两边，好像玉盆垂马腹；下边是花花绊胸带，好像引入群山的黄金路；一条珠宝交错的后马叫，好像进入平原的赶马鞭。"（《托付后事扎拉继王位 携王妃雄狮返天界》之部）

降伏大食国王赛赤尼玛的时候到了，格萨尔王想起了大食王对岭地犯下的种种罪行，举起手中的宝剑。大食王一见那剑，吓得跪在地上："只见那剑，剑尖利而软，剑腰细而长，剑把硬而滑，剑口青而暗，能砍坚硬石崖，能斩潺潺流水。那宝剑忽忽闪光，红光亮得耀眼，青光恰似闪电。"

此时的宝马已不是宝马，剑也不是剑，而是与格萨尔生命息息

英雄史诗《格萨尔》的情采之美：一位作家眼中的《格萨尔》

相关、共负使命的神的旨意与象征，是人的情感、人的意志、人的人格魅力。如此精彩描述、形象传神、想象力丰富的描绘，用的是鲜活的生命，美得就像树叶上滚动的露珠、明月闪耀的光泽、蓝天上漫卷的白云，象征着人神和谐、人与自然相互交融的理想境界。

艺术的使命在于用感性形象来表现理念，以供直接观照，而不是用思想和纯粹心灵性的形式来表现，因为艺术表现的价值和意义在于理念和形象两方面的协调和统一，所以艺术在符合艺术概念的实际作品中达到的高度和优点，就要取决于理念与形象能互相融合而成为统一体的程度。

文学是语言的艺术。谚语是民间口头传播的、极为简洁明快的一种文学形式，来自人们的社会生活经验，包括富有哲理、结论性的完整作品，也包括概括某些事物特征的、形象化的、不完整形式的作品，是人民群众的集体创作。作为一种语言的艺术，必然有其鲜明的民族特色，史诗《格萨尔》中的谚语与藏族人民的社会实践、经济生活紧密相联，妙笔生辉，诙谐幽默，形象生动，而这种形象性又是通过多种修辞手法来表现的，比如夸张、对比、比喻等，使得这部浩瀚的史诗长卷，读来毫无枯涩之感，又能从中受到启发，体会到藏民族的生产生活习惯和生存的智慧。

格萨尔大王要去北方远征，留恋他的珠牡百般劝阻：

雪山不留要远走，留下白狮子住哪里？大海不留要远走，留下金眼鱼住哪里？森林不留要远走，留下花母鹿住哪里？岭噶布大王不留要远走，留下珠牡托身在哪里？"

（《雄狮出征 珠牡痴迷恋大王》之部）

岭国被掠，"饿死不吃腐烂的麦糠，是白嘴野马的本性；渴死不喝沟渠里的污水，是红兜的本性；至死不流一滴眼泪，是男儿的本性。我们岭国的英雄们，宁可战死也不能叹息、流泪。"

（《岭国被掠 报大王班师》之部）

· 339 ·

流动的艺术

　　　　神树枝叶不茂盛，杜鹃何处去栖息？蓝色海水不流动，鱼儿何处去散心？炎炎夏季雷不响，孔雀何处去开屏，色巴的阳光不温暖，让我绛萨靠何人？

　　（《岭商队遭劫 格萨尔借路》之部）

　　作为语言艺术，民间谚语的精炼叹为观止，不仅表现出了劳动人民分析事物的能力，也充分地体现出了他们概括语言的才能，鲁迅曾经用"炼话""现实相的精髓"称道。高尔基说过："谚语和歌曲经常是简短的，其中包含的思想感情可以写出整部整部的书来。"

　　阿里少年玉杰千里请兵，雄狮大王格萨尔心中高兴，给他讲了一则预言：

　　　　你头上裹着白绫巾，象征岭地人丁兴旺，国家安宁；你华服上绣的狮虎花纹，是士卒猛如虎狮的证明；你胸前佩戴的金护心镜，是阿里就要平静地象征。

　　（《阿里少年千里请兵 岭国君臣龙年出征》之部）

　　离别之际他又对美少年玉杰说：

　　　　密林浓荫遮住天，才能留住小杜鹃；蓝色海洋大无边，才能留鱼儿游期间；岭国美名传天下，玉杰慕名来此间；与我格萨尔有缘分，英雄荟萃我身边。

　　（《阿里少年千里请兵 岭国君臣龙年出征》之部）

　　其中蕴藏的生活哲理，反映了藏族人民的世界观，对友情对美好的赞美。

　　《格萨尔》是史诗、是颂歌，也是呈现物象风貌的审美图画，其中设色绚丽、布局宏大、疏密有致。展现出的画面不论豪放、不论细腻，都能给人以强烈的冲击力。包括格萨尔诞生前的层层铺垫，出征的场面、欢迎的仪仗、格萨尔赛马夺胜后的狂欢。这

英雄史诗《格萨尔》的情采之美：一位作家眼中的《格萨尔》

样的布局，利用了丰富的情节，而非单一就此产生了绘画要求感性形象的需要。

物质美或者物体美在于纯形式的多样性统一。那么，语言可以在多大程度上有效地描绘物质美呢？莱辛说："要想用语言描绘物质美，必须要么通过物质美所造成的效果加以暗示，要么化美为媚。行动中的美。"

铺垫、渲染如此重要，在史诗《格萨尔》中发挥着巨大作用，以致使人心驰神往、过目难忘。每一场盛会、每一轮战争，每一个人物的出场、每一个相逢又离别的场景，都有大量的渲染和感情抒发作为铺垫，让读者、让听众翘期盼，在衬托、渲染中，或蓄势待发，或动人心魄，以惊人的想象力缓解失意，克服现实中的恐惧，顽强地生存下去。

四 悲而不怨的浪漫色彩

就像风暴来临之前，寂静无声的草原孕育着无法遏制的激情。史诗《格萨尔》中，比自然界本身生命意志力强大、饱满的力量，是时代激发给人们的生存本能。格萨尔大王是草原几代人对他个体的美化、肯定；是人们长时期沉醉其中，用痛苦、狂喜、浪漫交织的艺术形式，是表达自己感情的方式。因为，游牧民族漂泊不定，长时间在冰雪寒冷中的生存方式，决定了他们一定需要一种相对稳定的精神寄托，而这种精神寄托一旦产生、一旦被认可，便会根深蒂固，广为传播。

藏族人世代生活在雪峰环绕、海拔较高的高寒地带，生存环境极为艰苦，但是，却有着豪放乐天的集体意识与群体意识。他们能歌善舞、幽默风趣、热情奔放，本能地用歌舞表达着他们的喜怒哀乐，表达着他们对上苍的感激、对丰收的喜悦、对有情众生的赞美、对爱情的向往。他们知道，幸福生活要靠艰辛的劳动换取；山川湖泊、草原河流需要发自内心地敬畏。

每逢欢乐的草原盛会，男女老少都要纵情欢歌，表达内心的感情。每逢赛马、摔跤，勇士们都要通过比赛表现出他们的胆量和

◆ **流动的艺术**

勇气。他们生活在高山雪原，却醉心于歌舞带来的身心愉悦；他们生活简单纯朴，却尽情享受着大自然的辽阔壮美。他们因此而乐观豪爽、举止豪迈，他们因此而让他们创造的伟大史诗散发出健康向上、悲而不怨的浪漫色彩；让他们心中的英雄、偶像格萨尔大王成为强壮潇洒、人神兼具、无往而不胜的战神。

史诗是野蛮时代向文明时代过渡的历史过程中产生的文化遗产，来源于民间歌谣和神话传说，集体的巨大力量使史诗具有了思想与艺术完全和谐的高度。英雄史诗《格萨尔》是中华民族古典主义文学作品中的经典，洋溢着真正的古代精神、英雄主义和蕴含其中的生命力；是集聚草原人无限的能力、超常的毅力、绝伦的智慧、高贵的出生，以及勇于牺牲、普度众生、为民除害的大无畏精神；是与崇高有关的，依赖于草原、雪山、大海给予人们灵感的艺术创造力，以及藏民族与雪山、圣湖相依为命的精神、理想、愿望。

《格萨尔》是英雄格萨尔嘹亮的赞歌，在同邪恶势力坚韧不拔的挑战中，像一支箭势不可挡，像一匹烈马驰骋在藏地草原。

《格萨尔》以悲为美，以心灵的崇高和救赎为人生终极目标。有来自大自然的天赋、天才技艺，有令心灵破碎的丑恶灵魂，也有灵魂高尚的端庄善良。

《格萨尔》善用对比表达对正义的赞美，对丑恶、猥琐的嘲笑，在获得心灵拯救的同时，让英雄更美、魔鬼更恶。

追求生命真实的意义是艺术的本质。

格萨尔一百天的修行日期已到，他收拾了一下自己所用的东西什物，骑上宝驹准备返回岭地，在香水河七渡口与岭地的仆人白杰相遇。白杰告诉他，他的母亲已离开人世，堕入地狱。格萨尔心急如焚，闪电般飞起，来到阎王殿。他拔出宝剑朝阎罗王及五大判官乱砍，未损阎罗王及五大判官一根汗毛，自己的脑袋反而掉了下来。不过，只过了片刻，格萨尔就复了原。他又飞快地到了冷狱中，见众生受苦，心中悲哀，从体内绕脉发出一股有力之风，吹过众生，使冷狱中受苦的众生全都被渡到净土。之后，他又来到八热地狱、孤独地狱、血海沸腾地狱，向诸神祈祷，令受

英雄史诗《格萨尔》的情采之美：一位作家眼中的《格萨尔》

苦中的母亲及众人全部回到净土。

死亡之影笼罩着岭国。但是，预感到自己就要逝去的老总管绒察查根对死亡并不惧怕，认为自己的死并非死亡而是幻化。女儿为他送行、为他唱赞歌的时候，太阳照到了山尖，天空出现了彩虹。花雨飞降、香气袭人。虹光闪烁中，总管无丝毫痛苦地化彩虹而去，体现出的是藏族人民顺天安命的生死观，这与宗教感情有关，但更多的是于苦乐兼并的现实情景中间，庄严肃穆、依依不舍的哀歌与蓬勃激情。

在离别人间的重要时刻，格萨尔这只金翅鸟"展开双翅，两只眼睛旁边升起了太阳和月亮"。

他预言："鸟颈铁的金刚宝杵上，火焰如狂飙奔腾飞扬，色彩缤纷的翅膀上，霓虹闪闪放光芒，十二枝大片尾翎上，燃烧着智慧的火山，口中发出鸿雁的鸣声，飞向察多的石崖。石崖顶上檀香树被风吹倒，大地震撼动摇，万物凌乱纷扰，金翅鸟的身上披火烧。火焰的一头站着孔雀。檀香树叶着了火，树旁出现了霓虹彩霞，虹光辐射照四方，一股射向金刚地狱。红光后面有一茶室，茶室上生出一根藤，藤树上落着一只白螺鸟，白鸟绕着岭国飞一周，然后像天国飞去……"（《托付后事扎拉继王位 携王妃雄狮返天界》之部）

用浪漫树立崇高，因此而永垂，因此与神一起永生，能激发一个民族全部的生机，成为强悍不屈和顺天安命的民族性之间最理想的调和剂。这便是卓尔不群的现实主义，与美好天真的浪漫主义完美的结合，幻影和现实、人生和梦境的全部情景。

格萨尔热爱他的臣民，在征服了北方魔国之后，他废除了一切残害人民的苛政和不良的吃人风俗，又把妖魔的财产和牛羊全部分给百姓。使百姓真像是拨去乌云、重见太阳的光明一样，过上了幸福的生活。对此，格萨尔的尊严成为藏族人民共同的尊严，格萨尔的荣耀成为全藏族人民共同的荣耀，他们因此慷慨地献出一切，用最珍贵的宝藏、崇高的礼仪、虔诚的敬仰祝福他。这是精神依归、心灵寄托，彼岸的生存感带给人们的快乐，不仅藏民族，世界许多民族无不如此。

流动的艺术

在即将返回天界时,格萨尔在深深地叹息、苦苦地眷恋,又仿佛在迎接另一个朝气蓬勃的黎明。他不停地嘱咐儿孙晚辈,多做好事、多行善事、尊敬父母、听智者之言。他把岭国的国事托付给嘉察的儿子扎拉,并殷切教导:"要保持我雄狮王的国法,对百姓要和气,不要把公众的财物据为己有,不要轻信闲言碎语。"心中所念无不与社会生活相连,又包含着美的善意和理想化的世界意义。

藏民族本就具备浪漫的天性。

史诗《格萨尔》中人神兼具的英雄格萨尔是无数天才的民间创作者留给中国文学史的艺术典型,也是藏族人民意志、性格的具体表现,存在于纯朴、现实、必然、职责的古典性;感伤、理想、自由的浪漫性,而史诗本身的重要意义,不在于让人们沉湎于幻想世界,而在于让每一个现实中的公民拥有自己的精神理想、道德风范。面对现实,沉思死亡,对心灵经历有所审视。

格萨尔大王即将返回天界,侄儿扎拉再三恳求,岭地众生匍匐在地恳请大王不要离去。此刻的大王接过王子的哈达,对众生唱道:

> 大鹏老鸟要高飞,
> 是鹏雏双翅已长成;
> 雪山老狮要远走,
> 是小狮玉鬃已长成;
> 我世界太阳要落山,
> 是十五明月已东升。
>
> (《托付后事扎拉继王位 携王妃雄狮返天界》之部)

太阳就要落山。然,从另一个方面来说,明天,又是一个太阳升起的日子。杜鹃鸣叫,草地碧绿,天空湛蓝。死亡无所畏惧,死亡充溢想象,浪漫的色彩让古典作品达到了优美、达到了感性,具体的形象达到了本质上的无限具体与普遍,促使心灵的存在融合于感性之中。

在古典作品中,神性与人性潜在的统一,用直觉妥当地表现出来。格萨尔是淳朴观照和感性想象的对象，他的形状是人体的形状；他的威力和存在的范围是个别的、特殊的，而对于众生，他的存在和威力却是永恒。

在审美要素组成上，藏民族崇尚崇高与悲壮、豪迈与粗犷、残酷性与英雄性、自然流动性的结合，辽阔地域、生与死的尖锐冲突、灵魂的高尚与猥亵，形成的是对崇高、悲壮、豪迈的欣赏，高原人的强悍、勇气、坚忍。

走近草原深处，蓝天与地平线接壤，白云在缓缓浮动。黑牦牛、白羊群，白色、黑色的帐房依稀可见。没有牧人的影子，只有金色的酥油花在轻轻地、轻轻地颤动，就像一个经典乐章的结尾，在最后一个和弦中，用舒缓的大调或小调强调乐曲之精髓，伟大的史诗作品《格萨尔》在平静的诉说中，告知了他和牧人同样智慧的渴望——不论悲喜，只要有未来，一切皆可圆满。

> 离开岭地我心也凄惶，
> 必走的命运已注定。
> 我雄狮要回天界去，
> 祝愿岭地部落人人平安。
> 不要悲伤要欢乐，
> 愿我们来世再相见。
> （《托付后事扎拉继王位 携王妃雄狮返天界》之部）

格萨尔大王的英魂飞翔在天地之间。

雪峰之上，莲花绽放，皑皑白雪在颔首微笑，牧人座下的战马已换做簇新的汽车、摩托。但，格萨尔大王永在，格萨尔百折不挠、坚强不屈、体恤众生的意志、情感永在，必将和不断进步中的人类文明一道，走向更广阔的天地。

他山之石

《格萨尔》与口头诗学

意 娜[*]

意娜

书面文学诉诸目，口头文学诉诸耳，《格萨尔》传唱在每个爱它的人的心里。

---

[*] 意娜，中国社会科学院民族文学研究所副研究员、博士。

他山之石

格萨尔史诗是一部典型的口头诗歌作品，而研究口头诗歌的理论被称为口头诗学。20世纪60年代，西方学者从《荷马史诗》研究中提出"口头诗学"这个概念，并在过去半个多世纪里进行了大量的理论解读。"口头诗学"既是一种方法论系统，也是一种与传统文学研究相呼应的研究视角。如今，口头诗学理论已经至少用在全球超过150种语言和文化传统中，涵盖了包括各类民间叙事、《圣经》文本生成、爵士乐即兴创作、民谣等与"即兴"有关的多种领域，产生了至少2200种研究成果。[①]

口头诗歌虽然名为"诗歌"，却与我们现在熟悉的古体诗和现代诗都有所不同，反而与其他民间口头表达形式，如小曲小调和功能性的口头唱诵，关系要更为密切一些。在口头诗歌中，关于押韵和节奏等诗歌韵律的存在，主要不是为了审美，更可能是为了便于学习和记忆口头诗歌内容。与书面化的诗歌主要表达诗人个人情感抒发有所不同，口头诗歌里，主要蕴含着地方知识和集体记忆，相当多口头诗歌还承担着实际的仪式等功能。正如口头诗学的创始人之一洛德（Albert B. Lord）所说：

> 口头诗学与书面文学的诗学不同，这是因为其创作技巧不同的缘故。不应当将之视为一个平面。传统诗歌的所有要素都具有其纵深度，而我们的任务就是去探测它们那有时是隐含着的深奥之处，因为在那里可以找到意义。我们必须自觉地运用新的手段去探索主题和范型的多重形式，而且我们必须自觉地从其他口头诗歌传统中汲取经验。否则，"口头"只是一个空洞的标签，而"传统"的精义也就枯竭了。不仅如此，它们还会构造出一个炫惑的外壳，在其内里假借学问之道便可以继续去搬用书面文学的诗学。[②]

[①] 朝戈金：《创立口头传统研究的"中国学派"》，《人民政协报》2011年1月24日。
[②] Lord, A., "Homer as Oral Poet", *Harvard Studies in Classical Philology*, 72, 1968, pp. 1-46；朝戈金：《口头诗学》，《民间文化论坛》2018年第6期。

《格萨尔》与口头诗学

在本章，我们将讨论格萨尔史诗与口头诗学理论的关系。口头诗学理论按照一般文学理论的规律，总是包括创作及文本论、传播论、接受论、功能论等。我们也将遵循这一逻辑进行介绍，透过这一理论体系的映射，可以更好地理解格萨尔史诗的形成、传播、接受、形式和意义，也可以借助对《格萨尔》口头诗学的分析，帮助我们理解其他像格萨尔史诗这样的口头诗歌，以及文学史上那些已经书面化的、曾经的口头诗歌作品。

一 "《格萨尔》是怎么创作的，这么多艺人，以谁的版本为标准？"——《格萨尔》与口头诗学的创作和文本问题

在回答有关具体创作和文本问题之前，我们需要理解孕育了格萨尔史诗的藏族文化传统本身，这样可以帮助我们更好地将史诗作为文化整体的一部分，而不是单个的文学作品来理解。简言之，藏族文化传统具有一些典型特征，可以总结为双跨性、互文性和未定性，这在格萨尔史诗的创作、传承和发展过程中，我们也能观察到。

在藏族文化传统的传承史中，有着跨语种、跨内容的横向跨越和跨时间的纵向跨越，我们称之为"双跨性"。[①] 横向跨越指藏族文艺形式和文化传统中许多经典文本的来源是跨语种的，这在藏族许多经典书面文献中很容易得到证实。比如藏文大藏经《甘珠尔》《丹珠尔》是从汉、梵文中译出的。在口头领域，学术界会使用"交互指涉"来形容这种跨越，意思是格萨尔史诗故事与其他的故事存在一种互相印证的效果，同一个故事原型可能会出现在很多个不同的故事中。比如格萨尔的"英雄诞生"故事，虽然基本的结构是：1. 大家都知道或有预言说，有一个了不起的人物要诞生了；2. 英雄总会以一种特殊的方式诞生，生出来是一个肉球

---

① 意娜：《〈诗镜〉文本的注释传统与文学意义》，《文学遗产》2019年第5期。

他山之石

或者一个蛋,或者从怀孕的时候或诞生那一刻出现异象,种种神奇的征兆;3.英雄诞生以后出现种种神迹,有着不可思议的成长等。虽然基本结构都是如此,但不同的版本差异相当大,在不同的英雄故事中也都能找到类似的主干情节或者不同程度的相同细节。① 在具体说唱过程中,艺人也会从各种语言的故事中获得灵感,使自己的说唱更生动更精彩。过去的艺人走南闯北,亲身经历或者沿途听说的故事也会以艺术化的方式融入到说唱中。当代的格萨尔说唱艺人,很多都会讲汉语,很多艺人不仅会说《格萨尔》,还能说《水浒》和其他内容,还有人借鉴内地的曲艺形式编创了《格萨尔》相声等。② 很难说他们在说唱中不会从其他语言的故事中获取灵感,丰富原有的叙述内容和细节。

纵向跨越指同一部文本或者作品经历时性传承,经过数百年甚至上千年的代代相传和口口相传,总会带有跨时代的语境特征。在书面文学里,我们可以看到不同时代留下的文本总会带有那个时代的特征,不管是物质上的装帧方法、印刷手段,还是遣词造句中的时代语汇,都是我们考察的证据。也就是说,藏族那些本土化、经典化的作品所传承的每个时代,都赋予了这部作品那个时代独有的特征。而口头传统虽然很难追溯过去某个时代的痕迹,但是一定会具有当下时代的特征。2002年全国《格萨(斯)尔》工作领导小组办公室联合国内多家单位,在联合国教科文组织的支持和关注下,组织了《格萨(斯)尔》千年纪念活动,确认了《格萨尔》的千年传承历史。但不管传承了多久,不管口语已经发生了多大的变化,艺人使用的语言总是当下的普通农牧民受众听得懂的,并不会像我们朗读过去时代的书面文学作品一样充满佶屈聱牙的文言和古语。同时,这种特征也告诉我们,同一个故事不只是有一种固定的叙述方式,可以和当下的其他表达方式结合起来,对于《格萨尔》来说,只要是有助于百姓理解故事的手段,

---

① 李连荣:《试论〈格萨尔·英雄诞生篇〉情节结构的演变特点》,《西藏研究》2018年第1期。
② 杨恩洪:《〈格萨尔王传〉的说唱艺人》,《中国民族报》2015年8月4日。

都可以使用。所以除了艺人与抄本、印刷本、藏戏、绘画之外，我们这个时代才有的小说、流行音乐、动画、电影、游戏、景区陈设等方式当然也可以参与到《格萨尔》故事的讲述当中来，与当下时代相关的语境结合起来，可以创作出表现形式多样的作品。

　　只要接触过格萨尔史诗，一定能感受到其中浓郁的宗教氛围。这并不是孤例，而是藏族文化传统的另一个重要特征：互文性，是指藏族很多文化传统和表现形式与藏传佛教之间的互动关系。这些文化传统和表现形式被纳入到藏传佛教这一统领性的意识形态框架下，通过宗教的统治地位来确保文化的神圣性和绝对权威地位，也使得这些文化传统和表现形式在漫长历史发展中得到了更好的保护和传承。比较典型的如藏族诗学理论著作《诗镜》，译自梵文，经过历代藏族学者的阐释，变成藏族诗学理论的唯一权威。可是梵文时期的《诗镜》并不是梵文世界里最重要的一部诗学理论作品，甚至最初跟佛教关系也并不密切，只是诸多梵文诗学技巧作品中的其中之一。但是与其他作品一起传入藏区被翻译为藏文以后，《诗镜》的文法规则因为被纳入藏传佛教这一统领性的意识形态框架下，使《诗镜》超越其他梵文文法经典，成为文学理论经典，也确保了其对藏族古典书面文学修辞文法的绝对权威。绘画中的佛像量度标准"三经一疏"等也都带有这种特征。而格萨尔史诗原本与藏传佛教并不直接相关，是民间的作品。在发展过程中，17世纪德格竹庆寺的第一世主持白玛仁增大师以开启净意伏藏的形式，撰写了格萨尔史诗中的《分配大食财宝》；该寺大堪布白玛巴杂尔撰写了格萨尔王传《雪山水晶宗》；作为竹庆寺堪布的一代宗师居·米旁大师撰著了"格萨尔金刚长寿王"等系列祈供偈，在整个藏区的诸多教派中产生了深远的影响，成为寺院祈请护法的传承仪轨传承至今。进入20世纪，竹庆寺第五世活佛土登曲吉多吉创建了格萨尔寺院乐舞，首次把格萨尔这一民间说唱艺术转换成寺庙乐舞，也成为一项传承仪轨，在每年的金刚橛修供大法会的最后一天表演。[①] 发展至今，格萨尔史诗已经与

---

① 益邛：《竹庆寺格萨尔藏戏》，《甘孜日报》2019年7月26日第6版。

他山之石

藏传佛教密不可分，不仅藏传佛教的宗教思想在《格萨尔》故事情节和内容中多有体现，宗教人士也大力支持《格萨尔》抢救、保护与研究工作。他们出资进行《格萨尔》风物遗迹的修缮，节庆的组织，文献的搜集、整理和出版，有的宗教人士本身就是《格萨尔》研究专家，参与史诗研究一线工作。

尽管针对格萨尔史诗在宏观上已经基本上有了各种"共识"和"定论"，但《格萨尔》本身并没有唯一性，我们从每一个说唱艺人说出的故事都不完全相同这一点就能知晓。这是藏族文化传统的第三个特征"未定性"，意思是由于观念的、文化的、代际的等层面的错位，带着不同前理解结构的受众总是用不同的立场、眼光和视角来观察对象。简言之，就是"每个人心中都有一部不同的《格萨尔》"，不光是艺人可以对《格萨尔》有不同的理解，听众和读者也可以把自己的知识积累和观念投射到作品的理解中，用自己的眼光来看《格萨尔》，可以看成英雄史诗，也可以看成爱情故事，还可以看成地方历史和民俗活动的记录。从这个意义上来说，传统始终处于"未完成状态"，意义总有"未定性"。

未定性的另一重解读是针对史诗传统的"活态"。《格萨尔》的创作至今尚未结束，从古至今，它都一直处于不间断的增创与共创之中。每个艺人、每个时代都给这部史诗增加了独特的内容，而所有参与格萨尔史诗传承的人，也共同为这部史诗增添了生命力。口头传统的历时性发展过程很难像书面文学研究那样从文献学角度获取确凿的证据，不过经过几代学者的努力，也基本对《格萨尔》当下形态的成型过程有了共识。

以格萨尔本人的形象来看，在如今的格萨尔形象描述和主要的故事里，可以看到玛桑格萨尔、格萨尔军王和历代赞普故事原型的影子。①

具体来说，玛桑氏族是吐蕃史前社会"十大领主"之一，据记载有九兄弟。在多种典籍中玛桑神和格萨尔大王都同时出现过，

---

① 曼秀·仁青道吉：《十一世纪的格萨尔：试论格萨尔史诗的成型》，《西藏艺术研究》2001年第4期。

在格萨尔史诗中也常常出现"玛桑格萨尔"和其他以玛桑尊号冠在格萨尔身上的不同表述。在史诗中还有一个有趣的"玛桑式环卧大寝",在《格萨尔》"降魔"篇里就出现了三次。说的是格萨尔大王"在岭地丰泽草滩的沟头,片石和雪山连接之处,把马群赶向右边的沟,牛群赶向左边的沟,羊群赶向沟中央,格萨尔杰贝顿珠自己将头钻进皮袄的右边袖筒,将两只脚套进左边的袖筒"①的睡姿。

格萨尔军王是在藏族各种历史典籍里提到的人物,不一定等同于史诗中的格萨尔王。《贤者喜宴》里写在聂赤赞普之前的藏区,"诸多小邦热衷于战争,不分善恶难自由。四邻国王常欺凌,汉地王像蛇缠树,天竺王像狼扑羊,大食国王像猛鹞,追赶群鸟不停息,格萨尔王像利斧,急砍树木尤为猛"②。在这段描述中,格萨尔是与藏区、汉地、天竺和大食国并立的区域。在史书《臣相遗教》中,记载了一段格萨尔与吐蕃的关系,说尽管格萨尔大王像利斧,但是吐蕃军队依靠幻术,最终征服了他。在格萨尔史诗中,觉如还没出生的时候就已经出现了"格萨尔军王"这个词,也是作为与藏区、汉地、天竺并立的区域之一,用法跟前述相同,但是在史诗中格萨尔王本人也自称"格萨尔军王",比如他会唱:"若不知道我是谁,玛康花花岭域地,屈潘那波之子孙,格萨尔军王便是我。"③

除了玛桑格萨尔和格萨尔军王,格萨尔王这个史诗人物可能还集中了历代吐蕃君王的功绩。吐蕃政权时期的多次战争都体现在格萨尔史诗里。学者们认为,《姜岭大战》依据的可能是吐蕃赞普赤都松赞或赤德祖赞时期与历史上的南诏王之间的战争;《松巴犏牛宗》可能是对敦煌文献中记载的松赞干布时期娘·芒布杰尚囊

---

① 曼秀·仁青道吉:《远古的〈格萨尔〉:试论〈格萨尔〉的原始"素材"》,《西藏研究》2007年第4期。
② 巴俄·祖拉陈瓦:《贤者喜宴(藏文)》,民族出版社1986年版,第156页;曼秀·仁青道吉:《远古的〈格萨尔〉:试论〈格萨尔〉的原始"素材"》,《西藏研究》2007年第4期。
③ 《格萨尔·松岭之战》,西藏人民出版社1981年版,第120页;曼秀·仁青道吉:《远古的〈格萨尔〉:试论〈格萨尔〉的原始"素材"》,《西藏研究》2007年第4期。

他山之石

对苏毗部落征服收编的文学表达；《突厥兵器宗》反映了历史上吐蕃与突厥在历史上旷日持久的战争场景。①

主题上也有类似之处。降妖伏魔、征战四方是多数史诗共同的主题，《格萨尔》《江格尔》《玛纳斯》《亚鲁王》《吉尔伽美什》《伊利亚特》《罗摩衍那》《摩诃婆罗多》……都讲述的是这一主题。很多英雄都是从天界或者其他世界回到人间拯救其人民，各种神话传说在无形中都"不约而同"塑造了这样的叙事安排。至少洛德在1959年分析《巴格达之歌》的时候，就从英雄阿利亚来自神灵死去或被放逐到其他世界，但当威胁来临又回来拯救人民的主题中意识到了这个问题。在《格萨尔》故事中，我们在开篇就能看到类似的情节：位于南瞻部洲中心东部、雪域之邦朵康地区的岭噶布（意为美丽的岭地），原本风调雨顺，百姓安居乐业。突然间妖风四起，将邪恶和黑暗带到这片土地，百姓民不聊生祈求上天的帮助。天神便派下神子推巴噶瓦（意为闻者欢喜），前往人间拯救众生。因此，尽管各种口头传统基于不同的民族语言，基于其他民族口头传统发展起来的口头诗学，也可以试着用来理解格萨尔史诗。

口头诗学的基本规则来自于口头程式理论。口头程式理论中把全球各地的口头史诗分为三种文本类型：口头文本或口传文本、源于口头的文本、以传统为取向的文本等，判断的标准有三个指标：创编、演述、接受。根据这个指标，《格萨尔》是典型的口头文本或口传文本，因为《格萨尔》的创编是口头的，演述也是口头的，而听众的接受是基于听觉的。与之相比，荷马史诗只能是一部源于口头的文本，因为它在早期可能是与《格萨尔》一样都是基于口头和听觉的，但是被整理为书面文学作品以后，它的创编和演述形式中都加入了书写，而接受者几乎都只能是依靠视觉阅读和观看的读者了。还有一些史诗从一开始就是书写出来的，他们中虽然有很多传统的内容，但其创编演述都是经由书面完成，读者也是通过视觉阅读的。这其中典型的就是芬兰的史诗《卡勒

---

① 曼秀·仁青道吉：《远古的〈格萨尔〉：试论〈格萨尔〉的原始"素材"》，《西藏研究》2007年第4期。

瓦拉》。而纳吉后来介质的划分，《格萨尔》又进一步与斯拉牧诗歌（Slam poetry）进行了区分，在介质上属于单纯的口头演述的口头诗歌，而虽然用口头演述、听觉接受的斯拉牧诗歌则因为创编方式的书面性被列为音声文本。

口头程式理论为抽象的理论提供了三个重要的工具，它们的配合使用，可以看到口头诗歌的故事构造规则是如何起作用的，回答了我们的说唱艺人何以不借助文字的帮助也能演述成千上万的诗行，具有那么强的现场创编能力。

第一种叫程式（formula），指的是具有重复性和稳定性的词组，在口头传统的吟诵中，即便无法精通语言，听众也能很轻松地发现很多词组会反复出现，这些反复出现的词组就是程式。相对于这些程式的存在带给听众的熟悉感，它存在的最大意义是帮助歌手在现场表演的压力之下，可以很快地流畅叙事。它是口头传统最重要的特征。

在早年间学者们研究荷马史诗的时候，发现有一些"特性形容修饰语"反复出现，比如"飞毛腿阿基琉斯""灰眼睛的雅典娜""绿色的恐惧"等。从中学者们发现了程式，而这种程式又来自传统[1]。《格萨尔》的歌诗唱段有着程式化的结构顺序，一般包括：开篇词—唱段引子—致敬神佛祈愿—介绍地点—人物自我介绍—曲牌介绍—唱段主要内容—唱段结尾等。其中大多数部分内部也有各自的结构程式可循。比如有一些句式总是重复出现，如衬词"啊拉""塔拉"，在唱段起唱的引子中一定会出现，一方面有助于艺人演唱时起音定调，标示着正词演唱的开始；另一方面，也成为《格萨尔》唱段音乐上辨识度最高的标志。[2] 再如介绍地方和人的时候，也常用"若不知道这地方……若不知道我是谁……"这样的固定句式。在对唱诗行结束时，往往也有"听懂它是悦耳语，不懂不再做解释"这样的固定句式，用于强调前述内容的重

---

[1] 朝戈金：《创立口头传统研究的"中国学派"》，《人民政协报》2011年1月24日。
[2] 扎西东珠：《藏族口传文化传统与〈格萨尔〉的口头程式》，《民族文学研究》2009年第2期。

> 他山之石

要性，同时标注段落的结束。①

第二种工具叫典型场景（typical scene），也可以被称为母题，是一种叙事单元，比程式大，比故事范型（story-pattern）小。故事范型是第三种工具，是故事层面的程式，比如我们常说的"征战""复仇"都是故事范型。

在口头诗歌中，有一个"这一首（特定的）诗"（the song）和"这首（一般意义上的）诗"（a song）的区别。格萨尔史诗总体上是"这首诗"，而每一次每一个艺人所说唱的版本都是"这一首诗"，每一个"这一首诗"在不同的时间、不同的场合，通过不同的媒介所呈现的同一个故事，都会有这样那样的差别。《格萨尔》的说唱不是复述，而是"在演述中创编"的过程，每一次的演唱都是一次现场的创作，演出的是一个新的版本，因而也就没有标准本一说了。

二 "听史诗演述现场像演唱会一样！"——关于《格萨尔》与口头诗学的传播问题

口头诗学的建立，不能基于那些早期的整理文本，要真的去听去看艺人的演述，所以学术界一直说口头诗学是"回到声音"。口头诗学中演述理论（performance theory）是很重要的组成部分。这一理论认为，意义的生成和有效传递，不仅仅由言语行为及语词文本来完成，演述过程中很多要素都参与了意义的建构。

欣赏史诗演述的过程与我们读小说、读诗歌、读剧本甚至听录音、看录像都不同，它将创作和接受置于同一时空，演述的现场语境十分重要。语境这个词，除了指阅读理解中的"上下文"，还具有田野意义，指的是表演期间临时组成的社会关系的总和，包括了六个要素：艺人、文本、受众、事件、仪式和传统。② 史诗演

---

① 丹增诺布：《浅析〈格萨尔〉史诗中的口头程式语》，《西藏艺术研究》2013 年第 2 期。

② 杨杰宏：《音像记录者在场对史诗演述语境影响》，《民族艺术》2018 年第 5 期。

述的"全息性"意义就是由这六要素组成的互为关联的动态过程。① 这种语境，会反过来从状态、内容和文化方面影响到艺人的现场说唱发挥。同时，对于那些早已将格萨尔史诗内容了然于胸的当地民众和史诗爱好者来说，演述形式比内容更重要，这种情景有些类似于歌迷去听歌手的演唱会，并非为了听一首自己从没有听过的新歌，而是在现场感受史诗演述歌手忘我的表演，与之互动，还可以在演唱会把自己置入志同道合的歌迷人群中，找到归属感和共同的激动心情。

有学者比较过说唱艺人在面对摄影机/录音机和面对真实观众的不同："有些演述者平时非常健谈，但一坐在摄像机面前，往往表现出手足无措、表情僵硬、局促不安的'晕镜头'情况，原来谈笑自如、表情丰富、神采飞扬的表现大失水准；尤其面对近距离镜头时，直视动作明显减少，代之以低头或环顾左右；在摄像灯的强光照射下汗流浃背等。"② 这说明现场的环境对艺人的临场发挥影响非常大。对于带有宗教性的说唱，现场的状况可能会带来更多影响，很多神授艺人都有随便哪个章节不用准备张口就来的神奇能力，但往往说唱过程中不能被打断，否则就是对格萨尔王的不敬。很多艺人还会在手中拿一张空白的纸条或者镜子，观众看上去像是他们在照着书念，实际上这些"道具"除了圆光艺人说唱时对着镜子的仪式、宗教和神秘功能，对艺人本身也有定神的作用。③

演述语境同时也会对当时说唱的内容产生影响。玉树的《格萨尔》说唱艺人达哇扎巴曾经描述自己说唱的《霍岭大战》长度问题时，就说他有长、短和一般的三种唱法，说唱前祈请神灵决定说唱的长度，他唱过的《祝古国宗》《霍岭大战》《蒙古马宗》等每部都能达到200小时以上，短的也有一两个小时。而他的表弟

---

① 乌·纳钦：《史诗演述的常态与非常态：作为语境的前事件及其阐析》，《民族艺术》2018年第5期。
② 杨杰宏：《音像记录者在场对史诗演述语境影响》，《民族艺术》2018年第5期。
③ 袁晓文、刘俊波：《川西高原上的〈格萨尔〉说唱艺人》，《西藏人文地理》2010年第11期。

他山之石

松扎说唱《格萨尔》则可长可短，随时根据现场情况调整长度。

如今《格萨尔》演述语境发生了很大变化。牧民定居、说唱艺人停止流浪，改变了原有的《格萨尔》民间表演环境。随着非遗保护力度的加大，藏区在节庆活动的策划中也增加了许多与《格萨尔》相关的主题。史诗演述有时候变成了"逢场作戏、应付场合、走过场的游戏行为"，首批进入城市的格萨尔艺人经过二十多年的城市生活，思维方式也变得城市化了，说唱准书面化、神授艺人"失忆"等现象也出现了。[①] 在那曲，还开设了 3 家《格萨尔》说唱厅（或称仲肯茶馆）。在这样的茶馆，一般会有 5 位左右的常驻艺人，每两个小时轮换演出，不过为了吸引消费者，除了《格萨尔》正文的说唱，艺人们还会增加数小时的幽默脱口秀和小品表演。这些变化都会直接影响《格萨尔》的演述语境。

道具在说唱现场的使用，类似于我们当下习以为常的插图和演示文档（PPT）的效果，既是对内容和情节的再现，也是对史诗叙事的重要补充，使说唱更生动形象。传统《格萨尔》说唱中使用的"道具"主要是唐卡。在青海玉树、西藏昌都等地的艺人说唱时，常常会挂上相关内容的唐卡，艺人手里拿着一支彩色绸布条装饰的箭，用在说唱时箭指画面中相关内容。任乃强先生还看到过在寺庙中艺人指着《格萨尔》壁画说唱史诗的场景。[②]《格萨尔》说唱内容中独特的"帽赞"里，艺人还会手持帽子来讲述："说唱艺人戴的帽子，那是格萨尔在赛马取胜后戴过一次的帽子传下的，其形如藏区地形地貌四水六岗，用白毡制成，镶黑边，上方插有雕、鹞鹰、雄鹰的羽毛，旁有布谷鸟、鹦鹉、孔雀的羽毛，后有白色哈达结成的辫子垂下，两边有动物耳朵，上边捆有红、黄、蓝、白、绿五色绸条，前方镶有铜鞍、铁弓箭、小白海螺及白黑羊毛线等。霍岭下册中，格萨尔去降服霍尔王时，变成了三个人，每个人都戴着这种帽子，然后唱起了帽子赞，这

[①] 诺布旺丹：《艺人、文本和语境——〈格萨尔〉的话语形态分析》，《民族文学研究》2013 年第 3 期。

[②] 冯文开：《史诗演述中语图交互指涉的诗学特质》，《内蒙古民族大学学报》（社会科学版）2018 年第 6 期。

种赞的唱法与折嘎艺人唱的差不多……"① 这顶帽子被称为"仲夏"，是故事帽的意思。那些依物史诗歌手如果不指着唐卡说唱，往往都会在手里托着"仲夏"而唱。帽子既是艺人一件精美的装饰品，也是优秀艺人的标志。因为这种艺人的帽子一般都是寺院特制的，持有者有一种得到认证的意味在其中。所以说唱艺人往往只需要托着帽子出现在村子里，牧民们就会自动聚拢过来，艺人会先唱"帽赞"，帽子的来历、装饰品的作用和象征意义等，群众看到这些、听到这些，就是相信他是最好的说唱艺人，就会愿意请他来给大家讲《格萨尔》。而且从起始的唱段中，我们还能观察到不少前面已经提到的语词程式特征：

国王妃子询问我／让我把这帽子叙说／别的地方我不去／宗巴的福地有三个／一是前往印度领地／印度法王对我说／宗巴请进别离去／我说宗巴回头想跑／他说宗巴来得正巧／没有帽子让人惋惜／我想呀一定要顶帽

二是前往黑（衣）汉地／黑汉执政王对我说／宗巴请进别离去／我说宗巴回头想跑／他说宗巴来得正巧／没有帽子让人惋惜／下城汉地有句名言／头无帽子似雪中鸟／脚无鞋子似水中鸟／身无衣袍似瘦青蛙／我想呀一定要顶帽

三是返回吐蕃领域／吐蕃的国王对我说／宗巴请进别离去／我说宗巴回头想跑／他说宗巴来得正巧／没有帽子让人惋惜／黑发藏人有句名言／头无帽子似山野鸡／脚无鞋子似红足鸽／身无衣袍似水中鱼／我想呀一定要顶帽

圣释迦牟尼对我说／宗巴们需要一顶帽／倘若有帽便合佛法／如意的石佛对我说／宗巴们需要一顶帽／倘若有帽便可引路／北方上部龙凶神说／宗巴们需要一顶帽／倘若有帽便伏敌人／咱的护法神对我说／宗巴们需要一顶帽／倘若有帽便护头颅／我想呀一定要顶帽！②

---

① 参见杨恩洪《民间诗神：格萨尔艺人研究》，中国社会科学出版社 2017 年版。
② 《格萨尔·赞帽词》，德庆卓嘎、饶元厚翻译，《西藏艺术研究》1991 年第 4 期。

他山之石

　　史诗在形成过程中，总是凝聚着特定族群的神灵观念，有着对图腾、祖先、英雄的崇拜情节，像《格萨尔》这样的作品一定与宗教信仰要素密切联系在一起。史诗的说唱也变成神圣仪式的一部分，许多艺人说唱能力是从神降的办法获得，他们与神的沟通也是说唱过程中的重要环节。仪式帮助他们召请格萨尔或者史诗中的其他英雄显圣，降临到说唱现场的道具上，再将信息传递给艺人。所以在仪式的结尾，艺人们往往都会念诵一段祷词来宣誓自己将誓死完成格萨尔史诗故事的演述：即使有一天，飞奔的野马变成枯木，洁白的羊群变成石头，雪山也消失得无影踪，江河不再流淌，星星不再闪烁，太阳失去光辉，雄狮大王格萨尔的故事，也会世代流传。这种仪式固定下来以后，已经成为史诗演必不可少的一个环节，即便无需吁请神的时候，也会作为完整说唱过程的一部分进行展示。①

　　艺人才旦加说唱的时候，要先在现场的正中央挂起一幅格萨尔画像，画像前面摆放一碗净水、一团酥油、一块白石头，点燃柏香，用糌粑在周围划一个白圈结界，然后坐在唐卡前念咒，然后才开始说唱史诗。② 圆光艺人的仪式性特征也很明显。比如圆光艺人才智，在表演开始前需要举行一套圆光仪式：首先在才智面前的桌子正中央放一个堆满青稞的托盘，中间插一个直径为10厘米的凸面铜镜，凸面面向圆光艺人，铜镜用蓝色哈达半盖着。才智右手拿着一根插着羽毛的彩箭，上面系着五彩哈达。镜子前面正中放置一盏酥油灯，左右再各摆一个盛满茶水的高脚铜杯，最后，点燃一根香，开始念诵经文，然后正式开始观看圆光的仪式。不同的格萨尔圆光艺人在铜镜中看到的内容是不一样的。过去西藏著名的圆光艺人卡察·阿旺嘉措在镜中看到的都是文字，据他说首先是梵文，然后是象雄文，最后才是藏文。文字的出现与隐去都与他自己的阅读速度保持一致。而才智看到的主要是图像，他

---

① 央吉卓玛：《〈格萨尔王传〉史诗歌手展演的仪式及信仰》，《青海社会科学》2011年第2期。
② 徐国琼：《〈格萨尔〉考察纪实》，云南人民出版社1993年版，第119页。

说，在圆光中看到了岭国的疆域，故事中的将士形象和武器铠甲、降妖伏魔的场景。有时候图像还会以隐喻的方式出现。①

艺人的史诗说唱通常以单口为主，但也有对口和群口的形式存在。对口形式主要出于表演效果考虑，两人分饰不同角色，可以将演述变得更精彩，将角色之间的冲突表现得更充分。而群口演述则主要出现在专门组织的史诗演唱活动和大型节庆场合。群口演述的方式有克服单口演述的单薄感，更适合稍大的舞台，有更强的戏剧感，却与藏戏演出完全不同。

三 "就算学了藏语也不一定听得懂？"——关于《格萨尔》与口头诗学的理解（接受）问题

藏族众多的文艺表现形式中，多数都是依靠口头传统和视觉艺术传承的。广义的口头传统包括一切口头交流，而狭义的口头传统则具有共时和历时的双维度含义：在共时性上，指的是口头艺术，尤其是"神话、传说、歌谣、谚语、谜语等民间文学（folk literature）或口头文学（oral literature）"②；在历时性上，指书面文学繁盛之前的"传统社会"主要的沟通方式。之所以对历时性维度进行区分，是因为习惯上我们将口头文化、书面文化、影视文化和数字文化与人类文明发展历程相对应，将这些文化形态描述为递进发展的关系。但这只是一种理想化的状态，仅与物质载体的技术发展史相对应。藏族文艺发展史之所以难以依照这一规律界分，不仅因为藏族口头传统至今仍在藏族社会中具有重要作用，并跨越介质边界，使用到书面、影视和数字互联网等全部工具，不是过时的历史阶段产物；还因为历史上的书面文化在藏族社会中的身份较为特殊，更多地是翻译阐释古代印度和中国内地的经

---

① 诺布旺丹：《格萨尔神秘的传承人（之二）神奇的圆光显像》，《今日民航》2009年第10期。
② [美]约翰·迈尔斯·弗里：《口头诗学：帕里-洛德理论》，朝戈金译，社会科学文献出版社2000年版。

典，是典型的"高雅文化"，并不完全是从本民族文化内部，从早期文化自然发展而来的。

藏族口头传统的主题几乎涵盖藏族文化的方方面面。形成藏族"全民信教"盛况的宗教传播过程也在相当程度上由口头方式完成。在藏传佛教形成以前，如历史典籍所述，故事、谜语和苯教是古代吐蕃社会重要的文化载体[①]，也是口头传统的主要内容。随着藏传佛教成为藏族文化的核心，藏族口头传统的内容则转向以藏传佛教为主要比兴手段的全部文化社会生活。

然而传统的藏族文化研究都是以文献研究为主，对藏族文艺的研究，尤其是文学研究限定在书面范围内，与西方和中原研究无缝对接。不过这些书面文学究竟在多大程度上代表藏族文学的全貌，却很少被考虑到。从西藏自治区教育状况统计数据可以得知，在1951年之前，知识被寺院垄断，青壮年文盲率高达95%，即使到2000年，西藏自治区青壮年文盲率仍然达到39%，直到2015年才降到0.52%[②]。此处暂不考虑识字与阅读文学作品之间的距离，以及藏语作为拼音文字，在拼读和组词造句之间的差别。如果将西藏自治区的识字率大约相等于整个藏族人口的识字率，那么在1951年以前，甚至包括1951年之后相当一段时期，作为研究对象主体的书面文学，在藏族社会中的实际读者人口比例少于整个藏族社会人口的5%。

相较于在西方和中国文艺研究中已经相对充分的书面文学和视觉艺术的接受问题研究，口头传统的接受问题研究较少。西方口头传统理论的巨擘其实在20年多前就已经注意到了学科发展中出现的"接受"（理解）问题和打破书面、口头分野的边界问题[③]，

[①] 吴健礼：《浅议"仲、德乌、苯"在古代吐蕃社会中的作用》，《西藏研究》1997年第3期。

[②] 刘刚、边巴次仁、白旭、德吉：《60年关于西藏的真相与谎言》，《人民日报海外版》2011年5月23日；教育部："西藏自治区教育""中国教育年鉴2000"，网址：http://www.moe.gov.cn；黎华玲：《西藏青壮年文盲率降至0.52%》，2015年，新华网，http://www.xinhuanet.com。

[③] 弗里、朝戈金：《口头程式理论：口头传统研究概述》，《民族文学研究》1997年第1期。

不过至今学界仍旧只是简略提及，并无太多深入论述。

口头传统认为"书面文学诉诸目，口头文学诉诸耳"①，口头传统的传播是采用演述（performance）的方式，每一次的演述都是一次重新的创编（composition），很多情况下进行重新创编的人可能就是同一名演述者。"口头传统传播的核心就是在演述中重新创编。传播（transmission）是更广泛理解接受的关键。"② 从这个意义上来说，书面文学是在被传播出去以后，才被受众读到，广泛的欣赏行为才开始发生。但被演述的口头传统的接受行为是从传播的过程中就已经开始了，并且口头传统的创编过程允许在公众看到听到演述者的每一个新场合都进行重新创编。"口头传统在接受和表演间有一个有机连接"③，因为没有演述能够离开成功的接受而单独存在。受众的反应在格萨尔史诗中的作用是显而易见的。

不过，出于两方面考量，这种严格的区分不再具有普适性：其一，弗里将口头诗歌按介质不同分为四类：口头演述、声音文本、往昔的声音与书面的口头诗歌，对应的受众欣赏方式为听觉、听觉、听觉/书面和书面④。所以口头传统完整的欣赏方式涵盖了口头与书面两种介质。其二，书面文学的阅读活动确是在纸质书刊发行结束才开始，但其传播过程远远早于此，评论、口碑与权力的捆绑和市场销售推广是从书面文学诞生之始就从未与文本分开的，这些都进入到书面文学被读者接受和建构过程中，与具体的读者阅读接受难以切割。基于此种分析，打破刻板的"书面/口头"界分，将口头传统视为完整主体分析其理解（接受）问题，是可行并必要的。

"接受"（Reception）一词在文艺学各部门广泛使用，虽均指作品被受众欣赏的过程，但具体含义相异。比如《荷马史诗》的研究学者

---

① 朝戈金：《"回到声音"的口头诗学：以口传史诗的文本研究为起点》，《西北民族研究》2014年第2期。
② Nagy, G., The Earliest Phases in the Reception of the Homeric Hymns. In *The Homeric Hymns* (p. The Homeric Hymns, Chapter 13), Oxford University, 2011, Press. 281.
③ Nagy, G., The Earliest Phases in the Reception of the Homeric Hymns. In *The Homeric Hymns* (p. The Homeric Hymns, Chapter 13), Oxford University, 2011, Press. 281.
④ Foley, John Miles, *How to Read an Oral Poem*, Urbana and Chicago: University of Illinois, 2002, p. 52.

他山之石

受接受理论影响,在古典学领域基于20世纪20年代的"古典传统"(classical tradition)理论,兴起了古典学接受研究(classical reception studies),并在进入21世纪以后终于走进主流视野,成为古典学的一个热门的话题[1]。古典学的接受研究探讨的是"接受"的其中一个维度,即古希腊文学与拉丁文献如何从古至今在跨文化的互动中被接受,并通过文学、艺术、音乐和影视影响至今。

在格萨尔史诗说唱中,"理解(接受)"有许多层次的内涵。首要的意义就是观众认可眼前的说唱者。著名的《格萨尔》说唱艺人桑珠在学习说唱的过程中,正式成为一位出色的说唱者的标准,就是得到听众的认可和接受,观众宽容地夸赞当时还是年轻人的桑珠比他祖父唱得还好。由于他祖父是一位已经享有盛誉的著名《格萨尔》说唱艺人,观众的认可是桑珠后来坚持学习并且最终成为一名杰出艺人的重要支撑。而最终被认可为"杰出",也是听众的选择。[2] 听众的游牧生活状态决定了说唱艺人也不得不随之流浪,但流浪的经历也让艺人们增长了见识,丰富了自己的故事,使得说唱变得更丰富生动有趣。为了适应各地听众的方言和口音,说唱艺人们还会学习各地的方言和词汇,在不同的地方尽量采用当地的方言、语汇和音调,让听众们能更容易听得懂和喜欢。比如桑珠本人虽然是昌都人,说话带有浓重的康方言色彩,但他会有意识地摒弃康方言中的生僻词汇,不断学习各地的民间谚语和歌谣,丰富自己的说唱内容。[3]

"理解(接受)"的第二层含义是观众会参与格萨尔史诗说唱的过程。"某家富裕的牧户或者某个寺院、某个活佛,或某个家族请仲肯说唱,或者仲肯在某个节日里演唱时,他的听众希望听那哪部,他就得说唱哪部,听众希望他说多长,他就得说多长。换言之,无

---

[1] Tatum, James, "A Real Short Introduction to Classical Reception Theory", Arion: A Journal of Humanities and the Classics, 2014, 22 (2): 79; Budelmann, Felix; Haubold, Johannes (2008). "Reception and Tradition", In Hardwick, Lorna; Stray, Christopher (eds.), A Companion to Classical Receptions. Malden, MA: Blackwell. p. 1.

[2] 旺秋:《在漂泊的生活中——介绍〈格萨尔〉说唱艺人桑珠》,载赵秉理主编《格萨尔学集成》,甘肃民族出版社1990年版,第1786—1787页。

[3] 参见杨恩洪《民间诗神:格萨尔艺人研究》,中国社会科学出版社2017年版。

论什么时候,他都能坦然面对听众,并使听众满意"。① 在讲述的过程中,现场观众的反应会直接影响艺人的说唱。积极的反应对艺人是一种鼓励,而消极的反应也提醒着艺人需要立刻调整自己的演述。观众还起到相声里"捧哏"的效果,在说唱的过程中帮腔、附和,甚至有的观众会跳出来补充或反驳,继续这场演述。

"理解(接受)"的第三层含义类似于我们所说的前理解,一种知识准备。在口头诗学中,用一个词叫"传统指涉性"(traditional referentiality)来描述这种解释学意义上的前理解结构,是传统本身所具有的阐释力量。② 史诗故事之间相互勾连,从任何一部史诗部本开始讲述的时候,并不需要艺人对所有的背景知识重新做一遍介绍。史诗演述的场景,其实已经默认了演述者和听众之间针对有关的经验和价值判断达成了共识。听众已经具备了关于当地风物的知识、人物所处环境和生活方式的知识,所以自然而然就带入情境之中了。比如阿尼玛卿雪山是格萨尔大王的寄魂山;黄河源头的扎陵湖、鄂陵湖和卓陵湖是嘉洛、鄂洛、卓洛三大部落的寄魂湖;四川德格县的阿须乡是格萨尔的故乡等。而如果缺乏这种知识的人,即便是听得懂藏语,也未必能完全听懂故事,这就类似只会汉语而不知道北方生活的人听不懂相声,以及虽然会一些英语但是并没有办法听懂英文脱口秀节目一样。

除了个体体验之外,格萨尔史诗中呈现出来更重要的是一种集体的记忆。位于青海省果洛藏族自治州甘德县的德尔文部落被中国社会科学院民族文学研究所和全国《格萨(斯)尔》工作领导小组办公室命名为"《格萨尔》史诗村",还被推荐进入联合国教科文组织"非遗"优秀实践名录。该部落现有400多户,900多人,均从事牧业劳动。他们的思维、生活方式非常传统,口头方式是他们相互交往、交流的主要媒介。部落内部的制度和契约完全以口头形式确定,谈话时往往使用史诗时代人物的口吻相互戏

---

① 参见周爱明《〈格萨尔〉口头诗学》,博士学位论文,中国社会科学院研究生院,2003年。
② 巴莫曲布嫫:《叙事型构·文本界限·叙事界域:传统指涉性的发现》,《民俗研究》2004年第3期。

> 他山之石

谑，日常生活中也常常举行许多与《格萨尔》有关的节日活动和宗教仪式。他们将自己的祖先追溯到岭国大王格萨尔，认为自己祖先的血统来自于董氏华秀部落，是藏族六大姓氏之一，格萨尔就被人为是董氏部落的后代。他们还常常自称是"岭国某某人的化身或转世"，部落也出了多位著名的《格萨尔》说唱艺人。生活在20世纪30年代的掘藏大师谢热尖措就诞生在德尔文部落，他被认定为岭国大将治·尕德曲君威尔纳之子南卡托合杰的转世，他的掘藏作品有《大食财宗》《秘密赛马称王》《香雄珠宝宗》（已散佚）、《上师修供法》《甚深教法》及《格萨尔修供法》等。除此之外，素有"说不完《格萨尔》艺人"之称的昂仁被认为是格萨尔股肱之臣米穷卡德的转世；德尔文吾洛，又叫特多昂加，被认定为格萨尔王大将噶德香文尖的转世，著有《阿斯查宗》《赛马成王》等；喇麻德华为蒙东江德拉赤噶的转世，著有《蒙岭之战》《开拓玛域疆土》等。①

㈣ "我在什么场合能听格萨尔？"——关于《格萨尔》与口头诗学的功能问题

许多《格萨尔》说唱艺人都不约而同讲述过同一个叙事：格萨尔在闭关修行期间，爱妃梅萨被黑魔王鲁赞抢走。为了救回爱妃，降服妖魔，格萨尔王出征魔国，途中因为匆忙，他的宝马不小心踩死了一只路上的青蛙。格萨尔王觉得即便是无意，造成如此杀生的结果也很痛心。于是将青蛙托在手上，轻轻抚摸，并虔诚地为其祈福，希望这只青蛙来世能投生为人，并且能将格萨尔降妖伏魔、造福百姓的故事告诉所有的黑发藏民。艺人们相信，这就是世上第一个《格萨尔》说唱艺人的前世经历。② 这个故事提示我们说唱艺人的职责是说出格萨尔大王的丰功伟绩。可

---

① 诺布旺丹：《〈格萨尔〉史诗的集体记忆及其现代性阐释》，《西北民族研究》2017年第3期。
② 降边嘉措：《格萨尔论》，内蒙古大学出版社1999年版，第516—517页。

是为什么需要艺人们在某一个场合来宣传格萨尔大王的某一个故事呢？

在构成史诗语境的六种元素之外，还有一种元素叫"前事件"，指史诗演述的目的、功能和意义，规定了"这一次"史诗演述事件发生的前提。比如荷马史诗的演述在流传过程中曾经有一个常态化的演述场景——泛雅典娜赛会。这个具有季节性反复举办的活动成为荷马史诗演述的正式场合，也形成了演述传统，或者说一种被称为"中心化语境"的场景。与格萨尔史诗相似的另一部重要的史诗《江格尔》就具有五种最常见的演述场景：1. 日常聚会上的演述；2. 春节和庆典上受邀进行的演述；3.《江格尔》比赛中的演述；4. 在军营里应邀进行鼓舞士气的演述；5. 敖包祭祀上的演述。[①] 如今观众们最容易看到的格萨尔史诗演述的场合基本都在各种节日庆典上，在那曲等地的格萨尔仲肯茶馆也可以看到艺人的表演。

如今我们看到美好的表演都觉得是很好的休闲娱乐内容。现在《格萨尔》大量出现在各种节庆活动和晚会、综艺节目的表演中，但我们不能忘记它所具有的目的、功能和意义。20世纪中叶著名的法国中国学家和藏学家石泰安（Rolf A. Stein）在内蒙和藏区考察时记录的《格萨（斯）尔》说唱就说明了一部分的现实功能：史诗说唱与巫术和宗教密切联系起来，对观众而言更是在狩猎和战争中获得有利条件的一种仪式。在狩猎过程中，说唱艺人是能吸引猎物的巫师；土族《格萨尔》是在春节的夜间由萨满说唱的；青海热贡、霍尔和果洛人在葬礼筵席上演唱《格萨尔》，在演唱中人们相信如果在一片撒上糌粑的土地上让艺人连续数日说唱《格萨尔》史诗，会在地上的糌粑粉上看到格萨尔王的马蹄印。[②]《格萨尔》的"地狱篇"总是鲜有人讲，除了因为它是最晚被创作的部本之一，还有民间信仰认为艺人说完"地狱篇"就会很快离开

---

① 乌·纳钦：《史诗演述的常态与非常态：作为语境的前事件及其阐析》，《民族艺术》2018年第5期。

② 石泰安：《西藏史诗与说唱艺人研究》，耿昇译，西藏人民出版社1993年版。

他山之石

人世。①

　　除了上述常态化的演述场景，还有偶发的非常态场景需要说唱史诗，最主要的非常态场景包括灾害、战乱、瘟疫和疾病。石泰安就记录过蒙古族《格斯尔》的说唱并不是为了文化娱乐和欣赏，而是"消灾除病"和战神供奉仪式。②蒙古族史诗歌手苏勒丰嘎说他学会演唱《格斯尔》的渊源正是因为，"在他小的时候，村子里流行牛瘟，死了很多头牛。长辈们为了除瘟祛邪，邀请史诗歌手普尔莱演述了一部《格斯尔》。普尔莱端坐在圈着病牛的牛圈里演述史诗，年少的苏勒丰嘎在一旁听着这场史诗演述，便学会了普尔莱的那部《格斯尔》"③。藏族人也是如此，民众相信史诗演述的时候，不光是老百姓会聚集起来，周围的山神也会来参加。听到史诗演述的山神也会对人产生好感，使人畜免遭疾病危害。民众认为哪里有灾有难，只要请艺人来说唱一段《格萨尔》，就能消灾避难。不同的场合演唱《格萨尔》的不同部本，既是应景，也能产生相应的祈福功能。比如赛马会上演唱"赛马称王"；喜庆日子或者贵族、头人家生孩子，会演唱"天界篇"和"英雄诞生"；外出经商的人会请艺人演唱"大食财宗""汉地茶宗"和"雪山水晶宗"等，都是对史诗神力崇拜和灵活功能场景的表现。④

　　对百姓来说，不光是听《格萨尔》演述可以消灾禳祸，在家里保存《格萨尔》的唐卡、刻本和抄本也有类似的功效。一些人家里不惜用一头牦牛换一部《格萨尔》手抄本，像供奉大藏经一样供奉起来，有些家庭还把抄本藏在夹墙里永久封存作为传家之宝。据说甘孜地区有一家人藏有三部手抄本，别人用15头牦牛换

---

　　① 徐斌：《格萨尔史诗说唱仪式的文化背景分析》，《西南民族大学学报》（人文社科版）2006年第8期。
　　② 石泰安：《西藏史诗与说唱艺人研究》，耿昇译，西藏人民出版社1993年版。
　　③ 乌·纳钦：《史诗演述的常态与非常态：作为语境的前事件及其阐析》，《民族艺术》2018年第5期。
　　④ 丹增诺布：《〈格萨尔〉史诗的神圣性与演唱仪式》，《西藏艺术研究》2012年；周爱明：《〈格萨尔〉口头诗学》，中国社会科学院研究生院，博士论文，2003年。

他都不同意。①

  对艺人来说，影响现场发挥的除了观众的反应，还有"为什么演唱"的问题。过去桑珠老人就说，以前要到人家里去讲，环境很安静，给老百姓讲是为了让听众高兴，不一定需要按照顺序来，是按照"缘分"来讲。而如果是为录音讲《格萨尔》，要求就不一样了，因为要考虑研究需要，内容就要考究，不能随便发挥。录音的节奏与现场不同，说唱会因为磁带翻面这样的事情被打断，这是现场说唱不可能发生的事。同时现场说唱演出也会受制于节目整体安排，有时候只有十几分钟的时间来说唱一段，那就"不是讲故事，只是表演"了。②

  此外，在藏区，格萨尔史诗内容与文化传统已经如此紧密，很多情况下已经不是简单的功能问题，有一些仪式节庆已经与格萨尔史诗融为一体。比如每年藏历六月的"世界公桑"（世界大祭奠日），德尔文部落的全体成员会汇聚到神山之下，举行集体煨桑祭祀活动。这是一年中该部落最重要的集体性节庆活动，通过公共煨桑仪式供养三宝、格萨尔王、护法神、战神、地方神和土地神等，祈求众生平安。当天，也一定会有纪念格萨尔大王的赛马大会和艺人史诗说唱、格萨尔羌舞和藏戏表演。节日、仪式与史诗经年累月地交融往复，融为一体，巩固了部落内共同世界观、理念和知识的传承，也形成了文化意义的再生产。③

---

① 周爱明：《〈格萨尔〉口头诗学》，博士学位论文，中国社会科学院研究生院，2003年；徐国琼：《藏族史诗〈格萨尔王传〉》，赵秉理主编，《格萨尔学集成》，甘肃民族出版社1990年版，第682页。
② 周爱明：《〈格萨尔〉口头诗学》，博士学位论文，中国社会科学院研究生院，2003年。
③ 诺布旺丹：《〈格萨尔〉史诗的集体记忆及其现代性阐释》，《西北民族研究》2017年第3期。

文化互鉴:《格萨尔》与荷马史诗

罗文敏[*]

罗文敏

我很喜欢"读万卷书,行万里路"。前者强调增智慧,后者强调长见识,缺一不可。

---

[*] 罗文敏,汕头大学文学院教授。

文化互鉴：《格萨尔》与荷马史诗

一 思考"经典化"：荷马史诗与《格萨尔》

有两个表述不同的习惯性用词：诗人荷马；《格萨尔》艺人。简言之，不应当在把荷马史诗的创编者荷马称作诗人的同时，而将格萨尔史诗的创编者（或吟唱者）称为"艺人"，因为后者容易产生误解和误导。而事实上，我们很多人在研究《格萨尔》时却一直习惯且较为固定地称《格萨尔》吟唱者为"《格萨尔》艺人"。

"艺人"这个词语本指民间艺术创作者（如泥塑艺人、木雕艺人等），后来在20世纪后期开始起常被用来指影视歌等舞台与银屏中的表演者。即便是指此前的表演者时，也多易于被人理解为街头靠表演糊口者，多半不会想到伟大的民族史诗《格萨尔》的吟唱者。

希腊人对诗人荷马的认同与尊崇，多是跟其民族情感与想当然的成分有关，而这种尊崇之共识的达成，主要是其基于散见于史料中的记载及因之而形成的认知传统。荷马承继自远古而来的口头传统，且具有无法超越的天赋，他比任何诗人都更接近于神圣，故而阿里斯托芬[①]称荷马为"神圣的荷马"，后自柏拉图到亚里士多德都赞美了荷马超绝的天资。古人对荷马的赞叹，主要是崇尚其史诗之建构技巧与富含思想之语言的驱遣能力。在古希腊人的眼里，荷马不仅是诗人的代表，更是古希腊"民族精神的塑造者，民族文化的奠基人"[②]。"作为受到长期和普遍认可的希腊民族的教师，荷马的影响长盛不衰于常识统治的全部领域——政治、历史、语言、地理、民俗、战争、工艺、道德、神学意识、世界观、行为规范——在所有这些方面，荷马所提供的史诗知识一直是受到重视的行动指南。"[③] 至少在公元1世纪及其之前，提及"诗人"，人们

[①] 阿里斯托芬（前446年—前385年），古希腊喜剧代表性作家。与哲学家苏格拉底及柏拉图有交往。

[②] 陈中梅：《荷马史诗研究》，译林出版社2010年版，第5页。

[③] 参见 G. W. Most, "The Poetics of Early Greek Philosophy", *The Cambridge Companion to Early Greek Philosophy*, p. 336. 转引自陈中梅《荷马史诗研究》，译林出版社2010年版，第11页。

他山之石

都知道是特指荷马。

这种认知传统以及对荷马及荷马史诗的重视之原因是多方面的。我们这里要强调的首先是作为该史诗之"法定创编"诗人的荷马的地位及其在民族文化传统形成中的巨大作用，所能够引起我们深思的诸多方面。鉴于格萨尔史诗诗人的相关论题会在本书其他章节专论，此处仅为本视角的提及并引发读者思考之目的。

"诗向来是一种神奇的东西，在生产力落后，人们的智力和智性尚待开发的古代尤其如此。"[1] 而英雄史诗具有赞颂英雄事迹所具有的神圣使命，从而使得吟诵英雄史诗的诗人理所当然地被赋予了神圣的地位。在欧洲，从公元前8世纪荷马口中成型的荷马史诗吟诵直至公元18世纪的民间史诗吟唱，可以认为都是如此。荷马是神圣的诗人，《格萨尔》艺人也应如此。但是，具体情况也并非如此。首先，荷马的诗才及其诗风具有堪称"绝顶"和"无与伦比"的神圣性，这个，无需再加讨论。但是，"荷马的子弟们"以及后世其他吟唱荷马史诗的人，他们只是继承并"运送"了荷马史诗这一财宝的人，毋庸讳言，他们的功绩相比荷马的"创编"（或者"巧制精编"）要逊色得多。而在格萨尔史诗的创编和传承过程中，由于目前似乎学界并不能确知先前曾有类似荷马这样一位具有相对"元创编"性质的人物，而且，藏族史诗《格萨尔》目前的文本记载之路仍很漫长，仍在活态传承向第二阶段过渡的阶段。[2]

在与荷马史诗的比较研究中，我们有可能会不经意间形成这样的一个判断：荷马史诗之所以能作为经典传颂至今的一个主要原因是，它较早地完成了文本化。[3] 众所周知，关于荷马史诗，我们采信如下根据文献考证所提供的重要资料及其时间节点，敬请留意：

---

[1] 陈中梅：《荷马史诗研究》，译林出版社2010年版，第3页。
[2] 一般认为，史诗的传播分为三个时段：口耳传承阶段；口耳传承与文本记载并行阶段；文本记载阶段。截至2020年年初，荷马史诗在世界各地基本处于第三阶段——文本记载（传承）阶段，而《格萨尔》则很明显地处在由上述之第一阶段向第二阶段过渡的时段。
[3] 请注意，是一个主要原因，而不是全部原因。尽管如此，此观点仍很可能被国内某些学者所诟病，因为后者近乎独尊"活态史诗"且认为史诗的文本化就是史诗被扼杀生命力的"风干"过程；文本化的史诗无疑是一具僵尸。

公元前 1220 年（或稍后） 特洛伊陷落。

公元前 1200 年前后 希腊英雄史诗发展成为一种趋于定型的口诵文学样式。

公元前 1150 年 迈锡尼最终被毁。

公元前 9 世纪 有关特洛伊战争（及其英雄奥德修斯返家）的故事，早已开始流传。此前，已成套路的故事内容可分四类：攻城掠地；抢劫财宝；争抢婚配；战杀魔怪。创编某一系列的吟游诗人（或史诗歌手）可从中自由选取。

公元前 775 年—前 700 年 荷马创编（"巧制精编"）传世经典"荷马史诗"[①]。此前，荷马史诗的相关素材片段，已在民间被传唱了"几个世纪"[②]；

公元前 645 年前后 荷马史诗即被忒耳潘德罗斯（Terpandros，活动年代约在公元前 645 年）在斯巴达唱诵[③]。

公元前 6 世纪 荷马史诗（《伊利亚特》和《奥德赛》）的书面规范诵本（裴西斯特拉托斯版本）出现。雅典执政官裴西斯特拉托斯（又译庇西特拉图 Peisistratos）指派俄诺马克里托斯（Onomacritos）从众多的手抄本中整理和校勘出日后成为规范诵本的《伊利亚特》和《奥德赛》，作为吟诵诗人们（rhapsōidoi）选材的依据。

同时，裴西特拉斯托斯还将吟诵荷马史诗增列为每年一次的泛雅典庆节（Panathēnaia）里的比赛项目。吟诵诗人的活动促进了荷马史诗的流传，扩大了它的影响，为它最终进入千家万户创造了必要的条件。[④]

此处顺便强调两个时间的先后问题。在荷马创编荷马史诗之前，有两个重要事情发生：前 780 年后，希腊字母产生；前 776

[①] 即《伊利亚特》和《奥德赛》。由于荷马史诗指此二者，故一般不用书名号把"荷马史诗"括起来，就好像古印度史诗指的是《摩诃婆罗多》和《罗摩衍那》。

[②] 原文为"a couple of centuries"，参见 R. Janko, "The Homeric Poems as Oral Dictated Texts", CQ48〈1988〉, p.6. 转引自陈中梅《荷马史诗研究》，译林出版社 2010 年版，第 15 页脚注。

[③] 参见陈中梅《荷马史诗研究》，译林出版社 2010 年版，第 28 页。

[④] 参见陈中梅《荷马史诗研究》，译林出版社 2010 年版，第 28 页。

> 他山之石

年，首次古代奥林匹克赛会举办。也就是说，不能认为荷马史诗的创编是在尚无古希腊字母的纯口耳相传的时代；不能认为是荷马史诗中首次出现（但它的确细致描述了）源自民间的古希腊奥林匹克体育竞赛（见《伊利亚特》第 23 卷八项竞赛与《奥德赛》里的水球等体育运动的描述）。

同时强调一个知识点：荷马史诗是英雄史诗，属于英雄体叙事诗，其步格是六音步长短短格。长短短指的是音节的排列，其核心是每个音步的重音和轻音的排列顺序问题。音节上的重音，朗读时读长音，是扬（重）；非重音节，朗读时是短音，是抑（轻）。步格可以简单理解为由抑/扬排列（如"扬抑抑"格，即"重轻轻"音，有如"蹦—擦—擦—，蹦—擦—擦—"）而形成的节拍与节奏。所以明确为：汉语古典诗词讲究平仄押韵，古希腊语诗歌则讲究长短音节的序次，无需押韵。所以对于有些学者根据有些译本[①]的表达而轻松推断出"荷马史诗是押韵的"这种表述，要谨慎接受。而英译本和汉译本等从古希腊语译出的上述句尾押韵的文本，是在无法于目的语中保留原史诗之步格的情况下，竭诚尽智地在诗行对应的前提下，以尽多押尾韵来彰显诗歌的韵律美。换言之，步格难留，尾韵补之。

综上来看荷马史诗的传承，自公元前 8 世纪出现以荷马之名命名的该史诗特定口头（及其手抄本等）文本，到公元前 6 世纪以裴西斯特拉托斯规范定本出现，仅仅两个世纪的时间。这一点是需要特别留意的。同时需要特别强调一下继荷马史诗吟唱本（包括民间手抄本）而来的荷马史诗规范定本（公元前 6 世纪）的效用和影响：

1. 定分止争，益于保护。产生"车同轨，字同文"的统一与规范效应，使群起争雄的混乱消于无形。设若待得荷马史诗的故事吟唱片段派生出几十种相对完整的吟唱（讲述）文本并被刊印进而形成多足鼎力的局面，则一方面说明其原因是早先的每一种

---

① 譬如英文版的《伊利亚特》第 2 卷里的 "So when inclement winters vex the plain/ With piercing frosts, or thick-descending rain"，以及译林版（2010）陈中梅汉译本《伊利亚特》22.139 – 144 里的"像……羽鸟，/……尖叫，/……火燎；/……窜跑。"

文本都无法超群而脱颖，另一方面，此种多足鼎力的局面一定程度也形成了固化自身、排斥对方、抑制统一的文本"割据"①。而这种规范诵本在定分止争的同时，也引导该史诗的传承与研究，后者本身就是最重要的保护。简言之，在无规范诵本的情况下，各诵其本、即兴增删的游吟诗人赋予史诗文本极大的分岔与变异可能。雅典执政官梭伦等有识之士都意识到此问题并做出具体要求，这也促成了裴西斯特拉托斯定本的出现。

2. 扩大受面，促进传承。规范的文本扩大了受众面，便于荷马史诗传承，也促进了传承方法之交流。正如国内著名的荷马史诗研究专家陈中梅先生所说，"吟诵诗人的活动促进了荷马史诗的流传，扩大了它的影响，为它最终进入千家万户创造了必要的条件"②。在局部地区、局限人群间传承的史诗，受众面必然有限，其经典魅力的被了解、被认知和被颂扬，也同样受限。而后者对史诗本身的完善与改进（再定本）也是一种无形的抑制。

3. 竞比优胜，强化动力。使年度泛雅典庆节的荷马史诗比赛，有了评判依据和提升目标，规范诵本除产生尺度与衡准的效用，还有标杆和典范的影响。以规范诵本为对象，通过竞赛选拔优秀的史诗歌手，带动史诗吟诵活动，培养提高受众的审美欣赏水平，在此施—受关系的互动强化过程中，增强史诗传承的效果和力度。

4. 引发研究，深化经典。"早在公元前六世纪的下半叶，古希腊学者已从语义和喻指（allēgoria）的角度出发，对荷马史诗进行了开创性的研究。"③ 荷马史诗对古希腊哲学三贤的影响及后者对前者的研究此不赘述，仅是公元前4世纪的亚里士多德的现存著作中就有114次摘引荷马史诗。经典作品的经典魅力，往往是经典论家的经典论述辉映增色而光耀后世。

---

① 当然，也有学者持反对意见，认为作为民间文学代表性作品的史诗的魅力与生命活力恰好就在于这种不仅是灵动的、活态的，而且是非整齐划一的，是多样的。但这种看法仅仅盯紧了民间文学的一个方面或是其发展历程中的一段而忽视了整体、宏观，尤其是忘记了我们是在从事研究，而研究对象是需要在文本上表述的，尤其是现代的人文社科研究活动及其成果的发表和出版，更是离不开对规范文本的引用。

② 陈中梅：《荷马史诗研究》，译林出版社2010年版，第28页。

③ 同上书，第28—29页。

他山之石

那么，至今活态传播并似乎要过渡到史诗传承之第二阶段（口头传承与书面传承并行）的格萨尔史诗，早已出现过被公认类似荷马角色的人物扎巴老人①，但当时由于认识水平及时代局限等多种原因，扎巴老人被岁月蹉跎。但同时，距今四十多年前扎巴老人的录音26部（包括小宗）至今才整理出版了17部，这种如荷马史诗之具有代表性的文本，且不论对其记录本进行勘误与规范，即便其不完整的吟唱记录本，迟滞至21世纪的今日尚不能让世人见到。那么，除去这项工作本身之艰难繁重而外，恐怕还有别的原因。而且，恐怕如荷马史诗之规范吟诵本的《格萨尔》文本，也许永远只能在路上了。

也许是因为格萨尔史诗传承发展的特定历史时段或特定文本特征，使《格萨尔》并不便出现如荷马之创编者以及其史诗规范吟诵本。为何如此说呢？

其一，从特定历史时段的角度来看。时代进步带动中国各地区经济文化发展，电视电影及各种影音媒介抢占了闲暇时光里各年龄段受众的视线所及，再加交通的便捷化、网络的全覆盖、牧民的定居化以及手机的全民化，2020年的《格萨尔》（乃至全球各地的民族史诗基于"民众围坐聆听"之场域）的民间吟唱，除收费表演或"被安排"而摆拍于摄像机前的情况外，其余实在难觅其现场吟唱之踪影。不过，经由如下几种"非传统"的传播途径可以传播格萨尔史诗诗人的吟唱音视频：无线电广播节目，音频；电视节目，音视频；网络，音频或音视频组合；手机公众号或微信群，音频或音视频组合。但这仅是搭建了信息传递之"施—受"对应关系平台，何况音视频资料本就占用巨大的存储空间，相对于超长史诗《格萨尔》的全貌而言，普通民众所能接触到的内容依然仅是其九牛之一毛，更别提基于全面接触史诗的民间史诗传承乃至史诗口头吟唱诗人的接续培养与代际更替，如此下去，史

---

① 扎巴老人确可算作藏族史诗《格萨尔》传承史上的荷马式人物，可惜他创编的文本似乎未能有完整记录或承传（"扎巴老人留下了近千小时的说唱录音，计26部，虽然没有完成全部说唱，但老人可谓鞠躬尽瘁了。"见中国民俗学官网，杨恩洪的文章，https：//www. chinesefolklore. org. cn/web/index. php? Page = 3&NewsID = 13772）。

诗《格萨尔》深入千家万户之人心的愿景远难达成。

其二，从特定文本特征的角度来看。当然，对于上述"规范文本"这个表述，在《格萨尔》研究的学术界本就有不同声音。有些学者认为，试图求统一定本的这种"版本思维"，本就属研究作家文学之思维惯势，与研究灵动而不定型之民间文学的思维相对立；这种试图通过人为加工的方式（譬如所谓的"去粗取精"）来"规范"变动不居的民间文学演述场域的随机性文本的做法，就是一种固守"理性＞感性""文字语言＞声音语言"的逻各斯中心主义的表现。同时认为，这种动辄以荷马史诗为固定背景来"鉴定"《格萨尔》的比较研究，是一种或隐或显的西方中心主义的表现。尽管可能会有批评者持此种反对意见，但我们只要不是刻意以厚此薄彼的态度去做比较研究，就无需理会此种干扰而错过因此种视角所能够给我们带来的启发或深思。相对于荷马史诗两部分（《伊利亚特》《奥德赛》）共有约2.8万行的篇幅，民族史诗《格萨尔》约有百万行，而且一直以来我们研究者中很多人都是以《格萨尔》作为世界最长的史诗而自豪。且不论史诗之伟大是否以长短论，单是我们此前早有提及的那一点对我们认识伟大史诗《格萨尔》就是很大的阻碍，那就是：由于《格萨尔》的超长篇幅，极少有人能够遍览（聆听完）整个史诗。同时，又由于《格萨尔》的每个分部相对于其他分部而言，有着很大的独立完整性或言自足性，从而在一定程度上在该分部的结尾使自身就实现（完成）了对受众悬念感的满足（开篇问题已解决）。于是，从情节角度看，《格萨尔》的多个分部本就如同一座山基上的群峰并立。这就有点儿类似于翻山越岭刚到山脚下的人，不太容易一口气再去攀登旁边的另一座山峰，何况两座山峰的"路径"（情节节点和语言风格）多少有些类似。简言之，《格萨尔》的这种近似多部史诗按照英雄格萨尔年岁时序来续接的"史诗组合"的文本特征，可能也在一定程度上成为自己文本规范化（定本化）的牵绊因素。通俗地说，该史诗的此种文本特征无形中保护了自己的分部本自身的扩容以及部本之间插入其他部本的可能。殊不知，众人引以为豪的后者这一特征（部本内扩容＋部本间插部本）无

他山之石

形中使得史诗自身变得超长以至众人难见其全貌，近似"神龙见首不见尾"之"大到无形"，换个角度看，这不就是一种美丽的"遁形"吗？那么，我们是否可以说那些借空口美化《格萨尔》以"促进《格萨尔》遁形"的人，也算是一种居心叵测的"捧杀"呢？因为我们毕竟还是真心希望民族史诗《格萨尔》被世界人民真正见识到并传承下去，而不是仅仅存在于"远方"或"听说"中。当然，这种急于一览民族史诗（包括《格萨尔》《江格尔》《玛纳斯》）全貌的欣赏者以及研究者，只是一部分人而已。

我们都知道，为抢救与保护活态民族史诗，首先应是，尽多留下史诗诗人演述该史诗整个内容的演述全场域音视频（包括现场观/听众的镜头）；其次应是，全面整理并确定出代表性诗人演述音频的文字文本。尽管其文本必然仅是记录史诗吟唱者在演述场域中的语词部分（意味着记录的只是"去除了垫词与赘语等之后的"非音乐性声音，即可对应记录为文字的部分），但我们不能因噎废食，因为太崇尚史诗的"活态演述场域"及其所伴随的音乐性而拒斥其文字信息的"被析出"（"被整理而面世"）。概而言之，文本化并非伟大史诗令人担心的终结，反而可能是她真正伟大化的开始，譬如荷马史诗公元前6世纪的裴西斯特拉托斯定本。

不过在此我们特别强调，不能就此忽略了世界英雄史诗的每一部都与其他史诗有着千差万别的情况，的确不可用荷马史诗来框限我们的民族史诗《格萨尔》，尤其是有着那么多"调式"类型的《格萨尔》音乐唱调，更是荷马史诗所不可媲美的。尽管格萨尔史诗诗人的角色在旧时代也与国外文学所提及的"行吟诗人"（"游吟/吟游诗人"）类似[①]，但由于社会制度、地理与交通等因素的巨

---

① 网络百科上对"游吟诗人"的解释中，认为他们"是中世纪的特产"，且以英法为中心局限性地思考问题而表述为"早在公元1世纪，拉丁作家卢卡努斯就把吟游诗人说成是高卢或不列颠的民族诗人或歌手"（见百度百科）。这种表述显然是不合适的。因为，游吟诗人早在公元前12世纪中期（迈锡尼王朝覆灭后的黑暗时期）就已经促使史诗"初步成熟"了，至迟"在公元前九世纪，吟游诗人可资取用的素材已相当芜杂、繁复，在规模上已为长篇史诗的成型创造了条件"（参见陈中梅《荷马史诗研究》第15页注释）。

大差异，古希腊与中国藏族古代史诗诗人的身份地位差别①也很大。相关内容的如下要点需留意：

1.《格萨尔》的音乐性与抒情性很强，而荷马史诗的音乐性与抒情性比较弱。人们一般习惯于把弹拨竖琴与游吟诗人必然联系在一起，但在欧洲的游吟诗人中，仅有一部分是史诗吟诵者（诸如荷马史诗"片段②"的诗人）。尽管《奥德赛》描述了游吟诗人德摩道克斯吟诵奥德修斯故事的片段时是弹拨竖琴伴诵的，也能断定荷马是用竖琴伴诵的，但在古希腊，竖琴伴诵的主要是抒情诗（古希腊悲剧中的抒情诗的伴诵乐器是管箫而非竖琴）。对于荷马史诗，"其实，公元前六世纪的 rhapsōidoi 诵诗时已不携用竖琴，而是代之以一根表示身份的 rhabdos（节杖）"③。简单说，荷马史诗是吟诵出来的叙事诗，不是歌唱出来的抒情歌。但是，在《格萨尔》中，抒情性很强的诗唱（韵诗歌唱）篇幅占比很高，至少占六成乃至七成的比例，尤其是我们前文所说的"曲调"或"调式"更是《格萨尔》音乐性（诗唱性）、抒情性的最鲜明特征之一。

---

① 作为"介于神和听众之间的'通神的'凡人"的史诗诗人，在荷马史诗中有着很尊贵的社会地位，在《奥德赛》第八卷第43—45行与第477—480行以及其他地方都可以看到。所以陈中梅说史诗"诗人不惧怕贴近社会的上层，似乎已经习惯于在宫廷里所受到的上宾之礼，丝毫没有受宠若惊的慌张表现"（参见陈中梅《荷马史诗研究》，第70页）。与荷马史诗诗人受到上宾之礼遇相似，史诗《格萨尔》诗人扎巴老人也曾得到过中国藏族社会上层的尊崇礼遇，譬如"拉萨功德林（贵族官衙）就曾请他前去说唱"（参见杨恩洪《重温历史——著名格萨尔说唱艺人扎巴抢救始末》，《诗学之约——2013全国〈格萨尔〉学术研讨会达日论坛学术集萃》，青海人民出版社2014年版）。

② 因为史诗的整体篇幅太长，不可能在一次聚会或一个场合的吟唱中被吟唱/聆听完，几乎没人能有幸连续聆听到荷马史诗的完整吟唱，除非能追随史诗吟唱者走南闯北。何况即便如此，也并非能够完整聆听到"完整版"的内容，因为对于某些片段，或者受众的欢迎程度并非最佳，或者吟唱/聆听的场域氛围并非最佳，或者并不适合传播吟唱者的美名（聆听者的审美疲劳感更强），或者对于吟唱者或聆听者来说，是忌讳或避免的（譬如《格萨尔》里的《地狱篇》）。不过，相比格萨尔史诗诗人忌讳吟唱《地狱篇》的这种情况，荷马史诗则没有这种忌讳，不仅可以因英雄逝去而唱悲悼挽歌（如《伊利亚特》第二十四卷里和克托尔的遗体被迎回后，职业唱诗人领唱哀悼仪式），而且可以吟唱英雄的地狱之行（《奥德赛》第十一卷就有奥德修斯的地狱之行，类似于公元14世纪初意大利但丁的《神曲》中的"地狱篇"，更是类似于史诗《格萨尔》中的"地狱篇"）。

③ 陈中梅：《荷马史诗研究》，译林出版社2010年版，第13页注释1。

他山之石

2. 在关于荷马史诗的论述中，多见到的是"说""讲述""话语"。在陈中梅的研究中，史诗 Epic 的希腊语作 epea（单数 epos），"epos 的常规指义是'话'或'话语'。……在荷马时代，古老的唱诗或许已演变为以吟诵为主"。在纳吉的观点里，在古代的诗歌表述中，epos 不仅可指一般的"话语"（utterance），而且还特指"诗歌话语"（poetic utterance）①。汤姆森的理解中，"史诗（epic poetry）是口诵的诗，即 epē"②。在洛德的眼中，史诗"是叙事的歌"（narrative song）③。简言之，这些史诗论家（陈中梅、纳吉、汤姆森、洛德）都强调了史诗（其实主要是欧洲和西亚的史诗）的叙事性特征，而且是以荷马史诗研究为核心来总结观点的。尽管《伊利亚特》第一卷第 1 行就提到"歌唱吧缪斯女神"，但不能忽略《奥德赛》第一卷第 1 行和《伊利亚特》第二卷第 761 行里的"讲说"（"告诉"）这一关键词；《奥德赛》第十一卷第 561 行"连用 epos 和 muthos（话语，言说），表明了史诗的叙事性质。……在后世论诗者，尤其是罗马文论家们看来，荷马史诗与其说和歌唱，倒不如和讲演更为接近"④。简而言之，荷马史诗重在词汇，而非节奏与音调。

3. 需注意如下几个与荷马史诗相关的词汇：

（1）oidē，是无音乐伴奏的歌。—oio 含"声音"之义。—odos（比较 ōidē，"歌"）可能派生自 audē（声音）。

（2）aoidē 意为"歌"或"诗歌"，包括诗（词句，即话语〈logos〉）和音乐（含音调〈harmonia〉和节奏〈rhuthmos〉）。

（3）aoidos（复数 aoidoi）为诗人，即"歌诗者"或"唱诗人"，以后逐渐被 rhapsōidoi（叙事诗的编制者、吟游诗人）所取代。aoidoi 一般携带竖琴（phorminx），表演时自弹自唱；而 rhapsōidoi 则不带竖琴。

（4）melē 意为抒情诗，即为用竖琴伴唱的歌，可指歌或诗唱。

---

① G. Nagy, "Irreversible Mistakes and Homeric Poetry", *Greek Literature I*, p. 378.
② J. A. K. Thomson, *Studies in the Odyssey*, p. 178.
③ A. B. Lord, "Homer and Other Epic Poetry", CH, p. 180.
④ 陈中梅：《荷马史诗研究》，译林出版社 2010 年版，第 13 页注释 1。

文化互鉴：《格萨尔》与荷马史诗

一般不包括无音乐伴奏或音乐比重过小的诗歌，如短长格诗等①。

（5）poiēsis，约自公元前 5 世纪起，用来指诗，poiētēs（复数 poiētai）指诗人。

综合来看，由韵诗歌唱（至少约占六成篇幅）与散文说白（最多约占四成篇幅）的格萨尔史诗的抒情性很强，关于这一点，我们在后文通过文本细读来分析。而《伊利亚特》与《奥德赛》全为诗行形式，并且在荷马看来，荷马史诗属于 aoidē，即包括话语、音调和节奏，可荷马史诗紧扣"事之被叙"、步步推进行动而成悬念强烈的情节，何况"在公元前八世纪（即荷马生活的年代），诗人们已倾向于用吟诵，而非严格意义上的歌唱的方式从业"②。故不论从语汇表义、情节结构角度看，还是从荷马史诗非歌唱的吟诵演述角度看，其抒情性还是没有《格萨尔》强。

当人们在为格萨尔史诗吟唱者的"神授说"而疑惑的时候，不晓得中国民族史诗对于研究世界英雄史诗的重要性，不晓得古希腊人也是"沿袭了一种把人间的一切活动与神灵或神意联系起来的定型做法"。他们认为"诗人不同于一般的平头百姓……是神圣或通神的一族，具备普通人难以企及的灵性"。荷马史诗中多处使用"一位通神的唱诗人"③ 这一表达。常人"即使长着十条舌头，十张嘴巴，一颗青铜铸就的心魂"④，也没法像"接受神的馈赠，受神的点拨"那样去"讲诵神的意志，歌唱神和凡人（人间的英雄豪杰及其亲属们）的业绩"。这些神授诗人"似乎有特殊的感觉，有点神奇，亦不无玄幻，能够大段说唱动听的诗歌，讲述民族的历史。倘若没有神助，没有他们的钟爱，谁能口若悬河……在人们还无法科学地解释灵感和超常记忆力的古代（即使在今天我们仍然无法不留破绽地做到这一点），将通神看作诗人的属性，似乎是一件顺理成章的事情"⑤。

---

① 参见陈中梅《荷马史诗研究》，译林出版社 2010 年版，第 3—67 页注释。
② 陈中梅：《荷马史诗研究》，译林出版社 2010 年版，第 66 页。
③ 参见《奥德赛》第四卷第 16 行、第八卷第 73—88 行。
④ 参见《伊利亚特》第二卷第 489—490 行。
⑤ 参见陈中梅《荷马史诗研究》，译林出版社 2010 年版，第 68 页。

他山之石

二 《伊利亚特》与《格萨尔》组材的集与散[①]

从组材角度看,《格萨尔》呈内部首尾对接完整的各主要篇(部)的相对并立状态,并且其情节结构模式化、人物塑造模式化倾向鲜明,这些情节和人物的出现,都表现为空间性的并列与重复。而《伊利亚特》从一个时间切入点——最后倒数第50天开始叙事,从一个可以前后紧密链接的事件——阿基琉斯的愤怒开始叙事,围绕并重视时间的单元——日("天"),集中情节矛盾的展开与解决。因此,从情节结构在形成过程中对材料的选择与组接,分别反映了《格萨尔》的抒情性及其空间性思维,以及《伊利亚特》的叙事性及其时间思维。

《伊利亚特》与《格萨尔》在叙事中的情节结构方面的差异,首先可以看作"书面性"与"口承性"("口头性")的区别。

《伊利亚特》的规范诵本已在公元前6世纪雅典执政裴西斯特拉托斯(Peisistratos)指派下由俄诺马克里托斯(Onomacritos)完成[②],吟诵诗人以此为依据进行吟诵比赛,为该史诗"最终进入千家万户创造了必要的条件"[③]。很显然,至少《伊利亚特》这一规范诵本的出现,可以看作它书面化初步完成[④]的标志。《伊利亚特》"着意于一个完整划一、有起始、中段和结尾的行动",以及"没有试图描述战争的全过程",而是"只取了战争的一部分","提供一出、至多两出悲剧的题材"。《伊利亚特》这些被亚里士多德所赞赏的,就正是荷马对其情节结构的驾驭。亚里士多德将史诗与历史区别:"历史必须记载的不是一个行动,而是发生在某一时期

[①] 本节内容发表于《青海社会科学》2015年第4期,稍作修改。
[②] "俄诺马克里托斯从众多的手抄本中整理和校勘出日后成为规范诵本的《伊利亚特》和《奥德赛》,作为吟诵诗人们选材的依据。"(陈中梅:《神圣的荷马——荷马史诗研究》,北京大学出版社2008年版,第9页。)
[③] 陈中梅:《神圣的荷马——荷马史诗研究》,北京大学出版社2008年版,第9页。
[④] 之所以说它"至少……初步完成",是因为一方面,此前就有流传已久的手抄本,所以说这次的书面化是"至少";另一方面,之后的书面化整理与修订也并未停止,所以说"初步";但其变动又毕竟是很微小的,所以说"完成"。

内的、涉及一个或一些人的所有事件——尽管一件事情和其它事情之间只有偶然的关联。"① 也即二者区别在于：史诗——一个行动；历史——所有事件。《伊利亚特》集中一个行动——罢战后的阿基琉斯的出战。

尽管《文库本》有对《格萨尔》进行"精选、规范"②的功劳，但其各篇（部）之间依然是收集、翻译并汇编性质的简单连缀③关系，何况《文库本》还远没有收集、汇编完《格萨尔》史诗的全部。不过，《文库本》已然清晰展现了《格萨尔》史诗的最主要内容，完全可作为研究《格萨尔》史诗的参考文本。

能够展示西方叙事思维之时间性特征的《伊利亚特》，是荷马在时间整一性原则的统摄下，集中化叙事的结果。《格萨尔》展示出的，是中华民族的空间性思维特征：并置而非递进；纵坐标轴上的联想性与可替换性，而非横坐标轴上的句段性与逻辑续接性。

组材，是研究者试图站在史诗叙述者的角度，研究史诗叙述者对故事题材的取舍与编排，它涉及对情节内容的分量轻重、进展徐疾等方面的把握。在这个方面，《格萨尔》的史诗组材是分散并列；《伊利亚特》是集中整一。两者表面是"书面性"和"口承性"的区别，其实质，是"叙事性"与"抒情性"的区别。

（一）《格萨尔》：多部连缀

多部连缀，是说《格萨尔》由多个篇（部）按照格萨尔的成长先后简单连缀而成。其各篇（部）间虽是简单连缀的关系，正

---

① ［古希腊］亚里士多德：《诗学》，陈中梅译注，商务印书馆1996年版，第163页。
② "在《降伏四魔》的部本中，我们分别以甘肃出版的《降魔》、《姜岭》和青海出版的《霍岭》、《门岭》等藏文原本做蓝本，然后参照了其他出版社出版的多种异本进行了精选、规范。"（《文库本》第一卷第二册前言第三页）同时，由《文库本》的"版本说明"（《文库本》第一卷第二册第1826—1828页）可知，《文库本》在翻译出版时，对众多"原始资料"进行了"参照"、"规范"、"增删"和"调整"的内容和篇幅是很大的。
③ 说《文库本》是"简单连缀"，是相对于《伊利亚特》对整个特洛伊战争"只取……一部分"并使24卷中的各卷围绕"一个行动"来处理情节结构的方式而言的。而且，格萨尔史诗流传多个世纪，却一直没有如《伊利亚特》那样处理，原因很多，其中最主要的，就是包括藏族同胞在内的中华民族的叙事逻辑起点是空间性，它不同于西方的时间性叙事思维。

他山之石

由于这种连缀关系并非依赖非常严谨的逻辑续接关系，而各篇（部）自身首尾相接而成完整（首、身、尾齐全的）故事，所以，《格萨尔》各篇（部）间更有群峰（分散）并列的空间并置效果。这一点与《伊利亚特》的整一集中相对。

大多数已有观点都认为《格萨尔》的叙事结构特征是分散拼凑的。"史诗世界是由多种多样的对象（事物）形成的，既包括精神的内在力量，动机和希求，又包括外在的情境和环境。"[①] 王德和说："为了把这些丰富多彩的内容组织成为一个有机的整体，史诗就必须采用新的独特的结构方式。一般说来它不像近代文人创作的某些长篇小说那样结构紧凑，故事单一，内容连贯情节发展有严格的前后顺序。相反大多数史诗都是由许多各自独立完整的故事连缀而成，彼此在情节上没有内在必然的联系，含有大量的题外的穿插和异文，因此各部分的衔接比较松散。《格萨尔王传》由艺人们自报有100多部组成，每一部都只集中叙述主要人物格萨尔的一个事迹，首位连贯，自成一体，具有较强的独立性，只是由一些故事片断拼凑而成。"[②] 这是认为《格萨尔》情节由"松散""片断拼凑"而成的较有代表性的观点。

不只王德和先生认为《格萨尔》的叙事结构具有"松散""拼凑"特征，潜明兹先生也论及《格萨尔》的情节结构："《格萨尔》以单纯的结构囊括了庞杂的内容，以至到现在为止，还没有一个人弄清楚了这部史诗的部数以及同一部又有多少异文。一些精彩的篇章一直湮没在庞杂的内容中。有些资料本，不但松散，层次不清，甚至糟粕也比较多。有的公开出版的整理本，由于宗教色彩过于浓厚，缺乏文学水平。所以，在结构上《格萨尔》远不如《罗摩衍那》严整。……在文学艺术领域，《格萨尔》还没有取得应有的地位，关键在于没有一个理想的艺

---

① [德]黑格尔：《美学》（第三卷下册），朱光潜译，商务印书馆1981年版，第154页。

② 王德和：《史诗简论》，选自赵秉理：《格萨尔学集成》第一卷，甘肃民族出版社1990年版，第576页。

文化互鉴:《格萨尔》与荷马史诗

术上比较完整的文学整理本。"① 在这里,潜明兹先生认为《格萨尔》有两大"不足":一是"在结构上《格萨尔》远不如《罗摩衍那》严整";二是"同是世界名著,在艺术上的悬殊却比较大"。潜明兹先生对上述第一点"不足"的具体分析包括:其一,单纯结构囊括庞杂内容,部数与异文难计数;其二,资料本的结构松散、糟粕多;其三,已版整理本的文学水平低。潜明兹先生对上述第二点"不足"的分析包括:其一,《格萨尔》目前(当时1985年)的国际影响主要来自民族学角度的研究,而非后世诗人的精心定型加工;其二,重资料而资料有限,易以偏论全;其三,无经典定本,《格萨尔》无应有地位。潜明兹先生是在将《格萨尔》与《罗摩衍那》进行比较研究时,得出以上观点的。应当说,该论述基本切中了截至当时《格萨尔》研究现状的要害,而且分层清晰、论述到位。强调了《格萨尔》的情节"松散""结构不严整"。

参照点不同,对史诗结构是否松散的看法也就不同。黑格尔拿戏剧之"紧凑"来对照荷马史诗,认为后者的"结构在本质上固然比较松散,不像戏剧体诗那样紧凑,其中各部分不免显得彼此独立,乃至还有一些题外的穿插和异文"②。其实这更说明:史诗的结构很难避免给人以"松散"的印象,篇幅超长的《格萨尔》更是如此。

只是《格萨尔》的情节结构,不应被看作松散拼凑,它实际上是体现着中华民族叙事思维特征的分散并列,与此紧密相关的是其内在的抒情性,以及中华民族叙事逻辑起点的空间性。

《格萨尔》的叙事结构,总体来说,是(各篇内部)首尾呼应衔接、(各篇之间)简单连缀的分散并列的独特结构。

---

① 潜明兹:《〈格萨尔〉与〈罗摩衍那〉比较研究》,选自中国社会科学院少数民族文学研究所主编《格萨尔研究集刊》(第一辑),中国民间文艺出版社1985年版,第177—178页。
② [德]黑格尔:《美学》(第三卷下册),朱光潜译,商务印书馆1997年版,第114页。

他山之石

从叙事学角度来看，叙事文学最为重要的一点是其对事件的处理方式，具体表现为作者是如何来结构故事情节的，而其中对"吸引读者急于把故事关注下去"的内在诱惑性的设置，是传统叙事文学最为关心的。可以这样说，《荷马史诗》之所以能做为"叙事文学的典范"，其对事件的处理方式是最耀眼的。与一般所言的叙事结构不同，众多研究者在对待《格萨尔》的时候，所用的"圆形结构"[①]一词，主要是指其在对核心人物的安排方面，所围绕的是一个关于人物经历的"圆形结构"[②]，简单说，就是指人物大致行动轨迹是一个"天界——人间——冥府——天界"的圆周。在《格萨尔》里：观世音菩萨请求阿弥陀佛派天神之子下凡降魔。神子推巴噶瓦发愿到藏区，做黑头发藏人的君王——即格萨尔王。他是神、龙、念（藏族原始宗教里的一种厉神）三者合一的半人半神的英雄；自神奇诞生之日起，就开始为民除害，造福百姓；12岁时，赛马大会取胜，获王位，娶珠牡为妃；由此征战四方，降伏白帐王等人间妖魔之后，格萨尔功德圆满，与母亲郭姆、王妃森姜珠牡等一同返回天界[③]。虽然从《格萨尔王传》的情节结构看，时间纵向概括了藏族社会发展史的两个重大的历史时期，空间横向包含了大大小小近百个部落、邦国和地区，纵横数千里。如此内涵广阔、结构宏伟的《格萨尔王传》的主要内容却可以概要为：降生、征战、升天这三部分。其中第二部分"征战"是主体。在故事的主体部分，除了充分展示（详细记述）格萨尔王重要的四大降魔史（北方降魔、霍岭大战、保卫盐海、门岭大战）之外，故事情节还包括十八大宗、十八中宗

[①] 郎樱：《玛纳斯论》，内蒙古大学出版社1999年版，第21页。
[②] 笔者认为，此处的"圆形"也就是"环形"，它中心意思是强调《格萨尔》故事情节中人物的行踪是由起点（天界）到作为终点之起点（天界）的。扎西东珠也有相关的看法，他认为："《格萨尔》总体的故事情节结构，可以归纳为：格萨尔在天界→降生人间→赛马称王→南征北战征服邪魔→从地狱救回妻、母→完成使命返回天界。这既是封闭性（首尾相连）的环形结构，又是开放的具有吸附性功能的环形结构。"（扎西东珠：《藏族口传文化传统与〈格萨尔〉的口头程式》，《民族文学研究》2009年第2期。）
[③] 刘立千译：《格萨尔王传：天界篇》，民族出版社2000年版。

文化互鉴：《格萨尔》与荷马史诗

和十八小宗，每个重要故事和每场战争均构成一部相对独立的史诗①。各个"相对独立的史诗"之间的关系是并列性的，尤其需要注意的是，《格萨尔》诗人不愿略去大量的类似情节与重复语句，这是一个重要特点。

从艺术性的角度来看，英雄史诗的情节结构设计主要表现在情节安排和人物塑造上。以一个核心英雄人物为经线的故事情节，必然可以依这个核心人物所经历事件的先后次序来结构情节。当然，与核心人物相关者的描写与叙述则可与之并行，但也是有主次之分的。关键问题是，《格萨尔》是以核心人物格萨尔的成长史（自始至终的多个动作和事件）为经线来结构故事情节的；《伊利亚特》是以阿基琉斯的愤怒（一个动作和事件）为经线来结构故事情节的。所以，《伊利亚特》则表现出整一性、集中性，以及与之相关的时间性、叙事性；而《格萨尔》就展现的是格萨尔（在天界、诞生、赛马称王及降伏四魔等多个动作或事件），每个事件（动作）（譬如"天界篇"或"降魔篇"）的确都有自己的"起始、中段和结尾"②，而《伊利亚特》只有一个"起始、中段和结尾"。所以可以打一个不太恰当的比方：史诗《格萨尔》的情节，如同群峰相连的一条山脉，各个篇（部）是其中的每座山峰，各个山峰间的关系，是简单连缀的，但更是群峰并列的。这种各篇（部）之间在情节上的相对并列，形成了空间上的并置（存）感。

《伊利亚特》的情节结构集中整一，它在时间、地点与核心情节上都是集中的。从亚里士多德到布瓦洛这一系列西方文论家的近似强调中，我们可以看到"一""集中""明确"等观点的内在逻辑起点，便是时间性。相对的是，中国的民族史诗《江格尔》的总体情节结构是分散的、情节上独立的数十部长诗的并列复合体③。同样，《格萨尔》之详略取舍更不明显。如果从对事件的处

---

① 刘立千：《刘立千藏学著译文集·杂麻》，民族出版社2000年版，第339页。
② ［古希腊］亚里士多德：《诗学》，陈中梅译注，商务印书馆1996年版，第163页。
③ ［荷兰］兰尼克·希珀：《中国少数民族文化中的史诗与英雄》，尹虎彬译，广西师范大学出版社2004年版，第99页。

他山之石

理方面看，《格萨尔》是依照事件的原发时间先后顺序进行叙述，只是叙述的时间一般是小于事件进行的实际时间，简单可以看作是缩小化叙述；另外也有一种为强化某些瞬间动作或思想的清晰度而将其拖长的叙述，这种可以看作是放大化叙述，但在《格萨尔》里只占少数。尽管在叙述中有对原事件的变形（如此处的缩小或放大），但极少有叙述时间与事件时间的先后调换的，尤其是像《伊利亚特》的调换与详略裁剪的努力，就相对少一些。相应地，其情节中（吸引读者关注下一步情节发展）的内在诱惑性就淡一些，而且"《格萨尔》中主要写了大小几十次战争，绝大多数英雄的形象，都是在千篇一律的战争故事情节里塑造出来的，所以，他们的性格就较单一些"①。这里"千篇一律的战争故事情节"正说明的是史诗情节上的重复与雷同，而亚里士多德在谈史诗结构长短时说："雷同的事件很快就会使人腻烦。"② 亚氏认为史诗的长度"应以可被从头到尾一览无遗为限"，或者"以约等于一次看完的几部悲剧的长度的总和为宜"。③ 按照亚氏的这一强调，《伊利亚特》的长度是大约需要"三次"才可以看完的。当然，不可如此拘泥和僵化理解其强调的重心：希望史诗不要过长。

《格萨尔》经历了漫长而复杂的口承历史，其叙事结构难免带有并置与"复言"的特征。

王哲一认为："我们已经明显地觉得《格萨尔》多部头化整体

---

① 古今：《〈格萨尔〉与〈罗摩衍那〉比较研究》，《西北民族学院学报》（哲学社会科学版）1996年第2期。

② ［古希腊］亚里士多德：《诗学》，陈中梅译注，商务印书馆1996年版，第168页。亚里士多德在谈"悲剧"的长度时强调，悲剧的"情节也应有适当的长度——以能被不费事地记住为宜"。（同上书，第74页）因为，这就好像动物的个体一样，"太小了不美（在极短暂的观看瞬间里，该物的形象会变得模糊不清），太大了也不美（观看者不能将它一览而尽，故而看不到它的整体和全貌——假如观看一个长一千里的动物便会出现这种情况）"（同上书，第74页）。亚里士多德在多处强调了史诗一定要适度，尤其是要避免使事件"繁芜"，他说："不然的话，情节就会显得太长，使人不易一览全貌；倘若控制长度，繁芜的事件又会使作品显得过于复杂。"（同上书，第163页）

③ ［古希腊］亚里士多德：《诗学》，陈中梅译注，商务印书馆1996年版，第168页，"几部悲剧的长度的总和"，若以公元前5世纪的悲剧长度为例，（一天可看完的）"三部悲剧的总行数当在四至五千行左右"（同上书，第172页注12）。

合一同它早期结构形式的封闭性和结构功能的开放性特征有直接的关系。""《格萨尔》多部头的艺术构件……有一个中间环节——这就是分章本的《格萨尔》。"① 分章本的《格萨尔》是《格萨尔》初步发展到一种较为凝态定型化时期的文本，以贵德分章本为代表，其结构已经较为完善，若再将独立流传的三十多页的单行本《安定三界》作为贵德分章本最末一章，如此而成的贵德分章本，就可算《格萨尔》分章本之最完备精炼者。这样就成为：第一章，在天国里；第二章，投生下界；第三章，纳妃称王；第四章，降伏妖魔；第五章，征服霍尔；第六章，安定三界。

笔者赞同王哲一的意见，贵德分章本是《格萨尔》早期文本中能较好体现其在情节结构方面所具有的"形式的封闭性"和"功能的开放性"的最好本子。因为从众多研究结果来看，《格萨尔》分部本是在一定的条件下，依照分章本的几个主要章回充实发展而成"多（分）部本"的。但无论《格萨尔》的分部本如何发展，都是在上述这六个章回的下辖框架内展开的。也就是说，说"《格萨尔》形式的封闭性"是重在说明：《格萨尔》的基本架构已然明确而固定，并且这部以抒写核心主人公格萨尔"降生人间以救难"的言行史为主要内容的史诗，开始时格萨尔"生自天国"而结尾时又"升回天国"，其行踪的起始点与终归点实现了对接，史诗至此划上了一个圆满的句号，人物行踪形成了一个轮廓清晰的大圆。综合这两个方面，在形式上，可以说《格萨尔》的结构是"闭合的"或"封闭的"，在此前或此后再附加什么都是不可能的。

由于本文所参考的本子有两个：《分章本》和《文库本》，这里分别进行展示和分析，借以总结《格萨尔》本身的共性结构特征。贵德分章本（共五章）的（三角形）结构如下图所示：

---

① 王哲一：《〈格萨尔〉结构形式和结构功能考察》，选自中国社会科学院少数民族文学研究所主编《格萨尔研究集刊》（第二辑），中国民间文艺出版社1985年版，第186页。

他山之石

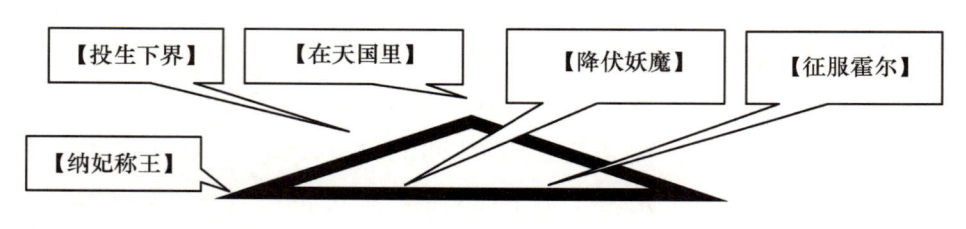

图 12 - 1　贵德分章第五章结构

若加"安定三界"部分为第六章，则贵德分章本的结构是：

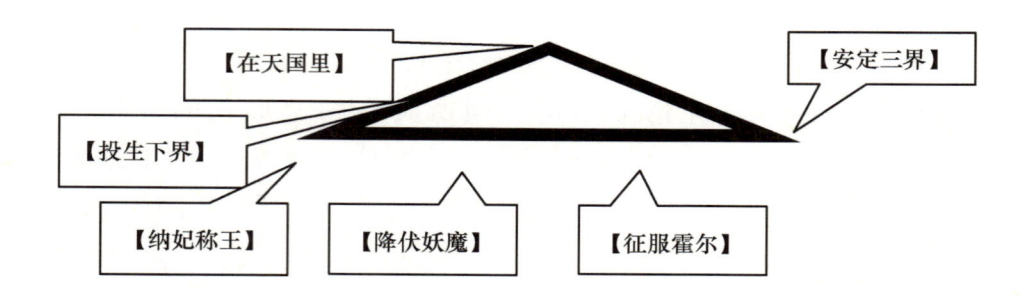

图 12 - 2　贵德分章第六章结构

至于说《格萨尔》在功能上具有"开放性"，那是因为基于分章本的简明扼要①的特征以及后世分部本演绎不穷的状况而言的。而其中针对贵德分章本的第四章（"降伏妖魔"）和第五章（"征服霍尔"）的分部本，是《格萨尔》诸分部本中最多的。

按照《文库本》本，则可以看到《格萨尔》的结构是这样的（内侧带括号的文字标示《分章本》结构，外侧加粗黑体文字为《文库本》结构；框与框之间用直线连接的，表明两者虽名称不同但实质相同）。

---

① 与本论述相关的其他论文中将有论及：其实，《格萨尔》的贵德分章本在一定程度上并不"简明扼要"而是较为"铺排重复"，譬如贵德分章本之第五章之第129—146页就很能充分体现其"铺排重复"的语言习惯和行文结构。

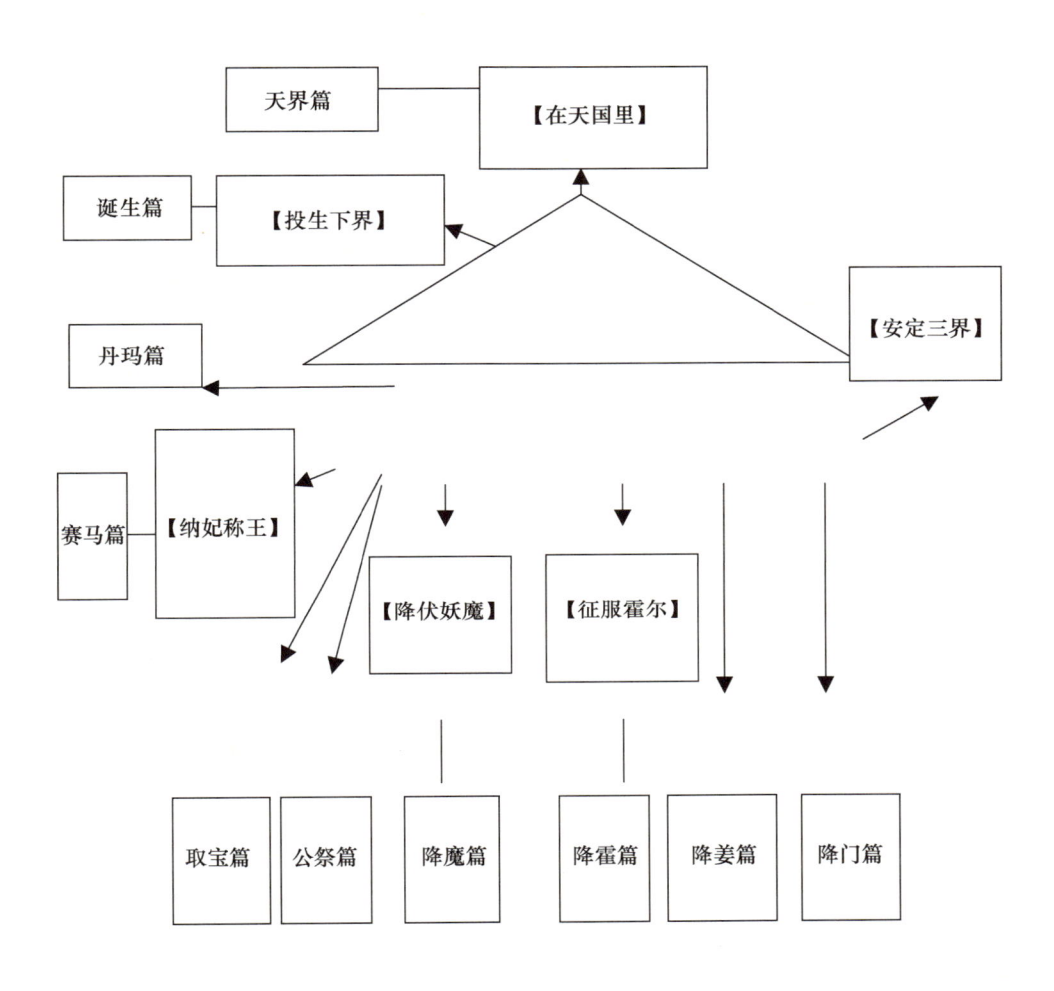

图 12-3 《格萨尔》主要结构

由上图可以看出：其一，《分章本》已经基本具备了《格萨尔》的主要情节架构，其五章内容就是格萨尔史诗情节之"最主要的五个章节"。其二，从情节枝干上说，相对于该分章本，分部本所起的作用是"两充"："扩充"和"补充"。也就是说，一方面对分章本已有的章节进行"扩充"，使其丰富、详尽而更富有蕴藏量；另一方面在分章本的主干情节的前后，进行"补充"，使其更加体系庞大、更能包含后世共认须包含的（本藏族文化的）诸多方面。

> 他山之石

　　这里之所以说《分章本》五章内容就是格萨尔史诗情节之"最主要的五个章节",那是因为:"在天国里"—"投生下界"—"纳妃称王"是格萨尔作为史诗英雄在成就伟业之前的三个关节点,它们依次分别象征着(人间英雄)格萨尔的"来前"—"来时"—"来后(的)成年(礼)"这三个时空对应,因此,作为始终以核心主人公的主要言行和丰功伟绩为主要讲述内容的《格萨尔》,这三个关节点是支柱性的。随后的"降伏妖魔"与"征服霍尔"其实可以(合起来)看作第四个关节点——"成年后的丰功伟绩",只是这个关节点在英雄一生的丰功伟绩中的分量很重,所以在《分章本》中占了两章,尤其是"征服霍尔"占了《分章本》几乎三分之二的演述分量,这一点完全可以理解,就如同《伊利亚特》中的第27天占据了整个《伊利亚特》约三分之一(8卷)的分量一样,这是演述者之演述技巧中详略裁剪技艺的使用结果。随后,若再有一个"安定三界"章,《分章本》即算完整。整个结构就成为:

　　由分章本的代表之一《贵德分章本》和分部整理本的代表之一——《格萨尔文库》的实际文本内容来看,将分章本的某一章扩充为分部本的某一部不仅是一种内容上的扩充,还有内容上的丰富、变化与创新,这种变化与创新是在保持《格萨尔》的整体风格样貌之统一性的基础上完成的。很大程度上,分部本加入了作者自己的人生感悟与诸方面的"智"与"识"。所以说,只要符合《格萨尔》的结构体系、总体风格与语言修辞等诸多方面的体系要求并能够与其他部分协调统一的分部本,都是可接受的,因为《格萨尔》叙事中的结构设计,早就是首尾相接的圆(环)形整体,其中各(分)部必然是群峰并列的简单连缀关系。

表 12-4　　　　　格萨尔文本的分章本和分部整理本比较

分章本—《贵德分章本》	分部（合）本—《格萨尔文库》		英雄经历时段	区间：三段—两界
"在天国里"	天界篇		"来前"	首（天界）
"投生下界"	诞生篇	英雄诞生	"来时"	身（人间）
	丹玛篇			
"纳妃称王"	赛马篇		"来后（的）成年（礼）"	
	取宝篇			
	公祭篇			
"降伏妖魔"	降魔篇	降伏四魔	"成年后的丰功伟绩"	
"征服霍尔"	降霍篇			
	降姜篇			
	降门篇			
【若附】"安定三界"			"去前"	
	回归天界		"去后"	尾（天界）

（二）程式化情节模式

1. 情节结构模式化

格萨尔史诗的情节模式，是指在史诗《格萨尔》的众多分部本中，以史诗核心人物格萨尔为主要承载点，辐射出大背景（其所属族群的形成发展过程）下英雄格萨尔由生至死的成长史（"王传"），这是时间纵向的脉络，而与此相对应的，则是《格萨尔》最重要的部分——"横向则铺陈了'军王'格萨尔及其所领导的'岭国'与远近部落的战争场面和故事"①。扎西东珠这里虽然试图与前述之"纵向"形成对应之"横向"，但实际上，由于整个史诗是以英雄格萨尔本人的"生平"时间为序，又由于该史诗在具体

---

① 扎西东珠：《藏族口传文化传统与〈格萨尔〉的口头程式》，《民族文学研究》2009年第2期。

他山之石

的战争叙述过程中，基本上大都采用单镜头移动跟进的叙事过程，所以，上述所谓的"横向"，在史诗里其实也是被"纵向化"了的。也就是说，《格萨尔》的叙事是跟随着主要人物的成长过程及其行踪边行边述，它基本上没有（让时间）"停"下来去集中、详尽地展现某次"降伏"过程的细节化的方方面面——横向性存在。岭国与远近部落的战争是历时性出现的，并非在时间的某一个点上相对集中地——同时——展开，从（逐个事件依次均匀讲述）这个角度来看《格萨尔》的情节，发现它整体的"历时"性纵向维度更为明显，而其"共时"性横向的维度则较为淡化。

当然，这并非是说《格萨尔》很重视史诗中的时间性存在，恰恰相反，如本论文其他章节所论及的，《格萨尔》里模糊的时间标志、来回反复的诗唱以及诗唱中的重章叠句和夸张排比等诸多方面，早已表明《格萨尔》并不担心时间的"流逝"，它在乎的是"由始至末"的事件完整性和"一唱三叹"的史诗抒情性，换句话说，《格萨尔》史诗的叙述心理与内在史诗思维，是抒情性的、空间性的。而这，正是本论文的核心论点。

众所周知，《格萨尔》有着众多的分部本，可沿着时序将它们（较为全面地）总体分为三块①。1."虎头"开篇威武：《世界形成》《董氏预言授记》《天岭》《英雄诞生》《赛马称王》《岭众煨桑祈国福》。2."猪肚"最占篇幅："降伏四魔"《魔岭》《霍岭》《门岭》《姜岭》，以及《达色财宗》《木古骡宗》《松巴犏牛宗》《米努绸缎宗》《卡切玉宗》《象雄珍珠宗》《汉地茶宗》《祝古兵器宗》等等。3."豹尾"安全收拢：《地狱救母》《地狱救妻》《安定三界》。

总体来看这些分部本的史诗情节内容，从"部"与"部"之间的情节基本结构的大体相似性来看，其模式化特征在"猪肚"

---

① 参见扎西东珠《藏族口传文化传统与〈格萨尔〉的口头程式》，《民族文学研究》2009年第2期，第105—106页。扎西东珠这里的各分部本名称与本文所采用的《格萨尔》文本之《文库本》本亦有些不同，但是，主要（核心）内容是相同的。

部分各"部"最为明显。具体如下：其一，"降伏四魔"四部（"篇"）的情节结构（以《文库本》为参照）大体呈现这样一个模式化步骤：

表12-5　　　　　　　　　　分部本的情节结构模式

降伏四魔	第一步	第二步	第三步	第四步
降魔篇	【起头—平地起风云】王接授记而闭关；危急出现（格萨尔领受新任务；魔王乘虚劫梅萨）【第一章】	【过渡】临行受阻（珠牡深情—为降霍篇铺垫）【第二至第三章】	【充分备战—蓄势—降除寄魂物】遇人指点；途中伏怪【第四章】	【强力除魔】梅萨协力；射杀魔王【第五章】
降霍篇	【起头—平地起风云】岭王在外、危急出现（灾鸟刺探；众将与超同在"化解危机与告密通敌"之间较量；珠牡多次求救）【第一至第二十二章】	【过渡】王归；惩恶；出征【第二十三至第二十五章】	【充分备战—蓄势—降除寄魂物】用计破边寨；屡次神变（喇嘛、巨鱼、卦师、三宗巴、商人、唐聂）以备战【第二十六至第三十四章】	【强力除魔】调兵征伐；雄兵攻破；大王凯旋【第三十五至第三十八章】
降姜篇	【起头—平地起风云】姜国萨当王接授记侵岭国盐海【第一章】	【过渡】调兵遣将；内讧；出征【第一至第三章】	【充分备战—蓄势】屡创敌营；双方对阵、单兵作战【第四至第十章】	【降除寄魂物—强力除魔】伏寄魂熊；伏萨当王；杀俘房【第十一至第十五章】
降门篇	【起头—平地起风云】格萨尔领授记伐门国；转而授记超同娶门国拉孜公主；岭军出发【第一章】	【过渡】门王集会群议；喇嘛占卜【第二章】	【充分备战—蓄势—降除寄魂物】五雄合围；两雄闯营；魂山被摧；唐泽捐躯【第三至第六章】	【强力除魔】激战破城；门国交权【第七至第八章】

这个模式化过程的简化结构就是：【起头—平地起风云】——【过渡】——【充分备战—蓄势—降除寄魂物】——【强力除魔】这样一个较为固定的模式、套路。这个较为固定的套路在这四个

"篇"（部）中都是适用的，只是在每个点的具体内容上有其具体的变化，但是在史诗情节的整体架构上，却是存在着上述所列举的这种定势。其二，从《文库本》之外的分部本《达色财宗》《木古骡宗》《松巴犏牛宗》《米努绸缎宗》《卡切玉宗》《象雄珍珠宗》《汉地茶宗》《祝古兵器宗》这些"宗"来看，它们是格萨尔"相继或征服或占领了或邻近或边远的'十八大宗'以及许多'小宗'，通过这大大小小的部落战争，岭地的民众获得了牛、羊、马、金、银、绸缎、茶叶等生活必需的物质财富"①的过程。很明显的是，从史诗叙述的是格萨尔一生的"丰功伟绩"的角度看："降伏四魔"是岭国大王在领土扩展、疆域增大的过程，其叙述模式较为接近；而"十八大宗"和许多小宗则是日用品的扩充和财富的积储过程，无论是牛羊马等牲畜，还是金银珠宝，或者茶叶、丝绸和兵器等日用品、装饰品和军需品，它们的整体叙述模式则较为接近。

当然，最后的《地狱救母》与《地狱救妻》这两部（"篇"）的史诗基本情节架构从程式化角度看，也是较为接近的。这种整体思维架构的模式化，也正是扎西东珠所言的"好多以'宗'命名的分部本的内容有似曾相识的感觉"②的原因。

《格萨尔》不仅在整体的史诗情节叙述的基本架构上表现出很强的模式化特征，而且在具体各部的史诗情节叙述过程中，也有很强的模式化、雷同性特征。我们知道，雷同，形成重复（反复），在空间上是并列（置），在情感上为强调。

2. 人物塑造模式化

从格萨尔史诗开始到史诗结束，超同的所作所为基本上在一个大的框架内，该人物言行决定其性格特征，而其行为基本属于无实质性变化的"重复"。

超同总是小看角如，试图凌驾于其上，总想用欺骗的手段来使

---

① 扎西东珠：《藏族口传文化传统与〈格萨尔〉的口头程式》，《民族文学研究》2009年第2期。
② 同上。

文化互鉴：《格萨尔》与荷马史诗

得角如丢丑、受罪："超同心想：角如这个精灵鬼，如果我不骗他一下，还不知要干出什么名堂来？"（《文库本》1.239）

可是，由于角如作为神子下凡（无可置疑）的神性，使得超同的任何想要贱视神性或测试神性的念头都终归要破灭、失败："说毕，便牵马走了。超同虽后悔莫及，但却毫无办法。"（《文库本》1.212）超同的鬼主意、坏念头是反（重）复的，他的落败、遭灾——搬起石头砸自己的脚，不仅同样是反（重）复的，而且是注定的、必然的。

这种重复，是一种有意而为之的强调：任何想要对抗神性的恶念，都注定了恶果；任何试图阻滞神性的言行，都必将遭受报应。这就是《格萨尔》的情感。

可是，恶念与恶行的人间代表——超同，却屡教屡犯："这时，达戎四母超同心中想到：贱妇果萨的儿子角如，在以往，谁会把他当人对待？不过像条狗一样，没有人把他放在眼里。今日总管王这样一提，嘉擦也跟着说要叫角如回来……（《文库本》1.174）善恶斗争中，善必战胜恶。但是恶念与恶行却是屡教屡犯的。尽管如此，无论是先前的角如还说后来的格萨尔，都对其屡犯屡教，采取惩罚又宽恕的态度。当然，这也是《格萨尔》这部史诗为了衬托格萨尔的神性，而必须借助于超同这个正面阵营里的反面角色来比照、烘托，所以说，留下超同，一方面是佛教"渡人"思想的体现，更重要的是，失去了超同，就像照片被撤掉"背景"一样，格萨尔的形象将失去底色的衬托而显得暗淡无光。所以，不但得要超同继续存在，而且还需要他的言行（恶念与恶行）继续"循环"出现。

角如的一贯的言行是沿着类似于如下的循环过程而出现的：

第一步，角如唱毕，超同哭喊着苦苦哀求道，"……惹侄儿生气……我向你忏悔，请你原谅！"（《文库本》1.146）

第二步，超同欣喜地说，"好侄儿，……"同时又在心中暗暗盘算，……（《文库本》1.146）

第三步，阿七……将超同人和马一起抓起来，囚禁在……（《文库本》1.147）

· 399 ·

> 他山之石

第四步，角如唱毕，阿乜……哀求……同时将超同和马都放了出来……立誓服从角如的调遣。（《文库本》1.149）

这个过程就是：（痛苦而）"求饶"——（欣喜而）"暗算"——（蠢笨而）"遭灾"——（求饶而）"被救"，如此周而复始，循环轮回。

超同的性格、毛病、命运与结局，基本都是这样一个循环结构，在《格萨尔》第二卷"降姜篇"的第十二章"超同修成红佐猛密咒 岭王降伏姜国寄魂熊"里还是如此：

第一步，"哀求救命""大王救之"，……超同也哭喊着请求勇士们救他。雄狮大王又降旨道："四母超同王不能杀！……"（《文库本》2.657）

第二步，由"放心轻松"至"蠢笨另想"而"面临危险"，这时，超同才放下心来，一身轻松，……超同于是观想自己成为……（《文库本》2.657）

第三步，"后悔无救"，超同还以为天地要合在一起，后悔再也没人能够救他了。（《文库本》2.659）

第四步，"大王取胜"（危险解除），大宝王回落到地面时，……英雄……将士立马欢呼"胜利啦！"（《文库本》2.660）

史诗中对所有人物的心理描述中，最多的是对超同的心理描述。这个人物恶念不断，反复出现。他处处试图削损角如（格萨尔）的威望和影响，借以增益自己的威望和影响，结果总是事与愿违。史诗通过他不厌其烦的个人企图的滋生，及其必然失败，来强化格萨尔大王毫无例外的神通伟业的必然成功。他的这些恶念与随之出现的恶行，都是反复（循环）出现的，进而成为一种模式化人物塑造结构。当然，超同言行的反复与重叠，也是彰显《格萨尔》空间性特征的有机组成部分。

另外，人物塑造的模式化，还表现在对珠牡、梅萨、阿达拉茂身上，格萨尔的这些王妃，她们的人生经历是带有共同性（模式化）的过程：经过大王的试探检测而纳为王妃——大王喜欢而留在身边——恋念大王而苦苦（包括使计或劝喝迷魂酒）劝留——忠于大王而积极辅助降魔。

文化互鉴:《格萨尔》与荷马史诗

至于丹玛、嘉擦和扎拉等岭国大将,其性格与言行也有大体上的类型化、模式化倾向。就是格萨尔本人的性格和降魔史,也有大体上的模式化。譬如他一般总是:只身前往敌境——神变潜入敌营——(在梅萨、珠牡等先行"潜伏"魔王身边的至亲的指点帮助下)杀死寄魂物——亲手杀死魔王或送信调兵剿灭——凯旋而归——祝颂吉祥。

人物和情节的重复(叠),这种"一唱三叹"的反复和模式化,强调的就是对格萨尔神通性的赞颂之情。当然,《格萨尔》的抒情性特征也就更为明显。

(三)《伊利亚特》:整一集中

整一:选取线索

作为古老说唱文学的史诗,本就具有民间叙事诗的特点。史诗,由希腊文(原意"谈话")到后来与(叙述英雄故事的)韵文联系起来,从柏拉图首用"史诗"一词到亚里士多德以其确指荷马史诗,其间经历了很长时间。黑格尔强调了这种篇幅超长、规模巨大的具有独特叙事方式、结构与语言的文体——史诗,其"任务就是把事迹叙述得完整"①。但是,虽然都是以叙事为其主要任务,"两千年来一直被看作是欧洲叙事诗的典范"②的(《荷马史诗》里的)《伊利亚特》,与其他民族的史诗在叙事策略和叙事结构上却有着很大的区别。"史诗作者荷马既不是古希腊唯一的、也不是最早的史诗诗人。他的功绩不在于首创史诗,而在于广征博采,巧制精编,荟前人之长,避众家之短,以大诗人的情怀,大艺术家的功力"③来创作的。《伊利亚特》的"巧制精编",就是作家如何将散传于民间的传说与歌谣以更为贴近读者阅读心理的叙事方式,综合加工而成史诗。

这一综合加工的过程,站在史诗诗人创作的角度看,就是在诸

---

① [德]黑格尔:《美学》(第三卷下册),朱光潜译,商务印书馆1997年版,第150页。
② 郑克鲁主编:《外国文学史》(上),高等教育出版社1999年版,第20页。
③ 同上。

他山之石

多事件中"选取一个动作",在这个动作中找寻最具穿透力的一个话题——阿基琉斯的愤怒——作为主线索,把所有情节都串联在其上,实现情节的整一。同时,大篇幅压缩枝叶性情节内容,精雕细刻地展示主干性情节内容——"一个动作"的方方面面,同时,"把其它许多内容用作穿插,比如用'船目表'和其他穿插"① 进来,以丰富史诗的内容,这是史诗"在扩展篇制方面""很独特的优势",因为"若能编排得体,此类事情可以增加诗的分量"。"因为有了容量就能表现气势,就有可能调节听众的情趣和接纳不同的穿插"②。这样,既保证了情节的集中整一性,又使得史诗的内容丰富而有吸引力。给受众以"快感"的,是"能引起惊异的事",这种"在讲故事时"的"添油加醋"的"目的就是为了取悦于人"③。换句话说,史诗讲述的核心,是使所讲故事吸引受众听下去,让其高兴听下去。但这种能调节听众的情趣的穿插,必得在保证史诗叙述情节整一性的前提下,否则,缺乏整一性的引导,情节就会变得"太长"或"繁芜"。所以,选取能展示情节整一性的主要线索来贯穿始终,是史诗诗人在结构故事情节时最重要的工作。

"序列是意义的一部分"④,选择从哪一个点来开始史诗的叙述,并考虑选择这个点之后又由那个点来续接,以及对随后的情节序列、逻辑次序的设计,这本身就是在赋予被叙述的事件——情节以意义的过程。让情节次序固定,"也是意义的一种功能实现"⑤,因为这样一种从属于序列样式的设计,本身就是均衡整一特征的一个有力的证明。

无论是为实现情节的整一性而做的挑选(能贯穿始终且有总括力的)情节主线索(阿基琉斯的愤怒),还是为愉悦受众而做的

---

① [古希腊]亚里士多德:《诗学》,陈中梅译注,商务印书馆1996年版,第163页。
② 同上书,第168页。
③ 同上书,第169页。
④ [匈]格雷戈里·纳吉(Gregory Nagy):《荷马诸问题》,巴莫曲布嫫译,广西师范大学出版社2008年版,第106页。
⑤ 同上书,第107页。

适当穿插，都取决于"值得赞扬的"[①] 史诗诗人荷马详略得当的材料选取与组接。

（四）集中：详略组接

《伊利亚特》中很明显的、大跨度的详略裁剪，体现了诗人荷马的高明——材料选取与组接，也即荷马对史诗材料的巧制精编，尤其是荷马对材料的选取、组接，以及对情节徐疾进度的安排。不论是在《伊利亚特》中选取10年征战的最后50天作为典型来叙述，还是在《奥德赛》中选取10年返家的最后41天作为典型来叙述，都能看到作者清醒的选材意识。

首先来看《伊利亚特》的情节分布。

一方面荷马大胆按下史诗叙述的快进键，将于主干情节稍远又容易干扰主线的枝叶情节极力压缩，以使关键点被凸显出来。在此意图下，第24—25天这两天，用了101行（《伊》7.381—482），平均每天50行，主要写希腊人和特洛亚人停战焚尸；希腊人造壁垒，挖壕沟。第40—50天这11天共用了109行（《伊》24.685—804），平均每天占不到10行，主要写双方停战11天，以便特洛亚人为赫克托耳之死举哀（打柴9天，焚尸1天，筑墓1天）。第1—9天这9天，共53行，平均每天不到6行，主要写日神阿波罗一连9天降瘟于希腊军营。第31—39天这9天共用了17行（《伊》7.13—30），平均每天不到2行，主要写阿基琉斯接连每天凌辱赫克托耳尸体；众神九天来议论此事。而第11—21这11天，则仅仅占用了15行（《伊》1.477—492），主要写阿基琉斯拒绝参战，也不出席集会。

另一方面，史诗则在有限的情节动作所占用的时间（50天）中，精选4天来特写，并使其占据整个史诗（24卷）的近九成（共约21卷）分量。具体为：第26天这1天，几乎花费了3卷（《伊》8.1—10.579），主要写特洛亚人攻打，阿伽门农赔罪，阿基琉斯拒战。第28天这1天，花费4卷余（《伊》19.1—23.108）

[①] ［古希腊］亚里士多德：《诗学》，陈中梅译注，商务印书馆1996年版，第169页。

> 他山之石

的篇幅，主要写在全体成员大会上，阿基琉斯收下阿伽门农的赔罪礼，两人正式和解。众神参加双方战斗，埃涅阿斯勇斗阿基琉斯。阿基琉斯大战河神。特洛亚人溃败，逃回城里。阿基琉斯在城下杀死赫克托耳。阿基琉斯祭奠帕特洛克罗斯的亡灵。第 23 天这 1 天，用了将近 6 卷（《伊》2.48—7.380）。第 27 天这 1 天，用了整个《伊利亚特》的三分之一篇幅——8 卷（《伊》11.1—18.617）的宏大篇幅，写希腊人和特洛亚人大战，双方伤亡惨重。赫克托耳砸开壁垒，攻打船舶。帕特洛克罗斯借阿基琉斯的铠甲盾牌带兵出战，大败特洛亚人，但他后来为赫克托耳杀死。赫克托耳纵火烧船，希腊人处境危急。阿基琉斯决心为帕特洛克罗斯报仇。工匠神赫淮斯托斯连夜为阿基琉斯赶制盾牌铠甲。

《伊利亚特》其他的详略设计。《伊利亚特》里整个赛事的全部内容共占 641 诗行（《伊》23.257—897）。其中仅车赛一项就占了 394 行（《伊》23.257—650）的篇幅（占总共赛事行数的 61.5%），而其余七项赛事则总共只占了剩下的 247 行的篇幅。其中，最后一项赛事只占了 14 行（《伊》23.884—897），仅占总共赛事行数的 2.2% 的篇幅。综合这几项赛事所占的史诗叙述分量来看，被详述的车赛，以 12.5% 的项目数，占去了被关注机会的 61.5%。这是诗人详略安排的需要，其极致化安排就是 61.5%—2.2% 这种详略的表现。

无独有偶，共 24 卷的《奥德赛》中的 41 天情节动作，其中大胆简略乃至一笔带过的是：第 4 天、第 8—11 天、第 12—28 天、第 34 天及第 36 天。其中：第 36 天这 1 天只有 132 行（《奥》15.56—188），第 4 天这 1 天只有 86 行（《奥》3.404—490），第 34 天这 1 天只有 74 行（《奥》13.18—92），更有甚者，第 8—11 天这 4 天仅有 34 行（《奥》5.228—262）的叙述，平均每天不到 9 行的叙述分量，最为离奇的是第 12—28 天这整整 17 天的情节动作时间，作者则仅仅用了 15 行（《奥》5.263—278）来一笔带过，以平均每天不到 1 行的篇幅对奥德修斯离别卡吕普索、继续回家的航程进行简略交代。如前所述，简略交代是为详细描写和重点叙述蓄势。相应地，《奥德赛》中以下 4 天是大分量特写：第 33 天、

· 404 ·

第 35 天、第 39 天和第 40 天。其中对第 35 天这 1 天的情节动作，作者花了 2 卷的篇幅（《奥》13.93—15.55）来叙述；而第 39 天这 1 天进而用了 3 卷的篇幅（《奥》17.1—20.90）来进行充分的多方面叙述；第 40 天则用了 3 卷半的篇幅（《奥》20.91—23.346）；更有甚者，第 33 天的情节动作被多方面地展开在 5 卷本的分量（《奥》8.1—13.17）中，它主要叙述阿尔喀诺俄斯为款待奥德修斯举行宴会和竞技。奥德修斯听盲乐师德摩多科斯演唱木马计故事后伤心落泪。他向国王讲述自己离开特洛亚后在海上和异域漂泊流浪的冒险经历。值得研究者们关注的是，这第 33 天，已经到了《荷马史诗》所涉及的事件时间（20 年）之倒数第 9 天了，可是战争之后的主要事件迄今为止却并未被叙述者纳入到故事情节的正面叙述中。于是，巧妙的荷马则借用"（向国王）讲述"这一插叙的方式，把主人公奥德修斯自离开特洛亚后这 10 年来的主要经历（在海上和异域漂泊流浪的冒险经历）以倒叙的方式展现给读者，合情合理又紧凑集中，尤其是具有一定的悬念引导性。

从组材方面的区别看来，《格萨尔》让史诗主要篇（部）内部各自首尾对接完整，史诗情节在各篇（部）间的连缀关系被弱化以至各篇（部）相对独立，形成群峰并置的情节结构，并且其情节结构模式化、人物塑造模式化倾向，比较鲜明，这些情节和人物的出现，都表现为空间性的并列与重复。而《伊利亚特》从一个时间切入点——最后倒数第 50 天开始叙事，从一个可以前后紧密链接的事件——阿基琉斯的愤怒开始叙事，围绕并重视时间的单元——日（"天"），集中情节矛盾的展开与解决。

由此看来，从情节结构在形成过程中对材料的选择与组接，分别反映了《格萨尔》的抒情性及其空间性思维，以及《伊利亚特》的叙事性及其时间思维。

格萨尔史诗的跨文化语境传播

王景迁[*]

王景迁

藏族格萨尔史诗不仅是中华民族的艺术瑰宝,更是全人类的宝贵精神财富,她历久弥香。

---

[*] 王景迁,山东鲁东大学法学院教授、博士。

一　格萨尔史诗在拉达克地区的传播

　　拉达克位于印度、中国与巴基斯坦的交汇点上，特殊的地理位置使其成为多种文明的熔炉。这里的居民主要有藏族人、拉达克人、突厥人、克什米尔人与旁遮普人，这里的宗教信仰也多种多样，佛教、印度教、锡克教与伊斯兰教等，文化多样，异彩纷呈。长期以来，各民族不断融合，最终形成了以藏族为主体的多民族聚居区，文化上深受佛教文化影响，语言也以藏语为主。因此，有人称这里是"小西藏"。

　　有藏族人的地方就有格萨尔史诗。在拉达克地区，格萨尔的故事备受喜爱，《格萨尔传奇》已经成为人们日常生活的一部分。千百年来有很多民间艺人在高山田野吟诵王的故事，或是打发无聊的时光，也许是在追忆故土。在不同的村子里，人们用大致一样的传统在口头说唱着这部传奇史诗，几乎每家每户都藏有传奇的不同版本，除此之外还有的家庭藏有格萨尔赞美诗，在婚礼仪式上也能看到与传奇有关的文化展演，格萨尔的影响几乎无处不在。长期以来，史诗传播一直处于一种自发状态，到底有多少艺人，或是有哪位诸如荷马一样的知名艺人，我们都不得而知。真正让我们一窥拉达克地区史诗传统的恰恰是一位十分不知名而且水平绝对算不上上乘的小姑娘。

　　一百多年前，一些西方传教士来到了拉达克地区传教，在当地建立了教会学校，一些村民就到教会学校读书。有位小姑娘，家住在拉达克首府列城，也在教会学校学习，她的家人对格萨尔史诗情有独钟，经常说唱一些史诗片段，小姑娘从小耳闻目染也学会了一点。小姑娘在课余就说唱一些当地的故事或传奇打发时光，老师们对此却很好奇，就把小姑娘口中的故事录制了下来。因为小姑娘的家是列城谢村，因此这个本子也可称为"谢村版本"。从总体来看，谢村本是韵文体，多数内容都是韵文写成。该本共分为两章，由于当时的教士并不了解这个传奇故事的来龙去脉，更不知道这个故事的真正故乡在中国藏区，因此就把采集到的这两

他山之石

章故事起了个颇具当地文化特色的的名字——《格萨尔传奇的春天神话》与《格萨尔传奇的冬天神话》。在这个故事里，出现的神灵基本都是一些苯教神灵，这也说明这个故事几乎没有受到佛教影响，传播到拉达克地区的时间应该较早。

在拉达克地区还有一个本子，比较知名，也就是"哈拉舍"版本。一位叫弗兰克的传教士在从列城前往下拉达克采风的过程中，听说在哈拉舍地方的一个村庄里有一位村民说唱《格萨尔传奇》极为精到，这位村民的名字叫登木拉什·雅索帕。他本不是这个村子里的人，老家是在列多村，位于下拉达克印度河流域斯基布坎镇的对面，后来入赘这个村子的亚玛帕家族。因此，他讲的本子实际上是来自于列多村。后来，弗兰克把这位艺人请到了一所教会学校，在这里雅索帕连续讲唱了几个星期，学校的校长叶什瑞靳边听边记。弗兰克就是通过这样一种方式获得了哈拉舍版本。这个本子的质量要远高于谢村本子，因为说唱者本人就极为精通说唱。与前述的谢村本子一样，这个本子保持了前佛教文化的内核，里面的苯教文化内容极为丰富，基本没有受到佛教文化的影响。

拉达克地区的《格萨尔传奇》到底是什么样子，我们可以从哈拉舍本子中有个大体了解。

人间困苦不堪，民不聊生。天神的儿子顿珠要转世人间拯救苦难的人间百姓，他便投胎在一户人家。这家的女主人在吃了一颗冰雹以后就怀上了格萨尔。格萨尔出生的时候，他的妈妈同时还生了太阳、月亮和牲畜。格萨尔一出生就奇丑无比，人们都背后叫他"小混蛋"。

格萨尔降生的这个国家，国王叫超同，国王有一个美丽的未婚妻叫珠姆。格萨尔也喜欢上了美丽的珠姆，超同因而十分嫉恨情敌格萨尔。尽管格萨尔既没有高贵的社会地位，也没有英俊的外表，但是他具有神的血统，聪明睿智，骑术精湛。常言道，美人羡英雄。最终，格萨尔凭借自己出色的表现赢得了珠姆的爱情。

格萨尔决定要远征北方的魔国，考虑到行军打仗，他就把新婚的妻子珠姆留在家里了。但是格萨尔在打败魔国以后，魔王的女人迷住了格萨尔王，她还在格萨尔的酒饭里投了迷魂药，结果格萨尔在魔国一待几年，完全忘记了自己的故国与常年在家守候并期盼他快快回家的新婚妻子珠姆。

格萨尔在魔国的这段时间，霍尔国王打起了珠姆的主意，于是兴兵来犯。在战争中，一些国民先后战死，国家最终被霍尔占领。珠姆力图逃脱，但是最终还是被霍尔国王抓住，并成为霍尔王的妃子。期间，一位年龄最小的英雄阿布前去拯救珠姆回国，但是这时的珠姆已经心甘情愿委身于霍尔王，安安稳稳地过起了日子。由于与格萨尔的矛盾，超同也投降了敌人。更为可恨的是，珠姆还把前来搭救她的小英雄阿布的"阿基琉斯之踵"透露给了敌人，结果阿布被敌人射中致命处，最终因伤重身亡。后来，格萨尔知晓了故国的悲惨状况，他清醒过来，决定前往霍尔国报仇雪恨。

在霍尔国国门处，格萨尔用巧计打开石门，杀死了守卫人员，轻松进入霍尔国。他先装扮成一个乞丐，暂时在一家铁匠家住下并做学徒，观察敌情，相机行事。一次，王妃珠姆来到了铁匠铺，格萨尔一眼认出是她，就决定戏耍这个负心女人。珠姆拿出了一件金首饰要锻造，格萨尔故意把这件首饰弄落在地，反而怪珠姆自己藏起了首饰。格萨尔还参加了霍尔国的各种比赛，都取得了胜利，借此机会他也进一步打探霍尔国的情况。格萨尔在铁匠的帮助下，一直在精心打造一副铁梯，目的就是为了有朝一日踩着它爬上霍尔王的城堡杀死这个恶魔。

有一天，机缘来到，格萨尔杀死了霍尔王与珠姆生的两个孩子，带着珠姆就向自己的国家奔去。回到故土，格萨尔为珠姆的不忠惩罚了她，但最后还是一起过起了幸福的日子。

格萨尔施展法术令汉地皇帝生病，汉皇请格萨尔去诊治。皇帝答应他病愈之后会把公主嫁给他。格萨尔历经艰险，终于到达汉地，施展巧计最终治愈了皇帝的病。然而皇帝食言，又不想把公主嫁给格萨尔了。可是公主却爱上了格萨尔，于是他们二人就决定私奔，但最终二人还是被狡猾的皇帝找回，皇帝甚至还要加害于他。后来，格萨尔使出浑身解数逃出了汉地。他为了惩治阴险且忘恩负义的汉地皇帝，就施展法术使汉地遭受麻风病疫，直至

他山之石

皇帝答应把女儿嫁给他,他才解除了汉地疫情,并携公主返回自己的国家。回到故国,格萨尔发现可恨的超同又夺取了自己的王位,结果他气恼至极杀死了超同。就这样,格萨尔与珠姆还有汉地公主两位妃子一起幸福地生活。

这个本子内容简单,情节也不复杂,仅仅涉及与魔国和霍尔国的战争及与汉皇的战争,史诗四大部中的姜岭战争与门岭战争少有涉及。这个本子中的故事与流传在中国藏区的史诗故事大致相同。在原文本中的开头,还有"树生虫样果实"的故事,还是挺有特色。其实在一些比较大的部本中,也存在这样的情况。史诗说唱艺人存在一种朴素的想法,总希望使自己的说唱与众不同,那么最好的办法就是让受众从文本的开头部分就能体验到差异,于是就出现了这个情况,一些文本的开头变异很大,结果到了故事的中间部分却趋于接近或相似。在民间口头叙事文本中,在一些情况下,艺人热衷于宏观叙事,本来一个故事,结果却要从创世或造人说起,我国藏区有的本子开始就有《斯巴解牛歌》等创世内容,即使在这个下拉达克本子中也涉及创世描述,这应该是一种共性。

这也基本反映了这样一个事实,即越靠近藏文化的边缘地带,格萨尔史诗的传播也就越来越弱,这主要表现在情节的简约化、内容的简单化、结构的单一化。

其实,在环喜马拉雅地区,还有一些学者发现了一些不同版本的《格萨尔传奇》,有口头传播的本子,也有手抄稿,还有正式印刷的本子。意大利著名藏学家图奇也曾经在喜马拉雅山脚下一个叫斯皮蒂的美丽谷地的寺院里发现了一本格萨尔史诗,这个本子雕版印刷成了佛教书籍的式样。最早将格萨尔史诗介绍给世界的还应当是著名的藏学家乔玛,他毕生致力于藏语研究,在喜马拉雅地区收集语言学资料的时候偶然间也发现了史诗,但是目前并没有明确资料显示乔玛已经获得了史诗手稿。据摩拉维亚传教士弗兰克说,首次获得藏系格萨尔史诗手稿的是雅士克,他在列城附近的巴帕地区发现了一个流传于当地的本子。雅士克将这个本子的复制本送给了圣彼得堡的图书馆,至今还在。自此以后,这个本子就一直在图书馆里,也没有人去翻译,没有什么影响。

二 格萨尔史诗在巴尔蒂斯坦地区的传播

巴尔蒂斯坦位于巴基斯坦北部地区,在喜马拉雅山与喀喇昆仑山脉之间,印度河从其中经过,境内有许多高山湖泊。在行政区划分上,它南临拉达克,北邻吉尔吉特。这里的民族在人种学上属于藏民族,是藏族、土著民族与其他入侵民族的混血民族,其面貌已经与我国藏族百姓有了明显区别。这里的语言被称为巴尔蒂语,是藏语安多方言的一种,巴尔蒂语很明显受到了波斯语、突厥语等语言的影响,在巴尔蒂斯坦,绝大多数人说巴尔蒂语。在这里伊斯兰教什叶派影响很大,1947年巴基斯独立以后,伊斯兰教的影响更加强大。当地老百姓勤劳勇敢,性情平和,热情好客。由于历史的原因,当地民众接受了伊斯兰文化,但是在民间仍然能够寻觅到早期佛教文化的痕迹,时至今日,在当地仍然保存有很多佛教雕像或石刻。格萨尔史诗源于佛教文化,千百年来在伊斯兰文化中仍然在流传,这也是两种异质文化共荣发展的结果。

巴尔蒂斯坦地处亚欧大陆南北交通要道,不同民族的文化一起滋养着这里,民间文学尤其发达,民间文学艺术水平很高。格萨尔史诗在巴尔蒂斯坦流传历史较为久远,但是真正进入世界的视野,则较为晚近,也就是近几十年的事情。在巴尔蒂斯坦,格萨尔史诗在与当地文化融合的过程中,已经发展成为极具本土特色的独立文本《盖瑟尔》。

目前在巴尔蒂斯坦我们能够看到的史诗版本多是在20世纪80年代以来收集到的。1980年夏末,伦敦大学亚非学院(SOAS)人类学家雷纳特·索赫南博士来到巴尔蒂斯坦搜集《盖瑟尔》史诗文本。她与本地学者S. M. 阿巴斯·贾兹尔合作录制了一部由当地著名史诗说唱家阿卜杜勒·拉合曼·米斯德里巴说唱的完整《盖瑟尔》,在克什米尔北部地区流传的诸多版本中,这个本子最接近于拉达克版本。这部史诗共录制了十盘磁带,分为十二章。此外,

他山之石

她还录制了另外一位艺人演唱的两章史诗。

说唱家阿卜杜勒·拉合曼·米斯德里巴是一位欣族人，但他的巴尔蒂语讲得却很好。他的父亲是一位工匠，在他很小的时候，父亲就与他来到了一个叫萨德格的城镇居住。在那里，米斯德里巴见了世面，接触了很多人。他不光会讲流利的巴尔蒂语，还有一副天生的好嗓音，这可是他成长为一名知名的《盖瑟尔》说唱艺人的必备条件。在米斯德里巴小的时候，一位《盖瑟尔》老说唱艺人来到了镇上，他走入百姓家以说唱史诗来赚取一点生活费用。也就是在这个时候，米斯德里巴有机会接触到了这个有趣的故事。他不仅听得入了迷，还与老说唱家同吃同住，认真学习老艺人的说唱艺术，后来他就尝试着把他学到的故事情节说唱给当地人听。米斯德里巴就是以这样一种"师徒"传授的方式学会了《盖瑟尔》说唱艺术。不幸的是，老人还没来得及把所有篇章都传授给米斯德里巴就去世了。独自说唱的米斯德里巴一点也没有给师傅丢人，他嗓音洪亮，尤其是对于那些难度极大的曲调，他更是游刃有余。时间久了，终于形成了自己独特的说唱风格。由于他师承知名老艺人，因而继承了师傅的声誉，再加上自己的天资与努力，最终在当地成了一位知名的史诗说唱艺人，他是巴尔蒂斯坦最后一位对《盖瑟尔》记得最多、也最准确的演唱家。米斯德里巴天生就是一个艺术家的好苗子，他不仅会说唱史诗，而且对其他一些艺术形式也颇有造诣，民歌与吹唢呐也是他的强项，在当地也是一位小有名气的人物。随着声誉日隆，他不再为生活而费心，当地的马球队甚至还聘请他为乐队领队。1983年的时候，米斯德里巴去世，家人依然贫困。

米斯德里巴讲述的《盖瑟尔》故事篇幅最长，分为十二章，故事梗概是这样的：

> 从前有个乡下地主，在他的地窖里发现了十二种动物的脚印。喇嘛说这是吉兆，就奉劝他最好能够娶十二位妻子，这样他就会避免祸患。地主就按照喇嘛的要求做了，果真娶了十二位妻子。后来，他的妻子们给他生了十二个儿子。这些儿子们

长的都很奇怪，都是人身兽首，正好对应着去过他家地窖的那十二种动物。地主就给他们的儿子起名字，他给长着山羊头的儿子取名为帕萨卡拉斯，给长虫首的儿子取名为阿布冬布，等等。

那时候，在一个地方住着一个富人，无儿无女，周围的赞布尔部落的人就欺负他人丁不旺，忍无可忍之下他乞求玉格彭大神能够看在他虔诚的份上，让他能够拥有一个儿子，免得再受别人欺负。大神悲怜这位富人的遭遇，就让他的小儿子盖瑟尔下凡人间。盖瑟尔同意父亲的安排，但是他希望父亲能够与他的妹妹勒哈莫·布如姑姆一起下到凡间，并且娶其为妻。大神答应了儿子的要求，让他们先死去烧为灰烬。大神分别将两个儿女的骨灰撒向了羊头人帕萨卡拉斯与部落头人赫亚格家里附近的山涧。他们二人的妻子喝了山涧的水以后，都怀孕了，并分别生下了人间的盖瑟尔与布如姑姆。后来，这两位来自于神界的凡人婚配为一家。后来，盖瑟尔成了岭卡尤尔的国王。

蓝湖国有个食人魔，异常凶残。他与盖瑟尔曾经有个约定，如果谁先发动进攻，就能打败对方，盖瑟尔于是告别妻子前往擒魔。在蓝湖国，食人魔的妻子爱上了盖瑟尔，两人便施计杀死了食人魔。先前，食人魔吞吃了他的两位妻兄，格萨尔便剖开食人魔的肚子，把他们取了出来。随后，盖瑟尔便与食人魔的妻子一起生活，并抚养在食人魔肚子里停止生长的两位男子。两位男子重新长大以后，很不喜欢盖瑟尔和他们的妹妹住在一起。于是，两兄弟便设计把盖瑟尔缝在一张马皮里，扔在磨坊之下。

这时，突厥国王向岭卡尤尔（即岭国）发动了大规模的战争，烧杀抢掠，并抢走了盖瑟尔的妻子布如姑姆。国破家亡之时，虫头人阿布冬布带着自己的孩子布玛莱普童去追赶突厥军队想方设法夺回布如姑姆，不仅没有成功，布玛莱普童还战死沙场。在突厥，被抢走的王后与突厥王还生了两个儿子。

阿布冬布派出两只鸟外出寻找盖瑟尔，这两只鸟终于在水

· 413 ·

磨下找到了盖瑟尔,并救出了他,俱以实情相告。盖瑟尔立即踏上归国复仇的征程。

盖瑟尔回到国内把臣民训斥一通,责怪他们连自己的国家与王后都保护不了。盖瑟尔决定单身前往突厥国报仇雪恨,救回妻子。在突厥国,盖瑟尔暂时住在一个铁匠家里,并与他的女儿结了婚,伺机复仇。后来,盖瑟尔设法潜入王宫,打死了突厥国王,将悉数财宝全运回了岭卡尤尔。他还救出了王后布如姑姆,并一起带走了王后与突厥国王生的两个儿子。但是,在归程中,盖瑟尔还是杀死了这两个孩子。为此,布如姑姆十分悲痛,孩子无辜,并起誓自己与盖瑟尔永无后代。

不久,一头巨大的野兽来到了岭卡尤尔的山间牧场,祸害人们的财产和性命。岭卡尤尔政务官西玛西格亲自率领一支部队前往牧场杀死这头猛兽。恰好,拉呼尤尔的国王格罗金在山间狩猎,两人相遇,颇为投机,西玛西格与他约定儿女亲家。分手后,西玛西格遭遇巨兽,实力不敌,士兵四散,自己也魂飞胆破,大难临头。在即将被巨兽杀死之前,他在自己的马鞍上蘸血写下了儿女结亲之事。

后来,西玛西格的妻子还真生下了一个儿子,取名斯盖玛,这小子很有才能,甚至连盖瑟尔都颇为嫉妒。于是,盖瑟尔就派斯盖玛子承父业,去杀死巨兽。这小子使尽浑身解数,杀死了巨兽。一天,斯盖玛得到了父亲当年写有血书的马鞍,知晓了自己指腹为婚的事情。于是,他便派人前往拉呼尤尔迎娶新娘。然而,时间久矣,一直也没有婚配的消息,国王格罗金就允诺了格亚巴人对女儿的求婚。恰巧,两支娶亲队伍在拉呼尤尔相遇,于是国王便让两支队伍进行比赛来决定女儿到底嫁给谁。最后,斯盖玛一方获得胜利,迎请国王女儿归国成亲。然而,盖瑟尔也看上了新娘子,甚至与新郎发生格斗。这时候,格亚巴人前来进攻,两人讲和,共御外敌,新娘子还是与斯盖玛成婚。

那时候,有一个名叫瑙谢尔旺的国王十分害怕有人会比他强,会取代他。一位星相家预言今年会出生一个男孩,其才能将来会超过国王。国王闻此，十分恐惧，于是派人去杀死全世界的孕妇。士兵在一个宫廷里杀死了一个怀孕的哑巴宫女，但她腹中的儿子被乌鸦抓走，半路掉到了森林里，被一个老妪收养。这孩子天生秃头，大家伙都笑话他，就戏称他叫阿皮法拉措，意思是"老太婆的秃头外孙"。这个孩子很快就长大了，但因为丑陋、秃顶而常常受人欺负。一天，他实在忍受不了屈辱，便投河自尽。结果，他欲死不能，怎么也沉不了水底。他偶入水底一道门，里面别有天地，一位全身光明的老人在念经。老人知晓他的情况，并赐予他力量，能够令他战无不胜，称雄天下。老人让他闭上眼睛，再睁开眼的时候，阿皮法拉措已经回到了河边，身边还有一匹骏马。他为自己首先修建了一座雄伟的金属宫殿，并向那些嘲笑自己的人报了仇。

此后，阿皮法拉措好运连连，先后赢得了三位美女的青睐，并把她们领回家，让老太太帮他安排婚礼。老太太说自己都一大把年纪了，没有能力安排婚礼了，让他去找盖瑟尔等人操持婚礼。阿皮法拉措请来了盖瑟尔等人来操持婚礼。老太太让他把身居山林的山羊舅舅请来参加婚礼，还要求他给自己也找一位老头结婚，只有这样，她才能参加婚礼。阿皮法拉措一一办到，最后婚礼隆重举行。

一天，盖瑟尔从书中了解到有位美丽的公主叫艾娜，令人奇怪的是她能够吞吃日月，盖瑟尔也十分艳羡公主的美貌与超能力。盖瑟尔下定决心一定要娶到她，并踏上了寻觅佳人之路。在阿布姆国王的宫廷，盖瑟尔医治好了病入膏肓的公主，国王便把女儿许配给了他。俩人在一起也过了一年左右的美好时光。某一日，天突然变黑，星象家了告诉盖瑟尔缘由。恶魔经常掏出艾娜公主父亲的心脏，父亲就得死去。公主十分恼怒，又无力阻止，就吞吃了太阳。盖瑟尔便告别新婚妻子，继续前去寻找美丽的艾娜公主。

盖瑟尔走了一程又一程，终于来到了艾娜公主的宫殿，他爬上马镫，跳到屋顶，从屋顶天窗看到吞吃太阳后正难受的公主，边上还有一个玩耍的小孩子。盖瑟尔就让小孩子去脱公主的裤子，公主一张嘴大喊，吞食的太阳就蹦出来了。这时，盖瑟尔从屋顶跳了下来，一边安慰公主，一边告诉公主他会想办法取回被盗走的心脏。盖瑟尔说完就去找恶魔，并偷回了艾娜公主父亲的心脏。返程中，盖瑟尔过于劳累就睡着了，结果乌鸦把心脏偷走交给了艾娜公主。但是公主是明白人，她思忖乌鸦你这么厉害早干什么去了。盖瑟尔发现心脏没了，十分沮丧地回去见艾娜公主。公主相信是盖瑟尔取回了心脏，十分感激，他们就结了婚。

布如姑姆知道了盖瑟尔与艾娜公主结婚的事，便派人给公主送去了礼物。公主收到礼物十分高兴，也准备了厚礼回赠。路途中，差人在一户老太婆家过夜，厚礼被掉包成一双旧鞋。布如姑姆收到"礼物"后，羞愧难当，一病不起。

盖瑟尔听说妻子重病，便启程回国。临行前，艾娜公主让盖瑟尔带上了一种能够起死回生的药。回到布如姑姆身边后，盖瑟尔告诉她艾娜给带来了起死回生之药。但是由于"旧鞋"的心结，布如姑姆拒绝服用，让盖瑟尔把药丢给了一条老病狗。结果，狗好了。布如姑姆见是真药，但药已经没了，没多会儿，就撒手而去。盖瑟尔极为悲痛，祈祷布如姑姆能够转世他指定的人家，来生再为夫妻。

不久，布如姑姆正如盖瑟尔所愿托生在了一个人家，长大以后，盖瑟尔前来求婚，但是她拒绝了，并数落盖瑟尔对她前世的不好。但是盖瑟尔毫不气馁，紧追不舍。托生后的布如姑姆看到盖瑟尔对她如此痴情，就抱怨了一番，两人终成眷属。

20世纪80年代早期，德国波恩大学东方研究系主任、藏学家克劳斯·萨加斯特尔也来到巴尔蒂斯坦搜集《盖瑟尔》的各种版本。克劳斯·萨加斯特尔重点关注巴尔蒂斯坦中东部地区的格萨尔史诗传播情况，他先后访问了17位史诗艺人。这些艺人有男有女，有老有少，他们几乎都是清一色的"师承艺人"。其中一位老年女艺人尚能够说唱六部史诗。还有一位九十六岁高龄的老艺人哈姆察用两天半时间给克劳斯·萨加斯特尔完整演唱了《盖瑟尔》

十二章。克劳斯·萨加斯特尔在搜集资料的同时，也在思考一个问题，那就是为什么一个佛教徒的故事会在伊斯兰文化中世世代代得以传承。他调查了几乎所有能够接触到的艺人，所有艺人中最聪明的阿卜杜尔·卡日姆给出了答案："我们总是演唱着格萨尔的故事，为了警告伊斯兰教的全体信徒，有朝一日达特沙尔特（伊斯兰教的魔鬼）卷土重来与我们战斗。所以我们应该时刻为保卫我们自己和伊斯兰教的生活方式做准备。当然，我们演唱它也在于它是那么惊险，如此充满了战斗气氛和冒险精神。"《盖瑟尔》故事内容丰富多彩，情节曲折，虔诚的穆斯林愿意有这么一个故事陪伴他们度过漫长的冬日。

其实，近二十年内，巴尔蒂斯坦的《盖瑟尔》故事依然在流传，其中不乏一些高水平的老艺人依然在传承着这部口头艺术瑰宝。

伊思泰尔·德里兰于2003年在巴尔蒂斯坦的桑德谷地从一位史诗老艺人古兰姆·侯赛因那里独自录制了一部《盖瑟尔》故事。从内容上来看，这个版本与米斯德里巴的版本基本内容是一致的，但是前者是十章，后者是十二章，两个版本故事互有穿插，故事情节顺序有变；不同的是前者缺少了有关布如姑姆再生和盖瑟尔再次完婚的情节。尤为珍贵的是，德里兰在后记中还提到了关于盖瑟尔与布如姑姆再婚后的宛如仙人般的生活。

由于盖瑟尔的故事实在是太深入人心，与人们的日常生活有机融入成一体。因此，在民间也派生出了一系列关于这对眷侣的故事，有些还十分唯美浪漫。百姓们相信盖瑟尔与王后布如姑姆相守一生，他们回到了雪山冰川，宛如神仙眷侣，流连在山谷、森林与大川之间。他们会为饥饿、迷路的猎人提供食物并指路。至今人们之间还流传着一则关于这对神仙眷侣的故事。

五十年前，帕让瓦村子的两个猎人在希亚振冰川（Siachen Glacier）附近打猎，几天过去了却一无所获，不知不觉间，他们已经深入喀拉昆仑山腹地，发现口粮都吃完了，自己也迷了路。

他们找遍了山间的每一个犄角旮旯、每一个山谷和每一条裂缝，但就是找不到路。饥寒交迫，他们自认必死无疑。突然他们

> 他山之石

看到一大块像大理石平台那般光滑的冰片，一位异常强壮的男性在那里躺着，头枕在一位金发美女的大腿上。这一男一女美丽异常，体格也很优美。猎人们见此，极为惊愕。

一会儿，金发姑娘转过头来，缓缓伸出食指放在唇边做了个"嘘"的动作。然后，她低声问他们怎么会在这里，还说格萨尔正在睡觉，千万不要把他弄醒，否则他们必死无疑。一位猎人低声回答道，他们是出来打猎的，结果却迷了路，已经三天没吃没喝了。

金发美女听了后，给了他们每人一把面粉，给他们指了回家的路，还告诉他们说在他们到家之前，这把面粉永远都不会吃完，但是他们一到家，必须把剩下的面粉全部扔掉，一丁点儿都不能带回家。说完这些，她就让他们离开了，唯恐惊扰了格萨尔的美梦。

猎人们按照布如姑姆指的方向去了，终于找到了回家的路。快到家时，其中一位猎人说他们应该听布如姑姆的话，把剩下的面粉都扔了；但是另一位猎人认为这是格萨尔王妃送给的礼物，绝对不能浪费，坚持要带回家。不管他的同伴怎么劝，这位猎人都没有改变心意。这位扔掉面粉的猎人一生无虞，但是那位把面粉带回家去的三天后就病了，很快就撒手人寰。

这些本土艺人普遍认为巴尔蒂斯坦的史诗很可能是从拉达克地区传播过来的。在这个传播过程中，南来北往的商人起到了很大作用，因为很多商人借助说唱史诗来排解商旅的寂寞。在巴尔蒂斯坦地区，盖瑟尔史诗尽管受到了伊斯兰文化的影响，但是史诗基本还是保留了藏族文化风格，在人民中仍然有着巨大的影响。史诗本身承载着民族最初的记忆，巴尔蒂斯坦人民通过史诗可以寻找到民族的故乡。人不仅要关注我现在是什么，去向何方，还要关注我从哪里来？我的故乡在哪里？如今，受到社会现代化的影响，巴尔蒂斯坦社会也在悄然改变，当地人害怕随着社会的发展，传统的史诗说唱艺术会逐渐被遗忘。这里的人民离不开承载民族原初记忆的史诗，他们对史诗的生存现状堪忧，也在为史诗的发展积极寻找出路。有当地人士甚至主张当地政府要通过广播等现代传媒形式大力传播民族瑰宝——《盖瑟尔》史诗。

三 吉尔吉特的格萨尔史诗传播

吉尔吉特位于巴控克什米尔地区，这一地区冰川耸立，河谷众多，人们主要生活于河谷地带，以农业为主。这里的居民从人种学来看，应该属于雅利安人，但他们的语言又不像雅利安语，很可能是雅利安语与土著语言的混合，洛里莫则认为这一语言可能"是雅利安人到来之前的一种语言体系的最后残留物"，一般称之为"祝夏语"。这里的居民多数信奉伊斯兰教。格萨尔史诗在吉尔吉特的传播主要是在罕萨地区，洛里莫版本的《格萨尔》就采集于此。

从故事内容来看，流传于罕萨的《格萨尔》故事并非是本地人的民间创作，其来源应该是口头传播于拉达克地区的《格萨尔》藏语版本。史诗在当地具有较好的传播基础，百姓普遍认为"如果有谁能把它讲得没有错误又没有遗漏，凯斯尔（格萨尔）就会带两只野山羊到他家的烟囱洞口，把它们的角交结在一起放在那儿。然后晚上给他们托梦通知他，清早，这人起来往那里一望，他就会发现山羊"。在这里，如果谁能把传奇讲得精彩被认为是十分神奇的，真正的传奇讲述高手并不多。

英国人洛里莫上校于1920年9月开始担任吉尔吉特的政治代表，一直待到1924年9月。期间，他热衷于本地的祝夏语语言研究，也涉及民间文化的搜集整理工作。在罕萨地区，精通《格萨尔》故事的人十分稀少。幸运的是，洛里莫了解到在罕萨地区的米尔官厅里有一位叫阿里·马达德（Ali Madad）的老人，他在当地算是一位讲述《格萨尔》史诗比较知名的人士。因此，洛里莫就从这位老人这里记录下了罕萨版本，取名为《凯斯尔的冒危》，并收入他所著的《祝夏语言》第二卷中，1935年于奥斯陆出版。

洛里莫版本的故事梗概是这样的：

他山之石

很久很久以前，藏区妖魔鬼怪横行，百姓们深受其害，民不聊生。单帕·米如和他的妻子就生活在这里。他的妻子怀孕十二个月却迟迟不能生产，单帕·米如为此去请教一位圣者，他一回到家就发现妻子已经给他生了个驴头人身的孩子，圣者给孩子取名为阿巴·敦布。后来，单帕·米如的妻子一个接着一个地生，接连生下了一百个孩子。圣者给长着狗头的孩子取名阿巴·基坦，给长着鹰头的孩子取名阿巴·晃通。

一天，单帕·米如去打猎，开了一枪打死了一只山羊，此时两个异乡人硬说那只山羊身上有两个枪眼，其中一个枪眼就是他们打的，因此这只山羊也是他们的。双方都说是自己先开的枪，争执不下，那两个异乡人提出，单帕·米如可以把山羊带走，但是一年后必须得把自己生的一个孩子给他们。单帕·米如就答应了。不久，单帕·米如的妻子又生了一个男孩和一头金黄色牛犊。单帕·米如信守承诺将孩子交给了异乡人，临别时孩子告诉父亲，一年后去屋顶接一滴露水，把这滴水给他的嫂子饮下。单帕·米如照做，不久，大儿媳怀孕了，儿媳的体内不断传出声音指引她生产的地点，从山羊产仔的地方到鱼儿产卵的地方，从马儿下驹的地方再到母牛生产的地方，最后还是回到了自家的屋子，她拖着疲惫的身躯生出了一对双胞胎，然而头生的孩子却把他的弟弟含在了嘴里，已经吞到了腋窝处，这时母亲严厉喝止了哥哥的荒谬行为。头生孩子则告诉母亲，我把弟弟含在嘴里也是为了他好，这样弟弟全身就会像铁一样坚实，否则弟弟的腋窝处还是肉胎，是最容易被伤害的地方。在以后的日子里，头生的孩子长得一天比一天瘦弱猥琐，后生子则一天比一天健壮英俊。他们分别被取名为庞刍、布木里弗坦，庞刍就是后来的格萨尔。

孩子们成人后决定分家，年长的狮心阿巴·基坦主持，阿巴·基坦硬是将坟地、河滩和女人们来月经时睡觉的屋子分给他，庞刍只得收下。他趁阿巴·基坦过河时摔倒了他，并将一颗狐狸心塞到了后者的嘴里，结果，阿巴·基坦越来越胆小如鼠。这时候，狐狸心阿巴·基坦又提出重新分家，庞刍分到了多数家产。

庞刍又丑又笨，大家经常取笑他。国王有七个女儿，大公主兰格·珠牡生得天姿国色，她听说庞刍长得龌龊猥琐，就故意命人找来庞刍嘲笑他。庞刍见到了大公主，暗下决心一定要娶大公主为妻。庞刍便用法术左右了国王，让他将女儿们下嫁贵族。庞刍又用法术污了公主清白，以此要挟公主不得不嫁给自己。

女婿们受国王指令去猎取布然卡普多诺——一头金色的牛犊。庞刍施展魔法变成一个骑着骏马、君临天下的君王。这般英俊容貌被偷偷前去观看的大公主看到，心中大喜，可没想到一阵旋风刮过庞刍又变回了原来的丑陋模样。风停之后，大公主倍感沮丧，庞刍则很坦然。大公主拦下庞刍想看个究竟，庞刍则要她回家。他要去杀死布然多普多诺，证明自己过人的能力。庞刍抄近路走在了六个连襟前头，又谎称歇息的地方没有水，来迷惑连襟们暗中派来的仆人。仆人们又忙于找水耽误了时间，庞刍因此远远走在了连襟们的前面。

庞刍来到金色牛犊面前，骗布然卡普多诺说他是外甥，正在被军队追赶。牛犊相信了他，便让庞刍钻入自己耳朵躲藏。庞刍随后毒杀了牛犊，拿了它金色的尾巴和鬃毛等，又抽取了它的骨髓一并带走，只留下了金色的皮毛在迪亚麦山上。女婿们到达之后朝着皮毛冲去，喜出望外，人人都高喊"我杀死了它！"他们瓜分皮毛回到王宫向国王邀功，但是他们谁也拿不出来尾巴、牛角、四蹄等诸物。于是，国王便把他们全都赶走了。庞刍回到家里，骗公主说他没有杀死牛犊，然后给她盛满半个胡桃壳的金牛犊的骨髓，叫她作为礼物送给国王。国王拿到骨髓，享受美味并在宫廷里传了一遍，人人陶醉赞叹，国王追问美食是什么做的，公主回答是庞刍给她的。当着国王的面，庞刍取出了布卡普多诺的金色尾巴和蹄角等物，国王大喜，重奖与他。他施展法术，用两个小布袋将整个仓库的油粮全部装走了，并告诉珠牡他让自己的岳父大人变成了穷光蛋。

不久后，庞刍要出去旅行，并告诉珠牡自己在家好好度日。在外出这段时间，庞刍征服了海域，不仅做了王，还娶了当地的公主。后来，他得知霍尔王乘他不在，侵略了他的国家，并掳走了兰格·珠牡。他发誓回归故国报仇。他回来后，发现珠牡已经背叛了自己的国家和他自己。珠牡知道自己小叔子的秘密，哪个地方是死穴。珠牡与一名士兵留下来，让士兵趁布木里弗坦不备向其腋窝射箭，重伤了他。见到自己的弟弟与小儿子先后被打败，阿巴·敦布亲自出击，杀死了霍尔王的大臣山图·米如。霍尔王大惊，珠牡却向他说阿巴·敦布已技尽智穷。霍尔王闻此心中有数继续向自己王宫走去，阿巴·敦布就回家了。重伤的布木里弗坦在拔剑时不慎伤及心脏生命垂危，临终时说格萨尔会回来给自己报仇的。那时，只要割下珠牡的鼻子扔在他的坟头，他就可以复活了。

庞刍出发寻找霍尔王报仇，途经门岭。此时，珠牡向霍尔王详细描述了把格萨尔的相貌特征，并说只要符合样貌的人杀掉就行。庞刍坐骑的尾巴被峭壁夹住，为了尽快赶路，庞刍答应峭壁，将来会将霍尔王与珠牡的两个孩子的头奉献给它们。走到桥边，守桥的士兵们见到庞刍，觉得这人十分符合珠牡提到的特征。可是庞刍极尽巧言之能事，让士兵们相信他只是个苦命人。他继续前行，用法术将门国的人都赶出去，剩下的人都被他用巨石压成了肉酱。

格萨尔来到了霍尔王的城市，遇到了店里的金匠，他用法术变换形貌，在金匠家做工，金匠感激不尽就将女儿许配给了他。庞刍用一颗稷粒把站在王宫屋顶上的珠牡胸前的银质胸花打裂，国王让金匠修复，庞刍又施展法术让胸花怎么也修复不了。几天以后，他悄悄拿走它，并修复完好，待珠牡来店里询问时，庞刍就嫁祸于她，说是她自己偷了胸花。珠牡认出了他，大声斥责金匠怎能雇佣了格萨尔呢，并扬言要告诉国王。金匠抱怨庞刍毁了他，而庞刍却安慰金匠，说珠牡不会去冒险告诉国王的，事实也是如此。

国王要求金匠到宫里打开他抢来的格萨尔用过的一张弓，庞刍想到物归原主的机会来了，便要求岳丈与自己一同前去，但是金匠嫌弃自己女婿丑陋怕别人笑话就拒绝了他。第二次庞刍再次要求，才终于如愿进宫。庞刍请求国王，自己能否试一下，并请国王允诺，如果失败伤及他人性命，不要怪罪自己，国王允诺。庞刍施展法术，用弓断之后的碎片击中宫廷里的其他人，国王一看这小子实在厉害，不怒而喜。他希望庞刍能帮助自己制服格萨尔，事成之后一定重奖他。庞刍用法术为金匠女儿打造了一座金宫，将她安置在里面，然后又用法术将宫殿送回了自己的国家拉马。

庞刍叫金匠给他打造了一百肘长的铁链，用此他套住宫殿的主梁，使其摇晃了起来。这时格萨尔变成他原来的样子，纵身跳入房里，打败了国王，收集了财宝，带上珠牡与她的两个孩子一道回国。途中他杀死了珠牡的孩子们，兑现了来时对峭壁的诺言，将两个孩子的头颅奉献给两个峭壁，也放走了守桥士兵。几天后，他抵达了自己的国家拉马，用珠牡的鼻子救活了布木里弗坦。庞刍还让珠牡为自己的另一位妻子金匠的女儿提了一年的水，作为对她的惩罚。格萨尔带着珠牡出来，把她安坐在御座之上，让卡提西居住在她的铁宫里。格萨尔当了王，人们称他是一位伟大的君王。

洛里莫认为这个版本的主要情节与拉达克本子大体一致，因此断定吉尔吉特的格萨尔故事源于拉达克的藏文本子。民间文学作品具有很强的文化吸附性，随着故事传播的展开，传播地的文化事象会通过民众的集体努力进入史诗体，从而实现了外来民间文学作品的本土化。格萨尔史诗传播到吉尔吉特以后，也实现了这一转变。在故事中，就有很多的本地文化特征。比如，平台屋顶以及带烟囱的房屋、起床前冲洗手脚的习惯以及打马球等，这些都不是藏族人民的习俗。这一地区，居民绝大多数信奉伊斯兰教，因此故事中不含有佛教文化，却有一些巫术色彩。在吉尔吉特，格萨尔教世主的色彩有些淡化，更多是一位代表人民意志的英雄。

吉尔吉特的其他版本还有几个。S. M. 阿巴斯·贾兹尔手头也

> 他山之石

有一个祝夏语的《盖瑟尔》故事,是罕萨厄尔迪的格兰德尔·沙叙述的,仅有两盘磁带。在吉尔吉特河谷的几个村子,诸如巴格罗特、赫拉毛希等也曾经流传过盖瑟尔的故事,但现在已经失传。人们只知道,在民族记忆中曾经有一个叫"盖瑟尔"的人物。

四 锡金及附近国家与地区的格萨尔史诗的传播情况

在喜马拉雅山南麓的锡金地区居住着一些雷普查人,有学者认为他们来自于西藏或蒙古,他们与夏尔巴人等来往密切,深受藏族文化影响。格萨尔史诗在他们中间也有流传,传播状况如何,现在没有很详细的资料。但是却有一个由包沃尔·斯考克于1927年发布的本子,使我们对这一地区的《格萨尔》文本有个大体了解,至于这个本子的来龙去脉如何却鲜有资料论及。这个《格萨尔》故事的名字是《岭格索怎样降服世间一切恶魔》,大体概况是这样的:

> 天上有个叫拉姆的国度,国王叫降布普鲁,王后叫提康吉姆,他们有七对儿女,只有小儿子岭格索孝顺父母。那时,人间妖魔横行,万分悲苦。降布普鲁就派幼子前去解救可怜的人类。岭格索答应了父王的安排,但他希望能够带走父王的金弓、金箭、金冠、金驹、金狗、金羊与金鸡。父王答应了他。当岭格索到达天人交界处的希尼隆当城的时候,他带走的马呀、羊啊都叫了起来。老王知道这是他的儿子马上就要离开拉姆国度到达人间了。这些畜类在叫声中死去,变成了颗颗麦粒。岭格索把这些麦粒装进了自己的袋子里一同带往人间。
>
> 岭格索从天上俯瞰尘世,看到一位妙龄女子在岭地织布。就在这时,一阵冰雹打向了大地。这个女子就捡起一个冰雹吃了,不久她就怀孕生产。结果,她发现生出的不是一个孩子,而是一个扎口很紧的布袋子。她把袋子一扔就滚下了山坡,恰

被一头母牛庇护。天上的母后看到顿时心酸不已,就拿把铁钩下凡人间,用铁钩打开布袋,里面是一个男婴,把孩子教给这个年轻的妈妈,并叮嘱她无论谁要这个孩子都不能给,否则会有生命之危。女人就把小男婴放到了自己家的第十二间房屋养育。

村子里有两个吃人恶魔,他们知道这个女人刚生了一个男婴,于是就去索要。女人说自己连婚都没结,怎么会有孩子呢!但是吃人魔就是不信,纠缠不放。男婴看到母亲如此痛苦,就干脆自己走了出来,让恶魔带走。恶魔把男婴放到锅里煮着就出门了。它们刚一走,男婴就把火灭掉,并取了恶魔的一把剑放在身上,藏在门后。两个恶魔回家打开锅要吃男婴的时候,男孩子突然跃出迅速斩杀了两个恶魔,并烧毁了它们的房。孩子赶快跑回家,妈妈正在痛苦,以为孩子已经被吃了。孩子告诉妈妈:"妈妈不要悲伤,我会成为国王的。"后来,孩子被拥戴为岭·格索干布王,并娶了白姆为妻。

岭王与妻子愉快的生活了十几年后,听说邻国有一个女妖。他便告别妻子前往擒妖。到了邻国以后,他发现原来有很多女妖。岭王便伪装成一位喇嘛,要教化她们。他对众女妖说他要用蜡修建一所寺庙,让她们在里面修行,众女妖深信不疑。没几年功夫,蜡庙就修好了。岭王带头进入寺庙修行,待众女妖进入寺院的时候,岭王又借口离开。这时,岭王放了一把大火,除了一位叫莎姆的女妖侥幸逃出以外,其他女妖皆被烧死。岭王将她擒住关在一个铁笼里。

在卡罗地方有个吃人恶魔,岭王要去消灭它。王后希望一同前行,但是岭王不允。王后执拗,岭王前行,她就尾随而行。岭王无奈就吐了口唾沫,霎那间唾沫变成了一条波涛汹涌的大河。岭王则变为了一名渔夫。待王后赶到河边,就问这名渔夫,是否看到国王从此经过。渔夫告诉王后没有看到有人经过,劝王后还是回家照顾家为好。岭王来到了恶魔居住的地方,爬上了一棵树吹起了笛子,悠扬的笛声引起了魔妻的注意。魔妻一打眼树上的岭王就爱上了他,并说恶魔会吃了岭

· 425 ·

他山之石

王。岭王也喜欢上了魔妻，并让她给自己在家里找个地方住。恰时，恶魔回家了，岭王马上变成了一只虱子藏在被窝里。恶魔两只獠牙分别挂着一个人尸与一个鹿尸，问老婆怎么家里有人腥味。魔妻说人腥味是獠牙上的人尸体发出来的。天朦朦亮，恶魔就出门捕人抓兽去了。日复一日，岭王在恶魔家里住了六七年的光景。有一天，岭王就对魔妻说，只要能告诉他怎样杀死恶魔，他就会娶魔妻为妻。魔妻告诉岭王，只要把附近的两棵椰子树与两口袋虱子消灭，恶魔就会死。岭王砍倒了两棵椰子树并用开水烫死了虱子。当夜，恶魔一命呜呼。

岭王与魔妻一起生活了三年多光景，也想回家看看自己的结发妻子了。回家以后，他得知他的妻子已经被自己的亲叔叔卖给了霍尔王。岭王在窗户上发现了王后临走时给他留下的话，于是便要去找王后。但是叔叔告诉他王后已经换地方了，找也找不到。叔叔说，现在国内也没有什么别的大事，我俩不如出去做生意吧。岭王也觉当下没有别的事情，就答应了。叔侄俩出发了，来到一座山巅，恰好夜晚来临，就决定在此过夜。叔叔故意让岭王睡在凹凸不平的岩边，岭王心里明白是何用意，他便把口粮袋子放在那里做自己的替身。深夜，叔叔起身把口粮带子踢下了山谷，并说这下国王可死定了。岭王一切都偷偷看在眼里，就回应说："没死啊，我在这里吃蜂蜜与米饭呢。"叔叔顿愕，慌不急促地说"我啥也没干，就怕你滚下山崖呢！"

第二天，没了干粮，他们决定还是回家吧。岭王想起叔叔的恶行，卖了自己的王后，还要加害于己，思忖如果不除掉叔叔，必有后患。归途中，有块扁平石头，岭王觉得会有大用。叔叔说，如果能找到藤条，自己就能把这块石头背回家。找了又找，叔叔就是没找到合适的藤条。岭王就说，可否撕下叔叔背上的一块皮子来做绳子。叔叔竟然答应了。岭王便动手从叔叔脊背上剥下皮子做成绳子，把石头捆的结结实实。石头一上背，叔叔感觉石头越来越重，最后被压死在石头下面。

岭王准备去霍尔国战斗，走之前给王宫管事留下话，只要是他的口信或书信，必须照办。岭王来到霍尔国，变成一个正在哭泣的小孩子，霍尔王抱起这孩子看到有点像自己去世的侄儿转世。但他也拿不准。侄儿生前曾经当过锻工打造过不少宝剑等武器，何不让这孩子去指认侄儿打造的武器来鉴别呢。岭王的天界姨妈马上变为一只白蝇飞到岭王身边，告诉他去抓起白蝇点过的武器。岭王照办，霍尔王也认为这小子就是侄儿的转世。岭王当起了锻工，他按照霍尔王脖子的尺寸偷偷打了一口宝剑。

  岭王写信告诉王宫管事，让他三天之后送来两支箭，一支是岭王亲自制作的，另一支是女妖莎姆用红黑铁铸造的。他希望这些箭能够穿云越雾而来。接着，岭王告诉霍尔王，有敌人来进攻。霍尔王就派"侄儿"与大军前往山顶迎敌。人马刚到，就见那两支箭变为千万支箭遮天蔽日地飞向霍尔军阵，全军覆没，"侄儿"幸存。次日清晨，霍尔王亲征，也是如此结果，仅自己与"侄儿"得以幸免。

  深夜，霍尔王没有睡沉，听到有动静，就醒来问"侄儿"在干什么。"侄儿"正在吃蜂蜜与米饭，但他告诉霍尔王说自己正在吃自己砍下的手与肘。敌人要来了，就剩我们叔侄二人了，还不如在死前好好吃点。霍尔王说，那你也帮我砍下手和肘吃吧，"侄儿"照做。但送到霍尔王嘴里的却是蜂蜜与米饭，霍尔王说："疼是疼点，但味道还不错。"这般如此，"侄儿"哄骗霍尔王先后砍下了自己的脚/鼻子与耳朵。岭王看到已经去除了霍尔王的四肢，知道是动手杀死他的时候了。他取来先前按照霍尔王脖子尺寸打造的那把剑，在自己妻子白姆的帮助下砍下了霍尔王的头颅。岭王又返回了霍尔王宫杀死了霍尔王的儿子。

  岭王与白姆王后在返回岭国的时候，霍尔国大臣前来追击，要为死去的国王及王子报仇。岭王看到来人满身盔甲，就让霍尔臣先动手。霍尔臣开弓放箭，却只射中岭王的马背，而没有伤及岭王。岭王于是从霍尔臣的马匹肚子上割下一块肉补在了自己战马的伤处。轮到岭王出招了，他让霍尔臣站直身

> 他山之石

子，手里举着一颗针，如果自己放箭能够穿针而过，那就是自己赢了。霍尔臣照办，岭王看到霍尔臣手臂下面有块地方没有铠甲遮盖，于是就瞄准那里射出一箭，霍尔臣立毙。岭王将霍尔臣的尸首放到马背上，并绑上了一个大篮子，里面盛上满满的辣椒面，用力踢马。马飞也似地跑回了霍尔国，留守大臣们以为凯旋而归呢，谁知顿时辣椒面四处纷飞，直入眼鼻，很快毒杀了霍尔臣民，一个不剩。

随后，岭王与王后返回王宫，过起了幸福生活。岭王就是这样降伏人间一切恶魔的。

在尼泊尔的夏尔巴人中也有《格萨尔》传播，这很可能是与夏尔巴人的迁徙有关。据说，夏尔巴人最早居住在藏东的德格与木雅地方，大约16世纪的时候迁徙到了现在居住地。其实，在他们迁徙之前，他们的祖先就已经传唱着格萨尔史诗，他们迁徙的时候，也一起带走了这部史诗。1959年后一些藏族人士也来到这一地区居住，带来了在本土继续发展的史诗文本，与早已传播到这里的史诗文本产生了新的融合。在夏尔巴人中，熟知并能够说唱史诗的都是一些颇有学问的喇嘛。关于夏尔巴人中史诗传播，目前仅能知晓这些。

此外，不丹人多数来自我国西藏的东部，讲藏语，信仰藏传佛教，属于藏族文化圈，在历史上与我国的西藏联系密切。因此，藏族史诗《格萨尔》在不丹王国也有传播。自20世纪下半叶以来，不丹王国也加大了对民间文学作品的搜集保护工作，搜集出版了不少《格萨尔》手抄本，迄今为止，已经出版了30余部。

五　蒙古《格斯尔》史诗在国外的传播

蒙古族格斯尔史诗显然是受到了藏族格萨尔史诗的影响才产生的具有蒙古民族特色的民间文学作品。在格萨尔史诗传入蒙古族以后，随着蒙古民族的迁徙，史诗也传播到了国外蒙古族地区，并产生了很大的文化影响力。

有关蒙古族英雄史诗《格斯尔》的产生时间问题，在格学界曾引起广泛的争论，一般有三种观点。一种观点认为蒙古族《格斯尔》产生于11—13世纪，也就是与藏族格萨尔史诗的产生时间大体相当，因为史诗所反映的社会历史现实符合那个时代的特征。第二种观点认为蒙古族英雄史诗《格斯尔》产生的时间应该在16世纪末或之前的一段时间。因为蒙古族学者格日勒扎布认为《诺木其哈敦本》是蒙古族英雄史诗《格斯尔》最早的版本，而这个抄本的时间是1590年，因此蒙古族英雄史诗《格斯尔》产生的时间应该在16世纪末或之前的一段时间。还有的学者从宗教传播的角度，认为蒙古族《格斯尔》的产生应该在黄教在蒙古地区的传播之后，因此断定蒙古族《格斯尔》的产生会在16或17世纪前完成。第三种观点认为，蒙古族《格斯尔》产生的时间是在17世纪后半叶。这一观点主要的代表人物是蒙古族学者玛·乌尼乌兰，他认为蒙古族《格斯尔》的产生与自达延汗时期蒙古族的迁徙青海有关。考虑到史诗自身发展规律、史诗内容、情节及传播者的情况，第三种观点似乎更为可靠。

后来随着蒙古民族不断地征战，人口分布到整个亚欧大陆，蒙古人走到哪里，史诗就跟到哪里，传播区域就不断向外扩展，向北、向西北一路传播，从蒙古人民共和国、俄罗斯贝加尔湖畔的布里亚特、图瓦共和国，一直到伏尔加河流域的卡尔梅克。蒙古格斯尔史诗的传播路线与蒙古民族的人口流动路线一致的，可以说凡是有蒙古人的地方就有格斯尔史诗。

（一）《格斯尔》在布里亚特的传播

蒙古族《格斯尔》作为说唱文学，是普通群众所喜闻乐见的群众性说唱艺术形式，其口头流传的范围相对文本的传播较大受到地域空间和族群聚流的影响，离开了广大的民族群众的喜爱和支持，说唱艺术也就走到了历史的尽头。总体说来，蒙古族《格斯尔》在国外的传播有四个地方，分别是：俄罗斯的布里亚特、卡尔梅克、图瓦及蒙古人民共和国。

布里亚特人的祖先原游牧于外贝加尔地区，最早提及布里亚特

他山之石

人的是《蒙古秘史》，是术赤降服的一林木中百姓部落，名为"不里牙惕"。到蒙古帝国时代被蒙古化，说蒙古语，后成为蒙古民族的一支。布里亚特人分布于俄罗斯、蒙古国与中国境内，绝大多数人口居住于俄罗斯的贝加尔湖周边地区，传统上信奉萨满教，东贝加尔湖地区的居民则多信喇嘛教。布里亚特人与藏族共同的宗教信仰为格斯尔史诗的孕育发展提供了沃土。

格斯尔史诗在布里亚特人中的传播具有很大的生命力，版本众多。根据苏联学者E. O. 洪达耶娃的研究，在布里亚特有一个流传较为广泛的《格斯尔传》版本，这个本子不仅有口头说唱还有手抄本。这个本子受到了世代艺人的再创作和加工，用自己的语言、词汇、乃至当地的俚语进行说唱，有些具体情节也有改变，但整体布局、结构和内容仍然保持了原有的面貌和风格。这种内容上的修改、增删和补充随着时间的推移，使史诗内容不断丰富，逻辑不断严密，故事脉络愈发清晰。这也给我们启示，蒙古族英雄史诗《格斯尔》的发展和创作过程，很多流传民间的英雄故事也有机地融入到史诗中来。不同区域的民族群众总是会根据自己的喜好，来进一步丰富和完善他们心中的英雄故事，从而使各地流传的不同版本的《格斯尔》都披上了浓郁的地方民间文化的盛装，从而更加增添了英雄史诗的色彩和魅力。

不同的史诗版本中，对于格斯尔的诞生、对于他的功绩、对于他的婚事、对于他同蟒古思的斗争等都有不同的描述。比如格斯尔幼年时同恶魔及其对等物的斗争。在一个版本中，格斯尔先后战胜了谋害他的几个青年、两只乌鸦和黄色蚊子等。在另一个版本中，婴孩格斯尔用柽柳鞭子把跑向他的老鼠打成两半，用套索套住大黄蜂并用柽柳鞭子把它打死，又用这把鞭子消灭了七个黑魔王和九个黄魔王。还有的版本中，幼年格斯尔的名字叫波里根特古德尔，他先是向父亲汗霍尔木斯塔拿到他急需的东西，然后设计混入九个黄色魔王那里，再用他的黑色魔棍把他们全部赶进海里。从以上的简要对比中，我们可以看到，史诗故事的结构原型其实是一样的，那就是婴幼年时期的小格斯尔从小就表现出非同常人的思维能力和勇敢，很小的年纪就战胜了那些图谋加害于他的各种恶魔，颇具魔幻色彩。

我们想说的是蒙古族《格斯尔》传播到布里亚特之后，和当地的神话传说、英雄故事融合在一起，形成了独具布里亚特特色的蒙古族《格斯尔》异文版史诗，它们和从北方传播过来的史诗一样，共同构成了蒙古族《格斯尔》的重要内容。

（二）格斯尔史诗在卡尔梅克的传播

卡尔梅克共和国是俄罗斯联邦的加盟共和国之一，属于南部联邦管区，国土面积有七万多平方公里，人口约31万，其中卡尔梅克人口占53.3%，俄罗斯人占33.5%，首府是埃利斯塔。卡尔梅克人信仰藏传佛教，俄罗斯人信奉东正教，语言是卫拉特语，卫拉特语是蒙古语言的一种，而卡尔梅克人的主体属于历史上卫拉特蒙古的一支。

在明末清初的时候，卫拉特蒙古分成了四个部落，分别是和硕特、准噶尔、杜尔伯特和土尔扈特。在各部落发展的过程中，准噶尔部不断发展壮大，成为这四个部落中最为强大的部落，但是在发展过程中也与其他部落产生了一些矛盾，其中最为突出的就是其与土尔扈特部的冲突。土尔扈特部不愿意接受准噶尔部的统治，1616年在部落首领的带领下土尔扈特部向北穿过吉尔吉斯大草原来到了西伯利亚地区生活，在这里他们与沙皇俄国达成了协议，暂时居住了下来。后来沙皇俄国对土尔扈特人的压榨愈来愈甚，激起了土尔扈特人的极大不满。在首领渥巴锡的带领下有十七万土尔扈特人克服重重困难越过辽阔的哈萨克大草原东归祖国。其余未归的九万土尔扈特人仍然留在了伏尔加河的下游地区，发展成为今天的卡尔梅克人。从整体上来看，卡尔梅克人是蒙古土尔扈特人的这一支，因此从族源上来讲，卡尔梅克人也属于蒙古民族。卡尔梅克人与蒙古民族的这种关系，使得他们很自然也就承袭了蒙古民族的一些文化基因，在信仰上都信仰藏传佛教。正是族源上的一致性，使得蒙古族《格斯尔》能够在卡尔梅克人中间流传。

格斯尔史诗也随着土尔扈特人的西迁流传到了伏尔加河流域，卡尔梅克地区的史诗说唱传统同样具有恒久生命力，一直延续到现在，文本也比较多。20世纪早期，卡尔梅克学者瓦其尔就从其搜集的35个托忒文文献找到了失传已久的12部《格斯尔》，目前共搜集到卡尔梅克《格斯尔》至少有15部之多。卡尔梅克共和国科学院收藏一部托忒文《格斯尔汗传》，这是最古老的卡尔梅克手抄本，这个本子源于新疆的卫拉特蒙古《格斯尔》。从内容上来看，这个本子与北京木刻版《格斯尔》和隆福寺《格斯尔》都有关联。

除了以上提到的手抄本，在卡尔梅克还搜集了多个口传本，这些口传本一般篇幅都不是很长，由于是口头传播，内容具有更大的灵活性，更具有民间特色。口传本在内容上仅保留了新疆卫拉特《格斯尔》的主要情节，并没有形成像《江格尔》那样的叙事长诗的规模，而是作为片段故事来流传的。

（三）在图瓦共和国的传播

在全世界，图瓦人总人口约二十万左右，属于一个跨境民族，有两万余人居住在蒙古国，其余的图瓦人则分布在俄罗斯与我国的新疆北部地区。图瓦人族源有两个，一个是铁勒—突厥，另一个是鲜卑—蒙古，其民族有蒙古族的成分。图瓦人与蒙古族一样最初都有自己本民族的原始萨满信仰，但是在蒙古民族接受了藏传佛教以后，与之关系密切的图瓦人也随之改信藏传佛教。图瓦人无论是从族源还是从宗教、生活方式上，都与蒙古族有着极为亲近的关系，这也是《格斯尔》能够在图瓦人中传播的基础。

在俄罗斯联邦图瓦共和国民间流传比较广泛的一个版本，名字叫《十方之主、斩除十恶之根源的阿齐图·克孜尔·篾尔根传》（简称《克孜尔》）。中国社会科学院的斯钦巴图研究员曾经专门把它与蒙古《格斯尔》进行了比较研究，发现二者之间属于源流关系，蒙古《格斯尔》是源，图瓦《克孜尔》是流。他发现两部史诗的故事情节存在高度一致性，史诗中人物的名字也存在较强的对应关系。《克孜尔》故事，"均在蒙古文《格斯尔》中找到相应故事，并且在主要情节上，均与北京木刻版《十方圣主格斯尔可汗传》一一对应"。两部史诗的人物名字也基本相同，如珠儒（朝儒)、哲萨·其赫尔、图们吉尔嘎拉夫人、阿珠莫尔根夫人等。而且,"图瓦史诗艺人们都承认他们讲述的有关克孜尔可汗的故事,是从蒙古人那里传播过来的。"但是图瓦的《克孜尔》毕竟不是百分之百的蒙古《格斯尔》,像传播到其他地区的蒙古族《格斯尔》一样,它融入了自己本民族的语言、故事,是对蒙古《格斯尔》的再创作,所以,在图瓦《克孜尔》中有不少故事情节的变化,有增有删,以使故事情节更加曲折生动,人物形象更加突出。如"蒙古《格斯尔》中以暗示的方式处理的格格莎·阿穆尔吉勒夫人和巨人结合的情节,在图瓦《克孜尔》中以明确交代的方式进行了处理"等。除此之外,图瓦《克孜尔》更有本民族的创作成分,如《阔尔布斯塔天神的儿子阿齐图·克孜尔·簸尔根》一章就完全是图瓦人自己的独立创作。

(四) 在蒙古国的传播

蒙古国原属于我国领土,与我国的内蒙古地区都属于蒙古民族的聚居地。内、外蒙古地区具有相同的文化基因,受藏传佛教文化影响很大。在历史上,史诗在蒙古地区的传播是不分内、外蒙古的,由于历史原因外蒙古地区在民国时期获得独立,因此将史诗在外蒙古地区的传播也列入国外传播的考察视域。

蒙古国《格斯尔》流传地主要是蒙古人民共和国的喀尔喀部,在这里也发现了多个史诗版本,极具民族特色。《诺木其哈敦本》堪为蒙古国《格斯尔》的典范,这个版本最早是1930年在阿鲁杭盖省发现的,一般认为这个版本形成于1590年。其他在蒙古国发现的主要版本还有:在西部科布多发现的《卫拉特托忒文本》,该版本共有7章;1936年在策策日力克市的扎雅·班弟达藏书馆收藏的《咱雅本》,该书共有18章;20世纪初在库布斯古勒省的阿尔善图发现的《岭·格斯尔》,该书为蒙古文,共29章;1918年蒙古人民共和国学者扎木萨拉诺从内蒙古一个人手中得到《扎木萨拉诺本》,该书为蒙古文,共6章;此外还有策·达木丁苏伦用新蒙文搜集整理的《格斯尔传》。从以上列举的手抄本来看,这些手抄本在中国内蒙古、新疆也都有发现,而且从史诗传播的角度,很可能是从中国新疆、内蒙古

· 433 ·

他山之石

由僧侣、说唱艺人等传播过去的。

《格萨尔》史诗最初孕育于青藏高原，借助艺人的口头传播，史诗就如蒲公英一样随着艺人的脚步传播到了各地，落地生根。史诗传播的地方越多、越远、越辽阔，接触到的受众群体越大，那么史诗的素材库也就随之不断扩大，而且这种素材库具有鲜明的地域性与民族性特征。因此，在亚洲大陆广阔的区域内形成了具有不同风格的《格萨尔》史诗系列文本，在青藏高原、蒙古地区、克什米尔地区、伏尔加河流域、遥远的西伯利亚及喜马拉雅山地区，都形成了独具特色的地方性史诗文本，史诗的名字也各不相同，如《格萨尔》《格斯尔》《吉斯尔》《盖瑟尔》等。其中蒙古族的《格斯尔》当属《格萨尔》系列文本中传播面积最为广大的。其实，蒙古族的《格斯尔》文本在各个地方也不完全相同，也具有鲜明的地方性特色，因此在《格斯尔》文本中又形成了一个亚系列。在《格萨尔》系列文本中，最大的一个亚系列文本群当属蒙古族《格斯尔》。

蒙古族具有丰富的史诗传统，除了《格斯尔》，还有《江格尔》等民族英雄史诗。蒙古民族早期的扩张战争，使他们了解到了各地的民族风情与历史文化，这为他们孕育多个民族英雄史诗奠定了基础。《格萨尔》有个最大的特点就是史诗的圆形结构，每一部的叙事都有固定的模式，因而民间艺人就会将所见所闻都纳入到这个"模子"中进行加工，于是就形成了总体上基本一致，但是又各具特色的地方性文本，但是这些不同版本间的"亲缘"关系却是显而易见的。

六 国外知名格萨尔学专家

（一）法国藏学家石泰安

石泰安先生于1911年6月13日出生于德国施韦茨，从青年时期他就对中国文化产生了浓厚兴趣。后来他进入柏林大学学习，专业就是汉学。1933年的时候，德国法西斯势力抬头，他们对犹太人表现出了极度的仇恨。在这种状况下，一些具有先见之明的犹太人开始远走他乡来逃避法西斯可能带来的迫害。也就在这一年，石泰安来到了法国中部的一个小镇住下，潜心学习汉语，并师从著名的汉学家葛兰言先生，研究中国的古代社会。葛兰言先生去世后，机缘巧合下，石泰安转入藏学界。第二次世界大战期间，石泰安被征兵到越南打仗，先后任山炮炮兵和法军司令部翻译，曾一度被日本侵略军俘虏。日本投降后，他复员回到巴黎，后又和法国青年汉学家在北京创办中法汉学研究所，使他有机会到四川打箭炉（今康定市）一带旅行，挖掘出了《格萨尔》的三部木刻本。此后石泰安展开研究，于1959年以博士论文的形式完成了巨著《西藏史诗和说唱艺人研究》。本书分为九章三卷，第一卷是文献及版本分类问题，第二卷则从考据学的视角探讨了史诗相关的历史文化事象，第三卷则考察了史诗的文本问题，内容涉及到了说唱艺人、民间影响及宗教问题。陈岗龙认为，其"知识的渊博和方法的新颖使之至今还没有第二部研究格萨尔的著作在深度和广度上超过它"。此书在巴黎作为《汉学研究丛书》第13卷由法国大学出版社出版。甫一出版，便迅速引起了国际藏学界的极大关注与兴趣，被国际藏学界奉为"当代格萨尔史诗研究的高度概括性总结，认为它代表着当代有关这一内容的最高权威"。石泰安对于格萨尔在世界范围内的研究状况，尤其是史诗的古文献、起源、文本、绘画、遗迹、文本与口传演变的前后关系、岭地及附近地理的沿革历史、冲木·格萨尔与岭·格萨尔的关系、史诗的内容、史诗的民间影响和社会背景、英雄的特征等问题做了深刻的分析，成为研究格萨尔的必读参考书目。著作中的某些观点，比如格萨尔的"凯撒说"、格萨尔的"宗教说"等，在今天看来虽然已经过时，甚或荒谬，但这并不妨碍石泰安先生在格萨尔研究领域的突出贡献，他的著作成为难以逾越的学术巨著。

　　石泰安先生的研究对于格萨尔的发展来讲具有里程碑式的意义。在其之前的研究多处于一种自在状态，格萨尔史诗研究没有作为一个学术命题呈现出来，有的成果附着在史诗文本出版物里，有些则存在于出版物的前言、译者注或后记里面。研究领域分散，往往依据本人所拥有的本子或资料就下结论，不仅问题没解决还

他山之石

引起了诸多没有多少价值的争议。对于一些所谓的"元问题",格萨尔学界现在仍然在争论,已经陷入了一个怪圈,没有尽头,没有答案,但还在乐此不疲,浪费了大量的学术资源。我们反过头来回溯格萨尔研究的历史,发现这些问题的滥觞就在这些早期成果中。

石泰安先生首次以专著的形式对格萨尔史诗进行系统研究,涉及到了方方面面,是格萨尔研究中的奠基之作。他提出了很多原命题,在其后的几十年里,格萨尔学界也基本在围绕他的命题开展研究。20世纪80年代以后,我国格萨尔学的重新崛起,也就是在回应石泰安提出的原命题的基础上发展起来的。近几十年来,我国格萨尔学的发展也基本上是对石泰安提出的问题进行深化研究。因此,我们称石泰安先生开创了现代格萨尔学并不为过。

(二) 法国藏学家达维·妮尔

亚历山大·达维·妮尔(1868—1969)是法国著名的东方学家、藏学家、探险家和"女英雄",101年的人生历程中充满了传奇,有着太多近乎神话的故事。她游历过许多东方国家,长期生活在我国藏区和印度,著作等身。从20世纪20年代起,在法国乃至欧洲就如同明星般耀眼,96岁时还被授予法国第三级荣誉勋位。她是目前所知,世界格萨尔学术圈中寿命最长者。

她的前半生几乎都在做田野调查,多次深入我国藏区了解当地的历史文化,她对佛教和民间文化的研究也颇为深入。她的所有学术成就几乎都和她亲力亲为的田野考察紧密结合在一起。

她也是一位对中国新政府抱有极大好感的西方人士。在她晚年,西方某些大国和各种反华势力却借所谓的"西藏问题",掀起反华大合唱,大肆宣传"中国侵略西藏"的谬论,一时间蒙骗了不少对西藏历史文化不甚解的人们。她对这些论调十分不解和反感,出版了《古老的西藏面对新生的中国》,根据自己在西藏的见闻和多年的研究,告诉人们以下事实。许多世纪以来,西藏的历史就与中国密不可分,汉族、藏族之间在历史上"时而干戈相向,时而玉帛互往,两个民族的联系却难以置信地不断加深",中国中央政权从来就没有放弃对西藏的主权。中国人民解放军进藏，无论是乡村还是城镇，除了反动分子没有人向他们放枪，所到之处都受到了藏族百姓的热烈欢迎。那些口头上认为西藏是受侵略的西方人实则是根本不了解西藏的真实情况。她作为一位真正见证过西藏百年发展史的世纪老人，她的真知灼见在西方社会是震耳发聩的，毕竟她的见解都是建基于自身亲历与观察，这是那些西式"聒噪者"无法超越的。

达维·妮尔于20世纪30年代在康区做田野调查时，从一位说唱熟练的史诗艺人那里搜集到了一个流传在康区的《格萨尔》本子。妮尔在义子永登喇嘛的帮助下将这个本子翻译为法文，法文译本的名字是 *La vie surhumaine de Guésar de Ling*。这个法文本子后来又译为英文，我国的陈宗祥先生又将这个英文本翻译为汉文，汉文转译本的名字是《岭超人格萨尔的一生》。

《格萨尔》的法文译本并不多见，但是这个法文译本的质量却很高。达维·妮尔女士身为法国人，出于对东方文化的热爱来到中国藏区进行学术考察。她首先是一位旅行者，其次才是一位学者。她前前后后在藏区居住过较长时间，这为她获得较高质量的本子奠定了基础。她获得的源文本的质量要高于弗兰克所收集到的拉达克的本子。她的翻译工作又是在一位谙熟藏族文化的喇嘛帮助下完成的，因此她的译文更好地传递了藏族文化的原汁原味，对于史诗中的文化诠释显得更为专业。她根据文本的具体意思灵活运用了归化与异化翻译原则，使得她的译文本较好地处理了译文过程中不可避免的文化缺额问题。

达维·妮尔女士在严格意义上来讲算不上是一位传统意义上的学者，她所撰写的有关文字就能证明这一点，但是她所搜集和翻译的这个本子却使更多西方人了解到了近乎原汁原味的格萨尔史诗，这已经足以使她在格萨尔学界扬名立万。

（三）蒙古国格学家策·达木丁苏荣

策·达木丁苏荣是蒙古国的知名学者，在《格斯尔》研究领域贡献颇大。他参加过蒙古人民革命军，做过青年团的工作，

他山之石

1932 年在蒙古科学委员会语言文学研究所开始了他的文学研究之路。后来又去过苏联列宁格勒东方学研究所研究生院学习，回国后还做过党的宣传工作。1950 年被任命为蒙古科学委员会主席，后来任蒙古作家协会主席，1961 年被选为蒙古科学院院士。后来还当选为蒙古第一、二、三、四届大呼拉尔代表与大呼拉尔主席团成员。其学术研究成果主要在文学方面，被誉为当代蒙古三大文豪之一。

达木丁苏荣在《格斯尔》领域的突出贡献就是文本研究，他是世界上较早运用马克思列宁主义文艺理论系统研究《格斯尔》史诗文本的学者之一，他对史诗文本的重新阐释时至今日仍然具有较大影响力。他综合考察了多个蒙古族《格斯尔》文本，提出了《格斯尔》具有独特性、人民性和历史性三个特征。版本的差异，以及各阶级对格斯尔可汗的不同看法，最终造就了《格斯尔的故事》的独特性。《格斯尔的故事》既不宣扬宗教，也不歌颂战争和封建统治，它只是"人民大众保卫自己家乡的正义战争的颂词"，代表了广大普通劳动人民渴望幸福生活的夙愿。他认为，格斯尔是伟大的历史英雄，体现了大众的夙愿，彰显了广大贫苦牧民要求征服社会恶势力的理想与诉求，是古代人民智慧与力量的化身。达木丁苏荣肯定了《格斯尔》的历史价值与社会价值，史诗体现了反对封建专治、提倡民主平等的核心思想，史诗具有鲜明名族特色与地域特色，是蒙古民族的艺术瑰宝，更是社会主义国家的重要精神财富。

他走出民族视野，从"世界文学"的视角审视格萨〈斯〉尔史诗，对多民族文本进行比较研究。达木丁苏荣还与藏文格萨尔史诗进行了比较研究，抛出了"源"与"流"的问题，经过多年学术争论，最终也接受了藏族格萨尔史诗是"源"，蒙古族格斯尔史诗是"流"的结论，体现了一位学者的客观性与公允性。

（四）美国藏学家罗宾·布鲁克斯·科尔曼

罗宾·布鲁克斯·科尔曼教授（1947—2007），是一位著名的藏学家与格萨尔学学者，也是美国克鲁格国际研究中心的会员。

他毕业于普林斯顿大学，获得比较文学博士学位，此外他还在科罗拉多大学和印第安纳大学中攻读过其他专业学位。青年时期的科尔曼在那罗巴大学遇到了一位藏族宗教学者，之后便拜其为师，两人师徒情谊持续了整个后半生。科尔曼教授熟谙藏文，是一位知名的藏文翻译家，是那兰陀寺翻译小组的一员，曾将藏文版诗歌集《慧雨》译成英文。他一生中翻译了很多藏文资料，但是最为知名的还是他翻译的格萨尔史诗。

科尔曼教授文字水平很高，能够自如地驾驭藏、英互译技巧，文学修养也很高，他翻译起作品来，理解更为透彻，表达更为贴切。由于其出色的藏英翻译水平，美国多个基金会或社会团体都曾经资助他翻译这部卷帙浩繁的史诗。科尔曼为此到美国国会图书馆亚洲部查阅了所有收藏到的史诗文本，他必须要为自己的翻译选择一个经典"母本"。在有生之年，他翻译了长达八百多页的格萨尔史诗，并由企鹅出版社出版。

科尔曼教授对待藏学研究是极其虔诚与笃定的。比如，他手里有一个史诗文本，他为了搞清楚里面的语言情况与文化情况，会想方设法进入孕育这个史诗文本的部落。当他无法进入这个部落的时候，他就尽可能来到相邻部落获取史诗文本情况。科尔曼在细密的田野调查过程中，搜集整理了一百多卷文本或抄录的材料，记录了时长达两千一百多个小时的口头表演。作为偶得，他还收集了一百余件和格萨尔有关的物品，其中包括20世纪40年代以前已经翻译成的史诗文本，还有格萨尔王的画像与手工艺品，比如绘有格萨尔王的织锦等。他还不迷信手中的文本，为了求证文本中的诸多情节或不清晰的地方，他甚至会来到藏区从艺人那里再亲自录制史诗说唱。他对待学术是审慎严格的。他在翻译文本的过程中，发现史诗翻译不能仅仅做到文字互译，更应该实现文化的真实传递。他在翻译的过程中发现，藏传佛教文化博大精深，对于一位西方学者来讲在短时间内很难彻底理解宗教教义，这给史诗的翻译工作带来很大困难。他认为一位异文化翻译者最好找一位熟谙本土文化的报道人来参与翻译，这样就能较好解决文化背景缺位的问题。他的这些思路和尝试与法国格萨尔学家达维·

他山之石

妮尔的史诗研究和翻译工作有异曲同工之处。

科尔曼的学术研究不局限于传统的文学视角，他沿着石泰安开辟的史诗研究的人类学路径继续前行。通过田野调查，他发现史诗承担着重要的社会功能，那就是能够引导青年人积极向上，建立正确的人生观，在一些地区史诗英雄人物已经成为当地年轻人的精神象征。

科尔曼教授最富有盛名的成果就要数《史诗岭·格萨尔佛教化文本的对比研究》了，也是他的博士论文，是西方格萨尔学为数不多的经典之作之一，使我们进一步了解了西方异文化视野里的格萨尔史诗的世界文学价值。在一定程度上，这部著作堪与法国格萨尔学家石泰安先生的扛鼎之作相媲美。

这一成果是通过西方的学术传统对东方史诗进行阐释，特别是将格萨尔史诗与印度史诗和古希腊史诗等世界知名史诗进行比较研究，凸显了藏族格萨尔史诗的学术价值与巨大的文化影响力，极大提升了格萨尔学在世界学术平台上的话语权，使更多的西方人士从学术角度进一步了解了格萨尔史诗。

结　语

随着全球化的发展，世界各国间的文化交流也日趋深入，格萨尔史诗的世界影响力越来越大，更多的国外学者与艺术家积极将人类艺术瑰宝《格萨尔》传播到世界各国，多版本、多语种的译作越来越多，多种艺术形式的格萨尔艺术展演也日趋丰富。以前谈及史诗，必言荷马，但是随着《格萨尔》的国际化发展，这一局面会得到根本改变。

后　　记

　　本书从酝酿到付梓历时短短的一年半，值此付印之际，尽管关于成书的过程、编撰的立意等在序言中已有陈述，但仍感意犹未尽，不禁欲诉诸笔端。本书是众多学者的心力之作，虽说它谈不上曲终奏雅，也不敢妄言有什么前无古人的发现和创新，但有一种自信让我可以抒怀：它像是格萨尔史诗近二百年传统学术的回声，是对这部史诗传统理解方式的全新审视，力求呈现这一领域内的国际学术视野。它也更像是一部交响乐，有其曲高和寡的独立乐章和演奏，也有起承转合的旋律起伏，音色、声音强弱和演奏结构的分层和相互配合，乍一听起来整部作品似乎参差错落，不拘一格，但它毕竟不是零碎的、杂乱的声音混合，而是合奏的雄浑乐章，具有悠扬而坚定的品质。读者既可以从中一窥史诗叙事的一系列传统命题及其基本涵义，又可以体悟学术的当代转型。故，就本质主义学术范式下步履蹒跚的《格萨尔》学科而言，这是一册"开风气"的小书。

　　本书从酝酿、组团书写、成书到付梓，可谓一气呵成，顺畅而通达。这并非我有什么驾驭全局、了然于胸的超凡能力，而是承蒙得到各方力量支持。首先，本书之成得益于国家提倡惠泽万众的传统文化大复兴的伟大战略，得到文化和旅游部非物质文化遗产统筹保护项目、中国社会科学院和民族文学研究所的鼎力支持。同时也得到众多学者和有识之士的智力回应。回想2019年年初的一天，突然接到在天津南开任课的徐美恒教授的电话，他想专程来北京造访我，我和徐先生素未谋面，但在一些学术刊物上拜读过他的一些文章，大致了解他在天津几所大学教授藏族文学课程，

后　记

所以接到他电话时也并未感到很意外，但出乎我意料之外的是他也在为学生讲授相关《格萨尔》的内容。之后他如约来到北京，我俩在一家酒店的咖啡厅会面，在谈话间他屡屡提到在他授课过程中最缺乏的是适合大学生的格萨尔史诗读物问题。于是我俩一拍即合准备写作一部适合大学生和普通读者的《格萨尔》读本。但此读物的写作要以读者的需要为出发点。故决定在写作前做一次校园的问卷调查，读物的内容根据问卷所体现的需求来设计。之后我很快设定了21个关涉格萨尔史诗的基本命题并发给了他。他在很短的时间内也根据我提供的话题设计出了两份不同的问卷，随后在南开大学和天津大学的本科、硕士和博士研究生中发放，参与调查的学生逾千人。之后，我应约前往云南昆明，分别在云南大学、云南师范大学和云南财经大学进行一周的巡回学术讲座。这次讲座并非是一次简单的学术之旅，是带着读本写作前期的工作任务和诸多的问题而去，每次讲座都按惯例安排了与师生的提问互动环节殿后，这样有了与年轻的学子们面对面互动交流的机会。从与学生的互动过程中积累了大量的第一手材料和信息。尽管许多同学对《格萨尔》知之甚少，但对格萨尔史诗所表现出的热情和兴趣令我难忘。青年学子们的热切需要为我下决心组建团队写作这本读物提供了很大的信心和勇气。2019年7月，我们在山东烟台组织召开了"格萨尔通识读本的当代书写与传播理论实践"专题研讨会，在研讨会上，专家学者认为，在我国藏、蒙古和柯尔克孜等民族中广泛流传的《格萨（斯）尔》、《江格尔》和《玛纳斯》同时分布在一带一路多个国家和地区，长期以来对于不同族群间文明对话、交流做出了积极贡献。因此，书写和传播适合大众口味的通识读物，让三大史诗进一步助力人类文明对话和互鉴，为构建中华民族命运共同体发挥应有作用成为必要。并在会上对通识读物的写作通则，规范及体例进行了讨论，达成了共识。这为本读物的写作扫清了技术操作层面的种种障碍。就在本书付梓刊行前夕，《中国社会科学报》（2020年6月18日）刊登了拙文《通识读物书写与〈格萨尔〉学建构》一文，它同时被中国社会科学网转载，我深感这是对参与本书写作的全体成员努力和

后 记

付出的褒奖,也是国家级媒体对这项工作的认可和积极评价。

几年前钱理群、黄子平和陈平原三位先生有一个叫《三人谈——花落时节读华章》的访谈,其中对当下国人读书风气衰落透露出深深的忧虑。就我在昆明几所大学与学生的互动情况而言,当下读书风气日衰并不仅仅因为不爱读书,更多的原因是因为没有适合他们口味的图书,这应是最关键的。这一点在南开大学和天津大学学生的问卷中也充分反映了出来。老舍教人读什么书:"不懂的放下,使我糊涂的放下,没兴趣的放下,不客气。"大多数人读书都应该是这样的。但作为通识读本,更应该强化其可读性,尽量消除不懂的、使人糊涂的、没兴趣的内容。这是本书一直所追求的一个目标。至于是否达到了这一要求,还是让读者去评判吧!读书人有两种,一种是把读书作为一种职业,或为专攻某一专业而读书,或作为一种致仕的手段而读书者,这部分人所读的则是被鲁迅先生所谓的"非看不可的书籍",那必须费神费力;还有一种是出于兴趣、爱好或作为闲情逸致的需要而读书者,这类人所读的是鲁迅称之为"消闲的读书——随便翻翻"。作为一种通识读本要考虑和照顾这两种读者群。因此,在烟台会议筹备研讨的基础上有针对性地成立了课题组,从全国各地约请了12位学者,分别从13个主题入手,较为全面阐述格萨尔史诗的文本、传承人、语境、故事谱系、人文符号、中华民族共同体意识、图像和造型艺术(包括唐卡、雕塑、壁画、动漫、电影、文艺作品)、音乐、美学、口头诗学、荷马史诗与格萨尔史诗的比较、《格萨尔》的跨文化语境传播等内容。此时此刻,手捧洋洋四十多万字的书稿,自然心生喜悦,不由念及课题组全体成员秉持学术第一、读者至上的态度,在自己业务工作之外为本读物的写作所付出的艰辛劳动,感怀万分。这里我还要提到的是,云南财经大学的陈孟云教授,她在课题的前期准备过程中,身体力行,不仅对学生讲授格萨尔史诗,而且在我巡回讲座期间和讲座结束后一直尽心组织和联络学生,并组织在网上开展格萨尔相关问题讨论,在莘莘学子中掀起了一股学习《格萨尔》的热潮,使我倍加感动。还要感谢我的同事杨霞研究员,她除了亲自参与本书的写作外,还

后　记

为本课题的前期工作和出版投入了大量心血，也感谢张雯杰同学对校样稿的编辑排版和付印等所付出的努力。

我还要感谢中国社会科学院民族文学研究所所长朝戈金研究员和著名作家阿来主席，他们尽管公务繁忙，但为了格萨尔学科的发展，为奖掖后学，百忙中拨冗写序，甚为感激！

最后，我要提到的是中国社会科学出版社副总编辑王茵博士和重大项目出版中心副主任张潜博士。在出版业进一步强化精品战略的当下，她们始终保持强烈的责任感，为将本书打造成新的《格萨尔》学术高地献计献策，给予积极支持和热情指导，令我深受鼓舞，在此深表谢忱！

诺布旺丹

2020 年 6 月 12 日于北京